BASTEI
LÜBBE

JERRY COTTON

Mord macht reich

Die Spezialisten

Der Geldwäscher

Drei Kriminalromane

BASTEI LÜBBE

BASTEI LÜBBE TASCHENBUCH
Band 31 979

Erste Auflage: Februar 2009

Lektorat: Rainer Delfs
Titelbild: defd
(Die abgebildeten Schauspieler stehen in keinem Zusammenhang
mit den Romantiteln und dem Inhalt der Romane.)
Umschlaggestaltung: Rainer Schäfer
Satz: Wildpanner, München
Druck und Verarbeitung:
Norhaven A/S
Printed in Denmark
ISBN 978-3-404-31979-4

Inhalt

Mord
macht reich

New York, Mai 1997

Pash stieß einen Jubelschrei aus.

»He, Leute, ich habe ihn geknackt! Ich bin drin!« Die anderen, Lycker, Kwansky, Norvella, überließen Bord und Bildschirm sich selbst und scharten sich um Pashs Tisch. Nur Goldman, der gerade ein neues Programm installierte, erlaubte sich keine Unterbrechung der konzentrierten Arbeit.

Auf Pashs Bildschirm flimmerte eine Seite mit dem Text:

First Life Insurance N.Y.
Top Secret.
Access only authorized persons level 1.
Life Insurances list 5 millions and more.

First Life Insurance N.Y.
Streng geheim.
Zugriff nur für autorisierte Personen der Ebene 1.
Liste der Lebensversicherungen 5 Millionen Dollar und mehr.

Pash gab die zweite Hälfte des Codes ein, den sein Spezialprogramm geknackt hatte. Nach fünf Sekunden erschien das Wort: Accordance. Von diesem Augenblick an musste er nur noch die Taste für »Folgende Seite« drücken.

Eine mehrspaltige Liste baute sich Zeile für Zeile auf. In der ersten Spalte standen in alphabetischer Reihenfolge Namen und die dazugehörigen Adressen, in der zweiten standen Summen zwischen fünf und sechzig Millionen Dollar und in der dritten noch einmal Namen, die in vielen Fällen, aber nicht immer, mit denen aus der ersten Spalte übereinstimmten, ausgenommen die jeweiligen Vornamen.

Kwansky kratzte sich den fünftägigen Stoppelbart.

»Nu, und was bedeutet dies?«, fragte er in seinem schlechten Englisch, das sich in fünf Jahren USA-Aufenthalt kaum verbessert hatte, weil Kwansky mehr mit seinem Computer als mit Menschen kommunizierte.

»Der Typ in Spalte eins hat eine Versicherung über die Summe in Spalte zwei zugunsten der Person in Spalte drei abgeschlossen«, erklärte Pash.

Aus der winzigen Küche rief Nancy: »Wer will Kaffee?«

Norvella antwortete: »Alle! Wie immer!«

»Das heißt, wenn dieser Mr Allan Alburry stirbt«, vergewisserte sich Kwansky und wies auf den ersten Namen der Liste, »diese Mrs Loretta Alburry«, der Finger wanderte zur dritten Spalte, »kriegt sieben Millionen Dollar. Richtig?«

»Korrekt«, bestätigte Pash.

Kwansky hob die Schultern, breitete die Arme aus. »Nu, was hast du davon, dass du weißt?«

»Ist doch klar«, sagte Lycker und lachte. »Sobald Mr Alburry gestorben ist, macht sich Pash an die Witwe heran, weil er weiß, dass bei ihr sieben Millionen Dollar zu holen sind.«

Alle lachten. Nur Kwansky runzelte die Stirn und blieb ernst.

»Aber vielleicht es dauert zwanzig Jahre, bis Mr Alburry stirbt.«

Eine neue Lachsalve brandete auf. Norvella rief: »Man kann nachhelfen!«

Goldman zischte wütend vor seinem PC: »Ruhe, verdammt!«

Nancy brachte das Tablett mit sechs Tassen. Jeder nahm eine. Die Tasse für Goldman stellte sie neben ihn. Ohne aufzublicken knurrte er etwas, das »Danke« bedeuten sollte.

Pash lud die Liste herunter auf eine Diskette. Dann forderte er die nächste Seite ab. Auf ihr entdeckte Lycker den Namen Francis Duville.

»Den kenne ich!«, rief er, dann verbesserte er sich lachend: »Selbstverständlich nicht persönlich. Wenn ich zur Arbeit gehe, komme ich an einem seiner Luxusläden vorbei. ›Duville's World of Luxury‹. Er besitzt mindestens fünfzig Geschäfte und Boutiquen unter diesem Namen. Wie viel bekommt seine Frau, wenn er die große Kurve genommen hat?«

»Fünf Millionen Dollar für Eileen Marbitt. Das klingt nach Geliebte, nicht nach Ehefrau.«

Nancy, die mit ihrer Tasse Kaffee hinter Pash stand, seufzte: »Warum bin ich nicht Francis Duvilles Geliebte geworden, statt mich mit dir zufriedenzugeben, Pash? Wie die Models in der TV-Reklame für seine Geschäfte könnte ich in den Läden ›Shopping in a luxurious World‹ betreiben und müsste nicht mal bezahlen.«

»Natürlich müsstest du bezahlen, und wer kann wissen, welche Praktiken er im Bett von dir erwartet?«, höhnte Norvella. »Vielleicht hättest du ständig Striemen auf dem Hintern und überall Bisswunden.«

Pash zog die zweite Seite auf die Diskette.

Die drei anderen Hacker gingen zu ihren PCs zurück. Nur Nancy blieb bei ihm. Sie lehnte sich auf seine Schulter, zerrte spielerisch mit den Zähnen an einer Locke seiner wuchernden Haarmähne und wiederholte Kwanskys Frage: »Was hast du davon, Andy?«

»Ich habe den Code geknackt. Ich hab's ihnen gezeigt. Ich habe mehr drauf als die Eierköpfe, die die Zugriffssicherungen ausgeknobelt haben. Das ist, als läge eine Schatzkammer offen vor mir.«

Sie verlegte das Knabbern von der Haarlocke zum Ohrläppchen.

»Und von allen Schätzen, die, wie du sagst, offen vor dir liegen, kannst du nichts aufheben, in deine Tasche stecken oder mir schenken«, murmelte sie. »Du kannst sie nur auf einer Diskette speichern und vor deinen Freunden damit angeben. Nicht gerade viel, gemessen an der Zahl der Stunden und der Nächte, die du vor diesem verdammten Ding verbringst. Wann wirst du genug Zeit finden, damit wir mal wieder eine ganze Nacht nebeneinander liegen?«

Ohne auf Nancys Gemurmel zu achten, rief Pash die dritte Seite ab. Als sich in der fünften Zeile der Name Julia Forster aufbaute, stieß Nancy einen Laut der Überraschung aus.

»Ist das der Filmstar? Das muss sie sein! Belair, Skyline Drive ist eine LA-Adresse. Fünfzehn Millionen Dollar Versicherungssumme. Wer bekäme das? Soviel ich weiß, ist sie nicht verheiratet.«

»Selected Productions LT«, las Pash den Namen aus der dritten Spalte vor. »Auch eine Los-Angeles-Adresse.«

Er speicherte die dritte Seite, betätigte die »Go on«-Taste.

Statt der Fortsetzung erschienen auf dem Bildschirm die Worte: »Code demand«.

»Oh, Scheiße!«, fluchte Pash.

Nancy fragte: »Was bedeutet das?«

»Er verlangt einen neuen Code. Wahrscheinlich hat nur ein anderer Mann mit eigenem Code Zugriff auf die zweite Hälfte.«

Seine Finger flitzten über die Tasten.

»Hör auf!«, schlug Nancy vor. »Lass uns nach oben gehen! Was hast du davon, wenn du erfährst, welche Leute, deren Namen mit den Buchstaben von L bis Z beginnen, ihr Leben für Millionen haben versichern lassen?«

Mit einer unwilligen Schulterbewegung befreite er sich vom Druck ihrer Arme.

»Nein, ich will ausprobieren, ob mein Programm auch mit dieser Verschlüsselung fertig wird.«

Sie ging in die Küche, räumte auf, kam noch einmal in den Raum zurück, in dem Andy und seine Hackerfreunde vor den Geräten saßen und gebannt auf die Bildschirme starrten. Jeder hoffte, das richtige Wort zu finden, damit sich der Berg Sesam für ihn öffnete, und jeder stand vor einem anderen Berg. Lycker wollte in den Computer des Pentagons eindringen, Norvella hatte das elektronische Gehirn der Nationalbank gewählt, Kwansky, der aus Russland stammte, zielte auf die Daten der russischen UN-Vertretung, und Goldman wurde von dem Ehrgeiz gequält, den Rechner des israelischen Geheimdienstes Mossad aufzubrechen.

»Sie sind alle Verrückte«, sagte Nancy halblaut und verließ das winzige Apartment, in dem die Luft verräuchert war von den schrecklichen Zigaretten, die Kwansky rauchte, und dem Qualm der Pfeife, an der Lycker ständig sog.

Sie besaß eine kleine Wohnung in der fünften Etage des alten Hauses auf der Lower Eastside. Sie zog sich aus, wusch sich. Weil sie spürte, dass sie nicht schlafen konnte, warf sie einen Bademantel über, öffnete ein Fenster und stieg hinaus auf die Plattform der Feuerleiter.

Um vier Uhr morgens kam Andy, setzte sich zu ihr, legte einen Arm um ihre Schultern.

»Tut mir leid«, sagte er.

»Hast du den zweiten Code geknackt?«

»Nein. Ich werde es auch nicht noch einmal versuchen.«

Er fasste Nancy unters Kinn, zwang sie, ihn anzusehen.

»Du hast gesagt, ich könne nichts aus der offenen Schatzkammer aufheben und dir schenken. Ich werde dir das Gegenteil beweisen.«

»Wie soll das gehen?«

»Es ist einfacher, als du denkst.«

Er legte den Kopf in den Nacken, starrte eine Minute lang in den Himmel, der sich langsam aufhellte und sagte: »Ich mache Cash aus der Hälfte der Liste, die ich habe. Ich verkaufe sie.«

New York, Juli 1997

Beim Anblick von Harry Lumley schoss mir der Gedanke durch den Kopf: Der Mann ist halbtot vor Angst. Warum einen Killer auf ihn ansetzen? Warten genügt.

Lumley kam ins »Number 9« gestürzt, als säße ihm ein Rudel Wölfe im Nacken. Sein Gesicht hatte die Farbe einer frisch gekalkten Wand. Er ging so unsicher und hastig, dass er auf dem kurzen Weg zum Eingang der Bar zweimal gegen Stühle stieß, ohne sich bei den Leuten, die darauf saßen, zu entschuldigen, und einen Yard vor dem Ziel rammte er eine Serviererin, die seinen Weg kreuzte. Der schöne, bunte Cocktaildrink auf ihrem Tablett kippte um. Die Serviererin schrie empört auf. Auch das kümmerte Lumley nicht. Er stürzte sich ins Ziel, das heißt, er drängte sich zwischen Phil und mich wie ein Kind, das Schutz unterm Rock seiner Mutter sucht.

»Er ist da«, keuchte er. »Ich hab ihn gesehen! Der gelbe Wagen! Derselbe Mann und …«

Ihm ging die Puste aus. Er hielt sich am Tresengeländer fest und japste: »Einen Whisky, bitte!«

Phil schob ihm sein Glas hin.

»Bedien dich. Ist noch nicht angetrunken.« Lumleys Hand zitterte derartig, dass die Eiswürfel klirrten. Beim Trinken floss ihm ein dünnes Whiskyrinnsal aus den Mundwinkeln übers Kinn.

Zugegeben, Harry Lumley hatte Grund, sich Sorgen zu machen. Wer Horace Geli, allmächtigen Don des größten Chicagoer Mafia-Clans, beim Geldwaschen um eine runde Million Dollar betrügt und zwei Monate später, weil ihm selbst das Wasser bis zum Hals steht, vor der Anti-Mafia-Kommission über seine Geschäfte mit und für das Geli-Syndikat auspackt – selbstverständlich gegen Zusicherung persönlicher Straffreiheit – der kann nicht erwarten, dass sich der alte Horace widerstandslos in sein Schicksal ergibt und ihm großmütig verzeiht.

Im Gegenteil: Wir besaßen Gelis telefonisches Wut- und Drohgebrüll auf Tonband. Er gipfelte in den Sätzen: »Ich habe das ›Phantom‹ auf dich angesetzt, Hurensohn! Das ›Phantom‹ kriegt dich, das weißt du. Der Mann bringt jeden Job zum guten Ende, ganz egal, wo deine Schnüffelfreunde dich verstecken und wie viel Tarnnetze sie dir überwerfen. Hunderttausend Dollar zahle ich dem ›Phantom‹, und noch einmal hunderttausend Dollar würde ich springen lassen, wenn ich dich lebendig bekäme und dich eigenhändig …«

Auf weiteren zwei Minuten Tonband erging sich Horace Geli in sadistischen Fantasien, auf welche Weise er Lumley zu Tode schinden würde, wenn er ihn – na, und so weiter. Der Teil des Telefonats musste nicht ernst genommen werden, aber die Drohung mit dem Einsatz des »Phantoms« hatte eine realistische Basis.

Das »Phantom« existierte.

Nur wussten wir nicht, wen oder was wir uns darunter vorstellen sollten.

Okay – das »Phantom« war ein Profikiller.

Einer?

Oder ein Team?

Ein Mann?

Oder eine Frau?

Genau genommen kannten wir von ihm mit Sicherheit nur die Waffe, die er benutzte – oder zumindest in Fällen, die ihm zugeschrieben wurden, benutzt hatte: eine Jacaranda-Pistole aus brasilianischer Produktion, feinste Handarbeit und so selten, dass sich die Riefenbildung am Projektil und die Kerbe des Bolzenaufschlags an der ausgeworfenen Hülse jeder produzierten Waffe zuordnen lassen wie die individuellen Fingerabdrücke einem Menschen. Da die Firma vor zwanzig Jahren die Herstellung aufgegeben hat, gelten Jacaranda-Pistolen unter Waffennarren als kostbare Sammlerstücke, fast zu schade, noch damit zu schießen.

Die Jacaranda des »Phantoms« stammte aus der Waffensammlung eines texanischen Rinderzüchters, war bei einem Einbruch gestohlen worden und drei Jahre später wieder aufgetaucht, als mit ihr der Profikiller Jo Walensky erschossen wurde, während er mit seiner Geliebten im Bett lag. Die Freundin kam mit einem Schock davon, weil unter den gegebenen Umständen Walenskys Körper als Schutzschild fungierte. Im Laufe der folgenden zwei Jahre wurden die charakteristischen Merkmale der Jacaranda, Riefenmuster und Hülsenkerbe, in drei weiteren Mordfällen festgestellt, die zweifellos Auftragsmorde waren. Selbstverständlich wurden die Verbrechen dem »Phantom« zugeordnet, und weil alle anderen Nachforschungen nur verschwommene oder widersprüchliche Resultate ergaben, blieb es bei der Bezeichnung »Phantom«, obwohl es in Zeugenaussagen von Namen, unter denen der Killer angeblich aufgetreten sein sollte, nur so wimmelte.

Statistisch gesehen sind vier Morde in knapp drei Jahren für einen Profikiller keine herausragende Bilanz. Manche Berufsmörder der Mafia und des Medellin-Kartells brachten es auf ganz andere Zahlen. Aber trotz der wenigen Morde, die einwandfrei auf sein Konto gesetzt werden konnten, erwarb sich das »Phantom« bei allen Polizeibehörden der USA – und erst recht in der Unterwelt – einen Ruf wie Donnerhall. Kein anderer Killer wurde so gefürchtet, und mit keinem Verbrecher beschäftigten sich die Medien so oft und so ausführlich.

Wo immer ein Mord registriert werden musste, erhoben sie die Frage, ob das »Phantom« am Werk gewesen war, auch wenn eine völlig andere Waffe als die berühmt-berüchtigte Jacaranda benutzt worden war.

Möglicherweise lag die Meute der Reporter und Sensationsjäger nicht falsch. Vielleicht beging das »Phantom« seine Verbrechen nicht immer mit der ungewöhnlichen Schusswaffe.

Phil nahm Lumley das leere Glas aus den zittrigen Fingern.

»Hör zu, Harry«, sagte er im beruhigenden Tonfall eines Psychiaters. »Du gehst an den vierten Tisch. Die blonde Lady, die an diesem Tisch sitzt, ist eine FBI-Agentin, die sich bereit erklärt hat, die Rolle deiner Freundin zu spielen und mit dir herumzuschmusen.«

Er unterbrach sich, sah Lumley an und murmelte: »Das ist, weiß Gott, der härteste Job, der ein Mädchen treffen kann. Am Tisch links daneben sitzt ein G-man, am Tisch rechts daneben sitzen ein G-man und eine weitere FBI-Agentin. Wenn der Mann, von dem du glaubst, er sei das ›Phantom‹, hereinkommt, stehst du auf und gehst zu den Waschräumen, aber reiß dich zusammen und renn nicht in Panik los, sondern benimm dich so, dass es aussieht, als müsstest du tatsächlich pinkeln. Okay, Harry?«

»Okay, aber wenn er sofort vom Eingang aus auf mich schießt, bevor ich …«

»In diesem Laden befinden sich mehr Leute, die sehr schnell eine Kanone ziehen können, als irgendwo sonst in New York, und sie sind alle auf deiner Seite. Also sei unbesorgt! Der hintere Ausgang von ›Number 9‹ ist offen. Du musst nicht in den Waschräumen warten, ob der Mann dir nachkommt.«

Phil drängte ihn von der Theke ab.

»Lass das Mädchen nicht länger warten.«

Lumley wankte zu dem Tisch, an dem ihn unsere Kollegin June Clark mit ausgebreiteten Armen in Empfang nahm, als hätte sie sehnsüchtig auf ihn gewartet. Sie drückte ihn in den Sessel, hängte sich an ihn, bediente ihn und sich aus der Champagnerflasche, die in einem Kühler bereitstand. Sie zwang ihn, mit ihr anzustoßen, und leerte ihr Glas auf einen Zug. Es war echter Champagner, und ich glaube, June brauchte ihn, um Lumleys Nähe zu ertragen.

Der Betrieb in »Number 9« hielt sich in Grenzen. Rund zwei Dutzend Personen, durchweg als Pärchen in Zweier-Besetzung, saßen an den Tischen oder tanzten auf der gläsernen und von unten beleuchteten Tanzfläche. Drei- oder viermal kamen neue Gäste herein, und immer, wenn irgendwer den Vorhang zur Seite schlug, der Garderobe und Bar trennte, zuckte Lumleys Kopf hoch, und er war nahe daran aufzuspringen.

Dann betrat ein Mann »Number 9«, bei dessen Anblick Harry Lumley tatsächlich aufsprang und sich zur Flucht in Richtung Waschräume wandte. Geistesgegenwärtig stoppte unsere Kollegin den überhasteten Aufbruch. Sie hielt Lumley fest, umarmte ihn und knutschte ihn so intensiv ab, als wäre sie derartig in ihn verknallt, dass selbst die kurze Unterbrechung ihrer Zweisamkeit durch eine Pinkelpause einen ausführlichen Abschied erfordere. In Wahrheit zischte sie Lumley Drohungen in die Gehörgänge und ermahnte ihn, sich an die Spielregeln zu halten.

Ich sagte schon, dass niemand eine präzise Vorstellung von der Erscheinung des »Phantoms« hatte, aber so, wie dieser Mann aussah, der Lumley in Angst und Schrecken versetzte, hatte ich mir das »Phantom« auf keinen Fall vorgestellt.

Er war mager, ein paar Inch über Mittelgröße, nicht älter als dreißig Jahre. Eine gebogene, leicht schiefe Nase und ein spitzes Kinn prägten das Gesicht. Das schwarze gekräuselte Haar glänzte fettig von zu viel Gel und reichte im Nacken bis zum Hemdkragen. Er trug einen schwarzen Anzug mit fingerdicken Nadelstreifen, spitze gesteppte Schuhe und eine verwegen gemusterte Krawatte. Seinen schwarzen Hut hatte er nicht an der Garderobe abgegeben, sondern hielt ihn mit der linken Hand in Gürtelhöhe. Zwanzig Sekunden verharrte er am Eingang, als suche er einen Platz, machte einen scharfen Schwenk nach links und kam so nahe neben uns an die

Bar, dass ich den Geruch wahrnehmen konnte, der von ihm ausging: eine Mischung aus Zigarettenrauch und dem Parfüm des Gels in seinen Haaren.

»Was trinken Sie, Sir?«, fragte der Barkeeper.

»Mix mir 'nen Whisky Sour«, antwortete der Mann. Seine Stimme klang flach und röchelnd, als litte er unter Luftmangel.

Phil und ich wechselten einen Blick, der unsere gemeinsame Meinung ausdrückte: Der ist es nicht. Und während mir noch der Gedanke durch den Kopf ging, dass Harry Lumley wahrscheinlich an Halluzinationen krankte, hörte ich den Mann sagen: »Reservier mir den Hocker! Ich muss für deinen Drink Platz in meiner Blase schaffen.« Er lachte röchelnd, stieß sich vom Tresen ab und schickte sich an, »Number 9« in Richtung auf die Waschräume zu durchqueren. Den schwarzen Hut hielt er nach wie vor in Gürtelhöhe.

Phil und ich erlebten einen dieser miesen Augenblicke, wie sie jeder Wetter kennt, wenn der Gaul, dem man nicht den Hauch einer Chance eingeräumt hat, mit drei Längen Vorsprung durchs Ziel geht.

Das hinderte uns nicht, in Startstellung zu gehen. Wir warteten, bis sich die Tür zu den Waschräumen hinter ihm geschlossen hatte, zogen die 38er[1] und preschten durch die Bar.

Ich stieß die Tür mit der Schulter auf. Der schmale Flur dahinter teilte sich, rechts für Ladys, links für Gentlemen. An jedem Ende gab es noch einmal eine Tür, die man nicht aufstoßen, sondern aufziehen musste.

Der Mann stand vor der Batterie der Pinkelbecken, aber er benutzte keines. Sein Interesse galt den Kabinen auf der gegenüberliegenden Seite. Er versuchte gerade herauszufinden, welche besetzt war. Den Hut trug er jetzt auf dem Kopf, und in der Hand hielt er eine Waffe mit aufgeschraubtem Schalldämpfer. Es blieb keine Zeit, sich mit der Vorrede aufzuhalten. Ich begnügte mich mit den drei Silben »FBI!«, sprang den Mann an und schmetterte die Handkante knallhart auf seine Fingerknöchel.

Seine Faust sprang auf. Die Kanone klirrte auf die Fliesen. Der Mann taumelte rückwärts zwischen zwei Pinkelbecken. Seine Füße rutschten nach vorn, und er endete auf dem Fußboden.

---

1 Zu dieser Zeit war noch der Smith & Wesson 38 Police Special unsere Dienstwaffe, jetzt ist es die SIG Sauer P 226.

»FBI«, wiederholte ich. »Ich verhafte Sie unter der Beschuldigung, einen Mord geplant zu haben. Stehen Sie auf!«

Er starrte seine Hand an, sagte weinerlich: »Du hast mir die Hand gebrochen!«

Phil half ihm auf die Füße, fesselte seine Hände mit einer Plastikschlinge, tastete ihn ab und durchsuchte seine Taschen. Er fand einen Führerschein auf den Namen Matthew Swerko, ausgestellt in New York, Zigaretten, ein Feuerzeug, einen Wagenschlüssel und ein Foto von Harry Lumley, offenbar mit einer Telekamera geschossen. Als er den Hut untersuchte, lachte Phil.

»Mal etwas Neues, Jerry!«

Er zeigte mir, was er entdeckt hatte. Ins Hutinnere waren Lederstreifen als Halterungen für die Waffe eingelegt.

Inzwischen hatte ich Matthew Swerkos Schießeisen aufgehoben. Von der sagenhaften Qualität einer Jacaranda-Pistole war dieses Ding meilenweit entfernt. Es war nicht mal eine Pistole, sondern das, was Großstadt-Cops einen Samstagnacht-Revolver nennen, eine Billigkanone aus dem Versandhandel, wie Kids und Junkies sie benutzen, wenn sie in Weekend-Nächten losziehen, um Betrunkene und Liebespaare auszurauben.

Im Gegensatz zum Revolver sah der Schalldämpfer nach Qualitätsarbeit aus.

Matthew Swerko verlegte sich aufs Protestieren. Zwischendurch jammerte er über die Schmerzen in seiner Hand.

Phil ging in die Bar, um die Gäste zu beruhigen und den Kollegen zu sagen, dass der Einsatz beendet sei.

Ich führte Swerko durch den Hinterausgang und eine Toreinfahrt zur Straße. Dort stand ein Streifenwagen der City Police, in dem Harry Lumley im Schutz zweier Cops hockte.

Ich ließ ihn aussteigen, bat die Cops um etwas Beleuchtung und forderte Lumley auf, sich Swerko anzuschauen, auf den die Lichtkegel der Stablampen gerichtet wurden.

»Ist das der Mann, von dem du dich verfolgt glaubst?«, fragte ich.

»Ja, das ist er!«, schrie Lumley.

Als er sah, dass Swerkos Hände gefesselt waren, ging er auf ihn los, schrie ihn an: »Du wolltest mich umlegen, Bastard, aber ich habe dich gewittert. Horace Geli hat hunderttausend Dollar in den Dreck geworfen! Okay, du bist der berühmte Profikiller ›Phantom‹, aber für mich, für Harry Lumley, warst du nicht clever genug!«

Ich schob ihn zurück in die Arme der Cops. »Fahren Sie ihn in seine Wohnung und übergeben Sie ihn dem US Marshal, der für seine Sicherheit verantwortlich ist.«

Sie verfrachteten Lumley in den Streifenwagen und rauschten ab.

»Gib mir eine Zigarette, G-man«, bat Matt Swerko.

Ich schob ihm eine seiner eigenen Zigaretten zwischen die Lippen, gab ihm Feuer. Er konnte sie nicht selbst halten, weil seine Hände auf dem Rücken gefesselt waren. Zwischen den Zügen musste ich sie ihm abnehmen.

»Okay, Matt, gib zu, dass Harry Lumley ein Auftrag war«, sagte ich. »Wie viel hat Horace Geli dir versprochen? Wie viel hat er angezahlt?«

»Keine Ahnung, wovon du redest, Schnüffler. Ich kam in den Laden, weil ich Lust auf einen Drink hatte und mich nach einer Schickse umsehen wollte, die sich aufreißen ließ. Ich bestelle den Drink, geh arglos zum Pinkeln, bevor ich mich ins Vergnügen stürze, und werde von zwei FBI-Rambos zusammengeschlagen. Ich werde alles deinem Boss erzählen, und ich hoffe, er feuert euch.«

Ich lachte. »Matt, als wir in den Waschraum kamen, hieltst du einen Revolver in der Hand und nicht das Anhängsel, das ein Mann zum Pinkeln braucht.«

Phil kam mit einem Wagen aus dem Fahrzeugpark des FBI. Wir verluden Matthew Swerko, brachten ihn ins Hauptquartier und warfen die Vernehmung an.

Natürlich leugnete er, aber das vernetzte Elektronengehirn der Polizeiarchive bestätigte uns, dass wir einen Profikiller gefasst hatten, nicht unbedingt ein Mitglied der Oberliga dieses finstren Gewerbes, aber immerhin einen Mann, der verdächtigt wurde, im Auftrag eines kolumbianischen Syndikats zwei Kleindealer getötet zu haben, von denen sich die Syndikatsbosse betrogen glaubten. Eine Parallele zum Krach zwischen Horace Geli und Harry Lumley war erkennbar, wenn auch in einer anderen Größenordnung.

Am frühen Morgen übergaben wir Matthew Swerko dem Staatsanwalt, der die Beweise für so erdrückend hielt, dass er Swerko unter Mordanklage stellte, obwohl kein Schuss gefallen war. Wenn es gelang, dem Killer das Geständnis abzuringen, er habe den Auftrag von Horace Geli erhalten, verfügte die Anti-Mafia-Kommission über einen zweiten Zeugen, und für den Boss des Chicagoer Clans wurde es eng. Abgetaucht war er ohnedies.

Phil und ich konnten unseren Teil der Arbeit als erledigt ansehen und einige Stunden versäumten Schlaf nachholen.

So erfuhren wir nicht, dass der Staatsanwalt noch am Vormittag Harry Lumley erlaubte, in Begleitung eines US Marshals New York zu verlassen.

Lumleys Flugticket lautete auf den Namen Harvey Liston – erster Schritt in die neue Identität des Zeugenschutzprogramms.

Als zukünftigen Wohnort hatte er Florida gewählt. Die Abendmaschine, die ihn hinbringen sollte, startete vom LaGuardia Airport. Mit ihm flog ein US Marshal, der ihn in Florida den dortigen Marshals übergeben sollte.

Die Florida-Maschine parkte an Flugsteig 25.

Lumley und der Marshal benutzten das Personenlaufband. Es herrschte viel Betrieb. Das Gegenlaufband, das die Menschen von den gelandeten Jets in die Halle brachte, war dicht besetzt. Nur ein Doppelgeländer trennte die Bänder voneinander. Der Lärmpegel, erzeugt von vielen Hundert Stimmen, den Lautsprecherdurchsagen und dem Grollen startender Maschinen, war hoch.

Als Harry Lumley und der US Marshal zusammenbrachen, stürzten sie nach hinten gegen andere Personen auf dem Laufband. Eine Frau konnte nicht rechtzeitig ausweichen und wurde mitgerissen. Der ganze Vorgang machte den Eindruck, als wäre jemand unglücklich gestolpert und hätte zwei in der Nähe stehende Leute in seinen Sturz verstrickt.

Da die Bänder weiterliefen, trennten schon nach einer halben Minute mehr als hundert Yards die Personen, die sich im Augenblick des Zusammenbruchs auf gleicher Höhe begegnet waren.

New York, Februar 1998

Mit der großen Galashow im Ballsaal des Hotels Waldorf Astoria eröffnete Francis Duville die Kette der Veranstaltungen, auf denen er die neue Kollektion seiner »World of Luxury«-Geschäfte jenen Gästen präsentierte, die solche Dinge bezahlen konnten. Shows in San Francisco, Los Angeles und Las Vegas würden folgen.

Francis Duville stand, umgeben von den Geschäftsführern seiner acht New Yorker Geschäfte, am Eingang und begrüßte jeden Gast. Die meisten waren Frauen, und die mitgebrachten Männer dienten nur dazu, nötigenfalls einen Scheck auszuschreiben. Mit allen Frauen tauschte Duville Wangenküsse der vorsichtigen Art, um das Make-up nicht zu beschädigen, und die Frauen genossen die Berührung und das sanfte Kitzeln des weichen Schnurrbarts, denn in neun von zehn Fällen fanden sie Francis Duville bedeutend attraktiver als den eigenen Mann. Ein häufig wiederholter Standardscherz lautete: »In welcher Ihrer Boutiquen kann man Sie selbst kaufen, Francis?«

Er sah aus wie die Wiederauflage eines Hollywoodstars aus Greta-Garbo-Zeiten, hatte ein markantes Gesicht, Silberfäden im glatten schwarzen Haar, einen ausdrucksvollen Mund unterm schmalen Schnurrbart. Sein Alter war schwer zu schätzen. Es hieß, die Schönheitschirurgen hätten ein wenig an ihm herumgeschnipselt. Seinem Ruf als einer der erfolgreichsten Liebhaber der Staaten tat das Gerücht keinen Abbruch. Zu oft erschienen in den Klatschspalten der Zeitungen Bilder von ihm in Gesellschaft von Filmstars, Millionärstöchtern, Schönheitsköniginnen, die als Käuferinnen seine Boutiquen und – wie allgemein vermutet wurde – außerdem auch sein Bett besuchten.

Duville selbst sorgte für das Entstehen und die Verbreitung solcher Storys. Die Wahrheit über sein Liebesleben und die sexuellen Praktiken, die er bevorzugte, hielt er geheim.

Auch an diesem Abend bemerkte niemand, dass er eine bestimmte Frau um eine Spur anders begrüßte als die übrigen Gäste. Er küsste nicht nur ihre Wangen, sondern auch die Innenfläche ihrer Hand. Sie reagierte mit einem Lächeln, das einen Hauch von Spott ausdrückte.

Wie für alle seine Shows hatte sich Duville für die Eröffnung im Waldorf-Hotel einen Gag ausgedacht. Nicht weibliche Models, sondern junge Männer präsentierten die Dinge, die es in »World of Luxury« zu kaufen gab. Kleider trugen sie auf den Armen von Tisch zu Tisch, edles Porzellan und kostbare Einzelstücke balancierten sie auf Tabletts, aber als Schmuck an der Reihe war, kamen sie nackt bis auf einen winzigen Slip und zeigten die Ketten, Armbänder, Ringe, Gürtel auf sonnenbrauner Haut.

Duville hatte die Jungs aus Bodystudios und Ballettschulen angeworben und dabei eine sorgfältige Auswahl getroffen. Nicht Brutalo-Typen mit aufgequollenen Muskelbergen ließ er aufmarschieren, sondern glatte, geschmeidige Jünglinge, deren Anblick mancher Lady und möglicherweise auch dem einen oder anderen Mann das Atmen erschwerte. Auf jeden Fall brach tosender Beifall aus, und die Geschäftsführer der New Yorker Boutiquen, die diskret von Tisch zu Tisch gingen und Kaufwünsche notierten, machten Bombengeschäfte.

Der Show folgte das Dinner, und Punkt Mitternacht verkündete Francis Duville die Eröffnung des Balls.

Beim ersten Musiktakt flogen die Saaltüren auf. Die Pracht-Boys, die als Models die Schätze der »World of Luxury«-Boutiquen vorgeführt hatten, stürmten herein. Chicks gekleidet in Abendanzügen schwärmten sie aus, holten nach genauem Plan zwei Dutzend der besten Kundinnen von ihren Tischen und geleiteten sie zur Tanzfläche. Begeisterter Beifall und manch spitzer Schrei belohnte Duville für seinen zweiten Gag. Da die reichen Ladys erlebt hatten, wie ihre Partner, von denen sie kraftvoll und geschickt übers Parkett geführt wurden, unter den Smokings aussahen, geriet bei vielen die Fantasie ins Kochen.

Nach jeder Tanzrunde wechselten die Boys die Partnerinnen. Zwei Stunden nach Mitternacht war jede, die es wünschte, an der Reihe gewesen. Der freie Wettbewerb konnte beginnen.

Gegen vier Uhr morgens flaute die Party ab.

Die ersten unabhängigen Society-Ladys, die weder auf die Eifersucht eines Ehemannes noch auf den eigenen Ruf Rücksicht nehmen mussten, verließen das Waldorf Astoria am Arm eines jungen Mannes, dessen Dienste sie sich für den Nachhauseweg und darüber hinaus gesichert hatten.

Wie bei Beginn stand Francis Duville an der Tür und verabschiedete sich von jedem.

Die Frau, der er bei der Ankunftsbegrüßung unbemerkt von den anderen die Innenfläche der Hand geküsst hatte, verließ den Saal allein, wie sie gekommen war. Sie reichte Duville die Hand, hielt ihm die Wangen zum Abschiedskuss hin, und niemand merkte, dass eine

Chipkarte, wie sie im Hotel statt eines Schlüssels zum Öffnen der Zimmertüren diente, aus ihrer Hand in die Duvilles wechselte.

Eine Viertelstunde nach fünf Uhr verabschiedete er den letzten Nachzügler. Seine übermüdeten Geschäftsführer schickte er mit der Anweisung nach Hause: »Kommen Sie zur Besprechung am Nachmittag ins Zentral-Office!«

Duville wurde von einer fast fiebrigen Erregung beherrscht, verursacht von den hohen Dosen Kokain, die er im Laufe der Nacht geschnupft hatte. Kokain gehörte seit Langem zu seinem Lebensstil. Als Stimulans für die erotischen Exzesse der besonderen Art, denen er sich hingab, war das Rauschgift unverzichtbar geworden.

Auf der Chipkarte stand die Zimmernummer 780.

Der Lift schoss Duville zur siebten Etage des Waldorf-Towers hoch. Er ging den Flur entlang bis zur Tür mit der Nummer 780, schob die Karte in den Schlossschlitz. Das grüne Kontrolllämpchen leuchtete auf.

Francis Duville drehe den Knauf, öffnete die Tür.

Im großen Vorraum des Apartments brannte Licht. Wie ein Wegweiser lag ein schwarzes Abendkleid auf der Schwelle zum Hauptraum.

Duville lachte, hob das Kleid auf, roch daran. Er verstand viel von Parfüms, von denen die teuersten der Welt in seinen Geschäften verkauft wurden. Dieses Parfüm besaß eine Nuance, die ihn an die Wildheit einer Raubkatze erinnerte.

Er lachte. Genau das liebte er: Wildheit, die er sich unterwerfen wollte – mit allen Mitteln.

Er ging in die Dunkelheit, sagte: »Hier bin ich! Greif an! Lass mich dein Fauchen hören!«

In der Finsternis blitzte viermal in Folge Feuer auf, viel schneller hintereinander, als irgendwer ein Feuerzeug betätigen könnte, obwohl das Geräusch nicht lauter war als das Aufschnappen eines Feuerzeugs.

Vier harte Schläge warfen Francis Duville zurück in den Vorraum. In einer nicht mehr kontrollierten Körperbewegung brach er dennoch nach vorn zusammen und fiel aufs Gesicht.

Vor drei Tagen waren Phil und ich zurückgekommen von einem Einsatz in New Orleans.

An diesem Morgen kam ich um neun Uhr ins Office. Auf dem Schreibtisch fand ich eine Notiz:

Anruf Detective Lieutenant M. Kleet.
Erbittet Rückruf im Mordfall Duville.

In den TV-Morgennachrichten hatte ich einen Bericht über die Ermordung von Francis Duville gesehen und wusste, dass er am Ende einer großen, von ihm veranstalteten Party in einem Zimmer des Waldorf Astoria umgebracht worden war.

Der Mord trug alle Merkmale einer Mediensensation. Duville war eine Society-Größe, als Besitzer der Ladenkette »World of Luxury« vielfacher Millionär, zählte Millionäre und besonders deren Frauen zu seinen Kunden und Freunden, veranstaltete jedes Jahr rauschende Partys in den zehn wichtigsten Großstädten der USA und hatte den Ruf eines unersättlichen und erfolgreichen Frauenhelden.

Ich war noch nie in einer Duville-Boutique, aber es kam vor, dass ein Mädchen, mit dem ich unterwegs war, stehen blieb und sich die Nase an einem »World of Luxury«-Schaufenster platt drückte.

Ich wählte die angegebene Nummer.

Lieutenant Kleet meldete sich sofort.

»Sie wollen mich sprechen, Lieutenant?«

»He, Cotton! Ich nehme an, Sie wissen, dass Francis Duville, der King of Luxury, vor drei Stunden umgebracht wurde?«

»In den Nachrichten hieß es, der Mord sei am Ende einer Party geschehen.«

»Richtig. Die Party endete um fünf Uhr morgens. Duville betrat das Zimmer noch vor sechs Uhr und bekam es sofort besorgt. Unser Arzt sagt, er sei nicht länger als drei Stunden tot. Gefunden wurde er um acht von einem Zimmermädchen.«

»Also sind Sie am Tatort?«

»Noch bei der Arbeit. Können Sie kommen, Cotton?«

»Nicht jeder New Yorker Mord ist ein FBI-Fall.«

»Dieser Mord ist einer. Darauf wette ich ein Monatsgehalt.«

»Ich komme.«

»Waldorf Astoria, Zimmer 780. Bringen Sie einen Bulldozer mit, um den Belagerungsring zu durchbrechen, den die Medienmeute ums Hotel gelegt hat.«

Ich informierte Steve Dillaggio als Stellvertreter unseres Chefs, nahm den Jaguar und fuhr zur Park Avenue. Schon acht Blocks vorm Waldorf Astoria bemühten sich Cops, den zähen, oft stockenden Verkehr in Gang zu halten, der vom Auflauf im Bereich des Hotels beeinträchtigt wurde.

Lieutenant Kleet hatte nicht übertrieben, als er von einer Belagerung sprach. Hunderte von News-Jägern, Zeitungs- und Rundfunkreportern, Kamerateams aller TV-Anstalten drängten sich vor den Hoteleingängen, gierig nach neuen Informationen, nach Details, nach Bildern. Nur mit Mühe konnte die Kette der Cops die Horde zurückhalten.

Ich kämpfte mich zu den Cops durch, angepöbelt und beschimpft von Journalisten, die mich für einen der Ihren hielten. Nach einem Blick auf den FBI-Ausweis gab der Kommandoführer den Weg ins Hotel frei.

Natürlich versuchte die Direktion, den normalen Betrieb aufrechtzuhalten. Die Lobby und die Restaurants gehörten den Gästen. Wer abreisen wollte, wurde durch die Garagenzufahrt ausgeschleust.

Die siebte Etage war abgesperrt. Niemand, der dort übernachtet hatte, durfte sein Zimmer verlassen, bevor die Detectives aus Kleets Mannschaft ihn befragt hatten. Cops in Uniform und Zivil drängten sich auf dem Flur, der vor der offenen Tür zu Zimmer 780 von einem gelben Plastikband zur Tabuzone gemacht wurde.

Der Tote lag im Vorraum des Apartments, zugedeckt bis über den Kopf.

»Wollen Sie ihn sehen?«, fragte Kleet nach knapper Begrüßung.

»Irgendetwas Besonderes an ihm?«

»Nein. Zwei Treffer im Brustraum, einer in der rechten Schulter, einer in der Stirn.«

Ich folgte ihm in den Hauptraum, einer großzügigen Kombination aus Wohn- und Schlafzimmer. Vier Männer der Spurensicherung suchten minutiös jeden Quadratyard, jedes Möbelstück ab.

Kleet wies auf eine kreisrunde Markierung vor einem üppigen Ledersessel.

»Der Mörder stand an dieser Stelle. Vielleicht saß er sogar im Sessel. Er benutzte eine Pistole. Wir fanden die vier Hülsen an den Stellen, die wir mit Kreuzen markiert haben.«

Vier Kreidekreuze kennzeichneten den Teppichboden etwa einen halben Schritt neben dem Sessel.

»Bring mir die Hülsen, Ron!«, rief Kleet.

Einer seiner Leute brachte die Plastiktüte. Sie enthielt vier Patronenhülsen. Der Lieutenant nahm eine heraus, gab sie mir.

»Achten Sie auf die Kerbe, G-man!«

Die Verdickung am unteren Ende des Abdrucks, den der Schlagbolzen im Metall hinterlassen hatte, war unverkennbar.

»Sie erinnern sich, dass ich das Team leitete, das den Mord an Harry Lumley im Sommer vorigen Jahres untersuchte? Die Anti-Mafia-Kommission verlor einen wichtigen Zeugen, und der Boss, gegen den er aussagen wollte, ist längst wieder aus der Versenkung aufgetaucht. Damals fanden wir die Hülsen über hundert Yards vom Tatort entfernt, weil sie auf das Laufband gefallen waren, auf dem der Killer gestanden hatte, aber sie hatten genau die gleiche Kerbe. Oder sind Sie anderer Meinung, G-man?«

»Wir sollten den Vergleich der Mikroaufnahmen abwarten«, sagte ich vorsichtig, »aber ich würde mich nicht wundern, wenn Sie recht hätten.«

»Das ›Phantom‹!« Kleet lachte grimmig. »Beim Mord an Lumley auf den Laufbändern des LaGuardia Airport meldeten sich Zeugen, die gesehen haben wollten, wie ein Schwarzer die Schüsse abgab. Bei Francis Duville wird sich das ›Phantom‹ nicht schwarz angemalt haben, aber möglicherweise hat es sich in eine Frau verwandelt.«

Er winkte mir, ihm zum breiten Doppelbett zu folgen.

Die Decke war zurückgeschlagen.

Ausgebreitet lag auf dem Bett ein Sortiment merkwürdiger Gegenstände: Handschellen, Stahlketten, Lederriemen, Schraubzwingen, fünf biegsame Rohrstücke, zwei Peitschen und ein Paar furchterregend dimensionierte Vibratoren.

»Sieht aus, als wäre eine sadistische Sex-Party geplant gewesen«, stellte ich fest.

»Denke ich auch«, stimmte der Lieutenant zu. »Deshalb sagte ich, das ›Phantom‹ habe sich in eine Frau verwandelt.«

»Galt Duville als fixiert auf sadistischen Sex?«

»Keine Ahnung. Fragen Sie die Cops vom Vice Department. Ich glaube nicht, dass Sie dort fündig werden. Francis Duville gehörte zur obersten Schicht der Gesellschaft. Dort werden die Fenster und Türen geschlossen und die Vorhänge vorgezogen, bevor man sich seinen kleinen, schmutzigen Vorlieben hingibt.«

Kleet nahm einen zweiten Plastikbeutel aus dem Karton, in dem die Beweisstücke gesammelt wurden. Der Beutel enthielt ein vermutlich goldenes Zigarettenetui mit den aus kleinen Brillanten zusammengesetzten Initialen F und D.

»Solche Etuis wurden in seinen Geschäften verkauft, Initialen aus Edelsteinen nach Wahl des Kunden. Dieses Etui fanden wir in seinen Taschen, aber Duville rauchte nicht. Er hat es als Behälter für sein Kokain benutzt, und es enthält genug Stoff, um einen voll besetzten Omnibus in den Wahnsinn zu katapultieren. Wie viel er selbst davon genascht hat, wird die Obduktion ergeben.«

»Wer hat das Zimmer gemietet?«

»Die Verwaltung der Luxury-Kette. Sie hat für die Nacht der Party achtzig Zimmer bestellt, vorgesehen für eingeladene Gäste, die außerhalb New Yorks wohnen. Wem Nummer 780 zugeteilt wurde, ließ sich noch nicht feststellen. Vermutlich hat es Duville für sich selbst reserviert und ...«, er machte eine Kopfbewegung zum Bett, »... und für die Lady, mit der zusammen er diese Spielzeugsammlung ausprobieren wollte.«

»Gibt es keine Hinweise auf eine bestimmte Frau?« Der Lieutenant grinste.

»An der Party nahmen gut dreihundert Frauen teil. Suchen Sie sich eine aus.«

»Das ›Phantom‹ ist ein Profikiller. Wenn Duville von ihm umgebracht wurde, muss irgendwer den Mord bestellt und bezahlt haben.«

Kleet verstärkte sein Grinsen.

»Finden Sie es heraus, G-man! Der Fall gehört Ihrem Verein.«

Mein Handy schrillte. Ich nahm es ans Ohr, meldete mich und hörte John D. Highs Stimme.

»Phil und ich erwarten Sie im Verwaltungsgebäude der First Life Insurance. Wir haben eine Verabredung mit dem Präsidenten der Gesellschaft. Er will uns wichtige Informationen zum Mord an Francis Duville geben.«

»In Ordnung, Sir.«

Ich schaltete das Handy ab, nickte dem Lieutenant zu.

»Sie haben recht, Kleet. Es ist ein FBI-Fall.«

Die Büros der First Life Insurance sind auf achtzig Etagen des Wolkenkratzers untergebracht, der den Namen der Gesellschaft trägt. Die Lobby ist so groß wie ein Baseballfeld und mit teuren Kunstwerken vollgestellt.

Mr High und Phil warteten schon. Eine Sekretärin geleitete uns zum Expresslift, der uns in die achtzigste Etage hochschoss, die allein den Offices der Spitzenmanager reserviert ist.

Nach Anmeldung öffneten sich die automatischen Türen zum Allerheiligsten von Warren S. Vanderfield, Präsident der Gesellschaft.

Vanderfield kam uns auf halbem Weg entgegen. Er war ein Mann nahe der Sechzig, weißhaarig mit grauen Augen hinter schwarzer Hornbrille, starken Falten im mageren Gesicht und den sicheren Bewegungen des routinierten Golfspielers.

Er begrüßte High mit den Worten: »Ich freue mich, Sie zu sehen, John. Erinnern Sie sich, dass wir uns bei einem Empfang des Vizepräsidenten begegnet sind?«

»Selbstverständlich, Warren.«

High stellte uns vor.

»Die FBI-Agenten Phil Decker und Jerry Cotton.«

Vanderfield gab jedem die Hand.

»Ihr seid die Boys, für die wir nie Lebensversicherungen abschließen, weil das Risiko zu hoch ist.«

Er drehte sich um, winkte einem Mann, der sich einige Schritte hinter ihm hielt.

»Kommen Sie, Lawrence! Lawrence Knight ist der Chef unserer Abteilung ›Safety & Research‹.«

Knight trat zu uns, verbeugte sich knapp vor High.

»Guten Morgen, Sir.« Uns nickte er zu und sagte: »Ich freue mich auf die Zusammenarbeit mit echten G-men. Ich war einmal eine Art Kollege von Ihnen, nämlich Mitarbeiter der CIA.«

Er hielt einen Aktenordner unterm Arm.

»Setzen wir uns.« Vanderfield wies auf die Sessel um einen runden Konferenztisch. »Wünschen Sie Kaffee oder andere Drinks?«

High lehnte ab, schlug vor: »Kommen wir zur Sache, Warren.«

Der Boss der First Life nickte Knight zu, der seinen Aktenordner auf den Tisch legte und öffnete. »Ende Mai vorigen Jahres fanden wir diese E-Mail in unserer Box. Hier ist der Ausdruck.«

Er nahm ein Papier aus dem Ordner, reichte es High. Beim Lesen zuckte die Spur eines Lächelns um die Mundwinkel des Chefs. Er gab das Papier an Phil und mich weiter. Der Text lautete:

Ätsch – ich habe euren Code geknackt! Wenn ihr mehr wissen wollt, stellt eine Message für »The Master of Bytes« ins Chatforum NYYW People Point!

Knight heftete das Papier ab und fuhr fort: »Wir schalteten uns in das Forum ein, das bekanntlich für alle Computerbesitzer zugänglich ist, mit der Aufforderung an den Master of Bytes, Kontakt mit uns aufzunehmen. Drei Tage später erhielten wir per Post eine Liste, die bewies, dass der Hacker tatsächlich in unsere Daten eingedrungen war.«

»Zeigen Sie uns die Liste!«, forderte Mr High.

»Ich kenne und besitze sie nicht, Sir«, antwortete Knight und sah seinen obersten Chef an.

»John, dieser Brief war an mich gerichtet«, sagte Vanderfield. »Solche Briefe öffne ich selbst. Nicht einmal meine Sekretärin ist befugt, auch nur den Umschlag aufzuschlitzen. Tatsächlich fand ich einen Computerausdruck sensibler Daten, zu denen nur ich Zugang hatte. Es bestand kein Zweifel, dass der Hacker nicht den allgemeinen Code unserer Firma, sondern meinen persönlichen Passschlüssel geknackt hatte.«

»Wie war der weitere Verlauf?«

»Lawrence führte die Verhandlung mit dem Hacker. Berichten Sie in groben Zügen, Lawrence. Details können Sie später mit den FBI-Agenten besprechen, die John High auf unseren Fall ansetzen wird.«

»Der Master of Bytes verlangte zehntausend Dollar. Er hat versprochen, gegen die Summe die Diskette auszuliefern, auf der er die Liste gespeichert hatte, und sein Dekodierungsprogramm, dem es gelungen war, Mr Vanderfields Code zu entschlüsseln. Außerdem versicherte er, er würde keinen Ausdruck der Liste zurückbehalten. Auf der Basis einigten wir uns.«

»Sie haben zehntausend Dollar gezahlt? Auf welche Weise?«

»Cash. Ich gab ihm das Geld. Er gab mir die Disketten.«

»Erfuhren Sie seinen richtigen Namen?«

»Nein, Sir. Ich hatte Anweisung, ihn laufen zu lassen.«

Vanderfield mischte sich ein.

»Natürlich hatte er mit dem Eindringen in fremde Dateien eine Straftat begangen. Lawrence schlug vor, ihm eine Falle zu stellen, ihn festzuhalten, der Polizei zu übergeben und ihn vor den Richter zu bringen. Das Direktorium der First Life lehnte den Vorschlag ab. Wir scheuten den Skandal und die Rufschädigung der Firma.« Er seufzte. »Ich wünschte, wir hätten damals anders entschieden. Weiter, Lawrence!«

Knight blätterte im Aktenordner.

»Wir änderten den Code. Monatelang blieb alles ruhig. Wir glaubten die Sache ausgestanden, bis wir vor sechs Wochen diese E-Mail erhielten.«

Er reichte Mr High einen zweiten Ausdruck, den dieser las und an uns weitergab. Der Brief enthielt eine primitive Erpressung.

Zahlt mir eine halbe Million Dollar, oder ich lege ein paar Leute um, die für Millionen bei First Life versichert sind. Ich kenne die Namen. Rechnet selbst, wie teuer es für euch wird, wenn ich nur drei oder vier vorzeitig wegpuste. Euer Okay will ich im Anzeigenteil von New York Daily lesen.

»Solche Erpressungsbriefe bekommt First Life häufig«, erklärte Knight. »Gewöhnlich drohen die Schreiber, eine Fabrik lahmzulegen, deren Produktion bei uns versichert ist, oder ein Gebäude in die Luft zu sprengen. Wir informieren die Polizei und setzen unsere eigenen Leute ein. Seit ich Chef des Departement Safety & Research bin, haben wir ein gutes Dutzend Möchte-gern-Erpresser zur Strecke gebracht. Die meisten haben nicht die Absicht, ihre Drohungen wahr zu machen. Sie hoffen, dass die Drohung genügt und das Geld sprudelt. Bei Schwierigkeiten geben sie schnell auf.«

»Was geschah in diesem Fall?«

»Obwohl wir den Erpresser für primitiv und wenig gefährlich einschätzten, gaben wir die verlangte Annonce auf und erklärten uns zur Zahlung bereit. Über E-Mail schlug er ein nächtliches Treffen auf der Transverse Road 2 des Central Park vor. Von Mitternacht bis zwei Uhr morgens fuhr ich wieder und wieder die Road entlang. Er ließ sich nicht blicken. Am anderen Morgen erhielten wir noch einmal elektronische Post von ihm. Er schrieb: *Ihr Bastarde wolltet mich reinlegen.*«

»Wollten Sie ihn reinlegen?«

»Selbstverständlich, Sir. Vier Männer meines Departements lauerten in den Büschen längst der Transversale. Danach hörten wir nichts mehr von ihm. Wir nahmen an, er habe aufgegeben, bis ...«

Knight brach ab, sah seinen Chef an, als erwarte er von ihm die Ergänzung des Satzes, aber es war Mr High, der ihn vollendete: »... bis Sie von Francis Duvilles Ermordung erfuhren, oder?«

»Ja, Sir.«

Mr High wandte sich an den First-Life-Präsidenten. »Warren, Sie müssen uns über die Bedeutung dieser geheimnisvollen Liste aufklären.«

»Sie enthält siebenundzwanzig Namen von Personen, deren Leben bei uns mit Summen zwischen fünf und sechzig Millionen Dollar versichert sind«, antwortete Vanderfield gequält.

»Und Francis Duville stand auf dieser Liste?«

Die Antwort beschränkte sich auf ein Nicken.

Las Vegas, Februar 1998

Nackt stand die Frau vor dem wandhohen Doppelspiegel in der Ankleide der Hotelsuite. Sie hielt die Arme erhoben und den Kopf zur Seite gedreht, um die Rückseite ihres Körpers sehen zu können.

»Oh, dieser Hurensohn!«, sagte sie. »Er hat mich zugerichtet wie ...«

Sie fand nicht auf Anhieb den passenden Vergleich, und der Mann, der im Schlafzimmer auf dem Kingsize-Wasserbett lag, die Arme im Nacken verschränkt und ihr zusah, rief: »... wie eine Negersklavin! Er hat dich ausgepeitscht wie eine ungehorsame Negersklavin! Ich glaube noch immer, dass es dir Spaß gemacht hat. Als du das erste Mal von einer Nacht mit ihm zurückkamst, sah ich ein verdächtiges Leuchten in deinen Augen.«

»Es hat mir keinen Spaß gemacht!«, antwortete sie empört. »Es tat höllisch weh, nichts weiter.«

Sie kam ins Schlafzimmer, stellte sich mit dem Rücken zu ihm vor das Bett.

»Sieh dir die Striemen an! Bis solche Spuren verschwinden, vergehen Wochen. Ich werde die Swimmingpools des Hotels nicht benutzen können.«

Der Mann schnellte hoch, schlang die Arme um sie und riss sie aufs Bett.

Sie schrie auf, strampelte mit den Beinen, versuchte, sich loszureißen, aber er duldete nur, dass sie sich umdrehte, zog ihren Kopf zu sich herunter und vergrub seinen Mund zwischen ihre Lippen. Die Zungen berührten sich.

Sie gab den Widerstand auf. Ihr Körper entspannte sich, wurde geschmeidig, suchte die Berührung mit dem Körper des Mannes.

Seine Hände tasteten ihren Rücken ab bis hinab zu den Oberschenkeln, und er flüsterte: »Wo tut es weh? Hier? Oder hier?«

Ihr Atem beschleunigte sich.

»Nicht bei dir«, flüsterte sie zurück. »Nicht bei dir!«

»Mach schon«, sagte er. »Ich warte.«

Sie zog die Beine an, richtete den Oberkörper auf. Ihre Brüste berührten sein Gesicht.

»Er hat mich gebissen! Siehst du die Stelle? Den Abdruck seiner Zähne? Lösch ihn aus! Küss mich dort!«

Er tat es, und während Lippen und Zunge ihre Brüste liebkosten, wiederholte er: »Mach schon! Ich warte.«

Nur am Anfang überließ er ihr die Initiative. Dann explodierte er, warf sich und sie herum und begrub sie unter sich. Er riss sie mit in eine wilde und betäubende Raserei der Ekstase wie in ein aufgewühltes Meer, aus dem am Ende eine Woge wuchs, die sie emporschleuderte zum Scheitelpunkt der Lust und sie in langem Auslauf davontrug an den Strand seliger Erschöpfung.

Es dauerte lange, bis sie zu Atem kam. Er nutzte die Zeit zum Anzünden zweier Zigaretten, von denen er eine zwischen ihre Lippen schob.

Sie nahm einen tiefen Zug, behielt den inhalierten Rauch lange in der Lunge, drehte sich zu ihm um und blies ihm den Rauch ins Gesicht.

»Warum schickst du mich ins Bett anderer Männer und schläfst dann mit mir?«, fragte sie.

»Du kennst die Gründe.« Er lächelte. »Außerdem macht es mich an. Geh duschen! Mich zieht es in den Spielsaal. Ich spüre, dass ich heute gewinnen werde.«

»Das spürst du immer, aber es tritt nie ein.«

Sie glitt vom Bett, ging ins marmorglänzende und mit Spiegeln verkleidete Badezimmer, drehte die vergoldeten Hähne über der ovalen Badewanne auf. Unter den vielen Flaschen und Sprays wählte sie ein duftendes Gel, das sie in die Wanne schüttete. Sofort wölkte Schaum auf.

Sie stieg in die Wanne, rief: »Bestell Champagner, Darling! Bitte, ich habe Durst!«

Der Mann griff zum Telefon, klemmte den vergoldeten Hörer zwischen Schulter und Ohr. Nahezu alles, was man anfassen musste – Schubladengriffe, Türknäufe, Kleiderbügel – war vergoldet in der Luxus-Suite des riesigen MGM-Pyramiden-Hotels.

»Champagner, Dom Perignon«, sagte er, als sich der Zimmerservice meldete. »Pharaonen-Suite achtzehn.«

Noch bevor er die Zigarette zu Ende geraucht hatte, schlug der Türgong an. Er stand auf, wickelte ein Handtuch um die Hüften und öffnete.

Eine farbige Serviererin, gekleidet in eine Tunika, wie Frauen sie auf ägyptischen Grabmalereien tragen, schob einen fahrbaren Tisch herein, auf dem Gläser und ein Kühler standen, aus dem die Champagnerflasche ragte. Der Kühler war vergoldet.

Er gab der Serviererin einen Zwanziger als Trinkgeld. Sie dankte mit der Berührung von Stirn, Mund und Herzgegend, eine Geste, die die Gäste für altägyptisch halten sollten.

Der Mann füllte zwei Gläser, trug sie ins Badezimmer, reichte ein Glas der Frau und setzte sich zu ihr auf den Wannenrand.

Sie leerte das Glas in einem Zug, stieß ein langgezogenes »Aah« als Zeichen ihres Wohlbefindens aus, hielt dem Mann das Glas zum Nachfüllen hin.

Er lachte.

»Ich glaube, am liebsten würdest du in dem Zeug baden.«

Ihre Augen funkelten.

»Warum nicht? Irgendein verrückter Rockstar hat es in England gemacht, er bestellte eine Badewannenfüllung Champagner fürs gemeinsame Bad mit seiner Freundin. Würdest du zu mir in die Wanne steigen, wenn sie voll Champagner wäre?«

»Mir ist es egal, wo oder worin wir vögeln«, antwortete er brutal, »solange du so gut bist wie vorhin. Erinnerst du dich ans erste Mal?

Wir haben es auf dem schmuddeligen Bett des erbärmlichsten Motels getrieben, das es längs des Highways 78 gibt, und schon damals warst du im Vögeln eine Offenbarung.«

Er holte die Champagnerflasche, füllte die Gläser nach.

Sie kuschelte sich in den Schaum, als wäre es Watte.

»Versprich mir, dass wir uns nie wieder auf ein Motelbett legen müssen, wenn wir uns lieben wollen«, sagte sie. »Ich will immer ein riesiges Wasserbett oder, wenn mir danach ist, eine Wanne voll Champagner zur Verfügung haben. Ich will alle Jahre so leben wie heute.«

»Kein Problem.« Er drehte das Glas zwischen den Fingern, beobachtete beim Sprechen die perlenden Kohlensäurebläschen. »Bei drei Millionen Dollar lassen sich eine Menge Badewannen mit jeder Flüssigkeit füllen, auf die du Lust hast. Wie wäre es mit Coca Cola?«

»Noch hast du die drei Millionen nicht.«

»Ich bekomme sie. Verlass dich darauf. Es wird einige Wochen dauern. Bis dahin können wir gut von der Anzahlung leben.«

Sie senkte die Stimme, sprach leiser: »Vorausgesetzt, du verspielst nicht alles.«

Sein Gesicht verfinsterte sich.

»Pass auf, was du sagst!«, grollte er.

Sie wusste, wie gefährlich es war, ihm die Laune zu verderben, und wechselte in einen fröhlicheren Tonfall.

»Kann sein, du knackst den Jackpot. Erinnere dich an die vierzigtausend Dollar, die du voriges Jahr in einer Nacht im Trump-Casino in Atlantic City gewonnen hast.«

Die neunzigtausend Dollar, die er zwei Nächte später verlor, erwähnte sie nicht, sondern sagte lachend: »Du weißt nicht, was mit der Badewanne in London passiert ist. Ein Zimmermädchen hat den Champagner für verschmutztes Wasser gehalten und ließ die Füllung schnellstens ab, bevor der Rockstar und seine Freundin darin ihre Nummer machen konnten.«

Der Mann stimmte in ihr Gelächter ein …

Am Abend brachte eine scheinbar frei schwebende gläserne Liftkabine sie aus der Höhe ihrer Etage hinunter in die riesige Lobby, die wie eine Wüstenoase gestaltet war, mit echten Palmen, Teichen,

Springbrunnen und Wasserfällen, überspannt von einem künstlichen Nachthimmel, an dem sich die Sternbilder drehten, wie es die Computersteuerung vorgab.

Eine Shopping Mall, breit wie eine Autostraße, verband die Lobby mit dem Spielcasino. In einer Kette glitzernder Schaufenster präsentierten die berühmtesten Firmen dieser Welt ihre Erzeugnisse. Modehäuser aus Paris und Rom wechselten mit den Auslagen großer Juweliere. Im Licht der Spotscheinwerfer drehten sich wie auf riesigen Tabletts Spitzenmodelle der Autoindustrie. Selbst exklusive Spielzeuggeschäfte fehlten nicht in der Doppelreihe von Verlockungen. Geld, das im Casino gewonnen worden war, sollte hier wieder ausgegeben werden, bevor man sein Zimmer erreichte. Der Mann ging blicklos an den Geschäften vorbei, bis die Frau ihn am Ärmel festhielt.

»Sieh mal!«, flüsterte sie und zog ihn vor ein Schaufenster. Über der Eingangstür zum Geschäft flirrten in wechselnden Farben die Worte »World of Luxury«.

Kostbare Porzellane, Silberschalen, Schmuckstücke und Ähnliches bildeten die Auslage.

In der Mitte auf einer Konsole stand in einem Silberrahmen ein großes Foto von Francis Duville, aufgenommen von einem Starfotografen, und es zeigte ihn strahlend, lächelnd, triumphierend. Der Rahmen trug eine schwarze Trauerschleife.

»Na, und?«, fragte der Mann. »Irgendwelche Gefühle?«

Sie dachte einen Augenblick lang nach. Dann schüttelte sie den Kopf, sagte: »Nein. Gehen wir!«

New York, März 1998

In den ersten Märztagen sickerte aus dem ballistischen Labor der New York City Police durch, dass Francis Duville von Kugeln aus jener Jacaranda-Pistole getötet worden war, die als Identitätsmerkmal, ja beinahe als Markenzeichen des Profikillers galt, der wegen sonstiger Konturenlosigkeit das »Phantom« genannt wurde.

Diese Indiskretion löste in den Medien wilde Spekulationen aus, wer Duvilles Mörder angeheuert und bezahlt haben mochte. Seine geschiedene Ehefrau wurde ebenso verdächtigt wie zwei erwachsene Söhne, mit denen er verfeindet gewesen war. Andere Klatschberichte nannten die Namen von Männern, die angeblich Grund zur Eifersucht hatten, weil Duville ihre Frauen in sein Bett gelockt haben sollte. Konkurrenten wurden ins Rätselraten einbezogen, und schließlich tauchten auch Gerüchte auf, Duville habe nicht nur Kokain geschnupft, sondern auch damit gehandelt, und sein Tod sei von Rauschgiftbossen beschlossen worden, deren Geschäfte er gestört habe. Eine Erpressung vermutete niemand hinter diesem Mord. Bei der Versicherungsgesellschaft gab es kein Informationsleck.

Der Sicherheitschef Lawrence Knight hatte uns seine Begegnung mit dem Hacker detailliert geschildert. Nach seinen Angaben war ein Phantombild erstellt worden, das einen etwa achtundzwanzigjährigen, leicht übergewichtigen, ungepflegten Typen mit braunen Augen und schwarzem, gewelltem Haar zeigte.

Da Knight weder seinen Namen noch seine Wohnung kannte, machten wir uns auf die Suche.

Einen Profikiller von der Qualität des »Phantoms« für einen Mord einzukaufen ist eine teure Angelegenheit. Horace Geli, in dessen Auftrag das »Phantom« Harry Lumley umbrachte, hatte von hunderttausend Dollar gesprochen, und wenn Geli auch übertrieben haben mochte, schien es ganz unwahrscheinlich, dass ein junger Bursche aus der Hackerszene genug Geld für die Anwerbung eines Spitzenkillers besaß.

Wir vom FBI waren überzeugt, dass der Hacker den Sicherheitschef reingelegt, einen Ausdruck der Liste oder die Überspielung auf eine zweite Diskette zurückbehalten und sie noch einmal verkauft hatte. Fanden wir ihn, würden wir aus ihm herausholen, mit wem er den zweiten Deal gemacht hatte, und damit hätten wir dann eine Fährte zum Auftraggeber des »Phantoms«.

Bei solchen Problemen ist es Phil, der sich an seinen PC setzt und sich ins Netz der elektronischen Polizeiarchive einklinkt. Er hat genialere Suchideen als ich. Wann immer wir um die Wette suchen, verliere ich. Das kostet mich regelmäßig eine Pizza bei Mario.

Ich kümmerte mich um Francis Duvilles Lebensgewohnheiten, bemühte mich herauszufinden, mit wem er in den letzten Wochen und Tagen vor seiner Ermordung gesehen worden war. Ich wollte in Erfahrung bringen, für welche Frau er die Horror-Instrumente in Zimmer 780 bereitgelegt hatte, aber ich kam zu keinem Resultat.

Möglicherweise war es falsch, nach einer Frau zu suchen. Sadistischer Sex wird auch zwischen Männern praktiziert.

Am zweiten Tag traf ich Phil im Office, und er sagte: »Ich glaube, ich habe ihn. Fahr mit zum Gefängnis.«

Auf der Fahrt erklärte er seine Suchmethode.

»So gut wie nie arbeiten Hacker allein. Sie brauchen den Kontakt mit anderen Computerfreaks. Sie wollen untereinander Erfahrungen und Tipps austauschen, und natürlich will jeder jedem beweisen, wie großartig seine Gehirnzellen funktionieren. Also bilden sie Clubs, versammeln sich in einem Raum, legen für die Stromkosten und den Kaffee zusammen, peilen entweder ein gemeinsames Ziel an, oder jeder hackt sich in ein anderes Datenzentrum ein, je verbotener, desto begehrter. Ich habe in den Archiven nach Hackern gesucht, die 1997 aufflogen, und ich fand einen gewissen Tom Lycker, der im letzten Herbst zu zwei Jahren verurteilt wurde, weil er versucht hatte, in den Computer des Pentagons einzudringen. Mit ihm flogen vier andere Hacker auf, die im selben Raum an ihren Computern saßen.«

Phil zog einen Zettel aus der Brusttasche.

»Ihre Namen sind in den Akten festgehalten: Baruch Goldman, Serge Kwansky, Lorenzo Norvella und Andy Pash. Diese vier wurden nicht verurteilt, weil ihnen keine Gesetzwidrigkeit nachgewiesen werden konnte, aber ich denke, Tom Lycker wird uns erzählen, ob es einer seiner Kumpels war, der das Passwort für den First-Life-Computer knackte.«

Zehn Minuten später öffnete sich das Stahltor des Gefängnisses für uns. Durch lange vergitterte Gänge wurden wir in eine Sprechzelle geführt, in der ein Mann in Gefängniskleidung wartete und bei unserem Eintreten aufstand.

»Hi, Lycker«, sagte Phil. »Wir sind FBI-Agenten. Ich heiße Decker. Das ist Agent Cotton. Setz dich! Möchtest du rauchen?« Er legte eine Zigarettenpackung auf den Tisch. »Wieso hat man dich erwischt?«

Tom Lycker grinste und zeigte ein reparaturbedürftiges Gebiss.

»Ich wünschte, ich wüsste es, G-man«, antwortete er fröhlich. »Ich war schon ein gutes Stück eingedrungen, hatte drei Hürden genommen, aber natürlich haben die Pentagon-Jungs außerdem richtige elektronische Panzerschlösser vor ihr Allerheiligstes gehängt. Ich hab noch am ersten geknabbert, als eine Horde Cops, angeführt von Abwehrspezialisten des Pentagon, unsere Bude stürmten. Ich hab nie erfahren, welche Tricks sie anwandten, um mich zu fassen. Irgendwie müssen sie sich an der Connection entlang gehangelt haben bis in unseren ISDN-Anschluss. Von dort war es ein Kinderspiel.«

»Deine Freunde peilten andere gesicherte Datenzentren an. Sag uns, in welchen Rechner Goldman eindringen wollte.«

Lycker schüttelte den Kopf. »Sorry, G-man. Eine Antwort würde gegen den Ehrenkodex der Hackerszene verstoßen. Wir verpfeifen uns nicht.«

»Schweigen kann dich für den Rest deines Lebens hinter Gitter bringen«, sagte Phil ernst.

»Unsinn! Für meinen Knackversuch des Pentagon-Rechners hab ich zwei Jahre bekommen. Einbrüche in andere Datenzentren können nicht höher bestraft werden.«

»Ich spreche nicht von illegalem Datenklau, sondern von Beihilfe zum Mord.«

Tom Lycker riss die Augen auf, und seinem Gesicht war anzusehen, dass ihm der Schreck in die Glieder gefahren war. Für einen Vierundzwanzigjährigen – so alt war er – muss die Vorstellung eines ganzen Lebens hinter Gittern grässlich sein.

»Sie bluffen, G-man«, stammelte er.

»Kein Bluff, Tom. Ich erzähle dir die ganze Geschichte. Im vergangenen Jahr drang ein Hacker in den Computer der First-Life-Versicherung ein. Er gelangte in den Besitz einer Namensliste von Personen, die ihr Leben mit Summen von fünf Millionen Dollar und mehr versichert hatten. Er informierte die Gesellschaft, dass ihre Datenverschlüsselung Löcher wie ein Sieb hatte. Es kam zu Verhandlungen zwischen ihm und der Firma. Der Hacker lieferte die Namensliste, die Diskette und sein Dekodierungsprogramm aus. Er schwor, nichts zurückbehalten zu haben. Das war eine Lüge, denn vor zwei Monaten erhielt First Life Insurance den Brief eines Erpressers, der drohte, Personen, deren Namen er von der Liste kannte, umzubringen, falls ihm nicht eine große Summe gezahlt würde.«

Während Phil sprach, beobachtete ich den Hacker. Er hatte sich nicht gut unter Kontrolle. Seine Augenlider flatterten. Immer hastiger sog er an der Zigarette. Phil beugte sich über den Tisch, zwang den Jungen, ihm in die Augen zu sehen.

»Der angedrohte Mord wurde verübt. Wenn du etwas weißt, das uns helfen könnte, den Mörder zu finden, und es verschweigst, musst du mit fünf oder zehn Jahren wegen Behinderung der Justiz bei Aufklärung eines Verbrechens rechnen. Sollte ein zweiter Mord begangen werden, kommst du wegen Beihilfe vor Gericht, und in diesem Fall kann das Urteil auf lebenslänglich lauten.«

Er nahm Lycker den Zigarettenstummel aus den Fingern, zerdrückte ihn im Aschenbecher und fragte: »Wer deiner Freunde hat den First-Life-Code geknackt? Goldman, Pash, Norvella oder Kwansky?«

Der Junge schloss die Augen. Kaum verständlich flüsterte er einen Namen.

»Noch mal, Tom!«, verlangte Phil.

»Andy Pash!«

Phil klopfte eine Zigarette aus dem Päckchen, schob sie Lycker zwischen die Lippen und gab ihm Feuer. »Erzähl, wie es war!«

Zögernd zuerst, dann fließender berichtete Lycker von jener Nacht im Mai, in der dem Hacker Andy Pash der Durchbruch gelungen war.

»Wir alle haben ihm über die Schulter geblickt, als er die ersten Seiten abrief, aber wir fanden das Rechenzentrum einer Versicherungsgesellschaft nicht besonders interessant. Nach ein paar Minuten ist jeder zu seinem Computer und den eigenen Problemen zurückgekehrt.«

»Hast du dir Namen von der Liste gemerkt?«

»Nein. Wozu hätte ich das tun sollen?«

»Kann sich einer der anderen die Liste verschafft haben?«

»Kein Hacker rührt den Computer eines Kumpels an. Außerdem flog unser Club auf, als mich die Pentagon-Schützer gefasst haben.«

»Okay, Tom! Wo finden wir Andy Pash?«

Der letzte Schritt des Verrats an einem Freund fiel ihm sichtlich schwer. Er musste sich die Antwort abringen.

»Wir kamen zum Hacken in ein Apartment in der Lower East Side, 78 Norfolk Street. Andy lebte im selben Haus mit seiner Freundin Nancy Dawson zusammen. Ich weiß nicht, ob das noch so ist.«

Phil stand auf. Ich folgte seinem Beispiel.

»Danke für die Mitarbeit, Tom«, sagte Phil. »Wenn du in achtzehn Monaten entlassen wirst, such dir einen Job bei Microsoft oder einer anderen Programmschmiede! Das bringt mehr ein als das Herumschnüffeln in fremden Rechenzentren.«

78 Norfolk Street ist ein düsteres, vielstöckiges Fabrikgebäude, dessen Produktionsräume auf primitive Weise zu Wohnungen umfunktioniert worden waren. Wir fanden den Namen Nancy Dawson an einer Tür der sechsten Etage.

Eine dunkelhaarige junge Frau öffnete. Sie warf einen Blick auf die FBI-Ausweise und fragte: »Suchen Sie Andy Pash?«

»Richtig? Woher wissen Sie das?«

»Ich weiß es nicht, aber ich vermute es.«

»Aus welchem Grund?«

Sie schlug die Augen nieder, sagte leise: »Der Mord an Mr Duville. Sein Name stand auf der Liste, die Andy voriges Jahr aus der Datei der Versicherungsgesellschaft geholt hat. Als ich die Berichte vom Mord im TV sah, befürchtete ich, früher oder später würde Andy in die Nachforschungen einbezogen werden.« Resigniert hob sie die Schultern und flüsterte: »Ich habe mich nicht geirrt.«

»Sie kennen diese Liste, Nancy?«

»Ich hab sie nie vollständig gesehen, aber ich erinnere mich an einige Namen, zum Beispiel an die von Francis Duville und von Julia Forster, dem Hollywoodstar.«

»Sagte Ihnen Pash, dass er die Liste und sein Dekodierungsprogamm an die First-Life-Gesellschaft verkaufen wollte?«

»Selbstverständlich. Ich weiß auch, dass er zehntausend Dollar dafür verlangt hat und bekam.«

Ein schwaches Lächeln zeigte sich auf ihren Lippen. Sie fasste nach einem Anhänger in Gestalt einer kleinen Weltkugel aus Gold, den sie an einer Kette um den Hals trug.

»Das hat Andy von dem Geld für mich gekauft. Sein erstes Geschenk und sein letztes.«

»Wohnt Pash noch bei Ihnen?«

»Nein, ich hab ihn rausgeworfen, und die zehntausend Dollar waren der Grund. Die Polizei hob den Hackerclub aus, zu dem Andy gehörte. Alle Geräte wurden beschlagnahmt. Zwei Wochen danach hat sich Andy ein neues Equipment gekauft für seinen Computerwahn. Er gab alles aus, was von dem Geld der Versicherung übrig geblieben war. Wir haben uns verkracht. Ich feuerte ihn.«

»Sahen Sie ihn danach nie wieder?«

»Oh, doch. Vier- oder fünfmal kam er und wollte wieder bei mir wohnen. Ich blieb hart.«

»Wissen Sie, wo wir ihn finden können?«

Sie wich einer Antwort aus, fragte stattdessen: »Was wird Andy vorgeworfen? Sie nehmen doch nicht an, dass er mit dem Mord an Mr Duville zu tun hat?«

»Wir glauben, dass er die Liste nicht nur an die Versicherung, sondern auch an andere verkauft hat.«

Sie sah uns ratlos an. »An wen? Wer sollte außer der First-Life-Gesellschaft daran Interesse haben?«

»Sagen Sie uns, wo Andy Pash wohnt!«

»136th Street East, südliche Bronx. Es ist ein Abbruchhaus. Er hatte nicht einmal genug Geld für die Miete eines bescheidenen Apartments. Alles ging für seine Computerausrüstung darauf.«

»Verlassen Sie nicht New York, Miss Dawson«, schloss ich die Unterredung. »Halten Sie sich zur Verfügung des FBI. Wir brauchen Sie als Zeugin.«

Wo die 136th Street die Bronx durchläuft, gilt sie als »No-go-area«, als ein Bezirk, den selbst Cops mit besonderer Vorsicht betreten.

Das Haus, das Nancy Dawson bezeichnet hatte, stand zwischen zwei ausgebrannten Ruinen und schien selbst abbruchreif.

Auf der anderen Straßenseite lungerten ein halbes Dutzend Junkies. Sie starrten zu uns herüber. Es war klar, dass sie auf die Chance lauerten, Beute zu machen. Aus dem Grund blieb Phil beim Wagen.

Ich betrat das Haus allein, in dem es stank wie in einer Abfallgrube. Hinter den Wohnungstüren dröhnten die TV-Geräte, kreischten Frauen, brüllten Kinder und fluchten Männer.

Zwischen der zweiten und dritten Etage saßen drei farbige Männer auf den Treppenstufen, jeder mit einer Bierflasche in der Hand.

In Lyckers Akte hatten sich Fotos der vier Hacker befunden, die zunächst mit ihm verhaftet worden waren. Ich zeigte den Männern Andy Pashs Bild.

»Spendier uns 'ne Sechserpackung Bier, Whitey, und ich bringe dich hin«, schlug ein Mann vor, der ein verwaschenes Hawaii-Hemd trug, auf dem ein blumenbekränztes Hula-Mädchen lächelte.

Manchmal hilft der Anblick einer Fünf-Dollar-Note schneller weiter als der FBI-Ausweis.

Der Hula-Mann nahm den Fünfer, stand auf, stampfte vor mir die

Treppe hoch. Auf der Rückseite seines Hemdes pflügte ein Wellenreiter durch die Wogen am Waikiki-Strand.

»Hier ist es«, sagte er zwei Etagen höher vor einer Tür am Ende des Flurs, und weil er meine fünf Dollar als großzügige Entlohnung ansah, übernahm er die Anmeldung. Er hämmerte mit der Faust gegen die Tür und röhrte: »Besuch für dich!«

Unter seinen Faustschlägen gab die Tür nach.

»Er hat nicht abgeschlossen«, stellte der Mann verblüfft fest.

Ich schob ihn aus dem Weg, stieß die Tür weit auf.

Den Geruch, den ich wahrnahm, will ich nicht beschreiben.

Es gab keinen Vorraum. Ich betrat das quadratische Zimmer. Von zwei Fenstern an der Stirnseite fiel Licht in den Raum. An der rechten Wand standen auf einem großen Tisch die Trümmer einer kompletten PC-Ausrüstung, die immer noch ahnen ließen, dass die Geräte neu gewesen waren, bevor sie irgendwer mit dem Hammer bearbeitet hatte.

Die übrige Einrichtung war kärglich, ein schmales Bett, ein paar Stühle.

Eine türlose Öffnung in der linken Wand führte in eine Nische, die als Küche diente.

Die Beine des Mannes, der dort auf dem Boden lag, ragten ins Zimmer hinein.

Er lag auf dem Rücken. Ein großer Fleck geronnenen, nein schon verkrusteten Blutes umgab seinen Kopf. Trotz der zertrümmerten Stirn war von seinem Gesicht genug erkennbar geblieben.

Andy Pash konnte uns nicht mehr sagen, an wen er die Liste verkauft hatte.

Der Fotograf machte eine letzte Aufnahme und räumte die winzige Küchennische für den Polizeiarzt. Der Doc beugte sich über den Toten, tastete ihn mit behandschuhten Händen ab, prüfte die Beweglichkeit der Fingergelenke und leuchtete die Mundhöhle aus.

»Ich schätze, der Mann ist seit mindestens fünf Tagen tot«, sagte er und richtete sich auf. »Genauer kann die Zeit erst durch die Obduktion eingegrenzt werden, aber ein Unsicherheitsfaktor von vierundzwanzig Stunden wird sich nicht ausräumen lassen. Woran er gestorben ist, muss ich Ihnen nicht sagen. Das sehen Sie selbst.«

Detective Sergeant Gemelaro, der das Team der Mordkommission für den Stadtteil Bronx leitete, stand neben mir.

»Jeden Tag, jede Nacht werden in der Bronx Hunderte von Wohnungseinbrüchen verübt«, sagte er kopfschüttelnd, »aber hier liegt ein Toter eine Woche hinter einer unverschlossenen Tür, und niemand dreht auch nur probeweise am Türknauf.«

Er kniete nieder und zeichnete die Umrisse des Körpers mit Kreide nach. Seinem Assistenten befahl er: »Transportiert ihn ab!«

Die primitive Wohnung war fast zu klein für die sechs Detectives der Mordkommission, die jeden Gegenstand auf Spuren und Fingerabdrücke untersuchten. Im Haus waren Cops unterwegs und befragten die Bewohner.

»Ich hätte geschworen, er sei von einer Einbrechertruppe erschlagen worden, die spitzbekommen hatte, dass bei ihm für ein paar Tausend Dollar Computer und Zubehör zu holen waren«, sagte Gemelaro, »aber solche Jungs hätten den Kram nicht zerschlagen, sondern abtransportiert, zu Dollars gemacht, mit denen sie auf Wochen ihren Crackbedarf hätten decken können.«

Er betrachtete den Schrotthaufen der PC-Ausrüstung.

»Warum sind diese Dinge zertrümmert worden, G-man?«

»Weil der Mörder befürchtet hat, dass irgendwo im System ein Hinweis auf seine Identität gespeichert war.«

»Hört sich an, als hätte der Junge seine Finger in einer dicken Sache gehabt.«

Gemelaro sah mich erwartungsvoll an. Ich reagierte nicht. Es gab keinen Grund, die Verbindung zwischen dem Mord an Francis Duville im Luxusapartment des Waldorf-Astoria-Hotels und diesem Mord in einem Abbruchhaus der Bronx zu erwähnen.

Phil rief mich aus der Wohnung in den Flur.

Ein Cop hatte eine Bewohnerin des Hauses zu ihm gebracht, die eine Beobachtung gemacht haben wollte.

»Was haben Sie gesehen, Madam?«

Die Frau war eine mittelalte Farbige, an deren Rock sich ein kleines Mädchen klammerte.

»Ich wohne in der Bude am anderen Flurende«, sagte sie in einem Bronxslang, der kaum zu verstehen war. »An einem Abend hab ich auf den Kerl gewartet, mit dem ich zusammenlebe, und ich war wütend, weil ich dachte, dass er wieder irgendwo herumsoff, statt nach Hause zu kommen. Also hab ich immer wieder mal die Tür geöffnet und ins Treppenhaus geschaut. Na ja, und einmal hab ich gesehen, dass vor der Wohnung des Whitey ein Mann stand. Der Junge hatte die Tür schon geöffnet. Sie sprachen kurz miteinander. Dann betrat der Fremde die Wohnung, und die Tür wurde geschlossen. Das war's! Gibt's 'ne Belohnung für mich, wenn ihr Bullen den Killer fasst?«

»Können Sie ihn beschreiben?«

»Er war ein Weißer, und er war groß. Trug Mantel und Hut.«

»Sahen Sie sein Gesicht?«

Sie empörte sich.

»Es war neun oder zehn Uhr abends, und Sie glauben doch nicht, dass in dieser Ruine auf den Fluren Licht brennt. Den Fremden hab ich gesehen, weil die Wohnungstür offen stand und ein heller Schimmer aus der Wohnung in den Flur fiel.«

»Danke, Madam«, sagte Phil höflich. »Der Officer notiert Ihren Namen. Falls wir einen Verdächtigen festnehmen, werden wir Sie als Zeugin zur Gegenüberstellung auffordern.«

Er wartete, bis der Cop sie außer Hörweite gebracht hatte.

»Wenigstens eine Bestätigung, dass er seinen Mörder kannte und ihn freiwillig in die Wohnung ließ.«

Das Handy in meiner Tasche schrillte.

Steve Dillaggio rief an.

»Lawrence Knight, der Sicherheitschef der First Life, bittet dringend um einen Gesprächstermin.«

»Sag ihm, wir können in einer Stunde bei ihm sein.«

»Ruf du ihn an. Hier ist seine Nummer.«

Er nannte die Ziffern. Ich tippte sie in den Speicher des Handys. Steve legte auf, und ich rief an.

Knight meldete sich sofort. Ich nannte meinen Namen.

»Wir erhielten eine neue Nachricht des Erpressers, G-man«, sagte Knight. »Er verlangt jetzt eine Million Dollar.«

Das Office des Sicherheitschefs der First Life Insurance hatte zwar nicht die Ausmaße des Büros seines Chefs, war aber immer noch doppelt so groß wie der Raum, den Phil und ich uns im FBI-Hauptquartier teilen.

Knight begrüßte uns, drückte auf einen Knopf. Eine Sekretärin schwebte herein und servierte Kaffee.

Wortlos überreichte Knight uns den Ausdruck der E-Mail.

Der Text lautete:

Hi, Leute! Ihr habt euch geweigert, mir fünfhunderttausend Dollar zu zahlen. Jetzt müsst ihr fünf Millionen ausspucken, zahlbar im Todesfall von Mr Francis Duville. Ich denke, euch ist klar, dass ich als Erster wusste, wie tot er war, denn ich war bei seiner Abreise dabei. Mein Preis ist auf eine Million Dollar gestiegen. Falls ihr wieder nicht zahlen wollt, sondern mich zum zweiten Mal reinzulegen versucht, wird für euch sehr bald die Auszahlung einer zweiten Lebensversicherung fällig werden, teurer als im Falle von Mr Duville. Vor mir liegt eine schöne Liste mit siebenundzwanzig Namen, und hinter jedem Namen steht die Summe, die fällig wird, sobald euer Kunde diese Welt verlässt. Ich habe die freie Auswahl, und wenn ihr nicht spurt, werde ich jemanden wählen, dessen Tod euch richtig wehtut. Haben wir uns verstanden? Ich erwarte euer Okay. Mr Mortality grüßt euch.

»Er hat sich einen Namen zugelegt«, sagte Phil. »Mr Mortality – Mr Sterblichkeit.«

»Wir wollen zahlen«, erklärte der Sicherheitschef der First Life. »Die Gesellschaft stellt eine Million Dollar zur Verfügung. Unser Präsident, Mr Vanderfield, wird euren Chef bitten, dass der FBI die Aktion leitet.«

»Mit welchem Ziel? Soll das Geld wirklich übergeben werden, oder erwartet First Life, dass wir den Mann fassen?«

»Die Firma will Ruhe! Sie wissen so gut wie ich, dass ein erfolgreicher Erpresser keine Ruhe gibt, sondern früher oder später versuchen wird, den gelungenen Fischzug zu wiederholen. Ich habe die Verantwortung für die Geldübergabe abgelehnt. Wir können nicht einem Mörder eine Million Dollar in die Taschen schieben, um ihn vom nächsten Mord abzuhalten, aber ich will nicht zum zweiten Mal bei dem Versuch scheitern, ihn bei der Geldübergabe zu fassen. Nach einem Versagen müsste ich mich am nächsten Mord mitschuldig fühlen. Die Belastung will ich meinem Gewissen nicht zumuten. Darum habe ich dem Direktorium vorgeschlagen, den FBI einzuschalten.« Ein knappes Lächeln zuckte über seine Lippen. »Schließlich zahlt unsere Firma eine Menge Steuern.«

»Sie haben recht, Knight«, sagte Phil. »Sie sind der Chef einer privaten Sicherheitsabteilung, kein staatlicher Polizist. Sich mit Mördern herumzuschlagen gehört nicht zu Ihrem Job. Geben Sie das Okay, das Mr Mortality verlangt. Jeden weiteren Schritt sprechen wir miteinander ab.«

Ich sagte: »Als Sie dem Hacker Liste und Disketten abkauften, erfuhren Sie nicht seinen Namen, aber Sie sahen sein Gesicht.«

»Ja, er war ein junger Mann. Warum fragen Sie? Ich habe Ihnen sein Aussehen beschrieben.«

»Würden Sie ihn wiedererkennen?«

»Selbstverständlich.«

»Treffen Sie mich morgen um zehn Uhr am Leichenschauhaus, 446 Third Avenue.«

Er zeigte keine Überraschung, blätterte in einem Terminkalender.

»Wird es lange dauern? Ich habe eine Verabredung am Mittag auf Long Island mit einer gewissen Eileen Marbitt.«

»Wer ist das?«

»Die Frau, der unsere Gesellschaft die fünf Millionen Dollar aus Francis Duvilles Lebensversicherung ausbezahlen muss.«

Der Körper lag auf dem Seziertisch, aber der Obduktionsarzt hatte seine Arbeit noch nicht begonnen. Ein Assistent schlug für uns das Tuch zurück und legte den Kopf frei.

»Ja, das ist der Mann«, sagte Lawrence Knight lakonisch. »Wie haben Sie ihn so schnell gefunden?«

»Mithilfe des Computers«, antwortete Phil, »seinem Lieblingsspielzeug zu Lebzeiten.«

»Vermuten Sie, dass er von dem Mann umgebracht wurde, der uns erpresst?«

»Natürlich wissen wir nicht, ob der Erpresser eigenhändig am Werk war. Auf jeden Fall wollte der Mörder verhindern, dass Pash verriet, wem er außer Ihrer Gesellschaft die Liste verkauft hatte. Er zerstörte Pashs PC-Ausrüstung aus Furcht, Pash könnte im Rechner irgendeinen Hinweis gespeichert haben.«

»In den Medien wurde behauptet, Francis Duville sei von dem berüchtigten Profikiller ›Das Phantom‹ erschossen worden. Dieser Mord trägt eine andere Handschrift, oder?«

»Sieht so aus«, brummte Phil wortkarg.

Wir verließen den kalten Obduktionssaal. Lawrence Knights Wagen parkte hinter dem Heck meines Jaguars, und es war ein ähnlich exotischer Schlitten, ein BMW-Sport-Cabrio.

»Rufen Sie an, sobald sich Mortality meldet«, sagte ich. Er zögerte, bevor er den Vorschlag machte: »Wäre es möglich, dass einer von Ihnen mit mir zusammen diese Miss Eileen Marbitt aufsucht?«

»Aus welchem Grund?«

»Es geht um eine Summe von fünf Millionen Dollar. Das ist eine Größenordnung, bei der wir immer überprüfen, ob alles in Ordnung ist, bevor ausgezahlt wird. Wenn eine Fabrik in Flammen aufgeht, die bei First Life mit Millionen versichert war, versuche ich auch herauszufinden, ob der Besitzer nicht selbst mit Streichhölzern gespielt hat.«

Ich gab Phil die Wagenschlüssel des Jaguars. Er fuhr zum verabredeten Treffen mit der Bronx-Mordkommission. Ich stieg zu Knight in seinen Wagen.

Auf New Yorks permanent verstopften Straßen lässt sich ohne Rotlicht und Sirene nichts mit der Power unter einer Motorhaube anfangen. Das galt auch für Knights Germany-Rakete. Wir trieben im zähen Verkehrsstrom.

»Wo haben Sie für die CIA gearbeitet?«, erkundigte ich mich.

»Viel darf ich nicht erzählen, G-man. Alle CIA-Agenten müssen eine Verpflichtung unterschreiben, auch nach dem Ausscheiden aus dem Dienst über ihre Einsätze zu schweigen. Der Schwerpunkt meines Einsatzes lag in Berlin, zur der Zeit, als die Mauer noch stand und die Kommunisten den Osten beherrschten.« Er streichelte das Lenkrad des BMW. »Aus diesen Jahren stammt meine Vorliebe für deutsche Produkte«, sagte er lachend. »Ich esse auch gern Sauerkraut.«

Ich sah Lawrence Knight von der Seite an. Er hatte ein markantes Profil mit ausgeprägtem Kinn, schmalem Mund und steiler Stirn. Das graublonde Haar trug er in einem knappen Schnitt, der ein wenig militärisch wirkte. Sein Anzug, seine Hemden, seine Krawatte stammten nicht aus der Billig-Preis-Abteilung eines Kaufhauses, sondern verrieten die Herkunft aus einem Edelshop der Fifth Avenue. Er war groß, eher knochig als muskulös und bewegte sich mit der

Sicherheit eines Mannes, der nie aufgehört hat, Sport zu treiben. Bei Knight vermutete ich, dass er sich in den Fähigkeiten fit hielt, die er bei der CIA erworben hatte: Boxen, Karate und die Anwendung schmutziger Tricks.

Auf dem Highway 495 passierten wir die Stadtgrenze New Yorks.

»Eileen Marbitt wohnt in Glen Cove«, erklärte Knight.

»War sie Duvilles Geliebte? Oder kennen Sie einen anderen Grund, warum Duville sie als Nutznießerin seiner Lebensversicherung bestimmte?«

»Ich weiß nicht, ob sie seine Geliebte war, aber ich würde eine hohe Wette darauf eingehen. Duville war ein Typ, der nichts anbrennen ließ. Seine Affären und Liebschaften gehen in die Hunderte. Außerdem brachte er es auf zwei Scheidungen, und von seiner dritten Frau lebte er seit Jahren getrennt und im Krieg. Vor acht Jahren schoss ein Broadway-Star aus Eifersucht auf ihn.« Knight lachte. »Kenner behaupten, Duville habe die Schüsse bestellt, um sich und seinen Geschäften eine dicke Publicity zu verschaffen.«

»Das erklärt nicht, warum er Eileen Marbitt mit fünf Millionen Dollar Hinterlassenschaft bevorzugte.«

»Sie und ich werden es herausfinden, G-man.«

Glen Cove am Long Island Sound ist eine der bevorzugten Schlafstädte New Yorks. Sie besteht im Wesentlichen aus hübschen Villen in hübschen Gärten.

Die Villa, vor der Lawrence Knight seinen Wagen stoppte, gehörte zur Luxusklasse. Ein schwarzes Hausmädchen öffnete. Knight überreichte seine Karte.

»Miss Marbitt erwartet Sie«, sagte das Mädchen und führte uns in einen Salon, dessen Fenster über eine Terrasse hinweg den Blick aufs Wasser des Sound freigab.

Die Frau, die uns entgegenkam, trug einen rosafarbenen Hosenanzug. Sie war rothaarig, schlank, und ihr perfektes Make-up machte es schwierig, ihr Alter zu schätzen. Jung war sie nicht mehr, vermutlich um die vierzig.

Sie bot uns Sessel an einem niedrigen Marmortisch an und fragte, was wir zu trinken wünschten. Knight bat um einen Orangensaft, ich verzichtete. Eileen Marbitt hielt sich an einem Whisky fest, für den es eigentlich zu früh war.

»Mr Cotton ist FBI-Agent. Seine Behörde untersucht den Mord an Francis Duville«, erläuterte Knight. »Ich habe ihn gebeten, mitzukommen, weil Sie, Miss Marbitt, möglicherweise zur Aufklärung des Verbrechens beitragen können.«

»Stellen Sie Ihre Fragen«, antwortete sie kühl.

»Welche Beziehung bestand zwischen Ihnen und Francis Duville?«

Sie nippte an ihrem Glas, lächelte und sagte: »Vor etwa sechs Jahren habe ich zum letzten Mal mit ihm geschlafen. Vor vier Jahren sind wir uns zum letzten Mal begegnet, und es dürfte zwei Jahre zurückliegen, dass wir zum letzten Mal miteinander telefonierten.«

»Haben Sie sich im Streit getrennt?«

»Selbstverständlich. Früher oder später verkrachte sich jede seiner Frauen mit Duville. Er hatte einfach zu viele gleichzeitig.«

»Gab es außer der Liebesbeziehung noch andere Verbindungen?«

»Ich lieh ihm zwei Millionen Dollar, als er neue Luxury-Shops in Texas eröffnen wollte und knapp bei Kasse war«, entgegnete sie. »Er zahlte alles einschließlich der Zinsen bis auf den letzten Cent zurück.« Sie hob die linke Hand, an der sie einen schweren Goldring mit einer Steingemme trug. »Gleichzeitig mit der letzten Rate schickte er mir als Geschenk und aus Dankbarkeit diesen Ring. Wenn Sie Einzelheiten über den Kredit und die Abwicklung wissen wollen, muss ich meinen Vermögensverwalter herholen.«

»Wussten Sie, dass Duville eine Lebensversicherung über fünf Millionen Dollar zu Ihren Gunsten abgeschlossen hat?«

Sie nickte.

»Das war eine Bedingung, auf die meine Bank bestand. Duville war damals hoch verschuldet. Hätte er sich beim Autofahren den Hals gebrochen oder hätte ein übergeschnapptes Weibsstück besser gezielt als der Broadway-Star, wäre mein Geld in der Konkursmasse untergegangen.«

Sie stutzte, stellte das Glas, das sie zum Mund führen wollte, zurück, ohne zu trinken, kniff die Augen zusammen und fragte: »Warum erkundigen Sie sich danach? Diese Versicherung besteht längst nicht mehr.«

»Sie irren sich«, widersprach Knight. »Sie besteht, und durch Francis Duvilles Tod haben Sie einen Anspruch gegen Life Insurance auf fünf Millionen Dollar.«

Eileen Marbitt brach in Gelächter aus.

»Sie machen Witze, Mann!«, rief sie. »Duville hatte das Recht, die Versicherung zu kündigen, nachdem er mir mein Geld zurückgezahlt hatte. Warum, zum Teufel, hätte er jahrelang die teuren Prämien weiterzahlen sollen? Es war aus zwischen uns!«

Sie sah mich an. »Verdächtigen Sie mich etwa, G-man?«

Bevor ich antworten konnte, sagte Knight: »Wenn sich Mr Cotton die Informationen über Ihr Vermögen verschafft, Miss Marbitt, die meine Gesellschaft schon besitzt, wird das FBI einsehen, dass Sie sich wegen fünf Millionen nicht die Finger schmutzig machen müssen, weil Sie schon über ein wenig Kleingeld verfügen.«

»Ich war es nicht«, sagte sie, immer noch lachend. »Erstens kann ich mit keiner Waffe umgehen, und zweitens war ich an dem Tag nicht in New York.«

»Francis Duville wurde mit großer Wahrscheinlichkeit von einem Auftragskiller erschossen, von einem Mann also, der für den Mord bezahlt wurde.«

Sie schaltete ihr Lachen ab.

»Sie glauben, ich hätte ihn bezahlt? Hören Sie zu, G-man! Ich wusste nichts vom Weiterbestehen dieser Versicherung. Meine Affäre mit Francis Duville endete vor sechs Jahren. Warum sollte ich nach so langer Zeit auf die Idee verfallen, mir einen Mörder für ihn zu kaufen? Für mich war Francis eine längst abgeschlossene Episode meines Lebens.«

»Ich möchte Ihnen eine indiskrete Frage stellen, Miss Marbitt. Darf ich?«

»Selbstverständlich.«

»Wussten Sie von Duvilles Vorliebe für sadistischen Sex?«

Für eine halbe Minute schwieg sie und starrte in ihr Glas. Dann hob sie mit einem Ruck den Kopf und sagte: »Ja, auf dem Gebiet war er krank.«

Zehn Minuten später verließen wir die Villa in Glen Cove. Eileen Marbitt begleitete uns bis zur Tür.

Auf der Rückfahrt nach New York sagte Knight: »Sie ist wirklich verdammt reich. Wenn Sie wollen, schicke ich Ihnen Kopien der Bankauskünfte. Selbst wenn sie von der Fortdauer der Versicherung gewusst haben sollte, hatte sie es nicht nötig, ihm einen Killer zu schicken.«

»Nein, aber sie hasste ihn«, antwortete ich. »Sie hasst ihn noch, wie es im Sprichwort heißt, übers Grab hinaus.«

Las Vegas, März 1998

In der Nacht hatte es geregnet, doch seit dem frühen Morgen brannte die Sonne mit unverminderter Kraft vom Himmel wie an jedem Tag der zwei Wochen, die sie sich in Las Vegas aufhielten.

Die Frau lag am Rand des Swimmingpools, dessen Boden und Wände mit Mosaiknachahmungen von Wandbildern aus Pharaonengräbern bedeckt waren. Wie eine Pyramide der Moderne ragte der Gebäudekomplex des Hotels ins wolkenlose Blau. Löwenköpfige Sphinxfiguren flankierten den Verbindungsweg zum Hotel. Im Schatten von Palmen warteten kostümierte Barkeeper auf durstige Gäste, denn um diese frühe Morgenstunde herrschte wenig Betrieb in der Badelandschaft des MGM-Hotels. Die meisten Gäste schliefen noch, erschöpft vom gierigen Gezocke der Nacht, oder waren nach hastigem Frühstück schon wieder in den Spielsälen unterwegs.

Die Frau interessierte sich nicht für das Spiel an Automaten, Roulett-, Bakkarat- und Black-Jack-Tischen. Es langweilte sie.

Manchmal begleitete sie den Mann in die Spielsäle, und während er große Summen am Roulett oder beim Black Jack riskierte, fütterte sie lustlos irgendeinen Automaten mit Fünfzig-Cent-Stücken. Sie kannte anderen und schärferen Nervenkitzel.

Ein Serviceboy brachte den Drink, den sie vor zwei Minuten bestellt hatte. Er war ein schlanker schwarzhaariger Junge, ohne ein Gramm überflüssiges Fett am gebräunten Körper, und er trug nur einen Lendenschurz und Sandalen an den Füßen. Als er den Drink abstellte und ihr das Tablett mit der Rechnung zum Abzeichnen hinhielt, kam er der Frau sehr nahe.

Sie ließ ihren Blick langsam und ohne ihr Interesse zu verbergen über seinen Körper gleiten.

Er lächelte, fragte mit anzüglichem Unterton: »Noch Wünsche, Madam?«

Sie würdigte ihn keiner Antwort, nahm den Strohhalm des Drinks zwischen die Lippen und sog die kühle, prickelnde Flüssigkeit des Champagner-Flips ein.

Der Serviceboy entfernte sich. Sie sah ihm nicht nach, wusste aber, dass er sie lange anstarrte.

Ihre Gedanken verschwammen zu Träumen. Sie sah sich in den weiten Räumen einer weißen Villa am Strand von Malibu. Sie stand neben dem Mann am Steuer einer Rennyacht, und weiße Schaumflocken der Buggischt klatschten gegen die Verglasung. Sie verließ auf einem europäischen Flughafen den Privatjet, und die Rolls-Royce-Limousine ihrer millionenschweren Freunde wartete bereits.

Ein paar Spritzer gekühltes Poolwasser trafen ihre Haut und holten sie aus der Welt ihrer Fantasie zurück in die Wirklichkeit.

Dicht vor ihren Füßen ragte der Kopf eines Mannes über den Beckenrand.

»Tut mir leid«, sagte er. »Ich werde Sie abtrocknen.«

Er stemmte die Hände auf und schwang sich aus dem Wasser.

»Hi, ich bin Herman Atkin. Wo ist ein Handtuch?«

»Wenn Sie mich anrühren, ziehe ich Ihnen meine Fingernägel durchs Gesicht.«

Sie spreizte die Hände wie Krallen.

Er tat, als wiche er zurück. »Sieht verdammt gefährlich aus, was Sie da vorzeigen, aber ich mag Wildkatzen. Darf ich Ihnen und mir einen Drink bestellen?«

Ohne ihre Antwort abzuwarten schob er zwei Finger in den Mund und pfiff gellend nach dem Serviceboy, der sofort herbeistürzte.

»Brechen wir zusammen einer Flasche Champagner den Hals«, schlug er vor, und wieder wartete er eine Antwort nicht ab, sondern orderte eine Magnumflasche. Dann legte er sich dicht neben ihren Liegestuhl auf die warmen Marmorplatten der Poolumrandung.

»Herman Atkin«, wiederholte er seinen Namen. »Schon mal von mir gehört?«

Sie schüttelte den Kopf.

»Wahrscheinlich lesen Sie keine Börsenzeitungen. Ich bin eine große Nummer an der Warenbörse in Chicago. Wenn Sie irgendwann eine Schiffsladung Kakao oder zehntausend eingefrorene Rinderhälften brauchen, wenden Sie sich an mich.«

Sie musterte ihn mit der gleichen Offenheit wie vorher den halb nackten Serviceboy.

Auch Atkin war unbekleidet bis auf eine rote Badehose, über die sich sein kräftiger Bauch wölbte, der kaum weniger behaart war als die breite Brust, die runden Schultern, die Arme und die Beine. Sie schätzte ihn auf knapp fünfzig Jahre. Er hatte eine Stirnglatze, ein quadratisches Gesicht, braune Augen und eine stumpfe Nase. Kinn und Wangen waren glatt rasiert und schimmerten bläulich vom dichten Bartwuchs.

Die Frau fand, Herman Atkin gliche nicht wenig einem Gorilla, aber das Aussehen von Männern hatte sie noch nie gestört.

»Waren Sie gestern nach im Spielsaal?«, fragte er.

»Nein.«

Er lachte und zeigte ein starkes Gebiss mit einem Dutzend Goldplomben.

»Dann haben Sie den Aufruhr an den Pokertischen nicht miterlebt. Ich war die Ursache!« Er hämmerte sich mit der Faust auf die Brust. »Der Bursche, dem ich fünfzigtausend Dollar abzockte, wollte den Verlust nicht wahrhaben und machte ein paar schmutzige Bemerkungen. Jetzt muss er außer den Fünfzigtausend noch ein paar Tausender für den Zahnarzt locker machen, damit der sein Gebiss flickt.«

»Sie gewannen fünfzigtausend Dollar, Mr Atkin?«

»Gestern fünfzigtausend, vorgestern zwanzigtausend Dollar. Der Montag war ein schlechter Tag mit einem kleinen Verlust, aber Sonntag, als ich gerade angekommen war, ging ich mit viertausend Bucks in die Spielsäle und kam mit achtundzwanzigtausend grünen Scheinen heraus.«

Auf einem Servicewagen brachte der Boy den Champagner, Gläser, einen Teller mit scharf gewürzten mexikanischen Tapas. Er öffnete die Flasche, goss ein. Atkin unterzeichnete den Scheck.

»Nett, Sie kennen gelernt zu haben«, sagte er, hob sein Glas.

»Zum Kennen fehlt noch einiges, Mr Atkin«, antwortete sie.

»Nenn mich Herman!«

»Okay, Herman. Wer kümmert sich um die Rinderhälften, während du dich in Las Vegas amüsierst?«

»Niemand. Ich habe den Job für ein halbes Jahr an den Nagel gehängt, weil ich vorher eine lange Glückssträhne hatte und so viel Geld scheffelte, dass ich mir sagte: Herman, alter Junge, versäum nicht überm Dollarmachen das süße Leben! Fahr irgendwohin, wo sich ein Mann mit ein paar Dollars in der Tasche ein bisschen Spaß verschaffen kann und wo du eine Chance hast, auf das richtige

Mädchen nach deinem Herzen zu stoßen.« Er leerte sein Glas, fischte die Magnumflasche aus dem Kühler, füllte nach und stieß die Flasche zurück zwischen die Eiswürfel.

»Also komme ich nach Las Vegas, miete mir die feinste Hütte, die das MGM zu bieten hat, und setze mich nur so aus Spaß an einen Spieltisch.« Er lachte laut. »Und was passiert? Meine Glückssträhne hält an. In vier Tagen sahne ich fast hunderttausend Dollar ab. Seitdem bekommen die Croupiers weiche Knie, sobald ich im Spielsaal auftauche.«

Er rückte noch näher an den Liegestuhl heran, suchte den Blick der Frau.

»Mein größter Glückstag ist heute«, sagte er leiser. »Als ich aus dem Wasser auftauchte und dich sah, hatte ich das Gefühl, verglichen mit dir wäre ein Jackpot-Gewinn kaum mehr als das Finden eines Fünfzig-Cent-Stücks auf der Straße. Wie heißt du?«

»Gib mir einen Namen, der dir gefällt!«, antwortete sie lächelnd.

Er betrachtete sie lange und von Kopf bis Fuß. Er starrte auf ihre Brüste. Als sich sein Blick auf die leichte Wölbung unter dem schmalen Stofffleckeng des Tangas zwischen ihren Schenkeln heftete, öffneten sich seine Lippen, und er musste schlucken.

»Wie wäre es mit Bonnie?«, fragte er. »Erinnert mich an ein Mädchen in irgendeinem Film, das Ähnlichkeit mit dir hatte, aber nicht halb so rasant aussah wie du.«

»Bonnie?« Sie legte den Kopf in den Nacken, lachte lange. »Hieß der Film ›Bonnie und Clyde‹?« Ein neuer Lachanfall schüttelte sie.

Atkin konnte den Blick nicht von ihren vibrierenden Brüsten lösen.

»Irgendetwas komisch daran?«, stammelte er. Sie stieß ihr Glas gegen das seine.

»Bonnie ist okay!«, sagte sie. »Bonnie ist perfekt.«

»Habe ich eine Chance?«, fragte er mit enger Kehle.

Sie wich einer Antwort aus.

»Erzähl mir von dir, Herman. Wo ist deine Familie?«

»Meine Ehe platzte vor zehn Jahren. Seitdem trabe ich als einsamer Bulle durch Chicago.«

Er berührte mit dem Champagnerglas das Tattoo auf ihrem linken Schenkel dicht unter dem Bändchen des Tangas. Die Kälte löste einen kleinen Schauer bei ihr aus.

»Aufgeklebt oder echt?«

Den Tanga trug sie erst zum zweiten Mal, und bevor sie ihn anlegte, hatte sie sich sorgfältig davon überzeugt, dass die Male, die sie in New York davongetragen hatte, verschwunden waren.

»Vielleicht darfst du irgendwann versuchen, es herauszufinden«, antwortete sie. »Gib mir deine Telefonnummer, Herman. Ich rufe dich an.«

»Zimmer- und Telefonnummer vier!«

Er wälzte sich herum, streckte den Arm aus und wies auf die oberste Etage des Pyramiden-Hotels.

»Besuch mich! Der Blick über Las Vegas und die Wüste lohnt sich.«

Sie schwang sich von der Liege.

Atkin stemmte sich auf die Füße. Er war etwas kleiner als sie.

»Wann sehe ich dich wieder?«

Sie raffte ihre Sachen zusammen, lächelte ihn schweigend an. Sie wusste genau, welche Wirkung dieses schweigende Lächeln auf Männer ausübte, wie es ihre Gier anfachte, ihren Heißhunger brennender machte.

»Bis später, Herman«, sagte sie, als sie ihm den Rücken zuwandte. »War nett, dich kennen zu lernen.«

Sie behielt das Cape über dem Arm. Nackt bis auf die minimalen Stoffflecken des Tangas und die hochhackigen Sandalen ging sie zwischen Sphinx-Imitationen den Verbindungsweg zum Hotel, und sie ging langsam, damit sich der Anblick ihres Körpers, die Bewegungen ihrer Beine, der Schwung ihrer Hüften seinem Gedächtnis einprägten.

Vor dem Eingang drehte sie sich um.

Atkin stand unverändert auf der Stelle, an der sie ihn verlassen hatte.

Sie hob den Arm und winkte ihm zu. Dann erst warf sie das Cape über, passierte den Eingang ins Hotel und nahm einen Lift, der sie zu ihrem Zimmer auf der sechsten Etage brachte. Es gehörte zu den Vorsichtsmaßnahmen, dass sie sich niemals zusammen in einem Zimmer anmeldeten. Immer bezogen sie offiziell zwei Räume, auch wenn einer davon kaum benutzt wurde. In ihrem Zimmer hatte sie einige Kleider aufgehängt und das Badezimmer mit den üblichen Utensilien garniert.

Sie zog sich an, verließ das Zimmer und ließ sich vom Expresslift zwanzig Etagen höher schießen, wo das Luxusapartment lag, das der Mann bewohnte.

Sie öffnete den Eingang mit einer Codekarte.

Er lag auf dem Kingsize-Wasserbett, die Arme unterm Kopf verschränkt. Im blauen Hemdstoff zeichneten sich unter den Achseln Schweißflecke ab. Zwischen seinen Lippen verqualmte eine Zigarette.

Sie beugte sich über ihn, nahm ihm die Zigarette aus dem Mund und küsste ihn. Er erwiderte den Kuss nicht.

»Ich habe einen neuen Namen«, sagte sie. »Ein Mann machte sich an mich heran, und er sagte, ich erinnere ihn an Bonnie.« Sie küsste ihn noch einmal und fragte: »Möchtest du, dass ich dich Clyde nenne?«

Statt zu antworten, befahl er: »Hol mir einen Schluck Bourbon!«

Sie ging zur kleinen Bar, und während sie mit Gläsern und Eiswürfeln hantierte, sagte er lakonisch: »New York rief an. Es gibt Schwierigkeiten. Das Geld wird nicht ausgezahlt.«

Sie fuhr herum.

»Unsere drei Millionen?«

»Richtig. Irgendwer hat Einspruch eingelegt. Bis zu einer Entscheidung können Monate vergehen. Bring den Drink!«

Sie füllte das Glas, brachte es ihm, setzte sich aufs Bett.

»Wie viel Geld haben wir noch?«

»Knapp zehntausend. Heute Nacht hatte ich eine Pechsträhne.«

Das Wort erinnerte sie an Atkin. Sie sagte: »Herman hat seit vier Tagen eine Glückssträhne.«

»Wer ist Herman?«

»Der Mann, der mich Bonnie taufte. Er gewann hunderttausend Dollar.«

Sie nahm ihm das Glas aus der Hand, nippte am Bourbon. Mit der freien Hand zeigte sie zur Decke.

»Er bewohnt Apartment Nummer vier. Ich bin eingeladen.«

Sie gab das Glas zurück, wechselte die Haltung und streckte sich neben dem Mann aus.

»Wo verwahren Zocker gewonnenes Geld, Clyde?«, fragte sie.

New York, April 1998

E-Mail, eingegangen am 2. April, um 8 Uhr 15:

Hi, Leute! Die Sache steigt heute Nacht. Schickt einen Mann, ich wiederhole, nur einen Mann nach South Brooklyn auf das 22. Pier. Am Kopfende des Piers gibt es eine Verladeplattform. Genau eine Stunde vor Mitternacht stellt euer Mann den Koffer auf die Plattform, dreht sich um, geht zurück, steigt in seinen Wagen und macht sich davon. Um 6 Uhr morgens, nicht früher, dürft ihr nachsehen, ob ich mir den Koffer geholt oder ihn stehen gelassen habe. Alles klar? Und, Leute, keine Tricks!

Mr Mortality

Warren S. Vanderfield, Präsident der First Life Insurance, nickte seinem Sicherheitschef zu. Lawrence Knight legte den Koffer auf den Konferenztisch, hob den Deckel. Dicke Schichten gebündelter Dollarnoten füllten den Koffer bis zum Rand.

»Eine Million«, sagte Vanderfield. »Wir zahlen! Ob das Geld in die Hände des Erpressers gelangt oder ob noch einmal versucht wird, den Mann bei der Übergabe zu fassen, liegt allein in der Entscheidung des FBI, in Ihrer Entscheidung, John!«

Die Unterredung fand am großen Konferenztisch in Mr Highs Office statt. Außer dem Chef nahmen Steve Dillaggio als Stellvertreter, Phil und ich teil. Vanderfield hatte seinen Sicherheitschef mitgebracht und den Koffer mit einer Million Dollar. Den Koffer und die Verantwortung lud er bei uns ab.

»Okay, Warren. Selbstverständlich werden wir versuchen, Ihrer Gesellschaft die Ausgabe zu ersparen«, antwortete Mr High. Er begleitete die Besucher zur Tür, kam zurück.

Steve hing bereits am Telefon und sprach mit dem Chef der New York Port Authority, der die Hafenanlagen unterstehen. Nach zwei Minuten teilte er uns das Resultat mit.

»Die Piers fünfzehn bis zweiunddreißig in South werden seit Jahren nicht mehr zum Ver- oder Entladen von Schiffen benutzt. Sie sind tot.«

Mr High stand vor dem riesigen Computerschaubild New Yorks, das rund zehn Quadratyards Wandfläche beansprucht und aus einigen Tausend Luftaufnahmen zusammengesetzt ist. Er steuerte

Brooklyn an, bekam den vergrößerten Ausschnitt des Stadtteils, wählte South, in South die Bay Front, und am Ende hatte er Pier zweiundzwanzig auf dem Bildschirm, in einer Vergrößerung, bei der jeder Dachziegel zu erkennen war – sofern die Bauten noch Dachziegel hatten, denn die beiden Lagerhäuser waren Ruinen, die Rampen zusammengebrochene Steinhalden und die Überreste der Kräne schrottreifer Stahl.

High dirigierte den Lichtpunkt einer Laserlampe auf das Kopfende des Piers.

»Das dürfte die Verladerampe sein, die er meint.« Er variierte das Licht.

»Hier und hier führen Treppen zur Wasserfläche. Falls er mit einem Boot kommt, braucht er nur zwei, drei Minuten bis zum Koffer und zurück aufs Boot.«

Der Lichtpunkt wanderte übers Abbild des Piers zur Landseite. »Natürlich kann er auch aus dieser Richtung kommen. Der Pier ist befahrbar bis zwanzig Yards vor der Rampe. Auf dem Landweg würde er kaum mehr Zeit brauchen. Wir müssen uns auf beide Möglichkeiten einstellen.«

Er sah Phil und mich an.

»Wer trägt den Koffer?«

»Sir, Sie kennen unsere Entscheidungsmethode«, antwortete Phil und holte eine Münze aus der Tasche.

»Zahl«, sagte ich.

Er warf die Münze, fing sie auf, öffnete die geschlossene Hand. Die Kopfseite lag oben.

»Ich bringe den Koffer zur Verladerampe, Sir«, erklärte Phil.

Der 89er-Ford war die verbeulteste, dreckigste Karre aus dem Wagenbestand des FBI, genau das richtige Auto für die nächtliche Fahrt in eine No-go-area im südlichen Brooklyn, wo es so wenig gemütlich zugeht wie in den Blackout-Bezirken der südlichen Bronx.

Ein Wagen, der aussah wie dieser Ford, in dem Phil und ich uns dem 22. Pier näherten, versprach wenig Beute und das hohe Risiko, dass die Insassen hart reagierende Typen waren. Ausgestattet war er mit viel Technik, und unter der Haube brummte ein Motor, der gegebenenfalls das Abhängen schwierig machen würde.

Der Koffer, der zwischen Phils Füßen stand, war nicht der Koffer, in dem die Leute der First Insurance das Geld bei uns angeliefert hatten, sondern eine Spezialanfertigung mit eingebautem Signalsender, der es über drei Meilen ermöglichte festzustellen, wo der Koffer stand und sich seine Besitzer über den Inhalt freuten, denn die Dollarnoten waren echt.

Der FBI hatte die Übergabe so sorgfältig vorbereitet, dass eigentlich nichts schiefgehen konnte – in unserem Sinne. Wenn Mr Mortality sich vom Ein-Million-Dollar-Köder anlocken ließ und kam, würde die Falle zuschnappen. Ein Powerboot lauerte zweihundert Yards vorm Pier. Ein Hubschrauber schwebte abrufbereit überm East River, und die Cops hatten Anweisung, zwischen zehn Uhr abends und Mitternacht keine Streifenwagen in das Operationsgebiet zu schicken.

Zehn Minuten vor elf Uhr abends stoppte ich den Ford vor dem Pier. Weit und breit brannte keine Straßenlaterne, aber auf der anderen Seite der Bay funkelte und glitzerte das Lichtermeer von Downtown Manhattan. Etwas nördlich überspannten die elektrischen Perlenketten der Brooklyn Bridge den Fluss.

»Vor Ort, Sir«, sagte ich ins Mikrofon. »Phil verlässt den Wagen.«

In der Kommandozentrale des Hauptquartiers hörte Mr High die Meldung. Im Knopflautsprecher antwortete er: »Hals- und Beinbruch!«

Phil nahm den Koffer, stieg aus.

Ich schaltete die Wagenbeleuchtung ab.

Phil überquerte die Fahrbahn und wurde von der Dunkelheit verschluckt.

Ich blickte auf die Leuchtziffern der Armbanduhr. Zwölf Minuten hatten wir für den Hin- und Rückweg einkalkuliert. Da Phil mit einem speziellen Walkie-Talkie ausgerüstet war, dessen Hochleistungsmikro dicht vor seinem Mund hing, hörte ich sein Atmen und undefinierbare Geräusche, vermutlich wenn seine Füße in der Finsternis gegen irgendetwas stießen, denn er durfte keine Lampe benutzen als Vorsichtsmaßnahme für den Fall, dass Mr Mortality auf dem Pier lauerte und der Mord an dem Überbringer auf seiner Rechnung stand. Nach vier Minuten glaubte ich, Stimmen zu hören. Ich hielt den Atem an, lauschte angestrengt. Kein Zweifel, Phils Mikro fing das Sprechen und Lachen von Menschen auf.

Er meldete sich.
»In der Lagerhausruine halten sich Tramps auf«, berichtete er flüsternd. »Sie wärmen sich an einem Fassfeuer und scheinen ein paar Flaschen zu leeren. Sie sind ziemlich fröhlich.«
High, der Phils Meldungen ebenso empfing wie ich, fragte: »Können Sie ungesehen an den Tramps vorbeikommen?«
»Kein Problem, Sir.«
»Dann bringen Sie den Koffer zur Rampe!«
»In Ordnung, Sir.«
Das Stimmengeräusch wurde noch etwas lauter und verebbte dann mit jedem Schritt, den Phil sich von der Ruine entfernte.
Genau um dreiundzwanzig Uhr sagte er: »Ich bin auf der Verladeplattform. Ich stelle den Koffer ab und komme zurück.«
Als ich drei Minuten später das Sprechen und Gelächter der Tramps zum zweiten Mal hörte, wusste ich, dass Phil die Ruine des Lagerhauses passierte und der erste Teil unserer Mission so gut wie beendet war.
Der grelle Blitz der Explosion überblendete das Lichtergeflirr auf der anderen Seite. Für Sekundenbruchteile zerriss weißrote, grelle Helligkeit die Finsternis, traf mit Messerschärfe die Sehnerven, gefolgt vom krachenden Donnerschlag auf die Trommelfelle.
Ich riss mir den Knopfhörer aus dem Ohr, eine lächerliche Handlung, die nichts mehr änderte. Ich stieß die Wagentür auf, rannte in die Finsternis, rammte Gerümpel, stolperte über Hindernisse. Geschrei wies mir die Richtung, und als ich den Pier erreichte, sah ich flackernde, spärliche Flammen. Irgendein brennbares Zeug hatte Feuer gefangen.
Von der Seeseite schleuderten starke Scheinwerfer Lichtkegel gegen den Pier. Motoren röhrten. Das Boot raste heran.
Ich fand Phil. Er lag auf dem Rücken. Ich warf mich neben ihm auf die Knie, riss sein Hemd auf, tastete nach der Halsschlagader, und während ich noch seinen Puls zu erfühlen versuchte, sagte er leise, aber deutlich: »Du benimmst dich wie der Held einer Seifenoper!«
»Alles okay, Alter?« Ich stieß den Satz zusammen mit einem langen Seufzer der Erleichterung aus.
»Vielleicht nicht alles«, flüsterte er, »aber das meiste.«
An der Spitze der vier G-men stürmte Steve Dillaggio den Pier. Steve hatte das Kommando auf dem Boot geleitet. Er kniete auf der anderen Seite und meldete: »Phil lebt, Sir!«

Ich stopfte den Knopfhörer ins rechte Ohr, weil das linke taub war von der Wirkung des Explosionsknalls, und vernahm den letzten Teil von Highs Antwort: »… Ambulanzen sind alarmiert.«

Die Scheinwerfer des Bootes tauchten den Pier, die Ruinen seiner Bauten und Kräne in Licht.

Der Druck hatte ein paar Quadratyards der brüchigen Fassade des Lagerhauses zum Einsturz gebracht, und als Folge war ein Teil des Daches heruntergekommen. Über den Trümmern hing eine Wolke Mörtelstaub.

Die Tramps rannten verstört umher und begriffen nicht, was geschehen war. Einer bejammerte eine zerbrochene Flasche.

»Sie war noch halb voll!«, schrie er.

»Hast du eine Erklärung, Jerry?«, fragte Steve. »Warum lässt der Bastard eine Sprengladung hochgehen, statt sich den Koffer zu holen?«

»Er wusste, wie er uns aus der Deckung locken konnte. Wäre nach der Explosion alles ruhig geblieben, hätte er sich den Koffer geholt.«

»Also muss er in der Nähe gewesen sein.«

»Ja, aber das ist er jetzt nicht mehr, Steve.«

Unter Sirenengeheul raste die erste Ambulanz auf den Pier. Ein Arzt untersuchte Phil und fällte ein erstes Urteil: »Er hat eine Menge Schrammen und wahrscheinlich eine Gehirnerschütterung. Mag sein, wir entdecken bei gründlicher Untersuchung noch die eine oder andere angeknackste Rippe. Mehr als zwei Monate Dienstunfähigkeit bringt ihm die Sache nicht ein.«

Phil wurde auf die Trage gelegt, in den Ambulanzwagen verladen und ins Krankenhaus transportiert.

Mr High rief mich. »Kümmern Sie sich um den Koffer, Jerry!«

Ich nahm eine Stablampe und ging zum Kopfende des Piers.

Der Lichtstrahl der Lampe erfasste den Koffer auf der Verladerampe. Er war nicht mal umgefallen.

»Der Koffer ist noch da, Sir«, meldete ich dem Chef.

»Bringen Sie ihn ins Hauptquartier. Die Sprengstoffspezialisten sind unterwegs.«

Ich trug den Koffer zum Wagen.

Kein Zweifel, die Geldübergabe war geplatzt.

War es noch eine Frage, wie Mr Mortality reagieren würde?

Las Vegas, April 1998

Der Mann setzte einen Fünfhundert-Dollar-Chip auf die Vierzehn, während die Kugel schon im Kessel kreiste.

»Nichts geht mehr«, sagte der Croupier, akzeptierte aber den Einsatz.

Klickernd sprang die Kugel über die Fächer und fiel, als der Kessel zum Stillstand kam, in die Dreizehn.

Der Mann lachte auf, drehte sich um, durchbrach den Ring der Spieler um den Roulettisch und machte sich auf die Suche nach der Frau.

Er fand sie in der durch Kordeln abgetrennten Zone der Bakkarat-Tische. Sie stand hinter dem Stuhl des Börsenmaklers aus Chicago. Ihre linke Hand lag auf Atkins Schulter. Auf das Zeichen des Mannes reagierte sie, beugte sich zu dem Chicagoer, flüsterte ihm wenige Worte ins Ohr. Er nickte abwesend, ganz konzentriert auf das Spiel.

Sie trafen sich in einer Automatengasse, stellten sich an zwei nebeneinander stehende Geräte.

»Wie läuft es mit Herman?«, fragte er, warf eine Münze in den Schlitz, zog den Hebel. Die Walzen kreisten.

»Seit drei Tagen verliert er. Sein Gewinn muss auf ungefähr fünfzigtausend geschrumpft sein.«

»Ich bin auf Null.«

Die Walzen blieben stehen. Er fütterte den Automaten mit der nächsten Münze.

»Noch zwei Tage kann ich das Apartment bezahlen. Wo verwahrt Herman sein Geld?«

»Im Zimmersafe.«

»Überrede ihn zu einem Drei-Tage-Trip nach Arizona! Leih dir einen Landrover oder einen Cherokee, damit ihr Ausflüge in die Wüste machen könnt.«

»Kommen wir nach Las Vegas zurück?«

»Auf jeden Fall nicht in dieses Hotel.« Während er sprach, schob er immer wieder Münzen in den Schlitz der Slotmaschine. »Es wäre gut, wenn Herman und du zur gleichen Zeit abfahren würdet, in der die Busse be- und entladen werden. Dann herrscht so viel Betrieb, dass niemand darauf achtet, wer mit wem in ein Auto steigt.«

Die Frau blieb stumm.

»Nennt er dich immer noch Bonnie?«, fragte der Mann.

»Ja, das tut er«, antwortete sie leise. »Er sieht aus wie ein Gorilla, aber er ist ein netter Mann.«

»Hast du schon einen Heiratsantrag bekommen, Bonnie?« Er zog am Hebel, die Walzen kreisten, blieben stehen. Eine Klingel schrillte, und ein Strom Münzen ergoss sich in die Auffangschale.

Der Mann lachte. »Das genügt für einen Drink. Lass Herman nicht warten!«

Er schaufelte das Geld aus der Schale und schlug den Weg zur Bar ein.

»Bonnie« ging zurück zu den Bakkarat-Tischen.

New York, April 1998

E-Mail, eingegangen am 3. April, um zwei Uhr morgens:

Ihr verdammten, dreckigen Bastarde! Zum zweiten Mal habt ihr versucht, mich reinzulegen, aber auch für eure Schnüffler-Freunde war Mr Mortality zu clever. Glaubt ihr immer noch, ich meinte es nicht ernst? Wenn ihr die nächste Todesanzeige lest, werdet ihr anders denken. Ich habe die freie Auswahl unter sechsundzwanzig eurer teuersten Kunden, und ich werde mir jemanden aussuchen, der euch richtig großes Geld kostet.

Lawrence Knight brachte den Ausdruck des elektronischen Briefes um vier Uhr morgens ins Hauptquartier. Er war unrasiert und übernächtigt.

»Ich hoffte auf einen Anruf mit der Nachricht, Sie hätten es geschafft«, sagte er. »Stattdessen fand ich das in der Box. Sagen Sie mir, was geschah, G-man!«

»Mortality zündete eine Sprengladung. Er benutzte ein Funksignal zur Auslösung. Das erlaubte ihm, auf Abstand zu bleiben und zu beobachten, was nach der Explosion passierte.«

Er kniff die Augen zusammen.

»Ihre Leute hatten nicht die Nerven abzuwarten?«

»Der G-man, der den Koffer zur Verladeplattform gebracht hatte, war bei der Explosion noch unterwegs. Wir mussten befürchten, dass er was abgekriegt hatte, und er wurde auch tatsächlich verletzt.«

Mr High kam ins Office, begrüßte den Sicherheitschef der First Life knapp.

»Informieren Sie Warren Vanderfield, dass ich ihn noch heute sprechen muss. Wir kommen um neun Uhr.«

»Sir, möglicherweise hat Mr Vanderfield schon andere Termine«, wandte Knight ein.

»Er wird für mich Zeit haben«, antwortete High eisig.

Nein, geschlafen hatte ich nicht, aber wenigstens geduscht und die Wäsche gewechselt. Ich schaffte es, vor der Verabredung im First-Life-Gebäude auf einen Sprung im Hudson-Hospital vorbeizukreuzen, in das Phil gebracht worden war, aber ich bekam ihn nicht zu sehen, weil er schlief und mich eine grimmige Oberschwester an die Luft beförderte.

Mr Highs Lincoln traf wenige Minuten nach mir auf dem Direktionsparkplatz der Versicherung ein. Zusammen mit Steve Dillaggio schoss uns der Expresslift hinauf zu den heiligen Bürohallen der Bosse.

Dieses Mal hatte Vanderfield ein halbes Dutzend Spitzenleute seines Ladens um sich geschart. Lawrence Knight hielt sich im Hintergrund.

Steve trug den Koffer, in dem uns das Geld übergeben worden war, den alten Koffer ohne Peilsender, mit der Million Doller darin.

Die Atmosphäre war frostig.

»Bedauerlicherweise ist die Aktion des FBI fehlgeschlagen«, sagte Vanderfield. »Ich bin gespannt, welche Vorschläge Ihre Organisation unserer Firma machen will, John!«

Ein hagerer Mann mit randlosen Brillengläsern auf der Geiernase, dem man den Advokaten ansah, kläffte dazwischen: »Sie sollten sich darüber im Klaren sein, Mister FBI-Chef, dass First Life Insurance eine Schadensersatzklage gegen Ihre Behörde in Erwägung zieht. Das könnte den Finanzminister einen Haufen Millionen und Sie Ihren Job kosten. Warum, zum Teufel, ist Ihr Verein nicht fähig, einem primitiven Erpresser das Handwerk zu legen?«

Vanderfield dämpfte den großmäuligen Anwalt mit einer beruhigenden Handbewegung.

»Sie schätzen den Mann falsch ein«, antwortet High ruhig. »Seine ruppigen Ausdrücke in seinen Briefen sind Täuschungsversuche. Er ist nicht primitiv, sondern intelligent und verfügt über beträchtliche Geldmittel, die er für seine Zwecke einsetzt.«

»Ich würde gern Beweise hören«, bellte der Anwalt.

»Gestern Nacht hat er einen fern gezündeten Sprengsatz von komplizierter Bauart benutzt, wie unsere Experten herausfanden. Für die Ermordung seines ersten Opfers Francis Duville kaufte er einen Berufskiller, von dem wir wissen, dass er nicht für eine Handvoll Dollars zu haben ist, sondern fünf- bis sechsstellige Honorare verlangt. In diesem finsteren Geschäft ist die halbe Summe als Anzahlung üblich. Er verschaffte sich Informationen über Duvilles erotische Gewohnheiten und hat dessen Neigungen für die Organisierung des Mordes genutzt. Schließlich kalkulierte er ein, dass der FBI sehr bald den Hacker finden würde, der Ihren Code geknackt hat. Da von dem Mann eine Fährte zu ihm führte, brachte er Andy Pash um, und wir glauben, dass er es eigenhändig tat.«

Mr High wandte sich an den Präsidenten der Gesellschaft.

»Sie fragen, welche Vorschläge der FBI zu machen gedenkt, Sir«, sagte er und vermied die Anrede mit dem Vornamen. »Da wir die Drohung des Mannes, der sich Mr Mortality nennt, ernst nehmen, fordere ich Sie auf, uns die Liste der Personen auszuhändigen, deren Leben bei First Life mit fünf Millionen Dollar oder mehr versichert sind.«

Vanderfield runzelte die Stirn und setzte zu einem Kopfschütteln an, aber High fuhr unbeirrt fort: »Jede Person, deren Name auf der Liste steht, ist ein mögliches Opfer. Um alle zu schützen, müssen wir ihre Identität kennen.«

»Nur ein Gericht kann First Life zwingen, Geschäftsgeheimnisse preiszugeben!«, keifte der Anwalt.

John D. High explodierte.

»Sie Narr wollen der Polizei eine Liste verweigern, die der Mörder besitzt und nach der er sich seine Opfer aussucht!«, fauchte er, und Vanderfield erklärte er mit schneidender Schärfe: »Falls ich ohne die Liste Ihr Office verlassen muss, Sir, werde ich nach spätestens vierundzwanzig Stunden wiederkommen und Ihnen den Gerichtsbeschluss auf den Schreibtisch knallen. Da in diesem Land Gerichtsverhandlungen öffentlich stattfinden, lässt sich nicht vermeiden, dass Journalisten, die immer in den Gerichtssälen herumlungern, von der Klage Federal Bureau of Investigation versus First Life Insurance

Limited erfahren. Wundern Sie sich also nicht, wenn ich beim zweiten Besuch einen Schwarm von Newsjägern hinter mir herziehe, die Ihnen und jeder Sekretärin, die sie erwischen, massenweise lästige Fragen stellen werden. Ich fürchte, so viel Neugier wird den Aktienkursen Ihrer Gesellschaft nicht gut bekommen!«

Ich grinste und hätte am liebsten Beifall geklatscht.

Warren Vanderfield ruderte mit den Armen.

»Oh, John, natürlich wollen wir keinen Streit mit dem FBI! Selbstverständlich denken wir nicht an eine Schadensersatzklage! Ich werde Ihnen die Liste übergeben. Bitte, versichern Sie mir, dass kein Name und keine Einzelheit in die Öffentlichkeit dringen.«

»Wir werden so diskret wie möglich damit umgehen.«

Vanderfield stand auf und machte sich auf den Weg vom Konferenztisch zum Schreibtisch, angesichts der Ausmaße seines Büros keine kleine Strecke.

»Mr Vanderfield, Sir, ich warne vor …«, setzte der Anwalt an, aber der oberste Versicherungsboss knurrte im Vorbeigehen: »Ach, halten Sie die Schnauze, Patton!«

Am Schreibtisch angekommen, ließ er sich auf seinen Sessel nieder, drückte auf einen Knopf, und ein PC mit allem Zubehör wuchs aus der Versenkung.

Vanderfield bediente die Tastatur, wartete zwei Minuten und setzte den Drucker in Betrieb. Eigenhändig nahm er die Ausdrucke, faltete sie zusammen, griff einen Umschlag aus einer Schublade, verstaute die zusammengefalteten Papiere darin und verschloss den Umschlag mit drei Klebemarken.

Er ließ den Computer in der Versenkung verschwinden, übergab den Umschlag an Mr High.

»Danke, Warren«, sagte der Chef lächelnd und benutzte wieder den Vornamen. »FBI-Agent Cotton hat Ihren Sicherheitschef zu Eileen Marbitt begleitet, die Duville als Nutznießerin seiner Lebensversicherung eingesetzt hat. Es sollte eine Prüfung durchgeführt werden. Gibt es ein Resultat?«

»Die fünf Millionen können vorläufig nicht ausgezahlt werden, obwohl von unserer Seite nichts gegen Miss Marbitt vorliegt. Duvilles Familie hat Einspruch erhoben. Er war verheiratet, hatte Kinder. Die Familie behauptet, die Beiträge für die Lebensversicherung seien aus dem Geschäftsvermögen bezahlt worden, und die fünf Millionen müssten aus diesem Grund an Duvilles Firma ›World of Luxury Inc.‹ gehen. Es ist eine komplizierte juristische Frage. Vermutlich wird die Familie einen Prozess anstrengen. Vor einer Entscheidung bleibt das Geld eingefroren.«

Ich beobachtete, dass sich Highs Gesichtsausdruck veränderte.

Wir verließen Vanderfields Büro.

Noch in der Liftkabine sagte High: »Jerry, fahren Sie nach Glen Cove und versuchen Sie, alles über Eileen Marbitt herauszufinden.« Mit Nachdruck wiederholte er: »Alles!«

Arizona, Gebiet der Painted Desert, April 1998

Seit die Klimaanlage des Landrovers ausgefallen war, musste sich Herman Atkin in immer kürzeren Abständen den Schweiß von Stirn und Wangen wischen. Unter seinen Achseln wuchsen die nassen, dunklen Flecken im teuren Versace-Freizeithemd, gekauft am Tag der Abreise in einer Boutique des MGM-Hotels.

Er setzte die Flasche mit Mineralwasser an. Nur noch ein karges Rinnsal floss in seine Kehle.

»Halt an!«, bat er die Frau, die er Bonnie getauft hatte. In kaum handbreiten Shorts und ärmelloser Bluse saß sie hinterm Steuer. Sie wirkte frisch, als wäre sie gerade unter einer Dusche hervorgekommen. Die Hitze schien ihr nichts auszumachen.

Wenn Atkins Blick auf die nackte Haut ihrer Oberschenkel fiel, verdrängte die Erinnerung an die vergangene Nacht für Minuten sein Leiden unter Hitze und Durst. Nie zuvor hatte er so etwas erlebt. Das Feuerwerk, das sie zu entfesseln verstand, hatte ihn schier um den Verstand gebracht, aber er war stolz auf sich. Was sie erwartet, nein, gefordert hatte, er hatte es gebracht, mochte er dabei auch an den Rand eines Herzinfarkts geraten sein. Er würde ihr Stöhnen, ihre Aufschreie und später die geflüsterten Worte, welch toller Liebhaber er sei, niemals vergessen.

Zärtlich legte er die breite Hand auf ihren Schenkel.

»Halt an«, wiederholte er. »Ich brauche eine neue Flasche Wasser.«

Sie stoppte den Landrover. Atkin wechselte in den Fond. Aus der Kühlbox nahm er eine Flasche Mineralwasser, schraubte sie auf und trank den halben Inhalt. Den Rest goss er sich über den Kopf.

Erfrischt blickte er sich um.

Die Landschaft bestand aus welligen Stein- und Schotterhügeln, von denen bizarre rote Sandsteinfelsen in den blassblauen Himmel ragten.

»He, Bonnie – was, zum Teufel, tun wir hier?«, rief Atkin gut gelaunt. »Das ist 'ne Gegend für Typen wie Gary Cooper oder John Wayne, aber nicht für einen Börsenmakler aus Chicago.«

»Lass uns weiterfahren«, antwortete sie.

Er kletterte zurück auf den Beifahrerplatz. Eine volle Flasche Wasser nahm er mit.

Die geschotterte Straße verlief in Windungen. Die Räder des Rovers wirbelten Staub auf. Der Wagen zog eine Staubfahne hinter sich her.

Als sie das Fahrzeug am Straßenrand sahen, verlangsamte die Frau das Tempo.

Es war ein normales Auto, nur bedingt geeignet für einen Trip durch die Painted Desert abseits der asphaltierten Straßen, auf denen sich die Touristen und Sightseeing-Busse bewegten. Nur stellenweise war die rote Lackierung unter der Dreckschicht erkennbar.

Der Mann, der hinter der aufgestellten Motorhaube hervorkam, machte ein paar Schritte in die Mitte der Schotterpiste und breitete die Arme aus.

»Fahr weiter!«, sagte Herman Atkin. Er hob den Blick zum Gepäcknetz über der Sonnenblende, vergewisserte sich, dass der Koffer unverändert dort lag, ein flacher Koffer aus Krokodilleder mit Zahlenschlössern und einer Vorrichtung, um ihn am Handgelenk des Trägers anzuschnallen. Der Koffer barg, was von den Spielgewinnen des Börsenmaklers übrig geblieben war, immer noch reichlich sechzigtausend Dollar, denn am letzten Tag im Casino des MGM hatte Atkin noch einmal eine Gewinnsträhne erwischt und das Gesamtresultat um gut zehntausend verbessert.

»Er hat ein Problem mit seinem Wagen«, widersprach sie. »Wir müssen helfen.«

»Verdammt, ich will keinen fremden Kerl in meiner Nähe!« Atkins Gesicht lief rot an, und er schrie wütender und lauter, als sie ihn je gehört hatte.

»Okay!«, stieß sie zwischen zusammengepressten Zähnen hervor, drückte das Gaspedal nieder und beschleunigte den Rover.

Der Mann auf der Straße erkannte, dass der Wagen schneller wurde. Er schwenkte die Arme und rief Worte, die im Motorengeräusch untergingen.

Atkin lehnte sich aus dem Seitenfenster, brüllte: »Aus dem Weg, Mann! Wir stoppen nicht!« Er zog den Kopf zurück, schrie die Frau an: »Fahr ihn über den Haufen, wenn er nicht ...«

Sie stampfte den Fuß auf die Bremse.

Mit blockierten Rädern schrammte der Geländewagen durch den Schotter, verursachte einen Hagelschlag spritzender Steine in alle Himmelsrichtungen und stellte sich quer.

Atkin, nicht angeschnallt und auf den plötzlichen Tempoabfall nicht vorbereitet, wurde von der Fliehkraft nach vorn geschleudert, knallte mit dem Kopf gegen die Frontscheibe und holte sich eine große Platzwunde an der Stirn. Noch nahezu reaktionsunfähig, gelang ihm keine Gegenwehr, als die Seitentür aufgerissen wurde, Fäuste ihn packten und der Fremde ihn aus dem Wagen zerrte. Zwei schnelle Tritte in die Kniekehlen warfen Atkin zu Boden, und der harte Druck eines Fußes zwischen seinen Schulterblättern hielt ihn unten.

»Lieg still, Herman!«, sagte eine Stimme, die Atkin nie zuvor gehört hatte, und trotz seines hämmernden Herzens und der Panik in seinen Nerven erfüllte ihn Verwunderung, dass der Mann seinen Vornamen kannte.

»Wo ist das Geld?«

Die Frage galt nicht Atkin.

»Bonnie« antwortete: »Immer noch im Aktenkoffer. Es war schwierig, ihn davon abzuhalten, es bei einer Bank einzuzahlen und sich mit einer Gutschrift zu begnügen.«

Der Druck des Fußes zwischen den Schulterblättern wurde abgelöst vom Druck einer Pistolenmündung an seinem Kopf. Dicht über ihm sagte der Mann: »Hör zu, Herman! Tut uns leid, dass wir dich ausrauben müssen, aber wir brauchen ein wenig Geld. Ich hatte in Las Vegas nicht so viel Glück wie du. Außerdem hat dir ›Bonnie‹ eine gute Gegenleistung geboten, oder? Sie ist ein Spitzenmädchen, und wenn dich der Spaß, den du mit ihr hattest, sechzigtausend Dollar kostet, mag es dir überbezahlt vorkommen, aber andere haben noch mehr bezahlt, wenn auch nicht immer in Geld.«

Die Frau schrie: »Sei still!«

»Okay, okay!«, sagte der Mann unter Gelächter, und dieses kurze, harte Lachen verstärkte Atkins Panik zu nacktem Entsetzen. Mit dem Gesicht im Straßenstaub, gequält von den scharfkantigen Schottersteinen, stammelte er: »Nehmen Sie das Geld, aber lassen Sie mich leben! Ich werde nicht die Polizei …«

»Aber klar wirst du die Polizei alarmieren, Herman, sobald du kannst, aber ich sorge dafür, dass du nicht so bald können wirst. Nein, ich bringe dich nicht um. Warum sollte ich das tun, da du doch so nett zu Bonnie warst? Du musst nur mitspielen. Wirst du mitspielen, Herman?«

»Hör auf, Hundesohn!«, schrie die Frau.

»Ich mache, was Sie verlangen!«, stöhnte Atkin.

»Gleich werde ich dich aufstehen lassen.« Sein Peiniger verminderte den Druck der Pistolenmündung. »Wir werden in meinen Wagen steigen und ein Stück querfeldein in die Wüste fahren. Nach einer Meile werde ich dich ausladen und mit dem Wagen verschwinden. Vermutlich wird es einige Stunden dauern, bis irgendwer dich findet. Diese Gegend ist wenig bevölkert und befahren. Ich verspreche dir, dass wir spätestens morgen früh den Wüsten-Rangern einen Tipp geben, wo sie suchen müssen. Sechzehn Stunden Wüste überlebst du leicht. Steh auf, Herman!«

Zweimal musste Atkin ansetzen, bis er auf den Füßen stand. Seine Knie zitterten.

Der Mann hatte sich einen Schal umgebunden, der nur die Augen freiließ. Atkin sah es mit Erleichterung und dachte: Wenn er mir sein Gesicht nicht zeigt, meint er es ernst und wird mich nicht erschießen.

Sein Blick fiel auf die Waffe in der Hand des anderen, eine Pistole, die bis zum Griff vollständig graviert war. Um den Lauf wand sich eine Schlange, deren Hautmuster von flachen Goldeinlagen nachgeahmt wurde. »Geh zum Wagen!«

Atkin gehorchte. Beim Umdrehen sah er »Bonnie«. Sie stand beim Landrover, wandte Atkin den Rücken zu. Ihre Haltung erinnerte ihn an die erste Begegnung am Swimmingpool des MGM-Hotels, als er das Tattoo auf ihrem Schenkel berührt und sie gefragt hatte, ob es echt oder aufgeklebt sei. Er wusste jetzt, es war ein echtes Tattoo.

»Schließ die Motorhaube!«

Die Mündung der ziselierten Pistole traf schmerzhaft einen Halswirbel.

Atkin stolperte zum Auto, schloss die Motorhaube, wurde vom

Druck der Waffe ans Steuer dirigiert. Der Mann setzte sich hinter ihn und befahl: »Fahr los, Herman! Bringen wir es hinter uns.«

Atkin startete den Motor.

»Nach rechts!«, sagte der Mann in seinem Nacken. »Einfach querfeldein und langsam, damit nicht die Achsen brechen.«

Kaum schneller als im Schritttempo rollte der Wagen vom Straßenrand in die weglose Wüste. Trotz der langsamen Fahrt wirbelten die Räder Staub auf, in dem die Umrisse des Fahrzeuges verschwanden.

Die Frau rauchte. Als sich die Zigarette dem Ende näherte, zündete sie an der Restglut die nächste an.

Der Wagen verschwand zwischen den roten Sandsteinfelsen. Nur die Reifenspuren markierten den Weg, den er genommen hatte.

Sie setzte sich in den Landrover, schloss die Augen, versuchte Gedanken und Gefühle abzuschalten. Es gelang ihr schlecht. Als sie die Augen öffnete und auf die Uhr blickte, waren nur ein paar Minuten vergangen.

Nach einer Stunde kam der Wagen zurück.

Der Mann saß am Steuer, stoppte neben dem Landrover, stieg aus.

»Irgendwer vorbeigekommen?«, fragte er.

Sie verneinte mit einer Kopfbewegung.

»Gib mir den Koffer, Bonnie!«

Er hatte sich angewöhnt, sie »Bonnie« zu nennen, wie sie von Herman Atkin wegen der angeblichen Ähnlichkeit mit der Filmfigur getauft worden war. In Las Vegas hatten sie oft über die zufällige und so ungemein passende Namensgebung gelacht. Mit der Verknüpfung zwischen ihm und dem berühmt-berüchtigten Gangsterpärchen der zwanziger Jahre hatte Atkin, ohne die leiseste Ahnung gehabt zu haben, ins Schwarze getroffen.

In diesem Augenblick hasste sie es, so genannt zu werden. Zum ersten Mal dachte sie ans Ende des Films, jene lang ausgewalzte Schlussszene, in der Bonnie und Clyde im Kugelhagel aus Polizeiwaffen einen qualvollen Tod sterben.

»Hol dir den Koffer selbst!«, sagte sie wütend.

Er stieg in den Landrover, setzte sich auf den Beifahrersitz und nahm den Koffer aus dem Gepäcknetz. Er stellte die Codeziffern der Zahlenschlösser ein.

»Hat Herman mir freiwillig verraten«, lachte er und öffnete den Koffer. »Ein schöner Anblick, oder? Warum siehst du nicht hin?«

»Wie lange sollen wir noch hier herumstehen?«, fauchte sie. »Willst du warten, bis eine Ranger-Patrouille vorbeikommt?«

»Schlecht gelaunt, Bonnie?« Er klappte den Deckel zu, ließ die Schlösser einschnappen. »Hättest du Herman lieber geheiratet, als ihn …«

»Sei still!«, schrie sie mit überkippender Stimme. Er legte einen Arm um ihre Schulter.

»Verlier nicht die Nerven, Darling! Herman war nur eine Episode. Verlass dich darauf, dass ich dir alles verschaffen werde, was dein Herz begehrt!«

Er legte den Koffer ins Gepäcknetz zurück.

»Auf jeden Fall verfügen wir wieder über genug Startkapital für die nächsten Monate.«

»Genug für die Spieltische in Las Vegas!«

»Wir bleiben nicht in Las Vegas. Ich erhielt gestern Nacht einen Anruf. Wir haben ein neues Ziel. In Las Vegas geben wir nur die Wagen zurück und leihen uns einen komfortablen Schlitten für eine bequeme Dreihundert-Meilen-Fahrt.«

»Wohin?«

»Los Angeles«, antwortete er. »Willst du es genauer wissen? Unser Ziel heißt Hollywood.«

Glen Cove, Long Island, April 1998

Ich läutete am Eingang der Villa.

Das schwarze Hausmädchen, das Lawrence Knight und mich beim ersten Besuch eingelassen hatte, öffnete.

»Ich möchte Miss Marbitt sprechen«, sagte ich.

»Sie ist nicht zu Hause. Verreiste vor zwei Tagen.«

»Wohin?«

»Das weiß ich nicht, Sir. Miss Eileen gab mir nur eine Telefonnummer, die ich anrufen soll, falls es notwendig würde.«

»Haben Sie angerufen?«

»Nein, ich hatte keinen Grund.«

»Geben Sie mir die Telefonnummer!«

»Ich muss den Zettel holen. Ich habe sie aufgeschrieben.«

Nach einer Minute kam sie zurück und übergab mir den Zettel.

Ich nahm mein Handy, tippte die Ziffern ein. Der Ruf kam an, aber am anderen Ende hob niemand ab.

»Wissen Sie, ob Miss Marbitt zu Freunden fuhr oder in ein Hotel?«

Das Mädchen zeigte ein Lächeln, das ins Grinsen überging.

»Vielleicht fuhr Miss Eileen zu einem Freund.« Der Tonfall war eindeutig.

»Sie meinen einen Liebhaber. Gab es einen?«

Sie wich aus, reagierte mit Achselzucken.

»Vorläufig vielen Dank!«

Ich ging zum Jaguar zurück, rief das Hauptquartier an und ließ mich mit Steve verbinden.

»Bitte lass feststellen, wem dieser Anschluss gehört.« Ich nannte die Reihenfolge der Ziffern und sagte Steve, ich würde in Glen Cove auf seine Nachricht warten.

Zehn Minuten später meldete er sich.

»Das ist eine Durchwahlnummer. Der Hauptanschluss gehört der Soundview Areal Company in Asharoken. Die Firma vermietet Ferienbungalows an der Küste. Über die Nummer, die du genannt hast, wird man automatisch mit einem bestimmten Bungalow verbunden.«

»Danke, Steve.«

Ich rief Soundview Areal an und fragte, in welchem Bungalow das Telefon mit Eileen Marbitts Nummer stand. Die beiden letzten Ziffern waren identisch mit der Nummer des Bungalows. Eileen Marbitt hatte das Ferienhaus 31 gemietet.

Ich machte mich auf den Weg nach Asharoken. Der Ort liegt auf einer Halbinsel, die weit in den Sound hineinragt.

Die Küste von Long Island ist Feriengebiet der New Yorker, aber um diese Jahreszeit war noch nicht viel los.

Ich stoppte vor der Verwaltung von Soundview Areal und ließ mir von einer Angestellten einige Informationen geben.

Den Bungalow hatte Eileen Marbitt vor drei Tagen telefonisch gemietet. Laut Kartei war sie eine alte Kundin, die seit Jahren immer wieder ein Ferienhaus bezog, mal nur für ein paar Tage, mal für zwei oder drei Wochen. Sie wählte immer die oberste Ausstattungskategorie und gleichzeitig ein Motorboot. Sie beschränkte ihren Aufenthalt nicht nur auf die Sommermonate, sondern kam auch im Herbst und Frühjahr.

Die Bungalows lagen außerhalb von Asharoken längs der malerischen Küste, die mehr oder weniger steil zum Meer abfällt. Sie lagen vereinzelt, jeder mit separater Zufahrt von der Privatstraße. Auf den Briefkästen an der Straße standen die Nummern.

Die Zufahrt zu Nummer 31 weitete sich vorm Haus zu einem kleinen Platz.

Ich stieg aus, ging die wenigen Schritte zum Eingang.

Unter meinen Sohlen knirschten Glassplitter.

Im Fenster links von der Tür war die Scheibe zerbrochen.

Ich rief: »Miss Marbitt?«

Niemand reagierte.

Die Eingangstür war verschlossen. Ich entdeckte eine Klingel und drückte auf den Knopf. Im Haus schlug ein elektrischer Gong immer wieder an, solange ich den Daumen auf dem Knopf hielt.

Ein zerbrochenes Fenster ist normalerweise kein Grund, in ein Haus einzudringen, aber mich quälte ein ungutes Gefühl.

Die Fensteröffnung war gerade weit genug für mich. Ich zwängte mich durch, landete in einem Waschraum, der offensichtlich für Gäste gedacht war. Seine Tür stand offen.

Ich blickte in eine kleine Halle, auf deren Boden Kleidungsstücke herumlagen, als habe irgendwer den Inhalt eines Koffers durchwühlt und weggeschleudert, was er nicht brauchte.

Vorsichtig durchquerte ich die Halle, die sich in einen Wohnraum öffnete. Das Panoramafenster erlaubte einen weiten Blick über den Sound.

Überall sah ich Spuren von Verwüstung. Ein Sessel war umgestürzt. Aus der Anrichte waren die Schubladen herausgerissen und ihr Inhalt verstreut worden.

Eine Verbindungstür führte ins Schlafzimmer. Diese Tür stand offen. Der Raum lag im Dunkeln, weil die Blendläden vor den Fenstern herabgelassen waren, und so sah ich von der Frau, die dort lag, nur die Beine, die in das Licht ragten, das aus dem Wohnraum fiel.

In einer Zwangsvorstellung drängte sich mir der Vergleich mit dem Mord an Andy Pash auf. Wie von Pash sah ich von Eileen Marbitt zunächst nur die Beine. Wie in der schäbigen Bronx-Wohnung mit der zertrümmerten Computerausrüstung hatte der Mörder auch in diesem luxuriösen Ferienbungalow Verwüstung hinterlassen.

Ich tastete nach dem Lichtschalter, fand ihn.

Eine Deckenlampe flammte auf.

Trotz aller Routine werde ich nie lernen, den Anblick von Menschen, die brutal umgebracht wurden, emotionslos zu ertragen. Ich biss mir so heftig auf die Unterlippe, dass Blut kam, aber das merkte ich erst später.

Bei unserer ersten Begegnung hatte Eileen Marbitt einen rosafarbenen Hosenanzug getragen. Als sie ihrem Mörder begegnete, trug sie ein ähnliches Modell in Weiß.

Es gab eine dritte Parallele zum Mord an Andy Pash. Wie er war auch sie erschlagen worden.

Ich berührte ihr Gesicht. Wärme spürte ich nicht. Sie war seit vielen Stunden tot, nicht so lange wie Pash, als ich ihn fand, aber länger als einen Tag und eine Nacht.

Mir fielen einzelne verstreute Perlen auf, die nicht weit von ihrem Kopf auf dem Teppichboden lagen. Eine Armlänge weiter entdeckte ich ein Stück der Halskette. Der Mörder musste ihr die Kette vom Hals gerissen haben.

Ich blickte auf ihre Hände und Arme.

Als Knight und ich ihr gegenübersaßen, hatte sie viel Schmuck getragen. Jetzt waren ihre Finger und Gelenke nackt, und auch der Goldring mit der Steingemme, den Francis Duville ihr nach der Rückzahlung des Kredites geschickt hatte, fehlte.

Als der Polizeiwagen Eileen Marbitts Hausmädchen aus Glen Cove brachte, waren die Routineuntersuchungen bereits erledigt. Der Fotograf hatte die üblichen Aufnahmen gemacht, der Arzt Todesursache und ungefähre Tatzeit festgestellt. Verkrustete Blutspuren, Hautpartikel und Haare waren an einer massiven, scharfkantigen Kristallvase entdeckt worden und hatten sie als Mordwerkzeug identifiziert. Fingerabdrücke auf der Vase fanden sich keine. Der Mörder hatte Handschuhe getragen.

Ein Cop der State Police brachte das verstörte Mädchen herein. Lieutenant Hayman, ergraut in vierzig Dienstjahren auf der langen

Laufbahn vom Streifenpolizisten zum Chef einer Abteilung des Homicide Departments, behandelte das Mädchen mit großer Rücksicht.

»Ich kann Ihnen den schrecklichen Anblick nicht ersparen, Miss. Bitte, sagen Sie mir Ihren Namen.«

Sie flüsterte: »Ich heiße Rosalie Owens, Sir.«

»Wann sahen Sie Eileen Marbitt zum letzten Mal?«

»Vor zwei Tagen, als ich ihr Gepäck zum Wagen brachte. Sie sagte, sie wüsste noch nicht, wann sie zurückkomme, und sie trug mir einige Arbeiten auf, die ich während ihrer Abwesenheit verrichten sollte. Dann fuhr sie ab.«

»In ihrem Auto?«

»Ja, Sir.«

»Beschreiben Sie den Wagen. Welcher Typ? Welche Lackierung?«

»Miss Marbitt benutzte ein rotes Corvette-Coupé. Sie kaufte das Auto vor einem halben Jahr.«

Hayman winkte einem Assistenten.

»Stell das Kennzeichen fest und setz ihn auf die Fahndungsliste!«

Er wandte sich wieder dem Mädchen zu, stellte Fragen nach Eileen Marbitts Gewohnheiten, erkundigte sich nach Freunden, Besuchern und auch nach ihrem Liebesleben.

»Zuletzt war Miss Eileen mit Mr O'Really befreundet«, antwortete Rosalie. »Einmal fragte sie mich, was ich davon hielte, wenn sie Mr O'Really heiraten würde, und ich sagte, ich fände ihn sehr nett. Zu einer Heirat kam es nicht. Im Gegenteil, nach einem großen Krach trennten sie sich endgültig im vorigen November.«

»Seitdem gab es keinen neuen Liebhaber in Miss Marbitts Sammlung?«

»Niemanden, den ich jemals zu sehen bekam, Sir, aber Miss Eileen fuhr häufig für einige Tage oder eine Woche weg, und ich glaube, dass sie einen Mann traf.«

»Warum glauben Sie das?«

Das Mädchen geriet ins Stottern.

»Sie war irgendwie verändert, oft erregt. Sie trank auch mehr als früher.«

Der Lieutenant sah mich an.

»Wollen Sie Fragen stellen, G-man?«

»Nein, Lieutenant. Ich nehme an, dass Sie alles daransetzen werden, Eileen Marbitts letzten Liebhaber zu finden. Der Mann, falls es ihn gibt, wäre auch für den FBI interessant.«

Hayman legte einen Arm um Rosalies Schulter, führte sie zur zugedeckten Toten und ließ den Kopf freilegen.

Das Hausmädchen schrie auf. Ein Weinkrampf brachte sie an den Rand des Zusammenbruchs. Auf Haymans Frage, ob sie in der Toten Eileen Marbitt erkannt habe, konnte sie nur nicken.

Er ließ sie nach draußen bringen und kam zu mir.

»Für mich liegt der Fall klar. Sie überraschte einen Einbrecher. Er griff nach dem nächsten schweren Gegenstand in Reichweite, erwischte die Vase und …«

Er imitierte die Bewegung des Zuschlagens.

»Die Nachbarhäuser sind nicht bewohnt. Falls sie noch geschrien hat, hörte sie niemand. Ihr Mörder fühlte sich so sicher, dass er nach der Tat weiter die Schränke und Schubfächer durchwühlte und seinem Opfer den Schmuck abnahm. Die Perlenkette zerriss er, muss aber die Perlen eingesteckt haben, denn wir fanden nur ein halbes Dutzend. Am Ende stieg er in ihren Wagen und verschwand. Er musste ihn nicht einmal kurzschließen. Den Schlüssel fand er in ihrer Handtasche. Genügen meine Vermutungen über den Tathergang auch dem FBI?«

Natürlich hätte Hayman gern erfahren, aus welchem Grund sich der FBI für Eileen Marbitt interessierte, aber ich erklärte nichts, sondern sagte: »Wenn er den Corvette fürs Wegfahren benutze, wo blieb das Auto, mit dem er kam? Es müsste noch irgendwo herumstehen.«

Hayman runzelte die Stirn.

»Ich lasse die Umgebung nach einem herrenlosen Schlitten absuchen«, entschied er. »Es ist auch möglich, dass nicht ein Mann allein am Werk war, sondern noch ein Zweiter mitwirkte. Falls wir keinen Wagen entdecken, wäre das eine Erklärung.«

»Schicken Sie dem FBI-Hauptquartier Kopien aller Fingerabdrücke, die Ihre Leute finden«, bat ich.

Ich stieg in den Jaguar, fuhr zurück nach New York.

Welche Fragen hätte ich Eileen Marbitt gestellt?

»Hassten Sie Duville, weil er Sie wegen einer anderen verließ, Miss Marbitt?«

»Geben Sie zu, dass Sie seinen Tod wünschten?«

»Wie fanden Sie den Mörder?«

»Wer half Ihnen?«

»Wie viel mussten Sie dem Profikiller ›Phantom‹ für Duvilles Ermordung bezahlen?«

Das Signalhorn eines Truck brüllte mich an. Das Gebrüll holte mich in die Realität zurück.

Es war sinnlos, über Fragen nachzudenken, die nicht mehr gestellt werden konnten – Eileen Marbitt so wenig wie schon Andy Pash.

Los Angeles, Mai 1998

Der Hilfsassistent ließ die Leiste auf den Rand der Klappe fallen, sagte laut: »Einhundertvierzehn – neun – die dritte.«

Dann sprang er zur Seite.

»Action!«, gab der Regisseur den Startbefehl für den dritten Versuch, die neunte Kameraeinstellung der einhundertvierzehnten Szene des Filmes »Sucht sie! Sie hat rotes Haar!« aufs Zelluloid zu bannen. Der Titel galt als vorläufig. Im Kreativ-Department der Produktionsgesellschaft zerbrachen sich Spezialisten den Kopf über knackigere Varianten.

Da Julia Forster der Star des Films war und ihr rotes Haar seit dem Supererfolg ihres ersten Films »Rothaarig und gefährlich« zum Markenzeichen und zur Aura ihrer erotischen Ausstrahlung hochstilisiert worden war, galt die Erwähnung ihrer Haarfarbe im Titel jedes neuen Films als unabdingbares Muss. Den Kreativ-Jungs rauchten die Köpfe.

Szene 114 war eine Außenaufnahme und spielte auf einem Bootssteg, der weit ins Wasser ragte. Julia Forster in der Rolle des Models Eve begegnet dem Fotografen Harry Lowry, der sie auf seine Yacht locken will, weil er plant, nicht Mode-, sondern Aktaufnahmen von ihr zu machen. Auf dem Steg fällt er über Julia her, versucht sie zu küssen, wird zurückgestoßen. Das Geländer des Stegs zerbricht. Der böse Harry fällt zur Freude Julias und des Publikums zehn Yards tief und klatscht in den Pazifik.

Die Rolle des Fotografen spielte Roscoe Hard, spezialisiert auf zwielichtige Charaktere. Mochten Millionen Männer in aller Welt davon träumen, Julia Forster in den Armen zu halten, sie zu küssen, ihre Brüste zu berühren, für Roscoe waren solche Handlungen eine

Qual, wenn er sie nicht an hübschen, schlanken, jungen Männern vollziehen konnte. Als Folge fehlte seinem Einsatz in der Szene das Feuer des echten Begehrens.

Zwei Versuche waren daran gescheitert, und auch der dritte »Take« löste bei Regisseur Lewis Garrer keine Glücksgefühle aus. Immer wütender kaute er auf seiner kalten Zigarre. Es war eine komplizierte Szene. Aus der Halbtotalen filmte die Kamera den Kampf zwischen Eve und dem Fotografen, seine Versuche, sie zu küssen, und den brutalen Griff ins herrliche rote Haar und schließlich ihren zielsicheren Fausthieb, der ihn gegen das Geländer schleudert.

Das Geländer war präpariert, aus Einzelteilen lose zusammengesetzt. Roscoe Hard sollte mit einem Aufschrei rücklings aus dem Bild fallen. Unter dem Steg war ein Netz aufgespannt, das ihn auffing. Den eigentlichen Sturz und das Aufschlagen aufs Wasser würde später ein Stuntman ausführen und die Kamera aus anderem Blickwinkel von einem Boot erfassen.

Es war so weit. Eve-Julia schlug zu. Harry Roscoe torkelte gegen das Geländer. Das Geländer zerbrach, und Roscoe verschwand aufschreiend von der Szene.

»Cut!«, schrie Regisseur Garrer. »Verdammt, wir müssen es noch mal machen! Es war schlimmer als vorher!«

Er wuchtete seine Zweihundert-Pfund-Kugelgestalt aus dem Regiestuhl, watschelte auf die Szene, tätschelte Julia Forster die Schulter, wobei er sich auf die Zehen reckte, um ihr wenigstens bis zum Kinn zu reichen.

»Julia, Schätzchen, du warst großartig«, säuselte er, »aber dieser Schwule agiert wie eine Holzpuppe. Wenn er den nächsten Take wieder schmeißt, lass ich dich von Schwarzenegger doubeln, damit er endlich in Fahrt gerät.«

Er brüllte die Assistenten an: »Holt ihn rauf!«

Drei Helfer rollten eine Strickleiter aus und hinunter zum Netz. Roscoe Hard griff nach den Sprossen und kletterte hoch. Auf halber Strecke rutschte der linke Fuß ab beim Versuch, die nächste Sprosse zu finden.

Zum zweiten Mal schrie er auf, viel echter, viel gellender als bei laufender Kamera, wie später gelästert wurde. Zehn Sekunden zappelte er wild, um wieder Halt zu finden. Dann konnten die Hände allein das ganze Gewicht des Körpers nicht länger halten. Die Finger lösten sich. Am Netz vorbei fiel der Schauspieler in die Tiefe. Er schrie, bis sein Körper aufschlug, eintauchte und das Wasser ihm den Mund verschloss.

Auf dem Steg stürzten die Mitglieder des Aufnahmeteams ans Geländer. Regisseur Garrer riss sich in einem Anfall von Verzweiflung die Schirmmütze vom Kopf und schleudert sie weit hinaus, als wäre sie ein Rettungsring.

Sekunden nach dem Eintauchen durchbrach Hards Kopf die Wasserfläche dicht neben dem Boot, dessen zwei Mann Besatzung den Auftrag hatten, die Teilstücke des Geländers aufzufischen. Sie zogen den Schauspieler an Bord, legten ihn lang, drückten ihm auf Brust und Brauch, bewegten seine Arme und Beine.

Ein Mann rief zum Steg hinauf: »Er ist okay! Wir bringen ihn an Land!«

Garrer erkannte, dass es Stunden dauern würde, Hard für einen weiteren Versuch herzurichten. Er resignierte.

»Wir brechen ab«, entschied er. »Um vier Uhr machen wir in der Innendekoration weiter.«

Er beugte sich übers Geländer, befahl den Männern im Boot: »Fischt mir meine Mütze auf!«

Von Julia Forster verabschiedete er sich mit einem Luftkuss.

»Du bist das beste Mädchen in Hollywood«, flötete er. Dann stampfte er, umgeben von Assistenten, Scriptgirl und Kameraleuten zu seinem Wagen.

Auch um Julia Forster scharte sich ein Trupp Helfer. Die persönliche Garderobiere legte ihr den Flauschmantel um. Friseuse und Maskenbildnerin, ihre Sekretärin und Merwyn Mayers, ihr Manager, schlossen sich an.

Der Bootssteg war für die Filmarbeit weiträumig abgesperrt. An Land standen Gerätefahrzeuge und die Garderobenwagen der Stars.

Vor Julia Forsters Zwölf-Yard-Wagen, dessen Länge und Ausstattung jedem Kenner zeigte, dass die Benutzerin zu den besten Kassenmagneten des Filmgeschäftes zählte, warteten sechs Personen, drei Männer und drei Frauen. Sie trugen einheitliche Uniformen, hellblaue Hemden mit Namensschildern über der linken Brusttasche, einem Wappen auf dem rechten Ärmel und schmale Blechstreifen als Rangabzeichen am Hemdkragen. Die Mützen glichen denen der Polizei, ebenso wie die schweren Gürtel, an denen Revolver, Schlagstock und Sprechfunkgerät hingen. Als sich die Gruppe mit Julia näherte, nahmen alle die Mützen ab.

»Was sind das für Leute?«, fragte die Schauspielerin den Manager.

»Angestellte eines Sicherheitsdienstes«, antwortete Mayers. »Das Studio gab Anweisungen, mehr für deine Sicherheit zu tun, Julia. Ich glaube, sie erhielten eine Warnung. Groslow sagte mir neulich, die Versicherung würde die Prämien erhöhen, wenn wir nicht bessere Vorkehrungen zu deinem Schutz träfen.«

Sie stampfte mit dem Fuß auf und fauchte wütend: »Verdammt, dauernd stoße ich auf Typen, die vorgeben, sie müssten auf mich aufpassen, und mir dabei höllisch lästig fallen. Ich wage kaum noch zu duschen, weil ich fürchte, jeden Augenblick könnte ein Kerl ins Badezimmer kommen.«

Mayers fuchtelte beschwichtigend mit den Händen.

»Du weißt doch, dass sich in deiner Garderobe nur Frauen aufhalten dürfen. Die Anweisungen sind streng. Jeder, der dagegen verstößt, wird sofort gefeuert. Julia-Darling, in deiner Garderobe, in deiner Villa kannst du so ungestört leben wie Eva im Paradies, aber den Sicherheitskordon um dich müssen wir verstärken. Es gibt zu viele Kerle, die verrückt nach dir sind. Millionen Jungs hast du den Kopf verdreht. Sie denken an nichts anderes, als dich – na, du weißt schon. Das ist zwar gut für die Kasse, aber gefährlich für dich. Erinnere dich an den Kerl in Frisco, der sich einfach vor dein Auto warf, um an dich heranzukommen! Oder an den anderen in Miami, der sich vom Hoteldach abseilte und beinahe auf deinem Balkon gelandet wäre. Also, wenn der es geschafft hätte, Baby, du wärst an einer Vergewaltigung nicht vorbeigekommen. Glaub mir, es können nicht genug Cops und Bodyguards und scharfe Hunde um dich herumhecheln. Verlass dich auf mich! Ich passe auf, dass niemand seine Grenzen überschreitet und …«

Julia hatte genug von Mayers Wassertall-Suada.

»Ach, halt die Schnauze, EmEm!«, sagte sie und ging weiter.

Ein Sicherheitsmann trat einen Schritt vor und sagte: »Guten Morgen, Miss Forster. Ich bin Kenneth Driscoll. Wir sind alle sehr stolz, für Sie arbeiten zu dürfen. Erlauben Sie, dass wir uns Ihnen vorstellen?«

»Später!«, zischte sie ungnädig und strebte an dem Mann vorbei zur Garderobentür.

Schneller als die Leute aus Julias Tross glitt einer der neuen weiblichen Bodyguards zur Tür und hielt sie für die Schauspielerin auf.

Die Blicke beider Frauen kreuzten sich.

Das Bodyguard-Mädchen lächelte, und weil Julia Forster das Lächeln und das Gesicht gefielen, lächelte sie ihrerseits und sagte: »Vielen Dank, Miss!«

New York, Mai 1998

Senior Officer Nelson Downey hielt mit einunddreißig Wagen den Rekord im Aufspüren gestohlener Fahrzeuge im Bereich des 18. Reviers, Central Park Nord. Respektvoll sprachen die Kollegen von Nels phänomenaler Nase für gestohlene Schlitten, und Downey hoffte, es auf fünfzig Exemplare zu bringen und damit einen neuen Stadtrekord aufzustellen.

An diesem Morgen fiel ihm ein rotes Corvette Coupé auf, das nach seiner Meinung schlicht und einfach nicht nach Harlem passte. Für normale Bewohner des schwarzen Stadtteils Manhattans war der Wagen zu teuer, für den Geschmack der Gangster und Zuhälter nicht protzig genug. Die bevorzugen pompöse Limousinen, die sie mit Massen von Chrom zu fahrenden Christbäumen aufrüsten.

Das Corvette-Coupé parkte am Straßenrand vor dem vergitterten Schaufenster des Altwarenhändlers Sol Linsky, eines der wenigen Weißen, die es wagten, im Herzen Harlems ein Geschäft zu betreiben.

Für Officer Downey, der die Verhältnisse in seinem Revier so gründlich kannte wie den Inhalt seiner Taschen, stand fest, dass schwarze Bosse ihre schützende Hand über Linskys Laden hielten, weil der Händler unter der Tarnung seines Altwarengeschäftes als Hehler für gestohlenes Gut jeder Größenordnung diente. Die Junkies und Kids, die täglich in Straßen und Subway-Zügen, Kaufhäusern und Bussen auf Raubzüge gehen, brauchten Leute wie Linsky für den Absatz ihrer Beute, und die wenigen Dollars, die Linsky zahlte, wanderten über den Kauf von Crack, über illegale Wetten oder den Stundenlohn eines Straßenmädchens am Ende in die Taschen der Bosse – Grund genug für sie, einen Mann vom Schlage Sol Linskys trotz seiner weißen Haut in Harlem zu dulden.

Officer Downey, dessen Haut dunkel war wie die von neunundneunzig Prozent aller Harlem-Bewohner, hätte, obwohl kein Rassist, Sol Linsky gern mit Fußtritten aus dem Stadtteil vertrieben, weil er Hehler für die Nutznießer des allgemeinen Elends hielt. Bisher war es ihm nicht gelungen, den Händler bei einem krummen Deal zu erwischen. Beim Anblick des Corvette Coupés witterte er eine doppelte Chance – einmal seinen Rekord zu verbessern, zum anderen Linsky mit heißer Ware in den Fingern zu ertappen.

Er nahm das Mikro des Sprechfunkgerätes und rief sein Revier.

»Fragt bei der zentralen Registrierung, ob sie ein rotes Corvette Coupé im Computer haben, anscheinend neuer Wagen, keine Beschädigungen. Das Kennzeichenschild ist verbeult und viel älter als der Wagen, also wahrscheinlich gefälscht. Beeilt euch!«

Die drei Minuten, die bis zur Antwort vertröpfelten, kamen Downey endlos vor. Er knurrte Flüche über die verdammten Lahmärsche vor den Bildschirmen.

»Sie haben vier Corvette Coupés rot im Register«, lautete die Antwort. »Zweimal Baujahr 96, einmal 95 und einmal 97.«

»Gib mir Details über den 97er!«

»Der ist 'ne ganz heiße Kiste, Nel! Wird seit einem Raubmord an der Besitzerin vermisst. Die Leute vom Homicide Department glauben, dass der Killer damit unterwegs ist.«

»Danke!« Downey stieß das Mikrofon in die Halterung, rammte seinem Fahrer Tom Rust den Ellbogen in die Rippen und rief: »Los, Kumpel! Verdienen wir uns einen warmen Händedruck vom Bürgermeister!«

Die Cops sprangen aus ihrem Wagen und marschierten, Hand am Griff des Revolvers, über die Fahrbahn auf das Corvette Coupé zu.

Genau in diesem Augenblick verließen zwei junge Schwarze Linskys Laden. Sie sahen die Polizisten, erstarrten für die Dauer eines Herzschlags, dann aber flitzten sie in verschiedene Richtungen auseinander.

Officer Rust war so nahe dran, dass er einem der Jungen den Weg abschneiden konnte. Cop und Ganove prallten aufeinander, und dank größerer Körpermasse blieb Rust Sieger. Der Gangster taumelte gegen das Gitter des Ladenfensters. Die Mündung des Polizeirevolvers unter dem Kinn nagelte ihn fest.

Downey, der keine Chance sah, das Wettrennen gegen den zweiten Burschen zu gewinnen, brüllte: »Stehen bleiben! Ich schieße!«

Ein Schuss in die Luft unterstrich die Warnung.

Der Mann rannte weiter. Zwei Yards vor der Straßenecke traf Downeys Kugel sein rechtes Bein. Aus vollem Lauf stürzte er, überkugelte sich bis weit in die Kreuzung hinein und verdankte es nur der Reaktionsschnelligkeit des Mannes am Steuer des Trucks, vor dessen Reifen er liegen blieb, dass er nicht überrollt wurde.

Downey ging zu ihm, schnauzte ihn an: »Umdrehen!«

Er kümmerte sich nicht um das Gejammere des Typen, er habe nichts verbrochen und Downey hätte nicht auf ihn schießen dürfen, sondern verpasste ihm Handschellen. Den Truckfahrer, der leichenblass ausstieg, bat er, über CB-Funk eine Ambulanz zu rufen.

Dann ging Senior Officer Nelson Downey zurück zu Sol Linskys Altwarenladen. Er kam gerade noch rechtzeitig, um Linsky daran zu hindern, die Eingangstür abzuschließen. Er hinderte ihn auf die einfachste Weise, indem er gegen die Tür trat, und er entschuldigte sich mit keinem Wort dafür, dass dabei die Tür Linsky vor den Kopf knallte.

Wuchtig und schnaubend wie ein Stier donnerte er in den Laden und brüllte Linsky an: »Verhaftet unter dem Verdacht der Verwicklung in einen Mord!«

Der Hehler, ein eher schmächtiger Mann, knickte in die Knie, und weil niemand zusah und nach seiner Meinung Sol Linsky an manchem Unglück mitschuldig war, beförderte Downey ihn rau aufs Gesicht, bevor er ihm die Handschellen verpasste.

Er verließ den Laden, ging zum Streifenwagen. Tom Rust hatte seinen Gangster sachgerecht flachgelegt und war dabei, ihn zu durchsuchen. Im Vorbeigehen nickte Downey zufrieden.

Er rief das Revier.

»Schickt mir einen Detective und zwei Wagen für die Absperrung! Tom und ich haben zwei Jungs stillgelegt, die türmen wollten. Wenn der Wagen, mit dem sie bei Sol Linsky vorgefahren sind, tatsächlich das Corvette Coupé aus dem Mordfall ist, haben wir zwei dicke Fische im Netz.«

»Noch dicker, als Sie denken, Downey!«, mischte sich Lieutenant Marsh, der Revierleiter, in die Verbindung. »In der Sache hängt auch der FBI.«

Barry Jefferson, sechsundzwanzig Jahre, trotz seines jugendlichen Alters Besitzer eines langen Vorstrafenregisters, verhaftet vor fünf Stunden zusammen mit seinem Kumpan Lionel Shugg von der Besatzung eines Streifenwagens des 18. Reviers, seitdem pausenlos verhört.

Das Gesicht des Jungen glänzte schweißnass. Verstört und eingeschüchtert vom Aufkreuzen hochrangiger Polizisten im Vernehmungsraum des Reviers erzählte er wieder und wieder dieselbe unglaubwürdige Geschichte.

»Die Karre stand am Straßenrand, richtig und ordentlich geparkt«, beteuerte er. »Wir haben gedacht, der Besitzer sei in irgendeinen Laden gegangen, um schnell irgendetwas zu kaufen, und wir haben seinen Wagen durchs Schaufenster im Auge behalten. Wir haben uns zuerst nicht rangetraut, weil wir glaubten, wenn wir beobachtet würden, hätten wir im Handumdrehen die Bullen im Nacken, aber nach einer Stunde hatte sich noch niemand um den Wagen gekümmert, und als Lionel nur mal so vorbeistrich und auf den Griff drückte, war sogar die Tür nicht verschlossen. Da haben wir's dann riskiert. Genau so war es. Fragt Lionel!«

Lionel konnte nicht gefragt werden. Vermutlich lag er noch in Narkose, nachdem die Ärzte ihm die Kugel, mit der er gestoppt worden war, aus dem Knie operiert hatten.

Lieutenant Hayman vom Homicide Department, der den Mordfall Eileen Marbitt bearbeitete, wies auf die beiden Armbänder, den Ring und achtzehn große Perlen. Sie waren bei der Durchsuchung in Sol Linskys Tresor gefunden worden, und als der Hehler erfuhr, dass die Juwelen aus einem Raubmord stammten, hatte er bereitwillig gestanden, sie von Jefferson und Shugg gekauft zu haben.

»Mit deiner primitiven Lügnerei kommst du nicht durch, Killer!«, brüllte der Lieutenant. »Die Armbänder und den Ring trug die Frau, die ihr in dem Bungalow bei Asharoken umgebracht habt, weil sie euch beim Einbruch überraschte. Wir haben die genaue Beschreibung des Schmucks durch das Hausmädchen. Ihr habt euch nicht gescheut, die Tote auszuplündern.«

Hayman nahm die Perlen, hielt sie Jefferson vor die Augen, donnerte: »Wer hat das Halsband zerrissen? Wer war die Bestie, die zu so etwas fähig war? Du oder Lionel?«

Der junge Schwarze drehte den Kopf zur Seite, als wolle er den Blick auf die Perlen vermeiden.

»Ich war noch nie in Asharoken«, keuchte er. »Ich weiß nicht mal, wo das ist.«

»Du hast auch noch nie einen Einbruch begangen?«, höhnte Hayman. »Deine fünf Vorstrafen wegen Einbrüchen sind samt und sonders Justizirrtümer? Dein Freund Shugg bringt's sogar auf acht Verurteilungen, und schon einmal hat er, als er überrascht wurde, einen Mann zusammengeschlagen. Los, Barry, erklär uns, wie man in den Besitz von Schmuck und Perlen gelangt, die einer ermordeten Frau gehörten, ohne sie umgebracht zu haben!«

»Ich habe es schon hundert Mal gesagt!«, kreischte Jefferson. »Die Klunker lagen im Handschuhfach, und es waren noch mehr. Wir haben sie nach und nach verkauft, nicht nur an Linsky.«

Hayman hob die Faust. »Sag das noch mal, und ich werde dich …« Er brach ab, wechselte die Lautstärke vom Brüllen zurück zum normalen Tonfall. »Okay, Barry, ich verstehe, dass du einen Freund, mit dem du ein Dutzend heißer Sachen gemeinsam gedreht hast, nicht verraten willst, aber wenn der elektrische Stuhl droht, ist sich jeder selbst der Nächste. Mag sein, du warst nicht in dem Bungalow in Asharoken. Du hast die Frau nicht zu sehen bekommen, weil du nur Schmiere gestanden hast und Shugg den eigentlichen Einbruch allein beging. Wenn es so war, solltest du nicht versuchen, dich vor ihn zu stellen. Bei Mord hört jede Freundschaft auf.«

Noch während der Lieutenant sprach, hatte Jefferson schon mit dem Kopfschütteln begonnen.

»So war es nicht, Sir!«, versicherte er. »Wir fanden die Corvette am Straßenrand.«

Hayman knirschte hörbar mit den Zähnen.

»Klar, und der Weihnachtsmann hat ihn für euch dort hingestellt. Verdammt, es ist nicht Weihnachten, sondern Mai und nicht die richtige Zeit fürs Erzählen von Weihnachtsmärchen.«

Ein Detektiv des 28. Reviers löste den Lieutenant ab. Ich verließ mit ihm den Vernehmungsraum. Hayman bediente sich am Wasserbehälter und knurrte: »Warum stellen Sie keine Fragen, G-man?«

»Wenn Jefferson und Shugg tatsächlich Eileen Marbitt ermordet haben, fällt das Verbrechen nicht in die Zuständigkeit des FBI. Wenn nicht, dann …«

Er ließ mich nicht ausreden.

»Zweifeln Sie daran?«

»Ich zweifele daran, dass Jefferson oder der andere den Mord gestehen werden. Bei einem Geständnis droht ihnen lebenslänglich. Bleiben beide bei ihrer Geschichte, kommen sie mit drei oder vier Jahren davon.«

»Sie irren sich, G-man«, widersprach Hayman. »Kein Richter glaubt solche Lügen, und die Indizien genügen für eine Verurteilung wegen Mordes.«

Eine Stunde später wurde das Verhör abgebrochen.

Ich fuhr ins Hauptquartier, fragte, ob High noch in seinem Office sei, und als Helen, seine Sekretärin, bejahte, ließ ich mich anmelden.

Er hörte sich meinen Bericht an, ohne mich durch Fragen zu unterbrechen. Am Ende sagte er lakonisch: »Diese beiden Straßenganoven lügen nicht. Sie fanden den Wagen so, wie sie es behaupten, den Schlüssel im Schloss und Eileen Marbitts Schmuck im Handschuhfach.«

»Ich verstehe nicht, Sir. Wenn Jefferson und Shugg nicht die Mörder sind, warum sollte der wahre Täter anderen den Wagen und Juwelen für viele Tausend Dollar überlassen haben?«

»Weil er sich nicht mit vielen Tausend Dollar zufrieden gibt. Sein Ziel sind viele Millionen Dollar. Mord soll ihn reich machen.« Er wies auf die schmale Aktenmappe, die vor ihm auf dem Schreibtisch lag und den Stempel »Streng geheim« trug.

»Die Liste der First Life. Wir sprechen morgen darüber. Gute Nacht, Jerry!«

Los Angeles, Mai 1998

Es war die typische Hollywood-Party.

Zweihundert Gäste feierten in der Villa den sechzigsten Geburtstag das Produzenten Abel G. Gulbekian, während vor den Mauern die gleiche Anzahl Newsjäger lauerten, TV-Journalisten, Zeitungs- und Radioreporter ebenso wie sensationsgeile Paparazzi.

Bei der Ankunft hatte Julia Forster das gewohnte Blitzlichtgewitter über sich ergehen lassen, ein paar freundliche Worte in hingehaltene Mikrofone gesagt und im Kreuzfeuer der Scheinwerfer Abel Gulbekian die Gratulationsküsse auf die feisten Wangen gedrückt, denn er war der Produzent ihres nächsten Films.

Inzwischen war es Mitternacht.

Julia fühlte sich müde. Sie hatte einen anstrengenden Drehtag hinter sich und einen ebenso anstrengenden Drehtag vor sich. Sie hatte zu viel getrunken, und nie wurde sie den Schwarm Männer los, die sie umringten und auf sie einredeten.

Drehbuchautoren faselten von Hauptrollen für sie in neuen Skripts. Regisseure wünschten Julia als Star für den nächsten Film. Schauspieler versprachen sich vom gemeinsamen Auftritt einen Kick für die eigene Karriere, und eine Menge sonstiger Kerle ließ ihren geballten Charme auf Julia niederprasseln in der Hoffnung, sie würde mit einem von ihnen schlafen.

Um ein Uhr hatte Julia die Meute satt.

Sie zog sich dorthin zurück, wohin Männer ihr nicht folgen konnten: in den Waschraum für Ladys. Sie bat die Garderobiere, Mr Frank Marriot zu suchen und ihn bis vor die Tür der Waschräume zu lotsen.

Es dauerte zehn endlose Minuten, bis die Garderobiere zurückkam und meldete, Mr Marriot warte vor der Tür. Julia bedankte sich mit einem dicken Trinkgeld und wagte sich aus der relativen Sicherheit des Waschraums.

Mit Frank Marriot verband sie eine Freundschaft, die noch aus jener Zeit stammte, als beide namenlose Schauspieler auf der Suche nach einem Statistenjob gewesen waren, und während Julia den Sprung in die Kategorie der hoch bezahlten Stars geschafft hatte, war Marriot in der Statistenkartei hängen geblieben. Julias Fürsprache verhalf ihm hin und wieder zu kleinen Sprechrollen. Er war jung, er sah gut aus, aber aus unerklärlichen Gründen langweilte er das Publikum. Vielleicht hätte Julia Gründe für Marriots mangelnde Ausstrahlung nennen können. Sie hatte eine kurze Liebschaft mit ihm gehabt, und er hatte auch sie gelangweilt. Trotzdem sorgte sie dafür, dass sein Name auf den Einladungslisten zu allen wichtigen Partys Hollywoods stand, damit er die Chance erhielt, Regisseure und Produzenten auf sich aufmerksam zu machen.

Marriot trug einen weinroten Smoking, eine weiße Rose im Knopfloch und hatte sich einen Schnurrbart à la Errol Flynn wachsen lassen.

Julia küsste ihn auf die Wangen.

»Hi, Frank! Bist du mit deinem Wagen gekommen?«

»Ja, bin ich. Wie findest du meinen neuen Typ?« Er strich mit der Kuppe des kleinen Fingers über den schmalen Schnurrbartstrich.

»Großartig!«, log Julia. »Hör zu, Frank! Ich will nach Hause. Draußen lauert die Newsbande. Wenn ich meinen Wagen benutze, hängt sich ein halbes Hundert Bastarde an und verfolgt mich, am liebsten bis in mein Schlafzimmer. Der Lieferanteneingang zur Villa mündet in die Querstraße. Auf deinen Wagen wird niemand achten. Spiel Taxifahrer für mich! Okay, Frank?«

»Selbstverständlich, Julia. In zehn Minuten stehe ich vor der Tür.«

In Gulbekians Villa kannte sich Julia aus, weil sie lange vor der Initialzündung ihrer Karriere an Partys des Produzenten teilgenommen hatte, allerdings nicht als Stargast, sondern als Aushilfsserviererin für fünfzehn Dollar Stundenlohn. Diese Episode gehörte zur Erfolgsstory ihres Aufstiegs. Noch vor wenigen Wochen hatte die Publicitiy-Abteilung eine Fotoserie in die Magazine lanciert, die Julia im Outfit einer Serviererin und mit einem Tablett voll Champagnergläser zeigte.

Sie gelangte unbemerkt von den Gästen in die Küche. Natürlich reagierte das Personal überrascht. Einzelne begannen zu klatschen, aber als Julia den Finger auf die Lippen legte, begriffen alle und halfen ihr eifrig.

Marriots Wagen, ein nicht mehr neuer Japaner, stand auf der Einfahrt. Er öffnete den hinteren Schlag für Julia.

»Nimm den Kopf herunter«, sagte er. »Am besten legst du dich flach auf die Sitzbank. Die Pressefritzen schwirren herum wie die Schmeißfliegen.«

Sie befolgte den Rat, duckte sich zwischen Sitzbank und den Rückenlehnen der Vordersitze. Marriot fuhr an. Am Licht, das in den Wagen fiel, erkannte sie, dass sie die Straße erreichten.

Ein paar Minuten später sagte Marriot: »Geschafft! Komm nach vorn, Julia. Ich möchte das Vergnügen deiner Gesellschaft genießen.«

Er stoppte. Julia wechselte auf den Beifahrerplatz. Sie bedankte sich bei Marriot mit einem Kuss.

»Danke für die Hilfe, Frank!«

Er ließ den Wagen anrollen, blieb im Schritttempo.

»Wo ist dein Chinchilla-Cape?«, fragte er. »Ich sah dich bei der Ankunft, und eine Frau neben mir zischte, das Fell um deine Schultern sei mindestens fünfzig Tausender wert.«

»Sie hat übertrieben«, antwortete Julia. Die Nachtluft in Belair war lau. Sie vermisste den Pelz nicht. Wahrscheinlich würde Gulbekian ihn morgen schicken und ein Bündel Orchideen dazu.

Sie fragte Marriot, ob er Angebote für neue Rollen habe. Er gab ausweichende Antworten, faselte von Aussichten auf die Hauptrolle in einer Fernsehserie, bis Julia ihn unterbrach, sich aufrichtete und sagte: »Das ist nicht der Weg zu meinem Haus. Wohin fährst du, Frank?«

Statt zu antworten, trat er das Gaspedal durch, nahm eine Querstraße, steuerte die Einfahrt eines Parkplatzes an. Auf dem Parkplatz brachte er den Wagen zum Stehen.

Julia brach in Gelächter aus.

»Willst du mich vergewaltigen, Frank?«

»Früher hatten wir hin und wieder Spaß miteinander«, entgegnete er und legte einen Arm um ihre Schulter.

»Mag sein, dass du Spaß hattest, ich nicht.«

Ein zweiter Wagen raste auf den Platz, wurde hart abgebremst. Die Türen flogen auf. Zwei Männer, behängt mit Kameras, sprangen heraus, und während sich Julia noch gegen die Umarmungsversuche Marriots wehrte, flackerten schon die Blitzlichter.

Julia gelang es, Marriot ins Gesicht zu schlagen.

»Du verdammter Hundesohn!«, kreischte sie. »Du denkst, Berichte und Bilder, wie du Julia Forster vernaschst, würden deine beschissene Karriere aufmöbeln!«

Sie durchschaute das Spiel. Sie konnte sich gegen Marriot wehren, aber nicht gegen die Paparazzi, die das Auto umtanzten und pausenlos Fotos schossen, bis einer von ihnen sogar die Fahrertür aufriss und schrie: »Wie hat sie's dir gemacht, Frank? War's 'ne richtige Nummer oder …«

Der Mann verstummte mitten im Satz, brach in die Knie und fiel mit dem Oberkörper ins Auto. Auf der anderen Wagenseite stieß der zweite Paparazzo einen Schrei aus und verschwand, als hätte sich unter ihm die Erde geöffnet.

Noch geblendet vom Dauerfeuer der Blitzlichter und unfähig, in der plötzlichen Dunkelheit auch nur Umrisse zu erkennen, registrierte Julia die plötzliche Stille, bis sie einen Mann sagen hörte: »Steigen Sie aus, Marriot!«

Auf Julias Seite wurde die Wagentür geöffnet. Eine Frau fragte: »Sind Sie okay, Miss Forster?«

»Wer sind Sie?«, stammelte Julia.

»Ihr Sicherheitsdienst, Miss Forster.«

Bei offenen Türen brannte die Innenbeleuchtung des Autos, und Julias Augen gewöhnten sich an die veränderten Lichtverhältnisse.

Die Frau half ihr aus Marriots Wagen.

»Treten Sie nicht auf den Mann«, sagte sie. »Er liegt direkt vor Ihren Füßen.« Sie lachte leise. »Oder treten Sie drauf, falls Ihnen danach ist. Der Mistkerl hat es nicht anders verdient.«

»Sie haben Fotos ohne Erlaubnis geschossen.« Julias Empörung wuchs. »Sie sind wie Tiere über mich hergefallen.«

»Kenneth wird die Filme aus den Kameras nehmen. Wie sollen wir mit Mr Marriot verfahren?«

Sie führte Julia um den Wagen herum.

Neben dem bewusstlosen Paparazzo lag Frank Marriot auf den Knien, die Hände im Nacken verschränkt. Hinter ihm stand ein Mann in der Uniform des neuen Sicherheitsdienstes. Das Licht, das die Innenbeleuchtung des Wagens lieferte, war zu schwach, als dass Julia sein Gesicht unter der Mütze genau sehen konnte. Er grüßte mit der Hand am Mützenschirm.

»Kenneth Driscoll, Miss Forster, zu Ihren Diensten. Ich vermute, Sie wünschen nicht, dass sich die Polizei einmischt.«

»Um Himmels willen, nein! Bitte, sorgen Sie dafür, dass die Filme vernichtet werden!«

»Ich bin schon dabei, Miss Forster.« Er hielt eine geöffnete Kamera hoch.

Die Frau berührte Julias Arm.

»Es ist besser, wenn ich Sie nach Hause fahre, bevor die Paparazzi das Bewusstsein wiederfinden. Kenneth wird den Typen klarmachen, was ihnen droht, wenn sie nicht den Mund halten.«

Neben dem Wagen der Pressehyänen stand ein zweites Auto, dessen Schlag die Bodyguard-Frau für Julia öffnete.

»Schnallen Sie sich bitte an, Miss Forster«, sagte sie, warf die Tür zu, ging um den Wagen herum, nahm die Mütze ab und stieg ein. Die Mütze warf sie auf den Rücksitz.

Sie wandte Julia das Gesicht zu und lächelte.

»Ich bin froh, dass wir rechtzeitig kamen, Miss Forster.«

Julia las auf dem Schild über der linken Brusttasche der Uniformbluse den Namen »D. Gates«.

»Wie lautet Ihr Vorname, Miss Gates?«
»Diana, Ma'am.«
Julia beugte sich hinüber, umarmte sie und sagte: »Vielen Dank, Diana!«

New York, Mai 1998

Um neun Uhr morgens betrat ich Mr Highs Office.
»Guten Morgen, Sir«, wünschte ich.
»Guten Morgen, Jerry.«
Er wies auf den Stuhl vor seinem Schreibtisch. Ich setzte mich.
Der Chef überreichte mir den schmalen Aktenordner mit dem »Streng-geheim«-Stempel. Ich schlug ihn auf, las:

First Life Insurance N.Y.
Streng geheim.
Zugriff nur für autorisierte Personen der Ebene 1.
Liste der Lebensversicherungen 5 Millionen Dollar und mehr.

Ich blätterte um.
Die Liste begann mit dem Namen Allan Alburry. Dem Alburry-Clan gehörte ein Dutzend großer Hotels an der Ostküste. Vermutlich handelte es sich bei Allan um den Senior der Familie. Seine Versicherung lautete über sieben Millionen Dollar, und in der dritten Spalte stand der Name der Person, der die Summe zufließen sollte: Loretta Alburry-Hendson, Allan Alburrys Ehefrau.
Ich ließ mir Zeit und las Zeile für Zeile.
Auf Alburry folgte Roberto Ascelto mit acht Millionen Dollar, bestimmt zur Hälfte für Antonia Frasso-Ascelto, die Ehefrau, zur anderen Hälfte für vier Kinder. Für irgendwelche Ascelto-Produkte wurde im TV Werbung ausgestrahlt.
Viele Namen, die folgten, kamen mir bekannt vor. Ich hatte sie schon mal gehört, über die Leute, die sie trugen, in Zeitungen gelesen, TV-Berichte über sie gesehen, oder sie wurden im Fall Ascelto als Markenbezeichnung benutzt.
Den Namen Francis Duville fand ich auf der zweiten Seite. Neben der Spalte stand am Rand ein Datum und das Wort »Fällig«. Das

Datum war der Tag seiner Ermordung. Dass die fünf Millionen Versicherungssumme an Eileen Marbitt nicht ausgezahlt waren und auch nicht mehr ausgezahlt werden konnten, war nicht vermerkt.

Die Liste enthielt siebenundzwanzig Namen. Beim Buchstaben K hörte sie auf. Ich schloss den Ordner, legte ihn auf den Schreibtisch.

Mr High drehte seinen Kugelschreiber zwischen den Fingern, legte den Kopf in den Nacken, blickte gegen die Decke und sagte: »Wenn Sie ein Gangster wären, Jerry, was würden Sie mit dieser List anfangen?«

Die Frage war so seltsam und kam so überraschend, dass mir spontan nur die Antwort einfiel: »Als Gangster würde ich versuchen, sie irgendwie zu Geld zu machen.«

»Durch Erpressung der Versicherungsgesellschaft?« Highs zweite Frage stieß so blitzschnell auf mich ein wie der Sturzflugangriff eines Habichts auf einen Hühnerschwarm.

»Erpressungen sind schwierig durchzuziehen, Sir. Beim Kassieren gerät ein Erpresser immer in Gefahr, ausgetrickst zu werden. Laut Statistik enden von hundert Erpressungsversuchen nur vier mit einem Erfolg für den Täter. Es sei denn …« Ich brach ab, weil ich den Gedanken im Kopf noch nicht zu Ende gebracht hatte.

»Es sei denn, er erpresst jemanden, der sich nicht wehren kann oder sich nicht wehren will«, ergänzte Mr High. »Wer sich gegen eine Erpressung nicht wehrt, verwandelt sich vom Opfer in einen Komplizen.«

Er legte eine Hand auf den Aktenordner.

»Jerry, in dieser Liste stehen siebenundzwanzig Namen von Personen, deren Tod zusammengerechnet dreihundert Millionen Dollar wert ist, und sie enthält auch die Namen der Leute, die diese dreihundert Millionen Dollar bekommen würden. Wären Sie ein Gangster, Jerry, Sie verfielen schnell auf den Gedanken, den Mann oder die Frau herauszusuchen, mit dem oder mit der sich ein Deal verabreden ließe, der ungefähr so aussähe: Ich weiß, dass im Todesfall von Mr X fünf Millionen Dollar an dich, Miss Y, ausgezahlt werden müssen. Ich bringe ihn um. Wir teilen.«

»Der Deal hat eine Schwachstelle, Sir. Miss Y geriete sofort in Verdacht, den Killer gekauft zu haben.«

»Richtig. Aber dieser Verdacht entfällt, wenn vor dem Mord an

Mr X ein Erpresser der Versicherungsgesellschaft droht, er verlange eine halbe oder eine Million Dollar oder er würde irgendwen von den Personen umbringen, deren Namen er auf der Liste gefunden hat. Er lässt die Geldübergabe platzen, gibt der Versicherung die Schuld und macht seine Drohung wahr. Wer sollte danach noch behaupten, das Opfer sei schon vorher ausgewählt gewesen, und nicht die gescheiterte Geldübergabe sei der Grund für die Ermordung, sondern der Deal zwischen Killer und Nutznießer?«

»Sie sprechen von Francis Duville und Eileen Marbitt, Sir?«

Mr High nickte.

»Miss Marbitt war reich, Sir. Für sie bedeuteten fünf Millionen Dollar keine Verlockung.«

»Sie hasste Francis Duville, Jerry. Für sie bestand die Verlockung in der Befriedigung ihrer Rache. Sie kennen die Aussagen des Hausmädchens Rosalie Owens. Schon Monate vor der Ermordung Duvilles traf Eileen Marbitt immer wieder einen Mann, über den sie nicht sprach und den niemand aus ihrem Umfeld zu sehen bekam. Weder uns noch der State Police ist es in den zwei Wochen seit ihrem Tod gelungen, die kleinste Spur dieses Mannes zu finden. Das beweist, dass er extrem vorsichtig war – so vorsichtig, dass er, nachdem er auch Eileen Marbitt umbrachte, einen Raubmord nicht nur vortäuschte, sondern der Polizei auch gleich die Täter lieferte.«

»Welchen Grund hatte er, die Frau umzubringen, mit der er den Deal über Duville abgemacht hatte?«

»Der Deal brachte kein Resultat. Duvilles Lebensversicherung wurde wegen des Einspruchs seiner Familie nicht ausgezahlt. Dadurch wurde Eileen Marbitt für den Mann nutzlos und als Mitwisserin zum gefährlichen Risiko für seine nächste Aktion.«

»Nächste Aktion? Sir, Sie nehmen, an, falls Mr Mortality den angedrohten neuen Mord begeht, hätte er wieder vorher einen Deal mit dem Empfänger der Versicherungssumme ausgehandelt?«

»Davon bin ich überzeugt, Jerry.«

Mr High zog den Aktenordner mit der First-Life-Liste zu sich hinüber und öffnete ihn.

»Wenn Menschen erfahren, dass sie im Falle des Todes eines bestimmten Menschen viele Millionen Dollar bekommen, werden sie verführbar«, sagte er und setzte nach einer kleinen Pause hinzu: »und zu ungeduldig, um noch zehn oder zwanzig Jahre zu warten.

Manche mögen der Verlockung erliegen, sofort zu kassieren, auch wenn sie mit dem Mann, der ihnen dazu verhilft, teilen müssen.«

Er blätterte in der Liste.

»Seit Vanderfield die Liste endlich herausgab, habe ich die Organisation des FBI benutzt, die Lebensumstände der dreiundzwanzig Männer und drei Frauen zu durchleuchten, bei deren Tod Millionensummen fällig werden. Ich versuchte, die Verführbarkeit und die Ungeduld der Empfänger abzuschätzen. Über die Hälfte der Namen konnte ich von vornherein ausnehmen. Sechzehn Männer und eine Frau haben ihre millionenschwere Lebensversicherung zugunsten von Stiftungen, Krankenhäusern oder Museen abgeschlossen. Alle anderen, mit vier Ausnahmen, setzten Familienangehörige ein.« Er lächelte. »Wenn auch nicht auszuschließen ist, dass manche Söhne und Ehefrauen fähig wären, ihre Väter beziehungsweise Männer umbringen zu lassen, scheint diese Variante in den überprüften Fällen extrem unwahrscheinlich. Es bleiben die erwähnten vier Ausnahmen.«

Er las vor: »Trevor Falshire, versichert mit acht Millionen Dollar zugunsten seines Geschäftspartners Sid Dutch. Dieser Mr Dutch ist mit ebenfalls acht Millionen zugunsten seines Partners Trevor Falshire versichert, eine Art Lebensversicherung auf Gegenseitigkeit. Einer von beiden könnte in die Versuchung geraten, die Gegenseitigkeit vorzeitig aufzukündigen. Der FBI wird einen Agenten auf die beiden Geschäftsfreunde ansetzen. Der nächste Fall ist ein gewisser Paul Eagle in Denver. Seine fünf Millionen Dollar erhielte im Todesfall der Kreditvermittler Charles Pascale, bei dem Eagle mit einigen Hunderttausend Dollar in der Kreide steht. Eagles früher Tod wäre also für Pascale ein Bombengeschäft. Ich werde einen unserer Leute nach Denver schicken.«

Er schlug eine Seite um.

»Sie, Jerry, schicke ich nach Los Angeles. Stellen Sie fest, aus welchem Grund Julia Forster mit fünfzehn Millionen Dollar zugunsten der Selected Productions Limited, einer unbedeutenden Filmfirma, versichert ist.«

»Der Filmstar Julia Forster?«, vergewisserte ich mich.

»Richtig.« Mein Chef lächelte. »Ich denke, Sie haben nichts dagegen, mit ›Pretty Julia‹ in Berührung zu kommen, oder?«

»O nein, Sir! Um diesen Job würden sich sämtliche amerikanische Männer zwischen siebzehn und siebzig Jahren reißen.«

»Ich hoffe, Sie entdecken in Hollywood die Fährte, die uns zu dem Mann führt, der sich Mr Mortality nennt und vorgibt, First Life erpressen zu wollen, während er in Wahrheit ein ganz anderes Motiv für seine Verbrechen hat.«

»Sir, der Vergleich der Geschosse führte zu der Annahme, dass Francis Duville von dem Berufskiller ›Phantom‹ getötet wurde. Vermuten Sie, dass ›Phantom‹ und ›Mortality‹ ein und derselbe Mann sind?«

High schüttelte den Kopf.

»Nur für den Mord an Duville wurde ›Phantom‹ angeheuert und vermutlich mit dem Geld von Eileen Marbitt bezahlt. Die Morde an dem Hacker Andy Pash und an Eileen Marbitt beging der andere, der Drahtzieher dieser Verbrechen, der Pash die Liste abkaufte und Eileen Marbitts Hass auf ihren ehemaligen Geliebten zu jenem Deal ausnutzte, der ihm Millionen bringen sollte. Er ist völlig skrupellos. Wir dürfen nicht vergessen, dass er um ein Haar auch Phil getötet hätte.«

Der Chef stand auf.

»Ich lasse Ihnen freie Hand, Jerry, und begrenze Ihren Einsatz auch zeitlich nicht. Es ist ein ungemein schwieriger Job. Falls Julia Forster, während Sie an diesem Fall arbeiten, etwas zustößt, sind Sie erledigt, Jerry.«

Er reichte mir die Hand, etwas, das John D. High sehr selten tat.

Ich verließ das Office. Highs Sekretärin Helen gab mir die Anweisung für den Spesenvorschuss, und ich ließ mir in der Abrechnungsabteilung die Summe auszahlen.

Natürlich hatte ich Phil im Hudson-Hospital besucht, so oft ich konnte. Es ging ihm jeden Tag besser. Nur beim Lachen schmerzten seine angeknacksten Rippen. An diesem Tag ging ich am Abend hin.

»Ich werde morgen entlassen«, sagte er.

»Ich fliege morgen nach Los Angeles«, antwortete ich und informierte ihn über Mr Highs Gründe für die Entscheidung.

Phil hörte aufmerksam zu. Fragen stellte er nicht. Als ich aufstand, um zu gehen, lautete sein einziger Kommentar: »Bring mir ein Autogramm von Julia Forster mit.«

Los Angeles, Mai 1998

Szene 114, die Szene auf dem Bootssteg, wurde am Tag nach der Party beim Produzenten Gulbekian neu in Angriff genommen. Nach dem vierten Versuch gab sich Regisseur Lewis Garrer zufrieden, erklärte die Szene für »gestorben« und befahl den Abbau, da weitere Aufnahmen auf dem Schauplatz »Bootssteg« im Drehbuch nicht vorgesehen waren.

Julia wurde von ihrer Helfertruppe zum Garderobenwagen begleitet. Ein Mann und eine Frau in der Uniform des privaten Sicherheitsdienstes bewachten den Zugang. Die Frau war eine Schwarze von kompakter Catchergestalt. Der Mann, ein Weißer, hatte ein scharf geschnittenes Gesicht und trug eine Sonnenbrille. Als Julia an ihm vorbeiging, legte er grüßend die Hand an den Mützenschirm. Sie blieb einen Augenblick lang vor ihm stehen, um das Namensschild zu lesen. Er hieß T. Chamber, ein anderer Name als der des Bodyguards der vergangenen Nacht.

In der Garderobe ließ sich Julia abschminken. Die Garderobiere befreite sie von dem hautengen Kleid, das die Rolle vorschrieb und dessen Träger Roscoe an den vorbereiteten Stellen gemäß den Regieanweisungen zerrissen hatte.

Der Garderobenwagen hatte eine eigene Dusche, und Julia benutzte sie lange und ausgiebig. Danach ließ sie sich frisieren. Ihr Manager rief an, teilte ihr den Termin einer Talkshow mit, an der Julia die Teilnahme zugesagt hatte, und erinnerte an die Abendverabredung mit einer einflussreichen Journalistin.

Jemand klopfte, und kurz darauf meldete die Garderobiere: »Ein Bodyguard bringt Ihr Chinchilla-Cape und bittet um eine Quittung.«

Julia beendete das Telefongespräch, und Diana Gates trat ein.

Sie hatte die Mütze abgenommen. Überm Arm trug sie in einer Plastikhülle das Cape.

»Guten Tag, Miss Forster«, sagte sie. »Ich habe Ihr Cape abgeholt. Mr Gulbekian lässt Ihnen ausrichten, er sei untröstlich, dass er sich nicht von Ihnen verabschieden konnte.«

»Hi, Diana.« Julia nahm den Chinchilla-Pelz, warf das federleichte Kleidungsstück der Garderobiere zu und befahl: »Lass uns allein.« Sie wartete, bis die Garderobiere den Wagen verlassen hatte, dann umarmte sie spontan die Frau, die sie in der vergangenen Nacht aus der hässlichen Situation befreit hatte.

»Ich kann Ihnen und Kenneth Driscoll nicht genug danken, Diana. Wissen Sie, was ohne Ihr Eingreifen heute in den Klatschzeitungen zu lesen wäre?«

Sie schrieb mit der Hand Schlagzeilen in die Luft. »Julia Forster bei einem Blow-Job überrascht! Pretty Julia bumst auf Parkplätzen! Wollen Sie einen Schluck mit mir trinken, Diana?«

»Miss Forster, ich bin nur Ihre Angestellte und …«

»Unsinn, Diana! Sie sind eine gute Freundin.«

Sie ging zum Barschrank und öffnete ihn.

»Ich nehme einen Bourbon. Was mögen Sie?«

»Bourbon ist okay, Miss Forster.«

»Verdammt, nennen Sie mich Julia, wenn wir unter uns sind!«

Sie kam mit den Gläsern zurück, gab eines ihrer Leibwächterin, stieß mit ihr an.

»Cheers, Diana.«

»Cheers, Julia.«

Die Frau in Uniform nahm einen Schluck, stellte das Glas ab und holte zwei Filmrollen aus der Brusttasche ihrer Bluse.

»Soll ich Ihnen von Kenneth Driscoll übergeben, Julia.«

Aus beiden Rollen hing ein Filmstreifen.

»Halten Sie fest«, sagte Julia, fasste die Streifen und zog daran, bis die Filme sich vollständig abgewickelt hatten und, als Julia losließ, in verschlungenen Knäueln zu Boden fielen. Was immer darauf aufgenommen worden war, es hatte sich unterm Lichteinfall in konturenloses Schwarz verwandelt.

Beide Frauen lachten.

»Arbeiten Sie schon lange in der Sicherheitsbranche, Diana?«

»Seit einigen Monaten, aber bei Main Security Agency wurde ich für die Arbeit bei Ihnen eingestellt. Ihr Manager hat frische Leute für den Job gewollt.«

»Bildeten Sie schon früher mit Kenneth Driscoll ein Team?«

Diana Gates griff nach dem Glas. Sie nahm einen Schluck, bevor sie lächelnd antwortete: »Wir sind uns bei Main Security zum ersten Mal begegnet.«

»Warum versuchen Sie nicht Ihr Glück beim Film wie alle jungen Frauen in Hollywood?«

»Dazu bin ich nicht hübsch genug.«

»Im Gegenteil, Diana. Sie sehen verdammt gut aus. Okay, Sie sind keine Barbiepuppen-Schönheit, aber Ihr Gesicht hat Rasse und Ausstrahlung. Ich kann Lewis Garrer bitten, Probeaufnahmen von Ihnen zu machen.«

»Vielen Dank, Julia. Ich fürchte, ich habe kein Talent zur Schauspielerin.«

Sie stand auf, griff nach der Mütze.

»Ich muss gehen.«

Julia musterte sie von Kopf bis Fuß.

»Ich wette, Sie haben eine hinreißende Figur, obwohl diese Uniform nichts davon erkennen lässt. Drehen Sie sich um, Diana!«

Zögernd gehorchte die Leibwächterin.

»Sie können es mit jedem Model aufnehmen, Diana.«

Julia stand auf.

»Stellen Sie sich neben mich. O ja, wir sind etwa gleich groß. Wie sieht Ihr Dienstplan für morgen aus?«

»Ab acht Uhr abends Bewachung Ihres Hauses im Team mit Kenneth.«

»Kommen sie morgen früh mit mir ins Studio. Ich werde Sie Lewis Garrer vorstellen. So wie Sie aussehen, wird er Probeaufnahmen nicht verweigern.«

»Okay, wenn Sie es wünschen, Julia.«

Diana Gates setzte die Mütze auf.

»Morgen werden Sie von Jack Ranney und Lizzy Nail begleitet. Ich komme mit.«

»Kommen Sie nicht in Ihrer grässlichen Uniform! Ziehen sie etwas Hübsches an.«

Julias Handy schrillte. Eine Studiosekretärin meldete sich.

»Der Drehplan für morgen, Miss Forster!«

»Ich höre«, antwortete sie und verabschiedete sich mit einem Winken von ihrer Bodyguard.

Selected Productions Ltd.

Ich fand das Firmenschild unter hundert anderen an einer Wand der Eingangshalle des heruntergekommenen Wolkenkratzers in Southgate, Los Angeles.

Die schmutzige Kabine des Lifts ächzte sich in die neunte Etage. Am Ende des linken Flurs stieß ich auf eine Glastür mit dem Firmennamen.

Ein einsames Mädchen langweilte sich hinter einer Schreibmaschine, getrimmt, gestylt und geschminkt, als müsste sie in der nächsten Minute vor die Kamera treten. Mich musterte sie mit verhaltenem Interesse. Vermutlich sah ich nicht aus, wie sie sich einen Regisseur oder irgendeinen Mann aus der Filmbranche vorstellte, der ihr zu einem Job in Hollywood verhelfen konnte.

»Wer ist Ihr Boss, Beauty?«, fragte ich.

»Mr Bruce Casca.«

»Ich möchte ihn sprechen.«

Ich hielt den aufgeklappten Ausweis vor ihre mit getuschten, gefärbten und verlängerten Wimpern umrandeten Augen.

»Federal Bureau of Investigation«, buchstabierte sie so langsam, als wäre sie schwer kurzsichtig. Dann begriff sie, drückte den Knopf einer Gegensprechanlage und schrillte ins Mikro: »Boss, hier ist ein G-man!«

Sekunden nach ihrem Alarmschrei wurde die Verbindungstür zum Chefbüro aufgerissen. Im Rahmen stand ein großer, muskulöser Mann, musterte mich aus zusammengekniffenen Augen, übersah den Ausweis, den ich ihm hinhielt und knurrte: »Kommen Sie rein, G-man!«

Er ging voraus, wies auf einen Stuhl, warf mir seinen Namen Bruce Casca an den Kopf, als wären die beiden Worte Steine, und öffnete einen Barschrank.

»Was trinken Sie?«, fragte er und gab selbst die Antwort: »Natürlich nichts! Schnüffler trinken im Dienst nie.«

»Sie kennen sich aus, Mr Casca.«

Er kam mit einem gefüllten Glas zum Schreibtisch. »Klar kenne ich mich aus. Ich hatte oft genug Ärger mit Leuten Ihres Schlags, um Bescheid zu wissen.«

»Ärger? Aus welchem Grund?«

Er wies auf die Wände, die mit bunten Filmplakaten gepflastert waren.

»Verbreitung von Pornographie oder was die Paragrafenreiter dafür hielten. Förderung der Prostitution, Zuhälterei, Missbrauch von Minderjährigen.« Er nahm einen Schluck. »Übrigens, das Minderjährigen-

Verfahren wurde niedergeschlagen. An meinen Fingern klebt kein Jungfrauenblut.«

Er fand den letzten Satz witzig und lachte.

Sein Lachen klang wie das Gebell eines großen, angriffslustigen Hundes, und auch sein Aussehen erinnerte in manchen Zügen an eine gefährliche, beißwütige Dogge.

Er hatte einen kantigen Schädel und ein quadratisches Gesicht mit massigem Kinn, einer schmalen Lippenkerbe, kurzer Nase und kleinen, unter dichten schwarzen Brauen liegenden Augen. Das borstige, schwarze Haar war kurz geschnitten und mit Grau durchsetzt. Er trug eine schwarze Hose, ein schwarzes Hemd und eine weiße Krawatte mit den aufgestickten Anfangsbuchstaben seines Namens.

Nach drei Lachsalven stieß er den Kopf vor und bellte die Frage über den Tisch: »Was wollen Sie von mir, G-man?«

»Warum besteht eine Lebensversicherung für den Filmstar Julia Forster über fünfzehn Millionen Dollar zugunsten der Selected Productions – zu Ihren Gunsten, Mr Casca, denn ich vermute, Sie sind der alleinige Besitzer?«

Sein Doggenschädel lief rot an. Er hieb die rechte Faust auf die weiße Krawatte und brüllte: »Weil das Miststück mein Star ist! Haben Sie verstanden, Mann? Ich gab dem Biest die erste Chance. Ich brachte die Nutte zum ersten Mal auf die Leinwand. Bei mir hat diese läufige Hündin gelernt, sich vor einer Kamera zu bewegen. Meilen Film habe ich für die Schickse verschwendet, bis sie eine halbwegs brauchbare Szene zustande brachte. Ich kaufte ihr ...«

Ich unterbrach ihn: »Fünf Beschimpfungen in sechs Sätzen sind genug. Beantworten Sie meine Frage.«

Er wuchtete sich aus dem Sessel hoch, stampfte zur rechten Wand, wies mit großer Geste auf das Plakat für den Film »Heiße Nächte in Asunción«. Darauf umarmte ein blonder Muskelprotz eine langhaarige, exotische Schönheit. Quer über den unteren Teil war ein breiter roter Streifen geklebt, auf dem in großen Blockbuchstaben die Worte standen: »Mit Julia Forster!«

»Das ist die Antwort!«, dröhnte Casca.

Er kam zurück, setzte sich, zog eine Schublade auf und entnahm ihr eine Mappe, die er auf den Tisch legte.

»Vor fünf Jahren spielte sie eine kleine Rolle in diesem Film«, erklärte er in völliger Ruhe, die nach dem vorhergegangenen Ausbruch doppelt überraschte. »Ich erkannte ihre Ausstrahlung und ihr Talent, schlug ihr vor, eine Hauptrolle zu übernehmen. Das scheiterte daran, dass sie sich nicht ausziehen wollte. Ich sagte, ich würde sie in einem anderen Film groß herausbringen, und ließ sie einen Vertrag unterschreiben. Dann machte ich mich auf die Strümpfe, um das Geld für diesen Film aufzutreiben. G-man, ich legte mich mächtig ins Zeug, zapfte jede denkbare Geldquelle im Umkreis von hundert Meilen an, aber es ist ein harter Job, Geld für einen Film aufzutreiben. Ich brauchte Monate. So kam es, dass Omega Pictures mir Julia Forster wegschnappte. Sie drehten ›Rothaar-Jessy‹ mit ihr, und der Streifen spielte an den Kinokassen der Welt das Fünfzigfache seiner Herstellungskosten ein.«

Er öffnete die Mappe.

»Ein Star war geboren«, sagte er, »und mit diesem Star habe ich einen gültigen Vertrag. Sehen Sie selbst!« Er schob mir die Mappe zu.

Der Bogen, der darin lag, trug den Briefkopf seiner Firma. Der Text war mit der Maschine geschrieben, in ein Dutzend Paragrafen gegliedert und besagte, dass sich Miss Julia Forster verpflichtete, bei der Gesellschaft Selected Productions in einem Film als Darstellerin mitzuwirken. In den steilen Buchstaben der Unterschrift ließ sich leicht der Name Julia Forster entziffern.

Casca zog die Mappe wieder zu sich hinüber.

»Seit fünf Jahren streite ich mit ihr über die Erfüllung des Vertrags. Natürlich spricht sie längst nicht mehr selbst mit mir. Ich muss mich mit ihrem Management und einem Haufen Anwälten herumschlagen. Hundert Ausreden werden mir an den Kopf geworfen. Drei Dutzend Drehbücher, die ich vorlegte, waren der Lady nicht gut genug. Vorgeschlagene Regisseure lehnte sie ab, mitwirkende Schauspieler passten ihr nicht und so weiter. Um einen Film zu sabotieren, gibt es unzählige Gründe.«

»Wo liegt der wirkliche Grund?«

Er grinste. »Paragraf zwei des Vertrages. Bei mir müsste sie für zweihunderttausend Dollar drehen. Ihre Gage übersteigt inzwischen drei Millionen.«

»Warum verklagen Sie Miss Forster nicht?«

»Ich habe sie verklagt, und sie verlor. Sie muss den Vertrag mit mir einhalten!«

»Anscheinend kümmert sie sich nicht um das Urteil, oder?«

Casca zog ein Gesicht, als hätte er in eine besonders saure Zitrone gebissen.

»Der Vertrag hat einen Schönheitsfehler. Er legt nicht fest, innerhalb welcher Zeit die verdammte Schlampe bei mir zum Filmen antreten muss. Sie versucht, sich damit Zeit zu lassen, bis sie alt und grau geworden ist, und wer, zum Teufel, will dann noch einen Film mit Julia Forster sehen?«

»Wenn zwischen Ihnen und Miss Forster Streit herrscht, warum hat sie Ihre Firma als Nutznießerin der Lebensversicherung eingesetzt?«

Er dröhnte sein Doggengelächter.

»Sie haben keine Ahnung vom Filmgeschäft, G-man. Nicht Julia Forster, sondern ich, Bruce Casca, habe diese Versicherung abgeschlossen. Sie hat nur unterschrieben. Ich zahle die Prämien. Das ist in der Branche völlig normal. Wer einen Film drehen will, muss die wichtigsten Mitwirkenden gegen jedes Ausfallrisiko versichern lassen, vorher rücken die Geldgeber nicht einen Cent heraus. Ich wollte sie zum Star machen. Also musste ich sie versichern, damit ich den Sponsoren die Police vorlegen konnte.«

»Fünfzehn Millionen Dollar für eine Anfängerin sind eine große Summe, oder?«

»Man versichert immer die Gesamtkosten des Films. Fünfzehn Millionen sind Kleingeld in Hollywood. Große Produktionen kosten das Zehnfache. ›Titanic‹ hat zweihundert Millionen verschlungen, aber weit über eine Milliarde reingeholt. So rechnet Hollywood.«

»Sie halten die Versicherung aufrecht, obwohl Julia Forster bei Ihrer Firma nicht arbeiten will? Welchen Sinn macht das?«

»Eines Tages wird sie nachgeben. Das Recht ist auf meiner Seite.«

»Was geschähe, wenn Miss Forster die Versicherung kündigen würde?«

Er zeigte ein breites Grinsen.

»Das kann sie nicht. Paragraf acht des Vertrags.«

»Fiele Julia Forster einem Unglücksfall zum Opfer, erhielte Ihre Firma fünfzehn Millionen Dollar. Richtig?«

»Richtig«, bestätigte er. »Und ich bekäme den Zaster auch, wenn irgendwer Julia-Schätzchen den Hals umdrehte. Okay, G-man, ich habe begriffen, warum Sie bei mir herumschnüffeln. Diese Hurentochter fürchtet, sie könnte zur Hölle geschickt werden, wo schon lange sehnsüchtig auf sie gewartet wird, und schickt mir den FBI auf den Hals.«

»Sie weiß nichts von meinem Besuch. Der FBI hat andere Gründe, sich um Julia Forsters Sicherheit zu kümmern.«

Ich blickte in sein Doggengesicht. Er war ein harter Bursche. Ihm Fragen zu stellen schien zwecklos. Wenn er drinsteckte, würde er leugnen und keinen Fehler machen.

»He, Mann, wenn Sie glauben, ich würde wegen der verdammten fünfzehn Millionen 'nen Killer einkaufen und auf dieses Gossenbaby ansetzen, sind Sie auf dem Holzweg!«, röhrte er. »Ich will sie nicht abschießen, ich will, dass sie den Film bei mir macht, zu dem sie sich verpflichtet hat! Dieses Strichgirl ist ein Star, und der Film mit ihr würde mindestens hundert Millionen Dollar Reingewinn in meine Kasse schwemmen.«

Er schnippte mit den Fingern.

»Die Versicherungsmillionen wären im Vergleich dazu nur Peanuts.«

Ich stand auf.

»Danke für die Informationen, Mr Casca. Ich denke, fünfzehn Millionen Dollar sind viel Geld, wenn man einhundert Millionen nicht bekommen kann. Wahrscheinlich sehen wir uns bald wieder. Ich bin gespannt, ob Ihnen dann neue Beschimpfungen für Julia Forster einfallen werden. Heute haben Sie es auf acht gebracht.«

Massenszenen gelten als der schwierigste Teil einer Filmproduktion. Vierhundert Komparsen, zwischen ihnen die Stars und möglicherweise ein Dutzend Darsteller von Nebenrollen nach den Vorgaben des Drehbuchs vor die Kameras zu bringen, ohne dass später auf den Filmstreifen nur ein heilloses Durcheinander zu sehen ist, das bedeutet nervenzerreißende Anspannung für alle Beteiligten, für den Regisseur, die Schauspieler, Kameraleute, Requisiteure, Beleuchter bis hin zu den Komparsen, die oft stundenlang wieder und wieder umdirigiert werden oder sich beim Warten auf den nächsten Versuch die Beine in den Bauch stehen.

Der Film mit dem vorläufigen Titel »Sucht sie! Sie hat rotes Haar!« mit Julia Forster als Star sah als Schlussszene und Höhepunkt einen großen Maskenball in den Räumen einer riesigen Villa vor. Julia, selbst kostümiert, wird wegen eines Tresorschlüssels sowohl von Gangstern als auch von Polizisten gesucht. Teils maskiert, teils in Uniform und in Zivil brechen beide Verfolgergruppen in den bunten Trubel ein. Einziges Merkmal, an dem Cops und Ganoven sie erkennen können, ist ihr rotes Haar, aber rotes Haar, rote Perücken tragen auch andere Teilnehmer des Maskenballs. Es kommt zu zahlreichen Verwechslungen, zu komischen Zusammenstößen, und während die Verfolgung im Chaos zusammenbricht, entkommt Julia mithilfe ihres Filmgeliebten ins Happy End.

Schon vor Wochen war die Halle 4 der Omega-Studios zum Inneren der Villa ausgebaut worden, unter Anwendung aller optischen Tricks, die der begrenzte Blickwinkel der Kameras erlaubte. Kronleuchter hingen aus deckenloser Höhe ins Bild. Treppen führten ins Leere. Flure endeten abrupt vor Warnsignalen und etagentiefer Absturzgefahr.

Seit sechs Tagen arbeitete die zweite Aufnahme-Crew unter dem Jungregisseur Bill Kemming mit dem Heer der Statisten und den Kleindarstellern der Gangster und Polizisten. Kemmings Mannschaft hatte in täglich fünfzehnstündiger Schufterei all die Szenenschnipsel auf Zelluloid gebannt, in denen Julia Forster, der männliche Star Andrew Dean und die Darsteller der größeren Nebenrollen nicht gebraucht wurden. Ihre sechzig Einstellungen und die achtzehn längeren Szenen, die ab heute Lewis Garrer mit voller Besetzung in Angriff nahm, würden, am Schneidetisch zusammengesetzt, die rasante Schlussphase des neusten Julia-Forster-Films auf die Leinwand zaubern.

Um sechs Uhr morgens wurde Julia vom Wagen des Studios abgeholt.

Hinter dem Cadillac wartete ein zweites Auto, vor dem Diana Gates und ein Mann und eine Frau in Uniformen des Sicherheitsdienstes standen.

Außer Dienst trug Diana Gates ein glattes, helles Kleid, dessen Schnitt die Figur betonte und in seiner raffinierten Einfachheit Eleganz ausstrahlte.

Julia ging zu ihr.

»Guten Morgen, Diana.«

Die uniformierten Leibwächter trugen Sonnenbrillen. Die Frau nahm die Mütze ab. Sie war schwarzhaarig, und Julia erkannte, dass das Haar gefärbt war.

»Fahren Sie in meinem Wagen mit«, forderte sie Diana Gates auf. »Anderenfalls würden Sie Schwierigkeiten bei der Torkontrolle bekommen.«

»Wie Sie wünschen, Miss Forster«, antwortete Diana, wandte sich an ihre Kollegen und sagte: »Danke fürs Mitnehmen.«

»Gern geschehen«, antwortete der Mann. Auf dem Schild über der Brusttasche las Julia den Namen J. Ranney.

Er nahm die Sonnenbrille ab.

Den Blick seiner eisgrauen Augen empfand Julia wie eine unerwünschte Berührung.

An einen Filmstar heranzukommen ist auch für einen FBI-Agenten nicht leicht. Man findet seinen Namen nicht im Telefonbuch, und man bekommt ihn nicht zu sprechen, wenn man an seiner Tür klingelt, es sei denn, man brächte einen Haftbefehl oder mindestens eine Vorladung mit.

Hingegen ist es einfach zu erfahren, was ein Filmstar gerade treibt. Das steht in den Fachzeitschriften. Julia Forster arbeitete an einem neuen Film in den Studios der Omega Pictures. Ich ließ mich von einem Taxi hinbringen.

Der Anblick des FBI-Ausweises trieb den Pförtner ans Telefon. Fünf Minuten nach dem Anruf brachte ein Studiofahrzeug zwei Männer, von denen sich der Jüngere als stellvertretender Leiter der Publicity-Abteilung, der andere als Chef der Hauspolizei vorstellte.

Der Publicity-Mann hieß Dave Creaton und machte kein Hehl daraus, dass dem Studio mein Besuch so unerwünscht war wie dem irakischen Präsidenten die UN-Waffenkontrolleure.

»Was, zum Teufel, will der FBI von Julia Forster?«, schnauzte er. »Sie ist in der Endphase einer großen Produktion. Jede Verzögerung kostet Millionen. Wie wäre es, wenn Ihr Verein das Ende der Dreharbeiten abwartete? In fünf Tagen ist Drehschluss.«

»Der FBI besitzt Hinweise, dass ein Mordanschlag auf Julia Forster geplant sein könnte.«

Der Polizeichef mischte sich ein.

»Miss Forsters Management erhielt die Aufforderung einer Versicherungsgesellschaft, die Schutzmaßnahmen für seinen Star zu verstärken. Hängt Ihr Besuch damit zusammen?«

»Richtig«, bestätigte ich. »First Life Insurance wird erpresst. Der Erpresser droht, hoch versicherte Klienten der Gesellschaft zu töten, wenn seine Forderungen nicht erfüllt werden.«

Creaton riss sein Handy ans Ohr und bellte: »Schafft mir sofort Mayers in mein Büro!«

Er lauschte zwei Sekunden, lief rot an und brüllte: »Welchen Mayers? Noch so eine dämliche Frage, und du wirst gefeuert, Baby! Natürlich Mayers, den Manager von Julia!«

Er schaltete das Handy ab, knirschte hörbar mit den Zähnen und warf mir den Satz hin: »Reden wir weiter in meinem Office!«

Wir stiegen in den Studiowagen.

Das Gelände der Omega-Studios ist weitläufig wie ein ganzer Stadtteil. Vorbei an Aufnahmehallen von den Dimensionen eines Flugzeughangars, an Werkstätten, Kulissenstraßen, Materialdepots brachte der Wagen uns zu einem Bürotrakt.

Creaton führte uns im Sturmschritt in sein Office. Im Vorraum arbeiteten mehr als ein Dutzend Assistenten und Sekretärinnen, die er im Vorbeirennen anschrie: »Habt ihr Mayers?«

Irgendwer antwortete: »Ist unterwegs.«

Kaum im Office stürzte er sich auf die Gegensprechanlage, fragte ins Mikro: »Kann ich raufkommen, Sam? Es ist dringend, verdammt dringend.«

Er bekam ein »Okay« und verließ im Eiltempo und mit den hingeschleuderten Worten »Muss meinen Boss informieren« den gerade betretenen Raum.

Der Chef der Hauspolizei wies auf einen Sessel am Konferenztisch.

»Manche Leute im Filmgeschäft beweisen ihre Wichtigkeit durch eine hohe Tourenzahl«, sagte er lächelnd.

Er war ein Mann um die fünfzig, kompakt, breitschultrig und leicht übergewichtig. Laut Namensschild hieß er Patrick Callahan.

»Ich war selbst in Ihrer Branche, G-man, brachte es beim LAPD bis zum Lieutenant, bevor ich mich von Omega Pictures anheuern ließ.« Er hob die Schultern. »Die Bezahlung ist viel besser.«

Eine Sekretärin kam und meldete: »Mr Mayers ist gekommen.«

»Schicken Sie ihn herein«, entschied Callahan.

Mayers, ein nervöser, etwa vierzigjähriger Typ mit scharfem Raubvogelgesicht und ausgedehnter Glatze, schoss ins Office.

»Was ist los, Pat?«, schrie er.

»Du hast mir erzählt, die Versicherungsgesellschaft deines Stars verlange zusätzliche Schutzmaßnahmen für Julia Forster. Mr Cotton ist FBI-Agent. Er will mehr darüber wissen.«

»FBI? Verdammt, ist die Sache so ernst?«

»Sie könnte ernst werden, Mr Mayers. Was haben Sie unternommen?«

»Ich engagierte sechs Bodyguards, drei Frauen, drei Männer. Seitdem wird Julia rund um die Uhr in ihrem Haus und auf allen Fahrten von einem gemischten Team bewacht.«

Er wandte sich an den Chef der Omega-Polizei.

»Natürlich immer nur bis zu ihrer Garderobe. Im Studio und auf allen Drehorten liegt die Verantwortung bei dir, Pat. Meine Leibwächter verletzen nicht das Hausrecht deiner Truppe.«

»Wer von First Life Insurance sprach mit Ihnen, Mr Mayers?«

»Der Sicherheitschef der Firma rief mich an. Das Gespräch wurde später durch ein Fax bestätigt. Die Versicherung trägt die Kosten.«

»Gestern hatte ich eine Unterredung mit Mr Casca. Julia Forsters Versicherung wurde zugunsten seiner Firma abgeschlossen. Er will sie nicht löschen, bis Miss Forster ihren Vertrag erfüllt und einen Film für seine Gesellschaft gedreht hat.«

Mayers Glatze verfärbte sich ins Rot eines prächtigen Sonnenuntergangs.

»Dieser Bastard!«, heulte er los. »Seit Jahren versucht er Millionen mit Julias Unterschrift unter einem Wisch zu machen, der nur auf Betrug und Täuschung basiert. Ich werde …«

Callahan brachte ihn mit einer Handbewegung zum Schweigen.

»In Hollywood kämpft jeder mit harten Bandagen, und wer eine Chance sieht, das große Geld zu machen, nimmt sie wahr.«

In diesem Augenblick wurde die Tür aufgestoßen. Ein eher kleiner, rundköpfiger Mann mit einem Kranz weißen Haars auf dem Schädel, gesträubt wie Vogelgefieder, kam strammen Schrittes hereinmarschiert.

Creaton, der Publicity-Mann, folgte ihm in devotem Abstand.

Callahan und Mayers standen auf, und als ich erkannte, dass Mr Weißhaar mich ansteuerte, erhob auch ich mich.

Er gab mir eine schmale, trockene Hand.

»Sie sind der G-man«, sagte er als Feststellung, nicht als Frage. »Ich habe großen Respekt vor der Arbeit, die ihr Jungs leistet, und niemand bei Omega wird Ihre Arbeit behindern. Ich gebe Ihnen das Recht, sich auf unserem Gelände frei zu bewegen und alles zu tun, was Sie für nötig halten.«

Er drehte den Kopf nach rechts in Richtung Callahan.

»Pat, Sie kümmern sich um den G-man. Ich will, dass all seine Wünsche erfüllt werden.«

Noch einmal nickte er mir zu, wünschte »Viel Glück« und verließ das Office.

»Wer war das?«, fragte ich Callahan.

»Darryl G. Nesborne, die Nummer Eins bei Omega Pictures, die Allmacht persönlich. Wie lautet Ihr erster Wunsch, G-man?«

»Kann ich sehen, wo Julia Forster arbeitet?«

»Selbstverständlich. Kommen Sie.«

Aufnahmehallen ähneln hässlichen Fabrikbunkern.

Fenster haben sie nur an der Front, wo Garderoben-, Schmink- und sonstige Hilfsräume liegen. Die anderen sind fensterlose, schallisolierte Wände, die aussehen, als würden dahinter Granaten gelagert. Tageslicht und Umweltgeräusche sind Störfaktoren, die ausgeschlossen werden müssen. Natur gilt als hinderlich bei der Produktion von Filmen. Für Frischluft sorgt die Klimaanlage.

Abgesehen von zwei oder drei fest verriegelten Toren, die nur für den Transport großer Kulissen geöffnet werden, haben solche Hallen wenige schmale Eingangstüren. Über jeder hängt eine rote Lampe. Ist sie eingeschaltet und flackert als Warnsignal, wird im Inneren eine Aufnahme zelebriert.

Die Lampe über der Tür, zu der Callahan mich führte, brannte nicht.

Ich weiß, wie es in einer Aufnahmehalle aussieht, seit ich beim Einsatz gegen eine Killerorganisation in die Rolle eines Stuntman schlüpfen musste.

Das Gewirr der Flure und Treppenläufe, der Zwischenwände und verschiedenen Ebenen macht sie zum Labyrinth, in dessen Zentrum sich überraschend das eigentliche Aufnahmestudio als riesiger Saal öffnet, überspannt von Stahlgestängen, Laufschienen, Gitterbühnen, Schräg- und Querleitern. An meilenlangen Kabeln hängen Scheinwerferbatterien, Galgenmikrophone, Lautsprecher und jede Sorte Maschinen zur Nachahmung der Wirklichkeit, egal ob Sturmwind, Schneefall oder Sonnenuntergang.

Callahan informierte mich über den Stand der Dreharbeiten.

»Während eines Maskenballs wird Julia von Gangstern und Polizisten verfolgt. Da sie maskiert ist, sind die Verfolger als Erkennungsmerkmal auf ihr rotes Haar angewiesen, doch Freunde und Freundinnen unter den Teilnehmern des Maskenballs haben sich aus Solidarität mit Julia das Haar rot gefärbt oder tragen Perücken, um ihr die Flucht zu ermöglichen. Lewis Garrer, der Regisseur, setzt vierhundert Komparsen ein. Der beste Überblick lässt sich von der Scheinwerferebene verschaffen.«

In einem engen Treppenhaus stiegen wir Stahltreppen bis zu einem Podest hoch, von dem eine Tür abging, auf der ein Schild angebracht war: *Warnung: Keine Benutzung bei Rotlicht.*

Callahan öffnete.

Stimmengewirr und warme, stickige Luft, geschwängert mit dem Gemisch undefinierbarer Gerüche zwischen Parfüm und Maschinenöl, schlugen uns entgegen.

Wir traten hinaus auf einen Laufsteg, der sich mit Kreuz- und Querstegen zu einem Gitternetz verwob. Unter uns nahmen die Kulissen einer vielräumigen Villa zwei Drittel der Halle ein – eine Villa ohne Dach mit Räumen ohne Decken. Außerdem fehlte die Front, an der die Kameras bereitstanden und sich der Regiestab um den Regisseur scharte.

Eine Lautsprecherstimme dröhnte: »Alles fertig zur Durchlaufprobe! Los, Leute! Action!«

Rockige Discomusik setzte ein.

Ein halbes Hundert Scheinwerfer schleuderten weißes Licht in die Kulissen. Wie von einem elektrischen Impuls ausgelöst, geriet Leben und Bewegung in die bunten kostümierten Gestalten, die bis zu diesem Augenblick gleich starren Schaufensterpuppen in den Räumen herumgestanden hatten. Sie tanzten, sie umarmten sich, liefen zusammen Treppen hinauf, die in nicht existente obere Etagen führten, umlagerten die kreisrunde Bar im Hauptsaal, lachten und tranken.

»Cops und Gangster ins Bild!«, befahl die Lautsprecherstimme.

Von drei Seiten, durch Fenster und auffliegenden Türen, stürzten sich uniformierte Cops und nicht maskierte Gangster ins Gewühl. Sie rempelten die Tanzenden an, trieben sie mit Schlagstöcken auseinander, rannten flüchtenden Frauen nach. Wen sie erwischten, dem rissen sie die Maske ab, und wie wild zerrten sie an jedem Haarschopf, der rot leuchtete.

Eine Sirene ertönte. Die Musik brach ab.

Als hätte eine unsichtbare Hand den Strom abgeschaltet, hörte jede Aktivität auf.

»Alles auf Anfang!«

Die Komparsen schlenderten zurück zu ihren Startpositionen. Cops und Gangster verließen die Szene. Die Scheinwerfer erloschen.

»Wo ist Julia Forster?«, fragte ich Callahan.

»Sie sitzt links vom Regisseur.«

Von der Frau, die mit hochgelegten Beinen in einem bequemen Sessel mehr lag als saß, war nicht viel zu erkennen. Ein weiter Umhang verdeckte ihre Gestalt. Den Kopf verhüllte ein buntes Tuch.

Ein kaum mittelgroßer Mann stand auf.

»Julia-Schätzchen«, sagte er laut. »Es wird ernst.«

»Das ist Lewis Garrer, der Regisseur«, erklärte Callahan.

Eine Garderobiere entfernte das Tuch, nahm den Umhang fort.

Ich habe zwei oder drei Filme mit Julia Forster in der Hauptrolle gesehen. Okay, es waren nette Filme, und Miss Forster spielte großartig, aber wen interessiert ernsthaft eine Leinwandschönheit, wenn neben ihm im Kino eine reale blonde, langbeinige Schwedenschönheit vom UN-Sekretariat sitzt? Oder war's Lilian von der Columbia-Sporthochschule gewesen, die mich beim Tennis stets in Grund und Boden schmetterte, aber hinterher immer ziemlich lieb sein konnte.

Egal, jetzt sah ich Julia Forster real – und war beeindruckt. Sie trug einen handbreiten Lederrock, einen breiten schwarzen Gürtel und eine schulterfreie Bluse. Das rote Haar, ihr Markenzeichen, war zu einem lockeren Knoten aufgesteckt und wurde von einem schwarzen Kamm zusammengehalten. Garrer nahm ihre Hand und führte sie in die Kulissen.

»Du weißt, wie der erste Take läuft, Liebling. Du bist eines der Mädchen hinter der Bar. Du siehst die Bullen und die Gangster hereinkommen, erschrickst, springst über die Theke, reißt dem Girl, das dort steht, den Umhang weg, wickelst dich selbst hinein und flüchtest. An der Stelle machen wir einen Schnitt. Probieren wir es erst einmal trocken.«

Urplötzlich brüllte er los: »Wo ist die Maske für Julia? Sie trägt von Anfang an eine Maske!«

Die Garderobiere brachte eine schmale schwarze Maske, die sie der Schauspielerin anlegte.

Julia Forster ging in den Innenkreis der runden Bartheke, in dem fünf Statistinnen standen, die alle wie sie angezogen waren, rotes Haar hatten und schwarze Masken trugen. Garrer verließ die Kulissen, ließ sich auf den Segeltuchstuhl fallen, der in großen Buchstaben seinen Namen trug, nahm das Mikrofon der Lautsprecheranlage und befahl: »Probe! Action!«

Die Scheinwerfer flammten auf. Die Musik setzte ein. Vierhundert maskierte Statisten gerieten in Bewegung. Alles lief ab wie beim ersten Mal – mit Ausnahme, dass Julia Forster mitwirkte. Sie hantierte mit einer Champagnerflasche, füllte Gläser, verteilte sie lachend.

Drei Kameras richteten ihre Objektive aus verschiedenen Blickwinkeln auf die Szene. Die große Schwenkkamera, postiert auf dem Ausleger des Studiokrans, glitt an der ganzen Kulissenfront entlang.

Garrers Lautsprecherstimme durchschlug die Musik: »Du siehst die Cops, Julia!«

Julia Forster spielte »Erschrecken«. Sie ließ die Champagnerflasche fallen, sah sich nach rechts und links um, bevor sie mit einem relativ eleganten Satz die Theke übersprang und der Statistin, neben der sie landete, den Umhang von den Schultern riss. Dieser Umhang ahmte mit Streifen und Sternen die Fahne der Vereinigten Staaten nach. Julia wickelte sich ins Tuch und setzte zum Weglaufen an.

Die Sirene röhrte. Der Lautsprecher befahl: »Alles auf Anfang.«

Garrer watschelte in die Kulisse.

»Das war schon sehr gut, meine Schöne. Ich denke, wir sollten dem Sprung über die Theke noch mehr Pfeffer verleihen. Die Leute mögen es, wenn dabei eine Menge Sachen zu Bruch gehen. Wir stellen dir ein halbes Dutzend Gläser in den Weg, die du hinunterfegen kannst. Einverstanden?«

Julia Forster nickte. Eine Garderobenfrau nahm ihr den Fahnenumhang ab, gab ihn der Statistin zurück. Zwei Leute aus der Requisitenabteilung stellten auf die Theke Gläser aus Zuckerglas, das aussieht und zerbricht wie echtes Glas, aber keine Schnittwunden verursacht.

»Probieren wir es noch einmal«, entschied der Regisseur und griff zum Mikrofon.

Callahan tippte mir auf die Schulter.

»Das geht stundenlang so weiter, G-man. Wie lange wollen Sie ausharren?«

Das »Action«-Kommando des Regisseurs löste das gleiche Programm aus mit dem kleinen Unterschied, das ein paar Gläser zerbrachen.

»Wo stehen Ihre Leute?«, fragte ich den Chef der Hauspolizei.

»An den Eingangstüren. Ich habe drei Männer im Studio.«

»Üben sie eine Kontrolle aus?«

»Nein. Kontrolliert wird an der Hauptschranke. Meine Leute halten sich für den Fall bereit, dass Probleme entstehen.« Er grinste. »Es ist vorgekommen, dass aus dem vorgetäuschten Kampf zwischen zwei Schauspielern eine echte Prügelei wurde.«

»Wann kann ich Julia Forster sprechen?«

»Normalerweise verweigern Stars während der Dreharbeiten jeden Kontakt mit der Außenwelt. Bei den meisten Mädchen und Jungs aus der obersten Preiskategorie hätten Sie ohne langes Anmeldungspalaver keine Chance. Zum Glück hat Julia Forster noch keine Allüren entwickelt. Sie ist natürlich geblieben. Ich werde Mayers, ihren Manager, zu Ihnen schicken. Er kann Sie in Julias Garderobe begleiten, sobald der Regisseur die große Pause ankündigt.«

»In Ordnung«, stimmte ich zu. »Ich erwarte ihn hier.«

»Wie Sie wollen«, sagte er kopfschüttelnd. »Ich hätte Mayers gern einen bequemen Sessel und ein kühles Getränk in der Direktions-Cafeteria angeboten.«

Er wartete eine Minute, ob ich meine Meinung nicht doch änderte. Als ich nicht reagierte, hob er die Schultern und ging.

Ich verzichtete aus gutem Grund auf den Sessel und den Drink.

Wenn Mr High recht hatte und Julia Forster tatsächlich gefährdet war – in der Direktions-Cafeteria ließ sich über den Grad ihrer Gefährdung nichts feststellen.

Ganz anders in dieser Aufnahmehalle, in der sie viele Stunden verbrachte und mit Hunderten von Menschen zusammentraf.

Vierhundert Komparsen quirlten dort unten durcheinander. Mindestens fünfzig Personen zählten zum Aufnahmestab. Ständig kamen und gingen Leute, die irgendetwas zu erledigen hatten. Niemand kontrollierte sie.

Ich bezweifelte, dass es schwierig war, die Torkontrolle zu unterlaufen, und selbst wenn die Omega-Cops ihre Aufgabe ernst nahmen und genau kontrollierten, ein Killer von der Raffinesse des »Phantoms« würde es immer schaffen, an ihnen vorbeizukommen oder sich durchzubluffen.

Unten überprüfte der Regisseur die Videoaufzeichnungen, die von jedem Probedurchlauf aus den Blickwinkeln der Kameras gemacht werden, bevor teures Filmmaterial zum Einsatz kommt. Ich hörte ihn zum ersten Kameramann sagen: »Lass uns einen Take riskieren, Rick.«

»Vorher muss die Beleuchtung noch einmal justiert werden«, lautete die Antwort. »Schaltet die Scheinwerfer ein!«

Die Beleuchterbühne, auf der ich stand, war ein Relikt aus vergangenen Zeiten. Gebraucht wurde sie nur noch bei Reparaturen und fürs Auswechseln der Lampen. Gesteuert wurde die Lichtfülle von einem Schaltpult, das über raffinierte Programme die Ausleuchtung so präzise dosierte wie Mischboards in Tonstudios CDs den gewünschten Sound verpassen.

Hier oben auf der Beleuchterbühne war ich allein, und ich glaubte, niemand von den Leuten, die fünf oder sechs Yards unter mir arbeiteten, hatte bemerkt, wie Callahan und ich den Laufsteg betraten. Bei eingeschalteten Scheinwerfern stand ich hinter einer Wand aus Licht.

Hektische Betriebsamkeit herrschte vor dem ersten realen Versuch. Ein Schwarm von Regieassistenten kontrollierte die Kostümierung der Statisten. Überall wurde nachgeschminkt, wurden Frisuren gerichtet, Requisiten gerückt, und einige Hundert Menschen konzentrierten sich auf ihren Job – genau die Situation, die das »Phantom« bevorzugte.

Das Laufband im Flughafen von LaGuardia, vollgepackt mit Flugzeugpassagieren, auf dem er Lumley und den Marshal erschoss, Francis Duvilles großes Fest im Waldorf-Astoria-Hotel – immer nutzte er die Gegenwart vieler Menschen, zwischen denen er verschwinden konnte und zur Unperson wurde, die vielleicht viele gesehen, aber niemand wirklich bemerkt hatte.

Die Sirene ertönte.
»Szene frei!«, befahl der erste Regieassistent über den Lautsprecher.
Die Helfer verließen die Kulissen.
»Ton ab!«
»Ton läuft!«, kam die Antwort.
»Kamera ab!«
»Kamera läuft!«
»Klappe!«
Ein Assistent sprang vor, hielt die Tafel vors Objektiv der Hauptkamera, sagte laut: »Zweihundertundzwölf, vier, die erste!« Er schlug die Holzleiste auf und sprang zurück.
Regisseur Garrer kommandierte: »Action!«
Von einer Sekunde auf die andere brachen die vierhundert kostümierten Statisten in fröhliches Balltreiben aus, wie es das Drehbuch vorschrieb. Cowboys tanzten mit Indianerinnen, Hawaii-Mädchen schwenkten die Hüften unter wippenden Baströcken, Prinzen umarmten Hexen mit grässlichen Fratzengesichtern und jungen, halb nackten Körpern, Urwald-Jane rockte hautnah mit einem Astronauten, während Tarzan eine gefleckte Pantherin verfolgte.
Omega Pictures musste für diese Ballszene den riesigen Kostümfundus nahezu vollständig eingesetzt haben. Nichts fehlte, was Hollywood je eingefallen war. Steinzeit-Wilde waren ebenso vertreten wie aufgeputzte Rokokofürsten, Horrorgeschöpfe konkurrierten mit Haremsschönheiten, Piraten und Ritter, Callgirls und Zombies umlagerten gleichermaßen die kreisrunde Bar, hinter der Julia Forster und die fünf Mädchen, die so gekleidet waren wie sie, das rote Haar auf gleiche Weise trugen, Gläser füllten und verteilten bis zu dem Augenblick, in dem Julia die Cops und Gangster sah und über die Theke sprang.
Es kam nicht so weit.
Nach kaum einer Minute überbrüllte Garrers Stoppbefehl die Musik.
»Aus! Das kommt nicht rüber!«
Eine Serie Kommandos folgte dem Regisseurgebrüll: »Kamera aus! Ton aus! Scheinwerfer aus! Statisten in Ausgangsposition.«
Garrer kam auf die Szene.
»Ich will, dass Julia und die fünf Mädchen …«, begann er, aber ich achtete nicht darauf, was er sagte, denn mich hatten verdammt

ungute Gedanken gepackt. Julia Forster inmitten dieser Masse verkleideter, anonymer Gestalten zu sehen machte mich unruhig. Irgendwo in meinem Nervensystem schrillten Alarmglocken, zwar noch relativ leise, aber ich konnte sie nicht zum Schweigen bringen, indem ich mir sagte: Alle, die dort unten herumlaufen, sind Komparsen, registriert mit Bild, Namen und Adresse in Karteien, engagiert vom Besetzungsstab, geschminkt und kostümiert innerhalb des Studios. Zum Teufel, wie immer ich es drehte und wendete, die Situation bot einem gerissenen Killer hundert Chancen, an sein Opfer heranzukommen.

Ich versuchte, die Gefahr nüchtern einzuschätzen.

Die Hälfte der Statisten waren Frauen. Da keine überzeugende Beschreibung des »Phantoms« existierte, konnte der Killer durchaus eine Frau sein. Trotzdem kamen von den Statistinnen nur wenige infrage. Wer eine Waffe am Körper verbergen will, braucht dazu ein Minimum an Stoff, und die meisten Mädchen trugen zwar Masken, aber sonst in erster Linie Haut oder Trikots, die so eng an ihrer Anatomie klebten, dass sich nichts darunter verstecken ließ.

Ungefähr ein Dutzend blieb als fragwürdig über, zum Beispiel das Mädchen mit dem Fahnenumhang oder eine rassige Schwarzhaarige im weiten Rock einer Flamenco-Tänzerin, aber ihre Augenmasken waren nur sehr schmal, und ich war sicher, dass das »Phantom« niemals so viel von seinem Gesicht zeigen würde.

Bei den Männern war das Gefahrenpotential viel größer. So spärlich kostümiert wie die Mädchen war kaum einer. Noch unter Tarzans Lendenschurz blieb Platz genug für eine Pistole, ganz zu schweigen von Cowboys, aus deren Holster die Coltgriffe ragten, den Piraten mit breiten Schärpen um die Hüften, unter denen sich ein ganzes Arsenal verstecken ließ, und den Kostümen, die ihre Träger vom Kopf bis zu den Schuhen verhüllten: Clowns, Zombies, ein Gorilla, Froschmänner, helmbewehrte Astronauten.

Ich fasste einen nach dem anderen ins Auge, versuchte, Auffälligkeiten zu entdecken, ungewöhnliches Verhalten zu erkennen. Das glich dem Versuch, ein Puzzle mit der Bildseite nach unten zusammenzusetzen. Keinem Colt ist aus fast zwanzig Fuß Höhe anzusehen, ob er echt oder aus Plastik ist. Wie soll man die Absichten eines Kerls erahnen, der seinen Kopf unter einem Gorillaschädel verbirgt? Ist das Ding an der Hüfte des Astronauten eine Fantasie-Strahlenwaffe oder eine echte MPi, mit schwarzen Plastikteilen garniert?

Gewissheit und totale Sicherheit für Julia Forster konnte nur die Kontrolle jedes Einzelnen verschaffen. Das hätte die Dreharbeiten lahmgelegt – vielleicht grundlos lahmgelegt.

Regisseur Garrer kehrte zu seinem Regiestuhl zurück und gab das Startsignal für den zweiten Aufnahmeversuch.

Dieses Mal liefen die Kameras durch bis zum vorgesehenen Schnitt. Als Garrer »Cut!«, rief, verharrte jeder an der Stelle, an der er sich gerade befand.

»War's okay?«

Die Frage galt den Kameramännern, und der Mann an der Krankamera erhob Einwände: »Die letzten vierzig Sekunden waren nicht gut, Lewis! Der Typ, der als Tod kostümiert ist, gerät ins Bild. Er drängt sich neben das Fahnen-Girl. Wir sollten nicht ein Skelett und die Stars-and-Stripes nebeneinander zeigen. Sieh's dir auf dem Monitor an!«

Lewis Garrer überprüfte die Szene auf dem mitgelaufenen Videoband, ging in die Kulisse zu dem Komparsen, auf dessen schwarzem Trikot ein menschliches Skelett aufgemalt war. Die Plastikmaske eines Totenschädels vervollständigte das makabre Kostüm.

»Hör zu, mein Junge«, sagte der Regisseur und legte dem Mann eine Hand auf die Schulter, was aussah, als lägen die Finger auf dem nackten Knochen. »Dich wollen wir hier nicht haben.«

Der »Tod« überragte Garrer um die ganze Höhe des bleichen Schädels.

»Du gehst in den zweiten Saal, schnappst dir ein Mädchen und tanzt mit ihm.«

Er winkte ein Hawaii-Mädchen, das außer seinem Bastrock nur mit einem Blütenkranz bekleidet war, zu sich.

»Du bildest mit ihm ein Paar. Ein Gerippe und ein pralles lebendiges Mädchen im Clinch, das ergibt einen knalligen Schockeffekt.«

Von seiner Idee begeistert, befahl er dem Kameramann am Krangerät: »Hol sie für fünfzehn Sekunden mit dem Zoom in einen Nahschuss! Wir schneiden die Bilder an einer passenden Stelle in die Totale.«

Er nahm die Hand vom scheinbaren Knochen des Skeletts und tätschelte ausgiebig die warme nackte Schulter des Mädchens.

»Du kommst groß raus, Süße! Millionen Kinobesucher in aller Welt werden dich und ihn in Großaufnahme sehen.«

Das Mädchen machte einen Knicks und hauchte: »Oh, vielen Dank, Mr Garrer!«

»Mach's gut, Schätzchen! Ist 'ne Chance!«

Der Regisseur ging zu seinem Sessel, klatschte in die Hände, rief: »Nächster Versuch!«

Ein weiter Durchgang verband den Hauptsaal mit einem zweiten Raum.

Der »Tod« legte den Knochenarm um das Hawaii-Mädchen, führte seine neue Partnerin zwischen die Komparsen, die diesen Raum bevölkerten. Als nach zwanzig Minuten Vorbereitung Garrer das »Action«-Kommando gab und Szene 212 zum x-ten Mal ablief, sah ich »Tod« und Hula-Girl in enger Umschlingung zwischen anderen tanzenden Paaren.

Diese Aufnahme wurde abgebrochen, weil Julia Forster der Sprung über die Theke misslang, und die nächste und übernächste gingen aus anderen Gründen schief.

Während die Stimmung rund um die Kameras immer gereizter wurde, entspannten sich meine Nerven.

Seit drei Stunden agierte Julia Forster inmitten dieser Menschenmenge, und nichts Dramatisches war passiert. Ich begann, die eigenen Befürchtungen für übertrieben zu halten. Zwar beobachtete ich jeden Maskierten scharf, in dessen Nähe sie geriet, aber irgendein Anzeichen von Bedrohungen konnte ich nicht erkennen.

Kurz vor zwölf Uhr mittags und als Regisseur Garrer zum achten Mal »Cut!« rief, erklärten sich plötzlich alle mit diesem Durchlauf zufrieden.

Ich hoffte, danach würde der Regisseur die große Pause ausrufen und ich bekäme Gelegenheit, mit Julia Forster zu sprechen und sie zu warnen. Außerdem brauchte ich, wenn ich in ihrer unmittelbaren Umgebung nach Spuren und Hinweisen suchen wollte, ihr Einverständnis und ihre Bereitschaft, Fragen zu beantworten.

Aber Garrer dachte nicht an Pause, sondern erklärte, er wolle die nächste Einstellung in Angriff nehmen.

Während unten die erste Probe lief, kam Julia Forsters Manager auf die Beleuchterbühne. Er brachte so viel schlechte Laune mit, dass ich sie förmlich riechen konnte.

»Callahan sagte mir, Sie wollen mit Julia sprechen«, knurrte er.

»Wozu soll das gut sein? Sie wird bestens bewacht. Bodyguards begleiten sie auf jedem Weg, umkreisen bei Nacht ihr Haus. Im Studio schützt sie Callahans Hauspolizei. Wer Julia umbringen will, müsste über eine Laserstrahlwaffe verfügen.«

»Man merkt, dass Sie im Filmgeschäft sind, Mr Mayers«, antwortete ich. »Auch ohne Laser kann jede Schutzmaßnahme unterlaufen werden. Es ist wichtig, dass sich Miss Forster selbst äußerst vorsichtig verhält.«

»Verdammt, sie ist Schauspielerin, G-man. Wenn Sie ihr Angst machen, wird sie verkrampft sein und den wichtigsten Szenen des Films werden Julias Charme und Leichtigkeit fehlen. Warten Sie eine Woche, bis Garrer die Dreharbeiten beendet hat!«

In den Kulissen wurde die nächste Einstellung im Durchlauf geprobt. Julia Forster, in den Fahnenumhang gehüllt, kämpfte sich durch die Menge der Tanzenden in den zweiten Saal, lief zu einem Fenster, das in dem Augenblick, in dem sie es erreichte, von einem Gangster mit dem Lauf seiner Maschinenpistole eingeschlagen wurde. Sie wandte sich zur Flucht. Der Umhang blieb an der MPi hängen. An dieser Stelle war der nächste Schnitt vorgesehen.

Der Anblick des Komparsen mit der Maschinenpistole schürte meine Unruhe neu. Da »Sucht sie! Sie hat rotes Haar!« eine Komödie war, erschienen die Gangster im Al-Capone-Look der zwanziger Jahre. Sie trugen Nadelstreifen-Anzüge, Lacklederschuhe mit Gamaschen und schwarze Hüte mit weißen Bändern. Außerdem hatte der Maskenbildner ihnen einheitliche Gummimasken verordnet. Unter jedem Hut zeigte sich das gleiche, glatte und ausdruckslose Gesicht.

Der Gangster, der Julias Flucht durchs Fenster verhindern sollte, blieb außerhalb der Kulissen, bis er das Fenster einschlug.

So wie die Szene angelegt war, hätte ein echter Mörder das Opfer vor der Mündung seiner Waffe gehabt und anschließend den Fluchtweg in die Weite der Halle frei.

»Okay, wir drehen!«, entschied Regisseur Garrer. Die Sirene ertönte. Die Kommandos für Scheinwerfer, Mikrofone und die Kameras hallten. Der Klappenmann sprang vor, rief Zahlen, ließ die Leiste knallen, und Garrer befahl: »Action!«

Unter mir in der Kulisse drängte sich Julia Forster durch die Menge der tanzenden Paare, stieß hier mit einer Cowboy / Meermaid-Kombination zusammen, prallte bei den nächsten Schritten gegen die

Mischung Märchenprinz / Straßendirne, tauchte unter den zugreifenden Armen eines einsamen Froschmanns weg und kam dem Durchgang in den zweiten Saal immer näher.

Sechs Yards über dem Getümmel lief ich auf der Beleuchterbühne mit. Wäre ich nach dem Grund gefragt worden, eine konkrete Antwort hätte ich nicht gewusst. Mich trieb das Bedürfnis, dicht dran zu sein, wenn der Gangsterkomparse das Fenster aufstieß und Julia dann auf einer knappen Armlänge vor der Mündung seiner MPi-Attrappe stand.

Klar, wäre die Kugelspritze keine Attrappe und der Gangster kein Komparse gewesen, ich hätte das Geschehen nicht mehr aufhalten können, aber daran dachte ich in diesen Sekunden nicht.

Auf halber Höhe verlief an der Kulisse der Villa eine Balustrade, auf die von zwei Seiten breite Treppen führten. Sie täuschte den Zugang zur oberen Etage vor. Auf ihr tummelten sich, ebenso wie auf den Treppen, Maskengestalten.

Nur noch ein paar Schritte und noch ein Dutzend Paare trennten Julia Forster vom Durchgang in den zweiten Saal.

Auch in diesem Saal wurde hitzig getanzt. Schließlich hatte Regisseur Garrer den »Tod« und das Hawaii-Mädchen dorthin verbannt. Ich erspähte das Paar in der Menge, denn der Totenschädel überragte die meisten anderen Masken, und das schwarze Trikot mit dem weißen Skelett hob sich in seiner Düsternis von der bunten Vielfalt der Kostüme besonders ab.

Garrer hatte dem Paar engen Körperkontakt befohlen. Das Mädchen klebte am Skelett.

Dann sah ich, wie sich der Mann frei machte, und er tat es auf hässliche, sogar brutale Weise. Er riss die Arme, die sie um seinen Nacken geschlungen hatte, auseinander, stieß sie vor die Brust und wandte sich dem Durchgang zwischen beiden Sälen zu.

Was danach geschah, lässt sich nicht so schnell schildern, wie es ablief. Urplötzlich hielt der Mann einen schimmernden Gegenstand in der Knochenhand. Ich sah das Ding bei Weitem nicht genau genug, um zu erkennen, was es war, nahm nur ein Aufblitzen wahr.

Die Alarmglocken in meinem Nervensystem schrillten in voller Lautstärke los, so laut, dass nur noch Instinkte meine Reaktionen diktierten. Ich überflankte das Geländer der Beleuchterbühne. Wie ein Meteor fiel ich zwischen die Komparsen auf der Balustrade. Zwei, drei riss ich zu Boden, ging selbst in die Knie, stand aber schon wieder auf den Füßen, bevor irgendwer schreien konnte, ja, sogar bevor der Ablauf der Szene ins Stocken geriet.

Meine Hand zuckte zur SIG Sauer.

Unmöglich zu schießen. Zu viele Leute waren zu dicht bei dem Skelett.

Genau unter mir durchbrach Julia Forster die letzte Reihe der Tanzpaare, und keine fünf Schritte trennten sie vom »Tod«.

Zwischen dem Mann und mir ragte die Überbrückung des Durchgangs. Ihn konnte ich mit einem Sprung nicht erreichen.

Ich setzte über das Balustradengeländer hinweg, als wäre es eine Hürde, und ich kam so dicht vor Julia Forster herunter, dass sie weder ausweichen noch stoppen konnte. Sie lief mir ungebremst in die Arme. Ich riss sie mit nach links und zu Boden. Der Fahnenumhang flatterte durch die Luft wie ein abgerissener Flügel. Um Julia vor hartem Aufschlagen zu bewahren, drehte ich mich im Fallen so, dass ich als Erster auf den Boden aufkam und sie auf mich fiel.

Erst mein scheinbarer Angriff auf den Star löste Geschrei und Panik aus. Im ausbrechenden Chaos dachte jeder zuerst an die eigene Sicherheit und an Flucht.

Jeder? Nein!

Ich schrie Julia Forster an: »Bleiben Sie liegen!«

Keine Ahnung, ob sie verstand oder ob Überraschung und Schreck ihren Denkapparat außer Funktion gesetzt hatten. Ich wollte hoch, die Hand schon unterwegs zur SIG, aber ich wurde angehechtet und umgerissen, bevor ich richtig auf den Füßen stand.

Es war eine Frau. Sie kreischte wie eine Katze, und katzengleich krallte sie sich mit allen Gliedern an mich. Ich versuchte sie abzuschütteln. Nur eine Handbreite vor meinem Gesicht blitzen ihre Zähne, funkelten die geweiteten Pupillen, und der Geruch ihres Parfüms drang in meine Nase.

»Lass los, verdammt!«, schrie ich.

Sie dachte nicht daran. Ihre Zähne schnappten nach mir. Ich holte aus, um ihr die Faust aufs Kinn zu setzen.

Ein Schatten verdunkelte die gleißende Helligkeit der Scheinwerfer. Eine Männerstimme brüllte: »Verdammter Bastard!«

Wenn man so viele beschissene Situationen erlebt hat wie ich, weiß man nicht selten, was in der nächsten Sekunde passieren wird.

Ich wusste es auch dieses Mal. Der Kerl, der mich einen Bastard nannte, würde zuschlagen.

Genau das tat er.

Ich spürte keinen Schmerz. Der Hieb traf meinen Kopf, und die Innenbeleuchtung fiel aus.

Es konnte nicht viel Zeit vergangen sein, bis ich die Umwelt wieder wahrnahm, denn es hatte sich nichts geändert. Die Scheinwerfer brannten, die Musik dröhnte, und die ganze Filmtruppe rannte durcheinander.

Nur meine Lage hatte sich gründlich geändert. Ich lag auf dem Bauch, und das Gewicht einer nicht erkennbaren Anzahl schwerer Kerle lastete wie ein Gebirge auf mir.

Der Kopfschmerz setzte ein. Ich stöhnte.

Prompt fragte eine raue Stimme: »Der Hurensohn kommt zu sich. Soll ich ihm noch eins überziehen?«

»Nein, aber halt ihn unten!«

Der Druck an meinem Kopf verstärkte sich, und der Mann, den ich zuerst gehört hatte, drohte: »Das ist ein 45er-Revolver. Lieg still, oder ich puste deinen Kopf leer!«

»FBI …«, lallte ich. »Ich bin FBI-Agent!«

Sie reagierten nicht, nicht mal mit Hohngelächter. Die Männer, die auf mir knieten, bogen mir die Arme auf den Rücken, dass die Schultergelenke knackten, und legten mir Handschellen an. Endlich kam irgendwer auf den Gedanken, die Musik abzustellen. Die relative Stille löste eine allgemeine Beruhigung aus.

»Wurde Callahan benachrichtigt?«

Ich erkannte die Stimme des Regisseurs.

»Ist schon unterwegs.«

»Dreht ihn um! Ich will sein Gesicht sehen!«

Ich wurde auf den Rücken gewälzt, sah mich umringt von Männern der Omega-Polizei, zwischen ihnen den Regisseur, der mich anschrie: »Wer bist du?«

»FBI-Agent Jerry Cotton.« Ich gewann die Gewalt über meine Stimme zurück. »Der Mann im Skelettkostüm schoss auf Julia Forster.«

Ratlos sah Garrer die Polizisten an.

»Lügt er?«

»Natürlich lügt er«, sagte ein Cop mit Rangabzeichen am Kragen. »Keiner von uns hat einen Schuss gehört.«

»Der FBI-Ausweis steckt in der linken Innentasche. Seht nach«, forderte ich sie auf.

Bevor sie sich dazu entschlossen, platzte Pat Callahan in den Kreis.

»O Hölle!«, stöhnte er. »Er ist ein FBI-Mann! Weg mit den Handschellen!« Er beugte sich über mich. »Warum sind Sie ...?«

»Der Mann, der als Tod kostümiert war, schoss auf Julia Forster!«

»Niemand hörte Schüsse!«, wiederholte der ranghöchste Cop, während er gleichzeitig und mit deutlich spürbarem Widerwillen die Handschellen aufschloss.

Ich stand auf. Für einige Sekunden kreiste das Atelier um mich. Ich benutzte Callahan als Stütze.

»Wer soll auf Julia geschossen haben?«, schrie er mich an.

Die Situation hatte sich beruhigt. Die Statisten standen in der Kulisse herum wie eine große Herde Schafe. Den »Tod« sah ich nicht zwischen ihnen. »Alarmieren Sie Ihre Leute, Callahan! Er trug dieses scheußliche Skeletttrikot. Natürlich ist er nach den Schüssen geflüchtet, aber er kann sich noch auf dem Studiogelände befinden. Sperren Sie alle Ausfahrten! Werfen Sie eine Suchaktion an!«

Er nahm sein Handy, rief sein Office an, gab eine Serie von Befehlen und Anordnungen. Überall auf dem Gelände heulten Sirenen.

Callahan, das Handy noch am Ohr, fragte: »Wie sieht der Mann ohne Maske aus?«

Kennen Sie die bitterste Antwort im Leben eines G-man? Sie lautet: Keine Ahnung.

Ich sagte: »Keine Ahnung.«

Callahans Blick verriet, was er in diesem Augenblick dachte. Er hielt mich für einen Spinner oder zumindest für einen übereifrigen Wichtigtuer.

Lewis Garrer mischte sich ein.

»Wann, zum Teufel, kann ich weiterdrehen?«, kläffte er. »Weiß dieser angebliche G-man, was uns die Show kostet, die er hier abzieht?«

Ich ignorierte ihn.

»Die Statisten müssen vernommen werden«, sagte ich. »Wahrscheinlich schoss er mit einer Pistole. Bei gründlicher Suche lassen sich also Hülsen finden. Da es ein Mordversuch war, ist das Homicide Department der L.A. Police zuständig und muss eingeschaltet werden.«

»Wollen Sie die Dreharbeiten bis Weihnachten unterbrechen, G-man?«, heulte der Regisseur auf.

»Mr Garrer, soviel ich weiß, laufen bei den Aufnahmen parallel geschaltete Videokameras mit, damit Sie und Ihr Stab sofort überprüfen können, ob das Ergebnis Ihren Vorstellungen entspricht. Können wir uns das Band der Krankamera ansehen?«

Widerwillig stimmte er zu.

Ein Assistent holte die Kassette, schob sie in den Recorder und spulte das Band zurück.

Ein Monitor stand neben Garrers Regiestuhl. Wir scharten uns um das Gerät. Der Assistent drückte den Startknopf.

Die Szene lief so ab, wie die Krankamera sie erfasst hatte. Sie begann mit einer Totalen der Tanzenden im zweiten Saal, gefolgt von fünfzehn Sekunden der gezoomten Nahaufnahme des Paares »Tod« und Hawaii-Mädchen, wie Garrer sie gewünscht hatte.

Bissig kommentierte der Regisseur: »Ich sehe keine Waffe, aber ich sehe seine Hände am Hintern dieses Schätzchens.«

Die Kamera schwenkte hinüber zu Saal eins. Aus der Vogelperspektive zeigten die Bilder Julias Flucht, bis sie sich kurz vorm Durchgang befand. Beim Rückschwenk auf den zweiten Saal hatte der Kameramann das Format verändert. Nur noch ein Teil der tanzenden Paare befand sich im Bild. Am rechten Rand wurden »Tod« und Mädchen gerade noch erfasst, aber nicht vollständig.

Zwei Sekunden später sah man eine heftige Bewegung, und der Mann im Skeletttrikot und mit der Totenschädelmaske geriet allein ins Bild. Grob bahnte er sich einen Weg, rempelte Paare an, stieß sie zur Seite.

»Einzelschaltung!«, befahl Callahan.

Der Assistent stoppte das Band, schaltete den Recorder auf Einzelbild. In überdehnter Zeitlupe veränderten sich die Bewegungen unendlich langsam.

Wir starrten wie gebannt auf den Bildschirm.

Andere Maskierte verdeckten den größten Teil des »Tods«. Nur der Schädel, die Schulter- und Brustknochen auf dem Trikot waren zu sehen, bis zu dem Augenblick, in dem er sich an einem Clown vorbeischob und den rechten Arm mit jedem flimmernden Bild um weniger als eine Daumenbreite anhob.

Anhob, bis auch die Hand zu sehen war.

Bis zu sehen war, dass die Knochenhand eine Waffe umklammerte – eine Waffe, an der Gold schimmerte und die einen extrem langen Aufsatz hatte.

Bis zu sehen war, wie sich der bleiche Zeigefinger am Abzug krümmte.

»O nein!«, keuchte Callahan.

Regisseur Garrer ließ sich auf seinen Stuhl fallen und schlug die Hände vors Gesicht.

»Ich möchte Julia Forster sprechen«, sagte ich. »Wo ist sie?«

Vor Julia Forsters Garderobe standen ein Mann und eine Frau in polizeiähnlichen Uniformen.

»Ich kann Sie nicht passieren lassen, Sir!«, sagte der Mann und hob abwehrend die linke Hand. Die Rechte lag auf dem Revolvergriff. Auf dem Griff ihres Revolvers lag auch die Hand der Frau.

»Machen Sie Platz! Ich bin Sicherheitschef der Omega Pictures!« Callahan, dessen Nerven von den Ereignissen bis zum Zerreißen strapaziert waren, schnauzte den Mann ungeduldig an.

»Tut mir leid, Sir! Meine Kollegin und ich gehören zu Miss Forsters persönlichem Sicherheitsdienst. Anweisungen nehmen wir nur von ihr oder Mr Mayers, ihrem Manager, entgegen.«

Callahan machte eine Bewegung, als wollte er den Bodyguard zur Seite schieben.

Ich fing seinen Arm ab. »Ist Mr Mayers in der Garderobe?«

»Ja, Sir.«

»Gehen Sie hinein und melden Sie uns an.«

Mit einer Kopfbewegung gab er den Auftrag an die Frau weiter, die an die Tür klopfte und in der Garderobe verschwand.

»Lassen Sie mich los!«, zischte Callahan.

»Mehr Geduld, Pat«, sagte ich leise und gab ihn frei. Er warf mir einen wenig freundlichen Blick zu und fauchte: »Sie vergessen, dass diese Schweinerei mich meinen Job kosten kann!«

Die Garderobentür öffnete sich. Der Forster-Manager schob den Kopf durch den Spalt, stieß die rechte Hand mit ausgestrecktem

Zeigefinger gegen mich vor und rief: »Wenn Julia Sie sieht, bekommt sie einen hysterischen Anfall. Sie glaubt, sie wäre von irgendeinem durchgedrehten Kerl angegriffen worden.«

Ich hielt die Videokassette hoch.

»Höchste Zeit, dass sie sich von der Wahrheit überzeugt.« Ich wies auf den Bodyguard. »Befehlen Sie ihm, uns durchzulassen.«

Mayers knickte ein.

»Okay, kommen Sie.«

Stargarderoben in großen Studios bestehen aus mehreren Räumen und sind eingerichtet wie luxuriöse Wohnungen.

Julia Forster saß mit hochgezogenen Beinen auf einer Couch. In der Hand hielt sie ein Glas, dessen Inhalt nach Whisky aussah. Bei ihr war eine junge Frau in einem hellen, aber schmutzigen und an zwei Stellen zerrissenen Kleid.

Mayers setzte zu einer Erklärung an.

»Julia, der Mann, der dich …«

Ich schob ihn zur Seite, trat zwei Schritte vor.

»Hi, Miss Forster. Ich bin Jerry Cotton, FBI-Agent aus New York.«

»He, Mann, ich hasse es, von einem Kerl angegrapscht zu werden, der vorher nicht um Erlaubnis gefragt hat«, antwortete sie überraschend. Sie sprach schleppend, und nach der letzten Silbe nahm sie einen Schluck Whisky. Es war zweifelsfrei nicht der erste.

Sie war nicht ganz die strahlende Filmschönheit, von der behauptet wurde: Wer Julia Forster auf der Leinwand sieht, braucht keine Potenzpillen. Ihr dickes Studio-Make-up war verschmiert, das Haar zerzaust. Am rechten Oberschenkel hatte sie eine blutende Schramme.

»Ich möchte, dass Sie sich dieses Videoband ansehen, Miss Forster. Es stammt von der Krankamera.«

Die Frau, die neben ihr auf der Couch saß, stand auf, nahm mir die Kassette aus der Hand.

»Geben Sie her.«

Ich bekam einen Hauch ihres Parfüms mit, und daran erkannte ich sie.

»Sie haben mich angefallen, oder?«

»Habe ich«, bestätigte sie. »Wollen Sie hören, dass es mir leid tut?«

»Nur den Grund möchte ich wissen.«

»Mann, sie haben Julia angegriffen, und ich bin ihr Bodyguard. Es sah aus, als wollten Sie ihr den Hals umdrehen. Hätte ich warten sollen, bis sich herausstellt, dass Sie ihr auf diese Weise nur einen Heiratsantrag machen wollten?«

»Warum tragen Sie keine Uniform? Warum sind Sie unbewaffnet?« Julia Forster mischte sich ein.

»Lassen Sie Diana in Ruhe, G-man!«, sagte sie energisch. Möglicherweise hatte sie doch nicht so viel Whisky getrunken, wie ich annahm. »Sie war im Studio, weil ich sie Lewis Garrer vorstellen wollte. Von ihr sollen Probeaufnahmen gemacht werden.«

Diese Diana war zweifelsfrei eine attraktive Frau. Sie hatte ein längliches Gesicht, das vom ausgeprägten Mund und ausdrucksstarken blauen Augen beherrscht wurde. Ihre Gestalt im hellen, zerrissenen Kleid konnte mit Julia Forsters geradezu weltberühmten Figur im knappen, kurzen Lederrock und der schulterfreien Bluse konkurrieren.

Selbstverständlich gab es in der Garderobe ein Fernsehgerät mit Recorder. Julias Bodyguard legte die Kassette ein und startete den Ablauf.

Bis zu dem Augenblick, in dem ich sie unterbrach, mochte Szene 212 Strich 5 zwei Minuten gedauert haben, davon sah man zwanzig Sekunden lang, wie sich der als Tod maskierte Mann durch die Tanzenden drängte, stehen blieb, den Arm hob, feuerte.

Da das Band mit normaler Geschwindigkeit lief, gab der Recorder auch die aufgezeichnete Musik und alle Geräusche wieder. Zwar waren Schüsse nicht zu hören, aber meinen Aufsprung und den gemeinsamen Fall mit Julia, als ich sie mitriss, hatten die empfindlichen Mikrofone aufgezeichnet. Zu sehen war nichts davon, weil es außerhalb des Blickwinkels der Kamera geschah. Dann, als die ersten Schreie gellten, zeigten die Bilder, wie sich der »Tod« herumwarf und flüchtete. Nach drei, vier Sekunden verschwand er aus dem Erfassungsbereich der Kamera. Kurz darauf lief das Band leer. Die Kamera war abgeschaltet worden.

Es blieb still im Raum, bis Julia Forster stockend sagte: »Wer gibt mir noch einen Schluck Whisky?«

Ihre Bodyguard holte die Flasche, füllte nach, fragte in die Runde: »Noch jemand einen Drink auf den Schreck?«

Callahan und ich verneinten.

Julia Forster starrte in ihr Glas, ohne zu trinken.

»Man hört keine Schüsse«, sagte sie halblaut, hob den Kopf, sah mich an. »Hat er wirklich geschossen, G-man, oder war alles nur ein Bluff?«

»Er benutzte einen extrem wirkungsvollen Schalldämpfer.«

»Warum wollte er mich umbringen?«

»Weil Ihr Leben mit fünfzehn Millionen Dollar versichert ist.«

Callahans Handy schrillte. Er meldete sich, hörte die Nachricht. Ich sah seinem Gesicht an, dass sie wichtig war.

»Meine Leute haben das Kostüm gefunden«, informierte er mich. »Sie warten auf meine Anordnung, was damit geschehen soll.«

»Ich werde mitkommen.«

Ich wandte mich ich an den Filmstar.

»Die Hintergründe dieses Anschlags auf Sie werde ich Ihnen später erklären. Auf jeden Fall sollten Sie in den nächsten Tagen sehr vorsichtig sein. Vermeiden Sie jede größere Menschenansammlung! Um zusätzliche Sicherheitsvorkehrungen im Studio, sobald die Dreharbeiten wieder aufgenommen werden, kümmert sich Mr Callahan. Lassen Sie niemanden an sich heran, den Sie nicht kennen!«

Vor der Tür drehte ich mich noch einmal um, lächelte und sagte: »Und betrinken Sie sich nicht, Miss Forster, weil zu viel Whisky im Blut leichtsinnig macht.«

Zwei Omega-Polizisten standen als Wache vor dem Raum, in dem Skelettkostüm und Plastikschädel gefunden worden waren.

»Wir haben nichts angefasst, Sir!«, versicherte der Ältere.

Das Trikot lag als schwarzweißer Stoffhaufen ohne erkennbare Konturen auf dem Boden. Der Plastikschädel grinste mit leeren Augenhöhlen vom Schalthebel einer Kehrmaschine, denn der Raum diente zum Abstellen von Reinigungsgeräten.

»Ich wünschte, wir wüssten, wie er jetzt herumläuft«, knurrte Callahan.

»Ihre Chance, ihn auf dem Gelände von Omega Pictures zu stellen, liegt bei Null, Pat. Es ist zu viel Zeit verstrichen, und das ›Phantom‹ bereitet seine Verbrechen gut vor, Fluchtweg inklusive.«

»Phantom?«, wiederholte er. »Sie wissen, wer es war?«

»Ja und nein. ›Phantom‹ ist die Bezeichnung für einen Profikiller, von dem wir weder den Namen kennen noch Fingerabdrücke haben und schon gar nicht ein Bild oder eine einigermaßen wahrscheinliche Phantomzeichnung. Wir identifizieren ihn an den Hülsen, die seine Pistole auswirft, und an den Riefen der Kugeln, die bei der Obduktion aus seinen Opfern geholt werden. Er benutzt ein brasilianisches Modell, eine Jacaranda. Mit dieser Waffe wurde Francis Duville erschossen, das erste Opfer des Erpressungsversuchs an der Versicherungsgesellschaft, und ich glaube, dass das ›Phantom‹ auch heute der Täter war. Darum ist es wichtig, dass die Hülsen gefunden werden.«

»Vierhundert Leute sind in den Kulissen herumgetrampelt«, wandte er ein. »Wie wollen Sie unter solchen Umständen ...?« Sein Handy unterbrach den Satz. Callahan wurde mitgeteilt, dass die Crew der Los Angeles Police eingetroffen sei und am Haupttor warte.

Sein Wagen parkte vor der Halle. Ich fuhr mit.

Die Fahrzeuge der Mordkommission hatten die Schranke bereits passiert. Jenseits der Barriere drängte sich, von der Omega-Polizei und einem Cop-Kommando mühsam im Zaum gehalten, ein erstes Dutzend Reporter, und ständig hasteten neue Sensationsjäger aus ihren Wagen, die längst die Zufahrtsstraße verstopften.

Callahan und Lieutenant Brook, der das Team leitete, schüttelten sich die Hände.

Brook, ein etwa fünfzigjähriger Schwarzer mit ergrautem Haar, lachte.

»Pat, ich hoffe, du erwartest nicht, dass wir als billige Staffage in einem eurer schlechten Krimi-Filme mitwirken. Was ist los?«

»Auf Julia Forster wurde ein Mordanschlag verübt.«

»Das pfeifen die Spatzen von den Dächern.« Er wies mit dem Daumen über die Schulter auf die Meute der Journalisten. »Die Jungs wussten früher davon als wir. Ich hörte ihre Meldungen auf der Fahrt hierher. Sie waren sich nur nicht einig, ob Pretty Julia getötet, verletzt oder nur ein bisschen vergewaltigt wurde.«

»Nichts davon.« Callahan machte eine Kopfbewegung in meine Richtung. »FBI-Agent Jerry Cotton aus New York. Er hat Julia vor Schlimmerem bewahrt – und die Produktion lahmgelegt.«

Brook schüttelte mir die Hand.

»Ich hoffe, Sie hatten gute Gründe, G-man. Eine gestoppte Filmproduktion summiert sich schnell zu einem Zig-Tausend-Dollar-Schaden.«

»Je schneller Sie Ihren Job erledigen, Lieutenant, desto geringer der Schaden«, antwortete ich lächelnd. »Okay, machen wir uns an die Arbeit.«

Von jenseits der Schranke schrien die Journalisten ein Durcheinander von Fragen.

»Wann gibt's Informationen?« – »Wie geht es Julia?« – »Wer war der Kerl, der sie attackiert hat?«

»Die Jungs werden uns in den nächsten Tagen das Leben zur Hölle machen«, knurrte Callahan beim Einsteigen. »Uns allen, aber am schlimmsten Julia.«

Die Kriminalgeschichte kennt Morde, die vor noch mehr Augenzeugen begangen wurden, aber die rund fünfhundert Personen, die sich, als die Schüsse fielen, im Studio aufhielten, waren immerhin eine stolze Zahl. Jeder Komparse, jeder Helfer, jeder Assistent und die Schauspieler mussten gefragt werden, ob und was sie gesehen hatten. Nahezu alle hatten nichts gesehen. Lediglich das Hawaii-Mädchen, das der Regisseur mit dem »Tod« zum Paar verkuppelt hatte, bestätigte, dass der Mann sie plötzlich zurückgestoßen und sich durch die Menge in Richtung Verbindungstür zum Hauptsaal gedrängt habe. Danach habe sie nur noch den Plastikschädel sehen können, und als kurz darauf die Panik ausbrach, habe sie ihn völlig aus den Augen verloren.

Vier Leute glaubten, im allgemeinen Durcheinander von dem Maskierten angerempelt worden zu sein. Präzise Angaben konnten sie nicht machen.

Lieutenant Brooks Gesichtsausdruck wurde immer skeptischer. Ohne das Videoband der Krankamera hätte er mir wahrscheinlich nicht geglaubt und die Untersuchung abgeblasen. Noch nachdem er die Aufzeichnung gesehen hatte, äußerte er Zweifel.

»Okay, ich sehe eine Kanone in seiner Hand«, brummte er, »aber woher wissen Sie, dass er es ernst meint? Nirgendwo laufen mehr Spinner herum als in Hollywood. Denen ist jedes Mittel recht, um auf sich aufmerksam zu machen.«

»Finden Sie die ausgeworfenen Hülsen, Lieutenant, und Sie werden den Beweis in der Hand halten, dass ein ausgebuffter Profikiller am Werk war.«

»Okay, versuchen wir es«, stimmte er mit einem Unterton von Resignation zu.

Er gab Anweisung, die Halle zu räumen, und löste damit beim Regisseur und den zwei Dutzend hochrangigen Omega-Bossen, die inzwischen aufgetaucht waren, Wutanfälle und Haareraufen aus. Immer höhere Verlustzahlen schrien sie uns in die Ohren. Immer massiver drohten sie mit horrenden Schadensersatzklagen.

Lieutenant Brook blieb gelassen.

»Meine Crew arbeitet auf Wunsch des Federal Bureau of Investigation. Der FBI ist eine Bundesbehörde. Also müsst ihr Uncle Sam persönlich verklagen. Und nun raus! Sonst dauert alles noch viel länger.«

Ohne die Masse Menschen machte die leere Aufnahmehalle einen gespenstischen Eindruck.

Brook ließ die Scheinwerfer einschalten. Nicht mehr die Teilnehmer am großen Maskenball tummelten sich in der absurden Helligkeit, die der Film erfordert, nur eine Handvoll Cops und Spurensucher krochen zollweise durch die Kulissen.

Die erste Hülse wurde nach dreißig Minuten gefunden, gleich darauf und ganz in der Nähe zwei weitere.

»Passen die Hülsen zur Kanone Ihres Profikillers, G-man?«, fragte Brook.

Ich drehte eine Hülse zwischen den Fingern und ertastete die charakteristische Verdickung an der Kerbe.

»Ja, sie passt. Um Gewissheit zu haben, fordern Sie die Mikroaufnahmen der Patronenhülsen aus den Mordfällen Harry Lumley und Francis Duville an.«

Brook stieß ein kurzes Schnaufen aus.

»Das wirft eine Menge Fragen auf. Wie schafft es ein Killer, sich unter die Komparsen zu mischen? Wie ist er an das Kostüm gelangt? Auf welchem Weg hat er das Gelände verlassen?«

»Ihre Leute haben die Namen aller Statisten festgehalten?«

»Selbstverständlich. Vierhundertdrei Männer und Frauen hatten für den heutigen Drehtag vom Besetzungs-Office eine sogenannte Move-in-Karte erhalten. Sie berechtigt zum Betreten des Studios für die Dauer des Jobs. Wir haben die Karten der anwesenden Statisten mit der Computerliste der engagierten Komparsen verglichen. Ein Mann, der heute hätte hier sein müssen, fehlt – dieser Mann!« Er ließ sich von seinem Assistenten eine Karteikarte geben, reichte sie an mich weiter.

Die Karte stammte aus den Beständen des Besetzungsbüros und war vollständiger als mancher Steckbrief.

Der Mann hieß Clark Ericson, war zweiunddreißig Jahre alt, sechs Fuß groß, hatte eine Schauspielschule in San Francisco besucht, konnte reiten, fechten und singen, kam für jugendliche Rollen infrage. Vier Fotos zeigten einen kräftigen blonden Typ. Als Adresse war eine Straße in Downey, Los Angeles, angegeben.

»Es wurde angerufen«, sagte Brooks Assistent. »Niemand meldete sich.«

Ich gab ihm die Karteikarte zurück.

»Wir werden nach ihm suchen müssen, auch in den Leichenschauhäusern.«

Der Lieutenant wandte sich an Callahan. »Wir geben die Halle frei, Pat.«

»Wenn morgen wieder gedreht wird, muss jeder, der die Halle betreten will, genau überprüft werden«, ergänzte ich.

»Sie glauben, er könnte es noch einmal versuchen?«

»Beim ›Phantom‹ halte ich nichts für unmöglich.«

Lieutenant Brook forderte mich auf, mit ihm ins Hauptquartier der L.A. Police zu kommen. Ich war einverstanden und stieg zu ihm in seinen Wagen.

Die Meute der Journalisten vorm Tor war zur hundertköpfigen Herde angeschwollen.

Brooks musste Cops vorschicken, die seinem Wagen einen Weg bahnten. Wie Hagelschlag prasselten Fragen auf ihn ein, und da sich kein ranghoher Polizist leichtfertig das Wohlwollen der Presse verscherzt, antwortete er geduldig wieder und wieder mit den gleichen Sätzen: »Julia Forster wurde nicht verletzt. – Ja, es gab einen Zwischenfall, aber wir können seine Bedeutung noch nicht abschätzen. – Nein, die Dreharbeiten werden von uns nicht behindert.«

Als wir endlich die Menge passiert hatten, wischte er sich den Schweiß von der Stirn.

Im Hauptquartier ließ er Mikroaufnahmen der Hülsen anfertigen und forderte über das Datennetz der amerikanischen Polizei die Fotos der Lumley- und Duville-Hülsen an. Die Fotos wurden überspielt und mit den Aufnahmen des ballistischen Labors der Los Angeles Police verglichen.

Der Vergleich beseitigte die letzten Zweifel.

»Also haben Sie recht, G-man«, konstatierte Brook. »Ein Profikiller hat es auf Pretty Julia abgesehen.« Er grinste: »Sie haben Anspruch auf ein Dankesküsschen, Mann.«

Es war längst Abend geworden.

Ich rief Mr High unter seiner Privatnummer an und meldete: »Sir, das ›Phantom‹ hat einen Mordversuch auf Julia Forster verübt.«

»Ja, es gab auch im Osten TV-Meldungen. Sie waren widersprüchlich. Ich habe mit Ihrem Anruf gerechnet, Jerry.«

Ich berichtete in allen Einzelheiten. High hörte schweigend zu. Als ich zu Ende war, sagte er: »Ihre Mission ist nicht beendet, Jerry, solange noch die geringste Gefahr für Julia Forster besteht. Bleiben Sie in L.A.«

The Show must go on!

Das alte Motto des Showbusiness gilt auch für die Produktion eines Films. Als ich am Tag nach dem Mordversuch das Studio in Halle 4 betrat, schien es, als habe nie eine Unterbrechung stattgefunden.

Die Komparsen bevölkerten die Kulisse in den gleichen Kostümen wie am Tage zuvor, Regisseur Garrer gab Anweisungen, und Julia Forster wiederholte die Szene, während der gestern auf sie geschossen worden war, als wäre nichts geschehen.

Kleine Unterschiede gab es.

Sie hatten darauf verzichtet, einen anderen Statisten als Tod zu kostümieren, obwohl sie Skeletttrikots und Plastikschädel noch dutzendweise im Fundus hatten. Damit fiel auch die fünfzehn Sekunden lange Szene mit ihm und dem Hula-Mädchen ins Wasser, und die Kleine musste ihre Hoffnung auf einen Karriere-Kick begraben.

Callahan hatte seine Truppe verstärkt und mit Detektoren ausgerüstet. Jeder, der die Halle betrat, wurde überprüft wie beim Einchecken auf Flughäfen.

Davon abgesehen lief alles normal, ja sogar zügiger als gestern. Als der Regisseur die Pause ausrief, hatte das Team vier Einstellungen geschafft.

Julia Forster schickte einen Assistenten zu mir, der ausrichtete, sie erwarte mich in ihrer Garderobe.

Ich war mit Lieutenant Brook verabredet, aber es blieb Zeit für ein Gespräch mit ihr. Sie hatte ein Anrecht zu erfahren, warum sie auf der Abschussliste eines berüchtigten Killers stand.

Wie gestern bewachten zwei Bodyguards, ein Mann und eine Frau, den Zugang zur Stargarderobe. Natürlich erkannte ich die Frau wieder, wenn auch die Uniform und die strenge Schirmmütze ihr Aussehen sehr veränderten.

Ich nickte ihr zu. »Hi, Miss …« Der Name auf dem Schild lautete Gates, und ich las ihn ab. »Hi, Miss Gates. Ich hoffe, Sie haben keine Schäden bei unserem Ringkampf erlitten.«

Sie grüßte mit der Hand am Mützenschild.

»Guten Morgen, Sir. Es tut mir leid, dass ich …«

»Sie konnten die Situation nicht anders einschätzen«, unterbrach ich. »Melden Sie mich bitte bei Miss Forster an.«

Sie klopfte an und ging in die Garderobe.

Das Schild des Mannes trug den Namen K. Driscoll.

»Wo waren Sie gestern, Mr Driscoll?«, fragte ich.

»Am Strand von Santa Monica, Sir. Ich hatte dienstfrei.«

»Wann haben Sie von dem Angriff auf Julia erfahren?«

»Am späten Abend, Sir. Meine Kollegin Diana rief an und unterrichtete mich.«

Die Tür wurde geöffnet, und Bodyguard Gates meldete: »Miss Forster erwartet Sie.«

Auch in der Garderobe war alles wie gestern.

Julia Forster lag auf der Couch und hielt ein Glas in der Hand. Hinter ihr stand Mayers, ihr Manager.

»Hi, G-man«, empfing mich Julia. Sie hob das Glas, lächelte bis dicht an die Grenze eines Grinsens und sagte: »Orangensaft nach Ihrer Empfehlung, getauft mit ein paar Tropfen Whisky. Ich möchte, dass Diana zuhört. Sind Sie einverstanden?«

»Einverstanden«, bestätigte ich.

»Wer wollte mich gestern umbringen?«

»Ein professioneller Killer, der beim FBI unter der Bezeichnung ›Phantom‹ geführt wird.«

Sie explodierte.

»Dahinter steckt der Hundesohn Casca – Bruce Casca! Verhaften

Sie den Dreckskerl, G-man! Mayers, nenn Mr Cotton die Adresse des Bastards! Erzähl ihm, mit welchen schmutzigen Tricks mich dieser Blutsauger ruinieren will!«

Sie leerte ihr Glas auf einen Zug und hielt es dem Manager hin.

»Füll nach! Pur!«

Casca hatte in unserer Unterredung acht Schimpfwörter für Julia Forster gebraucht. Sie brachte es auf vier in vier Sätzen.

»Ich kenne die Geschichte Ihres Streites mit Casca und seiner Filmgesellschaft.«

Diana Gates kam dem Manager zuvor. Aus einer Karaffe mit Orangensaft füllte sie Julias Glas, bevor Mayers die Whiskyflasche aufschrauben konnte. Beide Frauen wechselten einen Blick.

»Danke, Liebe«, sagte die Schauspielerin, und noch bebend vor Erregung fuhr sie mich an: »Weil ich keinen Film bei ihm mache, will der Schweinehund mich umbringen lassen!«

Das fünfte Schimpfwort im fünften Satz.

»Es gibt andere Hintergründe für die Tat, Miss Forster. Die Versicherungsgesellschaft, bei der Ihr Leben durch den Vertrag mit Casca versichert ist, wird erpresst. Dieser Erpresser droht, Personen umzubringen, bei deren Tod große Summen fällig werden. Die Namen dieser Menschen kennt er von einer geheimen Liste, die ihm in die Hände gefallen ist. Zwei Versuche, seine Forderung zu erfüllen, sind gescheitert, und er machte seine Drohung wahr. Nach der zweiten misslungenen Geldübergabe drohte er den zweiten Mord an. Gestern ...«

Sie riss die Augen auf, legte die freie Hand auf ihre Brust.

»Er wählte mich?«, fragte sie mit dünner Stimme, die wie die eines Kindes klang, das sich fürchtet.

»Danach sieht es aus.«

Ich sprach nicht von Mr Highs Vermutung, dass es keine Zufallswahl gab und Bruce Casca durchaus im Verdacht stand, mit Mr Mortality unter einer Decke zu stecken. Es war ein Verdacht, für den es keine Beweise gab.

»Wird er den Versuch wiederholen?«

»Das kann ich nicht ausschließen, Miss Forster. Alle Polizeibehörden, die je mit Verbrechen des ›Phantoms‹ befasst waren, schätzen ihn als äußerst gefährlich ein.«

Der Manager mischte sich ein.

»Du hast noch vier Drehtage, Julia. Während der Zeit passen wir auf dich auf wie auf den eigenen Augapfel. Nach dem letzten Tag verschwindest du von der Bildfläche. Flieg nach Europa und warte in Paris oder an der Côte d'Azur ab, bis die Schnüffler endlich ihre Arbeit gemacht und den Mann gefasst haben!«

»Ein guter Vorschlag«, stimmte ich zu.

»Werden Sie in meiner Nähe bleiben, G-man?«

»Ja, werde ich.«

Sie zögerte einige Sekunden, bevor sie sagte: »Es würde mich beruhigen, wenn Sie sich nachts in meinem Haus aufhielten. Sie könnten ein Gästeapartment bewohnen.«

Ich weiß nicht, wie viele amerikanische Jungs davon träumen, eine Nacht mit Pretty Julia unter demselben Dach zu verbringen, aber ich sah es nicht als Chance, sondern als Teil des Jobs.

»In Ordnung. Bitte, entschuldigen Sie mich. Ich treffe den Lieutenant der L.A. Police, der die Untersuchung leitet.«

Bodyguard Gates verließ mit mir die Garderobe. Vor der Tür informierte sie ihren Kollegen Driscoll: »Miss Forster will, dass der G-man die Nächte in ihrem Haus verbringt.«

Ich traf Lieutenant Brook und Pat Callahan, den Chef der Omega-Hauspolizei, im Vorführraum der Halle 4. Jedes Studio verfügt über ein kleines, aber technisch perfekt eingerichtetes Kino, in dem die entwickelten Filmaufnahmen des Vortages auf ihre Leinwandwirkung überprüft werden. Trotz der laufenden Kontrolle durch Videotechnik, MAZ-Bänder und zahllose Monitore halten alle Regisseure daran fest, die letzte Entscheidung erst nach Begutachtung der Originalstreifen aus allen eingesetzten Kameras zu fällen. Die Filme werden ungeschnitten aneinandergeklebt, und je nach der Zahl der eingesetzten Kameras sieht man die aufgenommenen Szenen bis zu zehnmal aus unterschiedlichen Blickwinkeln.

»Wir brauchen noch ein paar Minuten«, sagte der Mann am Vorführapparat.

Lieutenant Brook wirkte bedrückt.

»Dieser Clark Ericson, der Statist, der eigentlich in dem Skelettkostüm hätte stecken sollen, ist verschwunden«, berichtete er, »und nicht erst seit gestern, sondern seit zwei Tagen. Inzwischen machen meine Leute eine Rundtour durch die Leichenschauhäuser und suchen ihn unter den nicht identifizierten Toten.«

»Wenn er wirklich ermordet wurde und der Mörder ihm die Move-in-Karte abnahm, gibt es dann eine Chance, von irgendwem eine Beschreibung des Mannes zu bekommen, der Ericsons Stelle einnahm?«, fragte ich Callahan. »Durchlief er die Maske? Wurde er geschminkt?«

Callahan reagierte nicht weniger bedrückt als der Lieutenant.

»An der Kostümausgabe geht es zu wie an einer Theatergarderobe. Die Move-in-Karten tragen eine Nummer, und die Statisten bekommen das Kostüm zugeworfen, das unter ihrer Nummer am Haken hängt. Wer geschminkt werden muss, durchläuft anschließend die Maske, aber er musste nicht geschminkt werden. Von ihm blieb unterm Trikot und dem Plastikschädel kein Stück eigene Haut zu sehen.«

»Konnten Sie herausfinden, wie er das Gelände verlassen hat?«

»Ihm blieb Zeit genug, weil der Alarm erst nach zehn Minuten ausgelöst wurde. Personen, die das Gelände zu Fuß verlassen, werden an den Toren nicht kontrolliert.«

»Wir sind fertig«, meldete der Vorführer.

»Fahrt ab!«

Der Raum wurde dunkel. Auf der Leinwand erschienen nach kurzem Flimmern der Assistent und die Mappentafel mit dem Titel und den Ziffern der Szene.

Als Erstes lief der Filmstreifen der Krankamera und wiederholte den Ablauf, den wir vom Videoband kannten, aber größer und schärfer auf der größeren Leinwand. Als der Killer und die Waffe in seiner Hand am vollständigsten zu sehen waren, ließ Callahan den Film stoppen.

»Ich denke, mit Vergrößerungen lassen sich Einzelheiten herausholen.«

Er stand auf, ging zur Leinwand, zeigte auf die Augenhöhlen der Maske.

»Vielleicht entdecken wir Farbpartikel, aus denen wir auf die Farbe seiner Augen schließen können.«

Er gab dem Vorführer das Zeichen, den Film weiterlaufen zu lassen, und kehrte zurück zu seinem Platz.

An den Streifen aus der Krankamera schlossen sich die Bilder an, die von der Hauptkamera aufgezeichnet worden waren. Logischerweise hatte sich der Kameramann auf Julia Forster konzentriert. So zeigte dieser Film ihre Flucht nach dem Sprung über die Theke, bis sie fast den Durchgang zum zweiten Saal erreicht hatte und ich vom Himmel fiel.

Es geschieht selten, dass man vierundzwanzig Stunden später zu sehen bekommt, wie eine Aktion abgelaufen ist, die ganz vom Instinkt bestimmt wurde.

Ich landete mit ausgebreiteten Armen dicht vor Julia. Sie prallte aus vollem Lauf gegen meine Anatomie. Ich schloss die Arme und riss sie mit mir zu Boden. Im Sprung machte ich eine halbe Körperdrehung, knallte auf den Rücken, und Julias Sturz wurde weitgehend abgefedert. Ich schob sie zur Seite, und mein Kommando »Bleiben Sie liegen!« war trotz Musik und ausbrechenden Geschreis deutlich zu hören.

Man sah, wie ich aufstand und wie meine Hand unter der Jacke verschwand, und dann …

Der Mann an der Hauptkamera hatte seinen Apparat nicht so prompt abgeschaltet wie sein Kollege auf dem Schwenkarm des Krans.

… und dann sprang mich Julias Bodyguard mit einer Wildheit an, als wäre sie unter Raubkatzen aufgewachsen. Sie riss mich um, sie krallte sich an mir fest. Ihr Kleid zerriss. Ihr Rock rutschte hoch. Sie versuchte, mich mit den Zähnen zu erwischen und mit den Knien Rammstöße weit unter der Gürtellinie zu landen.

Sie schaffte es, mich zwanzig Sekunden lang zu paralysieren, bis die Omega-Cops ins Bild stürmten und der Knüppelhieb niedersauste, der mich endgültig abschaltete, und auch danach lief die Kamera noch weiter, und ich sah, wie sich Bodyguard Diana Gates aufrichtete. Sie achtete nicht darauf, was die Polizisten mit mir machten. Sie kümmerte sich auch nicht um Julia, die wenige Yards rechts von ihr auf dem Boden lag. Sie sah nicht mal hin.

Sie blickte in eine andere Richtung, und ihr Gesicht, das die Kamera im Profil erfasste, verriet nicht Erregung oder Zorn, sondern Angst.

Voraussetzt der Ausdruck eines Gesichtes lässt sich deuten, das man nur drei Sekunden sieht, denn dann war auch diese Kamera abgeschaltet worden.

Eine halbe Minute herrschte Schweigen im Vorführraum. Schließlich sagte Callahan: »Das war die hitzigste Kampfszene zwischen einem Mädchen und einem Mann, die je auf einer Leinwand gezeigt wurde.«

Lieutenant Brook riskierte ein kurzes Lachen.

»Vielleicht findet der Regisseur eine Möglichkeit, sie in den Film einzubauen.«

»Sie käme niemals durch die Zensur. Man sieht zu viele Details von Julias Bodyguard.«

Ich lachte nicht mit.

Die letzten drei Sekunden dieses Filmstreifens hatten mich sehr nachdenklich gemacht.

Okay, ich war nicht mit dem FBI-Ausweis in der Hand vor Julia Forster gelandet, und was ich zu ihrem Schutz mit ihr gemacht hatte, ließ sich von einem Angriff nicht unterscheiden. Die Reaktion jedes Leibwächters wäre nicht anders ausgefallen als die von Diana Gates, aber diese Reaktion hatte das Ergebnis gehabt, dass der Mann in der Tod-Maske den entscheidenden Vorsprung hatte gewinnen können.

So weit einleuchtend, aber da waren die drei letzten Sekunden, in denen sie sich nicht vergewissert hatte, ob Julia den Angriff schadlos überstanden hatte, sondern in eine andere Richtung blickte.

In die Richtung des Killers. Und mit einem Gesichtsausdruck, als fürchte sie, der Vorsprung, den sie ihm verschafft hatte, könnte noch nicht groß genug sein.

Aber wie schon gesagt, vielleicht lässt sich der Ausdruck eines Gesichtes in drei Sekunden nicht zuverlässig deuten.

Irgendwo in der Halle ertönte eine Sirene.

»Die Dreharbeiten werden fortgesetzt«, sagte Callahan.

Ich packte meinen Koffer, zahlte die Hotelrechnung und fuhr im geleasten Chevrolet nach Belair, Los Angeles, in dem die Schönen, die Reichen und die Berühmten wohnen. Kaum hatte ich das Warnschild »Private Police Area« passiert, wurde ich auch schon gestoppt. Zwei geschniegelte Cops der Belair-Polizei entstiegen ihrem nagelneuen Streifenwagen und wollten wissen, ob ich eine Einladung besäße oder wenigstens die allgemeine Erlaubnis zum Befahren der geheiligten Straßen, wie sie gnädigerweise für Dienstboten ausgestellt wird. Nur widerwillig und nach drahtlosem Palaver mit ihrer Kommandozentrale begnügten sie sich am Ende mit dem Anblick des FBI-Ausweises und ließen mich fahren.

Belair ist eine riesige Ansammlung durchweg riesiger Villen, und in jeder wohnt ein anderer Filmstar, ein Regisseur, ein Produzent, manchmal ein erfolgreicher Drehbuchschreiber und viele andere Leute, deren Funktionen innerhalb der Medienbranche die Öffentlichkeit nicht kennt, die aber zweifelsfrei damit dickes Geld verdienen. Julia Forsters Villa war eines der eher kleineren Häuser, platziert ins Zentrum eines parkartigen Grundstücks. Die Auffahrt wurde gesäumt von blühenden Oleanderbüschen, die die Sicht aufs Haus nahezu vollständig verdeckten.

Ich wurde zum zweiten Mal gestoppt, dieses Mal von zwei Bodyguards des privaten Sicherheitsdienstes, für den auch Diana Gates arbeitete. Als ich endlich am Eingang läuten konnte, war es elf Uhr abends und längst dunkel.

Die Tür wurde geöffnet, und ich erlebte eine echte Überraschung. Vor mir stand weder ein Hausmädchen noch gar Julia selbst, sondern Bodyguard Gates, nicht in Uniform, sondern im weißen Bademantel und mit nassem Haar.

»Hi, G-man«, sagte sie. »Entschuldigen Sie mein Aussehen. Ich komme von einer späten Runde im Swimmingpool. Julia bat mich, auf Sie zu warten.«

»Wo ist Miss Forster?«

»Schläft. Nach dem anstrengenden Drehtag war sie hundemüde, kippte zwei Drinks und hat sich ins Bett gelegt. Wollen Sie etwas essen? Betty hat einen Imbiss für Sie vorbereitet.«

»Wer ist Betty?«

»Eines von drei Hausmädchen.«

»Und warum öffnet nicht Betty oder ein anderes Mädchen die Tür?«

»G-man, diese Villa wurde für Yvonne Galenda gebaut, ein Filmstar der dreißiger Jahre. Yvonne hatte einen hohen Männerverschleiß und wollte nicht, dass ihre Dienstboten der Presse erzählten, mit wem sie es gerade trieb, denn nicht wenige ihrer Liebhaber waren anderweitig verheiratet. Also gibt es keine Personalzimmer in der Villa, sondern ein kleines, eigenes Haus in hundert Yards Entfernung.«

Sie lächelte spöttisch.

»In der Villa sind Sie, Julia und ich allein. Ich hoffe, Sie fürchten sich nicht. Wollen Sie nun etwas essen?«

»Nein, danke.«

»Nehmen Sie einen Schlummerdrink mit mir an der Bar«, schlug sie vor. »Mir ist danach.«

Sie führte mich zur Bar, und ich bekam auf dem Weg die Halle und den großen Aufenthaltsraum der Villa zu sehen.

Wow! Die Realität hielt jedem Kulissenzauber stand.

Durch die gläserne Wand der Bar blickte man auf die Terrasse und den erleuchteten Swimmingpool.

»Sie haben vergessen, das Licht abzuschalten, Miss Gates.«

»Richtig!«

Sie drückte auf einen Knopf. Die Unterwasserscheinwerfer des Pools erloschen.

»Whisky?«, fragte sie, und ich nickte.

Sie hantierte mit Gläsern und Flaschen.

»Gehört Austeilen von Drinks zu Ihrem Dienst?«

»Nein. Mein Dienst endete um acht Uhr. Wie Sie, G-man, bin ich Julias Gast.«

»Wurden Sie eingeladen, weil Sie Julias Vergewaltigung durch einen FBI-Agenten verhindert haben?«, erkundigte ich mich spöttisch.

Sie blitzte mich mit einem bösen Blick an.

»Zum Teufel, ich weiß, dass Sie ohne meinen Angriff den Killer vielleicht erwischt hätten, aber ich musste so handeln! Für mich waren allein Sie der Verrückte, der sich auf Julia stürzte. Den Mann im Skelettkostüm habe ich nicht bemerkt!«

»Als Sie mich erledigt hatten, sahen Sie da nicht, wie er geflüchtet ist?«

»Nein«, antwortete sie ohne Zögern und leerte ihr Glas. »Trinken Sie aus. Ich zeige Ihnen Ihr Zimmer.«

Sie ging voraus und bewegte sich mit solcher Sicherheit, als wohnte sie schon lange in der Villa. Ich fragte danach.

»Julia bat mich nach dem Zwischenfall, bei ihr zu bleiben. Sie hatte das Bedürfnis nach Schutz. Hier ist Ihr Zimmer.«

Der Raum hätte für eine Großfamilie ausgereicht.

»Schlafen Sie gut, G-man«, wünschte Diana Gates.

»Eine Frage, Miss Gates. Haben Sie Ihren Revolver bei sich?«

Sie blickte mir in die Augen.

Sehr langsam löste sie die lockere Schleife des Gürtels, der ihren Bademantel zusammenhielt. Sie fasste beide Hälften und schlug den Mantel weit auseinander. Darunter trug sie drei Stoffflecken, die zusammengenäht für keine Krawatte gereicht hätten.

»Wo?«, flötete sie.

»Danke«, sagte ich. »Eine Leibesvisitation ist zweifelsfrei überflüssig.«

Sie schloss den Mantel, verknotete den Gürtel. »Unsere Waffen gehören zur Uniform und bleiben im Depot.«

Die Tür fiel hinter ihr ins Schloss.

Ich sah mich im Raum um, der eine richtige Luxushütte war mit marmornem Badezimmer, Glastüren zur Terrasse und einem kleinen, gefüllten Barschrank für den Notfall.

Der Job eines G-man bringt es mit sich, dass man gezwungen wird, häufig die Unterkünfte zu wechseln. Ich habe in schmuddeligen Absteigen geschlafen, in Sammelunterkünften der Heilsarmee und in den Kellern ausgebrannter Ruinenhäuser.

Endlich einmal im Gästeapartment einer Hollywood-Villa zu landen war nur ein Akt ausgleichender Gerechtigkeit. Ich duschte, sah nach, was der Barschrank an Trinkbarem meiner Geschmacksrichtung enthielt und lege mich ins doppelbreite Bett.

Die SIG behielt ich in Reichweite. Ich wollte weiter über Diana Gates nachdenken. Daraus wurde nichts. Ich schlief ein.

Der Krach, der mich weckte, war höllisch.

Durch die großen Glasfenster, die von der Erschütterung klirrten, sah ich die Ursache: Ein Helikopter senkte sich in kaum dreißig Yards Abstand aus der Luft.

Die Maschine, lackiert in Gold und Schwarz, den Farben der Omega Pictures, landete jenseits von Terrasse und Swimmingpool auf einer freien Grasfläche. Der Pilot schaltete den Motor ab. Der Lärm erstarb.

Ich sprang aus dem Bett, schob die Glastür zur Seite, ging auf die Terrasse, die an der gesamten Rückfront der Villa entlanglief.

Am anderen Ende der Villa kamen Julia Forster und Diana Gates aus einer Tür, überquerten die Terrasse und gingen zum Hubschrauber.

Der Pilot half ihnen in die Maschine, stieg selbst ein. Die Rotoren begannen zu kreisen, der Lärm schwoll an. Der Helikopter hob ab und schraubte sich in den graublauen Himmel. Es war sechs Uhr morgens. Filmstar zu sein ist kein leichter Job.

Als ich eine halbe Stunde später, geduscht und angezogen, mein Zimmer verließ, begegnete ich einem schwarzen Hausmädchen, das mich fragte, ob ich frühstücken wolle. Alles sei im Salon vorbereitet.

Sie führte mich zu einem üppig gedeckten Tisch, goss Kaffee ein, servierte Eier mit gebratenem Speck. Von meinem Platz überblickte ich das ganze Ausmaß des Parks, an dessen äußerem Ende sich zwischen mannshohen Büschen die Fassade eines einfachen, kleinen Hauses abzeichnete. Das Mädchen bestätigte, dass sie und das andere Personal dort schliefen.

Mein Handy schlug an. Ich meldete mich, hörte Lieutenant Brooks Stimme. Die Wirklichkeit hatte mich wieder.

»Wir haben Clark Ericson gefunden«, sagte Brook.

»Wohin soll ich kommen?«

»Leichenschauhaus von Maywood.« Er nannte die Adresse und beschrieb den Weg.

Eine knappe Stunde später traf ich den Lieutenant vor dem düsteren fensterlosen Gebäude des Leichenschauhauses. Im Vorraum tröstete eine Polizistin eine junge schwarzhaarige Frau.

»Ericsons Freundin«, erklärte Brook. »Sie musste ihn identifizieren.«

Der Lift brachte uns in den Keller. Ein Wärter enthüllte die Leiche eines blonden, kräftigen Mannes.

Brook besaß Kopien der Fotos von der Statistenkarte, die jeden Zweifel beseitigten. Vor uns lag Clark Ericson, den das Besetzungsbüro als Komparse für den Maskenball engagiert und ihm das Kostüm des Tods zugeteilt hatte.

»Drei Einschüsse in Rücken und Nacken«, sagte Brook. »Als Cops der L.A. Police ihn fanden, waren seine Taschen ausgeräumt. Sie hielten ihn für das Opfer eines Raubüberfalls. Hülsen wurden nicht sichergestellt. Mag sein, die Cops haben nicht gründlich genug gesucht.«

»Lassen Sie ihn obduzieren«, schlug ich vor. »Ob er von einer Kugel aus der Jacaranda-Pistole des ›Phantoms‹ getötet wurde, können Mikroaufnahmen des Riefenmusters ergeben.«

Wir verließen den Keller. In der Liftkabine fragte Brook: »Ich höre, Julia hat Sie als ihren persönlichen Bodyguard angeheuert. Sie wohnen in ihrer Villa.«

»Wer hat Ihnen das erzählt?«

»Die Öffentlichkeit«, antwortete er lachend und zog eine zusammengefaltete Zeitung aus der Tasche. »Hollywood kennt keine Geheimnisse.«

Die Schlagzeile lautete: »FBI-Agent schützt Pretty Julia Tag und Nacht!«

Das Wort »Nacht« hatten sie in Großbuchstaben gedruckt, damit jeder Leser auf die richtigen krummen Gedanken verfiel. Im Text wurde darüber spekuliert, ob der Agent, der Julia auf dem Set vor dem Mordanschlag bewahrt hatte, identisch war mit dem Agenten, mit dem sie jetzt die Nächte unter einem Dach und – was nicht ausgesprochen wurde – vielleicht in einem Bett verbrachte.

Die geile Neugier der Medien auf Details und Hintergründe der Ereignisse auf dem Set in Halle 4 war längst noch nicht abgeflaut. Mit einer Flut von Spekulationen hielten TV- und Radiosender, Zeitungen und Klatschblätter die Sensation heiß. Nach wie vor belagerten Reporter das Omega-Gelände. Dass sie nicht auch Julias Villa umschnüffelten, lag am rigorosen Eingreifen der privaten Belair-Polizei, aber eine Fahrt im Auto zwischen Villa und Studio hätten sie zur erbarmungslosen Hetzjagd genutzt. Aus diesem Grund war Julia vom Hubschrauber der Gesellschaft abgeholt worden.

Ich wusste nicht, ob irgendwelche gerissenen Reporter meinen Namen herausgefunden hatten. Auf jeden Fall hüteten sie sich, ihn zu nennen oder ein Bild zu zeigen. Die Wahrung der Anonymität von FBI-Agenten unterliegt strengen Vorschriften. Wer dagegen verstößt, handelt sich schweren Ärger ein.

Auf halbem Weg zum Studio schrillte mein Handy.

»Lawrence Knight, First Insurance«, sagte der Anrufer. »Hi, Mr Cotton. Ihr Hauptquartier gab mir die Telefonnummer. Ich bin vor zehn Minuten in L.A. gelandet und noch am Flughafen. Wann kann ich Sie sprechen?«

»Meinetwegen sofort.«

»Okay, ich erwarte Sie im Sky-Restaurant, Hughes Airport.«

Es wunderte mich nicht, dass First Insurance den Sicherheitschef nach Los Angeles schickte. Der Mordanschlag auf Julia Forster war eine All-America-Nachricht. Die Bosse machten sich Sorgen um fünfzehn Millionen Dollar und um den guten Ruf der Gesellschaft.

Knight saß an einem Fenstertisch, vor sich eine Tasse Kaffee. Wir schüttelten uns die Hände, und er fragte, was ich trinken wolle. Ich lehnte ab.

»In den Meldungen wurde kein Name genannt«, sagte er, »aber ich nehme an, Sie sind der G-man, der Julia Forster gerettet hat. Mr Vanderfield hat mich beauftragt, Ihnen in seinem Namen zu danken.«

»Das allein wäre kein ausreichender Grund für einen Flug nach L.A.«

»Richtig!«

Er öffnete seine Aktentasche, entnahm ihr ein Papier und schob es über den Tisch. Es war der Ausdruck einer E-Mail-Botschaft. Ich las:

Hi, Leute! Ja, ich hatte es auf Pretty Julia abgesehen, weil sie euch 15 Millionen gekostet hätte, und der Skandal wäre nicht unter der Decke zu halten gewesen. Beides zusammen hätte euch kirre gemacht, denke ich, und ihr hättet endlich ohne schäbige Tricks gezahlt. Leider hat mir ein Scheißkerl mein ausgeklügeltes Killing vermasselt. Vielleicht zahle ich's dem Bastard irgendwann heim. Ich weiß ja, wie er aussieht. Es macht nichts, dass ich an Julia-Schätzchen zum zweiten Mal ohne zu großes Risiko nicht herankommen kann. Mir bleibt die Auswahl zwischen 25 anderen Figuren. Na, nun ratet mal, wen ich mir aussuche.

Mr Mortality

»Kann ich den Wisch behalten?«, fragte ich.

»Selbstverständlich. Wir haben Kopien, und natürlich besitzt Ihr Hauptquartier einen Ausdruck. Achten Sie auf die Absenderadresse, G-man! Dieses Mal ist sie nicht getürkt. Eine Chat-Cafeteria in Los Angeles.«

Chat-Cafeterien locken ihre Gäste mit Computern, die sie gegen eine geringe Benutzungsgebühr zur Verfügung stellen und die einen Zugang zum Internet haben. Man trinkt sein Bier und plaudert mit einem Typen in Sibirien oder versucht, ein Mädchen zu angeln, mit dem man sich real verabreden kann. Ebenso problemlos lassen sich E-Mail-Briefe durchs Netz jagen. Genau dazu hatte Mr Mortality den Cafeteria-Computer benutzt, und es war völlig unwahrscheinlich, dass sich irgendwer dort an den Mann erinnern würde, der vor zwei Tagen an einem von zwanzig Geräten herumgespielt hatte.

»Wir werden die Schutzmaßnahmen für Julia Forster wegen dieses Briefes nicht herunterfahren«, sagte ich.

»First Life Insurance will versuchen, die Gefahrensituation, in der sie schwebt, auf andere Weise zu entschärfen beziehungsweise zu beenden. Ich bin ermächtigt, mit Bruce Casca über eine Auflösung des Vertrages zu verhandeln. Er erhält alle gezahlten Prämien zurück und darüber hinaus eine Entschädigung. Ich wäre froh, wenn Sie mitkämen.«

Vor zwei Monaten in New York hatte er mich gebeten, mit ihm Eileen Marbitt aufzusuchen, die die Duville-Millionen bekommen hätte, aber als Mordopfer endete, als Duvilles Familie die Auszahlung verhindert hatte. Warum wollte er, dass ich ihn auch zu dem windigen Filmproduzenten begleitete, der um fünfzehn Millionen Dollar reicher geworden wäre, hätten die Kugeln ihr Ziel getroffen?

»In Ordnung, ich komme mit.«

»Ich habe einen Leihwagen geordert.«

»Wir können mein Auto nehmen.«

Er war einverstanden. Auf dem Weg zum Hochhaus in Southgate, in dem die Casca-Firma ihre Büros hatte, fragte er nach dem Stand der Ermittlungen.

»Derselbe Mann an der Arbeit wie in New York«, antwortete ich.

»Das ›Phantom‹?«

Ich nickte.

Er ließ einige Minuten verstreichen, bevor er sagte: »Wenn der FBI sein Problem lösen und den Killer endlich fassen würde, wäre auch unser Problem gelöst.«

Ich schwieg. Was hätte ich entgegnen sollen? Er hatte recht.

Im Office der Selected Productions hatte sich nichts geändert, nicht mal die Aufmachung der Blondine hinter der Schreibmaschine, und Bruce Casca trat genauso lautstark in Erscheinung wie beim ersten Besuch.

»Bringen Sie einen Haftbefehl mit, G-man?«, trompetete er. »Ich wette, Sie sind überzeugt, dass ich den Killer auf Dirty Julia angesetzt habe.«

Er benutzte sofort wieder Schimpfworte für die Frau, die Millionen Kinogänger bewunderten.

»Keine Beweise, kein Haftbefehl, Mr Casca.«

»Ich war's auch nicht! Ich will sie nicht umbringen, sondern einen Film mit ihr machen!«

Er musterte Lawrence Knight.

»Noch ein Schnüffler?«

Knight übergab ihm eine Visitenkarte.

»First Life Insurance möchte, dass der Versicherungsvertrag zwischen Ihrer Firma und uns im gegenseitigen Einvernehmen gelöscht wird.«

»Ihr könnt ihn nicht kündigen. Ich zahle pünktlich die Beiträge.«

»Sie erhalten alles zurück, und First Life bietet Ihnen außerdem eine Entschädigung von hunderttausend Dollar.«

Casca brach in Hohngelächter aus.

»Machen Sie sich nicht lächerlich, Knight! Ich besitze eine Filmoption auf das zurzeit erfolgreichste Weibsbild in der Branche. Zugegeben – die Nutte weigert sich, vor meine Kamera zu treten, aber ich werde sie dazu zwingen!«

»Wie hoch müsste die Entschädigung ausfallen, damit Sie einer Vertragsauflösung zustimmen?«, fragte Knight eisig.

»Wollen Sie verdoppeln? Mann, Sie wissen nicht, was eine Option auf einen Film mit dieser Bordsteinschwalbe wert ist? Selbst wenn ich eines Tages die Nase voll hätte und das Rennen aufgäbe, würden mir die großen Konkurrenten von Omega Pictures die Option für zwei oder drei Millionen Dollar abkaufen, weil sie damit Darryl Nesborne die Daumenschrauben anlegen könnten. Nesborne ist der Boss von Omega.«

»Ich werde mit der Direktion sprechen, ob ich Ihnen ein höheres Angebot unterbreiten kann, Mr Casca.« Lawrence Knight stand auf.

Ich folgte seinem Beispiel.

Casca begleitete uns bis an die Tür.

»Passen Sie gut auf die Schickse auf, G-man!«, dröhnte er. »Sie wissen, dass ich mit ihr hundert Millionen Dollar verdienen will, obwohl ich selbst nicht mal zehn Dollar für eine Nacht in ihrem Bett investieren würde.«

Lawrence Knight bat mich, ihn zum Marriot Hotel zu bringen. Auf der Fahrt sagte er: »Ihre Anwesenheit hat den Burschen nicht beeindruckt, G-man. Ich hatte gehofft, die Furcht, ins Visier des FBI zu geraten, würde ihn nachdenklich machen.«

»Er ist nicht Mr Mortality und nicht das ›Phantom‹, und ob er auf irgendeine Weise verwickelt ist, erfahren wir nur, wenn wir den einen oder den anderen fassen. Wie lange bleiben Sie in Los Angeles?«

»Einige Tage. Ich werde mit New York telefonieren und fragen, ob sie das Limit erhöhen, das ich Casca anbieten darf. Danach versuche ich, ihn umzustimmen.« Er sog die Luft zwischen zusammengebissenen Zähnen ein, sodass ein leises Zischen entstand. »Es war ein Fehler, Sie mitzunehmen, G-man«, fuhr er fort. »Unter vier Augen hätte ich Mr Casca ganz anders einheizen können.«

»Wie, beispielsweise?«

»Etwas jenseits der Legalität. Was nützen einem Mann Dollar-Millionen, wenn er dafür mit seiner Gesundheit bezahlt?« Er lachte. »Es wäre nur eine Drohung gewesen. Vergessen Sie es!«

»Falls Bruce Casca etwas zustößt, werde ich mich daran erinnern.«

Ich setzte ihn vorm Eingang des Hotels ab. Wir verabredeten, miteinander zu telefonieren.

Der Ordnung halber fuhr ich zu der Chat-Cafeteria, von der Mr Mortality seine letzte E-Mail abgesetzt hatte. Wie erwartet erntete ich nur Achselzucken.

Noch eine Adresse stand auf meinem Programm, die Main Security Agency, die Personenschutz-Firma, die Julia Forsters Bodyguards stellte.

Der Boss hieß Frank Lualdi und war – was sonst! – ein ehemaliger Polizist.

»Ich hab mit Ihrem Besuch gerechnet, G-man«, sagte er. »Meine Leute haben keinen Fehler gemacht. Für Julia Forsters Sicherheit sind sie nur bis zur Garderobe verantwortlich. Im Studio ist die Omega-Hauspolizei zuständig.«

»Wie viele Leute haben Sie für Julia im Einsatz?«

»Drei Frauen und drei Männer.«

»Arbeiten alle schon lange für Main Security?«

»Nein, sie wurden für diesen Job eingestellt. Wir schickten ein Dutzend Bewerbungsunterlagen an die Versicherungsgesellschaft in New York und nahmen die sechs Leute, die sie ausgewählt haben. Die Versicherung trägt alle Kosten.«

»Zeigen Sie mir die Papiere der Forster-Beschützer.«

Er wackelte mit einem dicken Zeigefinger vor meiner Nase.

»Tut mir leid, G-man. Dazu müssen Sir mir einen Gerichtsbeschluss vorlegen oder das Einverständnis der Betroffenen einholen.«

»Ja, das stimmt, Mr Lualdi«, gab ich zu. »Bitte, erwähnen Sie meinen Besuch nicht.«

Ich verließ die Agentur, setzte mich in den nächsten Drugstore, bestellte einen Hamburger und Kaffee.

Noch einmal las ich Mortalitys E-Mail, die sich so anhörte, als gäbe er Julia Forster als Ziel seiner mörderischen Attacken auf.

Ich dachte an Lawrence Knights Auftritt und sein Hunderttausend-Dollar-Angebot für die Auflösung eines Vertrages, der fünfzehn Millionen abwerfen würde, falls …

Und immer wieder fiel mir Diana Gates Angriff auf mich ein. Dieser Angriff in guter Absicht, aber im falschen Augenblick. Oder?

So vieles in Hollywood ist Show und Bluff.

Es war längst dunkel, als der Hubschrauber über der Villa auftauchte, den Bodenscheinwerfer einschaltete und auf der Freifläche vorm Swimmingpool landete.

Von meinem Zimmer aus sah ich Julia und ihre Bodyguards aussteigen. Diana Gates trug keine Uniform, sondern Jeans und einen roten Pullover.

Die drei Hausmädchen eilten ihrer Chefin entgegen. Der Frauenkonvoi verschwand in der Villa. Ein paar Minuten später klopfte Betty an meine Tür und richtete aus, Miss Forster erwarte mich in der Bar.

Julia hing in einem Sessel, sah nicht aus wie ein Filmstar, sondern wie ein beliebiges Büromädchen nach einem langen Arbeitstag mit Überstunden.

»Hi, G-man«, sagte sie schlapp. »Gibt es Neuigkeiten?«

»Die Versicherungsgesellschaft hat eine Nachricht des Erpressers erhalten. Er droht, sich ein anderes Opfer zu suchen, weil er an Sie nicht mehr herankommt.«

»Kein Grund, leichtsinnig zu werden«, warf Diana Gates ein, die hinter der Bartheke stand und die Drinks für Julia und sich machte. »Was wollen Sie trinken, G-man?«

Ich bat um Bourbon auf Eis.

»Schalt den Monitor ein!«, verlangte Julia.

Das Gerät hing neben dem Flaschenregal. Als Diana den Knopf drückte, erschien auf dem Bildschirm die beleuchtete Auffahrt, übertragen von einer fest installierten Überwachungskamera.

»Außerdem verhandelt Lawrence Knight, ein hochrangiger Angestellter der Versicherungsgesellschaft, mit Bruce Casca«, fuhr ich fort. »Sie wollen ihn bewegen, den Vertrag zu kündigen.«

Sie leerte ihr Glas, stand auf.

»Bitte fliegen Sie morgen mit, Jerry. Es beruhigt mich, Sie in meiner Nähe zu wissen.«

Von Betty begleitet verließ sie die Bar.

»Noch einen Schluck, G-man?«, fragte Diana Gates.

»Nein danke.«

»Gute Nacht.«

Wir trennten uns in der Halle. Jeder ging auf sein Zimmer.

Ich saß, ohne Licht zu machen, auf meinem Teil der Terrasse. Nach einer halben Stunde flammten die Unterwasserscheinwerfer des Pools auf. Das weite Becken erstrahlte wie ein riesiger blauer Diamant.

Aus der Villa kam Diana Gates im weißen Bademantel.

Am Rand des Pools streifte sie ihn ab. Auch auf die wenigen Stoffflecken des Tangas hatte sie dieses Mal verzichtet. Sie ließ sich Zeit, band ihr Haar auf, reckte sich, bevor sie mit elegantem Kopfsprung ins Wasser tauchte.

Sie benahm sich, als fühlte sie sich vor jeder Beobachtung sicher, aber das gehörte zum Spiel.

Sie wusste genau, dass ich sie sah, und sie wollte es so.

Das Handy schrillte mich aus dem Schlaf.

Durch die Fensterfront fiel das schwache Licht der Morgendämmerung. Es war fünf Uhr früh.

Ich meldete mich und hörte Phils fröhliche Stimme.

»Hi, Jerry! Wie ist das Wetter in Kalifornien?«

»In Kalifornien ist es noch Nacht«, knurrte ich.

Er lachte. »Richtig! Ich vergaß die Zeitdifferenz.«

Ich schüttelte die Schlaftrunkenheit ab. Da der Hubschrauber um sechs Uhr kommen würde, hätte ich ohnedies aufstehen müssen.

»Sind die Schrammen verheilt?«

»Weitgehend. Seit deiner Abreise arbeite ich den Papierkram auf, den du zurückgelassen hast. Ich ordne die Unterlagen und Berichte im Zusammenhang mit der First-Life-Erpressung. Gestern fiel mir das Protokoll der Vernehmung von Nancy Dawson in die Finger. Du erinnerst dich an sie?«

»Die Ex-Freundin des Hackers Andy Pash, die ihn rauswarf, weil er die zehntausend Dollar, die er für die geknackte Liste erhalten hatte, wieder für seine Computerausrüstung ausgab.«

»Nach Pashs Ermordung wurde sie noch einmal vernommen und gefragt, ob sie eine Ahnung hätte, an wen Pash die Liste zum zweiten Mal verkauft haben könnte. Ich lese dir ihre Antwort vor: Ich weiß nicht, ob er die verdammte Liste noch ein zweites Mal zu Geld gemacht hat. Andy war nicht sehr clever.«

Phil schwieg. Es entstand eine kurze Pause.

»Ich denke darüber nach. Danke für den Anruf.«

»Wie lebt es sich in der Villa eines Filmstars? Mann, ich beneide dich.«

Eine Stunde nach Phils Anruf, pünktlich um sechs Uhr, landete der Hubschrauber. Ich kippte die letzte Tasse Kaffee hinunter, den Betty mir in meinem Zimmer serviert hatte, und hastete zur Maschine. Wenig später kamen Julia Forster und Diana Gates. Ein gefütterter Parker schützte die Schauspielerin gegen die Morgenkühle. Als Begrüßung genügte ihr ein kurzes Winken.

Diana lächelte und suchte meinen Blick.

»Schön geträumt, G-man?«, fragte sie spöttisch.

Die Maschine hob ab, und nur ein paar Minuten später senkte sie sich auf die Landemarkierung innerhalb des Omega-Geländes.

Wir wechselten in den bereitstehenden Wagen, der uns zur Studiohalle brachte. Julia verschwand in ihrer Garderobe, vor der die Bodyguards von Main Security fehlten.

Offen gestanden, ich kam mir verdammt überflüssig vor.

Das Studio brummte von Vorbereitungen zum Drehen wie ein Bienenstock. Dutzende von Regie- und Kamera-Assistenten rannten umher, schubsten die Komparsen zurecht, schrien sich gegenseitig an, brüllten nach Requisiten, und ich schien dauernd irgendwem im Weg zu stehen.

Regisseur Lewis Garrer und sein Stab tauchten auf. Die Schauspieler kamen kostümiert und geschminkt aus den Garderoben, und zuletzt erschien Julia, empfangen vom Händeklatschen der ganzen Crew.

»Fangen wir an!«, dröhnte Garrers Stimme über die Lautsprecheranlage. »Szene 214 Strich 3!«

Der Aufnahmebetrieb lief an. Ich verzog mich in einen Winkel des Studios und dachte über die Bedeutung von Nancy Dawsons Aussage nach. Wenn Andy Pash tatsächlich nicht raffiniert genug gewesen war, First Life reinzulegen und die Liste einem zweiten Interessenten zu verkaufen, wie war sie dann in die Hände des Erpressers gelangt?

Eine schnelle Antwort fand ich nicht. Möglicherweise hatte Nancy Dawson die Cleverness ihres Freundes unterschätzt.

Einer der Omega-Cops kam zu mir.

»Mr Cotton, Sie werden am Telefon verlangt.«

Handys dürfen innerhalb eines Aufnahmestudios nicht benutzt werden. Der Cop brachte mich zu einer schalldichten Telefonkabine.

Der Anrufer war Lawrence Knight.

»Wo und wann kann ich Sie sprechen, G-man?«

Wir verabredeten uns für den Nachmittag in der Cafeteria seines Hotels.

Die Herstellung eines Films ist ein langwieriges und ermüdendes Geschäft, ganz besonders für jemanden, der dabei keine andere Funktion hat, als zuzusehen. Ich war froh, als die Zeit gekommen war, mich von einem Taxi zum Marriot Hotel bringen zu lassen.

Der Sicherheitschef von First Life begrüßte mich mit einem Händedruck.

»Ich sprach gestern und heute mit Bruce Casca«, sagte er. »Meine Bosse erwarten, dass ich einen Erfolg nach Hause bringe. Dieser verdammte Vertrag muss aus der Welt.«

»Haben Sie ihm gedroht?«

Knight lächelte.

»Ja, das habe ich, und es zeigte Wirkung. Unsere weiteren Verhandlungen werden nach dem Muster ablaufen: Ich verstärke den Druck und er erhöht seine Forderung. Irgendwann treffen wir uns in der Mitte, bei schätzungsweise einer halben Million Dollar.« Er hob die Schultern. »Ob meine Bosse den Betrag akzeptieren, steht in den Sternen.«

»Viel Glück. Wann fliegen Sie zurück nach New York?«

»Ich bleibe noch mindestens eine Woche, denn es gibt ein zweites und drittes Problem zu lösen.«

»Welche Probleme?«

»Sie kennen die Liste, G-man. Zwei Personen, jeweils mit zehn Millionen Dollar versichert, wohnen in Los Angeles. Mortality hat gedroht, ein anderes Opfer für Julia Forster zu wählen. Wir wissen, dass er in L.A. ist, und fühlen uns verpflichtet, den beiden Kunden Bodyguards zur Verfügung zu stellen. Zuverlässige Leute sind kurzfristig nicht zu bekommen. Aus diesem Grund möchte ich die Leute einsetzen, die wir für Miss Forsters Schutz ausgewählt haben. Im Studio sind die Sicherheitsmaßnahmen so verschärft worden, dass dort keine Gefahr besteht. Die Strecke von und zu ihrer Villa überbrückt sie im Hubschrauber, und bei Nacht wachen Sie, G-man, und diese Frau, mit der Miss Forster Freundschaft geschlossen hat, über ihren ungestörten Schlaf. Außerdem fliegt sie, wie ich gehört habe, in wenigen Tagen nach Europa. Sind Sie einverstanden, dass die übrigen Bodyguards abgezogen werden?«

Ich hatte Lawrence Knight fragen wollen, was er von der Meinung Nancy Dawsons hielte, der Hacker habe die Liste an niemanden außer an die Versicherungsgesellschaft verkauft.

Ich fragte ihn nicht, sondern sagte lakonisch: »Einverstanden!«

Wir trennten uns. Kaum war Knight außer Sichtweite, rief ich Phil in New York an: »Bist du fit genug für einen Einsatz in L.A.?«

»Bin ich. Warum?«

»Ich rechne mit einem neuen Anschlag auf Julia Forster, aber ich weiß nicht wann, wo und wie es geschehen wird.«

»Ich komme morgen«, sagte Phil.

»Bring ein paar Sachen mit.« Ich zählte auf, was ich haben wollte.

»Okay. Wie nahe komme ich an Julia Forster heran?«

»Vielleicht bis zur Umarmung.«

»Wow! Ich werde mir französisches Rasierwasser kaufen.«

Ein Taxi brachte mich zurück zur Filmgesellschaft.

Bis acht Uhr abends dauerten die Dreharbeiten, und Julia sah ich aus der Nähe erst im Hubschrauber.

Alles lief ab wie gestern. Ein letzter Drink in der Bar, und jeder suchte sein Zimmer auf.

Alles wie gestern.

Die Scheinwerfer des Swimmingpools leuchteten auf.

Diana Gates kam, stand am Rand des Pools. Der weiße Bademantel glitt von ihren Schultern. Bevor sie sprang, drehte sie den Kopf und blickte dorthin, wo ich im Dunkeln saß.

Um sechs Uhr der Hubschrauber und der kurze Flug. Als Garrer den ersten Take verkündete und die Klappe fiel, verließ ich das Studio und fuhr zum Flughafen. Die Maschine aus New York landete pünktlich, und ich sah Phil im Strom der Passagiere.

Wir beklopften uns die Schultern und suchten uns einen Tisch, an dem wir ungestört reden konnten.

»Zeig mir, was du für mich mitgebracht hast.«

Er öffnete den kleinen Koffer, in dem ein paar Gegenstände lagen – ein kurzläufiger Colt in einem Fußholster, das um den Knöchel getragen wird, eine Packung blinde Munition und eine normal aussehende Armbanduhr.

Die Uhr nahm er in die Hand und erklärte: »Dieser Knopf löst ein Alarmsignal an der Uhr aus, die ich trage.«

»Sehr gut.« Ich schloss den Koffer.

»Was wird sich abspielen, Jerry?«, fragte Phil.

Ich zeichnete eine Skizze auf eine Serviette.

»Das ist Julia Forsters Villa. An dieser Stelle liegt ihr Schlafzimmer. Im Nebengebäude sind die Zimmer der Hausmädchen. Auf dem Studiogelände besteht kaum noch Gefahr, seit die Kontrollen verschärft wurden. Ein zweiter Versuch, den Star umzubringen, kann nur in der Villa unternommen werden, und ich fürchte, das ›Phantom‹ weiß, wie es hineinkommen kann. Für uns eine Chance, den Bastard endlich zu fassen.«

»Und mein Job?«

»Lass dir vom FBI-Hauptquartier L.A. drei oder vier Kollegen zuteilen, vergattere die Hausmädchen zum Schweigen und warte mit den L.A.-Jungs auf mein Signal. Dann ist es eure wichtigste Aufgabe, über die Terrasse Julia in Sicherheit zu bringen.«

Ich skizzierte den Weg zwischen Villa und Nebenhaus.

Phil betrachtete die primitive Zeichnung lange.

»Das kann schiefgehen«, murmelte er.

»Nicht, wenn du spurst, Alter.«

»Für dich.« Sein Grinsen fiel dünn aus. »Lass mich ausreden …«

Als ich wieder in der Halle der Omega Pictures ankam, verkündete Regisseur Garrer die mittägliche Unterbrechung.

In Julia Forsters Garderoben kreuzten nacheinander ein Dutzend Leute auf, die angeblich Wichtiges mit ihr zu besprechen hatten. Schließlich jagte sie alle zum Teufel. Nur Diana Gates und ich durften bleiben, und selbstverständlich die Garderobiere.

Diese Garderobiere nahm einen Anruf entgegen, wandte sich an Diana.

»Für Sie, Miss Gates.«

Sie übernahm den Hörer, lauschte, sagte: »Hi, wo bist du? Warte, ich komme.«

Den Hörer noch in der Hand, informierte sie Julia: »Das ist Kenneth Driscoll. Er möchte sich von mir verabschieden. Ich fahre zum Tor. Sie lassen ihn nicht aufs Gelände.«

»Nein, er soll herkommen«, entschied Julia. »Ich will mich bei ihm noch einmal bedanken.«

Sie ließ sich den Pförtner geben und befahl ihm, Driscoll passieren zu lassen.

Ich erinnerte mich an Driscoll. Am Tag nach dem Mordversuch hatte er zusammen mit Diana die Garderobe bewacht.

Während wir auf ihn warteten, erzählte Julia, wie Driscoll und Diana verhindert hatten, dass Paparazzi getürkte verfängliche Fotos von ihr im Clinch mit einem Ex-Kollegen in die Medien brachten.

Driscoll trug Uniform, aber ohne Gürtel und Ausrüstung.

»Haben die Kollegen von der Hauspolizei kassiert«, erklärte er. »Ich möchte Ihnen und Diana auf Wiedersehen sagen. Man hat mir einen besseren Job in Frisco angeboten.«

»Ich bin froh, dass Sie und Diana den Foto-Hyänen die Beute abgejagt haben.«

»War mir ein Vergnügen, Miss Forster.«

»Alles Gute für Sie.«

Mit dem Händedruck wechselten einige zusammengefaltete Scheine aus Julias Hand in seine.

Diana Gates verabschiedete sich von ihm mit Wangenküssen.

»Hals- und Beinbruch, Ken. Ich denke, wir waren ein gutes Team.«

Mir nickte er zu. »Good bye, Mr G-man.«

Diana begleitete ihn. Die Garderobiere war im Nebenraum beschäftigt. Für wenige Minuten blieben Julia und ich allein, nicht genug, sie mit langer Vorrede zu vergeuden.

»Heute Nacht werde ich in Ihr Schlafzimmer kommen, Miss Forster. Schließen Sie die Tür nicht ab!«

Sie riss die Augen auf. Ich glaube, es lag ihr eine raue Antwort auf der Zunge, und ich versicherte rasch: »Ziehen Sie keine falschen Schlüsse! Es ist notwendig.«

Plötzlich lächelte sie das berühmte hinreißende Pretty-Julia-Lächeln, das zwei Drittel aller Amerikanerinnen nachzuahmen versuchen.

»Okay, G-man«, sagte sie. »Wecken Sie mich, falls ich schlafe.«

Aus dem Lautsprecher tönte die Stimme eines Produktionsassistenten: »Fortsetzung der Dreharbeit. Bitte ins Studio!«

Alles lief ab wie gestern und vorgestern – der Rückflug, die Landung, die Drinks und so weiter.

Mir schien, als bliebe Diana Gates länger im Swimmingpool, und als sie endlich genug hatte und herauskam, ließ sie sich viel Zeit, bis sie den weißen Bademantel anzog.

Sie zögerte, als wäre sie unentschlossen, wohin sie gehen sollte. Ich dachte, dass es nicht gut für meine Pläne sei, wenn sie die Initiative ergreifen, die Terrasse entlangkommen und auf meinen Knien Platz nehmen würde. Doch dann wandte sie sich der Villa zu und verschwand aus meinem Blickfeld. Kurz darauf erlosch die Pool-Beleuchtung, und ich war erleichtert, wo jeder andere Mann mit Enttäuschung reagiert hätte.

Ich ließ eine halbe Stunde verstreichen, bevor ich mich auf den Weg zu Julias Räumen machte, die am Ende eines breiten Korridors lagen.

Ich drehte den Türknauf. Der Flügel der Doppeltür gab nach. Sie hatte nicht abgeschlossen, wie verabredet.

»Kann ich Licht machen?«, hörte ich Julias Stimme.

»Sind die Vorhänge vorgezogen?«

»Selbstverständlich.«

»Okay, machen Sie Licht.«

Eine Stehlampe flammte auf. Die Helligkeit erfasste eine weiße Couch, einen kleinen Tisch und Julia Forster, die in einer Ecke der

Couch kauerte, bekleidet mit einem dünnen Morgenmantel. Der größte Teil des Raumes blieb im Dunkeln. Irgendwo in der Ferne erahnte ich Julias Bett.

Sie hielt ein Glas in der Hand.

»Setzen Sie sich, Jerry.«

»Danke, ich brauche nur ein paar Minuten.«

»Zum Teufel, setzen Sie sich!«, wiederholte sie. »Nehmen Sie ein Glas und trinken Sie einen Schluck mit!«

Ich folgte der Aufforderung. Was sonst hätte ich tun sollen? Eine andere Sitzgelegenheit als die Couch gab es nicht in der Nähe.

»Sie haben noch zwei Drehtage, Miss Forster, und ich ...«

»Nennen Sie mich Julia«, unterbrach sie.

»Danke, Julia. Seit heute Abend halten sich im Nebenhaus FBI-Agenten auf und ...«

Sie lachte.

»Betty und die Mädchen werden sich beim Anblick der Jungs zu Tode erschrocken haben.«

»Die Agenten werden dort bleiben, bis Sie im Flugzeug nach Europa sitzen. Ich bin mit ihnen über ein Alarmsystem verbunden. Falls die Umstände es erfordern, dass ich den Alarm auslöse, werden die G-men über die Terrasse in dieses Zimmer stürmen und Sie in Sicherheit bringen, Julia. Die Türen zur Terrasse dürfen aus diesem Grund nicht verschlossen sein, weil es Zeit kostet, das Glas zu zertrümmern.«

»Was befürchten Sie, Jerry?«

»Nichts Bestimmtes. Möglicherweise sind alle Maßnahmen überflüssig. Trotzdem sprechen Sie mit niemandem darüber.«

»Auch nicht mit Diana? Sie ist mein Bodyguard.«

»Auch nicht mit ihr. Außerdem ist es wichtig, dass Sie an beiden Abenden sofort dieses Zimmer aufsuchen.«

»Am letzten Drehtag findet ein großes Abschlussfest im Studio statt. Danach gibt es keinen Grund, sofort schlafen zu gehen.«

Mein Blick fiel auf das Glas in ihrer Hand.

»Sie sind Schauspielerin, Julia. Mimen Sie die völlig Betrunkene und lassen Sie sich von Betty ins Bett bringen.«

»Das ist eine leichte Rolle, G-man.«

Ich stand auf.

»Das war's. Sie müssen sich keine Sorgen machen, Julia. Alles dient nur dem Zweck, dass kein Irrer zum zweiten Mal die Chance bekommt, Ihnen auch nur ein Haar zu krümmen.«

Ich dachte, sie würde mich mit einer Handbewegung entlassen, stattdessen hielt sie mir ihr Glas hin, und es war klar, dass ich es aus der Karaffe nachfüllen sollte.

»Deines auch«, befahl sie.

»Ich werde morgen früh den Hubschrauber verschlafen«, antwortete ich, goss aber eine Fingerbreite in mein Glas. Sie sah mich mit einem Blick an, der so vieldeutig war wie das Lächeln der Mona Lisa.

»Einmal habe ich mit einem Polizisten geschlafen«, sagte sie, »aber er war kein echter Polizist, sondern der Schauspieler Ron Querrin in der Rolle eines Polizisten.«

Sie nahm einen Schluck.

»Ich habe auch nicht wirklich mit ihm geschlafen. Das Bett stand im Studio, und drei Dutzend Leute sahen zu, als wir so taten, als ob wir uns liebten.«

Sie nahm noch einen Schluck.

»Was denkst du, Jerry? Gibt es Unterschiede zwischen Film und Wirklichkeit?«

Nicht alles, was man erlebt, muss zu Ende erzählt werden. Auf jeden Fall war es mein Zimmer, das ich am frühen Morgen verließ und zum Hubschrauber ging, der gerade gelandet war.

Los Angeles, 28. Mai 1998

»Cut!«, rief Regisseur Lewis Garrer. »Gestorben!«

Er sprang vom Regiesessel auf, riss sich die Schirmmütze, von der er sich nie trennte, vom Schädel, schleuderte sie auf den Boden und trampelte darauf herum.

»Gestorben!«

Klatschen! Pfiffe! Schreie! Jubel brach aus.

»Gestorben!«

Der Ausdruck, den Regisseure benutzen, wenn sie mit einer Aufnahme zufrieden sind und die Szene nicht wiederholt werden muss, galt dieses Mal für den ganzen Film. Die letzte Szene war abgedreht. Schauspieler, Komparsen, Kamerateams, Assistenten und Helfer jeder Sorte hatten ihre Jobs getan. Was zu tun blieb, der Schnitt, die

Tonmontage, war Spezialistenarbeit in technisch hochgerüsteten Ateliers.

In den Kulissen drängten sich die Statisten um Julia Forster und die Darsteller der Hauptrollen, gratulierten, hielten Autogrammkarten bereit mit dem vorgefertigten Text »Danke für gute Zusammenarbeit«, die sie unterschrieben haben wollten.

Eine halbe Hundertschaft Leute aus den Büros strömte in die Halle, und drei Dutzend Bosse tauchten auf, gratulierten Garrer und Julia und den anderen Hauptdarstellern und ganz besonders sich selbst, dass sie mal wieder ein großes Projekt durchgezogen hatten.

Dann knallten die Champagnerkorken. Ein gewaltiges Buffet wurde enthüllt und dem Ansturm freigegeben. Die traditionelle Studioparty zum Abschluss der Dreharbeiten brach los.

Ich beobachtete mit Sorge, dass Callahans Kontrollen versagten. Leute, die ich noch nie gesehen hatte, deren Funktion völlig unklar war, überrannten die Cops an den Eingängen. Julia Forster verschwand in einer Meute von Gratulanten, die sie mit Blumensträußen überschütteten und unter die sich leicht ein Unbekannter hätte mischen können – ein ›Phantom‹, in der Linken einen Blumenstrauß, in der Rechten die Jacaranda-Pistole.

Ich kämpfte mich bis zu Julia durch. Sie saß in einem Gebirge von Blumen, umgeben von den Spitzen-Managern der Omega.

Sie strahlte mich mit ihrem besten Leinwandlächeln an.

»Hi, Jerry. Ab morgen müssen Sie nicht länger auf mich aufpassen. Mein Flug nach Europa ist gebucht.«

Ich beugte mich über sie, sagte halblaut: »Sie können hier nicht bleiben. Zu viele Leute, zu großes Risiko.«

Neben Julia stand Darryl G. Nesborne, der oberste Boss von Omega Pictures, die »Allmacht persönlich«, wie er heimlich genannt wurde. Ich hatte den kleinen weißhaarigen Mann seit unserer ersten Begegnung nicht wieder zu sehen bekommen. Er hörte meine Warnung.

»Sie haben recht, G-man«, sagte er, wandte sich an seinen Star. »Verabschieden Sie sich, Julia, und kommen Sie mit mir in mein Office. Wir feiern im kleinen Kreis weiter.«

Sie widersprach nicht.

»Wollen Sie Julia begleiten, G-man?«

»Nein, Sir. Solange niemand an sie herankommt, den Sie nicht kennen, ist sie sicher.«

»Dafür garantiere ich.«

»Vergessen Sie nicht unsere Verabredung!«, ermahnte ich Julia.

Sie zeigte ein kleines, schnelles Grinsen.

»Ich gebe mein Bestes.«

Von der Prominenz in den Hintergrund gedrängt sah ich Diana Gates am Rande der Gesellschaft.

Ich ging zu ihr, nahm ihren Arm, schleppte sie an eine der improvisierten Bars und besorgte uns zwei Champagnergläser.

»Trinken wir Brüderschaft, Diana«, schlug ich vor. »Morgen fliegt Julia nach Europa und braucht uns nicht mehr.«

Wir kreuzten die Gläser, tranken.

»Cheerio, Diana!«

»Cheerio, Jerry!«

Flüchtig berührte ihr Mund meine Lippen.

»Wie steht's mit den Probeaufnahmen?«, fragte ich sie.

»Sind nicht gemacht worden. Ich wollte nicht.«

»Gehen wir tanzen.«

In den Kulissen tanzten einige Hundert Leute enthemmt und ohne Regieanweisungen zu rockiger Disco-Musik vom Tonband. Diana und ich reihten uns ein.

Ich sah, dass Julia Forster und die Bosse aufbrachen, und ich war erleichtert, als sie die Halle verließ.

»Die alte Ordnung wird wiederhergestellt. Der Star und die Mächtigen bleiben unter sich«, sagte ich.

Die Musik wechselte in einen Lambada-Rhythmus, und Diana Gates zögerte nicht, sich an mich zu kleben. Sie legte mir die Arme um den Nacken, und da roch ich wieder das Parfüm, das mir bei ihrer Attacke in die Nase gestiegen war.

Ihr Mund war dicht an meinem linken Ohr. Sie flüsterte: »Erkennst du die Musik?«

»Sie gehört zum Soundtrack des Films, oder?«

»Sie lief, als auf Julia geschossen wurde. Wer hat auf Julia geschossen, Jerry?«

»Ein Profikiller, den wir ›Phantom‹ nennen.«

»Wer ist der Mann? Wie sieht er aus?«

Ich griff in ihr Haar, zog ihren Kopf so weit zurück, dass ich ihr in die Augen sehen konnte und sagte: »Erzähl es mir!«

Weiteten sich ihre Pupillen in einer Zehntelsekunde des Erschreckens?

»Woher soll ich das wissen, wenn der FBI nichts weiß«, antwortete sie lachend und schmiegte wieder ihre Wange an meine.

Die Party gewann immer stärker an Schwung. Irgendwann verlor ich Diana an einen Regieassistenten, der sie mit dem Versprechen, sie groß herauszubringen, in den dunkleren Teil der Halle zu locken versuchte. Ich selbst wurde von dem Hawaii-Mädchen gekapert, das in jener Szene mit dem »Tod« getanzt hatte.

Punkt Mitternacht gellte die Sirene. Über die Lautsprecheranlage dröhnte die Stimme des Produzenten: »Schluss, Leute! Die Party ist zu Ende! Morgen wird dieses Studio für eine neue Megaproduktion der Omega gebraucht. Verabschieden wir uns mit einem dreifachen ›Hipp Hipp Hurra‹ auf den Erfolg des neuen Julia-Forster-Films, ›Sucht sie! Sie hat rotes Haar!‹ Hipp …«

Sie brüllten, dass die Kulissen wackelten.

Im Aufbruchsgewühl hängte Diana den Regieassistenten ab und fand zu mir zurück. Gleichzeitig tauchte ein Assistent des Omega-Bosses auf und teilte mit, Julia Forster würde zum Hubschrauber gebracht, und Mr Nesborne hielte es für richtig, wenn ich mitflöge. Er druckste herum und suchte nach den richtigen Worten.

»Miss Forster ist nicht mehr voll ansprechbar – wenn Sie wissen, was ich meine, Sir.«

Sein Wagen brachte Diana und mich zum Landeplatz. Die Maschine stand abflugbereit, und Julia saß angeschnallt neben dem Piloten.

»Da seid ihr ja …«, setzte sie an. Der Rest ging in unverständlichem Gelalle unter. Ihr Kopf fiel zur Seite, und aus dem weltberühmten, wundervoll sinnlichen Mund drangen röchelnde Schnarchlaute.

»Sie hat mächtig geladen«, sagte der Pilot. »So viel, dass bei einer Fehlzündung die Maschine explodieren könnte.«

Er brachte den Helikopter in die Luft. Knapp zehn Minuten knatterte die Maschine über die Lichterflut von Los Angeles hinweg, bevor sie sicher auf der angestrahlten Grünfläche hinter der Villa landete.

Betty und die beiden anderen Hausmädchen kamen eilig angelaufen. Sie hievten Julia von ihrem Platz, schafften sie in einer gemeinsamen Aktion in die Villa und auf direktem Weg ins Schlafzimmer. Es war einfach nichts mehr los mit Pretty Julia. Ihr Kopf baumelte, ihre Füße schleiften über den Boden, und die Laute, die sie ausstieß, blieben unverständlich.

Diana machte keinen Versuch, sich an dem Transport zu beteiligten. Sie hängte sich bei mir ein. Unter dem Gedröhn des abhebenden Helikopters schlenderten wir ins Haus.

»Noch einen Drink?«, fragte ich.

Sie reckte sich und biss mir sanft, aber spürbar in den Hals.

»Drinks gibt es auch in meinem oder deinem Zimmer«, flüsterte sie.

»Warte, bis die Mädchen das Haus verlassen haben, sonst verlierst du deinen guten Ruf.«

Wir strandeten an der Bar. Sie ging hinter die Theke.

»Was soll ich dir mixen?«

»Nichts Kompliziertes. Nur Bourbon auf Eis. Schalt den Monitor ein!«

»Warum?«

»Damit wir sehen, wenn die Mädchen gehen.«

Sie schaltete den Monitor ein, der neben dem Flaschenregal an der Wand hing. Es erschien das Bild der Auffahrt, eingefangen von der fest installierten Überwachungskamera am Eingang. Da die Außenbeleuchtung brannte, waren alle Details erkennbar.

Diana kam mit den Gläsern zu mir, setzte sich neben mich. Es wäre schwierig gewesen, ein Blatt Papier zwischen uns zu schieben.

»Hast du es mit Julia getrieben? Du warst in ihrem Schlafzimmer.«

»Auf solche Fragen antworte ich nicht.«

»So oder so, ich bin besser«, zischelte sie, leerte ihr Glas, nahm mir meins ab, sprang auf und ging zurück zur Bar.

»Bourbon macht müde. Das ist unsere einzige und letzte Nacht, Jerry. Ich mixe uns zwei Setting-on-fire. Das sind Hochleistungsdrinks für eine Nacht, die man niemals vergessen wird.«

Sie wählte die Flaschen und kippte daraus im Shaker eine explosive Mischung zusammen. Ich beobachtete scharf ihre Hände.

Betty, das Hausmädchen, kam in die Bar.

»Miss Forster schläft«, meldete sie. »Werden wir noch gebraucht?«

»Nein. Gute Nacht«, antwortete Diana.

Sie wartete, bis Betty den Raum verlassen hatte, füllte den Shaker-Inhalt in zwei Kelchgläser und stellte sie auf den niedrigen Couchtisch.

»Mal sehen, ob sich ein G-man zu einer gesetzeswidrigen Handlung verführen lässt.«

In Hollywood versuchen alle Typen, die ins Filmgeschäft wollen, durch verrückte und provokante Aufmachung aufzufallen. Erlaubt ist alles.

Diana Gates hatte das Flair einer Rockerbraut gewählt. Sie trug einen kaum handbreiten schwarzen Lederrock, eine ärmellose nietenbeschlagene Weste mit vielen Reißverschlusstaschen, die nur von zwei Schlaufen zusammengehalten wurde.

Sie öffnete den Reißverschluss einer Brusttasche, holt eine flache Dose heraus und ließ den Deckel aufschnappen. Dass der Inhalt, weißes feinkristallines Pulver, Kokain war, daran bestand kein Zweifel.

»Pur oder im Drink?«, fragte sie.

Auf dem Monitor sah ich, wie Betty und die beiden anderen Mädchen aus der Villa kamen, wenige Yards die Auffahrt hinuntergingen, in den Seitenweg zum Personalhaus einbogen und den Erfassungsbereich der Überwachungskamera verließen.

»Weder pur noch im Drink.«

Sie nahm eine Prise zwischen Daumen und Zeigefinger und schnupfte sie. Eine zweite Prise streute sie in ihren Cocktail.

»Werde ich jetzt verhaftet, G-man?«

»Dann müsste halb Hollywood verhaftet werden.«

Sie ließ sich auf die Couch fallen, griff nach ihrem Glas und nahm einen Schluck des Cocktails, den sie zusammengemixt hatte.

Ich probierte das Zeug vorsichtig. Es brannte in der Kehle, und der Geschmack war süß, scharf und wild zugleich.

Diana küsste mich. Sie spürte, dass ich nicht richtig reagierte.

»Nicht in Stimmung?«, flüsterte sie nur einen Fingerbreit vor meinem Mund. »Lass uns gehen! Mein Zimmer oder deins?«

»Warum nicht hier?«

»Okay, ich mach's überall.«

Es war hart, sich von der Wildheit ihrer Küsse nicht mitreißen zu lassen. Mir schossen ein paar abseitige Gedanken durch den Kopf.

Nichts war bewiesen, alles war nur Verdacht, Vermutung, aus dünnen Beobachtungen zusammengereimt. Vielleicht geschah nichts, und das »Phantom« nahm seine letzte Chance zum Mord nicht wahr. In ein paar Stunden würde Julia Forster nach Europa fliegen, und mit dem Abheben ihrer Maschine entstand das Problem, einen anderen von fünfundzwanzig Menschen vor dem »Phantom« zu schützen.

Welchen? Das wurde dann zum vertrackten Vabanquespiel.

»Verdammt, trink!«, zischte sie. »Mein Cocktail ist nicht vergiftet. Sieh her!«

Sie tauschte die Gläser, trank aus meinem, gab das Glas nicht zurück, sondern stellte es ab und machte sich dran, mir die Jacke von den Schultern zu streifen.

Ich ließ sie gewähren. Die SIG trug ich im Gürtelholster. Sie lag frei.

Sie starrte auf die Waffe.

»Turnt mich an, das Ding!«, keuchte sie. Ihre Augen funkelten. »Hast du es oft – benutzt?«

Falls das, was sie zeigte, Show war, hätte Hollywood tatsächlich Probeaufnahmen von ihr drehen sollen und ein neues Talent entdeckt.

Ich brauchte die Pistole hier nicht, nahm die SIG aus dem Holster und warf sie in den Sessel auf der anderen Seite des Couchtisches.

Sie fiel wieder über mich her, küsste mich, brachte mit leidenschaftlichen Bissen meine Halsschlagader in Gefahr. Dann richtete sie sich auf, löste die zwei Schlaufen, die ihre ärmellose Rockerweste zusammenhielten.

Sie trug nichts darunter, schlug die Hälften der Weste auseinander. Ihr Atem flog.

»Los!«, stieß sie zwischen zusammengebissenen Zähnen hervor. »Ich mag es, wenn es wehtut.«

Ihre Brüste waren schön und steil. Ich hob eine Hand und streichelte sie sanft.

»Sadistischer Sex ist nicht mein Fall. Ich bin nicht Francis Duville, Diana. Oder wie heißt du in Wirklichkeit?«

Sie reagierte ohne Schrecksekunde. Ansatzlos schnellte sie von der Couch, fegte die Cocktailgläser vom Tisch, nahm die SIG auf dem Sessel an sich und sprang zurück, um Abstand zwischen uns zu bringen.

»Rühr dich nicht! Ich meine es ernst!«, fauchte sie.

Ich spielte den in Überraschung Erstarrten.

Rückwärts ging sie zur Bar, tastete mit der freien Hand nach einem Handy, das dort zwischen den Flaschen lag. Sie drückte einen

Knopf für eine eingespeicherte Nummer und hob den Apparat ans Ohr.

»Es ist anders gelaufen als geplant«, sagte sie, »aber ich habe seine Kanone! Beeilt euch!«

»Was soll das?«, stammelte ich und erholte mich mühsam von der Überraschung. Ich fürchte, es war keine filmreife Leistung.

»Ich schieße sofort!«, drohte sie. »Bleib, wo du bist!«

So heimlich wie möglich beobachtete ich den Monitor.

Zehn, zwanzig Sekunden geschah nichts auf der Auffahrt. Dann rollte ein Lieferwagen ins Bild, in Gold und Schwarz lackiert wie alle Fahrzeuge von Omega Pictures. Die Türen des Fahrerhauses flogen auf. Zwei Männer in schwarzen Overalls mit goldenen Bruststreifen sprangen heraus. Die Baseballkappen mit großem Schirm auf ihren Köpfen trugen das Emblem der Filmgesellschaft.

Zwei Männer!

Ich hatte mit einem Mann gerechnet.

Sie merkte, dass ich auf den Monitor starrte, und schaltete ihn ab.

»In der Bar!«, sagte sie ins Handy. »Wir sind in der Bar!«

War der Augenblick gekommen, den Sendeknopf an der Armbanduhr zu drücken? Vorsichtig hob ich die rechte Hand.

»Keine Bewegung!«, kreischte sie.

Zehn endlose Sekunden verstrichen.

Langsam schwang der Türflügel auf. Als Erstes erschien eine Hand mit einer großkalibrigen Pistole im Spalt. Ein aufgesetzter Schalldämpfer verlängerte den Lauf ins Groteske. Dann wurde die Tür weit aufgestoßen. Der Mann, der die Waffe hielt, kam herein. Ich kannte ihn. Zweimal war ich ihm begegnet. Das erste Mal, als er zusammen mit Diana Gates in der Uniform des Sicherheitsdienstes Julia Forsters Garderobe bewachte, und noch einmal vor drei Tagen, als er bat, sich von seiner Ex-Kollegin verabschieden zu dürfen, weil er den Bodyguard-Job aufgegeben habe und Los Angeles verlassen wolle.

Mir fiel ein, dass es eine dritte Begegnung gab – die Konfrontation mit dem »Tod«, der auf Julia Forster geschossen hatte, der Maskengestalt, unter der sich das »Phantom« verbarg.

Das »Phantom«, das in diesem Augenblick ein Gesicht und einen Namen bekam, mochte der Name auch falsch sein, denn die Waffe in der Hand des Ex-Bodyguards Kenneth Driscoll war zweifelsfrei die Jacaranda.

Der zweite Mann, ebenso im Overall eines Omega-Pictures-Arbeiters, schob die Baseballkappe mit dem Firmensymbol aus der Stirn.

»Überrascht, G-man?«, fragte Lawrence Knight, Sicherheitschef der First Life Insurance, höhnisch.

Nein, ich war nicht wirklich überrascht, aber ich tat so.

»Das bringt Sie in Teufels Küche, Knight«, stammelte ich.

Er lachte.

»Das bringt mich in den Besitz von fünfzehn Millionen Dollar.«

Diana Gates kam zu dem Mann mit der Jacaranda.

»Ken, ich will nicht ...«

Er unterbrach sie.

»Gib Law die G-man-Kanone!«

Sie gehorchte. Knight, der selbst einen kurzläufigen Revolver in der rechten Hand hielt, übernahm meine SIG Sauer mit der Linken, schob seine Waffe in die Seitentasche des Overalls und wechselte die SIG nach rechts – ein Glücksfall, der nicht einkalkuliert gewesen war, aber auch die Lage nicht großartig verbesserte. Noch immer hatte ich den Knopf nicht gedrückt.

»Das ›Phantom‹«, sagte Knight mit einer Kopfbewegung zu Kenneth Driscoll. »Ein alter Kumpel aus CIA-Tagen. Wann immer eine heiße Sache zu erledigen war in diesen beschissenen Revoluzzer-Staaten in Südamerika oder im Herrschaftsbereich der Sowjets, holten wir uns Ken. Später, als ich die CIA längst verlassen hatte und Sicherheitschef geworden war und die Berichte über die Killings des ›Phantoms‹ las, erkannte ich Kens Arbeitsmethode. Ihn zu finden war für mich eine Kleinigkeit. Ich wusste ja, wie er aussah und wie er hieß. Selbstverständlich dachte ich nicht im Traum daran, ihn an die Polizei zu verpfeifen. Das wäre nicht fair und auch nicht möglich gewesen, denn Ken weiß ein paar Sachen über mich, die meine Karriere bei First Life schlagartig beendet hätten.«

Er legte die freie Hand auf die Schulter des anderen.

»Stattdessen beschlossen wir, großes Geld zu machen, und wir bekamen die Chance, als ich dem Hacker im Auftrag der Gesellschaft die Liste abkaufte mit siebenundzwanzig Namen, von denen jeder einzelne mindestens fünf Millionen Dollar beim vorzeitigen Tod seines Trägers einbrachte.«

»Also hat Andy Pash nie die Liste einem Gangster verkauft, der als

Mr Mortality die Versicherungsgesellschaft zu erpressen versuchte«, warf ich ein.

»Richtig. Weil er dem FBI das erzählt hätte, musste ich ihn …« Er beendete den Satz mit einem Fingerschnippen.

»Und Eileen Marbitt?«

»Die gute Eileen.« Sein Grinsen war nackter Zynismus. »Sie sollte uns die ersten fünf Millionen einbringen. Wir hatten viel Arbeit in die Sache gesteckt. Eileen war meine Geliebte geworden. Sie hätte die Millionen an uns weitergegeben als Dank dafür, dass wir Francis Duville zur Hölle schickten, den sie hasste, weil er sie wie einen alten Lappen hatte fallen lassen. Leider verlor sie die Nerven, als Duvilles Familie die Auszahlung verhinderte. Sie dachte, sie könnte als Kronzeugin billig davonkommen, und wollte freiwillig gestehen. Also blieb nur …« Zum zweiten Mal das Fingerschnippen.

»Und nun Bruce Casca?«

Knight nickte.

»Zwei Millionen für ihn, der Rest für uns. Außer Casca gibt es noch einen Mann in Denver, mit dem wir handelseinig sind, und ich wette, wir finden auch Söhne und Ehefrauen, die sich bereitwillig auf einen Deal mit uns einlassen, um ihre gehassten Väter und Ehemänner loszuwerden.«

»Hör auf!«, sagte der andere grob. »Bringen wir es hinter uns.« Er stieß Diana an. »Zeig uns ihr Schlafzimmer!«

»Ken, ich will nicht dabei sein, wenn Julia …«

Knights Lachen unterbrach sie.

»Du musst dabei sein, Darling!«, höhnte er. »Du wirst Pretty Julia auf der großen Reise begleiten.«

Ich weiß nicht, ob sie begriff, was seine Worte bedeuteten. Ihre Blicke wanderten zwischen beiden Männern hin und her. Jegliche Farbe wich aus ihrem Gesicht.

»Was meint er, Ken?«, fragte sie den Mann mit der Pistole. »Will er, dass auch ich umgebracht werde?«

Nicht der Mann, den sie ansprach, sondern Knight antwortete.

»Das lässt sich nicht vermeiden, Schätzchen. Stell dir vor, morgen früh fänden die Hausmädchen nur zwei Tote, den G-man und Julia, und du wärst verschwunden. Der FBI träte die größte und intensivste Fahndung nach dir los, die Amerika je gesehen hätte, und sie würden dich bald kriegen. Das wäre auch das Ende für Ken und mich. Ist doch klar.«

Er hob die Schultern in einer Geste, die Gleichgültigkeit ausdrückte.

»Drei Tote, und alles ist okay. Es darf weiter ohne jeden Anhaltspunkt nach dem ›Phantom‹ gesucht werden.«

Sie schrie: »Das wirst du nicht tun, Ken!«

Der Mann schwieg.

Das Schluchzen brach mit solcher Heftigkeit aus, dass sich ihr Körper krümmte. In einem lang gezogenen, fast tierischen Jammerlaut heulte sie: »Nein, bitte, nein!«

»Aufstehen, G-man!«, befahl Knight.

Ich stemmte mich von der Couch hoch.

Verdammt, es war höchste Zeit, den Knopf zu drücken, aber Knight und der andere starrten mich so intensiv an, dass sie die kleinste ungewöhnliche Bewegung gemerkt hätten.

In diesem Augenblick machte Diana einen verzweifelten Fluchtversuch. An Ken vorbei versuchte sie, die Tür zu erreichen.

Er schlug mit der Waffe zu. Der Hieb traf ihre rechte Schulter und war so wuchtig, dass sie stürzte und aufschreiend fiel. Für den Bruchteil einer Sekunde lenkte der Sturz die Aufmerksamkeit der Männer ab.

Ich drückte den Knopf und sandte ein Stoßgebet in alle Himmelsrichtungen, dass die Elektronik funktionierte.

Ken vergewisserte sich, dass sich der Schalldämpfer nicht gelockert hatte, hob die Jacaranda und zielte auf die Frau.

»He, warte!«, rief Knight. »Besorg's ihr nicht hier! Der beste Ort ist Julias Schlafzimmer.« Seine Augen glitzerten, und das Gesicht veränderte sich zur lüsternen Fratze. »Wenn sie morgen gefunden werden, zu dritt im Bett und ohne Kleider, dann überschlagen sich die Medien derartig, dass vom Killer kaum noch die Rede ist und der FBI genug damit zu tun hat, Entschuldigungen für das Verhalten eines Schnüfflers zu erfinden.«

Ken bückte sich, packte Dianas Arm, zog sie hoch und blaffte: »Vorwärts!«

Knight winkte mit meiner SIG.

Sie trieben uns aus der Bar.

Links führte der Flur zu Julias Schlafzimmer, dessen Doppeltür den breiten Gang abschloss. Diana taumelte mehr als sie ging. Das Schluchzen schüttelte sie wie ein Fieberanfall.

Näher und näher kamen wir der großen Tür.

Nichts geschah.

Was war schiefgelaufen? Hatte der Sender versagt? Blieb mir nur der letzte verzweifelte Versuch, die Hand an den Colt im Fußholster zu bringen, und hätte ich das, verdammt, nicht schon längst versuchen müssen?

Die uneingestandene Furcht wurde zur Gewissheit.

Ich hatte es vermasselt, und die Doppeltür des Schlafzimmers wurde zum Eingang in die Ewigkeit. Die Flügel krachten auseinander.

Eine Stimme brüllte: »FBI!«

Ich tat, was ich mir für genau diesen Augenblick eingehämmert hatte. Aus der Vorwärtsbewegung sprang ich Diana an, riss sie von der Mündung der Jacaranda-Pistole weg, umklammerte sie, als wollte ich mit ihr verschmelzen.

Es war wie ihre Attacke im Studio, nur mit umgekehrten Vorzeichen, und der Flur war enger als die Kulissen. Wir knallten gegen die Wand und dann erst auf den Boden, aber als wir aufschlugen, war schon alles vorbei.

Ein kurzer, intensiver Feuerwechsel. Zwei Aufschreie. Zwei zusammenbrechende Körper.

Stille.

»Jerry!«

Phils Stimme.

Ich richtete mich auf.

»Hi, Alter! Wo ist Julia Forster?«

»In Sicherheit. Als wir dein Signal empfingen, haben wir sie über die Terrasse aus dem Haus gebracht.«

FBI-Agenten aus Los Angeles kümmerten sich um die beiden Gangster, die schwer verletzt waren. Ein G-man telefonierte nach Notarzt und Ambulanz.

Diana Gates hatte einen Schock erlitten, war unansprechbar, aber körperlich intakt.

Ich hatte sie gerettet – für ein Leben im Zuchthaus. Ein Los-Angeles-Kollege sammelte meine SIG auf, brachte sie mir.

»Er hat dreimal geschossen, und er zielte auf dich«, sagte er. »Ich sah es genau. Keine Löcher in der Anatomie, Mann? Nicht mal einen Kratzer? Du musst unglaubliches Glück gehabt haben.«

Ich schüttelte den Kopf.

»Kein Glück. Blinde Munition.«

Los Angeles, 29. Mai 1998

Die Maschine nach Europa hob pünktlich ab. So entging Julia Forster dem Ansturm der Medien.

Bruce Casca wurde verhaftet.

Es blieben ein paar offene Fragen, zum Beispiel wie Kenneth Driscoll und Lawrence Knight an den Lieferwagen und die Overalls der Omega Pictures gelangt waren, wer die Papiere gefälscht hatte, woher sie den Nachschlüssel zur Villa hatten – keine wirklich wichtigen Fragen und nicht zu beantworten, solange die Ärzte mit beiden beschäftigt waren.

Noch in der Nacht flogen Phil und ich zurück nach New York.

New York, November 1998

In Kalifornien verurteilte ein Geschworenengericht Lawrence Knight, ehemaliger Sicherheitschef der First Life Insurance, und Kenneth Orgill alias Kenneth Driscoll wegen mehrfachen Mordes zum Tode.

Joyce Green alias Diana Gates schickte die Jury lebenslänglich ins Zuchthaus.

Monatelang und während der ganzen Prozessdauer hatten die Medien die mörderische Liebesgeschichte zwischen ihr und Orgill, dem Profikiller »Phantom«, breitgetreten, eine Geschichte wechselseitiger Abhängigkeit, in der alle Grenzen überschritten und alle Tabus verletzt wurden.

Eine Wiederholung der alten Geschichte von Bonnie und Clyde.

Im selben Monat hatte der neue Julia-Forster-Film Premiere, umgetauft in »Kennzeichen: Rotes Haar«. Klar, dass die Publicity-Maschine von Omega Pictures pausenlos Hinweise ausspuckte, es sei der Film, bei dessen Produktion ein Attentat auf Julia Forster verübt worden sei.

Die Zuschauer stürmten die Kinos, und auch Marjorie, kanadische UN-Angestellte, mit der ich seit einigen Wochen durch New York zog, äußerte den Wunsch, den Film zu sehen. Es gelang mir, sie in ein anderes Kino zu lotsen, in dem das neueste und größte Science-Fiction-Spektakel von Steven Spielberg gezeigt wurde – weit ab von jeder Wirklichkeit.

ENDE

Die Spezialisten

Prolog

Seattle, Washington

Milly Barner hatte Angst.

Todesangst.

Zum ersten Mal in ihrem Leben.

Die Frau mit den angegrauten Haaren und dem blauen Arbeitskleid drückte ihre Kinder fest an sich, die sich ihrerseits am ganzen Leib zitternd an ihre Mutter schmiegten.

»Was ist das, Mom?«, fragte der kleine Billy weinend. »Warum tut der Mann das?«

»Ich weiß es nicht, mein Kleiner«, gab Milly mit belegter Stimme zurück. »Ich weiß es nicht …«

»Was soll die Scheiße?«, ließ sich die raue, kreischende Stimme des Mannes vernehmen, der am Fenster stand und durch einen Spalt zwischen den zugezogenen Vorhängen nach draußen spähte. »Habe ich euch nicht gesagt, ihr sollt eure verdammten Fressen halten?«

Der Mann, ein grobschlächtiger Kerl mit schulterlangem Haar, trug einen weiten Ledermantel. Er fuchtelte mit dem schweren Revolver herum, den er in seiner vernarbten Rechten hielt. »Ich knall dich ab, Lady!«, schrie er. »Dich und deine Bälger, wenn ihr nicht sofort Ruhe gebt!«

»Nein!«, flehte Milly entsetzt. »Bitte nicht, Sir! Wir tun alles, was Sie sagen. Nicht wahr, Kinder?« Die Kinder nickten verkrampft, und die kleine Alice begann zu weinen.

»Lass das Geflenne, Mädchen!«, schrie der Mann mit der Waffe. »Das macht mich nervös!«

Wieder spähte er durch den Spalt nach draußen, stieß eine Reihe wüster Verwünschungen aus, als er das dunkelblaue Panzerfahrzeug erblickte, das draußen auf der Straße vorfuhr.

So hatte er sich das nicht vorgestellt.

So hatte er sich das ganz und gar nicht vorgestellt! Die Aufschrift auf dem Truck war einfach und klar verständlich – und sie bedeutete Ärger.

Sie lautete SWAT …

Der Mannschaftswagen hielt an, die Heckklappe des Fahrzeugs fiel donnernd nach unten.

»Los, Männer!«, erklang die Stimme Dailys, des Einsatzleiters. »Sofort raus und in Position gehen! Los, los, ein bisschen schneller!«

Die Männer des SWAT-Teams, die über ihren dunkelblauen Overalls schusssichere Westen trugen und schwere M-16-Sturmgewehre in Händen hielten, sprangen auf und setzten nacheinander aus dem Fahrzeug, um sich draußen sofort in Deckung zu werfen und Stellung zu beziehen.

Jeder Handgriff saß, jede Bewegung war tausendfach geübt.

Sie waren die Elite, die immer dann gerufen wurde, wenn alle anderen Möglichkeiten versagt hatten.

Das kleine Haus, das in einem der Außenbezirke von Seattle lag, war bereits von Einsatzwagen der Polizei umstellt.

Milton Canis, ein mehrfacher Mörder und Gewalttäter, war aus der nahe gelegenen Haftanstalt geflohen und hatte eine Frau und ihre beiden Kinder als Geiseln genommen, um sich freizupressen. Der Verbrecher verlangte einen Wagen und freies Geleit.

Wäre es nach Pete Tyler gegangen, hätte er nichts davon bekommen.

Der junge Beamte, der erst seit einem halben Jahr beim SWAT-Team war, hatte sich in dieser kurzen Zeit bereits mehrfach durch seinen Mut und seine Entschlossenheit ausgezeichnet.

Er hasste es, wenn sich Gewalttäter an Wehrlosen vergriffen, und er hatte nichts übrig für Terroristen und anderes Gesindel. Tyler hatte sich zum SWAT-Team gemeldet, weil ihn die Arbeit der Task-Force-Spezialisten fasziniert hatte, die Exaktheit ihrer Bewegungen, die minutiöse Planung ihrer Einsätze. Aber er hatte es auch getan, weil er dem Verbrechen, das in seinem Land wucherte, nicht länger tatenlos hatte zuschauen wollen. Er hatte sich vorgenommen, etwas dagegen zu unternehmen, und sich nach Abschluss seiner polizeilichen Ausbildung zum SWAT-Kommando gemeldet …

»In Ordnung!«, klang die Stimme von Einsatzleiter Daily aus den kleinen Funkempfängern, den jeder Angehörige des zwölfköpfigen Teams im Ohr trug. »Wir verteilen uns entlang der Vorderseite des Gebäudes. Tyler, Brooks und Bernard nehmen sich die Rückseite vor. Zugriff erfolgt erst auf Kommando, verstanden? Der Polizeipsychologe will erst noch sein Glück versuchen. Also los!«

Die Männer sprangen auf, liefen auf das Haus zu, sich gegenseitig sichernd, und gingen wieder in Position.

Pete Tyler murmelte eine Verwünschung, als er mit seinen beiden Begleitern zur Rückseite des kleinen Holzhauses schlich, in dem sich der Killer und seine Geiseln aufhielten.

Der Polizeipsychologe! Als ob das etwas nützen würde!

Canis war ein durchgeknallter Psychopath, ein kompletter Irrer, der sich nicht im Geringsten um das scherte, was irgendein Harvard-Absolvent von sich gab.

In Tyler kochten Zorn und Wut hoch, wenn er daran dachte, dass das Leben der Frau und der beiden Kinder sinnlos aufs Spiel gesetzt wurde. Resozialisierungsversuche waren bei Canis so fehl am Platz wie Blumen auf einem Kettenpanzer.

Canis war ein notorischer Mörder, der schon mehrfach bewiesen hatte, dass er das Mitleid der Gesellschaft nicht verdiente. Doch je mehr einer ausgefressen hatte, desto interessanter wurde er für diplomierte Arschgeigen, die sich gern damit brüsteten, einen mehrfachen Killer resozialisiert zu haben – und es war ihnen völlig egal, wenn die Sache dann doch in die Hose ging und Unschuldige deshalb draufgingen.

Der SWAT-Kämpfer bezog hinter einem Mauervorsprung Stellung, von dem aus er den Garten des Häuschens gut überschauen konnte. Seine Kollegen suchten hinter einer Gruppe von Bäumen Deckung, ihre Waffen im Anschlag.

Sekunden vergingen, in denen nichts geschah. Minuten.

Tyler wurde unruhig.

Was, zum Teufel, hatte der Psychologe mit Canis zu bequatschen? Verlobten sich die beiden miteinander?

Der SWAT-Kämpfer hielt nichts davon, mit Geiselnehmern zu verhandeln. In seinen Augen gab es nur eine Möglichkeit, mit ihnen fertig zu werden – und die duldete keinen Widerspruch.

In diesem Moment bewegte sich hinter einem der Fenster an der Rückseite des Hauses der Vorhang, und dann sah Tyler Canis' miese Visage.

Mit einem Ruck riss der SWAT-Mann sein Gewehr in Anschlag, starrte durch die Optik der Zielvorrichtung.

»Hier Tyler«, meldete er über Funk. »Ich hab Canis im Visier. Könnte schießen.«

»Negativ, Tyler«, kam die Antwort des Einsatzleiters. »Die wollen Canis lebend.«

»Lebend? Verdammt, und die Frau und die beiden Kinder? Wollen sie die etwa tot?«

»Das haben wir nicht zu entscheiden«, wies ihn Daily zurecht. »Sie bleiben auf Ihrem Posten und halten sich an die Befehle, Tyler, verstanden?«

»Ja, Sir«, stieß der SWAT-Mann zwischen zusammengebissenen Zähnen hervor, während das Adrenalin durch seine Adern pumpte.

Im nächsten Moment bewegte sich der Vorhang wieder, und nun hielt Canis eine der Geiseln – es war die Mutter der beiden Kinder – umklammert, presste ihr den Lauf seines Revolvers an die Schläfe.

»Verdammt!«, zischte er in das kleine Mikrofon. »Das Schwein will uns aufs Kreuz legen! Canis führt uns vor! Er verhandelt nicht, sondern wird versuchen auszubrechen!«

»Ruhig, Tyler. Der Polizeipsychologe sagt …«

»Ist mir scheißegal, was der Psychofritze sagt!«, begehrte der junge SWAT-Kämpfer auf. »Ich weiß, was ich sehe – und das sieht überhaupt nicht gut aus!«

»Reißen Sie sich zusammen, Tyler! Sie gefährden mit Ihrer Hysterie den gesamten Einsatz!«

»Ich …« Pete wollte etwas erwidern, unterbrach sich jedoch, als er sah, wie die Hintertür des Hauses einen Spaltbreit geöffnet wurde. Der Killer versuchte einen Ausfall!

»Verdammte Scheiße!«, stieß der SWAT-Mann hervor – und sprang aus seiner Deckung, rannte mit fliegenden Schritten auf das Haus zu.

»Tyler, was ist los?«, drang Dailys Stimme aus dem Funkempfänger. »Melden Sie sich!«

»Hier Bernard, Sir«, erklang die Stimme von Tylers Kollegen. »Tyler hat den Verstand verloren. Er rennt geradewegs auf das Haus zu!«

»Verdammter Mist! Tyler, hören Sie mich? Kehren Sie auf Ihren Posten zurück! Haben Sie mich verstanden? Kehren Sie sofort um!«

Tyler hörte die Worte seines Vorgesetzten, aber er dachte nicht daran, ihnen Folge zu leisten. In gebückter Haltung rannte er auf das Haus zu, ging hinter dem Obstbaum und dann hinter den Mülltonnen in Deckung, erreichte schließlich ungesehen die Rückwand des Hauses. Von drinnen hörte er leise das Schluchzen einer Frau, das Weinen eines Kindes.

Im nächsten Moment explodierte der junge SWAT-Mann in einer blitzschnellen Bewegung.

Er wirbelte herum und trat gleichzeitig die Tür auf, sprang vor, und kopfüber setzte er durch die Öffnung, rollte sich auf den Dielen ab und war sofort wieder auf den Beinen.

»Keine Bewegung!«, schrie eine heisere Stimme, und er sah Canis, der Milly Barner und ihre beiden Kinder wie einen Schild vor sich hielt, der vor Angst zitternden Frau seinen Revolver an die Schläfe gedrückt. »Bleib zurück, du verdammter Scheißbulle! Ich brauch nur mit dem Finger zu zucken, und sie ist tot!«

Tyler stand wie versteinert, sein M-16-Gewehr im Anschlag.

Er sah die Frau und ihre beiden Kinder, ihre furchtsam geweiteten Augen und die Todesangst in ihren Gesichtern.

Etwas in ihm verkrampfte sich, aber äußerlich wurde er plötzlich ruhig.

Gefährlich ruhig ...

»Schön und gut«, entgegnete er langsam, »aber vielleicht kommst du ja gar nicht mehr dazu, auch nur zu zuck...«

Die letzte Silbe ging in einem lauten Knall unter, als züngelndes Mündungsfeuer aus dem langen Lauf des M-16 stach.

Milly Barner stieß einen entsetzten Schrei aus, ihre Kinder kreischten – während Canis unbewegt stand, den Lauf seiner Waffe noch immer auf sein wehrloses Opfer gerichtet.

Doch der tödliche Schuss, den er hatte abgeben wollen, blieb aus.

Der Gesichtsausdruck des Verbrechers war seltsam leer, der Blick seiner Augen glasig und verschwommen – und von der Mitte seiner Stirn begann sich ein schmales Rinnsal von dunklem Blut seinen Weg über das vernarbte Gesicht des Killers zu suchen.

Milton Canis fiel um wie ein nasser Sack. Er war längst tot, als er auf die Dielen schlug.

Milly Barner und ihre Kinder standen noch immer wie gelähmt vor Schreck, hatten noch gar nicht begriffen, was geschehen war. Langsam, um sie nicht noch mehr zu verängstigen, ließ Pete seine Waffe sinken.

»Es ist vorbei, Ma'am«, versicherte er mit mildem Lächeln. »Es ist vorbei ...«

Hinter ihm stürmten mehrere seiner Kollegen ins Innere des Hauses, auch die Vordertür wurde aufgebrochen, und SWAT-Kämpfer kamen polternd herein.

»Tyler! Wo ist dieser verdammte Hurensohn?«, ließ sich die donnernde Stimme von Einsatzleiter Daily vernehmen.

»Hier, Sir!«, rief Tyler und deutete einen militärischen Gruß an, als Daily erschien und auf ihn zustakste. »Zielperson ausgeschaltet, Sir. Alle Geiseln wohlauf.«

Daily schaute sich um, erblickte den Killer, der auf dem Boden lag und unter dem sich eine Lache von Blut ausbreitete.

»Erwarten Sie dafür keinen Orden, Tyler«, sagte er hart. »Sie haben sich meinen Befehlen widersetzt und auf eigene Faust gehandelt. Nicht auszudenken, was alles hätte schiefgehen können.«

»Aber es ist nun mal nichts schiefgegangen«, verteidigte der junge SWAT-Mann seine Handlungsweise. »Ich erkannte, dass Canis fliehen wollte, und musste handeln – also tat ich es.«

»Das«, knurrte der Einsatzleiter wutschnaubend, »wird für Sie Konsequenzen haben, Tyler, darauf können Sie Gift nehmen!«

Langley, Virginia

Der Archivjob im Hauptquartier der Central Intelligence Agency war in etwa so aufregend wie eine Tätigkeit im U.S. Post Office von Bismarck, North Dakota.

Es gab nichts, aber auch gar nichts, was nur annähernd seinen intellektuellen Fähigkeiten entsprochen hätte.

Die Arbeit war stupide und stumpfsinnig – das Sichten und Abstempeln uralter Berichte, die schon ein Jahrzehnt in den Archiven vor sich hingegammelt und nur darauf gewartet hatten, dass irgendein armes Schwein dazu abkommandiert wurde, sie zu sortieren. Früher hatte sich John Seldom über die Typen lustig gemacht, die von der Abteilung B dazu verdonnert worden waren, in den Archiven ihr Gnadenbrot zu verdienen.

Heute gehörte der ehemalige Computerspezialist selber zu denen, die hier unten ihr trauriges Dasein fristeten, während junge, agile Agenten, die ein Stanford-Diplom an der Wand ihres Büros hängen hatten, seinen Dienst versahen.

Immerhin, dachte Seldom bitter, hatte die Abteilung gleich zwei Jungfüchse einstellen müssen, um die Arbeit zu erledigen, die er einst allein bewältigte hatte. Natürlich machten sie jetzt alles besser als er, waren gebildeter und gründlicher, als er es gewesen war.

Sie gehörten einer neuen Generation von Agenten an.

Den Kalten Krieg und das Wettrüsten kannten die jungen Hüpfer gerade noch aus dem Schulunterricht. Er hingegen, John Seldom, hatte damals in vorderster Front gestanden, hatte für die CIA seinen Kopf hingehalten, als es noch wirklich gefährlich gewesen war.

Damals war die Sache klar gewesen, da hatte es Schwarz und Weiß gegeben, klar und deutlich voneinander getrennt wie die Farben auf dem Sternenbanner.

Hier die Amerikaner, dort die Russen.

Hier die Guten, dort die Bösen.

Einfach und klar.

Doch mit dem Ende des Kalten Krieges waren die klaren Grenzen gefallen. Alles war undurchschaubarer, komplizierter geworden, und Seldom hatte dasselbe Schicksal ereilt wie die Pershing-Raketen, die das Pentagon in Europa stationiert hatte – man hatte ihn entsorgt. Abgeschoben in die Tiefen dieses Archivs, wohl mit dem Vorsatz, dass er sich dort eine Staubvergiftung holen und jämmerlich krepieren würde.

Der Agent lachte freudlos, dann aber vergewisserte er sich mit einem verstohlenen Blick, dass niemand in seiner Nähe war. Alles okay, die Luft war rein, und er griff unter sein Jackett, zog den Flachmann hervor, den er an der Eingangskontrolle vorbeigeschmuggelt hatte, und nahm einen kräftigen Schluck.

Das feurige Gesöff brannte seine Kehle hinab, sorgte einen Augenblick lang dafür, dass er sich gut fühlte. Das Gefühl verflog jedoch schnell.

Mit seinen knapp fünfzig Jahren kam sich Seldom alt und verbraucht vor, dabei hatte er doch immer zu den Besten gezählt. Gehörte er wirklich schon zum alten Eisen, oder wollte man ihn das nur glauben machen? Er wusste es nicht, fühlte sich einfach nur mies. Um eine Antwort zu finden, hätte man ihm die Chance geben müssen, sich noch mal zu bewähren, aber natürlich wusste er, dass er diese Gelegenheit nicht bekommen würde.

Seine Zeit war wohl tatsächlich schon abgelaufen, seine Karriere zu Ende. Eine neue Generation von Agenten hatte das Ruder übernommen und gab jetzt den Ton an. Er war nicht mehr als ein Relikt aus vergangenen Tagen.

Und doch – hätte er nur die Chance bekommen, er hätte sie genutzt, um es noch mal allen zu zeigen …

Dallas, Texas

Nachtschicht.

Wie immer ein anstrengender Job.

Vor allem dann, wenn man dazu abkommandiert ist, in einem der schlimmsten Viertel der Stadt Dienst zu tun.

Für die einen ist Dallas der Inbegriff des Lasters und des Verbrechens – man denkt dabei an die Fieslinge aus der berühmten Fernsehserie oder an den Kennedy-Mord.

Für Joan Keeler jedoch war Dallas immer mehr gewesen – es war ihre Heimat. Und als waschechte Texanerin fühlte sie sich ihrer Heimat verpflichtet, auch wenn es bedeutete, zu nachtschlafender Zeit öden Streifendienst im Scherbenviertel versehen zu müssen.

»Was meinst du, Joan?«, erkundigte sich Officer Bob Hanson, der den Dienstwagen die breite Avenue entlang steuerte. »Wie wär's mit 'nem Kaffee und ein paar Donuts?«

»Gute Idee, Bobby«, sagte Joan und rieb sich die allmählich aufkommende Müdigkeit aus den Augen. Sie warf einen skeptischen Blick auf das Funkgerät, das in der Mitte der Konsole hing. In den letzten zehn Minuten hatte das verwünschte Ding keinen Laut von sich gegeben. Vielleicht war es ihnen ja tatsächlich vergönnt, mal eine kurze Kaffeepause einzulegen.

»Wer ist an der Reihe?«, erkundigte sich Joan.

»Ich«, gab Bobby zurück. »Du hast das letzte Mal bezahlt.«

Joan musste lächeln. »He«, meinte sie, »was sagt eigentlich deine Frau dazu, wenn du ständig eine andere zum Essen einlädst?«

»Rate mal.« Der junge Polizist mit dem dunklen Haar musste grinsen. »Samantha würde sich eher aufregen, wenn ich dich nicht ab und zu mal einladen würde.«

Er setzte den Blinker und bog in eine Seitenstraße ab, von deren Ende her die leuchtende Neonreklame eines Seven Eleven Shops grüßte.

»Also?«, fragte er. »Was soll's sein?«

Joan brauchte nicht zu überlegen. »Das Übliche«, erwiderte sie schlicht. »Ein starker Kaffee mit allem Drum und Dran und zwei Cinnamons.«

»Kommt sofort, Miss.«

Hanson steuerte den Streifenwagen auf den Parkplatz des kleinen Supermarkts, in dem um diese Zeit nicht viel los war. Welcher halbwegs normale Mensch kam auch auf den Gedanken, sich nachts um halb drei Kaffee und Donuts zu besorgen?

Der Officer stieg aus, passierte die Glastür des Ladens, der rund um die Uhr geöffnet hatte.

»'n Abend«, grüßte er den Besitzer, der gerade dabei war, bei einem anderen Kunden zu kassieren – dem einzigen, der außer Bob im Laden war. Mit gewohnheitsmäßiger Routine machte sich der junge Polizist an einem der Kaffeeautomaten zu schaffen, die zur Selbstbedienung bereitstanden.

Nacheinander füllte er zwei Pappbecher, ergänzte ihren Inhalt mit Milch und Zucker und verschloss die Behälter sorgfältig mit Plastikdeckeln. Danach fischte er ein paar Donuts aus den bereitstehenden Körben.

Die Dinger waren vom Vortag und schmeckten sicher entsprechend altbacken – dafür waren sie zwanzig Cents billiger.

Hanson schlug den Weg zum Tresen ein. Aus dem Radio säuselte leise Musik.

Elvis.

»You are always on my mind ...«

Der Cop pfiff den Refrain leise mit, während er seine Sachen nacheinander auf den Tresen stellte und dem Mann an der Kasse einen auffordernden Blick zuwarf.

»Was macht das bitte, Sir?«

Der Ladenbesitzer, ein ältlich wirkender Mann mit grauem Bart, sandte ihm nur einen inhaltslosen Blick aus seinen tief liegenden Augen zu.

»Sir«, wiederholte Bob etwas lauter, um sicherzugehen, dass der Alte ihn auch verstand, »ich fragte, wie viel das kostet ...«

Der Verkäufer rührte sich nicht. Dafür blickte er fragend auf den Mann im dunklen Parka, der am Tresen stand und eine Dose Cola trank – und der junge Cop sah plötzlich die Ausbeulung unter dem Parka des Typen ...

Joan, draußen im Patrolcar, sah Bobby am Tresen des Supermarktes stehen, und unwillkürlich fragte sie sich, was ihren Kollegen so lange aufhielt.

»Komm schon, Bobby«, sagte sie leise. »Musst du die Kaffeebohnen erst pflücken?«

Sie musste grinsen, strich sich eine Strähne ihres blonden Haares aus dem Gesicht, das sie der Dienstvorschrift entsprechend zu einem Dutt hochgesteckt hatte.

Gedankenverloren blickte sie durch die Scheibe, sah, wie sich ihr Partner und der Kerl am Tresen miteinander unterhielten – und urplötzlich erwachte ihr anerzogenes Misstrauen.

Etwas in der Mimik des Mannes, der einen Parka und eine Mütze der Dallas Cowboys trug, gefiel ihr nicht. Seltsame Unruhe befiel die Polizistin. Einem jähen Entschluss folgend, stieg sie aus dem Wagen, trat näher auf den Eingang des Supermarktes zu und sah plötzlich, wie der Kerl am Tresen einen schweren Army-Revolver unter seinem Parka hervorzog.

»Nein!«

Joans Reflexe sprachen an.

Mit einer blitzschnellen Bewegung griff sie ans Holster, riss die Dienstpistole heraus und hetzte auf den Eingang des Supermarktes zu.

Von diesem Augenblick an kam ihr alles vor, als geschähe es mit unendlicher Langsamkeit, dabei waren es in Wirklichkeit nur Sekunden, die verstrichen …

Der Kerl im Parka riss seine Waffe hoch, ein böses Grinsen auf den Lippen.

Bobby fuhr zurück, seine Augen vor Entsetzen geweitet, seine Rechte fuhr zum Holster – doch es gelang ihm nicht mehr, seine Waffe zu ziehen.

Der schwere Revolver des Verbrechers donnerte, und der junge Officer wurde von der Wucht des Treffers zurückgerissen, flog durch die Luft und landete dann auf dem Boden.

»Neeeein!«, hörte Joan sich selbst schreien, während sie durch den Eingang stürmte, ihre Waffe schussbereit in der rechten Faust.

»Verdammt, was …?« Der Killer fuhr herum, während sich der alte Ladenbesitzer hinter dem Tresen in Deckung warf.

Der Revolver spuckte wieder Blei, doch Joan hatte sich reaktionsschnell auf den Boden geworfen. Die Kugel des Schützen schlug durch die Fensterscheibe hinter ihr, ließ sie bersten.

Joan schoss.

Die erste Kugel bohrte sich in die Schulter des Verbrechers, worauf sich der Revolver aus seinem Griff löste und polternd zu Boden fiel. Das zweite Projektil traf den Killer ins rechte Bein, zerschmetterte sein Knie. Mit einem grellen Schmerzensschrei brach er zusammen und stürzte auf den Boden, wo er wimmernd liegen blieb.

Joan würdigte ihn keines Blickes mehr.

Schnell sprang sie auf, hastete auf ihren Partner zu, der reglos am Boden lag, ein klaffendes Einschussloch in seiner Brust, ein kleiner roter Krater, aus dem das Blut pulsierte.

»Einen Krankenwagen, schnell!«, rief die Polizistin dem Ladenbesitzer zu, der vorsichtig hinter dem Tresen hervorlugte. Dann hatte sie ihren verletzten Partner erreicht.

»Joan ...«

Hansen war noch bei Bewusstsein. Mit schmerzverzerrtem Gesicht gelang es ihm, den Kopf in ihre Richtung zu drehen. Seine zitternde, blutige Rechte streckte sich seiner Partnerin entgegen.

»Bobby!«

Die junge Frau ergriff seine Hand, war nicht in der Lage, ihre Tränen zurückzuhalten.

»Ist es – so schlimm?«, presste er unter Schmerzen hervor.

»Nein«, log Joan. »Du kommst wieder in Ordnung, Partner. Alles kommt wieder in Ordnung.«

Sie war eine schlechte Lügnerin, und natürlich wusste sie, dass nichts wieder in Ordnung kommen würde – und Bobby wusste es auch.

»So eine verdammte Scheiße«, fluchte er. »Es – es tut so weh, Joan. Es tut so weh ...«

»Ich weiß«, erwiderte sie hilflos. Von fern drang das Heulen einer Polizeisirene an ihre Ohren. Offenbar hatte jemand die Schüsse gehört und die Kollegen alarmiert. »Es wird gut. Es wird alles gut ...«

»Joan ...«

»Ja?«

»Bitte – sag Sam und den Kindern, dass – dass ich sie liebe.«

»Das werde ich, Bobby«, gab Joan flüsternd zurück, und die Tränen liefen ihr wie Sturzbäche übers Gesicht.

»Ich – bin immer – bei ...«

Es war dem jungen Polizisten nicht vergönnt, den Satz zu Ende zu bringen. In einem letzten, schmerzhaften Aufbäumen seines blutenden Körpers hauchte er sein Leben aus.

Joan schloss die Augen, sank weinend in sich zusammen.

Sie bekam nicht mehr mit, wie die Streife draußen vorfuhr und ihre Kollegen den Supermarkt stürmten.

Alles, was sie hörte, war die samtweiche Stimme, die aus dem Radio drang.

»You are always on my mind. You are always on my mind ...«

Namenlose Insel, 41 Seemeilen vor Puerto Rico

Der Mond stand hoch über der Bucht und warf seinen fahlen Schein auf das schäumende Wasser, das sich an den Klippen brach. Der helle Sand des Strandes schien in der Nacht zu leuchten, die Palmen wiegten sich sanft in der nächtlichen Brise.

Ein Bild des Friedens und der Idylle.

Niemand hätte inmitten dieses Paradieses das blanke Grauen vermutet. Auch die zehn Kampftaucher der Navy Seals nicht, die lautlos durch die dunklen Tiefen der Lagune glitten.

Der Auftrag, den die Männer erhalten hatten, war einfach und klar. Sie sollten ins Innere der vom Dschungel überwucherten Insel vordringen und den High-Tech-Terroristen Jon Bent aus seinem Schlupfwinkel entführen, damit er in den Vereinigten Staaten vor Gericht gestellt werden konnte.

Die Aktion war streng geheim.

Obwohl Bent ein international gesuchter Terrorist war, der für zahllose Anschläge auf amerikanische Einrichtungen verantwortlich war, hatten die USA darauf verzichtet, die örtlichen Behörden zu verständigen, nachdem der Geheimdienst Bents Schlupfwinkel auf der Insel ausgemacht hatte.

Die Gefahr, dass Bent sich erneut absetzte und der Justiz durch die Finger schlüpfte, war zu groß. Zu lange hatte der Kriminelle das mächtigste Land der Welt genarrt. Nun sollte Schluss damit sein.

Endgültig.

Captain Norton Branner, der an der Spitze seiner kleinen, aber schlagkräftigen Truppe durch das tiefschwarze Wasser glitt, tauchte als Erster auf.

Vorsichtig hob der Offizier seinen Kopf aus der schäumenden Brandung, blickte sich in der von Felsen umgebenen Bucht um.

Die Luft schien rein zu sein.

Auch die anderen tauchten auf. Branner gab Zeichen, und die erste Hälfte seiner Männer ging an Land.

In Windeseile legten die Seals ihre Taucherausrüstungen ab, griffen sich die automatischen Waffen, die sie in wasserdichten Behältern bei sich getragen hatten, und zogen die Sturmhauben über ihre Gesichter.

Während die Vorhut nach allen Seiten sicherte, gingen nun auch die restlichen Männer an Land und machten sich ebenfalls kampfbereit.

»In Ordnung, Männer«, flüsterte Branner fast unhörbar. »Ihr wisst, was zu tun ist. Bents Quartier befindet sich etwa eine halbe Meile landeinwärts. Wir gehen vor wie geplant. Alles klar?«

»Ja, Sir.«

»Dann los.«

Der Captain nickte, und in gebückter Haltung huschten die zehn Männer davon, schwarze, schemenhafte Schatten. Von der Bucht führte ein schmaler Pfad zwischen den Felsen hinauf. Die Seals teilten sich und schlugen zwei verschiedene Richtungen ein, um zu Bents Versteck vorzudringen.

Ihr Auftrag war denkbar einfach.

Sie sollten sich Bent schnappen und ihn zu dem U-Boot bringen, das ein paar hundert Yards vor der Insel kreuzte. Sollte sich der Terrorist widersetzen, standen ihnen alle Maßnahmen offen, die nötig sein würden, um sein verbrecherisches Treiben ein für alle Mal zu beenden …

Lautlos huschten die Männer durch das Dickicht, ihre Maschinenpistolen vom Typ MP5 im Anschlag. In Gedanken ging Branner immer wieder den Plan durch, rief sich den Grundriss von Bents Schlupfwinkel ins Gedächtnis und …

Urplötzlich, von einem Augenblick zum anderen, zerriss ein schrecklicher Knall die Stille der Nacht, als in einiger Entfernung eine grellgelbe Feuersäule zum Himmel loderte.

Die Seals reagierten mit antrainierten Reflexen, warfen sich zu Boden.

»Was war das?«, entfuhr es einem von ihnen.

»Minen«, sprach Branner das hässliche Wort aus. »Der Mistkerl hat die Insel vermint!«

Im selben Moment begann irgendwo eine Waffe loszurattern – keine MPi, wie die Seals sie bei sich trugen, sondern ein großes, schweres Maschinengewehr.

Ein heiserer Aufschrei gellte durch die Nacht.

Die andere Gruppe lag offenbar unter schwerem Beschuss!

»Verdammt!«, stieß Branner hervor, sprang auf und gab seinen Männern Zeichen zum Nachrücken.

Mit erhobenen Waffen stürmten die Seals durch den dunklen Dschungel, während das Adrenalin in ihre Adern schoss.

Wieder krachten irgendwo Schüsse, unlokalisierbar inmitten der Wirrnis von Bäumen und Schlingpflanzen. Wieder ein Schrei, der plötzlich abriss.

»Das war Lewis!«, rief einer der Männer. »Es hat ihn erwischt!«

»Maul halten, Gibson!« Branner konnte jetzt keine Panik unter seinen Männern gebrauchen.

Der Offizier beschleunigte seine Schritte, wild entschlossen, seinen Leuten zu Hilfe zu kommen – als er plötzlich neben sich einen kalten Luftzug spürte.

Instinktiv sprang er zur Seite, als er fühlte, wie etwas mit schrecklicher Wucht durch die Dunkelheit schoss. Gibson, dicht neben ihm, hatte weniger Glück – der gespitzte Pfahl aus Bambus, der mit der Wucht einer Dampframme aus dem Boden schoss, traf ihn mit mörderischer Wucht und durchbohrte ihn.

»Gibson!«

Gleichzeitig begann eine ganze Batterie von Maschinengewehren loszuhämmern und die Lichtung, auf der die Männer standen, mit Tod und Verderben einzudecken.

Bruchstücke von Baumrinde, Holzsplitter, Äste und Blattwerk schwirrten durch die Luft, Erdreich wurde aufgeworfen.

Einer der Seals schrie gellend auf, während die anderen in Deckung gingen. Er aber war von einer tödlichen Garbe erfasst worden, die ihn niederstreckte.

»O mein Gott!«, rief einer der jungen Soldaten aus. »Das ist eine Falle! Eine verdammte Falle!«

»Na warte, du verdammter Hurensohn!«, schrie ein anderer. »Friss das!«

Der Seal zog den Abzug seiner Waffe durch und feuerte, schoss blindlings in die Richtung, in der immer wieder das schreckliche Mündungsfeuer der Maschinengewehre aufflammte.

»Weiter! Wir müssen weiter!«, rief Branner laut und begann, bäuchlings über den schlammigen Boden zu robben. Er wollte die feindlichen Schützen umgehen und ihnen in den Rücken fallen. Vielleicht hatten sie so eine Chance, ins Innere der Insel vorzudringen und den Job doch noch auszuführen.

Die beiden Männer, die seiner Gruppe noch verblieben waren, folgten ihm. Geschickt brachten sich die Seals aus der Gefahrenzone, behielten die Köpfe auch dann noch unten, als sie die Lichtung längst hinter sich gelassen hatten.

Vorsichtig arbeiteten sie sich weiter voran, entdeckten immer wieder Drähte, die zwischen Wurzeln und Baumstämmen gespannt und im Unterholz fast unsichtbar waren.

Auslöser von Minen. Wer sie berührte, starb einen grausamen Tod.

Fluchend bissen Branner und seine Männer die Zähne zusammen, drangen weiter vor. In ihren Körpern herrschte Wirrnis, Angst griff nach ihnen.

Sie waren in einen Hinterhalt geraten, hatten ihre Kameraden auf entsetzliche Weise sterben sehen – aber sie würden nicht aufgeben.

Sie waren Seals, und sie würden kämpfen, wie es ihnen beigebracht worden war.

Bis zum letzten Mann …

In weitem Bogen umgingen die Männer die Stellung der Maschinengewehre, pirschten sich von hinten an die feindlichen Schützen heran.

Der Geheimdienst hatte sie nicht darüber in Kenntnis gesetzt, dass Bent seine Insel mit einem Killertrupp gesichert hatte. Verdammte Schlamperei …

»Da sind sie«, flüsterte Branner seinen Männern zu.

Bäuchlings lagen sie im Gebüsch, der Mulde gegenüber, in der die MG-Schützen lauern mussten.

»Verdammte Schweine!«, stieß Sergeant Hanes hervor. »Die haben Lewis und Jester auf dem Gewissen! Dafür werden die Drecksäcke bezahlen!«

Damit sprang der junge Seal auf, stürzte Hals über Kopf aus dem Dickicht.

»Hanes!«, schrie Branner.

Im nächsten Moment wurde der Corporal von einer grellen Explosion gepackt und mit schrecklicher Wucht davongeschleudert.

»Verdammt!« Branner und sein letzter verbliebener Mann krochen zu ihrem Kameraden hin, doch jede Hilfe kam für ihn zu spät. Sein Körper war zerfetzt, beide Beine weggerissen. Er war einen sinnlosen, grausamen Tod gestorben.

Branner biss die Zähne zusammen, wusste, dass nur noch eines blieb: Angriff!

Mit heiserem Kampfgebrüll stürmten er und sein Begleiter den Hang hinab, geradewegs auf die Mulde zu, in den sie die feindlichen Schützen vermuteten – um entsetzt zurückzuprallen, als sie sahen, dass die Grube leer war.

Es gab keine Killer, keine Schützen, die die MGs bedienten – nur vier metallene Kästen, aus denen die hässlichen Läufe von Maschinengewehren ragten.

Selbstschussautomaten!

In diesem Moment durchzuckte den Captain die schreckliche Erkenntnis.

Bent hatte mit ihrem Angriff gerechnet und war darauf vorbereitet gewesen!

Als Spezialist für automatische Killersysteme hatte er seine Insel mit tödlichen Fallen gesichert – und sie waren darauf hereingefallen, ahnungslos wie kleine Kinder, die auf einem Schlachtfeld spielten.

»Snyder!«, knurrte der Captain. »Wir verschwinden! Rückzug! Sofort!«

Der Seal fuhr herum.

»Aber Sir, wir …«

»Hören, Sie nicht, verdammt noch mal?«, brüllte Branner. »Wir ziehen uns zurück …«

In diesem Moment erwachten überall im umgebenden Dickicht glühend rote Augen zum Leben, die scheinbar ziellos umherzuckten – Laserzieleinrichtungen!

»Snyder, runter!«, schrie der Captain, warf sich auf den morastigen Boden, keine Sekunde zu früh. Schon spuckten die verborgenen Schussanlagen Tod und Vernichtung.

Auch Snyder warf sich zu Boden – jedoch Sekundenbruchteile zu spät. Eine Kugel traf ihn in den Rücken, eine zweite ins Bein.

Der Soldat schrie, brüllte wie am Spieß, und Branner schob sich durch den Schlamm, um dem Verletzten zu Hilfe zu kommen.

Rings um ihn schlugen Projektile ein, die roten dünnen Strahlen der Zielerfasser tasteten sich durch Pulverdampf und Dunkelheit immer näher an ihn heran – doch er robbte weiter auf Snyder zu.

Man ließ seine Untergebenen nicht im Stich.

Niemals!

Dann aber sah der Captain voller Entsetzen den roten Lichtpunkt, der sich auf Snyders Stirn festsetzte. »Neeeeein!«

Der Schrei des Offiziers gellte durch die Nacht – dann krachte der Schuss, der Snyders Leben ein grausames Ende setzte.

Einem jähen Impuls gehorchend, sprang Branner auf und begann zu laufen, rechnete damit, dass er jeden Augenblick von einer oder mehreren Kugeln getroffen oder eine der verdammten Minen auslösen würde.

Es war ihm egal.

Die Panik und der innere Aufruhr, die in ihm herrschten, raubten ihm halb den Verstand. Der Gegner hatte kein Gesicht. Es waren nur kalte, seelenlose Maschinen, gegen die man nicht kämpfen konnte. Sie töteten unbarmherzig für den Mann, der sie konstruiert hatte.

Die Mission war fehlgeschlagen, seine Männer waren tot. Alle tot!

Atemlos setzte Branner den Hohlweg hinab, sich selbst darüber wundernd, dass er noch immer unverletzt war.

Fahles Mondlicht fiel durch das Blätterdach der Bäume – Mondlicht, in dem er plötzlich eine menschliche Gestalt zu erkennen glaubte. Instinktiv riss er seine MPi in Anschlag, ehe er erkannte, dass es sich um einen seiner eigenen Leute handelte.

Es war Miller, der Kommandant der Beta-Gruppe, der dort an einem Baum gelehnt auf dem Boden saß. Offenbar war er verletzt …

»Miller, alles in Ordnung?«

In gebückter Haltung huschte Branner heran, froh darüber, einen Überlebenden gefunden zu haben. Er eilte auf den Baum zu, wollte Miller ein aufmunterndes Lächeln schenken – das zu einer Maske des Entsetzens gefror, als der Captain in die Überreste von dem blickte, was einst ein menschliches Antlitz gewesen war!

»Nein – nein – *neeeiiin* …!«

Schweißgebadet fuhr Norton Branner hoch. Sein Puls raste, sein Herz schlug ihm bis zum Hals.

Ihm war schlecht. Sein Schädel dröhnte wie eine Hammerschmiede.

Es war der Albtraum.

Derselbe Albtraum, der ihn immer wieder quälte, seit er vor zwei Jahren einen Trupp Navy Seals zu Jon Bents Insel geführt hatte.

Es war entsetzlich gewesen.

Das Schlimmste, was einem Kommandanten passieren konnte.

Branner hatte all seine Männer verloren, war selbst nur durch Zufall von Bents Todesinsel entkommen – oder war es grausame Ironie des Schicksals gewesen, dass ausgerechnet er überleben musste, während all seine Männer einen furchtbaren Tod gestorben waren?

Zwei Jahre waren seither vergangen, doch die Geschehnisse jener Nacht waren Branner noch immer so gegenwärtig, als hätten sie sich erst gestern ereignet.

Er fühlte noch immer die Panik in sich, hörte noch immer das Hämmern der MGs, das Donnern explodierender Minen, das Schreien seiner Männer. Er hatte noch immer den schrecklichen Geruch von Pulver und Blut in der Nase. All das hatte sich mit solcher Intensität in sein Gedächtnis eingebrannt, dass es ihn seit zwei Jahren bis in den Schlaf verfolgte.

Nach jener Nacht auf der Insel war nichts mehr so wie zuvor.

Als menschliches Wrack war Branner zurückgekehrt, jegliches Leben in ihm war erloschen.

Nach einem Jahr hatten seine Frau und seine beiden Kinder ihn verlassen, und er hatte es ihnen noch nicht mal verübeln können. Wer wollte schon mit einem Mann zusammenleben oder einen Vater haben, der auf der ganzen Linie versagt hatte? Der für den Tod von neun Männern verantwortlich war?

Zwei Jahre waren vergangen.

Zwei Jahre, in denen Branner jede Nacht von Albträumen aus dem Schlaf gerissen wurde. Zwei Jahre, in denen der Captain kein Kommando mehr innegehabt hatte.

Seine Vorgesetzten hatten ihn vom Dienst suspendiert. So lange, bis er sich besser fühlte. Das Problem war nur, dass sich Branner nicht besser fühlte, sondern immer nur noch schlechter. Mit jedem verdammten Tag, den er am Leben war und seine Leute tot waren.

Der Untersuchungsausschuss, der nach dem schrecklichen Debakel einberufen worden war, hatte ihn von jeder Schuld freigesprochen und den Fehlschlag der Mission auf unzureichende Informationen vonseiten des Geheimdienstes zurückgeführt. Trotzdem fühlte sich Branner schuldig.

Seine Männer hatten ihm vertraut – und er hatte versagt.

Stöhnend schwang sich der Captain aus dem Bett, trat ans Waschbecken des schäbigen Hotelzimmers, das er bewohnte, und klatschte sich eine Ladung kaltes Wasser ins Gesicht.

Im Schein der blinkenden Lichtreklame, der von der anderen Straßenseite her durch das Fenster fiel, sah er sein bärtiges Gesicht im Spiegel, die Augen, aus denen jeder Glanz gewichen war.

Er war sich selbst fremd geworden.

Resignierend trat Branner an die alte Kommode, deren Lack bereits abblätterte, und zog die oberste Schublade auf.

Sekundenlang starrte er auf den matt schimmernden Gegenstand, der darin lag, ehe er ihn schließlich herausnahm.

Es war seine alte Dienstpistole, die noch immer durchgeladen war – seit dem Tag, da er von der Todesinsel entkommen war.

Zögernd hob der Offizier die Waffe.

Dann, in einem jähen Entschluss, steckte er sich den Lauf in den Mund.

Jetzt brauchte er nur noch abzudrücken, und sein Gewissen würde ihn nicht mehr quälen. Die Träume würden verschwinden, und er würde Ruhe finden.

Langsam krümmte sich Branners Zeigefinger, bis er den Druckpunkt spürte – jenen Punkt, der Leben und Tod voneinander trennte.

Los doch!, trieb ihn eine innere Stimme an. Tu's endlich, dann hast du's hinter dir! Du solltest längst nicht mehr am Leben sein …

Branners Rechte verkrampfte sich, während sie die Pistole hielt. Nur abdrücken. Er brauchte nur abzudrücken …

Einen schrecklichen Augenblick lang wartete der Offizier darauf, dass der Schuss krachte und seinem verpfuschten Leben ein Ende setzte.

Doch der Knall blieb aus, die Kugel verließ den Lauf der Waffe nicht.

Mit zitternder Hand ließ Branner die Pistole sinken – wie schon unzählige Male zuvor.

Er konnte es nicht tun.

Er wollte es nicht tun.

Nicht, weil er sich vor dem Tod gefürchtet hätte oder weil sein Leben ihm noch irgendetwas bedeutete. Sondern weil er kein Feigling war, der sich so einfach aus der Affäre zog.

Der Schmerz und die Trauer waren seine Strafe. Er musste sie erdulden.

Jeden Tag.

Und jede Nacht …

Regierungsviertel, Washington D.C.

»Das wären sie also.«

Der eine der beiden Männer, die sich im Lichtschein der Schreibtischlampe gegenübersaßen, nickte zufrieden.

Schließlich schlug er die Aktenmappe zu und reichte sie an sein Gegenüber zurück.

»Ich bin zufrieden«, erklärte er und sog genüsslich an seiner Zigarre. »Die Kandidaten sind perfekt.«

»Ich musste lange genug suchen, um sie ausfindig zu machen«, sagte der andere mit selbstgefälligem Lächeln. »Ein junger Heißsporn, der vom Dienst beim SWAT suspendiert wurde. Ein abgehalfterter CIA-Agent, der dem Suff verfallen ist. Eine Polizistin, die unter dem Tod ihres Partners leidet. Schließlich ein Elitesoldat, dessen Trauma so tief sitzt, dass er nur noch ein Schatten seiner selbst ist.«

»Wie ich schon sagte«, wiederholte der Mann mit der Zigarre. »Sie sind perfekt – in jeder Hinsicht.«

»Schön, dass Sie zufrieden sind.« Der andere nickte. »Dann sind wir jetzt bereit für die nächste Stufe unseres Plans?«

»So ist es. Alles, was wir jetzt noch brauchen, ist eine geeignete Führungsspitze für unser – Projekt.«

»Wissen die beiden schon Bescheid?«

Der Mann mit der Zigarre verneinte. »Noch sind die beiden völlig ahnungslos. Doch schon in Kürze werden sie eine Nachricht erhalten, die ihr ganzes Leben verändern wird – und sie selbst sind die Urheber dieser Veränderung.«

»Ein genialer Plan«, lobte der andere. »Niemand wird an zwei Legenden zweifeln, an den beiden besten G-men, die New York je gesehen hat …«

Kapitel 1

Queens, New York

»Achtung – Cotton an Einheit zwei. Sind Sie bereit?«

»Ja, Jerry«, kam die Antwort von Einsatzleiter Gary Edwards aus meinem Walkie-Talkie. »Alle Männer sind auf Position. Warten auf Einsatzbefehl.«

»In Ordnung.« Mein Partner Phil Decker und ich tauschten einen entschlossenen Blick, während wir hinter dem Mauervorsprung geduckt standen, gegenüber dem alten Geschäftshaus an der 32nd Street.

»Auf diesen Moment haben wir lange gewartet«, flüsterte Phil, der wie ich eine schusssichere Weste und einen der blauen Einsatzoveralls des FBI trug.

»Allerdings, Alter«, gab ich schnaubend zurück. »Vier lange Jahre. Es wird Zeit, dass wir den Sack zumachen.«

»Ganz meine Meinung«, versicherte Phil.

»Also los …« Ich nickte ihm zu und hob gleichzeitig wieder das Funkgerät. »Achtung – hier Jerry Cotton. An alle Einheiten: Zugriff!«

Im nächsten Moment flammten hinter und seitlich von uns Scheinwerfer auf, und ihre gebündelten Schäfte warfen ovale Lichtkegel auf die Backsteinfassade des Geschäftshauses vor uns.

Gleichzeitig sprangen Dutzende von FBI-Beamten in dunklen Overalls aus ihren Verstecken, eilten von allen Seiten auf das Gebäude zu, um die Ein- und Ausgänge zu besetzen.

Gary Edwards' Trupp setzte zum Sturm auf den Haupteingang an, und dann verschwanden sie im Inneren des Hauses.

Phil und ich verließen unsere Deckung, überquerten die Straße und setzten Edwards' Männern nach.

Die Sturmgewehre im Anschlag, nahmen wir uns einen der Büroräume nach dem anderen vor. Die Männer und Frauen, die an Schreibmaschinen und Computern saßen, schrien entsetzt auf und streckten ganz automatisch die Hände zur Decke.

»Sitzen bleiben! Hände hoch! FBI!«, erklang es immer wieder.

Die Menschen in den Büros waren geschockt. Weniger über unsere Waffen als darüber, dass es sich hier um eine Aktion der Bundespolizei handelte.

Kein Wunder, denn nach den Informationen, die wir hatten, gab es in diesem Gebäude niemanden, der sein Geld auf redliche Art und Weise verdiente.

Nach über vier Jahren ergebnisloser Recherche war es uns endlich gelungen, die Zentrale von Edgar Mahoney auszumachen, einem stadtbekannten Geschäftsmann, der seit Jahren im Verdacht stand, als Geldwäscher und Strohmann für die Syndikate tätig zu sein.

Schon mehrere Male hatten Phil und ich versucht, Mahoney das Handwerk zu legen, und uns dabei manch blutige Nase geholt. Aber nun endlich sah es so aus, als hätten wir wirklich was gegen Mahoney in der Hand. Sein Saubermann-Image würde dann der Vergangenheit angehören.

»Agent Edwards an Agent Cotton!«, drang Garys Stimme aus meinem Walkie-Talkie.

»Was gibt es, Gary?«, erkundigte ich mich.

»Das Gebäude befindet sich unter unserer Kontrolle, Jerry. Eine Einheit ist dabei, den Dachboden zu durchsuchen, eine andere durchkämmt die Kellerräume.«

»Gute Arbeit. Nehmen Sie alle Leute fest, die sich im Gebäude aufhalten. Die Unterlagen werden sichergestellt.«

»Verstanden, Jerry«, bestätigte Gary. »Edwards Ende.«

»Mann, Kumpel!« Phil freute sich und bedachte die Männer und Frauen, die mit betretenen Gesichtern abgeführt wurden, mit schadenfrohem Grinsen. »Das ist wirklich ein fetter Fang!«

Er trat an eines der Regale mit Aktenordnern, zog wahllos einen davon heraus und schlug ihn auf.

»Sieh dir das an. Voll mit geschäftlichen Transaktionen. Ich wette, in diesen Unterlagen finden wir alles, was wir schon immer über Mahoney wissen wollten. Strohfirmen, Verbindungen ins Ausland, Nummernkonten in der Karibik …«

»Tja«, sagte ich, nicht weniger glücklich als mein Partner. »Wird ein Haufen Arbeit sein, das alles durchzuackern, aber wenn Mahoney am Ende hinter Gitter wandert, hat sich die Sache gelohnt.«

»Und wie«, bestätigte Phil. »Ich warte schon auf den Anruf von Mahoneys Anwalt. Der wird uns die Hölle heiß machen wollen dafür, dass wir …«

In diesem Moment verschaffte sich das Handy an meinem Gürtel mit aufdringlichem Dudeln Gehör.

»Das wird er sein«, sagte ich scherzhaft.

»Schon?« Phil schnitt eine Grimasse. »Diese Rechtsverdreher werden heutzutage immer schneller. Nicht mehr lange, und sie verklagen dich, noch bevor du mit der Hausdurchsuchung angefangen hast.«

»Hier Cotton«, meldete ich mich, nachdem ich das Gerät aktiviert hatte.

»Guten Abend, Jerry«, vernahm ich die vertraute Stimme Mr Highs. »Ich hoffe, Sie und Phil hatten Erfolg.«

»Die Aktion läuft noch, Sir«, gab ich zurück. »Aber ich denke, es sieht ganz gut aus.«

»Das freut mich, Jerry«, sagte Mr High mit einem Unterton, der mir nicht recht gefallen mochte. »Dennoch muss ich Sie auffordern, sich umgehend bei mir im FBI District Office einzufinden.«

»Was?« Ich glaubte, nicht recht zu hören. »Sir, wir sind gerade mitten im Einsatz! Wir stehen kurz vor dem Abschluss des Mahoney-Falls und ...«

»Dessen bin ich mir bewusst, Jerry«, versicherte Mr High mit einer Stimme, die gleichzeitig Verständnis und Bedauern ausdrückte. »Die Ermittlungen werden selbstverständlich fortgeführt – allerdings nicht von Ihnen. Les Bedell und Joe Brandenburg sind schon unterwegs nach Queens, um den Fall zu übernehmen.«

»Um ihn zu übernehmen?« Ich sandte Phil, der den größten Teil des Gesprächs mitbekommen hatte, einen verständnislosen Blick. »Sir, soll das heißen, wir sind von dem Fall abgezogen?«

»So ist es, Jerry«, bestätigte Mr High. »Bitte stellen Sie keine Fragen. Alles Weitere erfahren Sie in meinem Büro. Ich erwarte Sie.«

Ich brauchte einen Augenblick, um das zu verdauen.

»Natürlich, Sir«, bestätigte ich schließlich. »Wir kommen.« Damit beendete ich das Gespräch und steckte das Handy wieder weg.

»Was soll das?«, fragte Phil entgeistert. »Bitte sag mir, dass das nicht wahr ist.«

»Bedaure, Alter«, erwiderte ich. »Wir sind aus dem Fall raus. Mit sofortiger Wirkung.«

»Aber das – das gibt's doch nicht!« Mein Partner wirkte jetzt geradezu entrüstet. »Nach vier Jahren haben wir endlich genügend Beweismaterial beisammen, um Mahoney auffliegen zu lassen, und nun werden wir von dem Fall abgezogen?«

»So ist es«, murrte ich düster. »Wir haben die Kuh eingefangen und sie über den Eimer gezogen. Melken werden sie Les und Joe.«

»Ist ja toll! Einfach klasse, verdammt!«

Phils Enttäuschung war nur zu verständlich. Einen Fall wie diesen abzuschließen bedeutet für einen G-man mehr, als nur seinen Job zu tun. Wenn man so lange an einer Sache dran ist, will man sie auch unter Dach und Fach bringen. Aber ich glaube, das geht nicht nur uns G-men so.

»Und was soll das Ganze?«, schimpfte Phil weiter. »Hat Big Daddy was gesagt?«

»Nein.« Ich schüttelte den Kopf. »Hat er nicht. Aber er klang auch nicht sehr begeistert. Wenn du mich fragst, ist irgendwas im Busch, Alter …«

Knapp zwanzig Minuten später trafen wir im FBI District Office an der Federal Plaza ein.

Während der Fahrt hatten Phil und ich darüber gerätselt, weshalb uns Mr High so plötzlich von unserem Fall abgezogen hatte. Ein derartiges Vorgehen war äußerst unüblich und wurde nur dann angewandt, wenn Beamte sich in Ausübung ihres Dienstes grober Fehler schuldig gemacht hatten. Aber Phil und ich waren uns keiner Schuld bewusst, und Mr High hatte sich auch nicht so angehört, als stünde uns eine Standpauke bevor. Wir waren also außerordentlich gespannt, was uns erwartete, als wir aus dem Aufzug traten.

Das Vorzimmer von Mr Highs Büro war unbesetzt – Helen, ihres Zeichens Sekretärin und die beste Kaffeeköchin der Stadt, hatte bereits Feierabend.

»Ah, Jerry und Phil, da sind Sie ja«, begrüßte uns der New Yorker SAC, als wir sein nüchtern eingerichtetes Büro mit dem Sternenbanner und dem großen New Yorker Stadtplan an den Wänden betraten.

»Was gibt es, Sir?«, fragte ich neugierig, nachdem wir in den Besuchersesseln Platz genommen hatten. »Welche Sache ist so wichtig, dass zwei Bundesbeamte aus dringenden Ermittlungen abberufen werden?«

»Belange der nationalen Sicherheit«, entgegnete Mr High – und hatte damit die Überraschung auf seiner Seite. »Wie Sie wissen, Gentlemen«, holte der SAC dann etwas weiter aus, »hat der internationale Terrorismus in den letzten Jahren auch in unserem Land Fuß gefasst. Der Anschlag auf das World Trade Center und das Bombenattentat von Oklahoma City sind nur zwei schreckliche Höhepunkte einer Entwicklung, die wir alle mit Sorge beobachten. Sie beide haben dem Terror ja schon des Öfteren die Stirn geboten und wissen, wovon ich spreche. Der Terrorismus ist eine Geißel unserer Zeit, die mit aller Härte bekämpft werden muss.«

»So ist es, Sir«, stimmte ich zu. »Deshalb haben Phil und ich nach dem Anschlag von Oklahoma City ja auch einen Maßnahmenkatalog erarbeitet, den wir dem Justizministerium vorgelegt haben.«

»Genau darum geht es, Jerry«, erklärte Mr High. »Wie mich der zuständige Sprecher des Justizministeriums vorhin informierte, wurde zumindest einigen Forderungen aus Ihrem Katalog zugestimmt.«

»So? Und welchen?«, erkundigte sich Phil, der immer eine gehörige Portion Skepsis an den Tag legt, wenn es um die Zusammenarbeit mit den Bürohengsten aus den Ministerien geht.

»Nun, vor allem Ihren Vorschlag, eine Spezialeinheit ins Leben zu rufen, die gezielt gegen den Terrorismus in unserem Land vorgehen soll«, eröffnete uns Mr High. »Der zuständige Ausschuss des Justizministeriums hat sogar schon einen Namen für diese Truppe: das S.T.A.R.-Team.«

»Das S.T.A.R.-Team?«, fragte Phil ungläubig. »Was soll das denn sein? Ein Zusammenschluss der besten Basketballspieler?«

»Durchaus nicht, Phil«, sagte Mr High lächelnd. »S.T.A.R. steht für Special Terror Attack Response, eine neue, schlagkräftige Einheit von Spezialisten, die sich aus Angehörigen verschiedener Dienststellen zusammensetzt und gegen den internationalen Terrorismus zu Felde ziehen soll – so, wie Sie es in Ihren Ausführungen vorgeschlagen haben.«

»Donnerwetter!«, entfuhr es Phil. »Das ist so ziemlich das erste Mal, dass sich die hohen Tiere um das scheren, was wir ihnen vorschlagen.«

»Und nicht nur das«, fuhr Mr High fort. »S.T.A.R. ist ein bislang beispielloses Pilotprojekt, dem Angehörige verschiedener Behörden zugeteilt werden sollen – und Sie beide werden die Aufgabe haben, das neue Team in seine Aufgaben einzuweisen.«

»Wie bitte?« Ich traute meinen Ohren nicht. »Soll das heißen, Sir, dass wir von dringenden Ermittlungen abberufen werden, um für eine neue Spezialeinheit die Lehrer zu spielen?«

»Der Zeitpunkt ist denkbar ungünstig gewählt«, räumte Mr High mit bedauernder Miene ein. »Aber der zuständige Regierungsbeamte hat mir unmissverständlich klargemacht, dass er ein Nein von Ihrer Seite nicht akzeptieren wird. Sie beide wurden dazu ausgewählt, die neue Antiterroreinheit auf die Beine zu stellen. Ich gratuliere, Gentlemen.«

»D-danke, Sir«, erwiderte ich ein wenig verblüfft und wusste nicht, ob ich mich freuen oder über das Hauruck-Verfahren, mit dem die Sache angegangen wurde, ärgern sollte. Es war die typische Vorgehensweise von Bürokraten: Zuerst geschah jahrelang nichts, dann war plötzlich höchste Eile geboten und es gab nichts Wichtigeres.

»Was wird aus unserer Arbeit?«, fragte Phil. »Ich meine, unsere Eingabe liegt doch schon geraume Zeit zurück. Wieso ausgerechnet jetzt? Warum können wir nicht erst noch in Ruhe den Mahoney-Fall abschließen und dann ...«

»Die Gelder für das Projekt wurden bereits bewilligt«, erklärte Mr High. »Es nicht sofort durchzuführen würde heißen, Ihre Idee auf Jahre hinaus unrealisierbar zu machen – und dafür ist sie zu gut, Phil. Ich erwarte also, dass Sie sich mit der Situation arrangieren und das Beste daraus machen.«

Mein Partner und ich tauschten einen langen Blick.

Natürlich gefiel uns die Sache nicht besonders, und natürlich wären wir lieber in New York geblieben, um Mahoney und anderen bösen Jungs das Handwerk zu legen.

Aber wenn das Ministerium uns brauchte, würden wir unsere Hilfe selbstverständlich nicht verweigern. Noch dazu, wenn es um die Realisierung eines Projektes ging, das wir selbst vorgeschlagen hatten.

»Also schön«, willigte ich ein. »Sie können auf uns zählen, Sir.«

»Das wusste ich, Jerry«, erwiderte Mr High mit weisem Lächeln. »Ich lasse Sie beide nur äußerst ungern gehen, aber man kann und will bei dieser Sache nicht auf Ihre Erfahrung verzichten – was ich nur zu gut verstehen kann.«

»Danke, Sir«, sagte ich. »Wann und wo soll das S.T.A.R.-Projekt anlaufen?«

»Schon morgen«, informierte uns Mr High. Er griff in eine der Schubladen seines Schreibtisches und zog einen Umschlag hervor, den er uns reichte. »Ihr Flug geht in zehn Stunden vom La Guardia Airport aus. Sie haben noch genügend Zeit, um zu packen.«

»Flug?« Phil spitzte die Ohren. »Sagten Sie Flug, Sir?«

»So ist es«, bestätigte unser Chef. »Das Trainingscamp, das das Ministerium für Sie eingerichtet hat, befindet sich in Nevada. Es ist eine alte Armeebasis, die für Ihre Zwecke umgerüstet wurde.«

»Eine alte Armeebasis? In Nevada?« Phil machte ein Gesicht, als hätte er in eine Zitrone gebissen. »O Mann – und ich dachte, es könnte nicht mehr schlimmer kommen. Man will uns also im wahrsten Sinne des Wortes in die Wüste schicken. Und für wie lange?«

»Bis Sie die Ihnen zugeteilten Leute zu einer einsatzfähigen und schlagkräftigen Truppe formiert haben, die auch in der Lage ist, weitere S.T.A.R.-Teams auszubilden.«

»Aber die Formierung einer solchen Spezialeinheit kann Jahre in Anspruch nehmen.«

»Nicht in diesem Fall, Phil«, widersprach Mr High. »Die Leute, die Ihnen zugeteilt werden, sind allesamt hochkarätige Spezialisten, Meister ihres Fachs. Ihr Training ist in jeder Hinsicht abgeschlossen. Alles, was Ihnen zu tun bleibt, ist, diese Leute zu einer Einheit zusammenzuschweißen und ihre unterschiedlichen Fähigkeiten zu koordinieren. Sobald Ihnen das gelungen ist, werden nach diesem Vorbild weitere S.T.A.R.-Teams im ganzen Land ins Leben gerufen. Sie sehen also, Gentlemen, eine große Aufgabe liegt vor Ihnen.«

»Sieht so aus«, bestätigte ich und nahm die Tickets entgegen, ohne zu wissen, was ich von der ganzen Sache halten sollte.

Wer immer diese Sache in die Wege geleitet hatte, dem schien verdammt viel am baldigen Gelingen dieses Projektes zu liegen. Wahrscheinlich hing es mit den Kongresswahlen zusammen, die in wenigen Monaten stattfinden würden und zu denen einige Abgeordnete ihren Wählern sicher nur zu gern eine neue Waffe im Kampf gegen den Terrorismus präsentieren wollten.

Terror machte den Menschen Angst, und wer immer dagegen anging, dem waren Stimmengewinne sicher.

»Vor Ort werden Sie von einem Helikopter abgeholt, der Sie ins Ausbildungscamp bringt«, schloss Mr High das Briefing. »Ihre Leute werden im Laufe der nächsten beiden Tage zu Ihnen stoßen.«

»In Ordnung«, sagte ich, und ein wenig müde erhoben Phil und ich uns aus unseren Sitzen und wandten uns zum Gehen.

»Jerry, Phil.« Mr High bedachte uns zum Abschied mit einem milden Lächeln. »Ich wünsche Ihnen beiden viel Erfolg. Diese Sache könnte für Sie beide der Beginn einer sehr steilen Karriere sein.«

»Was immer Sie sagen, Sir«, meinte Phil wenig begeistert. »Aber ehrlich gesagt, bin ich weder auf Ihren Job scharf noch auf den von Steve (Kollege Steve Dillaggio ist Mr Highs Stellvertreter und ASAC beim New Yorker FBI). Alles, was ich möchte, ist, dass Ed Mahoney hinter Gitter wandert.«

»Das wird er, Phil«, versicherte Mr High. »Verlassen Sie sich darauf.«

»Danke, Sir. Bis bald.«

»Bis bald, Gentlemen …«

Die Luft in Commissioner Franklins Büro war zum Schneiden dick. Man konnte die miese Stimmung, die in diesem Raum herrschte, beinahe körperlich fühlen.

Pete Tyler kam es jedenfalls so vor, als er das Büro betrat und Haltung annahm.

»Sergeant Pete Tyler«, verkündete er zackig, »melde mich wie befohlen!«

Der grauhaarige Mann, der hinter dem Schreibtisch thronte, tat, als hätte er den Besucher noch nicht bemerkt. Wie zufällig blickte er schließlich auf und schenkte Pete einen entnervten Blick.

»Tyler«, sagte er dann leise, wieder den Bericht betrachtend, der vor ihm auf dem Schreibtisch lag. »Offen gestanden kann ich kaum glauben, was ich hier lese. Ich habe Sie immer für einen guten, zuverlässigen Mann gehalten.«

»Sir, ich …« Der junge SWAT-Kämpfer wollte sich verteidigen, doch ein vernichtender Blick seines Vorgesetzten ließ ihn verstummen.

»Sie haben so ziemlich alles falsch gemacht, was ein SWAT-Angehöriger falsch machen kann, Tyler!«, fuhr der Commissioner fort, und seine Stimme wurde merklich lauter. »Nicht nur, dass Sie sich ganz bewusst über die Anweisungen Ihres Einsatzleiters hinweggesetzt haben, Sie haben auf eigene Faust die Initiative ergriffen und damit den gesamten Einsatz gefährdet!«

»Sir«, meldete sich Pete nun doch wieder zu Wort, »bei allem nötigen Respekt – wenn ich nicht die Initiative ergriffen hätte, wären Milly Barner und ihre Kinder jetzt wahrscheinlich tot. Ich habe Einsatzleiter Daily mehrfach darauf hingewiesen, dass …«

»Was maßen Sie sich an?«, schrie ihn Franklin an, und sein Kopf wurde hochrot dabei. »Für wen halten Sie sich, dass Sie sich über die Entscheidungen Ihrer Vorgesetzten einfach hinwegsetzen können? Insubordination in Tateinheit mit falschem Stolz – eine tödliche Mischung. Derartige Leute können wir nicht brauchen! Für wild gewordene Cowboys, die den SWAT für eine Pfadfindergruppe halten, ist hier kein Platz!«

»Sir, Sie wissen genau, dass ich nicht so über meine Arbeit denke. Aber ich sah die Notwendigkeit, also handelte ich. Der Frau und den beiden Kindern ist dabei nichts geschehen.«

»Aber es hätte ihnen etwas geschehen können!«, brüllte der Commissioner außer sich. »Können Sie sich vorstellen, was hier los gewesen wäre, wenn die Frau oder eines der Kinder bei Ihrem Piratenstück verletzt worden wären? Die Medien hätten sich wie die Geier auf uns gestürzt und behauptet, dass wir nichts als schießwütige Irre seien! Wir hätten den Laden dichtmachen können, Tyler – verstehen Sie?«

»Verstehe, Sir«, erwiderte Pete bitter. »Deshalb also wollte man lieber mit Canis verhandeln – wegen der Medien. Entscheiden jetzt schon die Reporter, was wir zu tun und zu lassen haben?«

Der Commissioner bedachte ihn mit einem scharfen Blick.

»Ihre Art gefällt mir nicht, Tyler«, sagte er. »Sie sind aufmüpfig und rebellisch, und Sie bringen die Truppe durcheinander. Ich fürchte, ich kann Sie im SWAT nicht länger gebrauchen.«

»Waaas?« Tyler traute seinen Ohren nicht. »Bitte, Sir, das können Sie nicht tun! Mein ganzes Leben lang habe ich dafür gearbeitet, um hier sein zu können!«

»Das hätten Sie sich überlegen müssen, bevor Sie da draußen den wilden Mann gespielt haben.«

»Aber Sir, es bedeutet mir alles, zum SWAT zu gehören! Ich würde für die Einheit sterben, wenn es sein müsste, und Sie wissen das!«

Der Commissioner antwortete nicht.

Sekundenlang taxierte er den jungen Mann, der noch immer fassungslos vor seinem Schreibtisch stand. Schließlich nahm seine eisige Miene mildere Züge an.

»Sie haben Glück, Tyler«, sagte er leise, »dass ich heute großmütig gestimmt bin. Ihre Laufbahn beim SWAT ist vorläufig zu Ende – aber Sie erhalten eine Chance, sich zu rehabilitieren.«

»Eine Chance? Welche, Sir?«

Franklin zog einen Umschlag unter seinem Schreibtisch hervor. »Diese Anfrage«, erklärte er, »habe ich gerade erst erhalten. Es geht darin um eine neue Spezialeinheit, die in Nevada formiert werden soll – und man hat Sie dafür ausgewählt.«

»Mich, Sir?«

»So ist es.« Der Commissioner schürzte die Lippen. »Es ist wohl so, dass Ihr Profil den Anforderungen der neuen Einheit am besten entspricht. Fragen Sie mich nicht wieso, Tyler, aber obwohl Sie heute so einen verdammten Mist gebaut haben, werde ich Ihrer Versetzung zustimmen. Sie reisen noch heute nach Nevada.«

»Nach Nevada? Aber Sir, ich ...«

»Es sei denn, Sie wollen lieber zurück zur Streifenpolizei? Lieber Parkuhren überprüfen und Handtaschendiebe festnehmen? In diesem Fall wird es mir ein Vergnügen sein, diesen Umschlag zu zerreißen und ...«

»Nein!«, sagte Pete schnell.

»Also, wie entscheiden Sie sich?« Der Commissioner taxierte den jungen SWAT-Mann mit prüfenden Blicken. »Ich habe nicht den ganzen Tag Zeit, Tyler!«

Pete schwieg einen Augenblick lang, rang mit sich selbst.

Am liebsten hätte er seinem rechthaberischen Vorgesetzten die Marke vor die Füße geworfen und das Büro verlassen – hätte er nicht zu gut gewusst, dass es genau das war, worauf es Franklin anlegte. Der Commissioner wusste verdammt genau, dass er, Pete Tyler, richtig gehandelt hatte. Aber er würde ihn eher am Nordpol Streifendienst verrichten lassen, als das jemals zuzugeben.

Pete nickte entschlossen.

Es war am besten, wenn er nachgab. Vielleicht ergab sich ja irgendwann eine Möglichkeit, zum SWAT zurückzukehren.

»Also gut, Sir«, erklärte er. »Ich bin einverstanden.«

»Na bitte.« Franklin nickte zufrieden. »Ihr Marschbefehl ist bereits ausgestellt. Sie fliegen noch heute Abend.«

»Fein«, entgegnete Pete und nahm den Umschlag entgegen, den sein Vorgesetzter ihm reichte. »Ich sehe schon, Sir – Sie können es kaum erwarten, mich loszuwerden ...«

Regale, wohin man auch blickte.

Akten über Akten, die sich darin stapelten – und das seit Jahrzehnten.

John Seldom schluckte hart. Der Anblick deprimierte ihn.

Der ehemalige CIA-Agent stieß eine halblaute Verwünschung aus, während er erneut unter sein Jackett griff, um sich einen Schluck Scotch zu genehmigen.

»Auf euch«, prostete er den Ordnern in den umgebenden Regalen zu. »Auf alle Karteileichen, die hier liegen – bald werde ich zu euch gehören, Freunde ...«

Er setzte den Flachmann an und wollte einen tiefen Schluck nehmen – als er plötzlich bemerkte, dass er nicht mehr allein war.

»Was zum ...?«

Er fuhr herum, erblickte seinen Vorgesetzten Larry Hayes, der im korrekten Anzug vor ihm stand. Offenbar war er schon eine ganze Weile da gewesen, ohne dass Seldom ihn bemerkt hatte.

»Hallo, John«, sagte Hayes, und die Verachtung, die in seiner Stimme mitschwang, war unüberhörbar.

»Larry.« Seldom nickte, gab sich nicht erst die Mühe, den Flachmann in seinen Händen zu verbergen. Obwohl Hayes sein Vorgesetzter war, empfand auch er für ihn nichts als Verachtung. Die beiden waren gleich alt, hatten früher sogar zusammengearbeitet – aber anders als Seldom war Hayes noch ganz oben.

Kein Wunder.

Der Leiter der Abteilung B war ein Schleimscheißer, der mit den Liberalen in den Wind gepisst hatte, anstatt sein Profil zu wahren. Daher war er befördert worden, während Seldom abkommandiert worden war, um in den Archiven ein trauriges Dasein zu fristen.

»Was willst du?«, fragte ihn Seldom genervt. »Kann ich dir beim Suchen helfen?«

»Nein, danke.« Hayes schüttelte den Kopf. »Was meinst du, John – sollten wir den alten Streit nicht langsam begraben?«

»Oh, aber natürlich.« Seldom nickte. »Schwamm drüber. Vergeben und vergessen, dass du mich aus meinem Amt bugsiert hast. Machen wir Frieden – darin hast du ja Routine!«

»Die Zeiten haben sich geändert, John«, sagte der andere. »Auch du musst das einsehen. Die Welt ist nicht mehr die, in der wir aufgewachsen sind. Sie ist komplizierter geworden, und ich habe mich ihr angepasst.«

»Kann man wohl sagen.«

Seldom kicherte und nahm ungeniert noch einen Schluck.

»Du hast ein Alkoholproblem, John«, stellte Hayes ungerührt fest. »Ich werde das melden müssen.«

»Tu, was du nicht lassen kannst«, sagte Seldom mit bösem Grinsen. »Mir scheißegal.«

Hayes erwiderte nichts, stand nur da und taxierte seinen ehemaligen Kollegen. »Du bist ein Wrack, John«, konstatierte er aber schließlich. »Deine Zeit ist abgelaufen. Ich verstehe nicht, wieso man ausgerechnet dich ausgewählt hat.«

»Mich? Ausgewählt?« Seldom horchte auf. »Wofür?«

»Für eine neue Spezialeinheit, die im Kampf gegen den internationalen Terrorismus eingesetzt werden soll«, sagte Hayes und zog einen Schrieb aus der Innentasche seines Sakkos, den er vor Seldom entfaltete. »Aufgrund deiner früheren Verdienste hat das Ministerium dich als einen der Kandidaten ausgewählt.«

»Mich?« Seldom merkte förmlich, wie der Alkoholpegel in seinem aufgedunsenen Körper sank. »Zeig her!«

Er riss seinem Vorgesetzten das Blatt aus der Hand, überflog die Zeilen mit den Buchstaben, die vor seinen trüben Augen wild durcheinanderpurzelten.

»Das ist die Chance«, murmelte er leise. »Die Chance, auf die ich gewartet habe ...«

»Mag sein«, entgegnete Hayes ungerührt, »aber es wird dir nichts nützen. In deinem Zustand kannst du unmöglich gehen. Wer kann schon einen notorischen Säufer gebrauchen?«

»Blödsinn!« Seldom blickte auf, und selten hatte er sich so jung und agil gefühlt wie in diesem Augenblick. Den Flachmann mit dem Scotch warf er in hohem Bogen von sich, traf damit genau in den Papierkorb. »Ich werde gehen«, verkündete er entschieden. »Verlass dich drauf ...«

»Sie wollen mich versetzen lassen?«

Joan Keeler fühlte den Kloß in ihrem Hals, während sie unruhig auf der Couch im Büro der Polizeipsychologin hin und her rutschte.

»Ich denke, dass es das Beste für Sie ist, Joan«, bestätigte Dr. Creed, die interne Psychologin des Dallas Police Department. »Die Sache mit Ihrem Partner liegt nun mehr als drei Wochen zurück, und noch immer sind Sie nicht in der Lage, Ihren Dienst wieder aufzunehmen.«

»E-es tut mir leid«, brachte Joan hervor und hatte Mühe, ihre Tränen zurückzuhalten. »Es ist nur – sobald ich an diese Nacht im Supermarkt denke, sehe ich Bobby vor mir, und ich ...« Sie unterbrach sich, als ihre Stimme brüchig wurde.

»Ich weiß, Joan«, sagte Dr. Creed mit mildem Lächeln und rückte ihre Hornbrille zurecht. »Es ist eine schwere Zeit für Sie – aber Sie dürfen sich jetzt nicht aufgeben. Gerade jetzt ist es wichtig, dass Sie sich einer neuen Aufgabe widmen.«

»Aber das kann ich nicht!« Joan starrte zum Fenster hinaus, als gäbe es dort die Lösung ihres Problems zu entdecken. »Wohin ich auch schaue – überall sehe ich Bob. Ich kann mir nicht vorstellen, mit einem anderen Partner zusammenzuarbeiten. Nicht in dieser Stadt.«

»Das ist der Grund, warum ich einem Ortswechsel zustimmen würde«, sagte Dr. Creed und griff in die Seitentasche ihrer Kostümjacke. »Dieses Schreiben hat mir Captain Hill heute Morgen gegeben, Joan. Es betrifft Sie.«

Die junge Polizistin blickte überrascht auf und nahm den Brief entgegen, den die Psychologin ihr reichte.

Es war ein offiziell aussehendes Schreiben des Justizministeriums, das an ihre Dienststelle gerichtet war. Gebannt überflog Joan die Zeilen.

»... kommen wir zu dem Ergebnis, dass Officer Joan Keeler die von uns gestellten Anforderungen in jeder Hinsicht erfüllt. Officer Keeler wird von uns daher für das Pilotprojekt S.T.A.R. angefordert, das unter der Leitung erfahrener Polizeikräfte ...«

Joan hob ihren Blick von den Zeilen. »Was ist das S.T.A.R.-Projekt?«

»Ich weiß nicht viel darüber«, sagte die Psychologin. »Aber Captain Hill sagt, es wäre von großer Wichtigkeit. Offenbar geht es um die Formierung einer neuen Polizeieinheit.«

»Aber – wieso gerade ich?«

»Weil Sie die Beste sind, Joan«, erklärte Dr. Creed lächelnd, »und es wird Zeit, dass Sie auch selbst wieder daran glauben. Ihre Leistungen im Dienst haben offenbar überzeugt. Nun ist es an Ihnen, den nächsten Schritt zu tun. Lassen Sie die Vergangenheit hinter sich.

Gehen Sie nach Nevada und nehmen Sie den Posten an. Sie werden es nicht bereuen.«

»Das hoffe ich sehr, Doc«, meinte Joan nachdenklich. »Das hoffe ich sehr …«

Der ganze Empfangsraum des kleinen Hotels schien zu dröhnen, als der Mann mit den klobigen Militärstiefeln über den morschen Dielenboden auf den Tresen zutrat.

Der Colonel war eine imposante Erscheinung, jede Falte der Uniform saß. Die lodernden Adleraugen, deren scharfer Blick unter dem Schirm der Mütze hervorstach, hielten an der schäbigen Rezeption Umschau.

»Teufel auch«, entfuhr es dem grauhaarigen Männchen, das hinter dem Tresen hockte. »Wer sind Sie?«

»Ich will zu Norton Branner«, erklärte der Offizier mit einer Stimme, die keinen Widerspruch duldete. »Wo kann ich ihn finden?«

»Branner?« Der Alte kicherte blöde. »Sie meinen den irrsinnigen Branner, der nie den Hintern aus seinem Zimmer bewegt?«

»Ich meine Captain Branner«, schnarrte der Colonel. »Also, wo ist er?«

»Die – die Treppe rauf, Zimmer 13«, gab der Hotelbesitzer zurück. »Ist 'ne miese Bruchbude, aber ich glaub, er hat es ganz gern so …«

Der Offizier würdigte den alten Mann keines weiteren Blickes mehr, stieg die Stufen der alten Holztreppe hinauf, die unter seinen Schritten bedenklich ächzte.

Vor der Tür mit der Nummer 13 blieb der Offizier stehen und atmete tief durch. Dann trat er ohne anzuklopfen ein.

Er war nicht überrascht, dass die Tür unverschlossen war.

Wem egal ist, ob er lebt oder tot ist, der fürchtet sich auch nicht vor Einbrechern …

Es dauerte ein paar Sekunden, bis sich die Augen des Colonels an das schummrige Halbdunkel gewöhnt hatten, das im Zimmer herrschte.

»Branner?«, fragte er dann. »Wo sind Sie?«

»Colonel? Sind Sie das?«

In einer der dunklen Ecken des Zimmers begann sich etwas zu regen. Ein verwahrloster Mann mit Bart und zottigen, schulterlangen

Haaren trat in das spärliche Licht, das durch die Lamellen der Jalousie sickerte.

»Allmächtiger«, war alles, was der Besucher hervorbrachte.

Er hatte gewusst, dass die Nacht auf Jon Bents Insel seinen einstigen Untergebenen aus der Bahn geworfen hatte – aber das …

Branner nahm Haltung an und salutierte unbeholfen – ein jämmerlicher, Mitleid erregender Anblick. Dennoch erwiderte der Colonel den militärischen Gruß.

»War nicht leicht, Sie zu finden, Norton«, sagte er schließlich.

»Das glaube ich gern, Colonel«, gab der suspendierte Offizier der Navy Seals zurück. »Ich wollte nicht gefunden werden.«

»Sie haben es immer noch nicht überwunden, nicht wahr?«

»Teufel auch, Sir!« Branner stieß eine wüste Verwünschung aus. »Wie sollte ich auch? Diese Männer haben mir vertraut – und ich habe auf der ganzen Linie versagt. Sie sind meinetwegen gestorben!«

»Das ist nicht wahr«, widersprach der Colonel streng, »und Sie wissen das! Die Männer sind gestorben, weil die Fernaufklärung Mist gebaut hat. Sie wussten nichts von den Fallen, die Bent auf seiner Insel installiert hatte. Sie hatten keine Chance!«

»Bent …« Branner stieß ein freudloses Lachen aus. »Wir haben das Schwein in jener Nacht nicht mal zu Gesicht bekommen. Wahrscheinlich saß er in seiner Hütte und hat sich kaputtgelacht, während meine Jungs dort draußen krepiert sind. Er ist entkommen und treibt noch immer sein Unwesen – und es ist meine Schuld!«

»Ich verstehe«, sagte der Colonel mit düsterem Nicken. »Sie wollen, dass es Ihre Schuld ist, nicht wahr?«

»Was?« Branner blickte auf. »Was reden Sie da?«

»Sie wollen sich schuldig fühlen! Sie wollen in diesem dunklen Dreckloch sitzen und sich von morgens bis abends bemitleiden, damit Sie nur ja nie wieder hinaus und Verantwortung übernehmen müssen!«

»Sir, ich …«

»Ich habe ebenfalls Männer sterben sehen, Branner, und zwar verdammt viele! Und es waren auch einige von meinen Jungs dabei. Aber wir dürfen uns nicht aus der Verantwortung stehlen. Niemals!«

»Ich stehle mich nicht aus der Verantwortung!«, widersprach Branner energisch. »Ich habe Verantwortung übernommen, Sir – und ich habe versagt!«

»Unsinn! Sie haben nicht versagt, und das wissen Sie genau! Sie haben nur Angst, dass sich eine Sache wie diese wiederholen könnte, das ist alles!«

Branner warf sich in die Brust, um eine geharnischte Erwiderung von sich zu lassen.

Er überlegte es sich jedoch anders.

Denn ein Gefühl sagte ihm, dass der Colonel recht hatte – mit jedem einzelnen seiner harten Worte.

»Und wenn es so ist?«, fragte Branner kleinlaut.

»Dann gibt es nur zwei Möglichkeiten«, entgegnete der Offizier, und der Blick, mit dem er seinen Untergebenen taxierte, schien bis auf den Grund von Branners Seele zu reichen. »Entweder, Sie fassen neuen Mut – oder Sie werden das, wofür Sie sich längst halten. Ein Versager.«

Der Colonel ließ seine Worte einen Augenblick wirken. Dann straffte er sich, und seine Stimme nahm einen offiziellen Tonfall an.

»Wie auch immer, Captain Branner – ich bin hier, um Ihnen mitzuteilen, dass Sie vom Oberkommando der Marinestreitkräfte reaktiviert wurden.«

»Reaktiviert? Ich?«

»Sie haben sich umgehend bei Ihrer neuen Dienststelle einzufinden, Fort S.T.A.R. in Nevada. Dort werden Sie einer neuen Spezialeinheit zugeteilt.«

»Ich? Aber …«

»Ich rate Ihnen, Norton«, knurrte der Colonel, »nehmen Sie die Mission an. Ich habe für Sie getan, was ich konnte. Wenn Sie die Gelegenheit jetzt nicht ergreifen, werden Sie sich verlieren.«

»Eine – Spezialeinheit?«, fragte Norton und schluckte hart.

»Ja, ein Anti-Terror-Kommando, das sich aus Angehörigen verschiedener militärischer und ziviler Behörden zusammensetzt. Man kann dort jemanden mit Ihren Erfahrungen gut gebrauchen. Das ist Ihre Chance, Norton – lassen Sie sie nicht ungenutzt verstreichen.«

»Meine Chance …«, echote der Captain und wandte sich um, um einmal mehr einen Blick in den Spiegel zu werfen.

Er sah einen um Jahre gealterten, verwahrlosten Mann, der jede Achtung vor sich selbst verloren hatte. Er war an einem toten Punkt angelangt. So konnte es nicht weitergehen!

Die Versetzung war ein Wink des Schicksals. Entweder, es würde ihm gelingen, ins Leben zurückzufinden – oder aber er würde bei einem Einsatz ums Leben kommen und endlich Frieden finden. Beides war ihm gleich willkommen.

»Also gut, Sir«, sagte er leise. »Ich nehme an …«

Fort S.T.A.R., Nevada

»Das ist es also.«

Phil ließ frustriert seine Reisetasche fallen, blickte sich auf dem heruntergekommenen, vom Staub der Wüste überzogenen Gelände des ehemaligen Armeestützpunktes um.

Ringsum war das Fort, das bis vor wenigen Jahren als Ausbildungscamp der Army gedient hatte, von einer heißen, lebensfeindlichen Landschaft aus Sand und Fels umringt.

Das Camp selbst war von einer Betonmauer umgeben und in mehrere Bereiche unterteilt. Neben dem Hauptgebäude und den Mannschaftsunterkünften gab es mehrere Fahrzeug- und Gerätehallen, die man für unsere Zwecke umgebaut hatte.

Über den Exerzierplatz trieb der warme Wüstenwind Wolken von Staub und entwurzelte Sträucher, die lautlos über den sandigen Boden rollten. Das Camp wirkte wie eine Geisterstadt aus dem Wilden Westen.

»Großartig«, kommentierte Phil lakonisch. »Ich kann es kaum erwarten, ehrlich.«

»Ruhig, Alter«, mahnte ich, zog die Sonnenbrille aus der Brusttasche meines Hemdes und setzte sie auf. »Wir werden das Beste daraus machen. Wie du weißt, hat jede große Idee mal ganz klein angefangen.«

»Schon«, quittierte Phil, »aber so klein …?«

Ich gab dem Piloten des Helikopters, der uns vom Flughafen Elyx hergebracht hatte, ein Zeichen, worauf sich die Maschine unter dröhnendem Rotorenlärm vom Boden hob und in den wolkenlosen Himmel stieg.

Wir waren allein.

Unsere Mission hatte begonnen.

Als Erstes entschieden wir uns dafür, die Räumlichkeiten, die das Ministerium für uns eingerichtet hatte, zu inspizieren – und erlebten eine angenehme Überraschung.

Das Innere von Fort S.T.A.R. war zum Glück nicht so heruntergekommen wie der Außenbereich. Im Haupthaus waren mehrere Zimmer als Quartiere für uns und die vier Kandidaten eingerichtet worden. Dazu gab es mehrere Unterrichtsräume, einen Medienraum, eine Bibliothek mit fachrelevanter Literatur, schließlich einen großen Speisesaal und eine Küche, in der ein eigens angestellter Koch für unser leibliches Wohl sorgen würde. Die sanitären Einrichtungen waren streng nach Vorschrift unterteilt – schließlich war unserer kleinen Truppe auch eine Teilnehmerin aus Dallas zugewiesen worden.

In den ehemaligen Fahrzeughallen des Stützpunktes waren verschiedene Trainingsparcours eingerichtet worden. Es gab einen Schießstand, eine Halle für Kampftraining und eine Bahn für Hindernisläufe. An Fahrzeugen standen uns mehrere Geländewagen, ein Panzerfahrzeug, ein Lieferwagen mit Kommunikationseinrichtung sowie ein Laster zur Verfügung.

Das unbestrittene Highlight aber war ein eigens errichteter Straßenzug mit begehbaren Gebäuden, in dem wir Krisensituationen durchspielen konnten und der uns verdammt an die legendäre Hogan's Alley in der FBI-Akademie von Quantico erinnerte. Die ganze Anlage war auf dem neuesten technischen Stand und vollautomatisiert, sodass wir, anders als in Quantico, ohne Statisten auskommen würden. Überall in der Kulissenstadt waren Pappkameraden installiert, die auf Knopfdruck hochklappten und bei denen sich verschiedene Szenarien programmieren ließen.

Phil hatte dafür nur einen Kommentar übrig: »Putzig.«

Man hatte weder Kosten noch Mühen gescheut, dem S.T.A.R.-Team einen guten Start zu ermöglichen. Nun lag es an uns, das in uns gesetzte Vertrauen zu rechtfertigen.

Gegen Nachmittag hörten wir wieder das Rattern der Rotoren, und ein Helikopter näherte sich von Südosten, um den ersten der vier Kandidaten zum Camp zu bringen.

Der Spaß begann …

Sechs Stunden später waren wir vollzählig.

Pete Tyler war der erste S.T.A.R.-Kandidat gewesen, der zu uns gestoßen war – ein junger Polizist aus Seattle, der in einer SWAT-Einheit tätig gewesen war und sich dort durch besonderen Einsatzwillen und Tapferkeit ausgezeichnet hatte.

Der nächste Transport hatte gleich zwei Kandidaten gebracht – Officer Joan Keeler vom Dallas Police Department und Captain Norton Branner von den Navy Seals, die ebenfalls beide über erstklassige Akten verfügten. Mr Highs Prophezeiung schien sich zu bewahrheiten: Man hatte uns nur ausgezeichnetes Personal geschickt, die Besten der Besten.

Das älteste und letzte Mitglied unseres Teams schließlich traf erst nach Einbruch der Dunkelheit ein – Agent John Seldom von der CIA.

Seldom war ein alter Hase, der schon zu Zeiten des Kalten Krieges für unser Land gearbeitet und sich auf die Bekämpfung terroristischer Aktivitäten spezialisiert hatte. Sein Wissen würde für uns von unschätzbarem Wert sein.

Nachdem sich die Mitglieder des neuen Teams alle eingefunden und in ihren Quartieren häuslich eingerichtet hatten, hielten Phil und ich es für angebracht, sie zu einer Versammlung in einen der Briefingräume zu rufen.

Es wurde Zeit, sich miteinander bekannt zu machen.

Als Phil und ich den Raum betraten, waren die Kandidaten bereits vollzählig versammelt. Die drei Männer und die Frau sprachen kein Wort miteinander, schienen sich vielmehr lauernd zu beäugen, was mich nicht weiter wunderte.

Projekte wie dieses, in denen Angehörige verschiedener Behörden, die noch dazu unterschiedlichen Ministerien unterstellt sind, miteinander zusammenarbeiten, sind überaus selten. In unserem Land hat es eine gewisse Tradition, dass sich die einzelnen Dienststellen skeptisch gegenüberstehen und sich so gewissermaßen kontrollieren. Mit dieser Tradition zu brechen würde unsere erste, vorrangige Aufgabe sein.

»Guten Abend«, begrüßte ich unsere vier Schützlinge und bezog hinter dem Stehpult Position, das an der Stirnseite des Raumes aufgestellt worden war. Ein goldener Stern mit den Buchstaben S.T.A.R. darauf prangte auf der Vorderseite des Pults – das Emblem der neuen Einheit.

»Sie alle wurden ausgewählt, an einem neuen Kapitel in der Verbrechensbekämpfung mitzuwirken«, begann ich meine Ansprache,

»der Schaffung einer neuen Spezialeinheit mit dem Codenamen S.T.A.R.«

»Fein«, meldete sich der junge Pete Tyler zu Wort, ein drahtiger Bursche mit kurz geschorenem dunklen Haar, »ich wollte schon immer ein Star werden.«

Die anderen lachten nicht, und Tyler errötete.

»S.T.A.R.«, setzte ich meine Ausführungen fort, »steht für Special Terror Attack Response, also ein Spezialkommando, das gezielt auf die Bekämpfung terroristischer Aktivitäten ausgerichtet ist. Ich bin Special Agent Jerry Cotton, das hier ist mein Partner, Special Agent Phil Decker. Wir wurden beide vom New Yorker FBI hierher versetzt, um die Leitung und den Aufbau dieser neuen Einheit zu übernehmen. Ich hoffe, dass wir gut zusammenarbeiten werden.«

»Das hoffe ich auch«, meinte Joan Keeler. Die blonde, ungemein gut aussehende Frau, die ihr glattes, schulterlanges Haar zu einem strengen Zopf geflochten hatte, erhob sich von ihrem Sitz. »Joan Keeler vom Dallas Police Department«, stellte sie sich vor.

»Angenehm, Ma'am«, ließ sich der vorlaute Tyler vernehmen. »Pete Tyler vom Seattle SWAT. Vielleicht können wir ja mal zusammen einen Einsatz proben …«

»Halt die Klappe, Greenhorn«, polterte John Seldom los, der vorn in der ersten Reihe saß. Der CIA-Agent erhob sich, um sich seinerseits vorzustellen.

»Und wer sind Sie, Sir?«, wandte sich Joan schließlich an den Mann, der ganz hinten saß und irgendwie abwesend wirkte.

Sein Haar war frisch geschnitten und sein Bart gestutzt – doch an den tiefen Falten, die sich in seine Züge gegraben hatten, konnte ich sehen, dass dieser Mann schon Schweres durchgemacht hatte.

»Entschuldigen Sie«, murmelte er, als ihm bewusst wurde, dass wir ihn alle erwartungsvoll anblickten. »Captain Norton Branner von den Navy Seals.«

»Wow, einer von den Seals.« Tyler nickte ihm anerkennend zu. »Ihr Jungs seid lebende Legenden, wisst ihr das?«

»Ach ja?«

»Na klar. Als ich noch klein war …«

»Mann, verschonen Sie uns mit Ihren Kindergeschichten«, sagte Seldom sichtlich genervt. »Wenn ich etwas nicht ausstehen kann, sind es grünschnäblige Wichtigtuer.«

»Und wenn ich etwas nicht ausstehen kann, sind es überhebliche Geheimdienstler, die glauben, Ihnen gehöre die Welt. Was immer Sie ...«

»Was immer wir draußen gewesen sein mögen«, fiel ich dem impulsiven SWAT-Mann energisch ins Wort, »hat innerhalb dieser Mauern keine Bedeutung mehr. Vergessen Sie das nie. Unabhängig davon, für welche Dienststelle wir gearbeitet haben und für welches Ministerium wir tätig gewesen sein mögen – hier ist es ohne Belang. Für die Dauer Ihres Aufenthalts hier gibt es keinen FBI mehr, keine Polizei, keinen Geheimdienst und keine Seals. Alles, was zählt, ist das S.T.A.R.-Team, zu dem wir ab sofort alle gehören. Ist das klar?«

Die Kandidaten blickten mich an.

Einige nickten, andere schenkten mir zweifelnde Blicke, aber meine Botschaft schien angekommen zu sein.

»Gut«, schaltete sich Phil nun ein, »nachdem das geklärt ist, werden wir Ihnen verraten, was wir von Ihnen erwarten. Sie alle sind hochkarätige Spezialisten, sonst wären Sie nicht hier. Aus bestimmten Gründen hat man Sie für dieses Projekt ausgesucht und diese Gruppe nach verschiedenen Talenten und Fähigkeiten zusammengestellt.«

Mein langjähriger Freund und Partner unterbrach sich, ließ seinen Blick in die Runde schweifen.

»Wie auch immer«, fuhr er dann fort, »diese Einheit wird nur funktionieren, wenn jeder von Ihnen sein Bestes gibt. Das ist es auch, was Agent Cotton und ich unter allen Umständen von Ihnen verlangen: Einsatzwillen. Unbedingten, bedingungslosen Einsatzwillen. Haben wir uns deutlich genug ausgedrückt?«

»Ja, Sir«, bestätigte Joan nickend.

»Und noch etwas«, sagte ich. »Dies hier ist kein Ausbildungscamp für Rekruten. Alle hier Anwesenden sind Spezialisten auf ihrem Gebiet. Ich halte es daher für sinnvoll, wenn wir die Sache mit dem Sir und den anderen Titeln vergessen und uns beim Vornamen nennen. Einverstanden?«

»Einverstanden«, kam es zurück.

»Gut.« Ich nickte. »Ihre Trainingskleidung werden Sie morgen bekommen, wenn wir mit den Übungen beginnen. Die ersten Tage im Fort werden zur Orientierung dienen und dazu, sich aneinander zu gewöhnen. Das S.T.A.R.-Projekt macht nur Sinn, wenn wir alle an einem Strang ziehen und lernen, bedingungslos zusammenzuarbeiten – ich hoffe, dass Ihnen das klar ist.«

»Vollkommen.«
»Natürlich, Jerry.«
»Na schön.« Ich nickte. »Egal, von welcher Dienststelle wir kommen – unsere Vorgesetzten haben vollstes Vertrauen in unsere Fähigkeiten. Wir sollten uns bemühen, sie nicht zu enttäuschen. Ich denke, das sind wir nicht nur ihnen schuldig. Vielen Dank.«

Das italienische Restaurant im Herzen von Washington D.C. war um diese Tageszeit stets voll besetzt.

Abgeordnete, Sekretäre und andere Staatsdiener nahmen hier bevorzugt ihr Dinner ein, und man musste zwei Wochen im Voraus bestellen, wenn man einen der kleinen Zweiertische ergattern wollte, die durch Zwischenwände dezent voneinander getrennt waren.

Als der junge Mann mit dem blonden Haar und der silberumrandeten Brille eintraf, erwartete ihn der Mann mit der Zigarre bereits an einem der begehrten Tische.

»Guten Abend«, grüßte er lächelnd und prostete seinem Besucher mit einem Glas Rotwein zu.

»'n Abend«, erwiderte der Jüngere und blickte sich argwöhnisch um. »Halten Sie es für eine gute Idee, sich hier zu treffen?«

»Machen Sie sich keine Sorgen, Jim«, erwiderte der Zigarrenraucher, während der andere zögernd Platz nahm. »Das hier ist Washington D.C., die Hauptstadt der Egoisten. Jeder dieser Idioten an den anderen Tischen ist so sehr mit sich selbst beschäftigt, dass er nicht im Traum daran denken würde, seine Aufmerksamkeit an jemand anderen zu verschwenden.«

»Ich hoffe, Sie haben recht, Frank.«

»Ich habe recht«, versicherte der Raucher und hob erneut sein Glas.

»Sie haben gute Laune«, stellte der andere fest.

»Ich habe auch allen Grund dazu – unser kleines Unternehmen ist mit Erfolg angelaufen.«

»Die Kandidaten sind in Nevada eingetroffen?«

»Ja, alle.« Der Raucher sog genüsslich an seinem Glimmstängel und paffte dichte Wolken. »Die Gruppe ist komplett. Morgen beginnt das Training.«

»Das ist tatsächlich eine gute Nachricht«, stimmte der andere zu, winkte den Ober heran und bestellte sich ebenfalls eine Flasche vom besten Wein. »Und Cotton und Decker haben nicht die geringste Ahnung?«, erkundigte er sich leise, als sich der Kellner wieder weit genug entfernt hatte.

»Sie haben keinen Schimmer«, versicherte der Raucher. »Noch sind die beiden so ahnungslos wie Klosterschüler in einem Puff – aber schon bald werden sie merken, was für faule Eier wir ihnen da ins Nest gelegt haben.«

»So ist es«, bestätigte der Blonde grinsend. »Aber dann wird es zu spät sein, um noch irgendetwas dagegen unternehmen zu können ...«

Der Ober kam und brachte den Wein, und die beiden Männer stießen auf ihren Erfolg an.

Alles verlief genau nach Plan.

Kapitel 2

Der erste Trainingstag in Fort S.T.A.R. begann um fünf Uhr morgens.

Phil und ich waren der Ansicht, dass wir zuerst eine Standortbestimmung durchzuführen hatten, um zu wissen, woran wir mit unseren Schützlingen waren. Dienstakten waren eine Sache – praktische Übungen jedoch vermittelten stets ein ungleich verlässlicheres Bild.

Die Stärken der Kandidaten kannten wir zur Genüge. Nun kam es darauf an, ihre Schwächen herauszufinden und sie zu überwinden, um aus vier Einzelpersonen eine schlagkräftige Einheit zu bilden.

Im Depot erhielten die Teilnehmer des Projekts ihre Trainingskleidung – schwarze Militärhosen mit aufgesetzten Taschen, dazu weiße T-Shirts und Schirmmützen gegen die heiße Sonne Nevadas. Auf den Schirmmützen prangte das goldene Symbol unserer neuen Einheit. Dazu gab es einen Gürtel mit diversen Ausrüstungsgegenständen und schwere Kampfstiefel, die wie Blei am sandigen Boden zu kleben schienen.

Als Erstes stand ein Lauf über den Hindernisparcours auf dem

Programm – wir wollten sehen, wo unsere Kandidaten konditionell standen. Nicht dass körperliche Fitness das Einzige wäre, worauf es bei guter Polizeiarbeit ankommt, aber im Hinblick auf Faktoren wie Stress und Belastbarkeit ist sie eine unverzichtbare Voraussetzung.

Phil und ich hatten ebenfalls Trainingskleidung angelegt und besetzten den Anfangs- und Endpunkt des Parcours. An der Startlinie bezogen die Kandidaten Position und warteten auf Phils Kommando.

»Also, Leute«, meinte Tyler großtuerisch, »sobald ich im Ziel bin, bestelle ich mir erst mal ein paar Fritten und 'nen Burger. Wenn ihr dort ankommt, ist schon was zum Futtern da.«

»Wer sagt, dass Sie als Erster dort ankommen werden?«, entgegnete Joan kühl, die ihr Haar zu einem blonden Knäuel hochgesteckt hatte.

»Oho«, sagte Tyler grinsend. »War das eine Herausforderung?«

»Nein«, grunzte Seldom mürrisch. »Es war eine ganz normale Frage. Und nun haltet verdammt noch mal die Klappe.«

»Na schön.« Der junge SWAT-Mann grinste immer noch. »Sie werden Staub schlucken, Opa.«

»Ach ja? Ich sag dir was, Arschloch: Ich werde dir meine Schuhsohlen ins Gesicht drücken, du …«

»Auf die Plätze«, erscholl Phils lautes Kommando, »fertig – los!«

Die drei Männer und die Frau explodierten und hetzten davon. Joan und Tyler hatten einen guten Start und übernahmen sofort die Führung, Seldom und Branner folgten ihnen auf dem Fuß.

In schnellem Lauf ging es die Mulde hinab, geradewegs durch den Wassergraben. Auf der anderen Seite führte der Weg den steilen Hang hinauf, von dem mehrere Seile herabhingen, an denen sich die Kandidaten emporziehen mussten.

Tyler langte als Erster oben an, dicht gefolgt von Joan. Der Dritte im Bunde war Branner. Seldom, den von seinen Mitstreitern rund zwanzig Jahre trennten, hatte die ersten Probleme.

Schon bei der ersten Hinderniswand, über die es zu klettern galt, fiel er zurück, während Tyler und Joan flink wie die Wiesel über die Holzhürden kletterten.

Danach kamen die Reifen an die Reihe, über die sie staksen mussten, danach die Drähte, die nur etwa zwanzig Inches über dem Boden gespannt waren und unter denen man hindurch robben musste, und wieder waren Joan und Tyler die Schnellsten – wenngleich sich allmählich die körperliche Überlegenheit des SWAT-Mannes gegenüber der Polizistin bemerkbar machte. Obwohl die junge Frau alles daransetzte, ihrem Rivalen auf den Fersen zu bleiben, fiel sie nun zurück, als es an die Sprossen ging, unter denen man sich hindurchhangeln musste.

Branner kam langsam nicht mehr nach. Ich hatte den Eindruck, dass sein letztes Training schon eine ganze Weile zurückliegen musste.

Der Offizier machte den Eindruck eines Kämpfers, der ziemlich aus der Übung war – von Seldom ganz zu schweigen.

Kein Zweifel – die Empfehlung, die wir für den CIA-Agenten bekommen hatten, bezog sich nicht auf seine sportlichen Fähigkeiten, die selbst im Hinblick auf sein Alter unterdurchschnittlich waren. Bewundern musste man hingegen den eisernen Willen des Mannes, der sich keuchend weiterkämpfte und keine Anstalten machte, aufzugeben.

Tyler ging wie erwartet als Erster durchs Ziel, gefolgt von Joan, die eine beachtliche Leistung geboten hatte. In einigem Abstand traf Branner an der Ziellinie ein – und gemeinsam warteten wir auf Seldom, der den letzten und schwierigsten Teil des Parcours erst noch vor sich hatte.

Den krönenden Abschluss der Strecke nämlich bildete ein mehrere Yards breiter Wassergraben, über dem an einem Stahlträger ein Seil hing.

Wollte man auf die andere Seite des Grabens gelangen, musste man mit viel Anlauf abspringen, sich in der Luft das Seil greifen und daran auf die andere Seite des Grabens schwingen – eine fast unlösbare Aufgabe für jemanden, der keuchend und mit hochrotem Kopf am Graben anlangte.

»John«, rief ich Seldom schon von Weitem zu. »Es ist in Ordnung. Sie brauchen nicht zu springen, okay?«

Der CIA-Mann dachte jedoch nicht daran, aufzugeben.

Ohne es zu wollen, hatte ich eine Saite in ihm zum Klingen gebracht und seinen Ehrgeiz herausgefordert. Es kam, wie es kommen musste.

Seldom nahm Anlauf, rannte so schnell er konnte und sprang ab. Mit einem heiseren Kampfschrei flog er durch die Luft – und verfehlte das Seil!

Der Agent gab einen entsetzten Laut von sich und landete mit einem lauten Klatschen im lauwarmen Wasser.

Tyler brach in dröhnendes Gelächter aus, wir anderen schmunzelten, gleichzeitig amüsiert und ein wenig beschämt.

Branner jedoch reagierte völlig unerwartet – er stieß eine wüste Verwünschung aus und rannte los.

»Wir müssen ihm helfen!«, schrie er aus Leibeskräften. »Wir müssen ihm helfen!«

Hals über Kopf sprang der Soldat hinunter zum Graben, setzte mit einem Hechtsprung ins Wasser.

Seldom war bereits wieder aufgetaucht, ruderte unbeholfen mit den Armen.

Es war ein seltsamer Anblick, wie Branner den prustenden Geheimdienstler aus dem Wasser zog.

Kaum waren die beiden ans Trockene gekrochen, ließ Seldom eine Kanonade wüster Beschimpfungen von sich.

»Verdammter Penner!«, fuhr er seinen Retter an. »Müssen Sie mich unbedingt wie einen Idioten aussehen lassen? Macht Ihnen das Spaß?«

»Aber – ich ...« Branner war völlig verdutzt, wusste nicht, was er entgegnen sollte.

»Ich habe schon miesen russischen Spionen das Handwerk gelegt, als ihr alle euch noch in die Windeln geschissen habt!«, brüllte Seldom außer sich vor Zorn, während er sich in seiner vor Nässe triefenden Kleidung erhob. Auch wir anderen waren nun im Graben angelangt, und der CIA-Mann bedachte uns mit lodernden Blicken.

»Ach ja?« Tyler betrachtete Seldom ungerührt. »Also wenn Sie mich fragen, ist Ihre große Zeit vorbei, alter Mann!«

»Tyler!«, mahnte ich den Mann vom SWAT-Team streng. Seldom brauchte nicht unseren Spott, sondern unsere Unterstützung.

»Alter Mann? Du verdammter Jungfuchs! Ich werde dich lehren, was es heißt, mich zu verarschen.«

Der Agent ballte seine Rechte und wollte damit auf den vorlauten Jungen losgehen. Ich trat entschieden dazwischen.

»Zurück«, sagte ich nur.

»Gehen Sie mir aus dem Weg, Jerry«, forderte Seldom. »Das ist eine Sache zwischen mir und diesem Großmaul!«

»Zurück«, wiederholte ich energisch.

»Los doch, Cotton, lassen Sie ihn nur!«, rief Tyler. »Er soll nur kommen – ich werde schon mit ihm fertig!«

Der ungestüme junge Mann wollte vortreten – doch Phils eiserne Rechte packte ihn an der Schulter und hielt ihn fest.

»Ruhig Blut, Kleiner«, sagte mein Partner leise. »Wir wollen doch keinen Streit, oder?«

»Das kommt ganz drauf an«, ereiferte sich Tyler. »Wenn dieser alte Wichtigtuer ...«

»Na warte, dir zeig ich's!« Mit überraschender Beweglichkeit sprang Seldom vor und wollte an mir vorbei. Wie ein Footballspieler in der Defensive fing ich ihn ab und brachte ihn zu Fall.

Nun hatte ich endgültig die Nase voll.

»Schluss jetzt, alle beide!«, schrie ich zornig. »Das hier ist kein verdammtes Ferienlager, sondern ein Ausbildungscamp! Wenn Sie beide sich nicht miteinander vertragen können, wird es mir ein Vergnügen sein, Ihre Vorgesetzten zu verständigen und Sie in die nächste Maschine nach Hause zu setzen! Ist es das, was Sie wollen?«

Ich war aufgestanden, während ich rumgebrüllt hatte, und bedachte die beiden Streithähne mit scharfen Blicken.

Tyler, den Phil noch immer festhielt, beruhigte sich ein wenig. Seldom, der sich fluchend auf die Beine raffte, blickt betreten zu Boden.

»Wir stehen hier nicht in einem Konkurrenzwettbewerb«, fuhr ich leiser fort. »Jeder von Ihnen verfügt über Fähigkeiten, die für dieses Unternehmen wichtig sind, sonst wären Sie nicht hier. Wenn Sie in einzelnen Disziplinen Schwächen haben, ist das völlig egal, solange Sie sich in Ihren Stärken gegenseitig ergänzen. Was immer Sie persönlich voneinander halten mögen, ist völlig belanglos. Alles, was zählt, ist das Team – und als Team halten wir zusammen. Ist das klar?«

»Okay«, bestätigte Seldom.

»Pete?«, wandte ich mich an Tyler.

»Geht klar.« Der Junge nickte.

»Na schön. Wir machen zwanzig Minuten Pause. Danach geht es mit dem Schießtraining weiter. Wegtreten.«

Gesenkten Hauptes zogen unsere Schützlinge davon. Nachdenklich blickten Phil und ich ihnen nach.

»Was denkst du, Partner?«, wollte ich wissen.

Phil verdrehte die Augen. »Wenn du mich fragst, Jerry, ist das der mieseste Sauhaufen, der mir je untergekommen ist. Branner und Joan Keeler scheinen in Ordnung zu sein, aber Tyler ist ein Großmaul.«

»Er ist einer der Besten«, meinte ich. »So steht es jedenfalls in seiner Akte.«

»Kaum zu glauben.« Phil schnaubte. »Und was diesen Seldom betrifft – irgendetwas an ihm gefällt mir nicht.«

»Ganz meine Meinung.« Ich nickte. »Ich denke, Seldom versucht, etwas vor uns zu verbergen.«

»Und was könnte das sein?«

»Das weiß ich noch nicht, Alter«, gab ich zurück. »Aber ich habe das Gefühl, dass wir es bald herausfinden werden.«

Ich ließ meinen Blick über das umliegende Gelände schweifen. Die bizarr geformten Felsen im Norden, die endlose Weite der Wüste im Süden, über der gleißend und hell die Sonne stand.

»Hier draußen gibt es nicht sehr viele Verstecke, fürchte ich …«

Es ging an den Schießstand, der in einem der alten Depots eingerichtet worden war.

Das Arsenal des Stützpunktes umfasste mehrere gängige Schusswaffen, die von Polizei- und Militärbehörden verwendet werden, darunter auch die beim FBI gebräuchlichen Modelle SIG Sauer P226, Heckler und Koch MP5 und Colt M-16.

Anstatt sie standardmäßig zu bewaffnen, ließ ich die Kandidaten selbst aussuchen, mit welcher Waffe sie am Schießtraining teilnehmen wollten – die Wahl einer Waffe sagt erfahrungsgemäß viel über den Typ aus, der sie in Händen hält.

Joan Keeler gab sich bescheiden und wählte eine kurzläufige Automatic. Norton Branner entschied sich für eine bewährte Uzi-Maschinenpistole. John Seldom wählte einen schweren Ruger, der zu ihm passte wie ein alter Handschuh.

Pete Tyler aber – und ich kann nicht sagen, dass ich überrascht gewesen wäre – griff ohne Zögern nach einem der großen, klobigen M-16-Gewehre mit aufmontiertem Laservisier.

»Wow!«, rief er grinsend. »Nun seht euch das an! Beim SWAT haben wir solche Babys nur höchst selten zu sehen bekommen. Nur die Scharfschützen dürfen sie benutzen!«

»Dann greifen Sie zu, Pete«, versetzte Branner mit beißender Ironie. »Das ist Ihre Chance.«

»Worauf Sie wetten können«, versicherte der Junge und betrachtete die Waffe wie ein Geschenk, das er gerade ausgepackt hatte. »Worauf sollen wir schießen, Jerry? Mit diesem Baby puste ich alles um!«

»Ihre Aufgabe«, erläuterte ich betont sachlich, »wird es sein, die aufklappenden Ziele zu treffen. Sie feuern nur auf mein Kommando und stellen das Feuer ein, sobald ich es befehle. Ist das klar?«

Die Kandidaten bestätigten, und ich winkte Joan zu mir heran und ging mit ihr zum Schützenstand.

»Fertig?«, fragte ich und zog den Gehörschutz über.

»Fertig«, bestätigte sie.

»Dann mal los.«

Joan nahm ihre Automatic in beidhändigen Anschlag, wartete ruhig ab.

Urplötzlich erwachte die vor uns liegende Sandfläche zum Leben, als Phil vom Leitstand aus die Ziele betätigte. Nur wenige Yards vor uns klappte ein Pappkamerad in die Höhe, auf den Joan ohne Zögern feuerte. Die schwarze Gestalt aus Sperrholz und Blech wurde getroffen und fiel um. Die nächste erschien weiter hinten, eine weitere auf der rechten Seite.

Die Polizistin feuerte kontrolliert und gezielt – und traf alle sechs Figuren.

»Soll erfüllt«, bestätigte ich lächelnd. »Sehr gut, Joan.«

»War mir ein Vergnügen, Jerry«, erwiderte sie und verließ den Schützenstand, um dem nächsten Kandidaten Platz zu machen.

Es war Tyler, der mit seiner M-16 aufmarschierte, als wolle er in den Krieg ziehen.

Der junge SWAT-Mann machte sich nicht die Mühe, das Gewehr in Schulteranschlag zu nehmen – er feuerte aus der Hüfte.

Gleich der erste Pappkamerad bekam ein Rudel Projektile ab, den anderen erging es nicht besser. Tyler hatte eine ausnehmend ruhige Hand und einen messerscharfen Blick – kein Wunder, dass seine Akte beim SWAT nur voll des Lobes über ihn war.

Nach ihm kam Seldom an die Reihe.

Der CIA-Agent wirkte ziemlich nervös, als er neben mir an den Schießstand trat. Als er seinen Revolver hob, konnte ich sehen, wie seine Hände zitterten. Seldoms Gesichtshaut wies Flecken auf, seine Nase war gerötet.

Ein hässlicher Verdacht überkam mich …

»Also, was ist jetzt, Cotton?«, raunte er mir mürrisch zu. »Marschieren Ihre Pappfiguren jetzt bald auf, oder was?«

»Nur Geduld«, sagte ich. »Sie sind schon unterwegs.«

Im nächsten Moment erschien das erste Ziel, und Seldoms Revolver spuckte hämmernd Blei. Der Pappkamerad kippte um, und der CIA-Agent gab einen heiseren Triumphschrei von sich. Seine Hände wurden ruhiger – und er absolvierte die Schießübung mit null Fehlern.

»Sehr gut, John«, lobte ich, als er die letzte Kugel verschossen hatte. »Das war wirklich sehr gut.«

»Na klar«, erwiderte Seldom grinsend, während er den Rauch vom Lauf seiner Waffe blies wie ein Cowboy, der gerade den miesen Slim erledigt hatte. »Was haben Sie denn gedacht?«

Als Letzter kam Norton Branner an die Reihe. Als er neben mich trat, konnte ich die Unruhe deutlich spüren, die von ihm ausging.

Zögernd ging er in Position, betrachtete die Maschinenpistole, als hielt er zum ersten Mal eine Waffe in Händen. Langsam klappte er die Schulterstütze der Uzi aus und nahm die MPi in Anschlag.

»Sind Sie bereit, Norton?«

»Ich denke schon«, kam die wenig überzeugende Antwort – und ich gab Phil ein Zeichen.

Der erste Pappkamerad kam hoch – und Norton fuhr blitzschnell herum. Sein Finger zuckte am Abzug der Waffe, zog den Stecher jedoch nicht durch. Nicht eine Kugel verließ den kurzen Lauf der MPi.

Branner stand unbewegt, schien wie erstarrt.

»Sie haben Feuererlaubnis«, brachte ich in Erinnerung – doch der Navy Seal stand nur da, zielte auf den Pappkameraden, als gelte es, einen gefährlichen Gegner in Schach zu halten.

Weiter hinten klappte bereits das zweite Ziel in die Höhe, daneben ein drittes – doch Branner reagierte nicht.

»Norton?«, fragte ich. »Alles in Ordnung?«

Ich sah das Minenspiel im Gesicht des Offiziers, in dessen Inneren ein wahrer Kampf zu toben schien.

Urplötzlich schien eine Seite Oberhand zu gewinnen: Branner verfiel in dumpfes Kampfgebrüll – und feuerte!

Er traf das erste Ziel, das zweite, pustete mit seiner Uzi nacheinander alle Ziele um. Unter heiserem Gebrüll deckte er das vor uns liegende Feld mit gezielten Feuerstößen aus seiner Waffe ein.

Der Seal feuerte auch noch weiter, als der sechste Pappkamerad schon längst am Boden lag. Er behielt seinen Finger am Abzug, begleitete das ohrenbetäubende Rattern der MPi mit seinem Geschrei.

»Ihr Schweine!«, brüllte er aus Leibeskräften. »Ihr elenden Schweine! Verdammte Automaten! Ihr kriegt mich nicht, hört ihr? Nie-mals!«

Dann, plötzlich, war es vorbei.

Ein hohles Klicken verkündete, dass das Magazin der Uzi leer gefeuert war. Mit hellem Klirren landete die letzte Patronenhülse auf dem Boden.

Und Norton Branner schien wie aus tiefer Trance zu erwachen. Plötzlich wurde ihm wieder bewusst, wo er war und in wessen Gesellschaft er sich befand.

Er ließ seine Waffe sinken und sicherte sie, nickte mir knapp zu und verließ schweigend den Schießstand.

Betroffen blickte ich ihm nach.

Ich musste mich korrigieren.

Offenbar war John Seldom nicht der Einzige, der ein Geheimnis mit sich herumtrug …

Der erste Trainingstag war zu Ende.

Nach dem Abendessen hatten Phil und ich unsere Schützlinge drei Stunden lang in Psychologie und Grundlagen der Terrorbekämpfung unterwiesen, danach hatten wir den ersten Tag in Fort S.T.A.R. offiziell für beendet erklärt.

Weitgehend wortlos hatten sich die Kandidaten daraufhin zurückgezogen und ihre Quartiere aufgesucht. Jeder von ihnen hatte offenbar das Bedürfnis, mit sich allein zu sein – vielleicht verständlich nach einem Tag wie diesem, der jeden der Kandidaten mit seinen Schwächen konfrontiert hatte.

»Mensch, Jerry«, stöhnte Phil, als wir im Büro allein waren. »Erinnerst du dich, was Mr High sagte? Wir sollen so lange hier bleiben, bis aus diesen Leuten eine schlagkräftige Einheit geworden ist. Ich sage dir, Jerry – wir sehen New York nie wieder!«

Mein Partner machte ein so bekümmertes Gesicht, dass ich unwillkürlich lachen musste – auch wenn mir ganz und gar nicht danach zumute war.

Der erste Tag in Fort S.T.A.R. war schlechter verlaufen, als ich es mir in meinen schlimmsten Träumen ausgemalt hatte, und unwillkürlich fragte ich mich, ob es an Phil und mir gelegen hatte. Schließlich waren uns nur ausgesuchte Elitekräfte geschickt worden, jeder einzelne der Teilnehmer ein Meister seines Fachs. Allerdings hatte das, was wir gesehen hatten, ein ganz anderes Bild ergeben als das, was die Akten zeigten.

»Ich weiß nicht, Alter«, meinte ich. »Vielleicht müssen wir nur ein wenig Geduld mit ihnen haben. Es war der erste Tag. Sie sind nervös, haben Angst zu versagen ...«

»Wahrscheinlich«, brummelte Phil, obgleich es wenig überzeugt klang. »Wenn ich es nicht besser wüsste, würde ich sagen, dass wir hier nach Strich und Faden verarscht werden. Man hat uns einen Heißsporn, einen Saufkopf, einen Psychopathen und eine gewöhnliche Streifenpolizistin geschickt. Aber ich kann mich natürlich irren ...«

Ich schnitt als Antwort nur eine Grimasse, während mir ein flaues Gefühl in der Magengegend sagte, dass Phil nur zu recht hatte.

Pete Tyler war großmäulig und ungestüm, ein Mann mit hervorragenden Fähigkeiten, jedoch mit starrsinnigen, egomanischen Zügen. Ihn in eine Einheit zu integrieren, würde außerordentlich schwierig werden. Was John Seldom betraf, so hegte ich den gleichen Verdacht wie mein Partner – auch ich befürchtete, dass der CIA-Mann Schwierigkeiten mit dem Alkohol hatte. Ich fragte mich nur, wie es Seldom gelungen war, diesen Umstand vor seinen Vorgesetzten zu verheimlichen.

Norton Branner war der nächste Kandidat, um den ich mir ernstliche Sorgen machte. Die Vorstellung, die der Offizier nachmittags auf dem Schießstand geliefert hatte, ließ vermuten, dass er mit psychischen Problemen zu kämpfen hatte. Natürlich hatte ich ihn darauf angesprochen, doch Norton hatte es vorgezogen, sich in einen Mantel des Schweigens zu hüllen, was uns keinen Schritt weiterbrachte.

Was schließlich Joan Keeler betraf – sie war eine liebenswerte Kollegin und eine starke Frau. Während des Unterrichts hatte sich jedoch gezeigt, dass ihre Kenntnisse in Polizeipsychologie und Antiterrortaktiken äußerst mangelhaft waren. Phil hatte leider recht: Joan schien eine gute Streifenpolizistin zu sein – aber eben auch nicht mehr.

Irgendwie lag alles im Missverhältnis.

Entweder man hatte uns die falschen Leute zu den Akten geschickt oder die falschen Akten zu den Leuten.

Oder aber – und diese Möglichkeit war mir noch die sympathischste – wir hatten unseren Schützlingen einfach noch nicht genügend Gelegenheit gegeben, ihre Fähigkeiten unter Beweis zu stellen.

»Warten wir's ab, Phil«, sagte ich. »Geben wir ihnen noch eine Chance. Alle Teilnehmer haben gezeigt, dass sie dieses Projekt gern zum Erfolg führen würden, und ich denke, wir sollten sie dabei unterstützen. Morgen gehen wir raus aufs Trainingsgelände, dann werden alle Gelegenheit erhalten, ihre Fähigkeiten zu zeigen.«

»Schön«, meinte Phil. »Und was, wenn sie wieder versagen?«

»Dann, Alter«, antwortete ich leise, »besteht diese Eliteeinheit nicht mal die Probezeit …«

Pünktlich um fünf Uhr in der Früh erschienen unsere Kandidaten wieder zum Dienst.

Alle schienen gut geschlafen zu haben und ausgeruht zu sein, und der zuversichtliche Ausdruck, den ich in den Gesichtern unserer Schützlinge sah, ließ mich hoffen, dass die Ereignisse vom Vortag nur bedauernswerte Ausrutscher gewesen waren.

Ich ahnte nicht, wie sehr ich mich irren sollte …

»Guten Morgen«, begrüßte ich den Kurs, der auf dem Vorplatz des Hauptgebäudes angetreten war. Die Sonne war gerade dabei, ihre ersten Strahlen über die Hügel im Osten zu schicken, und es versprach erneut, ein drückend heißer Tag zu werden. »Heute werden wir das, was wir gestern im Unterricht gelernt haben, in der Praxis üben.« Ich deutete hinüber zum Übungsgelände, das wie eine Kulissenstadt aus einem Hollywood-Film aussah. »Das Ministerium war so freundlich, uns diesen Übungsplatz zur Verfügung zu stellen, der nicht nur so aussieht wie eine kleine Stadt, sondern auch über die technischen Einrichtungen einer Stadt verfügt. Unter anderem gibt es ein Telefon- und ein virtuelles Datennetz, das Ihnen noch manches Kopfzerbrechen bereiten wird. Für die Dauer Ihrer Ausbildung«, fügte ich hinzu, um die Atmosphäre etwas zu lockern, »wird diese Straße so etwas wie Ihre zweite Heimat werden. Hat jemand eine Idee, wie wir sie nennen könnten?«

Die Kandidaten blickten sich gegenseitig an, sandten mir ratlose Blicke.

»He, Jerry«, meinte Phil grinsend. »Wie wär's mit High-Way?«

»Keine schlechte Idee«, bestätigte ich. Unser Mr High hatte es durchaus verdient, dass eine Straße nach ihm benannt wurde, und wenn es nur auf einem Trainingsgelände in der Wüste von Nevada war. »Also los, Leute, worauf warten wir? Der High-Way wartet ...«

Der kleine Trupp setzte sich in Bewegung, und im Laufschritt legten wir die Entfernung zum Übungsplatz zurück, wo Phil und ich am frühen Morgen bereits alles vorbereitet hatten.

Der Technikwagen, der zum Fuhrpark des Stützpunktes gehörte, war mit den Anlagen des Übungsplatzes kompatibel, sodass seine Kommunikationseinrichtungen wie bei echten Ermittlungen eingesetzt werden konnten. Das Szenario, das Phil und ich gewählt hatten, war jedoch nur zweitrangig.

Es ging uns nicht darum, die Kandidaten in eine möglichst knifflige Situation zu bringen, die sie nach ihrem derzeitigen Kenntnisstand noch gar nicht lösen konnten, sondern wir wollten ihre Fähigkeiten zur Teamarbeit ausbauen. Nach der Vorstellung vom Vortag sollten unsere Schützlinge nun lernen, zusammenzuarbeiten.

»Also, Leute«, erklärte ich, nachdem wir die Kandidaten in die örtlichen Gegebenheiten eingewiesen hatten, »folgende Situation: Vor genau einer Stunde ist es im Rathaus«, ich deutete zu dem Gebäude mit der Kuppel hin, über dessen Eingang »City Hall« stand, »zu einer Geiselnahme gekommen. Der Terrorist hat den Bürgermeister und vier seiner Mitarbeiter in seiner Gewalt und verlangt den sofortigen Stopp eines Bauprojektes nördlich der Stadt. Werden seine Forderungen nicht erfüllt, droht er, das gesamte Rathaus in die Luft zu sprengen – sich und die Geiseln eingeschlossen. Die örtlichen Behörden sind bereits verständigt, ebenso die Bundesbehörde. Die Bereinigung der ganzen Sache wird jedoch dem S.T.A.R.-Team übertragen – Ihnen! Es wird Ihre Aufgabe sein, den Terroristen auszuschalten und dafür zu sorgen, dass keine Unschuldigen zu Schaden kommen. Die Sicherheit von Zivilisten hat oberste Priorität, verstanden?«

»Jawohl!«, scholl es mir wie aus einem Munde entgegen.

»Gut. Arbeiten Sie als Team zusammen. Jeder von Ihnen hat unterschiedliche Fähigkeiten. Setzen Sie die ein und ergänzen Sie sich. – Joan?«

»Ja, Jerry?«

»Sie werden vom Wagen aus mit dem Terroristen verhandeln. Halten Sie ihn hin, beschäftigen Sie ihn, versuchen Sie, ihn zur Aufgabe zu bewegen. – John?«

Seldom trat vor.

»In Ihrer Akte steht, dass Sie als Computerspezialist tätig waren.«

»Allerdings«, bestätigte der CIA-Mann mit schiefem Grinsen. »Früher.«

»Ab sofort sind Sie es wieder«, sagte ich. »Ihre Aufgabe wird es sein, sich in alle verfügbaren Datennetze einzuloggen und möglichst viel über den Täter herauszufinden, was Joan bei ihren Verhandlungen verwenden kann. Arbeiten Sie Hand in Hand, und Sie werden Erfolg haben.«

»In Ordnung, Jerry.« Seldom nickte. »Ich werde mein Bestes geben.«

»Gut so. Pete und Norton«, ich wandte mich dann an den SWAT-Mann und den Navy Seal, »werden die Überwachung des Täters übernehmen. Vom Dach des Bankgebäudes aus haben Sie den ersten Stock des Rathauses im Blick. Beziehen Sie dort Posten und halten Sie sich bereit zum Eingreifen, aber unternehmen Sie nichts ohne Joans ausdrücklichen Befehl. Sie ist die Leiterin des Einsatzes. Alles klar?«

»Aye, Sir«, bestätigte Pete und deutete einen militärischen Gruß an. »Wir haben verstanden.«

»Gut.« Ich nickte. »Ich selbst werde als neutraler Beobachter hier bleiben, während Phil die Rolle des Übeltäters übernehmen und im Rathaus die Stellung halten wird – und glauben Sie bloß nicht, dass er es Ihnen leicht machen wird. Alles verstanden, Leute?«

»Ja, Jerry«, kam es zurück.

»Na schön.« Ich warf Phil einen vielsagenden Blick zu. »Dann mal los …«

Das Spiel begann.

Phil tippte sich zum Abschied an den Schirm seiner Mütze, setzte sich dann in Richtung Rathaus in Bewegung, von wo aus er an unserem kleinen Räuber-und-Gendarm-Spiel teilnehmen würde. Branner und Tyler rüsteten sich im Einsatzwagen mit Helmen, Schutzwesten und M-16-Gewehren aus, während Joan und Seldom an den Terminals Platz nahmen.

Als Erstes studierte Joan die Pläne des Rathauses und der umliegenden Häuser, ehe sie ihren beiden Kollegen genaue Anweisungen gab, wo sie Posten zu beziehen hatten. Branner und Tyler bestätigten und machten sich auf den Weg.

Die Aktion lief erstaunlich reibungslos an. Alle Kandidaten schienen sich eines Besseren besonnen zu haben und an einem Strang zu ziehen – und ich konnte nur hoffen, dass dieser Anschein nicht trog …

»Nein, verdammt noch mal!«, drang Phils genervte Stimme aus dem Hörer des Handys. »Ich gewähre Ihnen keinen Aufschub. Ich habe das dämliche Gelaber satt! Sie haben noch genau fünfzehn Minuten, um meine Forderungen zu erfüllen, anschließend fliegt das Rathaus in die Luft – und mit ihm sein verdammter Bürgermeister!«

Phils Leistung war wirklich oscarreif. Er spielte den irren, sichtlich geistesgestörten Geiselnehmer derart überzeugend, dass ich froh war, dass kein FBI-Psychologe anwesend war – sonst hätte mein Freund und Partner am Ende noch eine eingehende Überprüfung seines seelischen Zustandes über sich ergehen lassen müssen.

»Äh – in Ordnung, Sir«, stammelte Joan, die ein Headset trug und verkrampft vor ihrem Terminal hockte. Ihr T-Shirt klebte schweißnass an ihrem Rücken, ihr Haar hing in dicken Strähnen herab.

Es herrschte drückende Hitze im Inneren des Einsatzwagens – aber ich bezweifelte, dass es die Sonne Nevadas war, die die Polizistin so ins Schwitzen brachte.

Die Übung dauerte nun schon fast drei Stunden, und der Ablauf des Ultimatums, das Phil den Kursteilnehmern gleich zu Beginn gestellt hatte, stand kurz bevor.

Joan hatte ihr Bestes gegeben, hatte zäh verhandelt, ihren Gegner mit allen möglichen Tricks hingehalten, aber ihre Bemühungen waren ohne Ergebnis geblieben.

Ihr Kollege Seldom hatte dem Datennetz einige Informationen entlockt, hatte herausgefunden, dass der Terrorist – ein gewisser Charles Keller – eine Hütte in dem Waldstück bewohnte, das durch das Bauprojekt der Gemeinde abgeholzt werden sollte. Joan hatte Keller / Phil eine Unzahl an Angeboten unterbreitet, die dieser alle abgelehnt hatte – er bestand nach wie vor darauf, dass das Projekt gestoppt wurde, das für die Stadt und ihre Bürger lebensnotwendig war.

Nun hatte sich die Lage festgefahren, steckten die Verhandlungen in einer Sackgasse. Kein Wunder, denn den entscheidenden Hinweis hatte Seldom im Datennetz noch nicht finden können …

»Bleiben Sie ruhig, Charles«, bat Joan den Terroristen, gebrauchte dabei seinen Vornamen, was ein geschickter psychologischer Schachzug war. »Es besteht für Sie kein Grund zur Besorgnis …«

»Das weiß ich, Lady«, konterte Phil, der sich nicht einwickeln ließ, »aber Sie sollten sich allmählich Sorgen machen – denn in zehn Minuten fliegt Ihnen Ihr verdammtes Rathaus um die Ohren!«

Joan schaltete die Verbindung auf stumm, atmete tief durch und zwang sich zur Ruhe.

»Neuigkeiten?«, wandte sie sich an Seldom, der wie besessen die Tastatur seines Terminals bearbeitete.

»Noch nicht«, gab der CIA-Mann zurück, ohne seinen Blick vom Schirm zu nehmen. »Die Daten über diesen verdammten Kerl sind gesichert, und ich bekomme keine Freigabe. Ich versuche, den Code zu knacken, aber das dauert.«

Joan murmelte eine Verwünschung, biss sich auf die Lippen. Fieberhaft dachte sie nach, ohne auf eine Lösung des Problems zu kommen. Schließlich warf Sie mir einen fragenden Blick zu.

»Jerry …?«

»Ich bin nicht hier, Joan«, sagte ich ruhig. »Ignorieren Sie mich – und denken Sie beide an das, was Sie gelernt haben. Und vor allen Dingen: Bewahren Sie Ruhe. Noch ist Zeit.«

Die Polizistin nickte, strich sich eine blonde Strähne aus dem Gesicht.

»Also schön«, sagte sie entschieden. »Wir versuchen es weiter.«

Sie wechselte den Kanal und nahm Kontakt zu Branner und Tyler auf.

»Achtung! Hier Horst an Adler. Horst an Adler, bitte kommen …«

»Hier Adler eins, was gibt es?«

Pete Tyler hatte das Funkgerät aktiviert, das in seinem Helm integriert war.

»Hallo, Jungs«, drang Joans müde Stimme aus dem Empfänger. »Wie ist's da oben?«

»Könnte besser gehen«, meinte Tyler und blinzelte zur Sonne hinauf, die erbarmungslos vom Himmel brannte. »Ist verdammt heiß hier oben – und die Zeit wird langsam knapp.«

»Ich weiß«, erwiderte Joan. »Ich werde weiter mit ihm verhandeln.«

»Ihr Verhandlungsgeschick in allen Ehren, Miss«, sagte der junge SWAT-Mann, »aber wäre es nicht besser, jetzt langsam Taten folgen zu lassen? Ich meine, Sie hatten Ihre Chance – jetzt lassen Sie Branner und mich mal ran. Wir erledigen den Job, da können Sie sicher sein!«

»Kommt nicht infrage«, kam die Antwort prompt. »Die Sicherheit der Geiseln hat oberste Priorität, Adler eins.«

»Ach ja?« Pete schnaubte und deutete mit dem Kinn hinüber zum Rathaus. Durch das Fenster konnte er sehen, wie der Terrorist auf und ab ging. »Sagen Sie das diesem Psychopathen da drüben! Der wartet doch nur darauf, uns alle in die Luft zu jagen! Lassen Sie mich schießen! Ich weiß, ich kann ihn erwischen!«

»Negativ, Adler eins! Dieser Kerl hält den Auslöser für den Sprengsatz in der Hand. Sobald er ihn loslässt, aktiviert er den Zünder.«

»Das wissen wir nicht«, konterte Tyler. »Vielleicht blufft er auch nur.«

»Ja«, räumte Joan ein, »vielleicht aber auch nicht. Das Risiko ist zu groß, solange wir nicht genau Bescheid wissen.«

»Aber wir könnten doch …«

»Ihr Vorschlag ist abgelehnt, Adler eins«, drang die Stimme der jungen Frau aus dem Empfänger, »und dabei bleibt es. Keeler Ende.«

Ein Klicken verriet, dass das Gespräch beendet war. »Na schön«, maulte Tyler leise, den Tonfall seiner Kollegin imitierend. »Dabei bleibt es. Verdammte Scheiße. Hier ist's ja noch schlimmer als zu Hause!«

Der junge SWAT-Mann blieb bäuchlings auf dem Dach des Bankgebäudes liegen, das direkt neben dem Rathaus lag. Zum ungezählten Mal blickte er durch die Zieloptik seines Schnellfeuergewehrs, konnte Phil Decker sehen, der den Buhmann spielte.

Tylers Zeigefinger krümmte sich am Abzug.

Er konnte feuern, den verdammten Terroristen einfach wegblasen. Sein Gefühl sagte ihm, dass es gefahrlos war. Er hätte seinen Hintern darauf verwettet, dass dieser Kerl nur bluffte.

Das Ding, das er in Händen hielt, sah wie die Fernbedienung eines Fernsehers aus. Wenn er den Sprengsatz, den er mit sich führte, tatsächlich betätigen wollte, musste es von Hand tun, was ihn wertvolle Sekunden kosten würde. Genügend Zeit, um …

Kurz entschlossen sprang Tyler auf, eilte in gebückter Haltung zu seinem Kollegen hinüber, der jenseits des Schornsteins Stellung bezogen hatte.

»Pete«, zischte Norton, »verdammt, was tun Sie hier? Gehen Sie zurück auf Ihren Posten!«

»Ganz ruhig, Kollege«, gab der junge SWAT-Mann zurück und setzte ein breites Grinsen auf. »Ich denke, ich weiß, wie wir diesem Schurken das Handwerk legen können.«

»Tatsächlich? Dann sagen Sie schnell Joan Bescheid. Sie kann …«

»Sie kann nichts mehr tun«, unterbrach ihn Tyler kopfschüttelnd. »Die Sache liegt jetzt bei uns.«

»Bei uns? Aber der Befehl lautet, auf Posten zu bleiben und weitere Anweisungen abzuwarten.«

»Na und? Das ist doch alles Scheiße, was hier läuft. Stellen Sie sich nur mal Cottons Gesicht vor, wenn wir die Sache hier ganz alleine knacken. Auf unsere Weise und mit Erfolg. Dieser Fed wartet doch nur darauf, uns wieder zu schulmeistern.«

»Er ist nun mal der Leiter dieses Lehrgangs«, sagte Branner.

»Aber wir sind nicht irgendwelche Erstklässler. Wir werden die uns gestellte Aufgabe lösen, und zwar auf unsere Art und Weise – schnell, sauber und effektiv. Bedenken Sie, Branner – wenn wir das schaffen, sind wir die Helden des Tages. Und wir retten unschuldigen Menschen das Leben!«

Der Navy-Offizier starrte den jüngeren Mann sekundenlang aus großen Augen an. Etwas verhärtete sich in seiner Brust.

Leben zu retten war die oberste Priorität – und Branner war der Ansicht, dass er in dieser Hinsicht einiges gutzumachen hatte.

»Also gut«, sagte er nickend. »Ich bin dabei …«

»Nein, Lady! Kein Aufschub, keine weiteren Verhandlungen! Sie tun, was ich Ihnen sage – oder es knallt!«

Genervt schaltete Phil das Handy ab, warf einen Blick auf seine Uhr.

Nur noch fünf Minuten.

Die Sache hier lief alles andere als gut.

Joan Keeler gab sich zwar alle Mühe, aber noch war es der Polizistin und ihrem Teamkollegen nicht gelungen, zum eigentlichen Kern der Sache vorzustoßen – und die Zeit wurde jetzt wirklich verdammt knapp. Phil biss sich auf die Lippen, fragte sich, was Jerry gerade denken mochte.

Die Übung war so konzipiert, dass die Kursteilnehmer sie nur als Team lösen konnten. Einzelleistungen genügten nicht, um die Situation zu entschärfen. Dabei ging es noch nicht mal so sehr darum, die gestellte Aufgabe wirklich zu lösen. Die G-men hatten sich vorgenommen, ihren Schützlingen vor allen Dingen beizubringen, dass die Dinge nicht so sein mussten, wie sie auf den ersten Blick erschienen, und dass nur die gemeinsame Anstrengung zum Ziel führte.

Aber selbst in dieser Hinsicht schienen die Kursteilnehmer zu versagen.

Phil seufzte und stieß leise eine Verwünschung aus.

Es sah nicht so aus, als würde dieser Trainingstag erfolgreicher verlaufen als der erste.

Das Handy meldete sich wieder, und gerade drückte der G-man die Empfangstaste, als die Tür des Raumes, in dem er sich aufhielt, krachend aus den Angeln flog.

Phil wirbelte herum, sah gerade noch, wie ein schwarzer Blitz ins Zimmer zuckte, sich elegant auf dem Boden abrollte und sofort wieder auf den Beinen war, ein klobiges M-16-Gewehr im Anschlag.

»Hände hoch und keine Bewegung!«, schrie Pete Tyler aus Leibeskräften. »Ein Mucks, und Sie sind tot!«

»Verdammter Idiot!«, polterte Phil, fuhr blitzschnell herum und sprang auf den Sprengsatz zu, der im hinteren Teil des Raumes durch eine Attrappe mit der Aufschrift »Explosives« repräsentiert wurde.

Im selben Moment zuckte von draußen ein zweiter Schatten heran – und flog mit den Beinen voran durch die Fensterscheibe, die unter ohrenbetäubendem Klirren in tausend Splitter barst.

»Was …?«, brachte Phil gerade noch hervor, dann landete der massige Körper von Norton Branner auf ihm und brachte ihn mit brutaler Wucht zu Fall, noch ehe er die Attrappe erreichen konnte.

»Was ist da oben los?«, fragte Joan und legte die Stirn in Falten.

Aus dem Lautsprecher in der Konsole des Einsatzwagens drangen aufgeregte Rufe und hektisches Geschrei, dazu Geklirr von Glas und ein Rumpeln, als wäre eine Elefantenherde auf dem Durchmarsch.

»Achtung, Adler – hier Horst! Meldet euch sofort! Was ist da oben los? Antwortet, sofort!«

Tyler und Branner blieben die Antwort schuldig. Dafür drangen nun eindeutig Kampfgeräusche aus dem Gerät.

»Wissen Sie, was das zu bedeuten hat, Jerry?«, wandte sich Joan an mich, obwohl ich für sie eigentlich gar nicht existent war.

Wie auch immer – die Übung schien ohnehin beendet zu sein.

»Abbruch!«, quäkte Phils heisere Stimme aus dem Lautsprecher. »Verdammt noch mal! Abbruch, sage ich!«

Die Stimme meines Freundes klang abgekämpft und halb erstickt.

Ich ahnte, was geschehen war.

Unser Projekt Teamarbeit war fehlgeschlagen …

Eine Stunde später fanden sich alle zum Briefing in einem der Unterrichtsräume ein.

Nach dem abrupten Ende der Übung hatte ich die Kursteilnehmer unter die Dusche geschickt und Phil ins Erste-Hilfe-Zimmer begleitet, wo ich die leichten Blessuren, die er davongetragen hatte, versorgt hatte.

Mein Partner hatte seine Rolle bis zum Ende gespielt und sich mit Händen und Füßen gewehrt, als Tyler und Branner ihn hatten dingfest machen wollen.

Schließlich war es zu einem Handgemenge gekommen, das der SWAT-Mann und der Navy-Offizier aufgrund ihrer Überzahl für sich entschieden hatten.

Die Übung war ein kläglicher Misserfolg gewesen, das Lernziel in keiner Hinsicht erreicht worden. Zwar hatten Branner und Tyler die Situation am Ende entschärft, doch war ihr Vorgehen so ziemlich das Dümmste gewesen, was ich in meiner ganzen Laufbahn miterlebt hatte.

Es wurde Zeit, dass den Herrschaften mal ordentlich in den Hintern getreten wurde. Und es würde mir ein Vergnügen sein, diese Aufgabe zu übernehmen.

Als wir den Briefing-Raum betraten, waren bereits alle versammelt.

An der gedrückten Stimmung merkte ich sofort, dass den Kandidaten ihr Versagen sehr wohl bewusst war. Nur Tyler, der in der letzten Reihe saß, grinste wie ein Honigkuchenpferd.

»In Ordnung«, sagte ich, nachdem ich ans Rednerpult getreten war, »ich schätze, ich muss Ihnen nicht erst sagen, dass das eine ziemlich jämmerliche Vorstellung war, die Sie da draußen geboten haben.«

»Bei allem Respekt, Jerry«, wandte Joan ein, die ziemlich müde und abgekämpft wirkte, »aber ich denke nicht, dass dieser Test fair war. Wir konnten nicht gewinnen.«

»Aber wieso denn?«, meldete sich Tyler zu Wort. »Ich finde, wir sahen ganz gut aus bei der Sache.«

»Zu Ihnen komme ich später, Pete«, sagte ich leise. »Ich denke, es gibt da einiges, was wir zu klären haben. Sie haben recht Joan, wenn Sie sagen, dass es ein unfairer Test war, den Sie nicht bestehen konnten. Darum ging es auch gar nicht. Es war nicht das vorrangige Ziel, die Situation zu lösen, sondern es ging darum, dass Sie sich als Team bewähren sollten – eine Charakterprüfung, wenn Sie so wollen.«

»Verstehe«, gab die Polizistin nachdenklich zurück. »Dann gab es gar keine Lösung?«

»Doch«, widersprach ich. »Es gab eine – der Schlüssel zur Lösung war in der Datenbank versteckt, in die sich John vergeblich einzuloggen versuchte.«

»Verdammt!«, keuchte Seldom. »Ich wusste es!«

»Sie müssen Ihr Training unbedingt wieder aufnehmen, John«, mahnte ich ihn. »In annähernd drei Stunden Zeit ist es Ihnen nicht gelungen, eine einfache logarithmische Verschlüsselung zu knacken. Das muss besser werden.«

»Geht klar, Boss«, erwiderte der CIA-Mann und nickte. Am schwerfälligen Schlag seiner Zunge konnte ich hören, dass die Dusche nicht die einzige Erfrischung gewesen war, die er sich in der zurückliegenden Pause genehmigt hatte.

»Was Sie betrifft, Joan – Sie müssen noch härter verhandeln. Zeigen Sie keine Schwäche. Sobald Ihr Gegner erkennt, dass Sie Angst vor ihm haben, sind Sie erledigt. Veranstalten Sie keine Plauderstunde mit ihm, sondern setzen Sie knallharte Ziele und verfolgen Sie diese unnachgiebig.«

»In Ordnung, Jerry.«

»Und was Sie betrifft, Pete«, wandte ich mich dann an unser jüngstes Teammitglied, »weiß ich ehrlich gesagt nicht, was ich sagen soll. Joan war die Leiterin des Einsatzes. Ob richtig oder falsch, Ihr Befehl lautete, dass Sie auf Ihrem Posten bleiben sollten. Sie haben diesen Befehl einfach missachtet!«

»Aber ich hatte doch den richtigen Riecher, oder nicht?«, rief der junge SWAT-Mann forsch. »Der Zünder, den Agent Decker in Händen hielt, war nur eine Attrappe. Er hätte den Sprengsatz von Hand zünden müssen, was Branner und mir genügend Zeit ließ, ihn dingfest zu machen. Ich denke, wir haben das eindrucksvoll bewiesen.«

»Eindrucksvoll«, sagte Phil sarkastisch und rieb sich seinen schmerzenden Schädel. »Allerdings.«

»Sie haben recht«, gestand ich seufzend. »Das gesamte Szenario war die Rekonstruktion eines Falles aus Kansas, der sich dort im Jahr 1974 ereignet hat. Das Drama zog sich damals über mehrere Tage hin, weil man nicht feststellen konnte, ob der Terrorist bluffte oder wirklich einen Zünder in den Händen hielt. Sie hätten sich durch eine schnelle Überprüfung im Datennetz darüber Klarheit verschaffen können, dass Keller gar nicht die Möglichkeit hatte, sich eine derartige Ausrüstung zu besorgen. Jedoch einzugreifen, solange keine eindeutige Bestätigung vorlag, war reiner Selbstmord.«

»Apropos«, knurrte Phil angesäuert, »was haben Sie sich eigentlich dabei gedacht, durchs Fenster zu springen wie ein Amok laufender Stuntman, Branner? Sind Sie völlig wahnsinnig geworden? Bei einer Übung auf diese Weise Kopf und Kragen zu riskieren, das ist doch vollkommen idiotisch – oder sind Sie lebensmüde, Mann?«

Der Captain der Navy Seals hatte die Predigt meines Partners gesenkten Hauptes über sich ergehen lassen. Jetzt schaute er langsam auf – und warf uns einen Blick zu, als hätte Phil den Nagel auf den Kopf getroffen.

»Es tut mir leid«, sagte er nur.

»Gefahren richtig einzuschätzen gehört zum Einmaleins unserer Arbeit«, fuhr Phil fort, nun etwas ruhiger. »Wenn Sie das nicht können, Branner, ist in dieser Einheit kein Platz für Sie, denn Sie gefährden nicht nur sich selbst, sondern auch Ihre Kameraden. Haben Sie mich verstanden?«

»Ja, Sir«, bestätigte der Offizier und senkte betreten den Blick.

»Und lassen Sie mich mit dem verdammten ›Sir‹ in Frieden«, sprach Phil weiter. »Wir alle sind Profis und nur aus einem einzigen Grund hier: um noch was dazuzulernen. Also benehmen Sie sich nicht, als wären Sie alle blutige Anfänger!«

Betretenes Schweigen trat ein, die vier Kandidaten tauschten untereinander verstohlene Blicke. Drei von ihnen hatten begriffen, dass sie versagt hatten, und auch dem Vierten dämmerte es allmählich.

»Eine Frage noch«, meldete sich Pete noch einmal zu Wort. »Was ist damals geschehen? Ich meine '74 in Kansas?«

Ich nickte. Auf diese Frage hatte ich gewartet.

»Damals«, erklärte ich leise, »hat die Polizei das Gebäude stürmen lassen, weil der zuständige Einsatzleiter vermutete, dass der Terrorist mit dem Zünder bluffte.«

»Und?«, erkundigte sich Tyler hoffnungsvoll. »Was ist geschehen?«

»Der Terrorist hatte einen Komplizen«, gab ich zurück, »von dem niemand etwas wusste. Der Kerl lauerte hinter der Tür und erschoss zwei Polizisten des Einsatzkommandos. Dadurch blieb seinem Kumpanen genug Zeit, die Sprengsätze von Hand zu zünden.« Ich atmete tief durch. »An diesem sechsten April des Jahres 1974 fanden in Topeka einundzwanzig Menschen den Tod.«

Stille herrschte im Briefing-Raum, die Kandidaten waren sichtlich betroffen, selbst Tyler. Der Junge war gewiss kein schlechter Polizist, verfügte über immensen Einsatzwillen und blitzschnelle Reflexe, aber er war einfach zu heißblütig und ungestüm.

Vielleicht würde ihm dieser Tag eine Lehre sein. Vielleicht, so sagte ich mir voller Hoffnung, würde dieser Tag allen eine Lehre sein.

»Denken Sie immer daran«, brach ich schließlich das Schweigen, »oft sind die Dinge nicht so, wie sie auf den ersten Blick erscheinen. Was harmlos aussieht, kann eine tödliche Falle sein und umgekehrt. Sie müssen lernen, das zu erkennen und entsprechend zu handeln und sich bedingungslos aufeinander zu verlassen. Also«, fuhr ich fort, nachdem ich meine Worte eine Weile hatte wirken lassen, »machen wir uns an die Analyse des heutigen Einsatzes. Joan, bitte stellen Sie zunächst Ihre Vorgehensweise dar …«

Das Gelächter der beiden Männer, die in dem teuer möblierten Büro im Herzen von Washington D.C. saßen, hallte von der geschmackvoll verzierten Holzdecke wider.

»Das ist gut«, meinte der Mann mit der Zigarre grinsend, während er gebannt auf den kleinen Monitor starrte, der in die blanke Platte des Schreibtisches eingearbeitet war. »Besser als jede Talk-Show im Fernsehen. So etwas nennt man Reality TV!«

»Ich bin begeistert, Frank«, bestätigte der blonde Mann mit der Brille. »Ihr Plan funktioniert besser, als ich je vermutet hätte. Wie gut, dass Sie dafür gesorgt haben, dass diese Mikro-Kameras installiert wurden.«

»Nicht wahr?« Der Raucher sog an seiner Zigarre. »Dies sind die wahren Wunder der modernen Technik. Agent Cotton und Agent Decker sind viele tausend Meilen von uns entfernt in Nevada, und doch können wir alles, was sie tun, auf Schritt und Tritt verfolgen.« Er deutete mit seinem Doppelkinn auf den Monitor, der den Briefing-Raum von Fort S.T.A.R. zeigte. Aus dem kleinen Lautsprecher des Gerätes drang die Standpauke, die Cotton und Decker ihren Schützlingen hielten.

»Ich frage mich, wie lange die beiden sich das noch bieten lassen«, meinte der Blonde. »Wir sollten die Sache nicht auf die Spitze treiben.«

»Keine Sorge«, versicherte der Zigarrenraucher paffend. »Wir liegen genau im Zeitplan. Cotton und Decker sind keine Idioten, doch wenn sie merken, dass wir sie angeschmiert haben, wird es für sie kein Zurück mehr geben, dafür werde ich schon sorgen. Die beiden werden uns direkt in die Hand arbeiten, ob sie nun wollen oder nicht.«

»Was ist mit dem zweiten Teil unseres Plans?«, erkundigte sich der Blonde.

Der Zigarrenraucher legte seine fette Glimmstange beiseite, beugte sich vor und blickte sein Gegenüber direkt an.

»Der ist bereits angelaufen«, verkündete er leise.

Kapitel 3

»Sie wollten mich sprechen, Jerry?«

Die Tür zum Büro des Stützpunktkommandanten war leise geöffnet worden. Norton Branner stand auf der Schwelle.

»Ja«, antwortete ich. »Kommen Sie rein und nehmen Sie Platz, Norton. Es gibt da ein paar Dinge, die ich mit Ihnen bereden möchte, und ich dachte, es wäre Ihnen lieber, wenn wir dies unter vier Augen tun.«

Der Offizier, der für einen Mann seines Dienstgrades erstaunlich unsicher wirkte, nickte und setzte sich auf einen der Stühle, sichtlich gespannt, was nun folgen würde.

»Norton«, begann ich langsam, »nach den Informationen, die mir vorliegen, waren Sie bis zu Ihrer Versetzung nach Fort S.T.A.R. bei den Navy Seals stationiert. Ist das richtig?«

»Das ist korrekt«, bestätigte Branner.

»Ihre Akte«, fuhr ich fort, »spricht von mehreren Einsätzen im Ausland, darunter auch verdeckte Operationen, die Sie als Gruppenführer geleitet haben.«

»Auch das ist richtig.« Der Captain nickte.

»Aber wenn das alles so stimmt, Norton, dann müssen Sie mir schon Ihr trauriges Abschneiden hier im Camp erklären. Was sollte die Show auf dem Schießplatz? Was bezweckten Sie mit Ihrer Einlage von heute Nachmittag? Phil hatte recht. Man könnte fast meinen, Sie seien lebensmüde.«

Der Offizier schluckte hart, warf mir einen gequälten Blick zu, und für einen Moment hatte ich das Gefühl, durch die trüben Fenster seiner Augen bis auf den Grund seiner gequälten Seele blicken zu können.

»Norton«, sagte ich leise, »ich bin der Leiter dieses Teams. Wenn es irgendetwas gibt, das Sie mir gerne sagen möchten, dann sollten Sie es gleich tun – hier und jetzt.«

Der Offizier nickte betroffen, zuckte unter jedem meiner Worte wie unter einem Peitschenhieb zusammen.

»Es – es gibt da tatsächlich etwas, das Sie wissen sollten«, gestand er schließlich. »Es war nicht meine Idee, hierher zu kommen. Mein – mein vorgesetzter Colonel war der Ansicht, das S.T.A.R.-Projekt wäre für mich eine Gelegenheit, mich zu bewähren – etwas wiederzufinden, das ich vor langer Zeit verloren habe. Vor zwei Jahren, um genau zu sein.«

Ich lehnte mich in meinem Stuhl zurück, ahnend, dass ich jetzt mehr zu hören bekam, als ich eigentlich erwartet hatte.

»Erzählen Sie«, sagte ich, und Norton Branner, der verschlossene

Elitesoldat, begann zu erzählen. Es sprudelte aus ihm hervor wie ein Wasserfall.

Vielleicht war ich der erste Mensch, der sich jemals die Mühe gemacht hatte, ihm wirklich zuzuhören. Vielleicht war ich auch nur zur rechten Zeit am rechten Ort.

Branner berichtete von einem geheimen Kommando-Unternehmen, das er und seine Leute vor zwei Jahren durchgeführt hatten.

Ziel ihres Vorstoßes war die Insel des High-Tech-Terroristen Jon Bent gewesen, der auch Phil und mir kein Unbekannter war. Doch die Mission der Navy Seals hatte ein schlimmes Ende gefunden. Heimtückische Killermaschinen, die der Verbrecher installiert hatte, um die Angreifer abzuwehren, hatten die Männer überrascht, die aufgrund fehlerhafter Aufklärungsarbeit geradezu blind in die Falle getappt waren.

Norton Branner hatte als Einziger überlebt und wurde seither von Zweifeln und Selbstvorwürfen gequält.

Auch ich hatte schon Agenten verloren, die bei Einsätzen unter meinem Kommando gestanden hatten, und ich konnte gut nachfühlen, was in einem Offizier vorgehen musste, der alle seine Männer in einer einzigen Nacht des Grauens hatte sterben sehen.

Der Schmerz und die Trauer mussten tonnenschwer auf ihm lasten. Das Wissen, als Einziger noch am Leben zu sein, erfüllte ihn mit Schuldgefühlen, deren Ursprung nicht rational war und die dennoch an seiner Seele fraßen wie ein Krebsgeschwür.

»Es war eine schlechte Idee, hierher zu kommen«, gestand Branner leise. »Ich hätte wissen müssen, dass meine Zeit abgelaufen ist. Morgen früh werde ich meine Sachen packen und abreisen. Es ist zu spät. Es gibt für mich kein Zurück mehr.«

»Wer sagt das?«, fragte ich ruhig.

Der Offizier blickte überrascht auf. »Sie haben es doch gesagt, Jerry.«

»Nein.« Ich schüttelte den Kopf. »Ich wollte lediglich den Grund für Ihr seltsames Verhalten erfahren. Nun kenne ich ihn.«

»Und?«

»Sie haben eine schlimme Zeit durchgemacht und Dinge mit ansehen müssen, die andere in den Wahnsinn getrieben hätten. Sie haben gezeigt, dass Sie stark sind und dass Sie Charakter besitzen, Norton. Genau Ihre Sorte wird in einer Einheit wie dieser am meisten benötigt.«

»Aber – ich bin eine Gefahr für alle! Mir liegt nichts mehr an meinem Leben, ich …«

»Tatsächlich nicht?« Ich hob die Brauen, musterte ihn scharf. »Ich mag mich irren, Norton, aber ich habe schon oft Menschen gesehen, die jede Freude am Leben verloren hatten und die nur noch sterben wollten. Sie gehören mit Sicherheit nicht dazu. Tief in Ihrem Inneren sind Sie davon überzeugt, dass Ihr Leiden einen Sinn hat, dass es etwas gibt, für das es sich lohnt weiterzuleben – vielleicht das S.T.A.R.-Team.«

»Denken Sie?«

»Es spielt keine Rolle, was ich denke«, erwiderte ich. »Wichtig ist, was Sie denken. Glauben Sie, Sie haben noch eine Chance verdient? Sind Sie der Meinung, dass Sie Ihr Trauma überwinden und die Dinge besser angehen können als bisher?«

»Ich – weiß es nicht«, sagte der Offizier und blickte mich unsicher an.

»Dann finden Sie es heraus. Und zwar bis morgen früh. Ich erwarte Ihre Entscheidung.«

»Dann – kann ich bleiben?«

»Wenn Sie es wirklich wollen – ja.«

Der Offizier machte ein verblüfftes Gesicht. Schließlich erhob er sich von seinem Stuhl, ging oder vielmehr schlich zur Tür, blieb dort aber noch einmal stehen und drehte sich um.

»Jerry?«

»Ja?«

»Ich danke Ihnen«, sagte er leise. Dann verschwand er so leise, wie er gekommen war.

Nachdenklich blickte ich ihm nach, versuchte, mir über einiges klar zu werden.

Norton Branner war ein guter Soldat, und sicher hatte er die Chance auf einen Neuanfang verdient – aber wie, zum Henker, kam das Ministerium dazu, uns einen traumatisierten Veteranen für eine Antiterroreinheit zu schicken?

Dass in Branners Akte nichts über den geheimen Einsatz auf der Insel stand, war eine Sache, aber wieso sagte sein psychologisches Profil nichts über seinen Zustand aus? Ein Fehler der Personalstelle?

Und was war mit Tyler, Seldom und Keeler?

Ich befürchtete nach den Erfahrungen von heute und gestern, dass auch sie nicht das hielten, was ihre Akten versprachen, dass es dunkle Flecken in ihrer Vergangenheit gab, die man Phil und mir nicht enthüllen wollte.

Ich beschloss, der Sache auf den Grund zu gehen. Wir brauchten Klarheit. Entschlossen griff ich nach meinem Handy, gab Mr Highs Nummer ein.

Es dauerte eine Weile, bis sich mein Vorgesetzter meldete. Kein Wunder, in New York war es gerade drei Uhr morgens ...

»Ja?«, klang die Stimme meines Chefs schließlich ein wenig verschlafen aus dem Hörer.

»Sir«, meldete ich mich, »hier Cotton.«

»Jerry.« Mr High war sofort hellwach. »Was gibt es?«

»Entschuldigen Sie die Störung, Sir«, bat ich, »aber da ist etwas, das Sie für uns herausfinden müssen.«

»Was ist los, Jerry? Haben Sie und Phil irgendwelchen Ärger?«

»Eben das wüsste ich gern, Sir.«

»Wie geht die Ausbildung Ihrer Leute voran? Sind Sie zufrieden?«

»Genau darum geht es. Wir haben Grund zu der Annahme, dass die uns geschickten Kandidaten nicht das sind, wofür sie ausgegeben wurden.«

»Nicht das, wofür ...? Was meinen Sie, Jerry?«

»Ich kann Ihnen nicht mehr darüber sagen, Sir – noch nicht. Aber bitte versuchen Sie, möglichst alles über Sergeant Pete Tyler vom Seattle-SWAT, Officer Joan Keeler vom Dallas Police Department und John Seldom von der CIA herauszufinden.«

»CIA? Das wird nicht einfach sein.«

»Es ist wichtig.«

»Nun gut, Jerry. Ich werde die Anfrage sofort an den wachhabenden Special Agent weiterleiten. Vielleicht liegen morgen früh schon die ersten Antworten vor.«

»Danke, Sir. Sie helfen uns damit wirklich sehr.«

»Jederzeit, Jerry – und grüßen Sie Phil von mir.«

Mr High legte auf, das Gespräch war beendet.

Zögernd legte ich das Handy zurück auf den Schreibtisch. Die Geschichte nahm eine Wendung, die mir nicht gefallen wollte ...

Der Mann mit der Zigarre hatte alles mit angehört.

Schweigend saß er im Dunkeln seines Büros. Jenseits des großen Panoramafensters erstreckte sich das Lichtermeer von Washington, die leuchtende, hoch aufragende Säule des Obelisken, die weite, von Scheinwerfern erhellte Kuppel des Jefferson Memorial.

Der Mann sog an seiner Zigarre, deren Glut orangerot leuchtete, blies den Rauch durch seine Nasenlöcher, hüllte sich in Schwaden aus blauem Dunst, wie er es immer tat, wenn eine Entscheidung bevorstand.

Es war so weit.

Cotton hatte schneller reagiert als angenommen, hatte gezeigt, dass er sich nicht so einfach verschaukeln ließ. Dennoch – es war zu spät. Der G-man hatte keine Chance mehr, sich aus der Falle zu winden, in die er und sein Partner arglos getappt waren.

Der Plan war zu perfekt, zu vollendet.

Das Ergebnis jahrelanger Arbeit, deren Früchte nun endlich geerntet würden.

Der Mann mit der Zigarre lächelte.

Dann griff er zum Telefon, wählte die geheime Nummer und stellte den Zerhacker ein.

»Achtung«, sprach er leise in die Muschel, »ich erteile hiermit den Einsatzbefehl. Sie haben grünes Licht, Black Truck …«

Die Tankstelle, die an einer Nebenstraße des alten Highway lag, war seit Jahren verlassen.

Niemand kam mehr hierher, um Sprit zu tanken, Öl nachzufüllen oder sich in dem kleinen Drugstore mit Reiseproviant zu versorgen. Von dem Augenblick an, da das Militär das Land westlich des Hot River aufgekauft hatte, um es als Sperrgebiet auszuweisen, waren die Besucherströme versiegt, die früher den Highway benutzt hatten, um nach Las Vegas und Kalifornien zu gelangen.

Wer heute nach Süden wollte, benutzte die Interstate. Der alte Highway war vergessen – und mit ihm die Tankstelle, die wie ein Mahnmal aus besseren Zeiten an der Asphaltbahn stand.

Doch in diesem Augenblick, als der Mond hoch über der felsigen Landschaft der Reveille Range stand, erwachte die Garage der alten Tankstelle plötzlich zum Leben.

Licht flammte auf, das durch die zerbrochenen Fenster der Fahrzeughalle nach draußen drang. Dann, plötzlich, erscholl dröhnender Motorenlärm, und Augenblicke lang schien das baufällige Gebäude aus Wellblech, das nur noch von Staub und Rost zusammengehalten wurde, einstürzen zu wollen.

Im nächsten Moment wurde das große Garagentor mit urtümlicher Wucht aus den Angeln gerissen!

Das Tor barst und brach auseinander. Dahinter erschien ein gewaltiges Gefährt, dessen Scheinwerfer wie die glühenden Augen eines Ungeheuers ihre Lichtlanzen in die Finsternis warfen.

Der Fahrer des Trucks, dessen Fenster schwarz verspiegelt waren, gab noch mehr Gas, und das riesige Gefährt ließ die Fahrzeughalle hinter sich und raste über den brüchigen Asphalt davon.

Der Sattelschlepper hatte einen kastenförmigen Auflieger, der ebenso wie die Zugmaschine mattschwarz war und das fahle Mondlicht förmlich zu schlucken schien. Der Truck fuhr auf den Highway und schlug den Weg nach Norden ein – geradewegs in Richtung der militärischen Sperrzone.

Nachdem der Truck ein paar Meilen auf der schnurgeraden Straße zurückgelegt hatte, schaltete der Fahrer die Lichter aus. Unbeirrt glitt das trutzige Gefährt weiter durch die Nacht, ein Phantom in der Dunkelheit …

John D. High lag wach in seinem Bett.

Nicht dass der leitende Special Agent des FBI Field Office New York seinen Schlaf nicht hätte brauchen können, doch der Anruf seines besten Agenten Jerry Cotton hatte Mr High in solche Unruhe versetzt, dass er nicht mehr daran denken konnte, auch nur ein Auge zuzutun.

Immer wieder gingen ihm Jerrys Worte durch den Kopf, versuchte er, ihren Sinn zu ergründen.

Was hatte Jerry gemeint, als er sagte, dass die Kandidaten nicht das seien, wofür man sie gehalten hatte? Worauf waren Phil und er gestoßen?

Natürlich hätte Mr High nur zu gerne gewusst, was im Ausbildungslager vor sich ging, doch sein Vertrauen zu seinen Agenten ging weit genug, den beiden keine überflüssigen Fragen zu stellen. Wenn sich

Jerry über den wahren Grund seines Anrufs ausgeschwiegen hatte, dann deshalb, weil er seinen Verdacht bislang noch nicht begründen konnte. Was er brauchte, um verbindliche Aussagen machen zu können, waren Informationen, und die würde er auch bekommen.

In einem jähen Entschluss schwang sich der SAC aus dem Bett, warf einen Blick auf den Wecker, der auf dem Nachttisch stand.

Halb fünf.

Er würde ins FBI-Büro an der Federal Plaza fahren und sich persönlich darum kümmern, dass Jerry die angeforderten Informationen möglichst schnell bekam.

Der SAC vermochte nicht zu sagen, wieso, aber eine innere Stimme sagte ihm, dass Ärger im Verzug war. Irgendetwas stimmte nicht.

Mit Höchstgeschwindigkeit raste der Truck durch die Nacht, vorbei an Kakteen und abgestorbenen Bäumen, die das Asphaltband des alten Highway zu beiden Seiten säumten.

Nichts schien das mächtige Fahrzeug aufhalten zu können, das wie ein schwarzes Ungetüm durch die mondbeschienene Wüste jagte, einem unbekannten Ziel entgegen.

Plötzlich tauchte aus der Dunkelheit ein Maschendrahtzaun auf, der quer über die alte Straße verlief.

Ein großes Schild prangte darauf, auf dem in nüchternen Lettern geschrieben stand:

MILITÄRISCHES SPERRGEBIET!

VORSICHT! SCHUSSWAFFENGEBRAUCH!

Der Fahrer des Trucks kümmerte sich nicht darum. Unbeirrbar steuerte er sein Fahrzeug auf den von Stacheldraht gekrönten Zaun zu und walzte ihn mit brutaler Gewalt nieder.

Es knirschte metallisch, und die Pfosten des Zauns wurden aus ihren Sockeln gerissen. Mit hellem Pfeifen rissen die Drähte, das Schild mit der Warnung wurde von den breiten Reifen überrollt.

Im nächsten Moment hatte der Truck das Hindernis hinter sich gelassen, rollte weiter auf der alten Straße, die abrupt im Sand der Wüste endete.

Der schwarze Truck, der wie von Geisterhand gesteuert wurde, raste über das Ende des Asphalts hinaus, jagte durch den Sand, eine yardhohe Wolke von Staub nach sich ziehend.

Schließlich änderte der Phantom-Truck seinen Kurs und steuerte die nahen Berge an, die sich östlich der Straße erstreckten. Sandstein, in den die Erosion bizarre Formen gegraben hatte, ragte dort auf, schroffe Wände von Fels, auf die der Truck mit Höchstgeschwindigkeit zuhielt.

Der Truck raste der Felswand entgegen, machte keine Anstalten, seine Fahrt zu verlangsamen. Der kantige Stein flog heran, der Motor des Lastwagens röhrte auf – und mit Urgewalt bohrte sich das mächtige Gefährt in die Felswand.

Anstatt jedoch daran zu zerschellen, drang der Truck geradewegs ins Innere des Berges ein. Der Fels, der noch vor einem Lidschlag hart und trutzig gewirkt hatte, gab nach und riss. Er war nichts als eine Attrappe, die aus Gips und Sperrholz und mit Farbe versehen errichtet worden war, um die geheime Zufahrt zu tarnen.

Der Truck brach einfach hindurch und fuhr mit unvermindertem Tempo in den Tunnel ein, der tief in den Berg führte …

Die kuppelförmigen Gebäude standen in einem weiten Kreis, ihre Eingänge, die zur Mitte des Lagers zeigten, waren mehrfach gesichert. Mondlicht schimmerte matt auf den mit Aluminium beschichteten Dächern der Halbkugeln, von denen jede an die zehn Yards Durchmesser hatte.

Zwischen den Gebäuden patrouillierten Uniformierte mit Spürhunden. Auf den Türmen der von Maschendrahtzaun und Stacheldraht umgebenen Areals hielten schwer bewaffnete Männer Wache, die mit Argusaugen in die von Scheinwerferlicht erhellte Umgebung spähten.

Das Camp lag tief in einer breiten Schlucht. Wie ein Canyon wirkte sie, hatte aber keinen Ein- oder Ausgang. Jedenfalls keinen sichtbaren. Eine klaffende, tiefe Wunde im Fels des Berges, wie mit einer riesigen Axt geschlagen. Wer den Weg hierher nicht kannte, würde ihn auch nicht finden. Das Camp in der Wüste gehörte zu den am besten gehüteten Geheimnissen des US-Militärs.

Und das aus gutem Grund …

Lieutenant Keith Foster zog ein letztes Mal an seiner Zigarette, ehe er die Kippe wegschnippte und mit dem Absatz seines Kampfstiefels austrat.

Noch einmal ließ er seinen Blick über das Areal schweifen, ehe er seinen stündlichen Inspektionsrundgang begann. Als zuständiger Offizier war er dafür verantwortlich, dass alle Posten auf ihren Plätzen waren und Vorfälle jedweder Art sofort gemeldet wurden. Er leitete die Wachmannschaften, und noch nie war es unter Fosters Befehl zu irgendwelchen Zwischenfällen gekommen.

Der ehrgeizige Lieutenant wollte dafür sorgen, dass das auch so blieb.

Die metallenen Stufen der Leiter zitterten leicht, als Foster den Südturm hinaufkletterte.

Die beiden Posten, die oben Wache hielten, salutierten, als sie ihren Vorgesetzten erblickten, und erstatteten Meldung.

»Sir! Zwei Mann auf Posten. Keine besonderen Vorkommnisse.«

Foster nickte, trat an den Rand der Plattform und blickte hinaus auf die karge Landschaft, deren bizarr geformte Felsen wie die Oberfläche eines fremden Planeten wirkten. Ringsum wurde das Camp von den turmhohen Wänden der Schlucht umgeben. Der gewaltige Riss im Berg bot ein natürliches Versteck, das es unmöglich machte, das Camp zu orten. Zahllose Tarn- und Abschirmvorrichtungen sorgten zusätzlich dafür, dass das Lager in den Felsen blieb, was es war: ein Geheimnis.

Nicht mal die Männer, die hier arbeiteten, wussten genau, was in den Bunkern gelagert wurde. Sie wurden in regelmäßigen Abständen von der nahen Militärbasis hierher gebracht und nach Ablauf ihrer Schicht wieder ausgewechselt. Jeder war zu strengster Verschwiegenheit verpflichtet, durfte nichts über die Lage des Camps verlauten lassen.

Keith Foster war es egal, welcher Natur das Geheimnis war, das das Lager beherbergte. Er hatte seine Befehle auszuführen und keine weiteren Fragen zu stellen, wie man es von einem guten Soldaten seiner Meinung nach auch erwarten konnte.

Und genau das Gleiche erwartete er auch von seinen Männern.

Schweigend starrte der Lieutenant in die Schlucht hinaus, deren trutzige Wände bei Nacht dunkel und bedrohlich wirkten.

Kein Wolf oder Coyote heulte. Nur der Wind war zu hören, der pfeifend um die Felsen strich, doch plötzlich mischte sich noch ein anderes Geräusch darunter.

Zunächst leise und kaum vernehmlich, wuchs es allmählich an, klang wie …

»Sir«, sagte einer der Posten heiser. »Hören Sie das auch?«

Das Geräusch wurde lauter. Es war unverkennbar das Röhren eines starken Motors, und es schwoll stetig an.

»Verdammt!«, murrte der andere Wachmann und nahm nervös sein Sturmgewehr in Anschlag. »Was ist da los?«

Foster warf gehetzte Blicke um sich, doch das Camp lag so ruhig wie zuvor, während der Motorenlärm immer näher kam.

Plötzlich begann die Plattform des Turms zu vibrieren.

»Der Tunnel!«, rief einer der Posten aus. »Da kommt was durch den Tunnel!«

Die Männer tauschten entsetzte Blicke – und dann gab es einen gewaltigen Knall, ein Bersten und Brechen, das den Soldaten des Camps durch Mark und Bein ging. Mit Urgewalt schoss ein mächtiger schwarzer Truck aus dem Tunnel, der unter dem Berg hindurchführte und die einzige Zufahrt zum Camp bildete.

Das Tor im Felsen, das der Einfahrt des Lagers genau gegenüberlag, war von einer Sprengladung zerfetzt worden, und glühende Bruchstücke und Metallfetzen flogen durch die Luft. Der Truck fuhr weiter, hielt mit vollem Tempo auf das Camp zu!

Foster ächzte entsetzt, während sein von der Dienstroutine abgestumpfter Geist zu begreifen versuchte, was gerade vor sich ging.

»Eindringlinge!«, schrie er schließlich aus Leibeskräften. »Feuer, Männer! Wir werden angegriffen!«

Die letzten Silben gingen bereits im ratternden Stakkato der Maschinengewehre unter. Die M-60-Gewehre, die auf drehbaren Lafetten montiert waren, schickten dem Truck tödlichen Hagel entgegen, doch das kohlrabenschwarze Gefährt ließ sich davon nicht aufhalten. Wirkungslos prallten die Projektile von der gepanzerten Haut des Lastwagens ab, Funken stoben, als Metall auf Metall traf.

»Feuert, was ihr könnt!«, rief Foster. »Stoppt dieses verdammte Ding!«

Ein wahres Stahlgewitter ging auf den Truck nieder, doch das nutzte nichts, seine Panzerung war zu gut, und selbst die Reifen des Kolosses hielten den Projektilen stand.

Die Scheinwerfer des Fahrzeugs blendeten auf, und im nächsten Moment hatte der Truck einen der Türme erreicht.

Ein entsetzliches Krachen und Bersten, als die mächtige Maschine mit Wucht in das Gerüst des Turmes fuhr.

Metallträger brachen wie morsches Holz, Drähte rissen mit hellem Pfeifen, und der Turm kippte ächzend, fiel um und stürzte donnernd zu Boden.

Entsetzt verfolgte Foster, wie das schwarze Ungetüm durch die Überreste des Turmes walzte und ins Innere des Camps drang.

Foster lief über die Plattform seines Turms auf die Leiter zu, kletterte sie in Windeseile hinab und sprang die letzten Yards.

»Feuer, Männer!«, brüllte er dabei aus Leibeskräften. »Wir müssen Sie aufhalten! Sie dürfen nicht …«

Noch immer hämmerten die Maschinenpistolen der Wachsoldaten, doch der schwarze Truck schien unverwundbar.

Einige Verteidiger, die sich ihm mutig in den Weg stellten, wurde einfach überrollt, einigen weiteren Männern gelang es gerade noch rechtzeitig, sich in Sicherheit zu bringen.

Dann – dicht vor den kuppelförmigen Depots – wurde der Truck plötzlich abgebremst, und die Klappe am Heck des großen Aufliegers öffnete sich.

Mehrere Männer in dunklen Overalls und mit Sturmhauben über ihren Gesichtern erschienen. Im Laufschritt stürmten sie aus dem Auflieger, dabei wild mit MPis um sich feuernd.

Einige von Fosters Leuten wurden tödlich getroffen, von den Beinen gerissen, aber auch zwei der Angreifer wurden zu Boden gestreckt.

Einige der vermummten Angreifer warfen faustgroße Gegenstände. Kaum landeten die Dinger auf dem Boden, entwich ihnen zischend weißer Rauch, der den Innenhof des Camps in dichte Schwaden hüllte.

Rauchbomben!

Verzweifelt versuchte der Lieutenant, seine Leute für einen gezielten Gegenschlag zu formieren – vergeblich.

Im immer dichter werdenden Nebel verloren die Verteidiger den Sichtkontakt zueinander. Die Angreifer aber verfuhren nach einstudiertem System, rückten mit hämmernden MPis halbkreisförmig vor und schalteten ihre Gegner mit einer eiskalten Präzision aus, die an Kampfroboter erinnerte.

Überall um sich herum hörte Foster das gnadenlose Hämmern und Rattern von Maschinenpistolen und die verzweifelten Schreie seiner Männer, die im Kugelhagel starben, während er selbst ziellos durch den dichten Nebel irrte.

»Garrison? McIver?«, rief er die Namen seiner Gruppenführer, doch er erhielt keine Antwort.

Noch einmal das Hämmern einer MPi, ein heiserer Schrei, dann herrschte Stille.

Unheimliche Stille, in der nur der Wüstenwind pfiff und heulte, der gleichgültig um die Felsen strich.

Foster irrte durch den Nebel, dessen Schwaden sich allmählich lichteten. Gehetzt blickte er sich um, eine Armeepistole in der Faust. Plötzlich stieß er mit den Stiefelspitzen gegen etwas, er verlor das Gleichgewicht und fiel hart auf den Boden.

Als er sich aufrichtete, erkannte er, dass er über den Leichnam eines seiner Männer gestolpert war. In grotesker Verrenkung lag er da und starrte ihn aus weit aufgerissenen Augen an.

Foster fühlte, wie die Panik ihn zu übermannen drohte, er musste sich zur Ruhe zwingen.

Er rappelte sich wieder auf. Die Pistole beidhändig im Anschlag, ging er weiter.

Der heulende Wind riss den Nebel auf, trug die Schwaden wie die Geister der Gefallenen davon, und die Sicht wurde freigegeben auf ein Bild des Grauens.

Die schwarz vermummten Angreifer hatten gesiegt.

Fosters Männer waren tot – alle tot! Sie lagen im Sand, der sich unter ihnen blutrot färbte. Dem Lieutenant war, als würde sein Herzschlag aussetzen. Er schnappte keuchend nach Luft. Alles in ihm drängte dazu, laut zu schreien, sein Entsetzen und seine Panik hinauszubrüllen. Einem jähen Instinkt gehorchend fuhr er herum – um wie versteinert zu verharren.

Vor ihm standen zwei der vermummten Mörder, ihre Maschinenpistolen im Anschlag.

Der Lieutenant ließ seine Waffe fallen, hob langsam die Hände, wohl wissend, dass er keine Chance hatte.

»Bitte«, sagte er leise. »Ich – ergebe mich ...«

Im nächsten Moment spien die Waffen der erbarmungslosen Killer tödliches Verderben.

Jack Pierce trat langsam vor, bedachte den blutüberströmten Leichnam, der vor ihm im Sand lag, mit einem geringschätzigen Blick.

»Wir machen keine Gefangenen«, sagte er mit seiner leisen, kehligen Stimme, dann zog er sich die Sturmhaube vom Kopf. Ein bärtiges, vernarbtes Gesicht kam darunter zum Vorschein, in dem ein loderndes Augenpaar funkelte.

»Gelände sichern«, raunte er seinem Begleiter zu, und der Vermummte ging davon, um den Befehl an die Unterführer weiterzuleiten.

Pierce griff an die Kampfweste, die er über seinem Overall trug, zog das Handtelefon aus der Tasche und wählte die geheime Nummer.

»Hier Black Truck«, meldete er tonlos. »Stufe eins der Operation ist beendet. Das Camp befindet sich unter unserer Kontrolle. Ich wiederhole …«

»Guten Morgen. Darf ich mich zu Ihnen setzen?«

Joan Keeler, die in Gedanken vertieft gewesen war, blickte auf. Zu ihrer Überraschung erblickte sie Norton Branner, der mit seinem Frühstückstablett an ihrem Tisch stand und auf ihre Antwort wartete.

»Natürlich«, sagte die junge Polizistin und rang sich ein Lächeln ab, obwohl ihr eigentlich nicht danach zumute war.

Branner bedankte sich und setzte sich Joan gegenüber, kostete von den Eiern und dem gerösteten Speck, die der Koch frisch zubereitet hatte.

»Na?«, erkundigte sich Joan, um ein wenig Small Talk zu betreiben. »Schmeckt es?«

»Eigentlich nicht«, gestand Branner. »Ich hab keinen Appetit. Mir gehen zu viele Dinge durch den Kopf.«

»Ach ja?« Joan schnitt eine Grimasse. »Mir geht's genauso. Dieser Trip nach Nevada war eine ziemliche Schnapsidee, fürchte ich. Ich meine, Jerry und Phil geben wirklich ihr Bestes, aber ich fühle mich vollkommen überfordert.«

»Wirklich?« Ein spitzbübisches Lächeln huschte über Branners sonst so verhärmte Züge. »Um ehrlich zu sein – mir geht's genauso.«

»Ihnen? Einem hoch dekorierten Offizier der Navy Seals? Dass ich nicht lache!« Joan schnaubte freudlos.

»Doch, glauben Sie mir«, versicherte Norton. »Es ist nicht alles Gold, was glänzt. Und in meinem speziellen Fall ist der Glanz schon längst verblichen.«

»Sie hatten gestern eine Unterredung mit Jerry, nicht wahr?«, erkundigte sich die Polizistin indiskret.

»Ja«, sagte der Offizier, ein wenig beschämt darüber, dass sich die Sache offenbar herumgesprochen hatte. »Zu Hause hatte ich ein paar – nun, Schwierigkeiten, die ich hier gern loswerden wollte. Aber so, wie es aussieht, hat es wohl nicht funktioniert.«

»Was wollen Sie damit sagen?«, fragte Joan fast ein bisschen erschrocken. »Wollen Sie etwa aussteigen?«

»Ja.« Norton nickte. »Jerry hat mir die Wahl überlassen, aber es hat keinen Sinn. Meine große Zeit ist um. Ich werde das S.T.A.R.-Team verlassen.«

Die junge Frau holte tief Luft, konnte nicht glauben, was sie da hörte, und sie ertappte sich dabei, dass es nicht nur dienstliche Enttäuschung war, die sie über Branners Rücktritt empfand. Gerade wollte sie etwas erwidern, als die Tür zum Frühstücksraum aufflog und ein bestens gelaunter Pete Tyler erschien.

»Morgen allerseits!«, tönte der junge SWAT-Mann und ließ sich vom Koch eine doppelte Frühstücksration auf seinen Teller geben. »Na, gut geschlafen?«

»Es geht«, antwortete Branner lakonisch.

Tyler deckte sich mit Butter, Toast, Marmelade und Frühstücksflocken ein und setzte sich dann zu seinen Kollegen. Ohne zu fragen, ob seine Gesellschaft auch erwünscht war oder ob er vielleicht störte.

»Mal sehen, was heute auf dem Programm steht«, meinte er und schob sich eine Gabel Rührei in den Mund. »Würde mich nicht wundern, wenn Cotton und Decker wieder eine neue Schweinerei für uns auf Lager hätten.«

Branner seufzte. »Sagen Sie, Mann, können Sie eigentlich nicht einmal wie ein normaler Mensch reden? Müssen Sie immerzu so tun, als wären Sie aus einem schlechten Film gefallen? Ihre verdammten Sprüche gehen mir wirklich auf die Nerven, okay?«

»Okay, okay«, gab Tyler zurück. »Wohl etwas schlecht gelaunt heute Morgen, was?« Er zwinkerte der Polizistin zu, die neben ihm saß, und versetzte ihr auch noch einen vertraulichen Rippenstoß. »Dafür verstehen wir beide uns umso besser, stimmt's, Joan?«

»Wachen Sie auf, Tyler«, entgegnete die junge Frau. »Sie sitzen schon beim Frühstück, also hören Sie auf zu träumen.«

Der junge SWAT-Mann lachte, ließ sich aber von ihren Worten nicht bremsen.

»Seltsam«, meinte er. »Ich hätte schwören können, dass Sie auf einen tollen Typen wie mich stehen.«

»Vielleicht im nächsten Leben«, sagte Joan und wollte aufstehen, doch Tyler hielt sie am Arm fest.

»Bitte, bleiben Sie noch und leisten Sie mir Gesellschaft.«

»Ich hab zu tun«, erwiderte die Polizistin, schüttelte seine Hand ab, stand auf, nahm dabei ihr Tablett und wandte sich ab – und zuckte zusammen, als ihr Tyler einen kräftigen Klaps auf den Po versetzte.

Die Polizistin zögerte keinen Augenblick. Das erträgliche Maß war überschritten. Sie wirbelte herum und schlug Tyler das Tablett um die Ohren.

Pete Tyler schrie auf – mehr vor Überraschung. Sein Gesicht und sein Hemd waren vom restlichen Rührei befleckt und bekleckert, das Joan nicht aufgegessen hatte.

Trotz seiner gedrückten Stimmung musste Norton Branner lachen. Seinem jungen Kollegen schoss die Zornesröte ins Gesicht.

»Ja, lachen Sie nur, Sie arroganter Armleuchter!«, rief er. »Immerhin habe ich in den letzten fünf Jahren eine Frau aus der Nähe zu sehen bekommen.«

Branners Lachen verschwand von einem Augenblick zum anderen. »Was soll das heißen?«

»Ganz einfach«, zischte Tyler und beugte sich provozierend über den Tisch. »Das soll heißen, dass mir Ihre schwermütige Art auf den Zeiger geht. Noch mehr Typen wie Sie in meiner Nähe, und ich müsste kotzen.«

»Wirklich?« Branner schnitt eine Grimasse. »Das wollen wir ja nun wirklich nicht. Vielleicht sollte ich Ihre Verdauung ein bisschen auf Zack bringen.«

»Nur zu.« Tyler stand auf. »Offen gestanden juckt es mich schon lange in den Fäusten. Ihr ach so schneidigen Militärtypen seid für mich ohnehin nur blöde Lametta-Affen!«

»Tun Sie sich keinen Zwang an.« Auch Branner erhob sich, sein kantiges Gesicht eine steinerne Maske.

»Was soll das?«, fragte Joan, die nicht glauben konnte, was sich vor ihren Augen abspielte. »Seid ihr beide übergeschnappt?«

Tyler schüttelte den Kopf. »Nicht doch, Schätzchen. Dieser Gentleman braucht nur mal eben was auf die Fresse, das ist alles.«

»Und Ihnen muss einer mal den Hintern stramm ziehen«, erwiderte Branner ungerührt.

Sekundenlang standen die beiden Männer wie erstarrt, dann explodierten sie beide in plötzlichen Bewegungen, schickten ihre Fäuste auf Reisen …

»Wie bitte, Sir?«

Ich hielt das Handy so fest umklammert, das der Kunststoff des Gehäuses verdächtig knackte. Zu unglaublich, zu unfassbar war das, was mir Mr High gerade mitteilte.

»Es scheint zu stimmen, Jerry«, bestätigte der SAC. »Wir haben es jedenfalls zweimal überprüft. Alle Kandidaten, die der S.T.A.R.-Einheit zugewiesen wurden, weisen erhebliche dienstliche Defizite auf.«

»Und welche?«

»Nun – über Norton Branner wissen Sie ja bereits Bescheid. Er ist seit einer fehlgeschlagenen Geheimoperation schwer traumatisiert und war zwei Jahre vom Dienst suspendiert. Kein Wunder, dass Sie mit seinen Leistungen nicht zufrieden sind.«

»Und Tyler?«

»Pete Tyler ist ein guter Polizist, aber bei seinen direkten Vorgesetzten als unbeherrschter Heißsporn verschrien. Man dachte wohl, eine Versetzung zu einer anderen Einheit würde eine wichtige Erfahrung für ihn sein.«

»So, dachte man das? Und da schickt man ihn ausgerechnet zu einer Anti-Terror-Gruppe?«

»Das Ganze ist mir ebenso schleierhaft wie Ihnen, Jerry«, sagte Mr High. »Im Fall von Officer Keeler sieht die Sache nicht viel besser aus. Ihr Partner ist vor einigen Wochen bei einem Einsatz ums Leben gekommen.«

»Und John Seldom?«

»Ich persönlich habe alle meine Verbindungen spielen lassen, um Zugang zum CIA-Archiv zu erhalten. Man war dort nicht gerade begeistert über meine Nachfrage, aber immerhin konnte ich in Erfahrung bringen, dass John Seldom einer der führenden Köpfe in der Abteilung Strategische Sicherheit war.«

»Strategische Sicherheit?«

»Eine Abteilung, die sich mit dem Missbrauch von Kernwaffen befasste. Präsident Kennedy hatte sie nach der Kuba-Krise ins Leben gerufen. Seldom war für die Entwicklung diverser Codierungen zuständig.«

»Nun, Sir – wir hatten eher den Eindruck, als könne er nicht mal Space Invaders spielen.«

»Tja – Mr Seldoms aktive Zeit liegt auch schon eine Weile zurück«, erklärte Mr High. »Mit dem Ende des kalten Krieges und der Auflösung der Sowjetunion ging es auch mit seiner Karriere steil bergab. Er versäumte es wohl, sich den geänderten Gegebenheiten anzupassen …«

»… und wurde zu uns abgeschoben«, knurrte ich. »Nicht sehr schmeichelhaft.«

»Ich werde versuchen, dieser Sache auf den Grund zu gehen, Jerry. Offenbar handelt es sich um einen Irrtum.«

»Das kann ich nur hoffen, Sir«, erwiderte ich. »Wer war eigentlich für die Zusammenstellung des Teams verantwortlich?«

»Ich bin dabei, es herauszufinden, Jerry«, antwortete Mr High. »Sie hören von mir, sobald ich …«

In diesem Moment erklang draußen auf dem Gang ein durchdringender Schrei. Dröhnendes Poltern war zu hören, Möbel stürzten um.

»Einen Augenblick, Sir«, unterbrach ich Mr High. »Hier ist irgendetwas passiert …«

»In Ordnung, Jerry«, bestätigte der SAC knapp. »Ich rufe Sie an.«

Phil, der mit mir im Büro gesessen hatte, und ich sprangen auf, stürmten aus dem Raum, hinaus auf den Korridor und hinüber zum Speisesaal, wo sich uns ein niederschmetternder Anblick bot …

Sie lagen umschlungen auf dem Boden, wälzten sich dort hin und her wie Lausejungen, die sich auf dem Schulhof balgten.

»Tyler! Branner!«, rief Phil mit Stentorstimme. »Auseinander, aber sofort!«

Die beiden hörten nicht. Und sie rangen nicht nur miteinander, auch Fäuste flogen, trafen hin und wieder klatschend in ihre Gesichter, und Blut rann aus Nasen und Mundwinkeln.

»Verdammt noch mal!«, stieß Phil hervor.

Entschlossen traten wir auf die beiden Kämpfenden zu. Jeder von uns packte einen von ihnen, und energisch trennten wir die Streithähne voneinander, rissen sie auseinander.

»Norton!«, herrschte ich Branner an und stieß ihn an die nächste Wand. »Sind Sie völlig wahnsinnig geworden?«

Der Navy-Seal-Offizier bebte am ganzen Körper, starrte mich verständnislos an.

Dann schien ihm plötzlich klar zu werden, wie sehr er sich vergessen hatte. Er atmete tief durch, beruhigte sich etwas.

Phil hatte alle Hände voll zu tun, Tyler im Zaum zu halten, der sich gebärdete wie ein wilder Stier. Phil hielt ihn mit beiden Armen fest umklammert. Schließlich ermattete auch Tylers Widerstand, und Phils Griff lockerte sich.

»Alles okay?«, fragte er.

Tyler antwortete nicht, nickte dann aber, wischte sich das Blut mit dem Handrücken aus dem Gesicht.

»Ich – ich weiß nicht, was in die beiden gefahren ist, Jerry«, stieß Joan tonlos hervor. Die Polizistin war ehrlich erschüttert.

»Ich weiß es auch nicht«, sagte ich, die beiden Männer mit strengen Blicken in Schach haltend. »Aber eines weiß ich bestimmt, Gentlemen – in unserer Einheit ist kein Platz für ...«

Der Rest von dem, was ich hatte sagen wollen, ging in einem lauten Poltern unter, das von draußen, vom Gang her, an meine Ohren klang.

Phil und ich tauschten einen Blick.

Seldom!

Rasch eilten wir hinaus, wollten die Treppe hinauf zu den Unterkünften – als Seldom uns schon von oben entgegenfiel.

Der CIA-Agent trug einen Mantel, der mit Erbrochenem beschmiert war. Er konnte sich nicht mehr auf den Beinen halten. Torkelnd kam er die Stufen herab, stolperte und fiel mir in die Arme, weil ich vorgestürmt war, um ihn aufzufangen.

Wüste Flüche lallend schaffte er es irgendwie, sich wieder auf die Beine zu raffen, bedachte Phil und mich mit trüben Blicken, aus denen jeder Verstand gewichen zu sein schien.

John Seldom war sturzbesoffen.

»Ha-hallo, Cotton«, brach er mit schwerer Zunge hervor, »Decker.«

Er hob den Flachmann, den er in Händen hielt, schraubte mit der anderen den Verschluss ab und prostete uns zu. »Auf Ihr Wohl, G-men!«

Er wollte ansetzen und trinken, doch Phil riss ihm den Flachmann aus der Hand und schleuderte ihn weg.

»Was soll das, Mann?«, rief er, über Seldoms Auftreten sichtlich erschüttert.

»Was das soll?« Der CIA-Mann starrte uns mit stieren Augen an, aber er blickte glatt durch uns hindurch, so sah es jedenfalls aus. »Ich bin ein Versager«, erklärte er schlicht. »Nichts weiter.«

»Aha«, sagte ich. »Und um uns das zu beweisen, haben Sie sich betrunken wie ein verdammter Bahnhofspenner?«

»Ich …« Seldom wollte etwas erwidern, brachte aber nicht mehr als ein kehliges Zischen zustande.

»Pete, Norton«, wies ich unsere beiden Streithähne an, die hinzugekommen waren. »Bringt den Kollegen nach oben und stellt ihn unter die Dusche. Danach packt ihn ins Bett. Er soll seinen verdammten Rausch ausschlafen.«

»Aye, Jerry.«

Branner und Tyler traten vor, nahmen Seldom von beiden Seiten und schleppten ihn die Stufen hinauf.

»Was wisst ihr schon«, rief der Geheimdienstler aus, und seine lallende Stimme triefte vor Weltschmerz. »Ich hab schon gegen die Roten gekämpft, als ihr euch noch in die Windeln geschissen habt! Aber meine Zeit ist vorbei! Vorbei, hört ihr?«

»Ja«, bestätigte ich bitter. »Spätestens jetzt ist sie es wohl …«

»Helen?« John D. High beugte sich über die Gegensprechanlage seines Schreibtisches.

»Ja, Sir?«

»Bitte verbinden Sie mich mit SAC Fergusson vom Field Office St. Louis.«

»Sofort, Sir«, kam die Antwort, und der Chef des New Yorker FBI brauchte nur wenige Minuten zu warten, bis seine flinke Sekretärin ihn mit seinem Amtskollegen aus dem Mittelwesten verbunden hatte.

Dave Fergusson war ein alter Freund, den High aus seinen Anfangstagen beim FBI kannte. Auch er war früher in New York gewesen, war jedoch nach St. Louis umgesiedelt, nachdem man ihm dort einen Posten als leitender Special Agent angeboten hatte. Über die Jahre hatten die beiden SACs ihre Freundschaft bewahrt und sich auch immer wieder gegenseitig ausgeholfen, wenn es darum gegangen war, brisante Informationen auszutauschen.

So wie heute …

Das Telefon auf Highs Schreibtisch klingelte, und der SAC nahm an.

»Ja?«

»Sir«, meldete Helens angenehm sanfte Stimme, »SAC Fergusson …«

»Danke, Helen. Stellen Sie bitte durch.«

Es klickte in der Leitung, und im nächsten Moment hatte High seinen alten Freund am Apparat. »Guten Tag, David.«

»Hallo, John«, grüßte Fergusson erfreut. »Lange nichts von dir gehört. Was verschafft mir die unerwartete Ehre?«

»Ich brauche eine Antwort«, sagte High. »Und zwar eine ehrliche Antwort …«

»Dann bist du bei mir an der richtigen Adresse«, versicherte Fergusson lachend, um dann sofort wieder ernst zu werden. »Was gibt es, John?«

»Zwei meiner Agenten wurden vom Justizministerium abberufen«, erklärte High, wohl wissend, dass er sich damit auf gefährliches Terrain begab. »Es handelt sich um eine streng geheime Operation, also …«

»Du kannst mir vertrauen, John«, versicherte Fergusson. Überflüssigerweise, denn hätte der New Yorker SAC seinem Amtskollegen nicht bedingungslos vertraut, hätte er ihn in dieser Sache nicht angerufen.

»Die beiden Agenten, um die es geht«, fuhr High fort, »haben vor einigen Jahren als Reaktion auf das Oklahoma-City-Attentat einige Vorschläge eingebracht, die unter anderem die Gründung einer neuen Spezialeinheit betrafen, die sich mit der Aufklärung und Bekämpfung terroristischer Aktivitäten befassen sollte.«

»Ein guter Vorschlag«, lobte Fergusson.

»Nun«, sagte Mr High, »vor einigen Tagen erhielten wir Bescheid, dass sich das Ministerium für diesen Vorschlag entschieden hat.

Offenbar hat man der Sache plötzlich höchste Priorität verliehen, denn meine Agenten wurden mit sofortiger Wirkung vom Dienst abgezogen und in ein Trainingslager nach Nevada geschickt.«

»John«, sagte Fergusson, »das ist alles schön und gut, aber, worauf willst du hinaus?«

»Nach einer Reihe von Dingen, die sich im Trainingslager ereignet haben«, sprach Mr High vorsichtig weiter, »frage ich mich, ob es dem Ministerium wirklich ernst ist mit diesem Projekt. Ich habe den Verdacht, dass jemand meinen Agenten schaden will, um sie zu diskreditieren, aus welchem Grund auch immer.«

»Verstehe«, sagte Fergusson leise. »Wie kann ich dir helfen, John?«

»Ich möchte, dass du deine Fühler ausstreckst«, bat High. »Vielleicht kannst du eine Anfrage beim Ministerium bezüglich eines neuen Projektes zur Terror-Bekämpfung starten. Ich muss wissen, ob es den Verantwortlichen ernst ist mit dieser Sache oder ob es sich nur um einen politischen Winkelzug handelt. Dafür sind mir meine Leute nämlich zu schade.«

»Verstanden«, bestätigte Fergusson, »und natürlich werde ich sehen, was ich tun kann.«

»Danke, Dave«, sagte Mr High. »Ich weiß das sehr zu schätzen. Die ganze Sache gefällt mir nicht, und ich frage mich, was da wirklich läuft.«

Als sich die Sonne über die breite Schlucht erhob, fand sie den Stützpunkt verändert vor.

Die uniformierten Posten, die sonst auf den Türmen des Camps Wache hielten, waren verschwunden. An ihrer Stelle standen jetzt Männer in tiefschwarzen Overalls, die dunkle Masken über ihren Gesichtern trugen.

Die kuppelförmigen Depots, die die Mitte des Lagers einnahmen, schimmerten im Sonnenlicht. Lautes Bohren drang aus ihrem Innern, wurde zwischen den engen Wänden der Schlucht zerrieben.

Jack Pierce überwachte persönlich die Arbeit des Teams, das mit dem Knacken der Panzertüren beauftragt war. Er wusste, welche brisante Ware tief unter den schützenden Kuppeln gelagert wurde, und er beobachtete, wie die Spezialisten auch die mobilen Computereinheiten herantrugen, die helfen sollten, die komplizierten Mechanismen der Panzertüren zu knacken. Das System war mehrfach gesichert. Mehrere Ebenen, die unterschiedlich kodiert waren. Das Team musste sich langsam von Tür zu Tür vorarbeiten.

Pierce spuckte aus.

Fast sehnte sich der Anführer der Bande nach jenen »romantischen« Tagen zurück, in denen man mit einem Satz Dietrichen nahezu jede Tür hatte öffnen können, ohne Diamantbohrer und Computer. Diese Zeiten waren längst vorbei. Die Hochtechnologie hatte Einzug gehalten, aber nicht nur auf Seiten der Regierung …

Die Spezialisten bauten ihre Anlage auf, führten ihre Sonden in die Bohrungen ein, um den glatten Stahl der Panzertür einer genauen Untersuchung zu unterziehen. Es würde ein hartes Stück Arbeit werden, sich den Weg ins Depot zu öffnen, doch die Mühe würde sich lohnen. Eine Million für jeden von ihnen. Pierce selbst erwartete das Zehnfache dieser Summe, wenn er den Auftrag erfolgreich erledigte. Für eine solche Belohnung hätte der Anführer der Terroristen beinahe alles getan.

Skrupel waren ihm fremd, Gewissensbisse kannte er nicht.

Der Mann mit dem vernarbten Gesicht war der Einzige, der um die wahre Natur des Auftrags wusste, der sich genau darüber im Klaren war, welch gefährliches Geheimnis das Lager in der Schlucht barg. Er hütete sich, seinen Männern davon zu erzählen.

Alles, was er wollte, war das Geld.

Sollte nach ihm die Sintflut kommen, ihm war es gleichgültig …

Als das Telefon in Frank Berlings Büro klingelte, zuckte der Justizsekretär zusammen. Er hatte tatsächlich einen Anruf erwartet, allerdings nicht auf der offiziellen Leitung.

Ein wenig nervös legte Berling seine Zigarre im Ascher ab und griff nach dem Hörer.

»Ja?«

»Guten Tag, Mr Berling«, drang die ruhige Stimme eines unbekannten Mannes aus dem Hörer. »Ich hoffe, ich störe nicht?«

»Wer sind Sie?«, fragte der Regierungsbeamte schroff. »Und was wollen Sie?«

»Mein Name ist John D. High, Mr Berling«, stellte sich der Anrufer vor. »Ich bin Special Agent in Charge des FBI Field Office New York.«

»Freut mich, Mr High«, sagte Berling ölig. »Was kann ich für Sie tun?«

»Es geht um die Spezialeinheit S.T.A.R., zu der zwei meiner Special Agents als Ausbilder berufen wurden.«

»O ja.« Berling nickte, während ihm kleine Schweißperlen auf die Stirn traten. »Ich erinnere mich, die Agenten Cotton und Decker, nicht wahr?«

»So ist es, Sir. Wie man mir sagte, waren Sie die treibende Kraft hinter dem S.T.A.R.-Projekt?«

»Ich war eine der Stimmen, die sich für ein verstärktes Engagement unserer Regierung in der Terrorbekämpfung aussprachen, das ist richtig«, bestätigte der Justizsekretär.

»Waren Sie es auch, der die Kandidaten für das Team zusammengestellt hat?«

»Nein«, gab Berling zurück, während er unruhig auf dem glatten Leder seines Chefsessels hin und her wetzte. »Die Teilnehmer wurden von einer unabhängigen Kommission ausgesucht. Wieso ist das für Sie von Interesse, Sir?«

»Weil«, erklärte Mr High ruhig, »meine Männer und ich Grund zu der Annahme haben, dass das S.T.A.R.-Projekt bewusst sabotiert wurde.«

»Was?« Berling schüttelte unwillig den Kopf, obwohl sein Gesprächspartner das nicht sehen konnte. »Das ist doch Unsinn! Wieso sollte jemand das S.T.A.R.-Projekt sabotieren wollen?«

»Dafür ließen sich sicher viele Gründe finden«, meinte Mr High. »Wir haben Nachforschungen angestellt und herausgefunden, dass alle Kandidaten, die der Einheit zugewiesen wurden, als psychisch labil einzustufen sind. Sie sind in keiner Weise geeignet, an einem Projekt für Anti-Terror-Einsätze teilzunehmen. Würde es sich um einen Kandidaten handeln, auf den das zutrifft, könnte ich darüber hinwegsehen, aber wenn alle vier Teilnehmer schwere Defizite aufweisen, nenne ich das Sabotage.«

»Aber das – das ist vollkommen unmöglich!« Berling biss sich auf seine wulstige Lippe. »Die Kandidaten wurden von einer unabhängigen Kommission empfohlen, die sich aus Mitgliedern des Verteidigungs- und des Justizministeriums zusammensetzte.«

»Dann muss den Gutachtern ein entscheidender Irrtum unterlaufen sein.«

»Das ist unmöglich! Unmöglich!«, beharrte der Justizsekretär. »Welche Beweise haben Sie? Womit können Sie Ihren Verdacht untermauern?«

»Werfen Sie einen Blick auf die Akten der Teilnehmer«, sagte der SAC. »Sprechen Sie mit den Vorgesetzten dieser Leute. Ich habe es getan – und nach diesen Informationen muss ich annehmen, dass das S.T.A.R.-Projekt nur eine Strohaktion ist, bei dem meine Leute auf der Strecke bleiben sollen. Special Agent Cotton und Special Agent Decker sind die besten Männer des New Yorker FBI, Mr Berling, und was auch immer in Washington vor sich gehen mag, ich bin nicht bereit, meine Leute für irgendwelche politischen Intrigen zu opfern.«

»Natürlich nicht«, erwiderte Berling. »Ich kann Sie gut verstehen, wenngleich es mir schwerfällt, Ihren Ausführungen Glauben zu schenken. Ich versichere Ihnen aber, dass wir der Sache nachgehen werden, um zu klären, was es damit auf sich hat.«

»Dafür wäre ich Ihnen dankbar«, versicherte Mr High. »Und ich möchte Sie bitten, das Projekt S.T.A.R. bis zum Abschluss Ihrer Untersuchung vorübergehend auszusetzen.«

»Das – ist leider nicht möglich«, erklärte Berling zögernd.

»Nicht möglich?« Mr Highs Stimme nahm einen anderen Klang an. »Warum nicht?«

»Weil«, sagte Berling, und dabei umspielte ein hämisches Grinsen seine feisten Züge, »weil wir bereits den ersten Krisenfall haben. Die Besatzung von Fort S.T.A.R. wird in diesen Minuten in Alarmbereitschaft versetzt …«

Kapitel 4

»Wir sollen was tun?«

Ich war von meinem Schreibtischstuhl aufgesprungen, konnte nicht fassen, was mir der Vorsitzende der Krisenkommission gerade erzählt hatte.

»Sie wurden aktiviert, Agent Cotton«, wiederholte der Mann mit drängender Stimme. »Sie und Ihr Team haben sich sofort ins Planquadrat FA-82 zu begeben. In einem geheimen Militärdepot gab es einen Zwischenfall.«

»Einen Zwischenfall?« Ich verstand kein Wort von dem, was der Kerl da sagte. »Das ist doch wohl nur ein Witz?«

»Durchaus nicht, Agent Cotton. Vor exakt acht Stunden ist unsere Funkverbindung zum geheimen Außenposten FA-82 abgerissen. Offenbar hat eine Gruppe von bislang unbekannten Angreifern den Stützpunkt überfallen und hält ihn besetzt – und Sie sind die einzige verfügbare Einheit im Umkreis von vierhundert Meilen. Sie werden die Feuerwehr spielen müssen.«

»Die Feuerwehr«, echote ich. »Wissen Sie, was Sie da reden? Meine Leute und ich hatten gerade mal zwei Tage Zeit, uns vorzubereiten, und ich kann nicht behaupten, dass diese beiden Tage optimal verlaufen wären!«

»Nun, bei Ihren Leuten handelt es sich schließlich nicht um Polizeirekruten, sondern um erfahrene Profis, oder nicht?«, fragte der Krisenbeauftragte kühl. »Ich denke, wir können von Ihnen und Ihren Männern höchste Einsatzbereitschaft erwarten.«

»Natürlich, aber …« Mir fehlten die Worte. So viel Engstirnigkeit und bürokratischer Borniertheit hatte ich nichts entgegenzusetzen.

»Ich habe Weisung, Ihnen den Einsatzbefehl zu erteilen, Agent Cotton. Ihre Mission lautet, die Lage zu sondieren und unter allen Umständen zu verhindern, dass die Terroristen irgendetwas hinausschaffen.«

»Warum lassen Sie den Job dann nicht einfach von einer Staffel Kampfhubschrauber erledigen?«

»Weil, Agent Cotton, die Terroristen sich mit hoher Wahrscheinlichkeit im Besitz von etwas befinden, das keinesfalls freigesetzt werden darf. Andernfalls wäre es unser aller Untergang.«

»Unser Untergang?« Ich fühlte, wie sich etwas in mir zusammenkrampfte. »Was, zum Henker, wird in diesem Camp gelagert?« Ich fühlte förmlich, dass irgendeine Schweinerei am kochen war …

»Es tut mir leid«, gab der Krisenbeauftragte zurück, »aber im Interesse Ihrer eigenen Sicherheit …«

»Im Interesse unserer Sicherheit?« Nun platzte mir doch der Kragen. »Sie wollen, dass mein Partner und ich uns mit einer Gruppe schlecht ausgebildeter Kämpfer geradewegs in die Höhle des Löwen begeben, und Sie sorgen sich um unsere Sicherheit? Nun sagen Sie schon, Mann: Was wird in dem verdammten Camp gelagert? Ich muss meinen Leuten schließlich sagen, wofür sie den Kopf hinhalten sollen!«

»B-Waffen«, kam die Antwort mit brutaler Offenheit. »Ein eigens gezüchteter Virus, der zu Versuchszwecken in den unterirdischen Depots des Lagers aufbewahrt wird.«

»B-Waffen?« Mir wurde schwindlig.

»Verstehen Sie jetzt, warum wir Ihre Hilfe so dringend brauchen, Agent Cotton? In den Händen von Terroristen wären diese Waffen eine Gefahr für Tausende oder noch mehr unschuldiger Menschen!«

»Warum wurde nicht schon längst Großalarm ausgelöst?«

»Nun – wie Sie sich sicher vorstellen können, hat unsere Regierung kein Interesse daran, dass diese Sache publik wird. Ich brauche Ihnen nicht zu sagen, dass B-Waffen laut Genfer Konvention verboten sind. Unsere Stellung als Ordnungsmacht in der Welt würde eklatanten Schaden nehmen, wenn wir ...«

»Verstehe«, unterbrach ich ihn zornig. »Sie gehören zu den Typen, die alles wollen, was? Bis zu den Ellbogen in Scheiße wühlen und dabei eine blütenweiße Weste behalten, egal, wie viele Menschen dabei auf der Strecke bleiben.«

»Es tut mir leid, wenn Sie so von mir denken. Ich befolge lediglich meine Anweisungen, Agent Cotton – und Sie sollten Ihre befolgen!«

»O ja«, knurrte ich, »vielen Dank auch. Aber Sie sollen wissen, dass mein Partner und ich jede Verantwortung für diesen Einsatz ablehnen. Jede, haben Sie kapiert? Wenn diese Sache schiefgeht, mache ich Sie persönlich dafür verantwortlich ...«

Es klickte in der Leitung.

Der Anrufer hatte aufgelegt.

Gleichzeitig sprang das Faxgerät an und spuckte die Details der bevorstehenden Mission aus.

Es gab keinen Ausweg.

Der Einsatz war beschlossene Sache.

»Geschafft!«

Mit lautem Zischen teilte sich das schwere Panzerschott der Sicherung und glitt auseinander.

Die Männer ruhten sich nicht auf ihren Lorbeeren aus.

Sofort sprangen sie auf, packten ihr Ausrüstung zusammen und eilten durch den kurzen Korridor zur nächsten Panzertür, die sie vom Kern des Bunkers trennte.

Jack Pierce, der dabeistand und seinen Leuten bei der Arbeit zusah, warf einen Blick auf seine Uhr. Schon nach Mittag.

Nicht mehr lange, und sie würden kommen – genau wie sein Auftraggeber es vorhergesagt hatte.

Pierce hatte selten an Operationen teilgenommen, die so gut geplant gewesen waren wie diese. Alles war bis ins Detail durchdacht. Sogar für die Zeit nach dem Deal hatten die Auftraggeber vorgesorgt.

Sie hatten sich ein Alibi verschafft, etwas, worüber die Medien zu reden haben würden, wenn all das hier vorbei wäre – und das den Verdacht weit von ihnen lenken und stattdessen zwei G-men aus New York ins Licht der Öffentlichkeit rücken würde, denen von allen Seiten die Schuld an dem Fehlschlag zugeschoben würde.

Der Anführer der Terroristen lachte lautlos in sich hinein.

Die beiden G-men waren sicher schon auf dem Weg hierher. Und sie ahnten nichts von ihrem Schicksal. Sie hatten nicht die geringste Chance.

»Wir haben eine Krisensituation.«

Diese wenigen Worte genügten, um die vier Kandidaten des S.T.A.R.-Teams hellhörig werden zu lassen.

Joan Keelers Gesicht wechselte die Farbe, Norton Branners Züge versteinerten zu einer eisernen Maske. Selbst Pete Tyler, der sonst immer einen lockeren Spruch auf Lager hatte, verschlug es die Sprache, und John Seldom schien auf einen Schlag stocknüchtern zu sein.

Phil und ich hatten unsere Schützlinge in den Briefing-Raum gebeten, um sie über das in Kenntnis zu setzen, was uns vor nicht mal zwanzig Minuten mitgeteilt worden war.

»Es sieht ganz so aus, als wären die Übungen zu Ende«, eröffnete ich rundheraus. »Der Ernst des Lebens holt einen manchmal eher ein, als man denkt.«

»Was ist geschehen, Jerry?«, erkundigte sich Joan gefasst.

»Vergangene Nacht«, berichtete ich, was ich von dem Fax wusste, das mir der Krisenstab geschickt hatte, »hat sich eine Gruppe bislang unbekannter Eindringlinge Zugang zu einem geheimen Versuchscamp der U.S. Army verschafft. Von der Mannschaft des Lagers gibt es keinerlei Lebenszeichen mehr, und man rechnet mit dem Schlimmsten.«

»Na großartig«, stieß Tyler hervor. »Und worum geht es diesen Typen?«

»Diese Information ist als streng geheim eingestuft«, gab ich zurück, »aber ich denke, wenn Sie Ihr Leben für diese Sache riskieren sollen, haben Sie ein Recht darauf, alles zu erfahren. In dem Camp werden äußerst gefährliche biologische Kampfstoffe gelagert. Wir müssen davon ausgehen, dass Terroristen es darauf abgesehen haben, diese B-Waffen in ihren Besitz zu bringen.«

Betroffenes Schweigen breitete sich aus, entsetzte Blicke wurden gewechselt.

»O mein Gott«, stieß Branner hervor, der die Sprache als Erster zurückfand. »B-Waffen in den Händen von Terroristen – das muss unter allen Umständen verhindert werden!«

»Deshalb schickt man uns«, sagte ich. »Wir sind die einzige verfügbare Einheit in Reichweite und sollen uns um die Sache kümmern. Unser Auftrag besteht darin, das Gelände zu sondieren und die Terroristen unter allen Umständen daran zu hindern, das Camp zu verlassen. Die B-Waffen dürfen keinesfalls aus dem Lager herausgeschafft werden.«

Ich unterbrach mich und holte tief Luft, tauschte mit Phil einen langen Blick.

Auch mein Partner wusste, dass wir im Grunde keine Chance hatten. Mit einem ungeschulten Team auf Einsatz zu gehen, das war an sich schon schlimm genug. Mit unserem ganz speziellen Team grenzte es an Selbstmord. Dennoch, wenn niemand versuchte, die Terroristen aufzuhalten, würde sich die Bevölkerung schon bald einer furchtbaren Bedrohung durch eine schreckliche Waffe ausgesetzt sehen müssen.

»In Ordnung«, sagte ich. »Nun wissen Sie, was man von Ihnen erwartet. Da Ihre Ausbildung noch nicht abgeschlossen ist, kann ich Sie natürlich nicht zwingen, an dem Einsatz teilzunehmen. Wenn Sie also aussteigen wollen, ist jetzt der richtige Zeitpunkt dafür.«

»He, was soll das?« Pete Tyler sprang auf. »Wenn wir nichts unternehmen, werden diese Arschlöcher Killerviren an alle möglichen

Finstermänner verschachern. Das können wir nicht zulassen. Also – ich bin dabei!«

»Ich auch«, erklärte Branner schlicht und stand ebenfalls auf. Der Marineoffizier und Tyler verständigten sich mit einem kurzen Blick, der verriet, dass die Meinungsverschiedenheit von heute Morgen vergessen war.

»Ich bin ebenfalls mit dabei«, verkündete Joan zögernd. »Vorausgesetzt, Sie können mich gebrauchen.«

»Natürlich«, versicherte ich, beeindruckt vom Mut und der Tatkraft der jungen Frau. »Dann wären wir ja beinahe komplett.«

»Was heißt da beinahe?«, polterte Seldom los. Auf wundersame Weise hatte es der CIA-Mann geschafft, seinen Rausch unter Kontrolle zu bringen, wenngleich er noch immer ein wenig unsicher auf den Beinen stand, als er aufgesprungen war. »Ich mische bei der Sache auch mit, ist doch klar!«

»Das halte ich für keine sehr gute Idee«, wehrte Phil skeptisch ab. »Wir können …«

»Nun tun Sie doch nicht so, als ob Sie die freie Auswahl hätten«, entgegnete Seldom. »Sie brauchen jeden Mann, den Sie kriegen können, G-man – und ich bin mit dabei, ob es Ihnen nun passt oder nicht!«

Ein Moment der Stille trat ein, in dem alle erwartungsvoll auf mich und meinen Partner starrten.

Phil und ich verständigten uns mit einem Blick. Wie immer man die Sache auch wenden mochte, Seldom hatte nur zu recht mit dem, was er sagte.

Wir brauchten jeden einzelnen Mann.

»Na gut.« Ich nickte entschlossen, ließ meinen Blick von einem zum anderen schweifen. »Sieht so aus, als bekäme jeder von Ihnen eine neue Chance, sich zu bewähren. Aber denken Sie daran, dass es diesmal niemanden geben wird, der ›Abbruch‹ ruft. Das da draußen ist keine Übung, sondern bitterer Ernst. Ich erwarte, dass Sie alle Ihr Bestes geben – und dass Sie als Team zusammenarbeiten. Haben Sie mich verstanden?«

»Yes, Sir«, scholl es mir aus vier Kehlen lauthals entgegen – und für einen winzigen Moment war ein Gefühl von Gemeinschaft und Stärke zu spüren, das ich die ganze Zeit über vermisst hatte.

Die letzte Hürde war genommen.

Es ächzte metallisch, als sich die Hälften der letzten Stahltür auseinanderschoben, und Jack Pierce schritt wie ein Feldherr, begleitet von seinen Leuten, in den Depotraum, das eigentliche Herz des Bunkers.

Unter jeder der schimmernden Stahlkuppeln lag ein Keller wie dieser, doch nur in diesem wurde gelagert, wonach die Terroristen suchten.

Jack Pierce grinste hämisch. Es sah ganz so aus, als wären die Bestechungsgelder gut angelegt gewesen.

Glaszylinder standen hier in Regalen gestapelt. Sie enthielten bunte Flüssigkeiten, sahen eigentlich harmlos aus, und nie wäre man darauf gekommen, dass sie das blanke Grauen zu entfesseln vermochten.

Einer der Männer öffnete den großen Isolierbehälter, den sie mit sich führten, und mit äußerster Vorsicht wurde Gefäß für Gefäß in dem großen Stahlzylinder verstaut.

Pierce sah es mit Genugtuung. Jedes dieser Babys würde auf dem Markt satte Millionen einbringen, und einen guten Teil davon würde er selbst einstecken. An wen das Zeug verkauft wurde, war ihm völlig egal – Hauptsache, die Bezahlung stimmte …

Die Männer im Depotraum hatten ihre Arbeit beendet. Behutsam schlossen sie den Behälter wieder, dessen Kontrolldioden auf Grün umsprangen, als sie die Versiegelung aktivierten.

Pierce nickte zufrieden.

Das Spiel konnte beginnen.

Schon eine Stunde später waren wir unterwegs.

Der geheime Militärstützpunkt, der nach seinen Koordinaten schlicht FA-82 genannt wurde, gehörte zum gewaltigen Areal der Nellis Air Force Base, die Nevada weit über die Grenzen unseres Landes hinaus berühmt gemacht hatte – weniger der schönen Landschaft wegen, sondern weil die Luftwaffenbasis auch jenes Versuchsgelände beherbergte, das allgemein als »Area 51« bekannt war und das Herz eines jeden Ufologen höher schlagen ließ.

Ob an der Sache mit den Ufos etwas dran war oder nicht, das sollten ruhig die TV-Kollegen Mulder und Scully weiter zu klären versuchen, wir hatten hier ernsthaftere Schwierigkeiten, denn die Gefahr, die in Camp FA-82 lauerte, war ungleich größer als irgendwelche Ufos: Killerviren, die von findigen Wissenschaftlern so manipuliert worden waren, dass es kein Heilmittel gegen sie gab.

Binnen weniger Stunden töteten sie einen Menschen auf qualvolle Weise, fraßen ihm bei lebendigem Leibe das Fleisch von den Knochen, ehe sie seine inneren Organe befielen – verabscheuungswürdige, furchtbare Waffen. Ich schämte mich dafür, dass mein Land sie in seinem Besitz hatte, zu welchen Zwecken auch immer.

Über unsere Chancen, mit einer schlecht ausgebildeten Gruppe von Leuten, die kein anderer mehr hatte haben wollen, die Situation zu entschärfen, mochte ich mir keine Gedanken machen. Wenn es stimmte, was ich über den Virus in Erfahrung gebracht hatte, dann drohte der Welt eine ungeheure Katastrophe.

Mit Höchstgeschwindigkeit jagten unsere beiden Geländewagen durch die Wüste, den Koordinaten des Stützpunkts entgegen, der sich unweit des alten Highway 6A befand, dessen Umland die Regierung für das Militär aufgekauft hatte, und nun wussten wir, zu welch düsteren Zwecken.

Schon tauchten in der Ferne die Berge auf, erhoben sich wie steinerne Riesen aus der kargen Weite der Wüste.

Jenseits dieser Berge lag die Schlucht, der tiefe Graben, der das Army-Camp beherbergte – ein Wunderwerk der Natur, das die Militärs dazu missbraucht hatten, verabscheuungswürdige Waffen zu horten. Ob zu Versuchszwecken oder nicht, von gewissen Dingen lässt man besser die Finger, oder man verbrennt sie sich früher oder später …

Im Schatten eines hohen Felsenturms, der östlich der Berge aufragte, stellten wir die Fahrzeuge ab. Rasch tarnten wir die beiden Jeeps mit Netzen, die sie zumindest flüchtigen Blicken entziehen würden, dann luden wir unsere Ausrüstung ab.

Jeder von uns trug über seinem schwarzen Kampfanzug eine Splitterschutzweste, in die ein Funkgerät und einige weitere Ausrüstungsgegenstände integriert waren. Dazu gab es einen Helm mit dunklem Schutzvisier gegen die blendend helle Sonne. Unsere Bewaffnung bestand aus standardmäßigen MP5s, lediglich Tyler und Branner waren zusätzlich mit M-16-Gewehren ausgerüstet, die über Laserzielvorrichtungen verfügten. Phil und ich trugen außerdem unsere SIG-Sauer-Pistolen am Mann, von denen wir uns nicht trennen wollten. Aberglaube oder Notwendigkeit – ich weiß es nicht zu sagen.

Wir schulterten die Tornister mit dem Beobachtungsequipment und machten uns an den beschwerlichen Aufstieg. Zwar existierte eine geheime Zufahrt zum Lager, doch wir mussten davon ausgehen, dass diese von den Terroristen besetzt worden war, und wenn wir denen in die Arme liefen, war unsere Mission aus und vorbei, noch ehe sie richtig begonnen hatte.

In der sengenden Hitze wurde der Marsch zur Qual. Der Weg führte steil bergauf, vorbei an bizarr geformten Felsen und abgestorbenen Kakteen. Keinerlei Leben schien es in diesem gottverlassenen Land zu geben, brütende Hitze lag wie ein Fluch darüber.

Immer wieder mussten wir nach unseren Feldflaschen greifen und unsere ausgedörrten Kehlen befeuchten. Blanke Erschöpfung blickte mir aus den Gesichtern meiner Begleiter entgegen, und auch ich musste alle Kräfte mobilisieren, um den steilen Aufstieg zu bewältigen.

Zunächst gab es noch so etwas wie einen Pfad, den eine Laune der Natur in den Fels gegraben hatte. Dann verlor auch dieser sich im Gestein, und der Aufstieg wurde noch um einiges beschwerlicher.

An einem Felsspalt fanden wir eine günstige Stelle, über die wir den Gipfel erreichen konnten, nahmen die letzte Strecke in Angriff, kletterten an der fast senkrechten Wand empor, uns gegenseitig durch Seile sichernd.

Phil und Joan waren die Letzten, die oben anlangten, und ich streckte meinem Partner die Hand entgegen, während sich Branner um Joan kümmerte.

Wir hatten unser Etappenziel erreicht, ein Plateau, das zum Westen hin plötzlich abbrach, als hätte jemand mit einem riesigen Messer hineingeschnitten, denn dort war die Schlucht, in der das Camp lag.

Vorsichtig pirschten wir uns an den Rand des Plateaus, wo Tyler bereits bäuchlings auf Beobachtungsposten lag.

»Ich kann sie sehen«, meldete der junge SWAT-Mann, ohne das Fernglas zu senken. »Es sind verdammt viele.«

Phil und ich robbten weiter an die Abbruchkante heran. Joan und Branner blieben zurück, um zu sichern. Seldom, den der Aufstieg an seine Leistungsgrenze gebracht hatte, blieb nach Luft ringend liegen. Spätestens jetzt war jeder Restalkohol aus seinem Blut gewichen.

Phil und ich griffen ebenfalls nach unseren Feldstechern, spähten in die Schlucht hinab. An die sechshundert Fuß ging es abwärts.

Die Schlucht war länglich und gebogen. Zu beiden Seiten wurde sie von senkrecht aufragenden Felswänden begrenzt, deren rötliches Gestein im Licht der Nachmittagssonne leuchtete. In ihrer Mitte verbreiterte sich die Schlucht zu einer weiten Talsohle, in der sich in alter Zeit ein See befunden haben mochte. Inmitten dieser Senke lag das Camp – ein kreisrundes, von Wachtürmen und hohem Stacheldraht umgebenes Areal, dessen Mitte von einer Reihe seltsam aussehender Gebäude eingenommen wurde.

Es waren große, metallisch schimmernde Halbkugeln, die im Kreis angeordnet waren. Bunker, in denen die gefährlichen Substanzen lagerten.

»Donnerwetter«, entfuhr es Phil. »Und das alles ohne Wissen der Bevölkerung.«

»Stimmt«, bestätigte ich bitter. »Finanziert aus Steuergeldern – es ist fast zum Lachen.«

»Also, ich finde es überhaupt nicht komisch«, ließ sich Tyler vernehmen und bewies damit, dass auch er sich über den Ernst der Situation im Klaren war.

»Wie gehen wir vor?«, fragte Phil.

»Mal sehen.« Ich blickte wieder durch das Fernglas, sah die schwarz vermummten Posten auf den Türmen. Die Kerle waren bis an die Zähne bewaffnet und verstanden sicher keinen Spaß.

Zwischen den Bunkern stand ein großer schwarzer Truck, um den geschäftige Betriebsamkeit herrschte. Insgesamt schätzte ich die Stärke unserer Gegner auf etwa dreißig Mann – zu viele, um es im offenen Kampf mit ihnen aufzunehmen.

»Sie wollen die Kampfstoffe mit dem Lastwagen rausbringen«, mutmaßte ich. »Die Thermik in der Schlucht dürfte es sehr schwer machen, dort mit einem Hubschrauber zu landen.«

»Genau, Jerry«, bestätigte Phil. »Und sie werden sich bis zum Einbruch der Dunkelheit damit Zeit lassen. Die Karre ist schließlich nicht umsonst schwarz gestrichen.«

»Na schön.« Ich ließ das Fernglas sinken und nickte entschlossen. »Warten wir also zunächst ab, was geschieht. Zwei Mann gehen als Späher runter und unterrichten uns darüber, was unten geschieht. Im entscheidenden Moment, wenn diese Kerl kurz davor sind, das Camp zu verlassen, schlagen wir zu.«

»O Mann.« Phil schluckte hörbar. »Hoffentlich geht das gut.«

»Jerry«, meldete sich Pete zu Wort, »ich möchte mich freiwillig für den Auftrag melden.«

»Nein«, lehnte ich ab, »ich brauche Sie und Branner hier oben. Sie werden Position beziehen mit Ihren M-16-Gewehren. Falls alle Stricke reißen, sind Sie beide unsere Lebensversicherung, verstanden?«

»Verstanden«, bestätigte Pete.

»Ich werde gehen«, gab Phil bekannt.

»In Ordnung, Alter«, sagte ich. »Nimm Joan mit, und erstattet uns regelmäßig Meldung.«

»Aye, Kumpel.«

Phil zögerte keine Sekunde und machte sich daran, bäuchlings wieder zurück zu den anderen zu robben.

»Vorsichtig, Jungs! Ganz vorsichtig!«

Jack Pierce überwachte persönlich das Verladen des Zylinders, der die Behälter mit den Kampfstoffen enthielt.

»He, Jack, was ist das eigentlich für ein Zeug?«, erkundigte sich einer der Männer.

»Nichts, was dich interessieren müsste, Haffner«, gab Pierce grinsend zurück. »Es wird gut dafür bezahlt, das ist alles, was du wissen musst.«

»War auch nur 'ne Frage«, sagte der Vermummte und wandte sich wieder seinen Kameraden zu, die den fast mannshohen Behälter wie ein rohes Ei aus dem Bunkergebäude trugen.

Im offenen Auflieger des Trucks standen bereits weitere Männer bereit, die den Todesbehälter in Empfang nahmen und an der eigens dafür vorgesehenen Aufhängung befestigten, die ihn gegen Erschütterungen schützen sollte. Pierce blinzelte zur Sonne hinauf, ließ dann seinen Blick über die Felswände der Schlucht schweifen, die zu allen Seiten aufragten.

Noch vier Stunden bis Sonnenuntergang, dann würden er und seine Männer verschwinden.

Sicher waren sie schon da, lagen irgendwo dort oben in Stellung und beobachteten, fragten sich, was zu tun sei. Und dabei ahnten sie nicht, dass sie nur Figuren in einem Spiel waren, das weitaus größer war, als sie zu fassen vermochten …

»Verdammter Mist«, zischte Phil, während er wie gebannt durch das Fernglas starrte.

Im Schutz einiger Felsen waren Joan und er vom Plateau hinabgestiegen und hatten auf einem Vorsprung Posten bezogen, von dem aus sich das Lager besser überschauen ließ. Durch das Fernglas konnte Phil jetzt sogar Einzelheiten erkennen.

Einige der Terroristen hatten ihre Sturmhauben von den Köpfen gezogen, andere trugen sie noch immer. Ein groß gewachsener Kerl mit einer vernarbten Visage fiel dem G-man besonders auf. Phil schätzte, dass dies der Anführer des Terrorkommandos war.

Die Kerle waren gerade dabei, den Lastwagen mit einem großen Zylinder zu beladen. Wahrscheinlich ein Schutzbehälter, in dem sich die gestohlenen Bio-Kampfstoffe befanden.

»Jerry«, sprach Phil leise in sein Funkgerät. »Wir sind auf Posten. Diese Typen sind gerade dabei, das Baby zu verladen.«

»Verstanden, Phil. Haltet uns auf dem Laufenden. Gebt uns Bescheid, sobald sich etwas tut.«

»Das werden wir«, flüsterte Phil. »Ende und aus.«

Er ließ die Sprechtaste los und warf der Polizistin, die neben ihm im Schutz eines Felsens kauerte, einen aufmunternden Blick zu.

»Na?«, fragte er lächelnd. »Ich wette, Sie hätten nicht gedacht, dass Sie so schnell in einen Einsatz geraten, was?«

»Allerdings nicht«, bestätigte Joan. »Ich habe Angst, Phil.«

»Die haben wir alle«, versicherte der G-man und grinste. »Ich meine, wir alle hängen ja schließlich am Leben, oder?«

Joan lachte freudlos. »Egal, wie brenzlig die Situation auch sein mag, Sie haben immer einen coolen Spruch auf den Lippen. Genau wie Pete.«

Phil zuckte mit den Schultern. »Es gibt viele Möglichkeiten, mit seiner Angst fertig zu werden. Das ist lediglich eine davon und ...«

Der G-man unterbrach sich, zuckte zusammen.

»Was ist?«, erkundigte sich seine Begleiterin halblaut.

Phil bedeutete ihr mit einer Geste, sich ganz still zu verhalten, während er nach, seiner MPi griff und sich halb aufrichtete.

Er hatte etwas gehört. Ganz sicher war er sich nicht, aber war da nicht gerade ein leises Geräusch gewesen?

Joan tat es ihm gleich, griff ebenfalls nach ihrer Waffe, während ihr hübsches Gesicht um einige Nuancen blasser wurde. Der Zeigefinger der jungen Polizistin legte sich um den Abzug, während vor ihrem geistigen Auge blitzartig Bilder vorüberzuckten. Bilder, die sie verdrängt hatte, und die jetzt mit aller Macht zurückkehrten.

Sie sah Bobby, wie er auf dem Boden des Supermarktes lag, Blut, überall Blut …

Joan kämpfte die Panik nieder, die in ihr aufsteigen wollte.

Zusammen mit Phil verharrte sie unbewegt, lauschte, ob ein verdächtiges Geräusch zu hören war, warf immer wieder prüfende Blicke zum Lager hinab.

Sekunden vergingen, in denen ihre Nerven zum Zerreißen gespannt waren. Als jedoch immer noch nichts geschehen war, kein fremdes Geräusch zu hören war und sich auch niemand blicken ließ, gab Phil Entwarnung.

»Ich weiß nicht«, meinte er flüsternd, »für einen Augenblick dachte ich …«

In diesem Moment war das hässliche Ratschen zu hören, das entsteht, wenn Schusswaffen durchgeladen werden – und Phil fuhr herum, riss seine Waffe in Anschlag.

Zu spät, wie seine alarmierten Sinne ihm sofort signalisierten.

Denn von zwei Seiten sprangen sechs schwarz vermummte Kerle heran, die ihre MPis schussbereit im Hüftanschlag hielten.

»Keine Bewegung!«, zischte einer von ihnen. »Die Waffen weg!«

Phil und Joan rührten sich nicht, hatten zwar ihre MPis schussbereit erhoben, wussten aber, dass sie nicht die geringste Chance hatten. Vielleicht konnten sie einen oder zwei ihrer Gegner erledigen, dann aber würden die Kugeln der Killer sie förmlich zerfetzen.

»Phil?«, fragte Joan dennoch, dem Tod mutig ins Auge blickend.

Der G-man zögerte noch einen Augenblick, dann ließ er die Waffe sinken.

Joan tat es ihm gleich, und beide hoben sie dann die Hände.

»Es tut mir leid«, sagte Phil mit einem traurigen Blick, den er in Joans Richtung sandte.

Sie wurden zum Lager abgeführt…

»Phil? Phil! Verdammt, Kumpel – melde dich!«

Ich erhielt keine Antwort mehr von meinem Partner, der sich vor siebzehn Minuten zum letzten Mal gemeldet hatte.

Wir hatten für alle fünfzehn Minuten einen kurzen Kontrollruf vereinbart, und Unpünktlichkeit war nicht Phils Sache. Der schreckliche Gedanke, dass meinem Freund und seiner Begleiterin etwas zugestoßen sein konnte, fiel mich wie ein Raubtier an und packte mich.

»Komm schon, alter Junge«, sprach ich wieder in das Funkgerät, und es klang beschwörend, aber auch das half nichts.

Phil und Joan meldeten sich nicht mehr.

»Schwierigkeiten?«, erkundigte sich Seldom, der auf dem Plateau mit dem Aufbau der Ortungsanlage beschäftigt war. Wenn wir bei Einbruch der Dunkelheit versuchten, in das Lager einzudringen, würde uns der CIA-Agent über seinen Bildschirm dirigieren – nur so hatten wir überhaupt eine Chance.

»Ich weiß nicht«, gab ich zurück. »Phil und Joan melden sich nicht mehr.«

»Verdammt.« Seldom machte ein unglückliches Gesicht. »Wenn sie geschnappt wurden, wissen diese Kerle jetzt, dass wir hier sind.«

»Wir müssen schnell arbeiten«, sagte ich. »Bis zum Einbruch der Dunkelheit muss alles vorbereitet …«

Mein Handy meldete sich, und ich holte es aus der Tasche meiner Kampfweste, ahnend, dass es Mr High war, der mich zu sprechen wünschte.

»Jerry«, meldete sich mein Chef prompt, und er klang schrecklich aufgeregt. »Hören Sie mir zu! Es ist eine Falle! Sie müssen sich sofort zurückziehen!«

»Uns zurückziehen, Sir?« Ich verstand überhaupt nichts mehr. »Aber …«

»Sie wurden reingelegt«, eröffnete mir Mr High, und der drängende Tonfall seiner sonst so ruhigen und beherrschten Stimme verriet, dass er es verdammt ernst meinte mit dem, was er sagte. »Ich habe soeben Informationen aus St. Louis erhalten«, berichtete er in aller Kürze. »SAC Fergusson hat seine Beziehungen spielen lassen und herausgefunden, dass es im Justizministerium kein Projekt mit dem Namen S.T.A.R. gibt.«

»Wie bitte?«

»Wir wurden alle hereingelegt, Jerry. Sie, Phil, ich – wir alle! Offenbar handelt es sich um ein abgekartetes Spiel mit dem Ziel, Sie und Phil in Misskredit zu bringen.«

»Uns? Aber …«

»Es scheint Verbindungen zu geben, die darauf hindeuten, dass Justizsekretär Berling in die Sache verstrickt ist. Obwohl er es mir gegenüber bestritten hat, das S.T.A.R.-Projekt ist allein auf seinem Mist gewachsen. Es war von vornherein so konzipiert, dass es scheitern musste, Jerry! Eine Falle, verstehen Sie?«

»Aber wir befinden uns bereits im Einsatz«, sagte ich. »Ein Terrorkommando hat einen Satz höchst gefährlicher Waffen …«

Ich unterbrach mich, als mir die schreckliche Wahrheit mit einemmal bewusst wurde. Was hatte Mr High gesagt? Das S.T.A.R.-Projekt war nur aus einem Grund ins Leben gerufen worden: damit es scheitert!

»Das ist es, Sir«, sagte ich atemlos. »Sie haben recht. Es war alles von vornherein geplant. Das Camp in Nevada, die Mitglieder des Teams, dieser Einsatz – Berling will, dass wir scheitern! Er steckt mit den Terroristen unter einer Decke!«

»Eine gefährliche Aussage, die Sie da treffen, Jerry«, warnte Mr High.

»Aber die einzig plausible Erklärung«, sagte ich. »Berling ist Sekretär im Justizministerium. Wenn die Kampfstoffe gestohlen werden, wird er sich unangenehmen Fragen stellen müssen – aber wir sind sein Alibi. Wir sollen als die Sündenböcke herhalten, wir sind schuld, und nicht er, wenn die Kampfstoffe von dem Terrorkommando fortgebracht werden!«

»O mein Gott!«, entfuhr es Mr High, »Sie haben recht! Sie müssen die Mission sofort abbrechen, Jerry. Als Ihr direkter Vorgesetzter kann ich Ihren Einsatzbefehl außer Kraft setzen. Sie erhalten hiermit Anweisung, sich unverzüglich zurückzuziehen und …«

»Das geht leider nicht, Sir«, unterbrach ich Mr High.

»Wieso nicht?«

»Es ist wegen Phil«, antwortete ich leise. »Sie haben ihn in ihrer Gewalt …«

Als John D. High den Hörer zurück auf den Apparat legte, stellte er fest, dass seine Hände zitterten.

Der Chef des New Yorker FBI atmete tief durch, zwang sich zur Ruhe.

Dann trat er an das große Fenster im Wohnraum seines Apartments, blickte hinaus auf das glitzernde Lichtermeer der Stadt, während es in seinem Kopf fieberhaft arbeitete.

Der SAC machte sich Vorwürfe, weil er die Versetzung seiner beiden besten Agenten nach Fort S.T.A.R. keiner genaueren Prüfung unterzogen hatte. Jetzt schwebten Jerry und Phil in Lebensgefahr.

In Windeseile arbeitete der messerscharfe Verstand des Special Agent in Charge einen Plan aus, wie Berling entlarvt und überführt werden konnte.

Welchen Zweck verfolgte der Justizsekretär mit seinem infamen Intrigenspiel? Ging es darum, mehr Macht zu erlangen? Oder ging es nur um schnödes Geld?

Sie alle waren manipuliert worden, hatten sich in die Irre führen lassen, aber nun war Schluss damit!

Entschlossen ging Mr High zurück zum Telefon, um seinen Stellvertreter Steve Dillaggio über die Sache zu informieren und einen FBI-Großeinsatz zu starten – als er plötzlich den roten Lichtpunkt gewahrte, der mit träger Langsamkeit über die helle Tapete der Wohnzimmerwand wanderte.

Adrenalin schoss schlagartig in die Adern des New Yorker FBI-Chefs, und er fuhr herum, wollte sich auf den Boden werfen – zu spät.

Ein heller Laut erklang, ein leises Splittern, als das Projektil ein winziges Loch in die Fensterscheibe schlug – und der SAC verspürte einen brennenden Schmerz in seinem Nackenmuskel.

Instinktiv griff er danach, ertastete das gefiederte Ende des winzigen Pfeils, während er bereits bemerkte, wie eine schreckliche Lähmung seinen Körper befiel.

Im nächsten Moment verlor er das Bewusstsein und brach zusammen …

Kapitel 5

Der Name des Mannes war Pierce.

Jack Pierce.

Phil war ihm noch nie zuvor begegnet, kannte jedoch seinen Namen aus diversen Fahndungsdateien – ein mieser, skrupelloser Typ, der gegen entsprechende Bezahlung für ziemlich jede Schweinerei zu haben war. Auch dafür, hochgefährliche Bio-Waffen aus einem Militärdepot zu stehlen und meistbietend an Potentaten in aller Welt zu verschachern.

Als der Ganove vor den gefangenen G-man und seine Begleiterin trat, wäre Phil am liebsten mit bloßen Händen auf ihn losgegangen. Die Fesseln, die man ihm angelegt hatte, hinderten ihn jedoch daran.

Nach ihrer Gefangennahme waren sie in eines der Mannschaftsgebäude gebracht worden, wo Pierce eine provisorische Zentrale errichtet hatte, von der aus er Kontakt zu seinen Auftraggebern hielt.

»Sind Sie beeindruckt, Agent Decker?«, erkundigte sich der Terrorist mit dreckigem Grinsen, das seine narbige Visage noch diabolischer wirken ließ.

»Angewidert, würde ich eher sagen«, korrigierte Phil. »Woher, zum Teufel, kennen Sie meinen Namen?«

»Ich weiß alles über Sie«, sagte Pierce ohne Umschweife, und das hämische Grinsen umspielte weiterhin seine Züge. Allein die Tatsache, dass der Ganove darauf verzichtete, eine Maske zu tragen, verriet Phil, dass Pierce nicht vorhatte, seine Gefangenen am Leben zu lassen.

»Sie wissen nichts!«, stieß Joan mutig hervor. »Gar nichts. Und von uns werden Sie auch nichts erfahren!«

»Dass Sie sich da mal nicht täuschen«, gab der Schurke zurück, die junge Frau mit einem schmierigen Lächeln bedenkend. »Auch über Sie bin ich bestens informiert, werte Miss Keeler – ich weiß von Ihrem Polizeidienst in Dallas, von Ihrem Versagen im Supermarkt, von Ihrem Partner, der sterben musste, weil Sie nicht bei ihm waren, als er Sie brauchte.«

»Aber«, brachte Joan sichtlich erschüttert hervor, »woher …?«

»Ich weiß auch von Ihren Kollegen, die gerade in diesem Augenblick vermutlich irgendwo dort oben hocken und sich fragen: ›Warum, zum Geier, ruft der Kerl nicht an?‹« Pierce lachte selbstgefällig. »Glauben Sie mir – ich weiß alles über Sie und das S.T.A.R.-Team!«

»Aber das ist doch unmöglich!«, entfuhr es Phil. »Wie …?«

»Raten Sie mal«, sagte der Terrorist nur – und Phil fiel es wie Schuppen von den Augen, als er die Fakten kombinierte.

Es gab nur eine Möglichkeit: Sie waren verraten worden! Von denselben Leuten, die sie in diesen selbstmörderischen Einsatz geschickt hatten!

»Verdammter Hund!«, stieß der G-man hervor. »Elende …!«

»Danken Sie nicht mir, danken Sie meinem Auftraggeber«, sagte Pierce im Tonfall eines Gebrauchtwagenhändlers. »Sie alle waren nicht mehr als seine Spielfiguren.«

»Das ist nicht wahr!«, schrie Joan. »Das ist eine verdammte Lüge!«

Pierce lachte, dann sagte er: »Denken Sie nach, Joan. Sie wissen genau, dass es wahr ist. Oder wie erklären Sie sich sonst all das hier? Sie und Ihre Kollegen haben diese Aktion doch erst möglich gemacht!« Der Terrorist lachte wieder.

In ohnmächtigem Zorn schloss Phil die Augen. Man hatte sie verschaukelt, auf mieseste Art und Weise hintergangen, um sie zum Sündenbock zu machen für das, was hier geschah, und sie waren blindlings in die Falle gelaufen.

Er fragte sich nur, was Jerry jetzt unternehmen würde.

Aber eigentlich war die Frage ohne Belang, denn was immer Jerry auch tat, er hatte nicht den Hauch einer Chance.

Pierce wusste alles, war auch über die Mitglieder des S.T.A.R.-Teams und ihre persönlichen Hintergründe bestens informiert, und so konnte er jeden Schritt, den die Gruppe machen würde, vorhersehen und war entsprechend vorbereitet …

Stille war eingetreten.

Ein Augenblick schrecklicher Erkenntnis, den jeder auf seine Weise zu verarbeiten suchte.

Seldom starrte schweigend vor sich hin, Branner hatte sein Gesicht in den Händen vergraben, der impulsive Tyler konnte die Tränen nicht zurückhalten.

»Dann hat man uns nur für diese Einheit ausgewählt, weil man wusste, dass wir versagen würden?«, fragte er ungläubig.

»Ja, Pete.« Ich nickte.

»Man hat uns abgeschoben«, konstatierte Seldom tonlos. »Jeden Einzelnen von uns. Diese Schweine wollen uns zu Sündenböcke für ihre krummen Touren machen, und wir haben ja auch bewiesen, dass wir dafür gerade richtig sind. Wir haben uns benommen wie Idioten.«

»Tja«, sagte ich bitter, »ich wünschte, ich könnte Ihnen widersprechen, John, aber …«

»Aber jetzt ist Schluss!«, verkündete der CIA-Mann entschieden und sprang auf. »Wir werden es diesen verdammten Hurensöhnen zeigen, das steht fest!«

»Was wollen Sie tun?«, fragte Branner wenig überzeugt. »Die haben uns doch eiskalt ausgespielt!«

»Na und?« Seldom schüttelte den Kopf. »Wer immer diese Wichser sind, sie können uns nicht kontrollieren. Diese Ärsche können nicht unsere Gedanken lesen. Wir können noch immer das tun, was wir für richtig halten. Und selbst wenn wir versagen, werden wir wenigstens kämpfend untergehen. Ich beiße lieber ins Gras mit ein paar Kugeln im Leib, als dass alle Welt mit dem Finger auf mich zeigt!«

»Er hat recht«, pflichtete Tyler seinem älteren Kollegen bei. »Phil und Joan sind da unten in Gefahr. Wir müssen sie befreien! Das sind wir ihnen schuldig und uns auch!«

»Ich werde in jedem Fall gehen«, sagte ich. »Wenn Sie mich begleiten wollen, steht Ihnen das frei, aber ich muss Sie warnen – es wird ziemlich rau werden!«

»Und wenn schon!« Tyler schnaubte. »Soll ich mir deshalb in die Hosen pissen? Sie und Ihr Partner waren die Einzigen, die uns mit Respekt behandelt haben, Jerry, während unsere eigenen Vorgesetzten uns schon längst abgeschrieben hatten. Wir werden Sie und Phil jetzt nicht im Stich lassen. Nicht wahr, Leute?«

»Ganz genau!«, stimmte Seldom zu, und auch Branner nickte entschlossen. »Ich denke«, sagte er, »es ist an der Zeit, dass wir diesen Arschgeigen zeigen, dass es ein Fehler war, sich mit dem S.T.A.R.-Team anzulegen! Wir werden Phil und Joan da rausholen – und diesen Typen ordentlich in den Hintern treten!«

Ich nickte, und ich konnte mir ein Lächeln nicht verkneifen.

Zum ersten Mal hatte ich das Gefühl, nicht vor einer Ansammlung starrköpfiger Einzelkämpfer zu stehen, sondern vor einer Einheit, die bereit war, gemeinsam durch dick und dünn zu gehen.

»Männer«, sagte ich und lud meine MP5 ratschend durch, »ich bin stolz auf euch!«

Der Plan war einfach und klar.

Während Seldom oben auf dem Plateau blieb und uns über Funkortung dirigierte, bezog Branner auf einem Felsvorsprung oberhalb des Lagers Stellung. Von dort aus konnte er das gesamte Camp unter Feuer nehmen. Tyler und ich stiegen im Schutz der langen Schatten, die die untergehende Sonne gegen die Westseite der Schlucht warf, hinab in die Tiefe, in die Höhle des Löwen sozusagen.

Im Lager machte man sich zum Aufbruch bereit.

Die Wachen waren von den Türmen abgezogen worden, und die Ganoven waren dabei, sich in den schwarzen Truck zurückzuziehen, in den sie auch den Behälter mit den Kampfstoffen verladen hatten.

Von Phil und Joan sahen wir nichts, aber vom Plateau aus hatten wir zuvor beobachtet, wie sie in eine der Unterkunftsbaracken gebracht worden waren. Ich konnte nur hoffen, dass sie noch lebten, aber wir hatten zumindest keine Schüsse gehört, die auf ihre Liquidierung hingewiesen hätten.

»John?«, fragte ich flüsternd in mein Funkgerät, nachdem Tyler und ich uns im Schutz eines Felsens niedergelassen hatten, der nur etwa zwanzig Yards vom Zaun des Camps entfernt war.

»Alles klar, Jerry«, kam die Antwort ebenso leise zurück. »Es sind alle auf ihren Plätzen.«

»Na wunderbar«, murmelte ich und sandte Pete einen entschlossenen Blick. »Dann lassen wir die Show mal starten. Norton …«

»Roger, Jerry«, gab der Navy Seal über Funk zurück. »Ich hab einen der Kerle genau im Visier.«

»Dann los!«, befahl ich. »Angriff!«

Im nächsten Augenblick zerriss ein peitschender Schuss die unheilvolle Stille, und einer der Terroristen, der nahe am Truck gestanden hatte, wurde von den Beinen gerissen, gegen den Auflieger geschleudert und knallte dann zu Boden.

Unter seinen Komplizen brach helle Panik aus, da erwischte es auch schon den Zweiten und den Dritten.

Branner bewies, dass er noch längst nicht zum alten Eisen gehörte. Wieder sanken zwei der vermummten Kerle leblos zu Boden. Chaos griff um sich.

Die Terroristen schrien und rannten wild durcheinander, warfen sich unter dem Truck in Deckung, ballerten wild um sich.

»Jetzt!«

Ich nickte Pete zu, und der junge SWAT-Mann nahm mit seiner M-16 die Scheinwerfer unter Feuer, die unsere Seite des Areals beleuchteten.

Sie implodierten mit lautem Knall, als die Projektile einschlugen, und von einem Augenblick auf den anderen herrschte Dunkelheit auf unserer Seite des Camps.

Rasch sprangen wir auf, setzten in gebückter Haltung auf die Umzäunung des Camps zu und warfen uns davor in Deckung.

Während Tyler sicherte, zog ich eine Spezialzange hervor, durchtrennte einige Maschen des Zauns, bis eine Öffnung entstand, die groß genug war, uns beide durchschlüpfen zu lassen.

Rasch bog ich den starren Draht auseinander, zog mich hindurch, um dann meinerseits zu sichern, während Pete mir folgte.

Auf dem freien Platz zwischen den Bunkerkuppeln herrschte heilloses Durcheinander. Die Terroristen gaben wüste Verwünschungen von sich, feuerten aus allen Rohren, ohne ihren unbekannten Gegner sehen zu können.

Ein triumphierendes Lächeln huschte für einen Augenblick über meine Züge. Wir hatten es geschafft, hatten etwas getan, womit die Schurken nicht gerechnet hatten. Nun konnte ich hoffen, dass unser Plan auch wirklich funktionierte.

»Pete?«, fragte ich.

»Alles klar, Jerry«, kam die Antwort. »Holen Sie Phil und Joan. Ich besorge den Rest.«

Ich nickte, deutete zum Abschied einen militärischen Gruß an und huschte dann in Richtung der Unterkunftsbaracke, während Tyler seinen ganz privaten Guerilla-Krieg gegen die Terroristen entfesselte.

Sein M-16-Gewehr spuckte Tod und Verderben. Die Geschosse hagelten dem Gegner entgegen, und nun nahmen der SWAT-Mann und sein Kollege von den Navy Seals die Ganoven ins Kreuzfeuer, zwangen sie, in Deckung zu bleiben.

Das war meine Chance …

»Verdammt, was ist da draußen los?«

Jack Pierce warf einen entsetzten Blick aus dem Fenster der Baracke, sah seine Leute draußen in kopfloser Hysterie durcheinanderlaufen, dabei wild um sich feuernd, aber ein paar wurden selbst getroffen und zu Boden gefegt.

»Diese hirnlosen Idioten!«, zischte er. »Können die nicht mal mit ein paar armseligen Versagern fertig werden?«

»Vielleicht sind diese Versager ja gar nicht so armselig, wie Sie denken«, stichelte Phil, der plötzlich wieder Hoffnung schöpfte. »Man sollte seine Gegner nie unterschätzen.«

»Was soll das, Decker? Verschonen Sie mich mit Ihren Weisheiten!« Pierce trat vom Fenster zurück und nickte den beiden Schergen zu, die hinter Phil und Joan standen und jetzt kaltblütig ihre Kampfmesser zückten. »Vielleicht werden ein paar meiner Leute diesen Einsatz nicht überleben – aber Sie beide garantiert auch nicht!«

»Sie wollen uns töten?«, fragte Joan entsetzt.

Pierce grinste. »Ich kann nun mal keine Zeugen brauchen.«

»Weil sonst jeder Polizist auf dem Erdball hinter Ihnen her sein wird«, erklärte Phil, während die beiden Killer ihre Klingen bereits an die Kehlen ihrer Opfer legten.

»So ist es, Agent Decker«, sagte der Anführer der Bande gleichmütig, nickte seinen Schergen ein weiteres Mal zu – und Phil und Joan spürten, wie sich der Druck der rasiermesserscharfen Klingen an ihren Kehlen verstärkte. Ein Stich, ein schneller Schnitt – jeden Augenblick würde es vorbei sein …

Urplötzlich flog die Tür der Baracke krachend auf.

»Cotton, FBI!«, erklang eine nur zu vertraute Stimme. »Keine Bewegung!«

Die MPi hatte ich am Riemen über der Schulter hängen, meine SIG Sauer im Combatanschlag in beiden Händen.

Der Kerl mit der Narbenvisage machte einen Satz zurück. Seine beiden Handlanger zögerten einen winzigen Augenblick, dann aber wollten sie ihre wehrlosen Opfer doch noch töten, indem sie die Klingen einfach über ihre Hälse zogen. Ich ahnte die Bewegung, sah es an dem plötzlichen Aufleuchten in ihren Augen.

Die SIG Sauer in meinen Händen spuckte Blei. Zweimal bellte die Waffe – und die beiden Killer taumelten zurück und brachen zusammen.

»Die Hände hoch, los!« Ich fuhr herum, um auf den Kerl mit dem

Narbengesicht zu zielen, doch der hatte seine Überraschung überwunden und sprang mit einem Satz auf Phil und Joan zu.

Ich schoss, verfehlte ihn jedoch, und schon hatte er die Geiseln erreicht, warf sich hinter ihnen in Deckung. Er schnappte sich Joan, legte ihr dabei den linken Unterarm um den Hals, riss sie hoch und presste ihr den Lauf seiner Pistole an die Schläfe.

»Keine Bewegung, Cotton!«, herrschte er mich hasserfüllt an. »Lassen Sie sofort die Kanone fallen, oder mit der Kleinen hier nimmt es ein verdammt blutiges Ende.«

Ein Blick in die lohenden Augen des Verbrechers verriet mir, dass er es ernst meinte. Er würde sie töten, wenn er keinen Weg mehr sah zu entkommen, so viel stand fest.

»Schon gut«, sagte ich ruhig und legte langsam die Waffe auf den Boden, den Ganoven dabei nicht aus den Augen lassend.

»Sie stures Arschloch!«, fuhr er mich an. »Alles hätte so einfach sein können! Mussten Sie und Ihre Leute unbedingt die Helden spielen?«

»Man tut, was man kann«, gab ich zurück.

»Verdammter Mist!« Der Kerl gab eine Reihe von Verwünschungen von sich, drückte sich dann an mir vorbei zur Tür, Joan weiterhin als lebenden Schutzschild vor sich haltend. Im nächsten Moment hatte er die Tür erreicht und verschwand mit Joan.

»Cotton an alle!«, brüllte ich augenblicklich in mein Funkgerät. »Feuer einstellen, sofort! Der Anführer hat sich Joan geschnappt! Er kommt raus!«

Tyler und Branner bestätigten, während ich zu Phil eilte, um ihn von seinen Fesseln zu befreien.

»Alles klar, Alter?«, fragte ich.

»Ja«, entgegnete Phil knapp, denn für Danksagungen war später Zeit. »Wir müssen hinter Pierce her. Das Schwein will sich absetzen!«

»Das werden wir verhindern«, gab ich zurück.

»Also los …«

•

»Hierher, Leute! Alle mir nach!«

Jack Pierce stürmte aus dem Eingang der Unterkunftsbaracke, Joan Keeler als menschlichen Kugelfang vor sich haltend.

Seine Männer, die sich hinter Kisten, Fässern und unter dem

schwarzen Truck verschanzt hatten, zögerten einen Augenblick. Dann, als sie begriffen, dass das Feuer der Angreifer verstummt war, sprangen sie auf, eilten zu ihrem Anführer hin.

Die zahlreichen Verwundeten ließen sie zurück. Jeder der Vermummten hatte genug damit zu tun, sich selbst zu retten. Wer Pierce folgen konnte, tat es. Wer dazu nicht mehr in der Lage war, blieb zurück.

»Los, in den Truck!«, schrie Pierce mit Stentorstimme, während er Joan mit sich zum Führerhaus zerrte.

Rasch kletterten seine Leute in den großen, langen Auflieger, schlossen die gepanzerten Türen hinter sich.

Mit triumphierendem Lachen erklomm Pierce das Führerhaus, Joan dabei fest im Griff seiner großen Pranke, und als er die Tür hinter sich geschlossen hatte, stieß er seine gefesselte Geisel unsanft auf den Beifahrersitz, über die Mittelkonsole hinweg, an der sie sich ein paar blaue Flecken holte.

»Verhalte dich bloß ruhig, Mädchen, sonst bist du tot!«, sagte er barsch, dann drückte er den Zündknopf, und der mächtige Motor unter der Kühlerhaube erwachte röhrend zum Leben. Ein Beben durchlief den Truck. Pierce legte den Gang ein, trat das Gaspedal durch, und das schwarze Gefährt schoss davon.

Der Terrorist lenkte den Truck mit Brachialgewalt durch den Maschendrahtzaun des Stützpunkts, es knirschte hässlich, als das Gefährt die Umgrenzung durchbrach, und dann raste der Sattelschlepper geradewegs der Mündung des Tunnels entgegen, im Auflieger nicht nur die restlichen Terroristen, sondern auch das tödliche Ladegut …

»Gib Gas, Kumpel!«

Der Militärlastwagen, den Phil und ich in einer der Fahrzeugbaracken gefunden hatten, schoss durch die Bresche, die der schwarze Truck in die Umgrenzung des Stützpunkts gewalzt hatte.

In atemberaubendem Tempo fegte unser Laster über den sandigen Grund, der Einfahrt des Tunnels entgegen, in dem der Truck bereits verschwunden war.

Mein Partner und ich hatten keine Zeit verloren, die Verfolgung der Terroristen aufzunehmen. Wir mussten Joan retten und den Behälter mit den Bio-Kampfstoffen sicherstellen, und dabei durften wir uns nicht den geringsten Fehler erlauben.

Ein heftiges Rumpeln durchlief das Fahrzeug, als Phil den alten Laster zwang, über die Randbebauung der Straße zu springen, die in den Tunnel führte.

Kaum hatten die Reifen die Fahrbahn berührt, als mein Partner nochmals beschleunigte, das Letzte aus dem Motor herausholte, und im nächsten Moment verschluckte uns der mächtige Tunnel, der unter dem Berg hindurchführte.

Im Licht der Neonbeleuchtung konnten wir weit vor uns die Umrisse des schwarzen Trucks erkennen. Phil drückte weiter auf die Tube, und wir holten allmählich auf.

Mit atemberaubendem Tempo schoss der Army-Laster durch die Tunnelröhre, die gerade so breit war, dass zwei Lastwagen nebeneinander fahren konnten.

»Komm schon, du verdammte Kiste!«, rief Phil beschwörend, und als hätte sich der Lkw von seinen Worten erweichen lassen, schmolz der Abstand zum Truck der Terroristen noch weiter. Das mächtige Heck des Aufliegers wuchs vor uns auf, in dessen Inneren das Verderben lauerte.

»Geh längsseits«, wies ich meinen Partner an, während ein kühner Plan in meinem Kopf Gestalt annahm.

»Was hast du vor?«, rief Phil über das Röhren des Motors hinweg.

»Frag mich lieber nicht«, gab ich zurück, »sonst überlege ich's mir noch anders.«

Phil setzte zum Überholen an, und dann schien uns der Fahrer des Trucks – wie Seldom uns von seinem Posten aus mitgeteilt hatte, war es Pierce selbst, der das mächtige Gefährt lenkte – entdeckt zu haben. Der Ganove riss am Lenkrad, und der mächtige Auflieger des Sattelzugs schlug gefährlich zur Seite aus, wie eine Echse mit ihrem Schwanz.

»Vorsicht!«, rief ich, und Phil reagierte sofort.

Er riss das Lenkrad zur Seite, unser Laster prallte gegen die Wand des Tunnels. Funken stoben, ein hässliches Kreischen erklang, als Metall über nackten Beton schrammte, doch der vernichtende Hieb des Trucks verfehlte uns.

»Jetzt, Phil!«, rief ich aus und deutete auf die Zugmaschine. »Bring mich rüber!«

»Du willst …?« Mein Partner warf mir einen entsetzten Blick zu.

»Verdammt, Phil, tu es!«, brüllte ich.

»Nun gut.« Phil nickte, und dann tat er, was ich von ihm verlangte. Er lenkte den Laster weiter vorwärts, trat dabei das Gaspedal bis zum Anschlag durch, bis sich die Tür auf meiner Seite in Höhe der Lücke befand, die bei dem schwarzen Sattelschlepper zwischen Zugmaschine und Auflieger war.

»Viel Glück!«, rief Phil.

Ich nickte ihm zu, riss die Beifahrertür auf, nahm Maß – und sprang.

Einen Augenblick lang schwebte ich förmlich zwischen Leben und Tod, spürte den kalten Fahrtwind, der mich auf die Fahrbahn fegen wollte, dann landete ich hart auf dem Heck der Zugmaschine, geradewegs zwischen Führerhaus und Auflieger.

Dankbar, den waghalsigen Sprung unbeschadet überstanden zu haben, schickte ich ein paar freundliche Worte zum Himmel, richtete mich auf und krallte mich fest, als der Truck ein abruptes Manöver vollführte.

Offenbar wollte Pierce den Army-Lastwagen neben sich zur Seite boxen, doch mein Partner wich geschickt aus und brachte sein Gefährt aus der Gefahrenzone.

Nun war es an mir, den Tag zu retten.

Mit zusammengebissenen Zähnen ließ ich mich nieder, kroch unter den Kastenaufbau des Aufliegers – dorthin, wo sich der Kupplungssattel des Trucks befand.

Das Dröhnen des Motors umgab mich, das schrille Pfeifen der Reifen klang in meinen Ohren, die Betonplatten der Fahrbahn wischten mit mörderischem Tempo unter mir vorüber. Es war die Hölle. Ein Fehler, und ich war tot!

Ich erreichte die Verankerung, die Zugmaschine und Auflieger miteinander verband, betrachtete sie eingehend sekundenlang. Endlich entdeckte ich den Hebel, der mit »Manual Override« überschrieben war, und umfasste ihn fest. Einmal, zweimal atmete ich tief durch – dann zog ich mit aller Kraft daran.

Zuerst klemmte das verdammte Ding, dann gab es nach – und mit schrillem Quietschen löste sich die Kupplung zwischen Auflieger und Schlepper.

Alles schien wie in Zeitlupe vor sich zu gehen: Der Auflieger fiel zurück, die Verbindungskabel wurden aus ihren Halterungen gerissen, und unaufhaltsam trennten sich beide Teile voneinander.

Seiner Auflage beraubt, schlug der Auflieger mit ungeheurem Getöse auf die Fahrbahn, über die er funkenstiebend weiterrutschte, dabei einen infernalischen Lärm erzeugend.

Der herrenlose Auflieger rutschte durch den Tunnel, stieß gegen die rechte Wand, und wieder flogen Funken, als Metall über Beton schrammte. Entsetzliches Kreischen erfüllte die lange Röhre, und dann kippte das mächtige Gebilde, langsam, so schien es, aber unaufhaltsam, knallte auf die Seite, rutschte so noch etliche Yards weiter und blieb schließlich liegen wie ein von einer Gewehrkugel niedergestrecktes Tier.

Schwer atmend lag ich auf dem Heck der Zugmaschine, gönnte mir ein triumphierendes Lächeln, ehe ich mich daranmachte, das Fahrerhaus des Trucks zu erklimmen.

»Verdammte Scheiße! Das darf doch nicht wahr sein!«

Fassungslos starrte Jack Pierce in den Außenspiegel, sah, wie sich der Auflieger vom Sattelschlepper verabschiedete, um schließlich gegen die Tunnelwand zu rammen und krachend umzustürzen.

»Cotton!«, brachte er hasserfüllt hervor. »Das ist dein Werk, du verdammter Hundesohn!«

»Ich habe es Ihnen gesagt!«, verkündete Joan triumphierend. »Ich habe Ihnen gesagt, dass Jerry und Phil nicht aufgeben werden!«

»Ach, halt die Klappe!«, stieß Pierce aus und versetzte der jungen Frau einen brutalen Schlag ins Gesicht.

Seine Gedanken drehten sich im Kreis.

Die Mission war fehlgeschlagen.

Die Bio-Waffen waren verloren, ebenso seine Männer.

Alles, was er jetzt noch tun konnte, war, seine Haut zu retten. Nun, dabei würde ihm die Geisel eine wertvolle Hilfe …

Der Terrorist kam nicht dazu, den Gedanken zu Ende zu bringen, denn in diesem Moment wurde die Fahrertür aufgerissen, und ein Paar mit Kampfstiefeln bewehrter Füße zuckte ins Innere der Fahrerkabine und erwischte Pierce mit voller Wucht.

»Jerry!«, rief Joan hocherfreut.

Geschmeidig glitt ich durch die Tür ins Innere des Führerhauses.

Pierce, der von meinem Angriff völlig überrumpelt war, fiel zur Seite, riss das Lenkrad mit sich.

Der Truck machte einen gefährlichen Schlenker, prallte gegen die Tunnelwand, wurde wieder zurückgeschleudert und drohte zu kippen, blieb dann aber auf den Rädern und jagte weiter geradeaus.

Ich attackierte inzwischen wieder Pierce, dabei mit den Knien auf dem Fahrersitz hockend, doch nun hatte der Verbrecher seine Überraschung und den Schock über mein Auftauchen überwunden und setzte sich zur Wehr.

Er parierte meine Attacke mit den Unterarmen, schoss dann seinerseits eine Kombination harter Schläge ab, die durch meine Deckung drangen und mich leider auch erwischten.

»Verdammter Mistkerl!«, schrie der Terrorist und begann nach mir zu schlagen.

In diesem Moment warf Joan sich auf ihn und würgte ihn mit ihren Handgelenkfesseln. Pierce schrie wie von Sinnen, schlug wild um sich und war für einen Augenblick abgelenkt – meine Chance!

Pierce, der Joan gerade mit einem brutalen Schlag abgeschüttelt hatte, fuhr herum – und meine beiden Fäuste trafen ihn mitten ins Gesicht.

Der Ganove gab einen dumpfen Laut von sich, und ich sah Blut spritzen, denn ich hatte ihm den Riechkolben platt geschlagen. Dann stieß der Verbrecher einen gellenden Schrei aus, nicht vor Schmerzen, sondern vor Wut und Hass, und mit diesem Schrei stürzte er sich auf mich.

Pierce prallte gegen mich, ich flog mit ihm zurück, nach hinten und aus dem Sattelschlepper, aber ich konnte mich gerade noch irgendwo festhalten. Pierce jedoch rutschte schreiend über mich hinweg, auch ihm gelang es zwar, sich festzuhalten, aber er war schon zu tief gesackt, die Beine und die Knie schleiften über die Betonplatten, der Stoff des Overalls wurde zerfetzt und Haut und Fleisch von den Knochen geschabt.

Pierce schrie wie am Spieß, diesmal vor Schmerzen. Dann rutschte er unter die mächtigen Doppelreifen des Trucks, wurde von ihnen gepackt, zermalmt, zerfetzt und noch mitgerissen, dann wurde er nach hinten auf die Fahrbahn geschleudert.

Joan blickte in den Außenspiegel, stieß einen schrillen Schrei aus, als Pierces blutiger, verstümmelter Körper darin auftauchte.

Der skrupellose Terrorist hatte ein grausames Ende gefunden.

Ich setzte mich hinter das Steuer des führerlosen Trucks, packte das Lenkrad, trat auf die Bremse, brachte das Fahrzeug unter meine Kontrolle und verlangsamte seine Fahrt. Exakt am Ende des Tunnels brachte ich es schließlich zum Stillstand.

»Alles in Ordnung?«, wandte ich mich an Joan, während ich ihre Fesseln löste.

Die junge Frau nickte. »Vielen Dank, Jerry. Wenn Sie nicht gewesen wären …«

»Ich habe zu danken«, sagte ich nur und mühte mir ein Grinsen ab. »Gute Arbeit, Partner.«

Dann wendete ich den Truck und steuerte ihn wieder in die Röhre hinein, fuhr dorthin, wo der Auflieger liegen geblieben war.

Phil war bereits vor Ort, auch Tyler und Branner, die uns mit einem zweiten Laster gefolgt waren. Die meisten von Pierces Leuten, die sich im Inneren des Kastenaufbaus befunden hatten, waren verletzt worden, als der Auflieger umgestürzt war, und wer das Glück gehabt hatte, ungeschoren davongekommen zu sein, war zu geschockt, um noch Widerstand zu leisten. Phil und seine beiden Helfer hatten keine Mühe, sie in Schach zu halten und dingfest zu machen.

Auch hatten die drei bereits den zylindrischen Körper aus dem Inneren des Aufliegers geborgen, der die gefährlichen Kampfstoffe enthielt und der zum Glück unbeschädigt geblieben war.

Die Gefahr war gebannt.

Als Joan und ich zu unseren Kollegen zurückkehrten, betätigte ich übermütig das Signalhorn des Trucks, das die Tunnelröhre mit ohrenbetäubendem Klang erfüllte.

Wir hatten gesiegt.

Nicht einer allein, sondern gemeinsam.

Als Team.

Kapitel 6

Washington D.C.

Im Büro von Justizsekretär Berling dudelte das Telefon – nicht die offizielle Leitung, sondern der Privatanschluss.

War das die Nachricht, auf die Berling so ungeduldig gewartet hatte?

Mit einer hastigen Bewegung riss er den Hörer vom Apparat.

»Ja?«

»Sir«, meldete sich eine unbekannte Stimme, »mein Name ist Pete Tyler. Ich gehöre zu dem Team, das Sie als neue Waffe gegen den Terrorismus ins Leben gerufen haben.«

»Das – das – S.T.A.R.-Team?«, brachte Berling stammelnd hervor, ahnend, dass in Nevada nicht alles so gelaufen war, wie er es geplant hatte.

»Das S.T.A.R.-Team, genau«, bestätigte Tyler. »Schöner Name übrigens.«

»Was soll das?«, fragte der Justizsekretär unwirsch. »Weshalb rufen Sie an? Woher haben Sie diese Nummer?«

»Nun, ich rufe eigentlich nur an, um Ihnen zu sagen, Sir, dass Ihre neue Geheimwaffe im Kampf gegen den Terrorismus überaus erfolgreich gewesen ist. Jack Pierce ist tot, seine Männer zum Großteil auch, der Rest wurde verhaftet und wird ihrer gerechten Bestrafung zugeführt.«

»Tot?«, echote Berling tonlos und fühlte, wie es ihm eisig den Rücken hinabrann.

»Bedauerlicherweise sind auch Agent Cotton und Agent Decker bei den Kampfhandlungen ums Leben gekommen«, fuhr Tyler ungerührt fort, »was mich und meine drei Kollegen Joan Keeler, Norton Branner und John Seldom nun in die Lage versetzt, Ihnen ein Angebot zu unterbreiten, Sir.«

»Ein – ein Angebot? Mir?« Berling fühlte, wie sich sein Magen zusammenkrampfte. Sein Pulsschlag beschleunigte sich.

»Ganz recht, Sir«, bestätigte der junge SWAT-Mann. »Der Behälter mit den Kampfstoffen befindet sich jetzt in unserem Besitz – und wir verlangen fünfzig Millionen Dollar dafür!«

»Sie verlangen – was?« Berlings Herz schlug wild hämmernd in seiner Brust. »Wie kommen Sie darauf, mir so etwas anzubieten? Woher wissen Sie …?«

Tyler lachte überlegen.

»Ich kann mir vorstellen, dass Sie jetzt ziemlich verblüfft sind. Aber der gute Pierce hat noch gesungen, bevor er das Zeitliche gesegnet hat. Er war so freundlich, uns alles über Ihren kleinen Deal mitzuteilen. Und weil wir ihnen Ihr Geschäft nicht vermasseln wollen, haben wir uns entschlossen, kurzerhand für ihn einzuspringen.«

»Das ist – ungeheuerlich!«, ächzte der Justizsekretär.

»Was wollen Sie, Sir?«, fragte Tyler unschuldig. »Sie haben Wert darauf gelegt, dass nur Versager zur S.T.A.R.-Einheit versetzt werden. Erwarten Sie von uns etwa Linientreue?«

Sekundenlang verschlug es Berling die Sprache. Hilflos starrte er zur Kassettendecke seines Büros hinauf, während sich seine Gedanken jagten. Er war verloren!

Pierce war tot, alles war aufgeflogen! Alles, worauf Berling die letzten Jahre hingearbeitet hatte, war verloren, wie es schien. Wie, zum Teufel, hatte eine Handvoll Versager es geschafft …?

»Sehen Sie, Sir«, sagte Tyler, »wenn Sie das Zeug nicht mehr haben wollen – auch gut. Ich denke, wir finden sicher jemand anderen, an den wir …«

»Nein!«, sagte Berling schnell, und Panik und Furcht schwangen in seiner Stimme mit. Er hatte seinen Abnehmern die Ware bereits versprochen, hatte Anzahlungen in Millionenhöhe dafür erhalten, die auf ausländischen Nummernkonten gutgeschrieben worden waren. Wenn er nicht lieferte, war er so gut wie tot!

»Ich nehme die Ware«, beeilte er sich zu erklären. »Und ich zahle den Preis, den Sie verlangen.«

»Wirklich?« Tyler lachte leise. »Nun, Sir – wenn es Ihnen so leichtfällt, fünfzig Millionen zu berappen, werden Sie sicher auch nichts gegen einen Betrag von sechzig Millionen einzuwenden haben, oder?«

»Das ist Erpressung!«, beschwerte sich der Justizsekretär lauthals. »Feige Erpressung!«

»Sehen Sie's als Versicherung an«, gab Tyler ruhig zurück. »Wir wollen sichergehen, dass Sie es auch ernst meinen. Also?«

»Einverstanden«, sagte Berling mit einer Stimme, als würde ihm ein Nierenstein abgehen.

»Sehr gut«, lobte Tyler.

»Wann und wo?«

»Wir kommen zu Ihnen. Erwarten Sie uns morgen Abend um acht Uhr in der Lounge des Seadrake Hotels – und seien Sie pünktlich!«

Damit klickte es in der Leitung, und das Gespräch war zu Ende.

Berling saß fassungslos an seinem Schreibtisch, den Hörer noch in der Hand – und am ganzen Körper zitternd.

Das Seadrake war eines der mondänen Hotels des Regierungsviertels. Hier stiegen Diplomaten aus aller Welt ab, wenn sie in Washington zu tun hatten. Der »Naval Room«, die weitläufige Lounge des Hotels, war bekannt dafür, dass hier in ungezwungener Atmosphäre Politik gemacht wurde, die sich oft als fruchtbarer und entscheidender erwies als das, was in den Ausschüssen verhandelt wurde.

Als Frank Berling die fächerförmige Treppe herabkam, die hinabführte in die im Stil der Belle Epoque eingerichtete Lounge, fühlte sich der Justizsekretär äußerst unwohl in seiner Haut. Was nicht nur am engen Kragen des Smokings lag, der sich in seinen wulstigen Hals drückte.

Gemessenen Schrittes ging der Regierungsbeamte zur Bar, ließ sich auf einem der Hocker nieder und blickte sich argwöhnisch nach allen Seiten um.

Er fragte sich, wer von den anwesenden Gästen dieser unverschämte Tyler sein mochte.

Der Kerl mit den beiden Begleiterinnen? Der große Blonde, der am anderen Ende der Theke stand und Löcher in die Luft starrte? Oder der kleine Schwarzhaarige, der sich an einem der Tische angeregt mit seinem Gegenüber unterhielt?

Nervös warf Berling einen Blick auf seine goldene Armbanduhr. Schon kurz nach acht.

Wer, zum Henker, waren diese Kerle, dass sie es wagten, ihn, Frank Berling, warten zu lassen? Bei dem Preis, den sie für das Zeug verlangten, konnte er durchaus Pünktlichkeit erwarten!

Missmutig bestellte er sich einen Drink, ließ weiter seine Blicke durch die Lounge schweifen – und gewahrte plötzlich eine junge Frau in einem atemberaubenden Cocktailkleid. Sie saß ihm an der hufeisenförmigen Bar gegenüber und schien ihn direkt anzuschauen.

Ihre Blicke begegneten sich, und ein dicker Kloß bildete sich in Berlings Kehle.

Die Blonde lächelte, zwinkerte ihm zu und rutschte aufreizend von dem Barhocker, auf dem sie gesessen hatte.

Mit wiegenden Hüften umrundete sie die Bar und schritt langsam in seine Richtung, blieb dann provozierend neben ihm stehen.

»Na?«, frage sie lächelnd. »Sie sehen aus, als würden Sie auf jemanden warten.«

»Das tue ich allerdings«, bestätigte Berling schnaubend.

»Na also«, sagte sie und setzte sich neben ihn, ohne darauf zu warten, dass er ihr einen Platz anbot. »Ich warte auch auf jemanden. Vielleicht können wir uns die Zeit ja gegenseitig ein wenig verkürzen.«

»Nun ja«, meinte Berling gedehnt, »eigentlich…«

»Was ist?« Sie blickte ihm tief in die Augen, verzog schmollend ihre vollen Lippen. »Wollen Sie mir nichts spendieren?«

Berling schluckte hart, kleine Schweißperlen traten auf seine hohe Stirn. Vielleicht war es gut, wenn sie bei ihm blieb. Zur Tarnung.

»Barkeeper!«, rief er laut.

»Ja, Sir!«

»Bringen Sie der Lady, was sie haben möchte…«

»Das ist hoch«, stellte John Seldom fest. »Das ist wirklich verdammt hoch.«

»Keine Panik, Johnny«, sagte Pete Tyler grinsend, während er die Plattform, auf der sie sich befanden, weiter an der gläsernen Fassade des Gebäudes herabließ. »Die Fensterputzer, die dieses Ding tagsüber benutzen, sind noch alle wieder runtergekommen.«

»Eben das befürchte ich«, meine Seldom besorgt, während er sich nach vorn beugte. Er warf einen Blick in die nächtlich beleuchtete Straße, die tief unter ihnen verlief. »Eben das befürchte ich …«

Der Seilzug, an dem die Fensterputzerplattform hing, knirschte, und Seldom ließ ein entsetztes Ächzen hören.

»Was denn?«, meinte Tyler. »Nur die Ruhe, wir sind gleich da.«

»Hoffentlich«, keuchte Seldom. »Ich bin zu alt für diesen Mist.«

Noch zwei Stockwerke ließ Tyler die Plattform an der Fassade des Regierungsgebäudes herab, in dem Frank Berlings Dienststelle untergebracht war. Vor dem breiten Fenster von Berlings Büro hielt der junge Mann schließlich an und griff zu dem Glasschneider, den er mit sich führte.

»In Ordnung«, meinte er flüsternd. »Bist du bereit?«

Mit seinem rußgeschwärzten Gesicht schnitt Seldom eine Grimasse. »So bereit, wie man nur sein kann«, gab er zurück.

»Na schön ...«

Mit ruhiger Hand setzte Tyler den Glasschneider an, ließ ihn einen Kreis von etwa zehn Inches Durchmesser beschreiben. Mithilfe eines Saugnapfes entfernte er das runde Stück Glas, das er ausgeschnitten hatte, griff in die Öffnung und entriegelte den Verschluss des Fensters.

»Voilà«, meinte er grinsend, als die große Scheibe nach außen schwang. »Jetzt bist du an der Reihe.«

Seldom nickte, schlüpfte ins Innere von Berlings prunkvoll eingerichtetem Büro. Rasch blickte er sich um, entdeckte den Computer auf dem Schreibtisch und nahm davor Platz.

Der EDV-Spezialist fuhr die Anlage hoch, und ein Maskenfeld erschien auf dem Bildschirm, das den Benutzer zur Eingabe des Zugangscodes aufforderte.

Das Codewort hatte vier Stellen.

Schon wollte Seldom die Diskette mit dem Hackerprogramm einlegen, als ihm eine spontane Idee kam.

»Mal sehen«, meinte er und gab das Wort »STAR« ein.

ACCESS GRANTED

Seldom las die Bestätigung auf dem Schirm und musste grinsen.

»Danke auch«, sagte er grimmig. »Dann wollen wir doch mal sehen, was für ein Arschloch du bist ...«

Mit jeder Minute, die verstrich, wurde der Aufenthalt in der Bar mehr zur Qual.

Trotz der reizenden Gesellschaft, in der er sich befand, blickte Frank Berling immer häufiger auf seine Uhr.

Schon halb neun, und noch immer hatte sich weder Pete Tyler noch einer seiner Komplizen blicken lassen.

»Was hast du?«, fragte die Blondine, die sich ihm als Lizzy Harper vorgestellt und darauf bestanden hatte, dass sie sich duzten. »Du bist so nervös.«

»Ich? Aber woher!« Berling zerknitterte seine feiste Miene zu einem gezwungenen Lächeln. »Ich warte nur auf jemanden, das ist alles.«

»So?« Lizzy machte große Augen. »Auf wen denn?«

Berling wollte etwas zur Antwort geben, besann sich dann aber eines Besseren.

Was tat er hier überhaupt? Wer war er, dass er mit irgendwelchen Versagern verhandelte, die ihn erpressen wollten?

In einem jähen Entschluss erhob sich der Justizsekretär von seinem Barhocker und legte einen Geldschein auf den Tresen.

»Was tust du?«, fragte Lizzy geradezu entsetzt.

»Ich werde gehen«, gab Berling entschlossen bekannt. »Offenbar legen meine Geschäftspartner keinen Wert darauf, mit mir zu verhandeln. Ich wünsche noch einen schönen Abend, Lizzy.«

Damit wandte sich der Sekretär zum Gehen. Nichts schien seinen Entschluss ändern zu können.

»Doch, tun sie«, sagte Lizzy nur, und das genügte, um Berling auf dem Absatz herumfahren zu lassen.

»Was?«, fragte er überaus erstaunt. »Was hast du gerade gesagt?«

»Ich sagte, dass deine Geschäftspartner durchaus Wert darauf legen, mit dir zu verhandeln«, gab die Blondine zurück. »Ich soll dir nur bestellen, dass sie sich ein wenig verspäten.«

Berlings Augen weiteten sich. Er betrachtete die junge Frau, als hätte sie sich vor seinen Augen in ein Monster verwandelt.

»Sie«, sagte er leise. »Ich kenne Sie – Ihr Haar, Ihr Gesicht ...«

Er starrte sie durchdringend an. In Gedanken entfernte er ihr Make-up, ordnete ihr Haar anders, ersetzte das glitzernde Cocktailkleid durch eine Polizeiuniform.

»Sie gehören dazu!«, entfuhr es ihm. »Ihr Name ist nicht Lizzy Harper. Sie sind Joan Keeler! Ich habe Ihr Foto gesehen.«

»Fein«, meinte Joan und rang sich ein Lächeln ab. »Wie schön, dass Sie sich an mich erinnern.«

Berling wich entsetzt zurück, stieß gegen eine Reihe von Stühlen. Rücklings fiel er über sie und stürzte.

Irgendwo lachte jemand, denn er hielt Berling für einen Besoffenen, der sich nicht mehr auf den Beinen halten konnte.

Der Justizsekretär kümmerte sich nicht darum. Hastig raffte er sich wieder auf die Beine, Joan dabei nicht aus den Augen lassend, so, als fürchtete er, dass sie jeden Moment mit bloßen Händen auf ihn losginge.

Mit hochrotem Kopf stürmte der Regierungsbeamte aus der Lounge und ließ sich an der Garderobe seinen Mantel geben.

Sein Puls raste, sein Herzschlag ging heftig.

Mit billigen Tricks hatte das Mädchen ihn abgelenkt, und er war darauf reingefallen.

Ein schrecklicher Verdacht überkam ihn …

»Pete?«, meldete sich Norton Branners Stimme über Funk.

»Ich höre«, bestätigte der junge SWAT-Mann, der noch immer auf der Fensterputzerplattform stand, hoch über den Straßen der Stadt. »Was gibt es?«

»Joan hat gerade gemeldet, dass Berling die Bar verlassen hat. Sie konnte ihn nicht länger hinhalten.«

»Verdammt!« Tyler warf einen flüchtigen Blick auf seine Uhr. »Dann wird er in etwa zehn Minuten hier sein. Wir müssen uns beeilen. John?«

»Ja doch«, drang die Stimme des CIA-Agenten aus dem Inneren von Berlings Büro. »Ich bin gleich so weit. Nur noch ein paar Minuten!«

In gebückter Haltung kauerte der CIA-Mann vor Berlings Terminal, hackte wie besessen in die Tastatur, um die letzten Codes zu knacken, dann würde er Zugang bekommen zu Berlings persönlicher Datenbank.

»Komm schon, du Mistkerl«, murmelte er leise vor sich hin. »Zeig mir den Weg nach El Dorado …«

Tyler hielt draußen Wache, nahm das Fernglas mit dem Nachtsichtgerät, um hinunter zur Straße zu blicken, die sechzehn Stockwerke unter ihm verlief.

Irgendwann tauchte eine weiße Limousine an der Kreuzung auf. Sie bog in die Straße ein und hielt geradewegs auf das Bürogebäude zu.

Tyler stieß eine leise Verwünschung aus, als er Berling erkannte, der aus dem Fond des Wagens stieg.

»John«, zischte er. »Er ist da!«

»Gleich«, gab Seldom zurück. Er ließ sich nicht aus der Ruhe bringen. Das Hackerprogramm hatte fast alle Ziffern des Datencodes geknackt – die letzte würde nicht mehr lange auf sich warten lassen.

»Vier, drei, zwei, eins, null«, zählte der Agent den Countdown mit, um sich schließlich ein entspanntes Grinsen zu gönnen.

»Sesam öffne dich«, flüsterte er – und im nächsten Moment hatte er Zugang zu Berlings persönlichen Daten. Sofort loggte sich Seldom in die Bankenverzeichnisse des Justizsekretärs ein, rief seine privaten Konten ab und entdeckte ein Anderkonto, das auf einer Bank in Europa eingerichtet worden war. Das stank förmlich nach Bestechung.

»John!«, drang Tylers mahnende Stimme von draußen ins Büro. »Er ist bereits im Fahrstuhl!«

»Schon gut, schon gut.«

In fieberhafter Eile, aber hochkonzentriert, gab Seldom die geänderten Datensätze ein, die er vorbereitet hatte. Trotz des Drucks, unter dem er stand, fühlte er sich jung und agil wie selten zuvor. Frank Berling hatte den Fehler begangen, ihn, John Seldom, abzuschreiben. Dafür würde er bezahlen …

Mit traumwandlerischer Sicherheit tanzten die Finger des Computerspezialisten über die Tastatur, womit er den Datensatz komplettierte.

»Fertig!«, verkündete er schließlich.

In Windeseile beendete er alle Programme, ließ seine Hackerdiskette aus dem Schacht gleiten und fuhr das Terminal runter – keine Sekunde zu früh, denn schon näherten sich von draußen eilige Schritte.

Seldom sprang auf, packte seine Sachen und huschte zurück zum Fenster, das Tyler für ihn offen hielt.

Rasch schlüpfte der Agent hinaus, verschloss das Fenster hinter sich – und einen Sekundenbruchteil, ehe das Licht in Berlings Büro anging, entschwebte die Plattform mit den beiden Männern nach oben, dem Dach des Gebäudes entgegen …

Das Erste, was Frank Berling auffiel, als er sein Arbeitszimmer betrat, war das kreisrunde Loch, das in eines der Fenster geschnitten worden war.

Adrenalin schoss in seine Adern und ließ seinen ganzen Körper zittern. Panisch irrte er in seinem Büro umher, schaute sich suchend um und überlegte fieberhaft, worauf die Eindringlinge es abgesehen hatten.

Nichts schien zu fehlen, alles sah genauso aus, wie er es zurückgelassen hatte.

Und doch wusste er, dass …

Ein entsetzter Schrei entfuhr dem untersetzten Mann, als sein Blick auf den Computer fiel. Das also war es!

Tyler und seine Leute hatten versucht, in seine Datenbank einzudringen!

Mit einem Satz sprang Berling an sein Terminal, fuhr den Computer hoch, rief hastig die Kontrollprotokolle ab …

Kein Zweifel: Jemandem war es gelungen, die Sicherungscodes zu entschlüsseln!

Berling wurde kreidebleich, er schnappte nach Luft.

Er war verloren, endgültig erledigt – es sei denn, es gelang ihm, seinen letzten Trumpf erfolgreich auszuspielen.

Schon begann der kriminelle Verstand des Justizsekretärs wieder zu arbeiten, als sich plötzlich das Telefon auf dem Schreibtisch mit schrillem Dudeln meldete.

Zögernd griff Berling danach, halb erwartend, diesen hinterhältigen Tyler am Apparat zu haben. Er war überrascht, als er die Stimme seines Komplizen James Gordey vernahm.

»Jim«, sagte Berling, sich alle Mühe gebend, seine Aufregung zu verbergen. »Was kann ich für Sie tun?«

»Sparen Sie sich das Geplänkel«, gab der junge Abgeordnete barsch zurück. »Haben Sie geglaubt, ich würde nicht hinter Ihre Schweinereien kommen?«

»Was meinen Sie?«, erkundigte sich Berling, Böses ahnend.

»Tun Sie nicht so, als wüssten Sie nicht, wovon ich spreche!«, sagte Gordey barsch. »Wann haben Sie sich dazu entschlossen, den Deal allein durchzuziehen, Frank? Hatten Sie von Beginn an geplant, mich nur als Schachfigur zu missbrauchen, oder kam Ihnen dieser Gedanke erst, nachdem alles wie am Schnürchen gelaufen war?«

»Wovon sprechen Sie, Jim?«, fragte Berling verwirrt. »Ich habe nicht …«

»Ach nein?« Gordey schnaubte. »Und wie erklären Sie sich dann, dass das Anderkonto in der Schweiz hundert Millionen Dollar

Guthaben aufweist, ohne dass ich darüber informiert wurde? Sie haben mich hintergangen, Frank!«

»Hundert Millionen?« Berlings Augen drohten, aus ihren Höhlen zu fallen. »Aber – ich habe doch nicht…«

In diesem Moment fiel der Blick des Justizsekretärs wieder auf den Computer – und er wusste Bescheid.

Man hatte die Datensätze manipuliert!

»Hören Sie, Jim«, sagte er keuchend. »Ich habe Sie nicht hintergangen, das müssen Sie mir glauben. In mein Büro wurde eingebrochen und …«

»Wieso sollte ich Ihnen glauben, Frank?«, fragte Gordey spitz. »Sie haben mehrfach bewiesen, dass Sie ein wahrer Meister darin sind, andere zu manipulieren – warum nicht auch mich?«

»Aber nein!« versicherte Berling schnell. »Ich sage die Wahrheit, Jim, bitte glauben Sie mir! Jemand ist in mein Büro eingedrungen und hat meine Konten manipuliert, um mich bei Ihnen in Misskredit zu bringen!«

»Das ist billig«, meinte Gordey nur. »Etwas Besseres fällt Ihnen nicht ein?«

»Es ist die Wahrheit!«, beteuerte Berling hilflos. »Woher haben Sie von der Sache erfahren?«

»Ein anonymer Anrufer«, verriet der andere. »Er forderte mich auf, das Anderkonto zu überprüfen.«

»Ein anonymer Anrufer? Jim, sehen Sie denn nicht, dass Sie reingelegt werden? Dass man versucht, uns gegeneinander aufzubringen?«

Gordey antwortete nicht sofort, was Berling als gutes Zeichen wertete. Als sich sein Komplize wieder meldete, klang seine Stimme ruhiger, aber noch immer nicht ganz überzeugt.

»Ich weiß nicht, was ich davon halten soll, Frank«, bekannte er offen. »Ich habe das Gefühl, dass Ihnen der Deal entgleitet. Wir sollten uns treffen.«

»Einverstanden«, erklärte Berling ohne Umschweife. »Sagen Sie mir nur, wann und wo.«

»Um Mitternacht im alten Lagerhaus an der Conway Street.«

»In Ordnung.« Berling schluckte hart. »Ich werde da sein.«

»Gut. Und ich warne Sie, Frank – keine Tricks!«

»Also, Leute«, sagte Phil und grinste unsere vier Schützlinge an, »das muss man euch wirklich lassen, das war eine Meisterleistung. Absolut perfekt.«

»Nein«, widersprach Pete Tyler, der mit seinen Kollegen die Sitzgruppe des Hotelzimmers im Seadrake bevölkerte, und er grinste ebenfalls, »der Plan, den ihr beide ausgearbeitet habt, der war perfekt.«

»Es ist alles wie am Schnürchen gelaufen«, freute sich Branner und lächelte – ein ungewohnter Ausdruck in dem sonst so harten Gesicht des Offiziers. »Joan war als Lizzy wirklich zauberhaft, und John hat eine wahre Meisterleistung geboten.«

»Ach«, meinte der CIA-Veteran und machte eine wegwerfende Handbewegung, »das war doch gar nichts. Ich brauchte nur wieder ein wenig Übung, das war alles. Du hattest vollkommen recht, Jerry – Berling hat das Ding tatsächlich nicht allein ausgekocht.«

»Das war anzunehmen«, sagte ich. »Ein Ministerium allein genügte nicht, um ein Projekt wie das S.T.A.R.-Team ins Leben zu rufen. Berling brauchte einen Komplizen im Verteidigungsministerium.«

»James Gordey, auf dessen Namen John in Berlings Datenbank gestoßen ist, scheint dieser Komplize zu sein. Er ist Kongressabgeordneter und Mitglied im Verteidigungsausschuss«, erklärte Phil. »Ohne Zweifel – er verfügte über genau die Informationen, die nötig waren, um die Sache durchzuziehen.«

»Und Jack Pierce?«, fragte Joan. »Wie passt er in dieses Bild?«

»Pierce war nur ein Handlanger«, sagte ich, »ein Söldner, der mit seiner Truppe angeheuert wurde, um den Überfall auf das Camp durchzuführen. Dank eurer Hilfe ist daraus nichts geworden. Die wahren Drahtzieher der Sache jedoch sind Frank Berling und James Gordey.«

»Und dank Johns Bemühungen haben wir die beiden jetzt aufeinandergehetzt«, sagte Pete begeistert und klopfte sich zufrieden auf die Schenkel.

»Wir werden zwei Gruppen bilden und die beiden beschatten«, schlug ich vor. »Ich gehe davon aus, dass sie sich treffen werden, um die Sache zu bereinigen. Dann kommen wir zum Zug.«

»Die Saat ist aufgegangen«, meinte Phil grimmig. »Jetzt brauchen wir nur noch zu ernten.«

Die alte Lagerhalle an der Conway Street stand schon seit Jahren leer. Sie hatte einer Exportfirma gehört, die wegen Schwierigkeiten mit den Finanzbehörden von einem Tag zum anderen verschwunden war. Seitdem war die Lagerhalle verlassen, diente nunmehr den Ratten als Unterschlupf – und manchmal als Treffpunkt für Gestalten, die das Licht des Tages ebenso scheuten wie die hässlichen grauen Nager.

Als Frank Berlings Limousine in die weitläufige Halle einfuhr, war James Gordey bereits vor Ort. Der junge Mann mit dem kurzen blonden Haar und der Brille hatte den Kragen seines Trenchcoats hochgeschlagen und sah aus wie ein Finstermann aus einem alten Gangsterfilm.

Ungeduldig wartete er, bis Berlings Wagen zum Stillstand kam. Die Reifen des Fahrzeugs knirschten auf dem schmutzigen Betonboden. Schließlich verstummte der Motor, die Scheinwerfer erloschen, und Frank Berling stieg aus.

»Hallo, Frank«, begrüßte ihn der Abgeordnete und rückte nervös seine Brille zurecht. »Nehmen Sie die Hände hoch und kommen Sie langsam näher. Ich will sichergehen, dass Sie nichts im Schilde führen.«

»Aber, Jim«, entgegnete Berling so laut, dass es von der hohen Decke widerhallte. »Wer wird denn so misstrauisch sein? Wir haben uns doch sonst so gut verstanden!«

»Das war früher«, gab der andere zurück. »Keinen Schritt weiter«, forderte er, als Berling bis auf fünf Yards an ihn herangekommen war. »Das ist nahe genug. Nun erzählen Sie.«

»Es ist ein Trick«, begann der Justizsekretär mit seinen Erklärungen, während er mit erhobenen Händen dastand und sich vorkam wie ein Idiot. »Sie wurden manipuliert, Jim. Man will Sie glauben machen, dass ich den Deal allein durchgezogen hätte, aber das ist nicht wahr. Ich habe das Material noch nicht mal in meinem Besitz.«

»Was ist schiefgelaufen?«, fragte Gordey scharf.

»Alles«, gab Berling zurück. »Pierce ist tot, der ganze Plan ist fehlgeschlagen. Cottons Leute haben die Waffe in ihren Besitz gebracht und wollen sie nun ihrerseits an uns verkaufen. Sie erpressen mich, Jim.«

»Blödsinn, Frank! Ich habe eher den Eindruck, dass Sie mich belügen und sich den Zaster allein unter den Nagel reißen wollen.

Sagten Sie nicht, Cotton und Decker wären die besten G-men von New York? Die würden so etwas doch nie durchziehen!«

»Cotton und Decker sind tot«, gab Berling düster zurück. »Sie kamen bei dem Einsatz in Nevada ums Leben. Und ihre Leute kümmern sich nicht um Recht und Gesetz. Das sind krasse Außenseiter, kaputte Typen, gescheiterte Existenzen. So, wie wir es haben wollten, wissen Sie noch?«

»Verdammt!« Gordey stieß das Wort wütend und laut hervor. »Soll das heißen, wir sind selbst schuld am Fehlschlag unseres Plans?«

»Wir haben diese Typen offenbar unterschätzt«, gestand Berling düster. »Das war unser Fehler. Ein böser Fehler!«

»Na, wer sagt es denn?«, rief plötzlich eine fremde Stimme, und gleißend helles Licht flammte auf. »Selbsterkenntnis ist der erste Schritt zur Besserung ...«

Die Scheinwerfer glühten auf, erfüllten die Lagerhalle mit blendendem Licht. Berling und Gordey zuckten zusammen, schützten ihre Augen gegen den gleißenden Schein.

»Jetzt!«, rief ich – und auf mein Kommando hin stürmten wir aus unseren Verstecken, kreisten die beiden Ganoven mit gezückten Waffen ein.

»Cotton! Decker!«, entfuhr es Berling, als er uns gewahrte.

»Und höchst lebendig, wie Sie sehen!«, rief Phil grimmig. »Auch wenn wir das nicht gerade Ihnen verdanken.«

»Danke für Ihr Geständnis«, sagte ich und hob das Diktiergerät hoch, mit dem ich das Gespräch der beiden aufgezeichnet hatte. »Das wird die Staatsanwaltschaft sicher brennend interessieren.«

Entsetzt fuhren Berling und sein Kumpan herum, suchten nach einem Fluchtweg – doch von allen Seiten traten die Mitglieder des S.T.A.R.-Teams mit entschlossenen Mienen und gezückten Waffen auf sie zu.

»Es – es war eine Falle«, stellte Berling stammelnd fest. Er wich in Richtung seines Wagens zurück, während sich der Kordon unserer Leute immer enger um ihn und seinen Komplizen schloss.

»Sie merken auch alles«, erwiderte Phil mit geheuchelter Bewunderung.

»Aber – aber wie ist das möglich?«

»Wie Sie schon sagten, Sir«, sagte ich grinsend, »Sie haben einen entscheidenden Fehler begangen. Sie haben die Mitglieder dieses Teams unterschätzt. Vor sich sehen Sie das S.T.A.R.-Team, Gentlemen, eine der besten Spezialeinheiten, die es je gegeben hat. Und nun ergeben Sie sich! Sie sind beide verhaftet!«

»Nicht so voreilig, Cotton«, knurrte Berling auf einmal, der seine Fassung plötzlich wiedergewonnen hatte. Er macht ein Zeichen in Richtung seiner Limousine, und die Tür des Fonds öffnete sich.

Wir alle rissen unsere Waffen in Anschlag – doch als ich erkannte, wer da aus Berlings Wagen stieg, packte mich blankes Entsetzen.

»Nicht schießen!«, rief ich den anderen zu – denn es war kein anderer als John D. High, mein Chef und Mentor. Berlings Chauffeur, ein bleicher, hagerer Kerl im Anzug, stieg ebenfalls aus, packte Mr High und drückte ihm den Lauf einer Pistole gegen den Kehlkopf.

»Sir!«, entfuhr es Phil. »Wie …?«

»Keine Fragen mehr!«, herrschte ihn Berling an. »Lassen Sie die Waffen fallen, oder der FBI New York kann sich einen neuen Chef suchen!«

»Überlegen Sie sich das lieber noch mal, Berling«, gab ich zurück. »Es gibt zu viele Zeugen. Für Mord an einem Bundesbeamten wandern Sie in die Todeszelle!«

»Halten Sie die Klappe!«, schrie mich der Justizsekretär an. »Werfen Sie verdammt noch mal Ihre Waffen weg, dann wird es nicht dazu kommen! Also, was ist?«

»Nicht, Jerry«, ächzte Mr High, »tun Sie es nicht …«

Unser Chef gab ein kehliges Zischen von sich, als sein Peiniger ihm den Lauf der Pistole noch fester an den Hals presste.

»Also?«, wiederholte Berling.

Ich zögerte einen Augenblick, erkannte, dass wir keine Chance hatten. Berling war verzweifelt genug, Mr Highs Erschießung anzuordnen. Ein Risiko, das ich auf keinen Fall einzugehen bereit war.

»Waffen fallen lassen!«, ordnete ich an, sicherte meine SIG und ließ sie sinken.

»Gut so«, lobte Berling, während sich sein Komplize und er zurückzogen und anschickten, in die Limousine zu steigen. »Wer hätte gedacht, dass Sie so vernünftig …«

Im selben Moment erklang auf der anderen Seite des Fahrzeugs ein gellender Schrei, der uns alle herumfahren ließ.

Mr High hatte eine kurze Unaufmerksamkeit des Chauffeurs genutzt und ihm einen knallharten Tiefschlag versetzt.

Der Hüne knickte ein, zog dabei jedoch den Abzug seiner Waffe durch. Der Schuss löste sich peitschend, verfehlte Mr High um Haaresbreite und fegte zur hohen Decke der Halle hinauf.

Der SAC zögerte keine Sekunde, packte den Chauffeur und entwaffnete ihn innerhalb eines Augenaufschlags. Mit einem gekonnten Schulterwurf beförderte der grauhaarige FBI-Chef den Ganoven über sich hinweg, sodass dieser hart auf den Betonboden prallte und dort bewusstlos liegen blieb.

»Verdammt!«, rief Berling und wollte sich in die Limousine flüchten, doch schon waren die Mitglieder des S.T.A.R.-Teams zur Stelle.

»Keine Bewegung!«, rief Tyler, seine Waffe im Anschlag.

Doch der Regierungsbeamte und sein Komplize dachten nicht daran aufzugeben. Blitzschnell wirbelten sie herum, hielten plötzlich kleine Berettas in Händen, mit denen sie das Feuer auf uns eröffneten.

»Deckung!«, schrie ich, doch es war zu spät.

Pete Tyler, der den beiden am nächsten stand, wurde von den Schüssen in den Oberkörper getroffen.

Der junge SWAT-Kämpfer wurde von den Füßen gerissen, doch noch während die Kugeln in seinen Körper schlugen, gab er einen Schuss aus seiner Waffe ab, und das Geschoss schlug in James Gordeys Brust.

Der Abgeordnete wurde zurückgeworfen, taumelte gegen die Limousine, an deren weiß lackierter Karosserie er leblos herabsank.

»Pete!«, schrie Branner außer sich. »Neeein!«

Der Elitesoldat sprang auf, rannte auf seinen Kameraden zu, der blutend am Boden lag.

Berling schrie hasserfüllt auf, legte auf Branner an, um ihn kaltblütig niederzuschießen, als die anderen Mitglieder des Teams das Feuer auf den Verbrecher eröffneten.

Wir schossen alle gleichzeitig.

Die Kugeln fegten aus den Mündungen unserer Pistolen, schlugen Berling entgegen. Mit furchtbarer Gewalt fuhren sie in seine Brust und in sein Gesicht, noch ehe der Ganove dazu kam, auch nur einen Schuss abzugeben. Blut spritzte, und er wurde zu Boden gefegt.

Ich lief zur Limousine hin und zu Mr High.

»Alles in Ordnung, Sir?«, erkundigte ich mich bei ihm.

Als ich einen hochgereckten Daumen sah, kümmerte ich mich sofort um den schwer verwundeten Tyler. Auch die anderen gingen neben ihrem angeschossenen Kameraden in die Knie.

Die Kugeln hatten unser jüngstes Team-Mitglied geradewegs in die Brust getroffen. Tyler hatte bereits Unmengen von Blut verloren.

Sofort zückte Phil sein Handy, um die Ambulanz zu rufen, doch er ahnte wie ich, dass jede Hilfe zu spät kommen würde.

»Pete«, flehte Branner, der am Boden kniete und den Kopf seines Kameraden in seinen Schoß gebettet hatte. »Verdammt, Junge, tu mir das nicht an! Wir brauchen dich noch!«

»Ta-tatsächlich?« Trotz der Schmerzen, die durch seinen blutenden Körper tobten, brachte Pete ein Lächeln zustande. »Und ich dachte immer – du – könntest – mich nicht ausstehen …«

Er lachte freudlos, spuckte dabei helles Blut.

»Pete!« Joan strich ihm übers Haar, Tränen im Gesicht. »Bitte nicht …«

»Es – war eine wilde Jagd, nicht wahr?«, fragte der Junge heiser.

»Ja«, gab Seldom zurück, »das war es.«

Tyler wollte etwas erwidern, doch der Schmerz war zu stark. Sein Blick begann zu fliehen.

»Jerry!«, rief er unvermittelt aus, während sein Körper sich im Todeskampf aufbäumte.

»Ja?«

»Bin ich – ein – Versager?«

»Nein, Junge«, gab ich entschieden zurück. »Du bist der verdammt beste Polizist, der mir je begegnet ist.«

Pete lächelte wieder – und ich denke, trotz der Schmerzen, die er in diesem Augenblick empfand, fühlte er sich erlöst und frei.

»Wir alle – sind – keine Versager«, erklärte er, an seine Kollegen gewandt. »Kein einziger von uns. Vergesst das niemals. Wir alle sind – etwas wert. Das haben wir – bewiesen …«

Damit fiel sein Kopf zurück – und seine Leiden hatten ein Ende.

»O mein Gott«, flüsterte Joan und begann zu schluchzen und zu weinen, und auch John Seldoms Augen wurden feucht.

Branner, Phil und ich standen unbewegt, starr vor Trauer und Entsetzen.

Pete Tyler war im Einsatz gestorben.

Er hatte sein Leben für uns geopfert, für seine Kollegen der Einheit, die mehr als jede andere den Namen S.T.A.R. verdiente.

Epilog

Der Fall »Berling«, wie die Behörden die Affäre um den Justizsekretär und seinen Komplizen aus dem Abgeordnetenhaus nannten, wurde lückenlos aufgedeckt. Mitwisser, die Berling zugearbeitet oder ihn durch ihr Amt unterstützt hatten, wurden entlarvt und ihrer gerechten Bestrafung zugeführt.

Trotz des Erfolges, den sie im Kampf gegen den Terrorismus hatte verbuchen können, wurde die S.T.A.R.-Einheit aufgelöst. Den offiziellen Aufzeichnungen der Behörden zufolge hat sie nie existiert.

Als Reaktion auf die Haltung ihrer Vorgesetzten, die sie ins Trainingscamp nach Nevada abgeschoben hatten, quittierten Norton Branner, Joan Keeler und John Seldom ihren Dienst. Die drei Mitglieder des S.T.A.R.-Teams, mit denen Phil und mich noch heute eine enge Freundschaft verbindet, gingen nach Kalifornien, um ein neues Leben zu beginnen. In Los Angeles eröffneten sie eine Privatdetektei.

Der Name, unter dem sie im Telefonbuch zu finden sind, ist eingängig und zutreffend.

Sie nennen sich »Die Spezialisten« …

ENDE

Der Geldwäscher

Ich war völlig auf den Verkehr fixiert, der in Downtown Manhattan auch zu dieser Zeit, eine Stunde nach Mitternacht, der nachmittäglichen Rushhour glich.

Schwärme von Theater- und Showbesuchern waren nach dem Ende der Vorstellungen auf dem Heimweg. Zahllose Busse karrten Touristen von den »New York by Night«-Trips zurück zu ihren Hotels. Eine Armada Lieferwagen aller Größenordnungen bis hoch zu gewaltigen Trucks quälte sich zu Lagerhäusern, Märkten und Magazinen.

Ich litt unter der Zwangsvorstellung, eines dieser riesenhaften Ungetüme könnte mit einem Schwenk seines Aufliegers den Jaguar XKR, kostbares Geschenk des Multimillionärs George James Harding an den FBI-Distrikt New York, in einen Haufen bewegungsunfähigen Schrotts verwandeln. Wenn ich schon meinen Oldtimer-Jaguar eigenhändig in die Luft sprengen musste, um Mr Hardings leichtsinnige Tochter aus den Klauen des Caprese-Clans zu retten, wollte ich seinen Nachfolger nicht in einem simplen Verkehrsunfall verlieren.

Also fuhr ich übervorsichtig und hatte keinen Blick für alles, was jenseits des Verkehrsstroms geschah, bis Phil mir auf die Schulter klopfte und rief: »Hast du gesehen, wie brutal der blonde Mel-Gibson-Verschnitt die Frau in sein Auto zerrte?«

Ich hatte nichts gesehen außer viel zu viele Fahrzeuge rechts, links, vor und hinter uns.

Phil drehte sich auf dem Beifahrersitz um und spähte durchs Rückfenster.

»In einen blauen Off-Roader. Sie wehrte sich mit Händen und Füßen!«

»Wenn du es für wichtig hältst, informier die Cops«, schlug ich vor und konzentrierte mich darauf, einen Truck zu überholen, der mir so lang vorkam wie ein ganzer Häuserblock.

»Bis die Cops auf der Bildfläche erscheinen, wäre er …« Phil unterbrach seinen Widerspruch. »He, da kommt er! Sieh dir an, wie sich der Junge eine Schneise durchs Getümmel schlägt!«

Ich riskierte einen Blick in den Seitenspiegel.

Ein bulliger, hochrädriger Geländewagen überholte eine schwarze Limousine auf Tuchfühlungsdistanz, scherte so rau ein, dass sich der andere nur durch hartes Bremsen retten konnte, und setzte zum nächsten Überholmanöver an, diesmal an der falschen Seite des Taxis, das vor ihm fuhr.

Ich hörte das empörte Aufjaulen des Signalhorns. Den Mann am Steuer des Off-Roader kümmerte es einen feuchten Kehricht. Er fuhr, als müsste er sich den Weg durch eine Herde Nashörner bahnen – nein, als wäre er das Nashorn, das blindlings und mit gesenktem Kopf vorwärts stürmte.

»Wir stoppen ihn«, sagte Phil.

»Du vergisst unsere Verabredung! Die Jungs warten!«

Phil drückte die Ruftaste der Sprechfunkanlage.

»Steve, wir kommen zehn Minuten später!«

»Coady ist seit einer halben Stunde drin«, antwortete Dillaggio. Es klang besorgt. Steve ist Perfektionist. Er hasst es, wenn Einsätze nicht sekundengenau ablaufen, schon gar nicht Einsätze, für die zwanzig Mann aufgeboten wurden.

Der Off-Roader drängte zwei friedliche Durchschnittswagen an den Straßenrand, zog an ihnen vorbei.

Ich identifizierte ihn als einen Bronco, ein Modell, mit dem häufig solche Leute durch New Yorks Straßen brettern, die den Eindruck erwecken wollen, sie seien hauptberuflich in Wüsten und Urwäldern unterwegs.

Als Nächstes schnitt er einen Lieferwagen, verschwand beim Einschwenken aus dem Seitenspiegel, tauchte mit den Glotzaugen seiner vergitterten Scheinwerfer im Innenspiegel für zwei Sekunden wieder auf, bevor er erneut rausdriftete und zum Überholen ansetzte.

Ich zog den Jaguar nach rechts, aber da war kein Platz. Er kam mir so nahe, dass solche Nähe zwischen dem Präsidenten und jungen Praktikantinnen schon unsittliche Berührung genannt worden wäre.

Der hohe Radstand des Bronco erlaubte keinen Blick ins Wageninnere. Er schnaubte am Jaguar in einem Tempo vorbei, als läge vor ihm die freie Prärie und nicht eine vollgestopfte Straße Downtown Manhattans. Gleich danach passierte er einen großen Pick-up und war nicht mehr zu sehen.

»Du kannst ihn nicht abziehen lassen!« Phil fauchte mich in einer Lautstärke an, die normalerweise zwischen uns nicht üblich ist. »Das Mädchen! Es sah aus wie eine Entführung!«

Er hatte das Seitenfenster schon geöffnet, setzte das Rotlicht aufs Dach und schaltete die Sirene ein.

»Go on, Jerry!«, schrie er.

Er ließ mir keine Wahl. Ich trat das Gaspedal durch und nahm den Pick-up aufs Korn, aber ich hasste es, in diesem Auto und unter diesen Bedingungen eine Verfolgungsjagd zu starten. Ich hasste die Gefahr, den Jaguar möglicherweise zu Schrott zu fahren. Ich wollte nicht mal, dass er eine Beule oder auch nur einen Kratzer davontrug, und – der wichtigste Grund – ich kannte diesen Jaguar XKR nicht wirklich.

Ich denke, Sie verstehen, was ich meine.

Natürlich wusste ich, wie er zu fahren war. Ich wusste, welche Geschwindigkeit ich aus ihm herausholen konnte und wie er auf Lenkung und Bremsen reagierte.

Aber wie viel ich ihm in extremen Situationen zumuten konnte, das wusste ich nicht.

Ein berühmter Rennfahrer hat mal behauptet, seine Siege führe er in Wahrheit mit seinem Hintern heraus, weil er dort die letzten Feinheiten im Verhalten seines Boliden spüre.

Es muss nicht bei jedem diese Körperstelle sein. Mir jedenfalls fehlte für den neuen Wagen vorläufig noch die instinktive Sicherheit und die vorauswissende Kenntnis seiner Reaktionen, wenn ich gezwungen sein sollte, ihm das Äußerste abzuverlangen.

Ich überholte den Pick-up, hing zehn Sekunden lang hinter einer Stretchlimousine fest, bis der Fahrer auf Rotlicht und Sirene reagierte, brauste an einem Truck entlang, der vermutlich noch größer war als die Zugmaschine-Auflieger-Kombination, an der ich vorhin vorbeigeschlichen war. Die nächste Kreuzung passierte ich einen Atemzug nach der Rotphase und sah den Bronco vor mir.

Ich hängte den Jaguar mit einem halben Yard Abstand an seine Stoßstange und hoffte, Rotlicht und Sirene würden den Mann am Steuer zur Aufgabe veranlassen.

Er dachte nicht im Traum daran.

Mit zwei halsbrecherischen Manövern hängte er mich ab und erreichte, dass ein hoch beladener Lastwagen zwischen ihm und uns gelangte.

»Wenn du nicht dranbleibst, dürfen wir an der nächsten Kreuzung raten, in welche Querstraße er verschwunden ist!«, empörte sich Phil über den Anfängerstil, den ich fuhr.

Ich biss die Zähne aufeinander, drückte das Gaspedal tiefer und preschte durch die schmale Lücke zwischen dem Laster und der endlosen Reihe anderer Fahrzeuge.

Ich sah den Bronco wieder, eine Beute, der das Entkommen nicht gelang.

Die Ampel der nächsten Kreuzung sprang um auf Grün.

Der Mann im Bronco nahm die Chance wahr, schnitt die anfahrenden Autos und jagte seinen Schlitten in die rechte Seitenstraße.

Mit hartem Tritt auf die Bremse und scharfem Steuereinschlag stellte ich den Jaguar quer. Seine Reifen kreischten, als er seitlich über die Kreuzung schlitterte. Blitzschnell wechselte ich zurück aufs Gas. Die volle Kraft des Motors riss ihn aus der Drehung nach vorn. Mit einem Satz, als wäre er ein lebendiges Wesen, schoss er in die Seitenstraße und so dicht an den Bronco heran, als wollte er sich in ihn verbeißen.

Der Mann im Off-Roader kapitulierte.

Er nahm den Fuß vom Gas, streckte den Arm aus dem Fenster und signalisierte, dass er aufgab.

In einer Parkverbotszone brachte er den Bronco zum Stehen. Dicht hinter ihm stoppte ich den Jaguar.

Schneller als wir sprang der Bronco-Driver aus seinem Wagen. In der rechten Hand hielt er ein Funktelefon.

»Die Cops hören mit!«, rief er. »Ein Streifenwagen kommt! Rührt mich nicht an!«

»Was soll das Gerede von Cops und Streifenwagen?«, knurrte Phil. »Wir sind selbst 'ne Sorte Cops.«

Er hielt ihm den FBI-Ausweis vor die Nase, und das üppige Licht von Neonreklamen und Straßenbeleuchtung reichte aus, alle Einzelheiten zu erkennen.

Erleichtert stieß der Mann den angehaltenen Atem aus.

»Sorry, ich hielt Sie für Straßenräuber!«

»Straßenräuber mit Rotlicht und Sirene?«, fragte Phil streng.

Der andere hob die Schultern.

»Ich hielt es für einen Trick.« Er wies auf den Jaguar. »Wie sollte ich ahnen, dass in einem solchen Schlitten echte G-men unterwegs sind.«

Der Mann war groß. Das dichte blonde Haar trug er lang und in einer Frisur, die wirr aussah, aber vermutlich das Produkt eines teuren Haarstylisten war. Die lässige Eleganz des schwarzen Anzugs verriet italienisches Design, und die Nike-Jordan-Jumper-Schuhe lieferten den auffallenden Kontrast. Ich schätzte sein Alter auf dreißig Jahre. Im jungenhaften Gesicht mischten sich Züge von wacher Intelligenz mit einem Anflug von Brutalität.

»Geben Sie mir das Handy!«, forderte ich.

Er gehorchte.

Wieder und wieder rief eine Männerstimme: »Was ist los! Melden Sie sich!«

»FBI-Agent Jerry Cotton«, sagte ich. »Wer sind Sie?«

»Notrufzentrale City Police! Officer Graham. Der Anrufer fühlte sich verfolgt.«

»Das ist richtig. Daran trägt er selbst die Schuld. Er hat sich recht ungewöhnlich verhalten und fiel uns auf.«

»Bitte, nennen Sie den Code, G-man!«

Jeden Tag wird für alle Polizeiorganisationen New Yorks ein wechselnder Zahlencode festgelegt, um den Unfug, den irgendwelche Spinner mit falschen Alarmen oder Anforderung von Unterstützung immer wieder anstellen, einigermaßen einzudämmen.

Ich nannte die Ziffernfolge.

»Danke, G-man!«, antwortete Officer Graham. »Brauchen Sie Unterstützung?«

Ich blickte auf die Frau, die auf der anderen Seite den Bronco verlassen hatte und ums Heck herumkam.

Sie war groß, schlank, schwarzhaarig – ein Model-Typ. Ihre Kleidung – langer grüner Rock mit Seitenschlitz, Pailettenbluse und pfundweise Modeschmuck an Hals, Armen und Fingern – war wie die des Mannes teuer und extravagant. An einer langen Kette trug sie eine große Handtasche aus einem Material, das wie Sackleinen aussah.

Sie lächelte Phil und mich an. Irgendeine Verletzung oder Spuren der rauen Behandlung, die Phil beobachtet haben wollte, waren an ihr nicht zu entdecken.

»Nein, Unterstützung ist nicht erforderlich«, sagte ich.

Während ich mit dem Officer sprach, hatte sich Phil den Führerschein des Mannes geben lassen.

»Warum sind Sie gefahren wie ein Irrer, Reeson?«

»Wir sind unterwegs zu einer Party, und ich wollte nicht zu spät kommen.« Er verzog das Jungengesicht. »Wenn es zum Job von FBI-Agenten gehört, für Disziplin auf New Yorks Straßen zu sorgen, verpassen Sie mir ein Strafmandat. Ich zahle cash.«

Er zog eine dicke Rolle Dollarscheine aus der Tasche. Die elastische Kette, die die Noten zusammenhielt, sah nach Gold aus.

Phil wies mit einer Kopfbewegung auf die Frau, die sich neben den Blonden gestellt hatte.

»Sie haben diese Lady mit Gewalt gezwungen, in Ihren Wagen zu steigen.«

Reeson legte eine Hand auf ihre Schulter. »Habe ich dich gezwungen, Liza?«

»Ja, das hast du«, antwortete sie kühl. Die Hand schüttelte sie mit einer heftigen Bewegung ab. »Du hast mich reingezerrt, als wäre ich ein störrisches Kalb, und ich bin verdammt froh, dass wir gestoppt worden sind, denn nun wirst du deine blöde Party doch noch allein besuchen müssen.«

Sie wandte sich an Phil.

»Irgendwas dagegen, dass ich mir ein Taxi nehmen, G-man?«

»Wie heißen Sie, Ma'am?«

»Liza Prashenny, Century Tower, Apartment K 24.«

»Wollen Sie, dass sich Mr Reeson wegen seines Verhaltens vor Gericht verantworten muss?«

»Sie meinen, ob ich ihn anzeigen will? Wie viele Jahre würde er bekommen?« Sie erwartete keine Antwort, sondern fragte den Blonden: »Hast du gehört, William? Der G-man glaubt, ich könne dich auf Jahre ins Gefängnis bringen. Liegt er mit seiner Meinung vielleicht richtig?«

Reeson schwieg.

Sie streichelte flüchtig sein Kinn.

»Mach dir keine Sorgen, Billy-Darling! Nichts geschieht, solange du nett zu mir bist.«

Sie löste sich von seiner Seite, ging zu Phil.

»Keine Anzeige, G-man! Was Sie zwischen William Reeson und mir beobachtet haben, war nur ein kleiner Krach zwischen zwei Leuten, die sich meistens gut verstehen. Er ist in Rage geraten, weil ich ihn nicht zu dieser beschissenen Party begleiten wollte. Kann ich nun versuchen, ein Taxi zu erwischen?«

Phil trat zur Seite, gab ihr den Weg zum Straßenrand frei.

Sie hob den Arm. So wie sie aussah, war es kein Wunder, dass der Fahrer des ersten vorbeikommenden Taxis stoppte.

Ich konnte Phil ansehen, dass er mit der Entwicklung, die die Sache genommen hatte, nicht zufrieden war.

»Welchen Beruf haben Sie?«, fragte er Reeson.

»Ich bin Trader?«

»Trader? Was ist das für ein Job?«

Reeson krümmte die Lippen zu einem spöttischen Lächeln.

»Mitarbeiter in einer Broker-Firma. Leute wie ich halten New Yorks Börse in Schwung.«

Ich hörte das Summen des Rufzeichens aus dem Jaguar, griff nach dem Hörer, meldete mich.

»Wo bleibt ihr?«, fragte Steve Dillaggio. »Jede Minute kann irgendwas schiefgehen. Denkt an June und Annie, die im ›Hot Spot‹ ein hohes Risiko eingehen!«

»Okay, Steve!«

Ich hängte den Hörer in die Halterung und rief Phil.

»Höchste Zeit!«

Er verstand, knurrte Reeson an: »Lassen Sie beim nächsten Mal Ihre schlechte Laune nicht an Frauen und Verkehrsteilnehmern aus!« Dann warf sich Phil auf den Beifahrersitz des Jaguars.

Ich schleuste den Wagen in den Verkehrsstrom ein. Im Rückspiegel sah ich, wie Reeson in seinen Bronco kletterte.

»Zum Teufel, er sprang wirklich brutal mit ihr um«, haderte Phil. »Warum spielt sie es herunter und erklärt Gewalt zum harmlosen Streit um den Besuch einer Party?«

»Vielleicht hat er versprochen, sie dann zu heiraten«, sagte ich. »Nimm das Rotlicht vom Dach! Du weißt, wie allergisch Coady darauf reagiert.«

Die allergische Reaktion Stan Coadys auf kreisendes Rotlicht, Sirenengeheul oder den Anblick eines Menschen, den er für einen Polizisten hielt, trug immer die Möglichkeit eines Blutbades in sich, denn Coady verzichtete in keiner noch so aussichtslosen Situation auf den Griff nach der Kanone. Seit seinem Ausbruch aus dem Alabama-State-Gefängnis, der zwei Wächtern das Leben kostete, wusste er, dass ihm ein Ende auf dem elektrischen Stuhl sicher war, wenn er noch einmal der Polizei in die Hände fiel. Und abgesehen von seinen miserablen Aussichten in diesem Fall war Coady einfach ein Verrückter.

Seit vier Wochen wusste der FBI, dass sich Stanley Coady in New York aufhielt. Vor zehn Tagen gelang es einer Fahndungscrew, sich an seine Fersen zu heften. Drei Versuche, ihn festzunehmen, wurden im letzten Augenblick wegen zu großer Gefährdung Unbeteiligter abgeblasen. Für den vierten und hoffentlich erfolgreichen Versuch hatte eine gemischte Truppe aus G-men und hochgerüsteten Special-Squad-Cops einen Gebäudekomplex in der Houston Street umstellt. Ambulanzen und Unfallrettungsteams waren in erhöhte Alarmbereitschaft versetzt worden, und die nächste Dienststelle der Feuerwehr wurde darauf hingewiesen, dass ein Einsatz eventuell erforderlich war.

Damit alle diese Männer wieder nach Hause geschickt, die vorsorglichen Alarmierungen abgeblasen werden und die FBI-Agentinnen June Clark und Annie Geraldo einen schrägen Nightclub unbeschädigt verlassen konnten, sah das Szenario für Phil und mich die doppelte Hauptrolle vor. Wir gelten nun mal als das am besten eingespielte Team im Verein.

»Hot Spot« hieß der Nightclub, den Stan Coady in dieser Nacht mit seinem Besuch beehrte.

Der Klub galt als Swinger-Treffpunkt. Wer den Rest der Nacht nicht allein verbringen wollte, dem bot »Hot Spot« gute Chancen, eine gleich gesinnte Partnerin beziehungsweise einen Partner zu finden.

Steve Dillaggio, der den Einsatz koordinierte, hatte June Clark mit ihrer Dienstpartnerin Annie Geraldo in den Klub geschickt, weil Coady häufig sein Aussehen veränderte. Natürlich traten sie als Swinger-Girls auf, heiß zurechtgemacht und scharf angezogen. Dass beide einer harten Anmache ausgesetzt sein würden, ließ sich nicht vermeiden.

Ein kreisrunder, in Rot pulsierender Neonfleck überm Eingang symbolisierte den Klubnamen.

Ich stoppte den Jaguar am Straßenrand.

Ein farbiger Car-Boy stürzte herbei.

»Wow! Ein tolles Auto, Sir! Erlauben Sie, dass ich Ihren Wagen zu unserem Parkplatz fahre?«

»Mache ich selbst. Wo ist er?«

»Rechts um den Block, Sir!«

Phil stieg aus. Ich fuhr den Jaguar in die Gasse und auf eine Freifläche, auf der zwei Dutzend Autos standen, bewacht von einem hünenhaften Schwarzen.

Phil wartete vor dem »Hot Spot«-Eingang.

Zwei bullige Typen links und rechts der geschlossenen Tür musterten uns von Kopf bis Fuß und wieder zurück.

»Fünfzig Dollar Mindestverzehr, Sirs!«, brummte der Rechte.

»Das schaffen wir gerade noch«, antwortete Phil fröhlich und steckte ihm als Beweis einen Zwanziger in die Jackettasche.

Der Hüne drückte den verborgenen Signalknopf. Ein elektrischer Öffner summte. Die Tür sprang auf.

Wir durchquerten einen Vorraum, zahlten einem lächelnden asiatischen Mädchen pro Kopf fünfzig Steuerdollar, für die wir zwei Getränkebons erhielten, und gingen die Treppe hinunter, die zu den Klubräumen führte.

Musik und eine von vielerlei Düften geschwängerte Luft schlug uns entgegen. Die Nachtparty im »Hot Spot« lief auf vollen Touren. Unter den Lichtblitzen der Strabo-Leuchten drängten sich die Paare auf der Tanzfläche wie eine auf engstem Raum zusammengetriebene Herde. Ein Wall von Partygängern belagerte die U-förmige Theke der Bar. Trotz der überfüllten Tanzfläche gab es an den Tischen nur wenige leere Stühle.

»Links an der Bar stehen June und Annie«, sagte Phil. Er grinste. »Sieht aus, als kämen wir gerade noch rechtzeitig.«

Die große Anmache hatte unsere Kolleginnen voll erwischt.

Sieben oder acht Männer umringten June und Annie, sodass kaum noch etwas von ihnen zu sehen blieb.

Die Jungs trugen identische Jacken mit großen Abzeichen auf der linken Brust – Teilnehmer eines Meetings oder eines Kongresses, die sich in New Yorks Nachtleben gestürzt hatten, bevor sie morgen oder übermorgen in ihre Provinzstädte zurückfahren mussten.

Wir durchbrachen den Ring.

»Hi, Jerry!«, rief June erleichtert, und Annie Geraldo fiel mir sogar um den Hals.

Einer der Provinz-Casanovas legte mir eine breite Hand auf die Schulter, zwang mich, ihn anzusehen. Er war ein Schwergewicht. Der Atem, den er mir ins Gesicht blies, war so alkoholgeschwängert, dass man besser kein Streichholz daran hielt.

»Ich und meine Kumpels haben eine Menge Drinks in diese Schätzchen investiert«, grunzte er. »Wir sind gerade dabei auszuknobeln, wer von uns sie abschleppen darf. Du musst wissen, New Yorker,

Männer aus Kansas geben nie etwas her, auf das sie einen Anspruch haben, egal ob es ein Pferd ist oder eine Frau. Also, mach dich aus dem Staub, mein Junge …«, er hielt mir die Faust vors Gesicht, »… oder du machst mit Jo Brudbakers in ganz Kansas berühmtem Haken Bekanntschaft.«

Es war eine beachtliche Faust, aber nicht ihre Größe war das Problem, sondern die Tatsche, dass wir uns eine Prügelei nicht leisten konnten.

Jeder Krawall hätte Coady sofort veranlasst, das Weite zu suchen.

June entschärfte die Situation.

»Beruhige dich, Jo!«, flötete sie, legte beide Arme um Brudbakers rot angelaufenen Stiernacken. »Die Jungs sind alte Freunde und Geschäftspartner. Annie und ich müssen nur fünf Minuten mit ihnen reden. Wir kommen garantiert zurück.« Sie reckte sich auf die Zehenspitzen und brachte es fertig, Jos whiskyfeuchten Mund mit den Lippen zu streifen. »Ich möchte, dass du die Knobelrunde gewinnst, Darling.«

Danach schlängelten wir uns aus dem Kreis der Kansas-Männer. Misstrauisch glotzten sie uns nach.

»Wo ist Coady?«, fragte ich.

»Am Tisch neben der Tür zu den Waschräumen. Immer hält er sich eine Fluchtmöglichkeit offen. Seht nicht hin!«

»Ist er allein?«

Annie lachte.

»Ganz im Gegenteil. Zwei Mädchen sitzen mit ihm am Tisch. Er tränkt sie mit Champagner.«

»Wie kommen wir an ihn heran? Haben wir eine Chance, wenn wir vorgeben, zu den Waschräumen zu wollen?«

»Wäre riskant. Ein Mädchen wäre im Wege und …«

June unterbrach sich.

»He, er steht auf und zieht das rothaarige Mädchen mit. Sie gehen zur Tanzfläche. Los, Jerry, Phil! Im Getümmel der Tanzpaare kommen wir am besten an ihn heran.«

»Vergiss nicht unsere Kansas-Freunde!«, warnte Annie. »Sie holen uns von der Tanzfläche und brechen den großen Krach vom Zaun.«

June biss sich auf die Lippen, dachte nach, fand die Lösung.

»Ich werde Brudbaker um Erlaubnis bitten.«

Wir gingen zur Theke zurück.

»Annie und ich werden eine kleine Runde mit unseren Freunden tanzen«, säuselte June den finsteren Jo an.

»Ihr wollt mit ihnen abhauen«, grollte Brudbaker misstrauisch. Seine Kumpane stießen Drohungen aus, wie »Kommt nicht infrage!« und »Lassen wir nicht zu!«

»Wir kommen zurück, Jo. Ich schwöre es!«, versicherte June und leistete kaltblütig einen Meineid. Gleich darauf hatte sie einen verdammt unglücklichen Einfall, wandte sich an mich und verlangte: »Gib Jo ein Pfand, Jerry! Gib ihm deine Wagenschlüssel als Beweis, dass ihr nicht mit Annie und mir wegfahren werdet.«

Zögernd fischte ich die Schlüssel des Jaguar aus der Tasche und legte sie in Brudbakers Holzfällerpranke.

Dreißig Sekunden später, als June und ich schon die Tanzfläche erreichten, kreiste in meinem Kopf noch immer die Frage, ob Brudbaker clever genug sein würde, ein Mädchen sausen zu lassen und sich stattdessen meinen Wagen unter den Nagel zu reißen.

June klebte sich an mich. »Ich hoffe, ich mache Annie jetzt nicht eifersüchtig«, flüsterte sie.

»Hot Spot« bearbeitete seine Gäste nicht mit Rock oder Techno, sondern mit Salsa-, Lambada- und Mambo-Musik, bei der jeder die ganze Anatomie seines Partners erlebt und zu fühlen bekommt.

Junes Anatomie ist absolut erstklassig, aber was sie mir ins Ohr hauchte, war nüchternste Regieanweisung.

»Coady hat sich das Haar blond gefärbt. Er trägt Jeans und eine weite karierte Jacke. Du weißt, dass er Linkshänder ist. Annie und ich werden die Frau aus seiner Reichweite bringen. Ich denke, wir sollten die Pause zwischen zwei Tänzen abwarten. Vielleicht lässt er sie in diesen Sekunden los. Das würde die Aktion erleichtern.«

Ich überließ es ihr, uns durch das Gewimmel der Tanzenden an Stan Coady und seine Partnerin heranzuführen, ohne aus der Rolle eines Swinger-Paares zu fallen. June spielte die Rolle perfekt. Ihre Bewegungen waren lasziv und hemmungslos, als gälte es, mich in Weißglut zu versetzen. Ich hielt mit, und meine Hände erkundeten Körperzonen der FBI-Agentin June Clark, die ich außerdienstlich nie zu berühren gewagt hätte.

Am Ende dieser Salsa-Runde vergrub sie ihr Gesicht in meine Halsbeuge und zischelte: »Rechts von dir, Jerry!«

Ich griff in Junes Haar, zog ihr den Kopf in den Nacken und küsste beide Wölbungen im Ausschnitt ihrer Bluse. Aus den Augenwinkeln sah ich nach rechts.

Coady war ein knochiger, sehniger Typ, dessen Aussehen irgendwie an einen starken Ochsen erinnerte. Im mageren Gesicht spannte sich die Haut über ausgeprägten Wangenmuskeln. Das massive Kinn sprang vor. Die Augen lagen tief in den Höhlen. Der große Mund mit den dicken Lippen bildete einen überraschenden Kontrast zur sonstigen Erscheinung. Das gefärbte Haar trug er im knappen Marines-Schnitt.

Jenseits von Coady und seiner rothaarigen Partnerin sah ich Annie und Phil, noch durch zwei Paare von unserem Zielobjekt getrennt.

Ich ließ Junes Haar los. Sie richtete sich auf, schlang beide Arme um meinen Nacken, biss mir ins Ohrläppchen und flüsterte: »Mach das nicht noch einmal, G-man!«

Sie keuchte ein bisschen.

Die mexikanische Combo des »Hot Spot« spielte die ersten Takte eines Mambos, und die Menge auf der Tanzfläche geriet wieder in Bewegung.

Coadys Mädchen löste sich von ihm, hob die nackten Arme über dem Kopf und führte Coady ihre Körperreize in einer Soloshow vor. Sie ließ die Hüften kreisen, brachte ihre Brüste zum Beben und rieb ihre Rückfront an seiner Fassade.

Coady spielte mit, schlug die Hände im Rhythmus des Mambos gegeneinander, drehte sich langsam im Kreis.

Es war die beste Zugriffschance, die wir erhoffen durften. Das erkannten Phil und Annie ebenso wie June und ich. Tanzend schoben sie sich an den beiden Paaren vorbei, die sie von Coady trennten.

Plötzlich, noch bevor der Sänger den Refrain des Mambos jaulte, hatten wir Stanley Coady in der Zange.

Ich glaube, im allerletzten Sekundenbruchteil witterte er die Bedrohung, aber reagieren konnte er nicht mehr.

Wir sprangen ihn an. Phil riss ihm die Beine weg. Ich rammte meine Schulter in seinen Rücken. Gleichzeitig stieß Annie Coadys Mädchen weg, während sich June den Rock vom Körper fetzte und die SIG Sauer aus dem Schenkelholster zog.

Coady und ich krachten zu Boden, aber er lag unten. Ich packte seinen rechten Arm, bog ihn nach hinten. Phil schlug die Handschelle ums linke Handgelenk, zerrte den Arm an den rechten heran. Als sich die zwei stählernen Hälften mit lautem Klicken schlossen, hatten wir gewonnen.

June rief: »Das ist eine FBI-Aktion! Bewahren Sie Ruhe!«

Die Musik brach ab. Einige Frauen kreischten. Die Paare in unserer Nähe drängten aus der Gefahrenzone.

Wir hatten gewonnen, aber es war noch nicht vorbei.

Die Plötzlichkeit des Angriffs hatte Coady geschockt. Jetzt, die Arme schon auf dem Rücken, die Hände gefesselt, erwachte er aus der Erstarrung totaler Überraschung.

Er brüllte und bäumte sich auf, schüttelte mich ab, trat um sich, und obwohl er Gefahr lief, sich die Schultergelenke auszukugeln, versuchte er, die Arme so weit nach vorne zu bringen, dass seine Hände in eine Jackentasche greifen konnten.

Annie Geraldo rief das Stichwort in die winzige, als Feuerzeug getarnte Funksprechanlage.

Phil und mich kostete es äußerste Anstrengung, Coady unten zu halten. Er entwickelte die Kräfte eines Tobsüchtigen. Seine nach innen verdrehten Augen, das Gebrüll, die Speichelfäden, die aus seinen Mundwinkeln hingen, waren deutliche Zeichen, dass unter seiner Schädeldecke ein Gewittersturm raste.

Wir waren froh, als Steve, Zeerookah, Les Bedell und die Special-Squad-Cops den Nightclub enterten. Vier oder fünf Cops übernahmen Coadys Bändigung. Sie legten ihm Beinfesseln an, zwängten einen Knebel in seinen Mund, damit er sich im Krampf nicht die Zunge abbiss, und verpassten ihm eine harmlose, aber wirkungsvolle Beruhigungsspritze.

Steve leerte die Taschen des Killers.

Im Schulterholster fand er eine 45er Automatic. Die zwei identischen Gegenstände, die er in einer Tasche von Coadys Jacke entdeckte, zeigte er uns auf eine Weise, dass kein Klubbesucher sie sah: zwei Eierhandgranaten.

Phil und ich wechselten einen Blick. Uns wurde klar, warum Coady noch mit gefesselten Armen wütend versucht hatte, die Hände in die Tasche zu bringen.

»Damit hätte er uns zwingen können, ihm die Handschellen wieder abzunehmen«, murmelte Phil.

Steve Dillaggio richtete eine kurze Ansprache an die Gäste.

»Sorry, dass wir Ihr Vergnügen stören mussten. Sie haben sich vorbildlich verhalten. Keine Panik. Keine Behinderung unserer Arbeit. Wir verschwinden, und nichts spricht dagegen, dass Sie dort weitermachen, wo wir Sie leider unterbrochen haben. Gute Nacht!«

June Clark versuchte, sich den weggefetzten Rock umzubinden – mit bescheidenem Resultat. Jeder Schritt legte ein Bein in ganzer Länge frei.

»Willst du dich nicht von Jo Brudbaker verabschieden?«, fragte ich und erlaubte mir ein kleines Grinsen.

»Bestell ihm schöne Grüße, auch an seine Frau in Kansas!«, fauchte June und verschwand Richtung Ausgang.

Die lauten Jungs standen verstört beieinander wie ein versprengter Trupp Rinder, der den Anschluss an die Herde verloren hat.

»Wer hat die Knobelrunde gewonnen?«, erkundigte ich mich.

Sie schwiegen.

Ich streckte die Hand aus.

»Meine Wagenschlüssel!«

Eilig kramte Jo Brudbaker in seinen Taschen, fand die Schlüssel und legte sie vorsichtig in meine Hand, als wären sie zerbrechlich.

»Weiterhin viel Spaß!«, wünschte ich.

Amos Tafurian las den Zeitungsbericht unter der Überschrift »G-men überwältigen Killer auf Night-Club-Tanzfläche« ohne besonderes Interesse. Für ihn war Stan Coady eine unbekannte Größe. Das Schicksal eines Gangsters aus Alabama berührte ihn nicht.

Als Leff Shaber den Raum betrat, faltete Tafurian die Zeitung zusammen, stand auf, ging Shaber entgegen, umarmte ihn und küsste ihn auf die Wangen, eine Form der Begrüßung, die er aus dem Libanon nach New York mitgebracht hatte.

Die Männer wechselten einige Sätze in arabischer Sprache. Shaber, dessen Familie zwar ebenso wie Tafurian aus dem Libanon stammte, aber schon seit drei Generationen in den USA lebte, ging rasch zum Englischen über, weil sein arabischer Wortschatz begrenzt war.

Tafurian führte den Besucher zu einem großen Ledersessel, fragte, was er trinken wolle, und servierte dem geäußerten Wunsch entsprechend eisgekühlten Wodka. Sich selbst versorgte er mit Orangensaft. Er trank nie Alkohol, und im Geheimen missbilligte er, dass sich Shaber amerikanischen Trinkgewohnheiten längst angepasst hatte.

»Wir haben ein Problem zu lösen, Leff«, sagte er, zog ein Foto aus der Brusttasche und schob es über den Tisch.

Shaber hob das Bild an, betrachtete es und fragte: »Warum?«

»Zu schlau! Zu neugierig! Erhielt ein Paket und öffnete es, statt es abzuliefern.«

»Wie viel war drin?«

»Eine Million, aber so groß ist der Schaden nicht. Sie begnügte sich mit einem Schweigegeld von fünfzigtausend Dollar.«

Shaber zog die dichten schwarzen Augenbrauen hoch.

»Schweigegeld? Warum nicht die bessere Methode?«

Er fuhr mit der Hand über den Kehlkopf, eine Geste, die klarmachte, welche Methode er meinte.

Tafurian strich sich über das glänzende schwarze Haar, das in dünnen Strähnen seinen kantigen Schädel bedeckte und aussah, als sei es aufgeklebt.

»Die Sache ist kompliziert, Leff. Zwar hat der Mann, dem sie das Paket übergab und dabei einen Anteil forderte, richtig reagiert. Er hat sie in seinen Wagen verfrachtet und wollte sie bei uns abliefern. Zu seinem Pech fiel er irgendwelchen Bullen auf. Sie hängten sich an und verfolgten ihn. Ihm blieb keine andere Wahl, als ihr die verlangten Fünfzigtausend zu geben und auf ihr Schweigen zu hoffen. Tatsächlich hielt sie den Mund, als die Schnüffler das Fahrzeug stoppten.« Tafurian nahm einen Schluck Orangensaft. »Sie schwieg, weil sie die fünfzigtausend Dollar nicht verlieren wollte, die selbstverständlich beschlagnahmt worden wären. Hätte sie geredet, wäre uns eine Million verloren gegangen, denn das Paket befand sich im Wagen.« Er seufzte. »Du weißt, unsere Partner bestehen darauf, dass wir jeden Verlust ersetzen. Bei einer Weigerung würden sie höllisch unangenehm werden.«

Leff Shaber schnippte mit dem Mittelfinger gegen das Foto.

»Sie soll verschwinden?«

»Verschwinden wäre keine gute Lösung, Leff. Sie hat Verwandte in Missouri. Wenn die nichts mehr von ihr hören, werden sie früher oder später eine Vermisstenmeldung machen. Bei spurlosem Verschwinden geriete unser Freund sofort in heftigen Verdacht. Nicht mal ein Alibi könnten wir ihm verschaffen, weil die Tatzeit nicht feststehen würde.«

Am rechten Handgelenk trug Tafurian ein goldenes Gliederarmband. Er hatte die Gewohnheit, wann immer er eine schwierige Entscheidung fällte, mit dem Jackenärmel daran herumzupolieren.

»Ich glaube, es wäre besser, wenn wir nichts vertuschen. Damit meine ich, dass ihr etwas zustößt, das in New York alltäglich geschieht, zum Beispiel ein Raubüberfall mit tödlichem Ausgang oder eine Vergewaltigung, die zu einem Mord führt. Dann stünde fest, wann und wie es sie getroffen hat, und wir könnten dafür sorgen, dass unser Mann zu hundert Prozent aus dem Schneider wäre.«

Shaber kippte den Rest des Wodkas.

»Das muss sorgfältig organisiert werden, Amos.«

»Auf einige Tage kommt es nicht an. Vorläufig wird sie aus Freude über ihre Fünfzigtausend den Mund halten. Beobachte sie gründlich und informier mich rechtzeitig, wenn du weißt, wie du es machen willst.«

»Wie heißt sie?«, fragte Shaber.

»Name und Adresse stehen auf der Rückseite.«

Der andere drehte das Foto um, las: »Liza Prashenny, Century Tower, Apartment K 24.«

Noch einmal betrachtete er die Bildseite, lachte.

»Sieht gut aus, das Schätzchen. Eine Vergewaltigung würde einem Kerl, den ich kenne, richtig Spaß machen.«

Am Morgen nach Coadys Festnahme beorderte John D. High June Clark, Annie Geraldo, Phil und mich in sein Office. Er empfing uns in Gegenwart von Steve Dillaggio.

»Das war eine Bilderbuch-Aktion«, sagte der Chef. »Ich danke den Beteiligten und bewillige den Agentinnen Clark und Geraldo fünf Tage Sonderurlaub als Ausgleich für die Belästigungen, denen sie in ihren Rollen als Swinger-Girls ausgesetzt waren.«

»Danke, Sir«, antworteten June und Annie wie aus einem Mund.

In den streng geschnittenen Jackenkleidern hatten sie kaum noch Ähnlichkeiten mit den auf scharf getrimmten Schätzchen, um die sich Jo Brudbaker und seine Kansas-Freunde beinahe mit uns geprügelt hätten.

»Die Belästigungen hielten sich in Grenzen, Sir«, setzte June hinzu. »Es gab nur einzelne Ausrutscher.«

Ihr Blick streifte mich, und da John High alles bemerkt, was in seinem Umfeld geschieht, reagierte er auf Junes Blick mit einem schnellen Lächeln. Fragen nach den Details stellte er glücklicherweise nicht.

June und Annie verließen das Chefbüro.

»Leider kein Sonderurlaub für Sie, Jerry und Phil!«

High griff nach einem Aktenordner, auf dessen Deckel der dickste »Top Secret«-Stempel prangte, den ich je gesehen hatte.

»Ich schicke Sie nach Seattle. Ein hochrangiger Techniker der Boeing-Werke versucht, Pläne einer Erfindung zu verkaufen, die für die Sicherheit der Vereinigten Staaten von entscheidender Bedeutung ist. Finden Sie den Mann!«

Er schob den Aktenordner über den Tisch.

»Die Einzelheiten. Falls nötig, können Sie als Käufer auftreten. Sie erhalten hunderttausend Dollar Vorzeigegeld.«

Er nickte mir zu.

»Fahren Sie im Jaguar. Sie wirken damit glaubwürdiger.«

Ein Drahtzaun in doppelter Mannshöhe grenzte das Gelände ein. In Abständen von fünf Yards hingen orangerote Warnschilder: »Nicht berühren! Lebensgefahr!« Der Zaun stand unter elektrischer Spannung!

Flatternde Stoffstreifen sollten Vögel davon abhalten, sich auf dem Draht niederzulassen.

Auf dem kahlen Areal standen vier graue, flache Gebäude und zwei in Schnellbauweise errichtete Baracken.

Als Einfahrt diente ein Gittertor, an dem in Messingbuchstaben der Firmenname prangte: »Splendour Fireworks Trade Company.«

Die vier grauen, flachen Gebäude waren aufgegebene Munitionsbunker der U.S. Army, mit ihren dicken Betonmauern besonders geeignet für die Lagerung von Feuerwerkskörpern, bei denen eine latente Explosionsgefahr bestand.

Von außen betrachtet herrschte nicht viel Leben auf dem Gelände. Nur selten passierte ein Lieferwagen das Tor, parkte vor einem Bunker, wurde ent- oder beladen und verschwand wieder in Richtung des nahen Highways.

Ein zufälliger Beobachter hätte den Eindruck gewonnen, dass die Geschäfte der »Splendour Company« nicht gut liefen.

Ein gigantischer Irrtum.

Bunker Nummer 3 hatte zwei Geschosse, das erste knapp über, das zweite, getrennt durch eine massive Betondecke, unter dem Geländeniveau. Während der Benutzung durch die Armee waren im unterirdischen Teil besonders sensible Granaten eingelagert worden.

Heute stapelten sich im oberen Geschoss auf Regalen große Mengen Kartons, deren Deckel in vielfarbigen Bildern zeigten, wie Feuerwerk zu bunten Sternbildern und Funkenfontänen explodierte. Die Kartons trugen Namen wie Fire Flower, Big Starrain oder Crazy Swarm. Hinter einer Stahltür, getarnt durch ein vorgesetztes, verschiebbares Regal, führte eine Treppe in die untere Etage.

Im kalten Licht von Neonröhren saßen fünfzehn Frauen an einem großen rechteckigen Tisch. Sie waren schwarzhaarig, eher klein, hatten dreieckige Gesichter von indianischem Zuschnitt und getönte Haut. Keine sprach Englisch. Von dem Ort, an dem sie sich aufhielten, wussten sie lediglich, dass er in den Vereinigten Staaten lag.

Aber das Geld, das sie in zwölfstündiger Arbeit täglich sortierten, glätteten, bündelten und verpackten, kannten sie schon aus ihrer mexikanischen Heimat: Dollarnoten, das begehrteste Geld der Welt.

Wie Hunderttausende ihrer Landsleute hatten sie davon geträumt, die Grenze zu überschreiten, in America del Norte Arbeit zu finden und mit solchen grünen Scheinen bezahlt zu werden. Als großer Glücksfall war jeder die Begegnung mit dem Mann vorgekommen, der mexikanische Frauen für leichte und gut bezahlte Arbeit anheuerte. Er versprach, alle Schwierigkeiten der illegalen Einreise aus dem Weg zu räumen. Und hielt Wort. Im Stauraum eines Schiffes, später im Auflieger eines Trucks waren sie an diesen Ort gebracht worden. Sie hatten primitive Schlafräume und eine große Küche vorgefunden. Man hatte ihnen gesagt, dass sie den Ort nicht verlassen dürften. Das machte ihnen nichts aus. Nach einem halben Jahr, so glaubten sie den Worten des Mannes, würde man sie auf gleichem Weg in ihre Heimat zurückbringen, eine jede mit ihrem gehorteten Schatz an grünen Geldnoten.

Man zeigte ihnen, was sie tun sollten.

Die Arbeit war einfach. Sie lernten sie schnell.

Aus dem nie versiegenden Strom der Geldscheine, der sich Tag für Tag auf den Tisch ergoss, sortierten sie die schmutzigen, eingerissenen, beschädigten Scheine aus, ordneten sie nach den Zahlen, die darauf gedruckt waren. Von jeder Sorte bündelten sie die vorgeschriebene Menge mit einer Banderole und legten die so entstandenen Päckchen in metallene Kisten.

Sie machten sich keine Gedanken über den Zweck ihrer Arbeit, sondern freuten sich, wenn sie am Ende jeder Woche den vereinbarten Lohn in den Scheinen erhielten, mit denen sie täglich hantierten.

Am Ende des Arbeitstages verließen sie den Bunker, aßen das Essen, das einige von ihnen für alle gekocht hatten, gingen in die Baracke, in der sie schliefen. Gewöhnlich scharten sie sich um den Fernsehapparat, in dem spanische Versionen von Kassettenfilmen flimmerten, bevor sie sich hinlegten.

Nach einiger Zeit fürchteten sie kaum noch die bewaffneten Männer auf dem Gelände, von denen sie manchmal barsch angefahren und zurechtgewiesen, aber nie geschlagen wurden.

Die meiste Zeit fühlten sich diese Frauen und Mädchen glücklich, träumten von der Heimkehr zu ihren Familien und zählten nach, wie viel grüne kostbare Dollarscheine sie schon besaßen.

Amos Tafurian traf Jack Laccone im Skyview-Restaurant des World Trade Centers.

Laccone brachte zwei Leibwächter mit, die sich so misstrauisch verhielten, als wäre das Skyview eine Hafenkaschemme. Tatsächlich erforderte ein Besuch Vorreservierung des Tisches, und das einfachste Menü kostete 85 Dollar. Die Laccone-Truppe kam aus Michigan und kannte sich in New York nicht aus.

Tafurian begrüßte seinen Gast mit der gewohnten Umarmung. Auf Wangenküsse verzichtete er. Für die Bodyguards genügte ihm ein dürftiges »Hi, Jungs!«.

Bevor er Laccone zum reservierten Tisch führte, machte er den Vorschlag: »Hundert Etagen abwärts, Jack, gibt es ein großes Quick-Service-Restaurant, in dem sich deine Leute viel wohler fühlen würden als hier, und du und ich könnten alle Details in Ruhe aushandeln.«

Laccone gefiel der Vorschlag. Mit wenigen italienischen Worten schickte er die Bodyguards weg.

Der Tisch stand am Fenster und bot einen unglaublichen Ausblick auf die Skyline Manhattans.

Tafurian orderte Drinks, beriet mit dem Chefkellner die Zusammenstellung des Essens. Dann prostete er dem Mann aus Michigan zu.

»Auf gute Zusammenarbeit, Jack!«

Laccone kippte seinen Drink, einen Cocktail Deauville, gemixt aus fünfzig Jahre altem französischem Kognak und noch älterem Calvados, als wäre es schwarzgebrannter Fusel.

»Wie viel Dollar kannst du für mich waschen?«, fragte er.

Tafurian nippte an seiner alkoholfreien Mischung aus Maracuja- und Limonensaft.

»Meine Kapazität ist fast erschöpft«, antwortete er. »Ich bin dabei, sie auszubauen, aber noch habe ich die entscheidenden Männer nicht fest genug im Griff. An welche Summe denkst du?«

»Zwischen fünf und zehn Millionen Dollar im Monat. Hängt davon ab, wie das Geschäft läuft.«

Mit einem Zucken der Mundwinkel deutete Tafurian an, dass solche Summen für ihn alltäglich waren.

Laccone beugte sich weit über den Tisch, stemmte beide Hände auf das weiße Damasttuch.

»Bevor ich dir einen einzigen Dollar anvertraue, will ich wissen, wie die Sache abläuft.«

Er war ein bulliger Mann, der seine Gangsterkarriere als Schläger im Zaffarello-Syndikat begonnen hatte, bis es ihm gelang, dem Clan ein großes Gebiet zu entreißen und selbst zum Dealer-Boss im Staat Michigan aufzusteigen, aber das Verhalten und die primitive Sprache des Schlägers hatte er nie abgelegt.

»Ich besitze drei Firmen«, sagte Amos Tafurian. »›Upgrade‹ betreibt auf fremde Rechnung Börsengeschäfte. ›Splendour‹ handelt mit Feuerwerk. Über meine dritte Firma spreche ich nicht. Sie ist ein Phantom.«

Die Vorspeise wurde serviert.

Tafurian träufelte etwas Zitronensaft auf die zarten ausgelösten Hummerstücke, schob einen kleinen Bissen in den Mund, kaute genussvoll. Laccone verschlang alles, was auf dem Teller lag, in zwei Minuten. Mit vollem Mund verlangte er: »Weiter!«

Tafurian ließ sich nicht stören. Als der Kellner die leeren Teller abräumte, befahl er, mit dem nächsten Gang zu warten, bis er das

Zeichen zum Servieren gäbe. Dann wandte er sich Laccone zu, der ungeduldig eine Zigarette angezündet hatte.

»Die Wäsche läuft in mehreren Durchgängen wie in einer richtigen Waschmaschine. Zunächst richtest du bei einer Bank, die ich dir nenne, ein Konto ein, auf das du mindestens fünfzigtausend Dollar einzahlst – legale Dollars. Gleichzeitig gibst du ›Upgrade‹ den Auftrag, mit diesem Geld auf deine Rechnung an der Börse zu spekulieren – riskante Spekulationen.«

Laccones misstrauisches Gesicht belustigte ihn.

»Dein schmutziges Geld holen wir ab. Bis vor Kurzem haben wir für die Übergabe Tarnadressen benutzt und einen gewöhnlichen Paketdienst, aber das hat sich als zu riskant herausgestellt. Nach einigen Wochen und vielen Börsentransaktionen wirst du dieses Geld als Gewinn auf deinem Konto wiederfinden. Du kannst legal darüber verfügen, dir eine Hochseeyacht oder eine Fabrik kaufen, es deinen Kindern vererben oder sogar Steuern davon zahlen.«

Das Misstrauen wich nicht aus dem Gesicht des anderen.

»Wie soll das funktionieren?«

»Du kannst nicht erwarten, dass ich dir meine Geschäftsgeheimnisse verrate. Ich kenne Wege, auf denen ich deine Straßen-Dollarscheine in den normalen Geldkreislauf einschleusen kann. Verbucht wird das Geld zunächst auf Konten der ›Upgrade Broker Agency‹. Nach einigen Börsentransaktionen landet es als legaler Spekulationsgewinn auf dem Konto des Einzahlers.« Lächelnd setzte er hinzu: »Abzüglich meiner Provision und der üblichen Spesen.«

»Welche Garantien gibst du?«, knurrte Laccone.

»Du kennst meine Adresse.« Tafurian hob die Hand, streckte den Zeigefinger aus und krümmte ihn, als drückte er auf einen Abzug. »Du kannst jederzeit eine Abrechnung verlangen.«

Er wedelte den lästigen Qualm von Laccones Zigarette von sich weg.

»Erkundige dich bei Giorgio Orveta in Chicago, bei Big Black Williams in Harlem oder bei der Cessano-Familie in Brooklyn.«

»Mit der Cessano Sippe bin ich verfeindet«, fuhr Laccone auf.

Tafurian lachte.

»Viele meiner Kunden sind untereinander verfeindet, aber Amos Tafurians Dienstleistungsfirma brauchen alle gleichermaßen. Also respektieren sie mich als neutrales Gebiet.«

»Du weißt, wie Dollars aus Straßengeschäften aussehen. Sie sind zerknüllt, dreckig, eingerissen, manchmal voll Blutflecken. Keine Bank kann sich erlauben, solche Scheine auszugeben und in den Verkehr zu bringen.«

»Das tut sie auch nicht. Ich lasse sortieren. Bekanntlich verlieren schmutzige, beschädigte Geldnoten nicht ihren Wert, auch wenn sie nicht mehr verkehrsfähig sind. So lautet der Fachausdruck. Solche Scheine finden sich in jeder Supermarktkasse. Sind sie erst mal bei einer Bank gelandet, werden sie zur Vernichtung an die Federal Bank weitergereicht, und der Einlieferer bekommt im Austausch frisches, neues Geld.« Er winkte dem Kellner, und während der Mann herbeieilte, sagte Tafurian lächelnd: »Für jeden schmutzigen, abgegriffenen Junkie-Dollar erhältst du durch mich einen glatten, ungeknickten Greenback direkt aus Uncle Sams staatlicher Druckerei.« Dem Kellner befahl er: »Servieren Sie den nächsten Gang!«

»Ich will mich überzeugen, dass alles so ist, wie du behauptest«, beharrte Laccone.

Amos Tafurian seufzte.

»Dein Misstrauen ist beleidigend, Jack. Meine Brokerfirma besteht aus einer Büroflucht in einem Hochhaus der Wall Street. Außer einer Batterie Computer gibt es nichts darin zu sehen. ›Splendour‹, eine Handelsfirma von Feuerwerkskörpern, liegt in New Jersey, in der Nähe von Freehold.«

»Was ist mit deinem dritten Laden?«

»Ich sagte, meine dritte Firma sei ein Phantom. Phantome sind nicht zu besichtigen.«

»Dann zeig mir deinen Feuerwerk-Schuppen!«, beharrte Laccone. »Können wir hinfahren?«

»In Ordnung«, stöhnte Tafurian. »Vorher werden wir essen!«

Bei Nacht tauchten Bogenlampen das Gelände in fast taghelles Licht.

Vor Tafurians Rolls-Royce öffnete sich das Tor. Die Wächter salutierten. Der Wagen fuhr bis vor den Eingang des Bunkers Nummer 3.

Leff Shaber hielt den Wagenschlag für seinen Chef, begrüßte ihn auf orientalische Weise und sprach wenige Sätze in Arabisch mit ihm.

Tafurian wechselte ins Englische, wies auf Jack Laccone.

»Das ist Mr Laccone, ein neuer Kunde.«
»Welcome, Sir!«, sagte Shaber.
Nur nach langer Überredung hatte sich der Michigan-Boss bereitgefunden, auf seine Leibwächter zu verzichten und allein in den Rolls zu steigen. Shabers Aussehen, die große muskulöse Gestalt, der dichte schwarze Schnurrbart, das scharf geschnittene arabische Gesicht, verstärkte sein Unbehagen.
Von den Baracken hallten im Chor Frauenstimmen. Sie sangen ein lebhaftes Lied, dessen Takt rhythmisches Händeklatschen unterstrich.
»Wer singt das?«, fragte Laccone.
»Unsere Chicanas«, antwortete Tafurian. »Alle illegal in den Staaten. Sie dürfen das Firmengelände nie verlassen, aber sonst behandeln wir sie gut. Leff, warum singen sie, statt zu schlafen?«
»Eine hat Geburtstag. Ich hab ihnen gestattet, dass ein paar Flaschen Wein gekauft wurden.«
Er öffnete die Sicherheitsschlösser der stählernen Eingangstür, schaltete die Beleuchtung ein.
Tafurian führte seinen Besucher an den vollen Regalen entlang, strich mit der Hand über einige Kartonstapel.
»Sehr schönes Feuerwerk, Jack«, erklärte er mit leichtem Spott. »Wir importieren aus Japan, Taiwan und China. Die Japaner sind wahre Künstler auf dem Gebiet, leider sehr teuer. Die Chinesen treffen in der Farbzusammenstellung noch nicht den amerikanischen Geschmack, aber Taiwan liefert ordentliche und preiswerte Ware.«
»Das interessiert mich nicht!«, bellte Laccone.
Sein unwirsches Gehabe änderte nichts an Tafurians öliger Freundlichkeit. »Falls du einmal Bedarf hast, räumt Splendour dir einen Vorzugsrabatt ein.«
Auf seinen Knopfdruck glitt das Regal vor der Stahltür zum Keller zur Seite.
Shaber schloss auf, betätigte die Lichtschalter.
Laccone war nahe dran, sich zu weigern, die Treppe hinunterzugehen. Sein Misstrauen gegen diesen schleimigen Libanesen und dessen Gehilfen mit dem Aussehen eines arabischen Terroristen erwachte von Neuem.
Aber er saß auf einem Berg Drogendollars, die er nicht verwerten konnte, weil sein Geldwäscher in Kanada aufgeflogen war. Dabei

hatte er eine runde Million verloren. Ihm blieb keine Wahl. Er musste mit Tafurian ins Geschäft kommen.

Laccone schob die Hand in den Jackenausschnitt, legte die Finger um den Griff der Waffe im Schulterholster. Nach alter Mafia-Tradition trug er eine kostbar verzierte Pistole, die ihm seine wichtigsten Unterführer überreicht hatten als Zeichen, dass sie ihn als Don anerkannten.

Stufe um Stufe folgte er den anderen. Was er zu sehen bekam, verschlug ihm die Sprache.

Auf dem langen Tisch türmten sich Dollarscheine zu vielen kleinen Hügeln, vor jedem Sitzplatz ein ungeordneter Haufen Banknoten. Neben den Stühlen standen typische Metallkisten, wie sie für den Transport von Geld und Wertpapieren benutzt werden, unterschiedlich gefüllt mit sauber gebündeltem Geld.

»Wir bereiten gerade eine Zehn-Millionen-Dollar-Sendung auf«, sagte Amos Tafurian. »Selbstverständlich verrate ich dir nicht den Namen des Einlieferers.«

Der Anblick des Geldes, der Transportkisten, der Banderolen und der automatischen Zählmaschinen bewirkte, dass Jack Laccones Misstrauen zerplatzte wie einer von Tafurians Feuerwerkskörpern.

Er ließ den Pistolengriff los, streckte dem Libanesen die Hand hin, strahlte ein Lächeln.

»Wir sind im Geschäft, Amos!«

Tafurian ergriff die Hand, schüttelte sie, und zusätzlich umarmte er den neuen Partner, und jetzt küsste er ihn auch auf beide Wangen.

Sie verließen den Keller. Shaber verschloss die Tür und drückte den verborgenen Knopf für das Regal.

Im Lagerraum der Feuerwerkskörper hieb Laccone in aller Freundschaft Tafurian auf die Schulter.

»Nächstes Jahr werde ich fünfzig! Das wird eine große Feier, und als Höhepunkt werde ich ein gewaltiges Feuerwerk an Michigans Himmel zaubern lassen – mit dem Zeug, das du mir lieferst!«

Sie gingen zum Rolls.

Die Mexikanerinnen sangen nicht mehr. Das Licht in den Baracken war erloschen.

Tafurian und Laccone stiegen in den Wagen. Shaber machte seinem Boss ein Zeichen, das Fenster herunterzulassen. Er senkte den Kopf und flüsterte auf Arabisch: »Das Problem lösen wir am nächsten Sonntag, sehr früh morgens, etwa gegen sieben Uhr.«

»In Ordnung, Leff. Ich sorge für ein bombenfestes Alibi unseres Mannes«, antwortete Tafurian.

Als Ken Arrow anbot, ihn zu Hause abzuholen, hatte Clarence Dunsay, Abteilungsdirektor der Bank »Huntington Credits Ltd.« abgelehnt und stattdessen ein Treffen im Parkhaus an der 62nd Street und der Ninth Avenue vorgeschlagen mit der Begründung: »Das erspart Ihnen den weiten Weg zu mir ans Ende von Queens.«

In Wahrheit wollte er vermeiden, dass Allyson, seine Frau, Arrow zu sehen bekam und später neugierige Fragen nach dem eleganten jungen Mann, seinem Beruf und der geschäftlichen Beziehungen zwischen ihnen stellte. Und er wollte auch nicht, dass sein Sohn Jimmy, zwölf Jahre alt, beim Anblick von Arrows Auto in Begeisterung geriet, denn Jimmy schwärmte für hochkarätige ausländische Wagen, kannte alle Details der Leistung und Ausstattung und wusste die Preise, und Dunsay vermutete, dass Arrow einen Wagen dieser Kategorie fuhr.

Als er am frühen Samstagabend wie vereinbart die fünfte Ebene des Parkhauses ansteuerte, sah er seine Vermutung bestätigt, denn Ken Arrow lehnte an einem silbergrauen BMW-Sportwagen, einem Germany-Import der höchsten Klasse.

Dunsay stoppte seinen fünf Jahre alten Ford Escort, kurbelte das Fenster nach unten. Arrow löste sich vom BMW und begrüßte ihn.

»Hi, Clarence! Ich habe Platz fünfhundertfünf für Sie reservieren lassen. Hier ist Ihr Parkschein. Stellen Sie den Wagen ab und kommen Sie zurück. Geben Sie mir Ihr Gepäck.«

Er holte einen Koffer und eine Tasche aus Dunsays Ford und verstaute sie in seinem Wagen, während Dunsay zum vorbezeichneten Platz fuhr und zurückkam.

Arrow, schon hinterm Steuer, ließ ihn einsteigen, startete und fuhr im Schritttempo die Abfahrtspirale hinunter.

»Verdammt nett, Sie zu sehen, Clarence«, sagte er mit strahlendem Lächeln. »Wie geht's der Familie? Schön, dass Sie unsere Einladung annehmen konnten.«

Er senkte die Stimme, fragte im Tonfall eines Verschwörers: »Na, was haben Sie Ihrer Allyson erzählt, wo Sie dieses Wochenende verbringen?«

Dunsay zögerte eine Sekunde, bevor er auf das Spiel einging und im gleichen Tonfall antwortete.

»Teilnahme an einem Seminar für Führungskräfte der Bank. Anrufe von Familienmitgliedern unerwünscht.«

Arrow lachte laut auf.

»Man kann nicht immer bei der Wahrheit bleiben. Würden wir an der Börse nur mit der Wahrheit operieren, stünden wir längst bis zum Hals in roten Zahlen. Hoppla, das bringt mich auf den Gedanken, dass ich verdammt gute Nachrichten für Sie habe.«

Er nahm eine Hand vom Steuer, griff in die Brusttasche und reichte Dunsay ein zusammengefaltetes Blatt.

»Der Stand Ihres Kontos bei ›Upgrade‹, Clarence.«

Dunsay faltete das Blatt auseinander.

Kontoauszüge zu lesen war Alltagsarbeit für ihn.

Die Summe, die am Ende langer Zahlenkolonnen ausgeworfen stand, verschlug ihm die Sprache.

»Soll das bedeuten, dass ich mit 82.440 Dollar im Plus bin?«, stammelte er.

»Und sechsundfünfzig Cent.« Arrow lachte. »›Upgrade‹ hat für Sie ein paar feine Treffer gelandet. Wir haben die Asienpleiten vorausgesehen und auf Baisse spekuliert. Beim Verfall der thailändischen und indonesischen Währungen konnten wir groß absahnen – und Sie waren dabei, Clarence! Freuen Sie sich, dass Sie den richtigen Trader hatten und haben!«

Er stoppte den BMW an der Ausfahrtschranke, schob die Codekarte ein und fuhr weiter, als sich die Schranke hob.

Noch überwältigt von seinem Glück fragte Dunsay: »Kann ich über das Geld verfügen?«

Er bemerkte nicht, dass Arrow für wenige Sekunden die Lippen zum schmalen Strich zusammenpresste, bevor er zum Dauerlächeln zurückfand.

»Können Sie selbstverständlich, aber es wäre ein schwerer Fehler. Auf der gewonnenen Basis verfügen Sie über die Möglichkeit zum Einstieg in andere Größenordnungen. Ich dachte daran, Sie in ein laufendes Options-Sharing mitzunehmen, bei dem eine Verdoppelung des Einsatzes so gut wie sicher ist. Clarence, wenn Sie ›Upgrade‹ noch zwei, drei Monate für sich dealen lassen, werden Sie dort, wo jetzt die läppischen achtzig Tausender stehen, eine siebenstellige Zahl finden.« Er wartete Dunsays Antwort nicht ab, sondern rief: »Und nun kein weiteres Wort über Geschäfte bis Montagmorgen! Drücken Sie auf den Knopf vor sich und ziehen Sie den Bauch ein!«

Dunsay drückte den Knopf. Aus einem Fach unterm Armaturenbord glitt ein Tablett, auf dem Gläser und ein Dutzend Miniflaschen in Halterungen standen. »Wählen Sie, was Sie mögen!«

Clarence Dunsay geriet in euphorische Erregung.

Er dachte: Wenn die Party so üppig ausfällt wie der Start in Kens Luxusschlitten, liegen die aufregendsten sechsunddreißig Stunden meines Lebens vor mir. Auf meinem Konto stehen 80.000 Dollar. Ich könnte die Hypothek ablösen, könnte mir einen neuen Wagen kaufen. 80.000 Dollar sind nicht schlecht für einen mäßig bezahlten Abteilungsleiter einer drittklassigen Bank, aber mit Beziehungen zu so cleveren Jungs wie Ken Arrow ist das noch lange nicht das Ende der Fahnenstange. Hat Ken nicht angedeutet, aus den 80.000 ließen sich siebenstellige Summen, also Millionen, machen? Ihm schwindelte.

Rasch öffnete er eine Flasche, ohne aufs Etikett zu achten, erwischte russischen Wodka, füllte den Inhalt in ein Glas, prostete Arrow zu und trank.

Die Fahrt endete am neuen Yachthafen von Battery Park. Arrow stellte den BMW auf einem reservierten Platz ab. Dunsay wollte sein Gepäck mitnehmen.

»Das wird an Bord geholt«, stoppte ihn der andere, hakte ihn unter und führte ihn am Kai entlang vorbei an Yachten aller Größenordnungen.

»Das ist die ›Venice‹.«

Er wies auf ein weißes Schiff mit gläsernem Hecksalon und acht Kajütenfenstern über der Wasserlinie.

An der Gangway standen zwei Besatzungsmitglieder, braunhäutige Männer in T-Shirts mit dem Schiffsnamen auf der Brust.

Clarence Dunsay blieb der Mund offen stehen.

Freundschaftlich schlug Arrow ihm auf die Schulter.

»Genau das richtige Schiff für den ersten Trip eines zukünftigen Millionärs! Ich wette, Sie werden sich wohl fühlen. Übrigens, an Bord benutzen wir nur Vornamen. Niemand fragt den anderen nach der Familie, dem Job und der Adresse. Haben wir uns verstanden?«

Dunsay brachte ein Grinsen zustande.

»Verstanden! Auch ich habe kein Interesse daran, dass irgendwer mit Allyson über mein Seminar für Führungskräfte spricht.«

Eine blaue Stretchlimousine fuhr vor, stoppte.

Der Fahrer stieg aus und beeilte sich, den Fondschlag zu öffnen.

Der Reihe nach verließen fünf junge Frauen den Wagen, als Erste zwei langbeinige blonde Model-Typen, die einander ähnelten wie Schwestern. Ihnen folgten eine schlanke Farbige, danach ein Mädchen mit dichtem schwarzem Haarschopf und schräg stehenden Mandelaugen und als Letzte eine große Rothaarige, die, als sie Arrow entdeckte, die Richtung wechselte, zu ihm kam, ihn umarmte und auf beide Wangen küsste.

»Clarence, das ist Glenda«, stellte Arrow vor.

Das Mädchen reichte dem Bankdirektor die Hand.

»Hi, Clarence! Ich hoffe, wir werden auf diesem Trip eine Menge Spaß miteinander haben. Wir alle«, setzte sie hinzu, aber für einige Sekunden streifte Dunsay die Überzeugung, sie könnte ihn allein gemeint haben.

»Gehen wir an Bord!«, rief Arrow.

Über die kurze Gangway betraten sie die »Venice«.

Ein Mann in weißer Uniform und mit goldgeränderter Mütze erwartete sie am Eingang des gläsernen Salons.

»Kapitän Tessam!«

Grüßend legte er die Hand an den Mützenschirm.

»Willkommen an Bord der ›Venice‹!«

Sein Englisch hatte den kehligen Akzent des Nahen Ostens.

Die nächsten Stunden erlebte Clarence Dunsay, zweiundvierzig Jahre alt, verheiratet, Vater eines Sohnes, Abteilungsdirektor bei »Huntington Credits Ltd.«, als befände er sich inmitten des Szenarios eines Hollywood-Films.

Ein Glas mit Champagner wurde ihm in die Hand gedrückt, kaum dass Arrow ihn in den Salon geschoben hatte. Er sah Sessel, eine Sitzlandschaft aus weißem Leder, eine kleine, verglaste und von unten erleuchtete Tanzfläche, eine Bar, hinter der ein großer blonder Mann geschickt mit Flaschen und dem Mixbecher hantierte.

Das Girl namens Glenda stieß mit ihm an, brachte ihn dazu, sein Glas mit ihr zu leeren, und sorgte dafür, dass es auch sofort wieder gefüllt wurde. Sie führte ihn zu den anderen jungen Frauen, zu Jill und Jenny, den blonden Models, die tatsächlich Schwestern waren, zu der Afroamerikanerin Angie, zur Eurasierin Suzoka. Bei jeder umnebelte ein anderes Parfüm Dunsays Sinne, von jeder wurde er auf die Wangen geküsst.

Er lernte die übrigen Mitglieder der Weekend-Party kennen, vier junge Männer, die Bill, Dave, Charly und Chris hießen und zweifellos wie Ken Arrow Trader bei »Upgrade« waren, und vier sehr unterschiedliche Teilnehmer, einen grauhaarigen, teuer angezogenen Harvey, einen übergewichtigen, asthmatisch schnaufenden Arthur und zwei Jacks, die sich Jack I und Jack II nannten, nicht miteinander verwandt waren, sondern nur den gleichen Vornamen trugen. Bei Jack II beschlich Dunsay das unangenehme Gefühl, dem Mann schon einmal begegnet zu sein, ohne sich an die näheren Umstände zu erinnern. Der nächste Schluck Champagner schwemmte den Gedanken weg.

Ein leichtes Beben erschütterte das Schiff.

Über die Bordanlage verkündete Kapitän Tessam in kehligem Englisch: »Die ›Venice‹ legt ab!«

Die Gesellschaft brach in ein dreifaches »Cheerio!« aus. Der blonde Bill, der die Bar betreute, sorgte dafür, dass die Gläser bis an den Rand gefüllt wurden. Ken Arrow brachte einen Toast aus.

»Auf eine schöne Reise! Leute, denkt daran, wir sind nur an Bord der ›Venice‹, um jede Menge Spaß zu haben!« Er erntete Beifallsrufe und Händeklatschen.

Noch bevor die Yacht Staten Island passierte, hatte Glenda jede Förmlichkeit zwischen sich und Clarence Dunsay aufgehoben. Arm in Arm standen beide an Deck und beobachteten, wie das Lichtermeer der Skyline von Manhattan langsam am Horizont versank.

»Beim Spiel in Atlantic City werde ich dir Glück bringen, Clarie«, sagte Glenda. »Wie viel Prozent vom Gewinn gibst du mir ab?«

»Fünfzig Prozent«, schlug er vor.

Sie stieß einen Jubelruf aus.

»Ich werde als reiche Frau nach New York zurückkommen!«

Dunsay fiel ein, dass er etwas mehr als zweihundert Dollar bei sich hatte, nicht viel Startkapital, um eine Spielbank in Atlantic City zu plündern. Glendas Kuss, diesmal auf den Mund, mit geöffneten Lippen und schneller Zungenspitze, zerpulverte alle Bedenken und jagte ihm einen mächtigen Hormonstoß ins Blut.

Um acht Uhr wurde ein Abendessen serviert. Danach zeigte Arrow den Gästen ihre Kabinen. Dunsay erhielt Kabine Nummer 2.

»Ruhen Sie sich eine Stunde aus, Clarence«, schlug er vor. »Um elf Uhr erwarten wir Sie zur Fortsetzung im Hecksalon. Ich denke, es wird einige Höhepunkte geben. Rechnen Sie nicht damit, dass Sie vor vier oder fünf Uhr morgens ein Bett zu sehen bekommen.« Er grinste. »Glenda ist eine Steherin. Wer ihr gefällt, den lässt sie nicht so schnell wieder los.«

Dunsay duschte, wechselte Hemd und Anzug. Er war zu aufgekratzt, um sich hinzulegen. Stattdessen blickte er aus dem Bullfenster aufs dunkle Meer und die langsam vorbeiziehenden Lichter der fernen Küste und überlegte, ob er Arrow um ein- oder zweitausend Dollar angehen solle, mit denen er Glenda in den Spielsälen beeindrucken und vielleicht wirklich einen dicken Gewinn machen konnte.

Laut sagte er zu sich selbst: »Bei achtzigtausend Dollar auf dem ›Upgrade‹-Konto spielt ein Tausender mehr oder weniger keine Rolle …«

Als er eine Viertelstunde vor elf übers Deck zum Hecksalon ging, hallte Reggae-Musik in die Nacht, begleitet von Gelächter und Gläserklirren, durchbrochen von kleinen, spitzen Frauenschreien.

Dunsay betrat den Salon.

Sofort löste sich Glenda von der Bar, kam zu ihm, schlang die Arme um seinen Nacken und zog und zerrte ihn zur gläsernen, erleuchteten Tanzfläche, auf der Jack I und Jack II mit den blonden Model-Schwestern tanzten, während der asthmatische Arthur mit der Asiatin Suzoka in einer Ecke der Riesencouch kauerte und der elegante Harvey Angie, die Afroamerikanerin an der Bar mit Champagner tränkte. Bill wirkte weiter als Keeper hinter der Theke, bediente die Hi-Fi-Anlage. Ken Arrow assistierte ihm, entkorkte Flaschen, spülte Gläser und hielt ein wachsames Auge auf das Geschehen.

Die anderen Trader, Dave, Charly und Chris, hatten sich an einen Rundtisch im Hintergrund zurückgezogen, hielten Karten in den Händen und spielten harte Pokerrunden aus.

Auf der Tischplatte häuften sich grüne Hügel aus Dollarnoten.

Dunsay war ein miserabler Tänzer, aber Glenda kannte kein Erbarmen und zwang ihm den Rhythmus des Reggaes auf. Sie hatte sich umgezogen, trug ein hautenges seegrünes Paillettenkleid, tief ausgeschnitten und von zwei dünnen Spaghettiträgern gehalten. Die nackten Arme umschlangen Dunsay wie Windungen einer Boa, aber sie waren weich und warm. Ein Duft von Haut und Parfüm ging von ihnen aus. Er fühlte den sanften Druck ihres Körpers, die lasziven, sinnlichen Bewegungen der Hüften, den engen Kontakt ihrer Schenkel mit seinen Beinen.

Clarence Dunsay verlor alle Hemmungen.

Er gab sich diesem Erlebnis hin, ja, er stürzte sich hinein, wurde aktiv. Er wagte es, Glenda zu küssen, tastete ihre Formen ab, streichelte, knetete ihre Hinterbacken.

Arrow brachte gefüllte Champagnergläser zur Tanzfläche.

»Trinken Sie, Clarence! Sie brauchen eine Abkühlung.«

Dunsay stürzte den Inhalt hinunter. Ihm entging, dass Glenda ihr Glas kaum angenippt an Arrow zurückgab.

Später saß er mit ihr auf der Couch.

Sie duldete seine Küsse, lächelte, wenn er ihre Brüste berührte, aber als er seine rechte Hand am Oberschenkel entlang unter ihr Kleid schob, fing sie die Hand ab, biss ihn sanft ins Ohr.

»Später – vielleicht«, flüsterte sie.

Manchmal, gewissermaßen in wachen Augenblicken, geriet der Pokertisch in Dunsays Blickfeld. Automatisch schätzte sein Bankergehirn die grünen Dollarhügel auf ihren Wert ab. Mindestens Fünfzigtausend waren im Einsatz.

Eine Stunde nach Mitternacht dämpfte Ken Arrow die Beleuchtung im Salon zu schummeriger Dämmerung. Ein Spotscheinwerfer hielt allein die runde Tanzfläche in einem Licht, das die Farbe auf raffinierte Weise wechselte, ohne an Helligkeit zu verlieren.

Suzoka, das Mädchen mit dem dichten schwarzen Haarschopf und den schräg stehenden Mandelaugen, trat in den Lichtkreis.

Die Pokerspieler schoben die Karten zusammen, stopften ihre Anteile in die Taschen. Für einige Sekunden wurde es so still, dass nur noch das gleichmäßige Summen der Schiffsmaschine und das schnaufende Lufthalen des asthmatischen Arthur zu hören waren. Dann setzte Musik ein, und Suzoka begann, an den Fingern des armlangen Handschuhs zu zupfen, bis sie ihn abgestreift hatte und wegschleuderte.

Es fing an wie jede Strip-Show, aber am Ende, als das letzte Kleidungsstück fiel, erlosch nicht der Scheinwerfer, hüllte sich Suzoka nicht in einen von irgendwem zugeworfenen Umhang.

Sie tanzte weiter, und ihre Bewegungen waren aufreizend, hemmungslos sinnlich.

Plötzlich brüllte ein Mann auf. Ein Tisch wurde umgestoßen, Gläser klirrten. Wie ein ausgebrochenes Nilpferd trampelte Arthur zur Tanzfläche, riss das nackte Mädchen an sich.

»Komm!«, keuchte er. »Oder du bringst mich um den Verstand.«

Der Spotscheinwerfer erlosch. Schemenhaft noch blieben die Gestalten des schweren Mannes und des Mädchens erkennbar. Er trug Suzoka zur Tür, rammte auf dem Weg gegen Sessel und Möbel. Als er die Tür mit dem Fuß aufstieß, drang ein Schwall frischer Seeluft in den Salon. Arthur schleppte seine Beute ins Freie.

»He, Ken, pass auf, dass er nicht über Bord geht!«, rief einer der Pokerspieler. »Bill, zieh das Licht hoch!«

Der blonde Bill betätigte den Dimmer. Im Salon wurde es wieder hell.

»Oh, verdammt! Was soll das?«, knurrte einer der beiden Jacks und löste sich widerwillig aus dem Clinch mit Jill. Oder war es Jenny? Die dunkelhäutige Angie fand nichts dabei, dass Harvey weiter ihre freigelegten Brüste liebkoste.

Arrow ging Arthur und Suzoka nach. Nach Minuten kam er lachend zurück.

»Alles in Ordnung! Er hat mit ihr die Kabine erreicht. Jetzt besteht nur noch die Gefahr, dass er einen Herzinfarkt bekommt.«

Er zog die Tür ins Schloss.

»Wir können weitermachen.«

Bill entkorkte eine weitere Champagnerflasche und füllte eine neue Batterie Gläser.

Die Party kam nicht wieder in Schwung.

Nach lustlosem Geschiebe auf der Tanzfläche verschwanden Jack I und Jack II mit den Models. Der grauhaarige Harvey ließ sich von Bill eine Flasche geben, klemmte sie sich unter den Arm und zog Angie mit sich, die sich nicht die Mühe machte, ihr Kleid wieder zu schließen.

Clarence Dunsay war betrunken und gleichzeitig hellwach. Glenda ergriff die Initiative.

»Gehen wir!«, sagte sie, winkte Arrow, Bill und den anderen Tradern zu. Wie selbstverständlich dirigierte sie Dunsay zum Niedergang, der zu den Kabinen führte.

Sie lachte kichernd über die Geräusche hinter den Türen. In der Kabine ließ sie sich von Dunsay umarmen, küssen, duldete, dass er den Reißverschluss ihres Kleides öffnete.

Als er sie zum Bett zerrte, wehrte sie ihn ab.

»Lass dir Zeit, Clarie«, sagte sie. »Warum duschen wir nicht erst mal – natürlich gemeinsam?«

In New York regnete es, doch der Mann, der gegen drei Uhr die Kaschemme »Ruffy's Inn« verließ, trug weder Mantel noch Jacke, nur Jeans und ein schmutziges T-Shirt, das der Regen schnell durchweichte.

Er verließ die Kneipe auch nicht freiwillig. Ruffy, der seinen Laden endlich schließen wollte, musste ihn mithilfe seiner Brüder aus der Tür drängen.

»Hau endlich ab, Dyke!«, rief Ruffy dem Davonstolpernden nach. »Und wasch dich, bevor du das nächste Mal kommst! Du stinkst!«

Um diese Stunde waren die Straßen in South Brooklyn menschenleer. Der Mann stapfte an den düsteren Fassaden der Red-Hook-Sozialhäuser entlang. In Haus Nummer 6 bewohnte er ein winziges, hoffnungslos verschmutztes Zimmer, aber er dachte nicht daran, es aufzusuchen, sich aufs Bett zu werfen, weil er wusste, dass die rasende Gier, die in seinem Kopf, in seinem Blut, in jeder Zelle seines Körpers kochte, ihn im engen Gefängnis seines Zimmers in den Wahnsinn treiben würde.

Es war nicht die Sucht nach Alkohol, die ihn zwang, im Regen weiter durch die Straßen zu irren. Wann immer er trank, geschah es nur in der Hoffnung, den anderen, wilderen und mächtigeren Dämon in seinem Inneren zu betäuben, sich selbst in die totale Bewusstlosigkeit der Trunkenheit zu retten.

Das gelang nicht immer – auch heute nicht.

Er stieß gegen überquellende Mülltonnen. Quiekend flüchteten Ratten vor seinen Schritten. Manchmal schmetterte er die Faust gegen das rostige Karosserieblech eines Schrottautos am Straßenrand.

Seine Schritte wurden schneller, der Gang sicherer. Die Nebel des Alkohols verschwanden aus seinem Kopf. Er witterte nach links, nach rechts.

Er war auf der Jagd, besessen von dem Gedanken an eine zufällige

Begegnung, getrieben von der Hoffnung des hungrigen Tiers auf Beute.

Als sich aus dem Schatten eines Lieferwagens eine Gestalt löste, prallte er zurück, aber in der nächsten Sekunde spannte er Sehnen und Muskeln.

»Hi, Dyke«, sagte der Mann. »Lange nicht gesehen. Immer noch so verrückt nach Mädchen?«

Dyke stieß den Kopf vor, versuchte, im spärlichen Licht ferner Straßenlaternen, das sich im nassen Pflaster spiegelte, das Gesicht des anderen zu erkennen.

»Wer bist du?«

»Musst du nicht wissen, Dyke Gurdak. Wenn du dich nicht erinnerst, umso besser. Es genügt, dass ich erkannt habe, was du getrieben hast, als über gewisse Ereignisse in TV-Sendungen und Zeitungen berichtet wurde. Vor zwanzig Jahren hast du schon die gleiche Methode angewendet – damals nur mit halbem Erfolg.«

Der Mann schnippte mit den Fingern.

Ein scharrendes Geräusch verriet, dass die Ladetür des Lieferwagens zurückgeschoben wurde.

»Steig ein, Dyke! Es gibt einen Job für dich!«

Clarence Dunsay erwachte.

Durch das Bullfenster fiel helles Morgenlicht.

Er vermisste das leichte, gleichmäßige Summen der Schiffsmotoren, hörte stattdessen Schritte und Stimmen an Deck der »Venice«.

Er wandte den Kopf nach links. Neben ihm lag Glenda, das rote Haar gelöst, die Augen geschlossen, den Mund leicht geöffnet. Die Decke reichte nur bis zu den Hüften und ließ die Brüste frei.

Die Erinnerung an die vergangene Nacht stürzte auf Dunsay ein wie ein Wasserfall. Für eine Handvoll Sekunden empfand er Verwirrung, aber dann überschwemmte ihn ein Gefühl, zusammengesetzt aus dem Nachhall erlebter Lust und Stolz auf sich selbst.

War er nicht ein toller Bursche? Mit dieser rasanten Frau neben ihm hatte er geschlafen, und – verdammt! – er hatte ihr eine Menge guten Sex verschafft. Ihre Seufzer, ihr Aufstöhnen, die kleinen Schreie klangen noch in seinen Ohren.

Allyson? Jimmy?

Ach, zum Teufel, das hier war das Leben! Warum sollte er in das billige Haus in Queens zurückgehen, wenn er alles haben konnte, was er in der Nacht erlebt hatte – immer wieder haben konnte, einschließlich Glenda?

Okay, er würde großzügig sein, Allyson generös entschädigen, für Jimmy eine erstklassige Internatsschule bezahlen.

Das Geld?

Kein Problem! Hatte Arrow nicht gesagt, aus den achtzigtausend Dollar ließen sich Millionen machen?

Gesagt? Nein, er hatte es versprochen!

Glenda öffnete die Augen.

Sie sah Dunsay an, lächelte.

»Hallo, Sportsfreund! Wie spät ist es?«

»Sechs Uhr morgens«, antwortete er.

»Sechs Uhr morgens«, wiederholte sie träge und gähnte. »Zu früh, um an einem Sonntag aufzustehen.«

Sie reckte die Arme über dem Kopf. Dann griff sie nach Dunsay.

»Komm her, Sportsfreund!«, flüsterte sie.

An drei Tagen der Woche, Dienstag, Freitag und Sonntag, joggte Liza Prashenny im Central Park, an den Wochentagen zwischen zehn und zwölf Uhr. Sonntags startete sie früh um halb sieben, weil sich später viele Wege des Parks derart mit Läufern füllten, dass sich die Jogger gegenseitig in die Hacken traten.

Das Geld, das ihr auf so überraschende Weise in den Schoß gefallen war, hatte sie bis auf einige Tausend Dollar ausgegeben. Es gab einfach zu viele schöne Dinge, die sie sich schon lange gewünscht, aber nie hatte leisten können. Jetzt besaß sie einen teuren Pelzmantel, endlich etwas echten Schmuck und einen kleinen japanischen Sportwagen.

Mit William Reeson hatte sie sich versöhnt, war nach dem Zwischenfall zweimal mit ihm ausgegangen und hatte eine Nacht bei ihm verbracht und mit ihm geschlafen.

In dieser Nacht hatte sie versucht, mit ihm über die 50.000 Dollar zu sprechen und sich irgendwie dafür zu entschuldigen, dass sie ihm die Summe abgepresst hatte.

»Ich kann's verkraften«, hatte er abgewinkt und hinzugesetzt:

»Du hast längst eine kleine Beteiligung an meinen Geschäften verdient.«

Über die Art seiner Geschäfte zerbrach sich Liza Prashenny nicht den Kopf.

Sie wusste, dass Reeson Juniorpartner in der Börsenagentur »Upgrade« war. Dass an der Börse nicht immer nach gesetzlichen Regeln gespielt wurde, stand täglich im Wirtschaftsteil der Zeitungen zu lesen. Von den Männern, die – Gesetz hin oder her – große Coups landeten, wurde mit Hochachtung berichtet, auch dann noch, wenn sie im Gefängnis saßen.

Was William meinte, als er von ihren Verdiensten für seine Geschäfte sprach, ahnte sie.

An einem Dutzend der rauschenden Partys, die »Upgrade« für Kunden und einflussreiche Männer mit Beziehungen gab, hatte Liza teilgenommen, und nicht sie allein, sondern eine ganze Garnitur attraktiver Girls, die alles andere als prüde waren.

Die meisten Partys waren zu Orgien ausgeartet. Manchmal hatte sich Liza darauf eingelassen, einem Kerl, von dem sie nur den Vornamen kannte, in ein separates Zimmer zu folgen. Immer war sie von Reeson auf den betreffenden Typen angesetzt worden. Er hatte ihr zugeflüstert, wie wichtig es für seinen Umsatz und den Gewinn sei, jenem Jimmy, Herb oder Willis zu einem erotischen Erfolgserlebnis zu verhelfen.

Sie hatte auch widerspruchslos die Pakete entgegengenommen, die monatelang in unregelmäßigen Abständen von einem Paketdienst bei ihr abgegeben worden waren, und sie an Reeson ungeöffnet weitergereicht, mit Ausnahme des einen Paketes, das am Nachmittag vor der Party kam, zu der er sie nach Mitternacht hatte abholen wollen. Ein Mädchen war ausgefallen, und Liza sollte einspringen. Schon am Telefon hatte er ihr gesagt, dass sie sich um einen Mann kümmern müsse, den er Arthur nannte.

»Arthur ist ein Fettwanst. Er schwitzt. Wahrscheinlich riecht er nicht gut. Also übergieß ihn nötigenfalls mit Parfüm oder halt dir die Nase zu, aber kümmere dich intensiv um ihn!«

Sich intensiv um Arthur zu kümmern, das bedeutete nichts anderes, als mit ihm zu schlafen.

Reesons zynische Selbstverständlichkeit, mit der er von ihr verlangte, es in seinem Interesse mit einem Mann zu treiben, den er selbst einen schwitzenden, stinkenden Fettwanst nannte, hatte Liza in Wut versetzt, und aus dieser Wut war der Gedanke entsprungen, das Paket zu öffnen.

Natürlich hatte ihr der Anblick der Schichten gebündelter Dollarscheine den Atem verschlagen, aber sie hatte sich rasch gefasst, fünfzigtausend Dollar entnommen und, als William Reeson kam, ihn mit der Tatsache konfrontiert, dass sie den Inhalt der Pakete kannte.

»Wenn ich schon mit den Dreckskerlen schlafen muss, die dir den Zaster schicken, will ich einen Anteil, oder dein Arthur kann ...«

Nach diesen Worten hatte Reeson sie in den Off-Roader gezerrt und war wie ein Verrückter losgefahren. Während der Fahrt hatte Liza auf ihn eingeschrien und ihm gedroht, sie würde die Party platzen lassen, wenn sie nicht die fünfzigtausend Dollar behalten dürfe, die sie in ihre Schultertasche gesteckt hatte. Als die FBI-Agenten dann Reesons Bronco gestoppt hatten, war sie immer noch der Überzeugung gewesen, auf dem Weg zur Party zu sein.

Sie hatte die überraschend entstandene Situation genutzt, und so wie es aussah, hatte William eingesehen, dass ihr das Geld zustand.

Pakete waren seitdem nicht mehr gekommen. Auch hatte sie seit jener Nacht nicht wieder an einer Orgien-Party teilgenommen, aber Billy Reeson war mit ihr ausgegangen, und sie hatten miteinander geschlafen.

Alles, so glaubte Liza Prashenny, war in bester Ordnung.

Am Sonntagmorgen regnete es leicht.

Vom Regen ließ sich Liza nicht abhalten. Sie streifte einen wasserdichten Anorak mit Kapuze über den Jogginganzug, fuhr mit dem Lift in die Halle, rief dem verschlafenen Hauswächter einen fröhlichen Morgengruß zu und setzte sich in leichten Aufwärmtrab.

Immer benutzte sie den Parkeingang an der East 67th Street. Den Lieferwagen, der davor parkte, beachtete sie nicht.

In der Sekunde, in der sie an ihm entlang joggte, flog die seitliche Ladetür auf.

Wie Panther aus einem Hinterhalt stürzten sich zwei Männer auf Liza Prashenny.

Ein brutaler Schlag löschte ihr Bewusstsein aus.

Die Männer fingen die zusammenbrechende Frau auf, warfen sie in den Laderaum, sprangen hinterher und schlossen die Tür. Der Wagen fuhr an.

Nicht mal zehn Sekunden hatte der Überfall gedauert. In der menschenleeren Straße hatte ihn niemand bemerkt …

Gegen zehn Uhr morgens entdeckten spielende Kinder in den Büschen nicht weit von der Bronzestatue der Alice im Wunderland den nur noch mit Fetzen eines Jogginganzugs bekleideten Körper einer schwarzhaarigen weißen Frau.

Sie rannten zu ihrer Familie, deren Mitglieder bei einem Morgenpicknick saßen.

Die Männer ließen sich die Fundstelle zeigen. Einer alarmierte über sein Handy die Polizei.

Wenig später durchschnitt Sirenengeheul das fröhliche Lärmgemisch aus Musik, Gelächter, Anfeuerungsrufe für Sportler und Kindergeschrei, das an Sonntagen charakteristisch ist für New Yorks Central Park.

Clarence Dunsay fühlte den Druck einer Hand auf seiner Schulter und wandte den Kopf.

Arrow stand hinter ihm und sagte: »Letzter Einsatz, Clarence. Wir müssen an Bord. Es ist sieben Uhr abends. Die ›Venice‹ sticht in See.«

Tonlos stammelte Dunsay: »Ich habe die achttausend Dollar verloren, die Sie mir gegeben haben, Ken.«

Arrow lachte. »Na und? Sie besitzen ein Achtzigtausend-Dollar-Guthaben bei ›Upgrade‹. Wo ist das Problem? An Bord unterschreiben Sie einen Schuldschein, ich lasse abbuchen, und der Fall ist erledigt. Wie viel haben Sie noch?«

Dunsay wies auf die wenigen Chips.

»Vierhundert.«

Arrow schob die Chips auf Rot, während die Kugel schon im Kessel kreiste. Der Croupier sah ihn missbilligend an, erhob aber keinen Einspruch.

Zehn Sekunden später fiel die Kugel ins Fach einer roten Zahl und bescherte Dunsay die Verdopplung des Einsatzes.

Arrow nahm die Chips an sich, half Dunsay vom Stuhl, führte ihn zum nächsten Schalter, wo er die Chips in Banknoten einwechselte. Das Geld stopfte er Dunsay in die Jackentasche.

»Achthundert Dollar!«, rief er fröhlich. »Das ist mehr, als Sie auf die ›Venice‹ mitbrachten.«

»Wo ist Glenda?«, fragte Dunsay. Irgendwann war sie von seiner Seite verschwunden, ohne dass er, vertieft ins Spiel, es bemerkt hatte.

»Schon an Bord gegangen. Wollte sich ausruhen für die Rückfahrt-Party. Gewöhnlich geht es dabei noch wilder her als auf der Hinfahrt, weil alle wissen, wenn die ersten Lichter Manhattans am Horizont auftauchen, beginnt der Alltag wieder, und das süße Leben legt eine Pause ein.«

Er stieß Dunsay freundschaftlich die Faust vor die Brust. »Clarence, ich werde dafür sorgen, dass die Pause nicht lange dauert. Ich wette, Sie sind auf den Geschmack gekommen.« Er blinzelte ihm zu. »War sicherlich 'ne tolle Nacht mit Glenda, oder? Sie müssen als Liebhaber überragende Qualitäten haben, Clarence. Glenda scheint mir völlig verrückt nach Ihnen zu sein. Haben Sie eine besondere Technik? Oder wo liegt das Geheimnis? Los, verraten Sie's einem alten Freund!«

Dunsay grinste geschmeichelt.

»Keine Ahnung, wovon Sie reden«, wehrte er ab. Der Gedanke an die verlorenen Dollars verblasste allmählich.

Sie verließen das Trump-Casino in Atlantic City.

Ein Taxi brachte sie zum Hafen.

Wie in New York bewachten Matrosen die Gangway.

»Kommen Sie für zwei Minuten in meine Kabine!«, schlug Arrow vor.

Im Vergleich zur Kabine, die Dunsay zugeteilt worden war, glich Arrows Unterkunft dem Schlafraum einer Jugendherberge, und er benutzte sie nicht allein, denn auf dem zweiten Bett lag schlafend der »Upgrade«-Trader Bill, der während der Party die Bar betreut hatte.

Arrow setzte sich an das schmale, ausklappbare Schreibbord, nahm ein Blatt und schrieb einige Worte.

»Der Schuldschein, Clarence!«, sagt er. »Bitte, unterschreiben Sie.«

Er hielt ihm den Kugelschreiber hin.

Dunsay überflog den Text, las: »Ich schulde Mr Kenneth Arrow 8.000 – in Worten achttausend – Dollar.«

Er unterschrieb, wollte den Stift zurückgeben. Arrow nahm ihn nicht.

Aus einem Aktenkoffer holte er ein eng bedrucktes Formular.

»Bitte, unterschreiben Sie auch dieses Dokument, Clarence!«

»Was ist das?«

»Die Vollmacht für ›Upgrade‹, Ihr Geld bei Börsentransaktionen einzusetzen.« Er lachte. »Sie wissen, dass ich nicht ruhen und rasten werde, bis Ihr Konto eine siebenstellige Zahl aufweist.«

Dunsay lag der Wunsch auf der Zunge, sich den Text durchlesen zu wollen, aber solches Misstrauen erschien ihm beleidigend.

»Wo?«, fragte er.

Arrow zeigte ihm, wo er unterschreiben musste, und Dunsay setzte seinen Namen auf die Zeile.

»Danke, Clarence.«

Er öffnete die Kabinentür, begleitete Dunsay in den Gang.

Mit gedämpftem Brummen setzten die Motoren ein, und ein Beben durchlief den Schiffskörper.

»Wir legen ab«, stellte Arrow fest.

Dunsay ging zu seiner Kabine, betrat den Raum.

Auf dem Bett lag Glenda.

»Gewonnen?«, fragte sie.

»Leider nein.«

Sie lachte.

»Macht nichts. Komm her. Ich tröste dich.«

Jack Laccones Villa lag einige Meilen außerhalb der Stadt Flint, ein protziger Bau, der besser nach Kalifornien gepasst hätte als ins kalte und windige Michigan.

Seit Stunden wartete Laccone auf den Wagen aus New York, und er verging vor Ungeduld. Er tigerte im Raum auf und ab, schnauzte seine Leute an, warf sich zwischendurch in einen Sessel, sprang erneut auf, und während er herumrannte, verfluchte er in seiner Muttersprache diesen dreckigen Araber, mit dem er sich niemals hätte einlassen dürfen.

Gegen ein Uhr morgens hielt er das Warten nicht mehr aus und rief Amos Tafurian in New York an.

Es dauerte Minuten, bis sich Tafurian meldete. Grußlos schrie Laccone ihn an: »Wo bleibt dein verdammter Wagen? Ich habe es satt, mir deinetwegen die Nacht um die Ohren zu schlagen!«

»Nicht meinetwegen, Jack«, antwortete Tafurian. »Du wolltest, dass heute Nacht abgeholt wird.«

»Warum, zum Teufel, kommst du nicht selbst? Erwartest du, dass ich das Geld irgendeinem Typen anvertraue, dessen Gesicht ich noch nie gesehen habe?«

»Ich bin nicht dein Handlanger, Jack Laccone, und ich denke nicht im Traum daran, deinetwegen die Strapaze einer zehnstündigen Fahrt auf mich zu nehmen. Der Mann, der zu dir kommt, ist absolut zuverlässig. Er heißt Benny Massud und ist ein Verwandter von mir, eine Art Neffe. Wenn du nicht mit mir ins Geschäft einsteigen willst, schick ihn einfach leer zurück.«

Bevor Laccone den nächsten Satz loswerden konnte, trennte Tafurian die Verbindung. Die Kaskade italienischer Beschimpfungen, die aus Laccone herausbrach, ging ins Leere.

Eine halbe Stunde nach dem Telefonat fuhr ein Lieferwagen in den Innenhof der Villa.

»Finalmente!«, stöhnte Laccone und befahl seinem Bodyguard Marcello Pirese: »Dirigier ihn in die Garage!«

Er selbst ging mit dem zweiten Gorilla namens Luigi Neri durch den Verbindungsgang in den Anbau, in dem eine schwarze Cadillac-Limousine und ein italienischer Sportwagen standen. Trotzdem blieb Platz genug für ein drittes Fahrzeug.

Das Tor hob sich automatisch.

Pirese ging vor dem Lieferwagen her und winkte den Fahrer ein.

Das Fahrzeug war ein Eintonner mit geschlossenem Laderaum. Seine Außenflächen wiesen eine ungewöhnliche Verkleidung aus Metallplatten auf. Der Fahrer stieg aus, kam zu Laccone.

»Mr Tafurian schickt mich. Ich heiße Ben Massud.«

Er reckte die Glieder, rieb sich den schmerzenden Rücken.

»Wir waren zehn Stunden unterwegs zu Ihnen, Sir. Bitte erlauben Sie, dass wir uns vor der Rückfahrt einige Stunden ausruhen. Vielleicht könnten Sie uns vor dem Rückstart ein Frühstück und viel Kaffee spendieren?«

»Wie viele Leute bringst du mit?«, fragte Laccone unwirsch.

Ben Massud stieß einen Pfiff aus.

Die seitliche Ladetür wurde von innen zurückgeschoben.

Zwei Männer zeigten sich in der Öffnung. Beide hielten kurzläufige Uzi-MPis in den Händen.

»Assur und Chalid«, sagte Massud. »Sie verstehen nur wenig Englisch, aber sie sind Mr Tafurian treu ergeben. Wir alle gehören derselben Großfamilie an.«

Laccone musterte den jungen Mann, der dreißig Jahre alt sein mochte, von Kopf bis Fuß. Massud war mittelgroß, kompakt gebaut, hatte ein scharfes Profil und trug einen dichten, schwarzen Oberlippenbart.

»Du weißt, welche Ware du bei mir abholst?«, fragte er.

Massud lächelte. Unter dem Bart blitzten weiße Zahnreihen auf.

»Gewiss, Sir.« Mit dem Daumen wies er über die Schulter auf die Männer im Laderaum.

»Sie wissen nichts.«

Laccone wandte den Kopf und blickte auf die achtundzwanzig Kartons, die an der linken Garagenwand aufgestapelt waren. Sie enthielten über zwölf Millionen Dollar, die gesamte Einnahme seines Syndikats aus sechs Wochen Rauschgiftgeschäft.

Dieses schöne Geld auf Treu und Glauben einem verschlagenen Araber zu übergeben, bereitete ihm Bauchschmerzen, wirklich spürbares Grimmen in den Eingeweiden. Wie sollte er wissen, welche Tricks der ölige Hundesohn auf Lager hatte, um ihm, Laccone, das Fell über die Ohren zu ziehen?

Dealen mit Rauschgift ist ein Cash-Geschäft. Geld gegen Ware, Ware gegen Geld. Auf keiner Ebene wird Kredit gewährt. Wer eine Lastwagenladung Kokain übernimmt, muss im Gegenzug ebenso einen Koffer mit zwanzig Millionen ausliefern, wie der Junkie zwanzig Dollar seinem Straßendealer in die Hand drücken muss, bevor er die gierig ersehnte Portion Crack erhält.

Aber Tafurian verlangte zwölf Millionen ohne Quittung und ohne Kontrolle, und er versprach auch nichts, außer dass es Wochen dauern würde, bis der Gegenwert als legales Geld auf einem Bankkonto auftauchen würde.

Das ist Beschiss, dachte Laccone. Der Kerl soll sich zum Teufel scheren. Ich behalte meine Dollars.

Er zog eine Zigarre aus der Brusttasche, biss die Spitze ab, spuckte das Ende Tafurians Abgesandten vor die Füße.

Luigi Neri ließ sein Feuerzeug aufschnappen. Der Boss beachtete die Flamme nicht, die er ihm hinhielt. Er starrte weiter die Kartons an.

Zwölf Millionen Dollar!

Laccone stieß schnaufend den angehaltenen Atem aus. So heftig, dass die Flamme vor seinem Gesicht flackerte.

Zwölf Millionen – für ihn, Laccone, zurzeit nichts als ein riesiger Haufen schmutzigen grünen Papiers.

Seit die Schnüffler seine kanadische Geldwäsche-Connection zerschlagen hatten, konnte er mit seinem Dollarberg nicht mehr anfangen, als ein paar saubere Scheine herauszusuchen und sie den Gogo-Girls seines Nightclubs unter die Tangastrips zu schieben. Nicht mal neue Ware konnte er kaufen, weil die Koks-Barone Bezahlung in Schweizer Franken oder deutschem Geld verlangten, das sich leichter legalisieren ließ als amerikanische Dollar.

»Gib mir Feuer!«, bellte er Neri an, der sein Feuerzeug zurückgezogen hatte und es eiligst wieder aufschnappen ließ.

Paffend setzte Laccone die Zigarre in Brand, ging näher an Massud heran, blies ihm eine Rauchwolke ins Gesicht.

»Was machst du, wenn Schnüffler deinen Wagen stoppen und die Ladung kontrollieren wollen?«

»Dass unser Wagen gestoppt wird, ist sehr unwahrscheinlich, und dass Polizisten die Ladung kontrollieren wollen, ist so gut wie ausgeschlossen. Damit würden sie gegen ihre eigenen Dienstvorschriften verstoßen.«

Er gab den Männern einen kurzen Befehl. Sie schlossen die Ladetür.

Massud stieg ins Fahrerhaus, startete den Motor, betätigte einen Schalter.

Auf beiden Seitenflächen des Laderaums gerieten Platten der Metallverkleidung in Bewegung, schoben sich übereinander und gaben drei Zeilen einer Aufschrift in orangeroten Buchstaben frei:

CAUTION!

EXPLOSIVE MATERIALS!

KEEP DISTANCE!

Gleichzeitig begannen gelbe Warnlampen auf dem Dach des Transporters zu blinken.

Laccone nahm die Zigarre aus dem Mund, ließ sie fallen und zertrat sie.

Unter Massuds Bart blitzten die weißen Zahnreihen auf.

»Zwischen einer Ladung Feuerwerkskörper, Sir, wird kein Cop herumstöbern.«

»Verdammt gute Idee«, knurrte der Gang-Boss, und laut befahl er: »Einladen!«

Clarence Dunsay erwachte vom Gehämmer an die Kabinentür. Sofort setzten rasende Kopfschmerzen ein. Ihm war so schlecht, dass er fürchtete, er müsse sich übergeben.

Jenseits der Tür rief Ken Arrow: »Kann ich reinkommen, Clarence?«

Dunsay wandte den Kopf, blickte nach links.

Er lag allein auf dem Bett.

»Ja, kommen Sie rein!«, krächzte er.

Arrow betrat die Kabine.

»Guten Morgen, Clarence!«, rief er. »Sie müssen aufstehen. Wir sind in New York.«

Seine laute und fröhliche Stimme quälte Dunsays gereiztes Nervensystem wie Schnitte eines scharfen Messers.

»Kann ich Kopfschmerztabletten bekommen?«, stöhnte er.

Arrow hielt ihm die Hand hin, auf deren Fläche drei Tabletten lagen.

»Habe ich vorsorglich mitgebracht. Hab geahnt, in welchem Zustand ich Sie vorfinden würde. Erinnern Sie sich daran, dass Bill und ich Sie in die Kabine tragen mussten?«

Nur noch Bruchstücke der Rückfahrtparty hafteten in Dunsays Gedächtnis. Für ihn war die Party anders verlaufen, als Arrow versprochen hatte. Okay, er hatte noch mal Sex mit Glenda gehabt, bevor sie in den Salon gingen, aber es war kein guter Sex gewesen.

Im Salon hatte der dicke Arthur das große Wort geführt und mit seinem Gewinn im Spielkasino geprahlt. Im Ärger über den eigenen Verlust und die misslungene Nummer hatte Dunsay angefangen, schnell und unkontrolliert zu trinken. Irgendwann war dann der Film gerissen. Schemenhaft erinnerte er sich, dass die dunkelhäutige Angie und die blonden Schwestern einen Dreier-Strip hingelegt hatten, der für ihn nur ein schemenhaftes, verschwommenes Durcheinander dunkler und heller Körper gewesen war.

Kurz danach musste endgültig der Vorhang gefallen sein.

»Und Glenda?«, fragte er.

»Oh, Glenda! Ich denke, Sie hatten vorher genug Spaß mit ihr. Wenn

Sie es wünschen, können Sie sie jederzeit wiedersehen, aber lassen Sie den Kontakt über mich laufen. Das halte ich in Ihrem Interesse für besser.« Arrow klatschte in die Hände. »Beeilen Sie sich!«

Er verließ die Kabine.

Beim Aufstehen musste sich Dunsay festhalten, weil ihm schwindelte. Er torkelte ins Badezimmer, spülte die Tabletten mit einem Glas Wasser hinunter. Mühsam rasierte er sich, duschte, zog sich an.

Ein Blick aus dem Bullfenster zeigte ihm, dass die »Venice« am selben Kai des Battery-Yachthafens lag, von dem sie zum Trip nach Atlantic City abgelegt hatte.

Der Zeit nach herrschte das Halbdunkel der frühen Morgendämmerung, aber das galt nicht für den Battery-Hafen und kaum für diesen Teil Manhattans. Hunderttausend erleuchtete Fenster in den Wolkenkratzerfassaden, sprühende Leuchtreklamen in allen Farben, zehntausend Straßenlaternen und das grelle Neonlicht der Peitschenlampen über den Kais tauchten das Gebiet in künstliche Tageshelligkeit.

Dunsay entdeckte die Stretchlimousine. Wartend stand der Fahrer neben dem riesigen Wagen. Dann öffnete er den Schlag. Der Reihe nach verließen die Mädchen die Gangway, an der Spitze die farbige Angie, dann folgten die Schwestern Jenny und Jill, die Asiatin Suzoka und als Letzte Glenda.

Er hätte gern gerufen, aber Bullfenster lassen sich nicht einfach öffnen, sondern nur aufschrauben.

Die Mädchen stiegen in die Limousine. Der Fahrer warf die Tür zu, setzte sich hinters Steuer, fuhr an. Innerhalb einer Minute verschwand der Wagen aus Dunsays Blickfeld.

Er nahm seinen Koffer, ging an Deck. Arrow wartete schon auf ihn. Sie gingen zum BMW, stiegen ein.

Während der Fahrt zum Parkhaus an der 62nd Street redete der junge Trader ununterbrochen. Dunsay schwieg die meiste Zeit. Er dachte darüber nach, was er Allyson und seinem Sohn sagen sollte, und überlegte, ob er sich bei der Bank besser krank meldete, statt mit schwerem Schädel in wenigen Stunden zum Dienst zu erscheinen.

Als hätte er seine Gedanken erraten, sagte Arrow: »Machen Sie sich keine Sorgen über Allysons Reaktion auf Ihren Zustand. Erzählen Sie ihr einfach, die Konferenz hätte mit einem großen Besäufnis geendet. Das ist bei allen Konferenzen so. Und was Jimmy betrifft ...«

Im Fahren tastete er nach einem Paket auf der hinteren Ablage, übergab es Dunsay.

»… das habe ich vorsorglich für Jimmy beschafft – als Ihr Mitbringsel.«

»Verdammt nett von Ihnen, Ken!« Dunsay war gerührt.

Vor dem Parkhaus verabschiedete er sich mit einer Frage: »Wann höre ich von Ihnen?«

»Sobald ich gute Nachrichten für Sie habe, Clarence.«

Der Lift brachte Dunsay zur fünften Parkebene. Er fand seinen angejahrten Ford, verstaute den Koffer, ließ sich mit einem schweren Seufzer hinters Steuer fallen und startete den Wagen für den Heimweg nach Queens.

Ken Arrow brauchte eine halbe Stunde im anschwellenden Morgenverkehr bis zum Wellington Tower am Hudson-Ufer. In der luxuriösen Wohnanlage besaß er ein Loft, das nahezu eine Million Dollar gekostet hatte. Mit siebzig Prozent der Summe stand er bei Tafurian in der Kreide.

Er parkte den BMW in der Tiefgarage, nahm sein Gepäck mit. Einen Aktenkoffer behandelte er mit besonderer Vorsicht.

In der Wohnung mixte er an der Hausbar einen alten Bourbon mit Soda, ließ sich auf die Couch fallen und öffnete die Sicherheitsschlösser des Aktenkoffers. Außer Dunsays Schuldschein und der Vollmacht, die er unterzeichnet hatte, enthielt der Koffer zwei Videokassetten und einen Umschlag mit einem Dutzend Polaroidfotos.

Arrow betrachtete die Bilder. Bei manchen grinste er, bei anderen verzog er angewidert den Mund.

Sein Handy schlug an. Er meldete sich, hörte Tafurians Stimme.

»Wie ist es gelaufen, Ken?«

»Hi, Amos, ich wollte Sie nicht so früh anrufen. Alles hat prächtig geklappt«, antwortete Arrow. »Ich sehe mir gerade die Fotos an. Wir haben den Mann!«

»Sehr gut, Ken! Wir brauchen dringend eine Kapazitätsausweitung. Es fällt eine große Portion neuer Schmutzwäsche an.«

»Wir dürfen nichts überstürzen, Amos. Bedenken Sie, dass er auch falsch reagieren könnte, wenn ich ihm die Bilder und seinen neuen Kontoauszug zu früh unter die Nase halte.«

»Ich verlasse mich auf dich, Ken.«

»Hören Sie, ich werde heute nicht ins Office kommen. Ich habe zwei Nächte kaum geschlafen.«

»In Ordnung, mein Junge. Welches Mädchen hast du auf ihn angesetzt?«

»Glenda.«

Tafurian schnalzte mit der Zunge.

»Mach Kopien von den Fotos für meine private Sammlung!«

Drei Wochen hatte der Job Phil und mich von New York ferngehalten.

Ich weiß nicht, ob ich jemals darüber berichten darf. Da es sich um eine Spionageaffaire handelte unter der Dringlichkeitsstufe »Gefährdung der nationalen Sicherheit« bekam jeder Fetzten Papier nach dem guten Ende den Stempel »Top Secret« verpasst.

Es kann dreißig Jahre dauern, bis die Geheimhaltungsstufe aufgehoben wird.

Wie üblich nach längeren Ausflügen in die Unterwelt anderer US-Städte verbrachten Phil und ich die ersten Tage in New York am Schreibtisch mit internen schriftlichen Berichten, der Spesenabrechnung und dem sonstigen Schreibkram.

Ab dem dritten Tag informierten wir uns, was in New York in den Wochen unserer Abwesenheit gelaufen war und was so anlag, nicht nur beim FBI, sondern auch bei den anderen Diensten, vorrangig bei der City Police, aber auch der DEA, der Coast Guard und dem Zoll.

Alle Dienste tauschen ihre offenen Fälle untereinander aus, weil manchmal der eine dem anderen auf die Sprünge helfen kann.

Das meiste Material erhält der FBI von der City Police, weil trotz aller Anstrengungen und Erfolge noch immer viele Kapitalverbrechen verübt werden.

Wir arbeiteten uns durch einen Stapel Faxberichte über ungeklärte Morde, schwere Raubüberfälle, blutige Bandenkriege, gewaltsame Einbrüche und so weiter. Die Fälle waren nach Daten geordnet.

Wir hatten den Stapel fast geschafft, als Phil einen Laut der Überraschung ausstieß.

»Etwas Besonderes?«

Er antwortete nicht, las den Bericht angespannt zu Ende, schob mir das Fax über den Schreibtisch.

Die Überschrift lautete: *Vergewaltigung und Mord.*

Der Text:

Am Sonntag, dem 19. September 1998, wurde im Central Park die Leiche der abgebildeten Elizabeth Prashenny, 24 Jahre alt, wohnhaft in New York, entdeckt. Die kriminalärztliche Untersuchung ergab, dass Miss Prashenny etwa drei Stunden vor der Entdeckung vergewaltigt und durch Erdrosseln getötet wurde. Der Überfall erfolgte während des Joggings, das Miss Prashenny gewohnheitsgemäß jeden Sonntag im Central Park unternahm. Teile ihrer Joggingbekleidung und ihrer Wäsche lagen in der Nähe des Leichenfundortes. Zeugen, die Miss Prashenny im Zeitraum vom Verlassen der Wohnung bis zur vermuteten Tatzeit gesehen haben könnten, meldeten sich, mit Ausnahme des Hauswächters, nicht.

Der Fall ist registriert unter M/V 99-504.

Bearbeitender Beamter: Detective Sergeant Frank Drew.

Das Bild zeigte eine schwarzhaarige, lächelnde junge Frau, die weniger geschminkt war als in der Nacht, in der ich zum ersten Mal den Jaguar XKR zur halsbrecherischen Verfolgungsjagd benutzte, weil Phil gesehen hatte, wie diese Frau gewaltsam in einen Wagen gezerrt worden war. Ihretwegen hatten wir die Aktion gegen Stan Coady aufgeschoben, und dann hatte sich die vermutete Entführung als handgreiflicher Krach um eine Partyteilnahme herausgestellt.

Aber jetzt, fünf Wochen nach der nächtlichen Begegnung, sahen wir sie wieder – als Fotografie auf einem Round-up-Fax der Mordkommission und als Opfer eines brutalen Verbrechens.

Phil telefonierte, verlangte eine Verbindung mit Detective Sergeant Drew, bekam ihn an den Apparat.

»Special Agent Phil Decker, FBI New York. Ich brauche Detailinformationen zum Fall M / V 99-504. Ich werde Sie aufsuchen, Sergeant.«

Er stand auf. »Kommst du mit?«

Ich nickte.

»In diesem Jahr registrierten wir 34 Vergewaltigungen im Bereich des Central Park. Davon endeten acht mit dem Tod des Opfers«, sagte Sergeant Frank Drew. »Wieso ist der Fall Prashenny ein Fall für den FBI?«

Wir saßen dem Police Detective in seinem nüchternen Büro gegenüber.

»Das ist er nicht«, antwortete Phil. »Wir hatten eine Begegnung mit Miss Prashenny in der Nacht des 28. August. Sind Sie im Zusammenhang mit dem Mord auf einen gewissen William Reeson gestoßen?«

Drew blätterte in den Akten.

»Ja, er meldete sich am Dienstag selbst, gab an, er habe vergeblich bei seiner Freundin anzurufen versucht und von der Tragödie erfahren.«

»Wurde sein Alibi überprüft?«

Drew zog die Augenbrauen hoch.

»Selbstverständlich. Er ging am Samstagabend mit vier Kollegen, fünf Kunden und fünf Mädchen an Bord einer gecharterten Yacht. Sie sind die Küste entlang geschippert bis Atlantic City, haben im Kasino ein paar Runden auf Firmenkosten gespielt und legten am Montagmorgen wieder in New York an. Die Tour war eine Publicity-Veranstaltung.«

»Ich habe nichts anderes erwartet«, knurrte Phil.

Der Sergeant zog die Augenbrauen noch höher.

»Verdächtigen Sie Reeson? Aus welchem Grund? G-man, dieses unglückliche Mädchen ist einem Alltagsverbrechen zum Opfer gefallen. Ein verdammter Zufall führte sie ihrem Mörder über den Weg. Ihr Jogginglauf und das Herumschleichen eines gewalttätigen Sexualverbrechers kreuzten sich in einer Minute, in der kein anderer Mensch in der Nahe war. Das kann ich beweisen.«

Er nahm das Strichmuster eines genetischen Codes aus der Akte, hielt den Computerausdruck hoch.

»Sie wissen, welche deutlichen Spuren Vergewaltiger an ihren Opfern zurücklassen. Das ist der genetische Fingerabdruck des Prashenny-Killers, gewonnen aus seinem Sperma. Anhand dessen haben wir feststellen können, dass wir die Bestie, die über Liza Prashenny hergefallen ist, seit drei Jahren in unserer Kartei führen, und wir besitzen übereinstimmende Beschreibungen von zwei früheren Opfern, die Glück hatten und diesem Kerl entkommen sind.«

»Vergewaltigte Frauen?«

»Vergewaltigt im Central Park«, bestätigte Drew. »Sie beschreiben ihn als großen, bulligen, ungepflegten Weißen von etwa vierzig Jahren. In beiden Fällen ging er mit äußerster Brutalität vor. Eine der Frauen entkam, weil sie sich tot stellte. Bei der anderen wurde er von Passanten gestört. Sein Opfer schwebte tagelang zwischen Leben und Tod. Hier ist das Phantombild, das wir nach den Angaben der Frauen erstellten.«

Das Bild zeigte ein breites, aufgequollenes Gesicht mit stumpfer Nase, einem zu kleinen Mund und dunklen Augen unter ausgefransten Brauen.

»Was konnten Sie über Liza Prashenny in Erfahrung bringen?«

»Sie arbeitete als Callgirl. Dieser William Reeson hat zugegeben, dass er sie über eine Kontaktadresse kennen gelernt hat. Danach habe er dafür gesorgt, dass sie zu den Kundenpartys seiner Broker-Firma eingeladen wurde. Er sagte, hübsche Mädchen seien bei solchen Veranstaltungen unentbehrlich, aber zwischen ihm und Elizabeth Prashenny habe sich eine echte Liebesbeziehung entwickelt. Na ja, vielleicht könnte man Reesons Verhältnis zu ihr auf Zuhälterei abklopfen, aber hier geht es um Mord und nicht darum, ob ein Kerl ein Mädchen ausgenutzt hat, das jetzt tot ist.«

Er zuckte mit den Schultern.

»Sie muss gut verdient haben. Ihr Apartment ist bedeutend luxuriöser eingerichtet als meine gewöhnliche Polizistenwohnung. Ich hab darin viele teure Dinge gefunden – und das hier!« Er hielt ein in Krokodilleder gebundenes Notizbuch hoch. »Vornamen und Telefonnummern. Einige haben wir überprüft.« Er grinste. »Diskret überprüft, weil wir natürlich davon ausgingen, dass die meisten der Jungs in diesem Buch verheiratet sind, und so war's dann auch, aber als Täter kommt keiner von ihnen infrage.«

Er legte das Buch zurück.

»Für uns steht der Täter fest.« Noch einmal hielt er das Phantombild hoch. »Und so sieht er aus. Das Bild hängt in allen Revieren, wird von allen Streifenwagen mitgeführt und wurde auch veröffentlicht, leider bis heute ohne Erfolg. Ich fürchte, der Bastard hat sein Aussehen verändert.«

»Was geschah mit der Toten und ihrer Wohnung?«

»Verwandte in Missouri wurden benachrichtigt. Eine Schwester kam nach New York und hat die Tote identifiziert. Vorgestern gab der Coroner die Leiche zur Bestattung frei. Liza Prashenny wird in ihren

Heimatort überführt. Die Wohnung ist noch versiegelt, aber ich habe der Staatsanwaltschaft mitgeteilt, dass unsere Ermittlungen abgeschlossen sind und die Versiegelung aufgehoben werden kann.«

Phil sagte: »Wir möchten uns in der Wohnung umsehen – inoffiziell.«

Sergeant Drews Gesichtsausdruck verriet deutlich, dass er von überschlauen Bundesagenten, die ihre Nasen in seine Arbeit steckten, nicht allzu viel hielt.

»Ich werde meinen Chef fragen.«

»Rufen Sie ihn an. Lieutenant Mearrow kennt uns«, schlug Phil vor.

Widerwillig griff Drew zum Telefon.

Lieutenant Mearrow ist Pragmatiker und trifft seine Entscheidungen auf dem kleinen Dienstweg.

Nach kurzem Telefonat übergab uns Drew die Schlüssel …

»Miss Prashenny war eine nette junge Frau«, sagte der Hauswächter. »Immer fröhlich, immer freundlich und großzügig bei Trinkgeldern. Noch am Sonntagmorgen, als sie das Haus verließ, rief sie mir einen Gruß zu.«

Dem Mann standen Tränen in den Augen.

Der Lift brachte uns zur Geschossebene K. An der Tür des Apartments 24 klebte das rote Siegel der City Police.

Ich entfernte es. Phil schloss auf.

In der kleinen quadratischen Diele hing an der Garderobe ein heller Mantel. Ein bogenförmiger Durchgang führte in den Hauptraum, dessen Fensterfront den Blick an anderen Hochhäusern vorbei auf einen Ausschnitt des Central Park erlaubte. Noch immer lag ein Hauch von Parfumduft in der Luft.

Die Einrichtung grenzte ans Luxuriöse. Ein niedriger Marmortisch, eine Couchgarnitur, bezogen mit weißem Leder, eine Bartheke ausreichend für zwei Personen, der Mann davor, die Frau dahinter oder umgekehrt, TV- und Hi-Fi-Anlage vom Feinsten.

Die Sachen standen irgendwie ungeordnet herum. Sergeant Drews Leute hatten sich nicht die Mühe gemacht, sie nach der Durchsuchung wieder zurechtzurücken. Schubladen und Schränke waren teilweise nicht geschlossen.

Den angrenzenden Schlafraum beherrschten ein doppelbreites Bett und ein großer Kleiderschrank. Die zurückgeschlagene Bettdecke, das benutzte Kopfkissen erweckten den Eindruck, als wäre die Bewohnerin erst vor Minuten aufgestanden.

Phil schob die Türen des Kleiderschranks zur Seite. Sofort verstärkte sich der Parfumduft.

»Garderobe eines Filmstars«, sagte Phil. Er nahm einen schwarzen Nerz heraus.

»Mindestens zehntausend Dollar«, schätzte er, schlug eine Hälfte des Mantels um. Das Futter der Innenseite trug das eingestickte Etikett von »Bergdorf Goodman's«, dem feinsten Pelzgeschäft New Yorks.

»Callgirls scheinen besser zu verdienen als Sekretärinnen«, konstatierte Phil.

»Besser als FBI-Agenten auf jeden Fall. He, Alter, was suchen wir hier?«

Er hob die Schultern.

»Ich weiß nicht. Irgendeinen Beweis, dass sie nicht zufällig ermordet wurde.«

»Danach haben vor uns die Cops gesucht.«

»Vielleicht nicht gründlich genug. Sie wussten, dass Liza Prashenny einem Kerl zum Opfer gefallen ist, der schon zweimal zugeschlagen hat. Für sie war der Fall geklärt und erledigt, bevor sie überhaupt diese Wohnung betraten.«

»Okay, machen wir eine Nachsuche.«

Wir teilten uns die Arbeit. Phil übernahm das Schlafzimmer, ich den Wohnraum.

Als Erstes beschäftigte ich mich mit einem kleinen Schreibbord, das ein paar Fächer hatte. Im zweiten Fach lagen Papiere, samt und sonders Rechnungen, alle mit einer Quittung oder dem Stempel »bezahlt« versehen.

Die Namen der Geschäfte, die die Rechnungen ausgestellt hatten, lassen die Herzen der Frauen Amerikas höher schlagen.

Ich fand die »Bergdorf Goodman's«-Rechnung über den Nerzmantel: elftausendfünfhundert Dollar. Phil lag mit seiner Schätzung nicht schlecht.

Bei »Salk's« hatte Liza Prashenny italienische Schuhe für zweitausend Dollar gekauft, bei der New Yorker »Versace«-Boutique vier

Kleider, die es zusammen auf achttausend Dollar brachten, und bei »Tiffany's« ein Armband und passende Halskette plus Ohrringe für dreizehntausend Dollar. Außerdem hatte sie neuntausend Dollar für einen Zweithand-Sportwagen hingeblättert.

Manchmal haben Callgirls Glück und fangen einen älteren Knaben mit dicker Brieftasche ein, der so stolz darauf ist, zwar selten, aber immerhin im Bett noch Leistung zu bringen, dass er sich von dem Schätzchen, das ihm dazu verhilft, über Monate und Jahre hinweg eine Menge Dollars abzapfen lässt. Solche Senioren nennt die Branche »Sugar-Daddy«. Beim Durchblättern der Rechnungen dachte ich, auch Liza Prashenny müsse ein solches »Zucker-Väterchen« geschröpft haben, bis mir die Daten der Rechnungen auffielen.

Den ganzen kostbaren Krempel hatte sie zwischen dem 30. August und dem 16. September zusammengekauft. Noch am Mittwoch vor ihrer Ermordung hatte sie siebenhundert Dollar für eine Bluse verpulvert.

Ich rief Phil, zeigte ihm die Rechnungen.

»Sie hat mehr als vierzigtausend Dollar in zwei Wochen ausgegeben«, erklärte ich. »Eine reife Leistung. Und sie begann damit einen Tag nach unserer nächtlichen Begegnung.«

»Der Nerz hängt im Kleiderschrank, aber Schmuck wurde nicht gefunden. Drew hat nichts davon erwähnt. Denkst du, sie könnte ihn getragen haben?«

Ich schüttelte den Kopf.

»Keine Frau mit einem Funken Verstand unter der Frisur trägt beim Joggen Schmuck für dreizehntausend Dollar. Lass uns nach einem Safeschlüssel suchen.«

Die Suche dauerte Minuten. Ich entdeckte den Safeschlüssel mit der Kennzeichnung A 9013 im nächsten Schreibbordfach.

»Dazu müssen wir die passende Bank finden.«

»Vorher will ich mit William Reeson reden«, sagte Phil.

»He, Leute, ich halte gerade die Weltwirtschaft in Schwung!«, tönte die Stimme vom Anrufbeantworter. »Falls ihr eine große Order loswerden wollt, ruft mich bei ›Upgrade‹ an! Hier ist die Nummer ...«

Wir riefen nicht an, sondern fuhren hin, und während der Fahrt verschafften wir uns Informationen über Reesons Firma.

»Upgrade« war eine Broker Agency. Solche Agenturen gibt es im Umkreis der Wall Street in Massen. Ihr Geschäft ist die Börse, genauer gesagt die weltweite Spekulation in allen Varianten. Sie werden so schnell gegründet, wie Pilze aus dem Boden schießen, machen Millionengewinne oder krachen in Millionenpleiten, verschwinden von der Bildfläche und tauchen als Neugründungen wieder auf.

»Upgrade« existierte seit drei Jahren, für diese Branche ein hohes Alter. Der Gründer hieß Amos Tafurian. Er unterhielt eine Büroflucht auf der 25. Etage des Morrison Building und arbeitete mit Juniorpartnern, sogenannten Tradern. William Reeson war einer dieser Junioren. Die Wall Street bietet zur Börsenzeit die hektischsten dreihundert Yards Manhattans.

Ich parkte den Jaguar in einer Verbotszone und setzte das Rotlicht aufs Dach, damit die Streifen-Cops nicht ihre Strafmandatsblöcke zückten.

Der Morrison-Wolkenkratzer beherbergt Hunderte von Firmen. Auf der 25. Etage fanden wir die Glastür mit der Aufschrift »Upgrade Investment Agency«.

Phil öffnete.

Eine mittelalte Lady blickte von ihrem Laptop auf und fragte nach unseren Wünschen.

Eine große, schalldichte Glaswand trennte die Empfangsloge vom Hauptbüro, und weil auf der anderen Seite die Fensterfront das Großbüro begrenzte, entstand der Eindruck eines riesigen Aquariums, nicht von Fischen, sondern von Menschen bevölkert.

Etwa ein Dutzend junger Männer saß vor Batterien von Bildschirmen, auf denen in rasendem Wechsel Symbole und Zahlenkolonnen auftauchten und verschwanden. Ihre Finger flitzten über die Tasten der Bords. Sie trugen Knopfhörer im Ohr und Mikrofone vor der Kehle wie Jet-Piloten.

Man sah, wie sie ihre Lippen bewegten, pausenlos in die Mikrofone sprachen, vielleicht schrien, aber durch die Glaswand drang kein Laut, und die Stille verstärkte den Eindruck eines Aquariums für Menschen.

Drucker spuckten lange Papierschlangen mit Computerdaten aus. An der Decke hingen Großbildschirme, gekennzeichnet mit Städtenamen: Tokio, London, Chicago, Frankfurt. Auch über deren Mattscheiben flossen ununterbrochen Ströme von Zahlen und Symbolen.

Phil zeigte der Empfangslady die ID Card.

»Wir möchten William Reeson einige Fragen stellen.«

Sie drückte einen Knopf der Sprechanlage, beugte sich übers Mikrofon.

»Billy, zwei FBI-Agenten wollen dich sprechen.«

Einer der Männer vor den Bildschirmen drehte sich um und starrte uns durch die Glaswand an.

In jener Nacht war mir Reesons teures, elegantes Outfit aufgefallen. Heute an seinem Arbeitsplatz trug er Jeans und ein T-Shirt mit dem Aufdruck »Provocation calls 1 million«.

Seine Antwort kam aus dem Lautsprecher.

»Sorry, ich kann nicht. Ich bin in 'nem Deal!«

Er wandte sich den Bildschirmen zu, und die Lady schlug vor: »Vielleicht sprechen Sie zuerst mit dem Boss, Mr Tafurian.« Sie drückte einen anderen Knopf und meldete: »FBI-Agenten möchten Bill Reeson sprechen, Sir, aber er kann seine Aktion nicht abbrechen. Wollen Sie die G-men empfangen?«

»Ich komme«, lautete die Antwort. Der Mann trat aus einer Seitentür. Er war knapp mittelgroß, zu dick für seine Größe, und sein Lächeln war zu strahlend, um echt zu sein. Er hatte ein rundes Gesicht, vorquellende braune Augen und flaches schwarzes Haar, das auch ein Toupet sein konnte.

Auf halbem Wege streckte er schon die Hand aus. »Hi, ich freue mich, zwei Elitecops der Nation im wirklichen Leben zu begegnen, statt sie nur auf dem TV-Schirm zu bewundern. Ich bin Amos Tafurian.«

Sein Englisch hatte einen Akzent.

Er schüttelte Phil und mir die Hand und führte uns in sein Büro, das mit schweren schwarzen Ledermöbeln und Orientteppichen eingerichtet war.

»Drinks?«, fragte er, und als wir verneinten, lachte er. »Immer trocken im Dienst. Wie im TV.«

Zwölf Monitore beanspruchten zwei Drittel der Stirnwand, sodass Tafurian sie vom Schreibtisch aus im Blick hatte. Auch über ihre Schirme flimmerten Zahlen und Symbole. Ein dreizehntes Gerät zeigte das Hauptbüro.

»Sind Sie der Boss?«, erkundigte sich Phil.

»Nicht ein Boss im üblichen Sinne, eher ein Seniorpartner. Alle

Trader sind am Erfolg beteiligt. Niemand erhält ein Gehalt, sondern einen Anteil am Gewinn der Agency. Wollen Sie Bill wegen dieses schrecklichen Verbrechens an seiner Freundin sprechen?«

»Sie wissen davon?«

»Selbstverständlich! Ich kannte Liza Prashenny. Bill brachte sie zu mehreren Partys mit.« Er lächelte. »Bei uns werden viele Partys gefeiert. Der Job ist so stressig, dass die Jungs Entspannung brauchen. Immer wenn uns ein Tagesgewinn von einer Million gelungen ist, machen wir ein Fass auf. Gott sei Dank kommt es relativ häufig vor.«

Ich mischte mich ein. »Wie viele Millionen hatte ›Upgrade‹ verdient, als Sie eine Yacht charterten und übers Wochenende nach Atlantic City geschippert sind?«

»Nicht einen Cent, und die Party kostete uns sechzigtausend Dollar. Wir haben den Trip für unsere Kunden veranstaltet. Die Leute, die uns ihr Geld anvertrauen, wollen nicht nur wachsende Zahlen auf ihren Konten sehen, sondern verlangen hin und wieder Rund-um-Betreuung. Sie wissen, was ich meine.«

»Warum nahm Liza Prashenny nicht teil?«

»In den letzten Monaten hielt sie sich von den meisten Partys fern. Ich glaube, Bill Reeson hatte sich in das Mädchen verliebt und mochte es nicht, wenn andere sie in fortgeschrittener Stimmung begrapschten.«

»Wann können wir mit Reeson reden?«, fragte Phil.

Tafurian blickte auf die Monitore.

»Er steckt in einem Fünfhundert-Millionen-Dollar-Deal mit russischen Rubeln. Die Währung ist das reine Dynamit. Wenn Billy im falschen Augenblick aussteigt, kann sein Fehler die Agency mehrere hunderttausend Dollar kosten. Sehen Sie auf den Monitor Nummer 8!«

Ich sah Zahlen und Zeichen, mit denen ich nichts anfangen konnte. Phil ging es nicht besser.

Plötzlich flackerten die Worte »I Confirm« (Ich bestätige) auf, und Tafurian erklärte: »Jetzt ist er ausgestiegen, allerdings mit einem bescheidenen Reibach, knapp zwanzigtausend Dollar.« Ins Mikrofon der Sprechanlage sagte er: »Komm in mein Büro, Bill!«

Auf dem dreizehnten Monitor sahen wir, wie Reeson aufstand, das Office verließ. Eine Minute später kam er herein.

Er begrüßte uns mit knappem Kopfnicken.

»Hi – ihr seid die FBI-Agenten, die Liza und mich gestoppt haben, weil ihr geglaubt habt, ich hätte sie schlecht behandelt. Schade, dass ihr nicht zur Stelle wart, als sie an jenem Sonntag joggen ging. Ich bin von der City Police vernommen worden und habe gesagt, was ich weiß. Der Officer, der den Mord an Liza untersucht, ist ein gewisser Sergeant Drew. Kann ich zurück zum Job? Ich erwarte Frankfurt.«

»Sergeant Drew hat Sie nicht danach gefragt, woher Liza Prashenny das Geld hatte, um innerhalb von zwei Wochen für fast fünfzigtausend Dollar Pelze, Kleider, Schmuck und ein Auto zu kaufen. Wissen Sie es?«

»Dieses verdammte Geld war der Grund für den Krach zwischen Liza und mir«, antwortete Reeson mit einem Seufzer. »Ich wollte, dass sie es vernünftig anlegte, aber sie bestand darauf, damit zu machen, was sie wollte.«

»Woher stammten die Fünfzigtausend?«

»Okay, ich werde es Ihnen sagen, obwohl ich behaupten könnte, ich wüsste es nicht.«

Er sah an uns vorbei Amos Tafurian an, als richte er die Worte mehr an ihn als an uns.

»Vor etwa zwei Monaten zeigte mir Liza das Geld, das sie zu dieser Zeit besaß, ungefähr zehntausend Dollar cash. Woher sie dieses Geld hatte, weiß ich tatsächlich nicht. Ich nehme an, sie hatte es gespart. Sie fragte mich, ob ich es für sie ein wenig vermehren könnte. Damals arbeitete ich an einer aussichtsreichen Spekulation in brasilianischen Aktien. Ich nahm Lizas zehn Tausender mit hinein. Sechs Wochen später war sie um vierzigtausend Dollar reicher.«

Mit dem nächsten Satz sprach er Tafurian direkt an.

»Das Rio-Nacarada-Projekt, Amos!«

Das runde Gesicht verfinsterte sich, und die braunen Froschaugen fixierten Reeson, als wäre er ein zu verschlingendes Insekt.

»Das war ein Regelverstoß, Bill«, sagte er. »Fremdes Geld gehört nicht in unser Geschäft. ›Upgrade‹ bestraft dich mit dreißigtausend Dollar Einzahlung in die Gemeinschaftskasse.«

»Wie gaben Sie Miss Prashenny den Gewinn? Schrieben Sie ihr einen Scheck?«

»Sie verlangte es cash. Also hab ich ihren Anteil von meinem Konto abgehoben.« Ein dünnes Lächeln krümmte seine Lippen. »Ich übergab es ihr in jener Nacht, in der wir zusammenstießen, G-man.

Erinnern Sie sich, dass sie eine große Schultertasche aus Sackleinen trug? Darin steckte das Geld. Zwei Tage später begann sie, es zu verpulvern. Sie forderte mich sogar auf, ihr beim Aussuchen zu helfen.«

»Taten Sie es?«

»Einmal ging ich mit zu Tiffany.«

»Bei welcher Bank unterhielt Miss Prashenny ein Safe?«, fragte Phil.

»Keine Ahnung. Besaß sie eins?«

»Wir fanden einen Safeschlüssel.«

Er hob die Schultern, blickte in die Runde.

»Noch Fragen?«

Phil und ich verständigten uns mit einem Blick, und Phil schüttelte den Kopf.

»Nein, danke.«

Reeson stand auf, ging zur Tür.

Phil stoppte ihn.

»Doch noch eine Frage. Wussten Sie, dass Miss Prashenny jeden Sonntagmorgen im Central Park joggte?«

»Ja, das wusste ich.«

»Sind Sie jemals mit ihr gelaufen? Kannten Sie die Route, die sie nahm?«

»Ich jogge nicht, G-man. Meine Fitness verdanke ich der Arbeit an Kraftmaschinen in einem Studio. Wünschen Sie die Adresse?«

Sobald sich die Tür hinter ihm geschlossen hatte, fragte Tafurian besorgt: »Verdächtigen Sie William Reeson? Er ist ein guter Junge, sehr tüchtig im Job. Ich kann mir nicht vorstellen, dass er ...«

»Sein Alibi steht so fest wie das Empire State Building«, unterbrach Phil. »Als Liza Prashenny umgebracht wurde, saß er beim Black-Jack-Spiel in Atlantic City. Danke für Ihre Geduld, Mr Tafurian.«

Wir standen auf. Auch Tafurian erhob sich.

»Ich komme mit. Ich habe eine Verabredung.«

Er redete auf dem Weg zum Lift und in der Kabine und beim Durchqueren der Halle des Morrison Building. Sein einziges Thema war der Stress des Börsenjobs, und er hörte erst damit auf, als er den Jaguar sah.

»Oh, ein wundervoller Wagen!«, rief er. »Wem gehört er?«

Phil wies mit dem Daumen auf mich. Der Fingerzeig war weniger als die halbe Wahrheit. Die Bedingungen, unter denen George James Harding den XKR dem FBI gesponsert hatte, lauteten anders.

Tafurian ging um das Auto herum, streichelte die Karosserie, schnalzte vor Begeisterung mit der Zunge.

»Auch ich fahre einen britischen Wagen, einen Rolls Silver Spirit. Für eine Rakete wie diesen Jaguar bin ich zu alt.« Er blinzelte mir zu. »Ich wusste nicht, wie gut Uncle Sam seine Fed-Jungs bezahlt, dass sie sich solche Wagen leisten können.«

»Ich wünschte, Sie hätten recht«, antwortete ich. »Einen solchen Wagen zu fahren war und ist mein ganz persönlicher Spleen.«

»Wie viel von diesem XKR gehört Ihnen und wie viel noch dem Händler?«

Ich grinste. »Arbeiten Sie für das Finanzamt, Mr Tafurian?«

Er grinste zurück.

»Im Gegenteil. Ich arbeite für Leute, die möglichst schnell an möglichst viel Geld kommen wollen, und ich bin ziemlich erfolgreich. Ihr Jaguar, G-man, hat Sie schätzungsweise satte einhunderttausend Dollar gekostet. Natürlich weiß ich nicht, wie groß der Anteil ist, den Sie dem Händler schulden, aber ich weiß, dass für einen Ratenkredit unanständig hohe Zinsen gezahlt werden müssen. Beschaffen Sie sich zehntausend Dollar, investieren Sie die Summe bei ›Upgrade‹, und mit meiner Hilfe und ein wenig Glück können Sie in einigen Wochen dem Händler auf den Tisch knallen, was er noch zu bekommen hat.«

»Hört sich gut an. Gilt Ihr Wort auch, wenn es sich um Siebzigtausend handelt?«

Statt einer Antwort schnippte er mit den Fingern, als seien siebzigtausend Dollar nur ein paar leere Erdnussschalen.

»Schade, dass mir die Zehntausend als Einsatz fehlen. Danke für Ihre guten Absichten, Mr Tafurian.«

Seine Augen suchten meinen Blick. »Ein Kredit lässt sich beschaffen«, sagte er, brach nach dem letzten Wort in Gelächter aus und rief: »Glauben Sie jetzt aber bloß nicht, ich hätte irgendeinen Grund, einen Bestechungsversuch zu unternehmen!«

»Vielleicht komme ich auf Ihr Angebot zurück, wenn ich die nächste Rate nicht zusammenkratzen kann«, sagte ich und öffnete den Wagenschlag.

Von der anderen Seite stieg Phil ein.

Tafurian blieb auf dem Bürgersteig stehen, bis wir abfuhren, und winkte uns nach, als wären wir liebe Verwandte.

»Was bezweckt das Gerede vom unbezahlten Jaguar?«, fragte Phil. »George Harding hat ihn bis zur letzten Schraube finanziert.«

»Tafurian hat damit angefangen, und es hörte sich an, als suche er nach einer Schwachstelle bei uns. Und ich hielt es instinktiv für richtig, ihn in dem Glauben zu lassen.«

»Mir schmeckt die ganze Story nicht«, sagte Phil missmutig. »Da behauptet ein noch nicht dreißigjähriger Börsenjobber, er hätte seinem Mädchen fünfzigtausend Dollar an der Börse verschafft, gewissermaßen aus dem Handgelenk, hätte ihr die Summe cash ausbezahlt und sie sei damit auf große Einkaufstour gegangen. Bedauerlicherweise lief sie ein paar Wochen später einem Killer über den Weg, während sich ihr Fünfzigtausend-Dollar-Freund hundertzwanzig Meilen südlich von New York in Atlantic City aufhielt. Für mich hört sich die Geschichte an wie ein Märchen mit grausigem Schluss.«

»Alter, du darfst nicht vergessen, dass die Sache in einer Welt spielt, in der wir uns nicht auskennen. Diese Trader-Jungs hantieren kaltschnäuzig jeden Tag mit Hunderten von Millionen und halten es für selbstverständlich, dass dabei Zigtausende an ihren Fingern kleben bleiben. Wie willst du herausfinden, ob William Reeson lügt? Willst du eine Armee von Buchhaltern und Börsenexperten in das ›Upgrade‹-Aquarium-Büro schicken? Mit dem Auftrag, Hunderttausende von Transaktionen zu überprüfen? Außerdem würdest du eine Kompanie Computerspezialisten brauchen, die die Dateien und Programme durchstöbern müssten. Was könnte der gigantische Aufwand im besten Falle ans Licht bringen? Dass die unglückliche Liza Prashenny ihren Gewinn nicht versteuert hat? Dass Reeson bei der Spekulation irgendwelche Vorschriften missachtete? An einer Tatsache würden alle Untersuchungen nichts ändern: Er hat sie nicht umgebracht.«

»Ich hab gesehen, wie er sie behandelt hat«, antwortete Phil verbissen. »Er war außer sich vor Wut.«

»Liza Prashenny selbst hat uns erklärt, es sei nur ein harmloser Krach um einen Partybesuch gewesen.«

»Also kein Streit um die Verwendung der Fünfzigtausend, wie Reeson behauptet?«

Ich schüttelte den Kopf.

»He, Phil, versetz dich in ihre Situation! Würdest du zwei Schnüfflern, die dich gerade angehalten haben, erzählen, du hättest dich mit deinem Partner um einen Haufen Dollars gestritten? Solche wahrheitsgemäße Antwort macht neugierig und bringt auf jeden Fall Ärger. Also hat sie sich eine Ausrede einfallen lassen.«

Er stimmte nicht zu, sondern starrte geradeaus, und ich konnte seinem Gesicht ansehen, dass er entschlossen war, nicht aufzugeben.

»Okay, wir werden herausfinden, in welcher Bank Liza Prashenny ein Safe hatte«, sagte ich.

Den Schlüssel, den wir im Apartment des ermordeten Callgirls gefunden hatten, trug Phil in der Tasche.

»Wahrscheinlich hat sie eine Bank in der Nähe ihrer Wohnung gewählt«, vermutete er. »Fahr hin!«

Während wir unterwegs waren, telefonierte er mit dem 19. Revier, in dessen Bereich der Century Tower liegt, und ließ sich Banken in der Nähe und ihre Telefonnummern nennen. Danach rief er die Banken an und fragte seine Gesprächspartner nach der Kennzeichnung ihrer Schließfächer.

»Ich habe sie«, sagte er nach dem dritten Telefonat. »Midtown Saving, Filiale in der 72nd Street West.«

Zwanzig Minuten später standen wir dem Filialdirektor gegenüber.

Phil zeigte ihm den Schlüssel.

»Ja, das ist ein Schlüssel zu einem unserer Safefächer.«

»Wer hat Fach Nummer A 9013 gemietet?«

Eine kurze Computereingabe genügte. Auf dem Bildschirm erschien der Name Liza Prashenny und die Adresse.

»Miss Prashenny wurde ermordet?« Der Mann riss die Augen auf. »Davon weiß ich nichts!«

»Alle Medien berichteten darüber.«

Er tippte auf dem Bord des Computers, starrte auf den Bildschirm.

»Miss Prashenny war, abgesehen davon, dass sie ein Fach gemietet hatte, keine Kundin bei uns. Wir kannten sie nur von zwei oder drei Besuchen ihres Tresorfachs. Dass ihr Name im Zusammenhang mit einem Mord genannt wurde, das fiel unter solchen Umständen niemandem auf.«

»Wir möchten den Inhalt des Tresors überprüfen.«

»Das geht nur, wenn Sie mir eine staatsanwaltliche Anordnung vorlegen.«

Phil rief Sergeant Frank Drew an.

»Sergeant, wir stehen in der Midtown Saving Bank, 72nd Street West. Liza Prashenny hatte ein Safe im Tresor der Bank gemietet. Bitte, kommen Sie und bringen Sie die Ermächtigung des Staatsanwalts mit.«

Als Drew eine knappe halbe Stunde nach dem Anruf eintraf, lautete seine erste Frage: »Wie haben Sie herausgefunden, dass sie ein Safe besaß?«

»Wir haben den Schlüssel gefunden«, antwortete Phil lakonisch.

Der Sergeant biss die Zähne aufeinander, weiß vor Wut über die schlampige Arbeit seiner Leute vom Durchsuchungstrupp.

Der Lift brachte uns in den Kellertresor.

Mit dem Zentralschlüssel und dem Schlüssel aus Liza Prashennys Wohnung wurde Fach A 9013 geöffnet.

Vorne lagen zwei Schmucketuis. Die Deckel trugen in eingeprägten Goldbuchstaben den Namen »Tiffany's«. Das größere Etui enthielt eine Halskette und ein Armband, das kleinere ein Paar Ohrringe.

Hinter den Etuis zog Phil einen großen, verknitterten Umschlag aus dem Fach. Er war mit einem Klebestreifen verschlossen.

Phil riss den Streifen ab, öffnete den Umschlag, griff hinein und holte eine Handvoll zerknitterter, schmutziger Dollarscheine heraus.

Die Zufahrtsstraße zur ehemaligen Bunkeranlage der Army war in miserablem Zustand, weil sich niemand für die Instandhaltung verantwortlich fühlte. Noch immer warnte an ihrem Beginn ein inzwischen verrottetes Schild: »Eigentum der U.S. Army! Benutzung nur mit besonderer Erlaubnis!«

Gewöhnlich versuchte Tafurian auf der Fahrt zur »Splendour Company« die schlimmsten Schlaglöcher zu vermeiden. Heute beschäftigten die aufgetauchten Probleme seine Gedanken so intensiv, dass er kaum registrierte, wenn die Räder des Rolls in mit Wasser gefüllte Löcher sackten.

Leff Shaber erwartete ihn auf dem eingezäunten Gelände. Sie gingen in Shabers einfach eingerichtetes Büro, in dem Benny Massud seinen Boss nach arabischer Sitte begrüßte, indem er ihm die Wangen und als Zeichen des Respekts die Hand küsste.

Tafurian ließ sich auf einen Stuhl fallen.

»Uns drohen Schwierigkeiten«, sagte er. »Alles sah danach aus, als wäre der Fall dieser neugierigen kleinen Nutte mit ihrem Ende im Central Park erledigt. Wie erwartet haben die Cops herausgefunden, dass der Killer schon mehrfach über Frauen hergefallen ist, und stellten unserem Mann nur ein paar Routinefragen. Aber vor wenigen Stunden sind genau die G-men-Schnüffler im ›Upgrade‹-Office aufgetaucht, die Reeson und das Mädchen damals stoppten, und sie waren misstrauisch bis unter die Haarspitzen. Ich fürchte, diese Jungs werden weiter in der Sache rumstochern. Wir müssen Vorkehrungen treffen, uns absichern.«

»Was sollen wir tun?«, fragte Shaber.

»Leff, wer war der Mann, der das Mädchen entsorgt hat?«

»Er heißt Dyke Gurdak.«

»Woher kennst du ihn?«

»Vor zwanzig Jahren wohnten wir in derselben Straße und gingen in dieselbe Schule.«

»Und wieso wusstest du, dass er als Sexgangster von der Polizei gesucht wird?«

»Weil ich bei seiner ersten Vergewaltigung dabei war«, antwortete Shaber ungerührt. »Auch vor zwanzig Jahren.«

»Hat er dich wiedererkannt?«

»Seine Erinnerungen blieben vage. In seinem Gehirn gibt es eine Menge Löcher, verursacht durch Drogen, Alkohol und der ewigen Gier nach …«

Tafurian schnitt ihm mit einer Handbewegung das Wort ab.

»Falls die Schnüffler ihn fassen, wird er erzählen, dass er für diese Vergewaltigung und diesen Mord bezahlt wurde.«

»Sie werden ihm nicht glauben.«

»Normale Cops würden vielleicht nur mit den Schultern zucken, aber den G-men, denen ich heute begegnet bin, wäre die Behauptung Grund genug, das Leben des Mannes bis in seine Kindheit zu durchleuchten.« Er stieß den Zeigefinger mehrmals gegen Shabers Brust. »Sie fänden dich, Leff!«

Shaber zuckte mit keiner Wimper. Er wechselte aus dem Englischen in sein ungelenkes Arabisch.

»Er wird schweigen von Ewigkeit zu Ewigkeit«, sagte er und benutzte eine der blumigen Formulierungen dieser Sprache.

Tafurian wandte sich an Benny Massud. »Wie weit sind die Chicanas mit den Laccone-Dollars?«

»Sortiert, gebündelt und verpackt.«

»Und die Aufteilung?«

»Acht Millionen in Scheinen, die noch in verkehrsfähigem Zustand sind, etwa vier Millionen in Noten, die eine Bank aussortieren und zur Vernichtung an die Federal weiterleiten würde.«

Tafurian polierte das goldene Armband an seinem rechten Handgelenk. Wie immer, wenn er sich unter Druck fühlte.

»Höchste Zeit, dass ich die Laccone-Millionen unterbringe«, sagte er und seufzte. »Dieser Makkaroni-Gangster ist ein höllisch ungeduldiger Hitzkopf. Er ruft jeden Tag an und droht mir, weil das Geld noch nicht auf seinen Konten ist. Vielleicht müssen wir die Geldwäsche für ein paar Wochen stilllegen, bis wir sicher sein können, dass die G-men nicht länger hinter uns herschnüffeln. Kann auch sein, die Umstände zwingen uns, die ›Splendour Fireworks Company‹ als Tarnfirma aufzugeben.«

»Wäre schade«, sagte Massud. »Die Explosionswarnung an den Transportern schützt uns vor der Neugier der Cops, und der Verwandlungstrick in ein Security-Fahrzeug ist genial.«

Tafurian strich mit der Hand über die glatten schwarzen Haarsträhnen, blinzelte seine Helfer an.

»Ich habe einen Köder ausgelegt. Mag sein, ein G-man beißt an. Dann, so hoffe ich, können wir weitermachen wie bisher.« Er stand auf. »Falls es anders kommt, müssen die Chicanas schnellstens abtransportiert werden. Wenn die Schnüffler illegale Einwanderer auf dem Gelände antreffen, haben sie einen Grund, jeden Winkel auszuleuchten.«

Shaber und Massud begleiteten ihn zum Rolls.

Auf dem Rückweg rief Tafurian das »Upgrade«-Büro an und ließ sich Ken Arrow geben.

»Wie weit bist du mit Dunsay?«

»Auf gutem Weg, Amos. Sein Konto habe ich mit einigen Hunderttausenden ins Minus manipuliert. Wie viel die Fotos hergeben, wissen Sie selbst. Sie haben die Kopien. Ich denke, in ein oder zwei Wochen können wir ihm die Daumenschrauben anlegen.«

»So viel Zeit bleibt uns nicht. Ich sitze auf einem Berg Dollars, die ins System geschleust werden müssen. Unsere alten Möglichkeiten dürfen wir nicht überstrapazieren. Ich brauche Dunsays Bank dringend als Abfluss für etwa vier Millionen. Also mach ihm sofort klar, dass er mitspielen muss.«

»Ich würde gern vorsichtiger vorgehen«, protestierte Arrow schwach.

Tafurian wischte den Einwand weg.

»Uns bleibt keine Zeit, Ken! Hast du die beiden Jungs gesehen, die heute in die Firma kamen? Sie sind FBI-Agenten, und sie sind dabei, ihre Nasen tief in unsere Angelegenheiten zu stecken. Ihre Schnüffelei kann uns zwingen, die ›Splendour Company‹ stillzulegen, aber unsere Geschäftspartner erwarten, dass wir unsere Versprechen halten. Sie schicken uns mehr schmutziges Papier als je zuvor. Also bring Dunsay bei, dass es ihn Kopf und Kragen kostet, wenn er nicht auf deine Vorschläge eingeht.«

»Ich versuche es, Amos«, seufzte Arrow.

»Tu dein Bestes, Ken!«

Es klang in Arrows Ohren wie eine Drohung …

Auf John D. Highs ansonsten makellos aufgeräumten Schreibtisch wirkte der kleine Hügel aus knittrigen, abgegriffenen, schmutzigen Dollarnoten, als habe jemand einen Abfalleimer Altpapier ausgekippt.

Die Scheine waren der Inhalt des Umschlags aus Liza Prashennys Schließfach, und Phil hatte sie auf Befehl des Chefs aus dem Umschlag auf die Schreibtischplatte geschüttet. Mit spitzen Fingern fischte Mr High einen Zwanziger heraus, hielt ihn gegen das Licht, drehte ihn, betrachtete die Rückseite und ließ ihn zurück auf den Haufen flattern.

»Was denken Sie?«, fragte er und sah Phil und mich an.

»Straßendollars«, sagte Phil.

»Straßendollars sind Drogendollars«, ergänzte ich.

»Wie viel Geld ist es?«

»Es wurde nicht gezählt, Sir, weil wir es nicht unnötig anfassen wollten. Auf jeden Fall ist es der übergebliebene Rest von etwa fünfzigtausend Dollar, schätzungsweise sechs- oder siebentausend.«

»Selbst bei dieser relativ geringen Summe würde ein Bankkassierer misstrauisch, wenn jemand Geld in solchem Zustand einzahlen wollte. War Liza Prashenny eine Dealerin?«

»Dafür gibt es keinen Hinweis. Sie erhielt fünfzigtausend Dollar von ihrem Freund William Reeson, angeblich Gewinn einer erfolgreichen Börsentransaktion. Reeson ist Börsenhändler in der Maklerfirma ›Upgrade‹. Er behauptet, Liza Prashenny habe sich das Geld cash auszahlen lassen, vermutlich, um Steuern zu sparen.«

»Keine Bank schiebt Banknoten in solchem Zustand über den Tresen.«

»Liza Prashenny hat vermutlich für ihre Einkäufe diejenigen Scheine ausgesucht, die noch einigermaßen ordentlich aussahen. Was auf Ihrem Schreibtisch liegt, Sir, wird der besonders schäbige Rest sein.«

»Sind wir auf einen Drogenring gestoßen oder auf einen Geldwäscher?«, fragte High.

»Bei Amos Tafurian und seiner ›Upgrade‹-Börsenagentur würde ich auf Geldwäsche tippen«, antwortete ich, »aber Phil und ich haben keine Ahnung, wie sich Drogendollars über die Börse waschen lassen. Wenn Sie den Laden unter die Lupe nehmen wollen, Sir, müssen Sie Wirtschafts- und Computerspezialisten aus Washington anfordern.«

Eine Minute lang blickte der Chef auf den Dollarhügel. Dann schüttelte er den Kopf.

»Schmutzige Geldscheine im Wert von ein paar Tausendern genügen Washington nicht als Anlass für eine große Aktion. Ich kenne den Leiter der Abteilung zur Bekämpfung von Wirtschaftskriminalität. Henry Osborne ist ein Mann, der das Risiko abwägt, bevor er seiner Truppe den Befehl erteilt, über eine Bank, eine Im- und Exportagentur oder eine Immobilienfirma herzufallen, denn wenn seine Leute nichts finden, drohen der Regierung Schadensersatzklagen in Millionenhöhe, ganz zu schweigen vom Spott in der Presse. Können wir auf anderem Weg Beweise gegen Tafurian und seine ›Upgrade‹-Leute sammeln?«

»Er hat den Jaguar für meinen Privatwagen gehalten und vermutet, ich hätte noch den größten Teil zu bezahlen. Er bot an, mir mit schnell an der Börse verdientem Geld unter die Arme zu greifen. Sein Gerede klang halb und halb wie ein Bestechungsversuch.«

Mr High griff zum Telefonhörer.

»Ein Labor wird die Geldscheine auf Spuren von Rauschgift untersuchen. Sobald das Resultat vorliegt, sehen wir weiter.«

Ken Arrow hatte für die Verabredung dasselbe Parkhaus in der 62nd Street vorgeschlagen wie vor dem Trip nach Atlantic City, und Clarence Dunsay, Abteilungsdirektor der Bank »Huntington Credits Ltd.«, erwartete gute Nachrichten, vielleicht eine kleine Feier in einem Luxusnightclub und als Überraschung ein Wiedersehen mit Glenda.

Er hatte geduscht, frische Wäsche und seinen besten Anzug angezogen, hatte seiner Frau eine Lügengeschichte vom Treffen der Bankdirektoren mit einem bedeutenden Investor erzählt und war in seinen Ford gestiegen.

Arrow lehnte am BMW. Er trug Jeans, eine rote Lederjacke, darunter ein offenes Sporthemd. Dunsay fand ihn nachlässig gekleidet, ohne zu ahnen, dass die Jeans von »Calvin Klein«, die Lederjacke von »Armani« und das Sporthemd aus der Kollektion »Kashani« stammten und zusammen mehr als sein Monatsgehalt gekostet hatten.

Er begrüßte den Trader lautstark und mit viel Schulterklopfen.

»Ich habe schon früher mit einer Nachricht von Ihnen gerechnet, Ken«, sagte er und setzte Lippen leckend hinzu: »und von einer rothaarigen Lady.«

»Sorry, Clarence, ich war entsetzlich beschäftigt. Ich denke, Sie wissen, dass die Börse zwei Wochen lang völlig verrückt gespielt hat. Wir hatten alle Hände voll zu tun, das Feuer vom eigenen Haus fernzuhalten.«

»Ist Ihnen sicherlich gelungen, Ken. Sie sind ein verdammt cleverer Bursche. Wohin fahren wir?«

»In meine Wohnung.«

Dunsay stieg in den BMW, setzte sich behaglich zurecht.

»Haben Sie eine Hausparty organisiert? Ich hoffe, Sie haben nicht vergessen, jene gewisse rothaarige Lady einzuladen.«

»Nehmen Sie einen Drink«, schlug Arrow vor, statt die Fragen zu beantworten.

Clarence Dunsay bediente sich an der Bordbar. Aus dem Sortiment der Miniflaschen wählte er französischen Cognac.

Während der Fahrt redete er über seine Pläne, erzählte, dass er sich nächstens einen besseren Wagen kaufen wolle, und berichtete von seiner Arbeit in der Bank. Ihm fiel nicht auf, dass Arrow kaum reagierte.

Erst der Anblick der Luxuswohnung auf der 70. Etage des Wellington Tower verschlug ihm die Sprache. Stumm vor Bewunderung blickte er durch das riesige Panoramafenster auf den Hudson.

Arrow füllte zwei Gläser mit Whisky.

»Setzen Sie sich, Clarence!«, befahl er und drückte Dunsay ein Glas in die Hand.

Der Bankdirektor sank in den weißen Ledersessel.

Arrow zog ein Papier aus der Brusttasche, warf es auf die Glasplatte des Tisches.

»Ihr Kontoauszug.«

Dunsay faltete das Papier auseinander.

Die Zahl am Ende der langen Kolonne war nicht siebenstellig, wie Arrow auf der Yacht versprochen hatte, sondern bestand nur aus sechs Ziffern – eine in Rot ausgedruckte Summe von über 400.000 Dollar.

Dunsay setzte das Glas, das er noch in der Hand hielt, so hart ab, dass der Whisky überschwappte.

»Passen Sie auf!«, fauchte Arrow. »Versauen Sie nicht den Teppich!«

»Wollen Sie sagen, dass ich bei ›Upgrade‹ im Minus stehe?«, stammelte Dunsay.

»So ist es. Tut mir leid, Clarence. Das Options-Sharing in London erwies sich als Fehlschlag. Machen Sie sich trotzdem keine Sorgen. Sie selbst haben es in der Hand, die kleine Scharte auszuwetzen.«

»Wie soll ich das machen?« Dunsays Stimme schwoll an. »Du bist ein verdammter Betrüger, Mann!«

Arrow ignorierte die Beschimpfung.

»Clarie, du verwaltest die Bargeldbestände deiner Bank. Es liegt in deiner Verantwortung, wie viel Millionen in den Tresoren von ›Huntington Credits‹ in Dollarnoten vorrätig gehalten werden. Statt einer Überweisung auf ein ›Upgrade‹-Konto wirst du einen Cash-Transfer akzeptieren. Fünf Prozent der Summe, die du für uns auf diese Weise unterbringst, verbuchen wir für dich. Von den vier Millionen der ersten Sendung gehen Zweihunderttausend an dich. Danach sieht dein Konto schon viel freundlicher aus. Selbstverständlich versuche ich weiter, dich über Deals an der Börse zum reichen Mann zu machen.«

»Was sind das für Millionen? Wem gehören sie?«

»Sternschnuppen-Dollars, mein Freund. Du weißt, dass eine riesige Menge Geld in der Welt herumschwirrt, dessen Besitzer sich sehnlich wünschen, den Zaster zu legalisieren, damit sie endlich Steuern davon bezahlen dürfen. Einiges davon hat die Regierung selbst in Umlauf gebracht. Denk an die krummen Waffengeschäfte von CIA-Oberst North oder die Wahlkampfmillionen aus China. Wir versuchen nur, mit deiner Hilfe ein wenig Ordnung ins Chaos zu bringen.«

»Das kann man anders ausdrücken!« Dunsays Stimme überschlug sich. »›Upgrade‹ betreibt Geldwäsche!« Er sprang auf. »Ich werde euch den FBI auf den Hals hetzen!«

Wie vorhin den Kontoauszug fischte Arrow einen schmalen Stapel Fotos aus der Tasche. Er warf ihn auf den Tisch, wobei die Bilder auseinanderfächerten.

»Sieh dir vorher die Bilder an. Du hast allen Grund, uns dankbar zu sein. ›Upgrade‹ hat dich vor einer üblen Erpressung bewahrt.«

Dunsay griff nach den Fotos. Was er sah, nahm ihm die Luft und trieb ihm die Augen aus den Höhlen. Im Schock geriet sein Herzschlag ins Stolpern. Sein Verstand setzte aus.

Auf allen Aufnahmen sah er sich und Glenda – nackt unter der Dusche, in heftiger Aktion auf dem Bett, in Stellungen wie aus einem Sexlehrbuch und auch erschöpft nebeneinander liegend.

Wie aus weiter Ferne hörte er Arrows Stimme.

»Tut mir und ›Upgrade‹ verdammt leid, Clarie. Dieser Kapitän Tessam, von dem wir die Yacht ›Venice‹ gechartert haben, hat sich als übler Erpresser entpuppt. Die Kabinen waren mit verborgenen Kameras ausgerüstet. Nach der Fahrt kam er zu uns und sagte, er würde die Bilder der Presse zuspielen. Er verlangte eine ungeheure Summe, Clarence, viel mehr als die vierhunderttausend Miesen auf deinem Konto. Wir handelten ihn runter, aber ich versichere dir, er ließ uns fürchterlich bluten. Du verstehst doch, dass wir auf irgendeine Weise versuchen, den Verlust wettzumachen? Also hilf uns dabei, in deinem eigenen Interesse.«

Dunsay zerriss die Fotos, warf sie auf den Boden, trampelte auf den Fetzen herum.

»Es gibt auch eine Videokassette mit Aufzeichnungen von dir und Glenda«, sagte Arrow gelassen. »Willst du sie sehen?«

Unter dem neuen Schlag taumelte Dunsay, tastete nach einem Halt und fiel zurück in den Sessel.

»Ihr – Schweine! Ihr – verdammten …«

Ken Arrow stand auf und drückte ihm das Whiskyglas in die Hand. »Nimm einen Schluck, Clarie. Warum spielst du den wilden Mann? Du hast keinen Grund. ›Upgrade‹ bietet dir den Einstieg in ein Geschäft, nach dem andere sich die Finger lecken würden.«

Dunsay starrte ihn an. »Wir werden auffliegen und im Gefängnis enden«, flüsterte er.

»Unsinn! Unsere Methode ist wasserdicht. Beruhige dich! Ich erkläre dir die Einzelheiten später. Andere arbeiten seit Monaten mit uns. Ihre Konten schwellen an wie aufgehende Hefekuchen. Erinnerst du dich an Harvey, an den dicken Arthur, an Jack I und Jack II? Sie sind alle mit uns im Geschäft. Arthur mit einer Kette von Wechselstuben, Harvey mit einer Privatbank, an der er einen Anteil hält, und beide Jacks in Funktionen, die deiner bei ›Huntington Credits‹ sehr ähnlich sind.« Er beugte sich über Dunsay und befahl: »Trink!«

Der andere gehorchte, leerte das Glas.

»Wirst du mitmachen, Clarence?«, fragte Arrow.

Clarence Dunsay sog die Luft zwischen zusammengebissenen Zähnen ein und nickte.

Vor sechs Nächten hatte Dyke Gurdak zum ersten Mal dieser Frau aufgelauert. Damals war sie wenige Yards vor der Toreinfahrt, in deren Finsternis er schon Muskeln und Sehnen zum Sprung angespannt hatte, von der anderen Straßenseite angerufen worden.

Abrupt hatte sie die Richtung gewechselt, die Fahrbahn überquert und war in einem Haus verschwunden. Noch Stunden hatte Gurdak in der Toreinfahrt ausgeharrt, hatte hinübergestarrt auf das Haus in der wahnwitzigen Hoffnung, sie käme heraus und er erhielte die zweite Chance.

Erst im grauen Morgenlicht hatte sie das Haus verlassen, und nicht allein, sondern Arm in Arm mit einem Mann.

Danach hatte Gurdak Nacht für Nacht in der Schwärze der Toreinfahrt darauf gewartet, dass das Licht im Schnellimbiss »Caracas«

erlosch, dass er das Rasseln des Gitters vorm Eingang hörte und endlich das harte, trockene Stakkato der Stöckelabsätze.

Wie auf einem endlosen Filmband waren in seinem Kopf wieder die Szenen abgerollt, wie er sie an sich reißen, ihre Stimme ersticken, sie tiefer in die Toreinfahrt schleppen und mit ihr niederstürzen würde auf das schmutzige, nasse Pflaster.

In keiner Nacht war ihm gelungen, was der Dämon, der ihn beherrschte, seiner Fantasie quälend aufzwang.

Zweimal war die Frau vor dem billigen Restaurant in ein Auto gestiegen, zweimal hatte sie sich von irgendeinem letzten Gast mitnehmen lassen, und einmal war sie in anderer Richtung davongegangen. Ein Wagen rollte vorbei.

Für Sekunden schlugen seine Scheinwerfer eine Schneise aus Licht in die Dunkelheit.

Gurdak wurde nicht erfasst, denn er kauerte in der Mitte der Einfahrt. Der Schnellimbiss »Caracas« schloss erst in einer Stunde. Bis dahin hockte er auf einer Kiste und gab sich seinen Fantasien hin.

Ihm fiel nicht auf, dass das Motorengeräusch nicht verebbte, sondern schlagartig erlosch.

Zehn Minuten vor der üblichen Schließstunde des Ladens wechselte Gurdak an den Rand der Toreinfahrt.

Er sah, wie im »Caracas« das Licht erlosch, vernahm das Rasseln des Türgitters. Mit angehaltenem Atem lauschte er nach dem Stakkato-Geräusch der Absätze. Als er das schnelle Tack-Tack der Schritte hörte und feststellte, dass sich die Frau der Toreinfahrt näherte, duckte er sich raubkatzengleich.

Es gab keine funktionierende Beleuchtung in diesem Teil der Straße, aber gegen den Nachthimmel sah er die Umrisse der Frau in dem Augenblick, in dem sie die Toreinfahrt passierte.

Gurdak sprang.

Er schlang einen Arm um sie. Seine schwere, schmutzige Pranke verschloss ihr den Mund. Er riss sie hoch, um sie wegzuschleppen in die Finsternis.

Er prallte gegen ein Hindernis. Ihn traf ein wuchtiger Stoß, der ihn mitsamt seinem Opfer zurückwarf.

Er stürzte, schlug auf den Rücken. Die Hand glitt ab vom Mund der Frau. Sie schrie gellend, schlug und stieß um sich.

Gurdak, verwirrt und in Panik, gab nach. Auf Händen und Knien kroch sie von ihm weg, aus der Finsternis der Toreinfahrt, über den Bürgersteig bis auf den Asphalt der Fahrbahn. Dann sprang sie auf, schleuderte den linken Schuh, der noch an ihrem Fuß saß, weg und flüchtete um Hilfe schreiend.

Auch Gurdak kam aus der Toreinfahrt gestürzt. Kopflos rannte er in die gleiche Richtung wie die Frau, besann sich, blieb stehen, als hätte ihn eine unsichtbare Faust gestoppt, und während hinter den Fenstern der Häuser mehr und mehr Licht aufflammte, verharrte er sekundenlang, bevor er herumschnellte und in die andere Richtung rannte.

Als die Scheinwerferkegel des heranschießenden Autos ihn erfassten, geriet er ins Stolpern. Paralysiert, unfähig zu einer Reaktion, geblendet vom grellen Licht, blieben Dyke Gurdak noch fünf Sekunden, bis der Wagen ihn rammte, den Körper hoch schleuderte, ihn noch einmal erfasste, ein Dutzend Yards mitschleifte, bis er durch die Zentrifugalkraft seitlich wegflog und in der Gosse liegen blieb.

Dreißig Yards weiter krachte das Auto mit der rechten Flanke gegen eine Hauswand, schlitterte an ihr entlang, räumte Mülltonnen und allerlei Schrott ab, stieß mit dem Heck voran gegen einen geparkten Pick-up und kam unter dem wüsten Scheppern von zerbeulendem Blech zum Stehen. Eine der Wagentüren wurde aufgedrückt. Zwei Männer sprangen ins Freie. Die Dunkelheit verschluckte sie.

Am Morgen, als ich unser Büro betrat, fand ich eine Notiz auf dem Schreibtisch:

Detective Sergeant Frank Drew erbittet Rückruf!

Ich wählte die angegebene Nummer. Weil Phil in diesem Augenblick ins Office kam, schaltete ich den Lautsprecher ein.

Der Sergeant meldete sich.

»Cotton, FBI. Hi, Frank.«

»Guten Morgen, G-man. Ihr Verein interessiert sich für den Fall Liza Prashenny? Wir haben den Kerl, der sie umgebracht hat.«

»Glückwunsch! Wann können wir mit ihm reden?«

»Sie können ihn besichtigen. Er liegt im Leichenschauhaus, South Brooklyn. In einer Stunde hole ich die beiden Frauen ab, die ihm entkamen, und fahre sie zur Identifizierung hin. Wollen Sie mich treffen?«

»Wir kommen«, entschied ich mit einem Blick zu Phil, der mit kurzem Kopfnicken sein Einverständnis signalisierte.

Das Leichenschauhaus von South Brooklyn ist ein Backsteinbau aus dem vorigen Jahrhundert und dringend renovierungsbedürftig.

Wir waren vor Sergeant Drew vor Ort, mussten eine halbe Stunde auf ihn warten.

Er kam in einem Dienstwagen und brachte zwei Frauen mit, beide Farbige, davon die eine noch ein Mädchen um die Zwanzig, die andere eine kräftige Vierzigerin.

Drew führte die Frauen und uns in den eisigen Kühlkeller. Ein Wärter zog das Fach 42 nach vorn, schlug das Tuch zurück und legte den Körper bis zum Bauchnabel frei.

Der jungen Schwarzen stürzten die Tränen aus den Augen. Sie schlug die Hände vors Gesicht und wandte sich ab.

Die ältere Frau stieß den Kopf vor, ballte die Hände und keuchte: »O ja, das ist der Hundesohn, der über mich hergefallen ist!« Wut und Erregung erstickten ihre Stimme.

»Sind Sie wirklich sicher? Das Gesicht ist entstellt. Sehen Sie genau hin!«, verlangte Drew.

»Gibt keinen Zweifel! Das ist die Fratze, die ihr nach unseren Angaben zusammengebastelt habt. Die Visage von einem Bastard, von dem man so behandelt worden ist, wie er mich behandelt hat, vergisst man nie. Ich hoffe, er hatte einen qualvollen Tod.«

»Okay, gehen Sie nach oben und warten Sie auf mich«, sagte der Sergeant. »Ich werde Sie nach Hause zurückbringen. Vielen Dank für Ihre Mitarbeit.« Drew wandte sich an das Mädchen. »Tut mir leid, Miss, aber Sie müssen ihn sich ansehen.«

Sie drehte sich um, ließ die Hände sinken. Drew schob sie näher an den Toten heran, und als sie die Hände wieder heben wollte, hielt er sie fest.

»Er ist der Mann«, flüsterte die junge Frau.

»Danke. Warten auch Sie oben.«

Sie lief zur Treppe und hastete die Stufen hinauf.

Drew wandte sich an Phil und mich.

»Wir erkannten ihn nach dem Phantombild. Die Frauen haben ihn identifiziert. Endgültige Gewissheit wird uns der genetische Fingerabdruck geben. Sobald die DNA-Spezialisten bestätigen, dass er mit den Spermaspuren im Falle Prashenny übereinstimmt, schließe ich die Untersuchung ab und verfrachte die Akten ins Archiv. Hat der FBI-Einwände?«

»Wie heißt der Mann?«, fragte Phil.

»Dyke Gurdak, Asozialer, drogen- und alkoholabhängig, hauste in einem Zimmer in den Red-Hook-Häusern, in dem es schlimmer aussah als in einer Mülltonne.«

»Er hat Blutergüsse im Gesicht.«

»Er hat auch eine gebrochene Wirbelsäule, einen eingedrückten Brustkorb, Trümmerbrüche an Armen und Beinen und so weiter. In der vergangenen Nacht fiel er über eine Serviererin her, die gerade ihren Dienst beendet hatte. Der Frau gelang es, sich loszureißen und wegzurennen. Gurdak rannte ihr nach und wurde von einem Auto erfasst, das nach dem Zusammenprall mit ihm gegen vier, fünf Hindernisse schleuderte, bevor es auf einen geparkten Pick-up geknallt ist und liegen blieb.«

»Wurde der Fahrer verletzt?«

»Vermutlich nicht. Er und ein zweiter Mann sind getürmt. Das wurde von Augenzeugen beobachtet. Der Wagen wurde vor gut einer Woche gestohlen. Autodiebe warten nach einem Unfall nicht, bis die Polizei erscheint.«

»Sind Sie überzeugt, dass es kein organisierter Unfall war?«, wollte ich wissen.

Frank Drews Miene verriet, dass er die Frage für überflüssig, wenn nicht für idiotisch hielt.

»G-man, der Kerl ging seiner Lieblingsbeschäftigung nach und überfiel wieder einmal eine Frau! Sie können unmöglich annehmen, dass der Überfall organisiert war!«

Klar, er hatte recht. Es gab nicht den geringsten Anlass, an seiner Auffassung vom Ende des Falls herumzukritisieren. Ein sexbesessener Frauenmörder war tot, umgenietet bei der Verfolgung eines Opfers von einem geklauten Auto, dessen Diebe selbstverständlich nach dem Unfall flüchteten. Also mochte Detective Sergeant Frank Drew den Aktendeckel zuklappen und den Fall Liza Prashenny im Archiv begraben.

Wir fuhren zurück ins Hauptquartier, erkundigten uns bei Mr Highs Sekretärin, wann der Chef für uns Zeit hätte.

»Er wartet auf euch«, antwortete sie und meldete uns an.

Auf Highs Schreibtisch lag der Umschlag aus Liza Prashennys Safe.

Wir berichteten dem Chef. Er hörte schweigend zu. Am Ende zog er Bilanz.

»Liza Prashennys Mörder ist also tot, und damit ist ein Weg verschüttet, herauszufinden, ob mehr hinter dem Verbrechen steckt als der Zufallsmord eines Sex-Maniacs.«

Mr High legte die Hand auf den Umschlag.

»An drei Fünf-Dollar-Noten, einem Zwanziger und einem Fünfzig-Dollar-Schein fanden die Chemiker Spuren von Kokain und am Fünfziger auch von Heroin. Das beweist nicht mehr, als dass die Scheine irgendwann durch die Hände von Personen gegangen sind, die mit Rauschgift hantiert haben. Ob diese Scheine über William Reeson in Liza Prashennys Besitz gelangt sind oder auf andere Weise, bleibt offen. Kein Haft-, nicht mal ein Durchsuchungsbefehl lässt sich auf so dünne Indizien stützen.«

Er sah mich an.

»Ihnen, Jerry, hat Amos Tafurian angeboten, für Ihre Rechnung Gewinne an der Börse zu erzielen, damit Sie Ihre Jaguar-Schulden abtragen können. Ich habe mit dem Generalstaatsanwalt, dem obersten Richter Lewis Rouseman und dem zuständigen Staatssekretär der Justiz gesprochen. Alle genehmigen, dass Sie auf Mr Tafurians Vorschlag eingehen. Die Papiere wurden geändert. Sie sind der Eigentümer des Jaguar. Sie werden einen rückdatierten Kaufvertrag und einen Stapel Schuldscheine unterschreiben, damit Sie Tafurian die Unterlagen zeigen können, falls er sie sehen will.«

Mr High wandte sich Phil zu.

»Sie, Phil, werden Ermittlungen gegen ›Upgrade‹ und die Leute, die in Tafurians Umfeld arbeiten, mit den üblichen Methoden weiterführen.« Ein Lächeln krümmte für eine Sekunde die Mundwinkel unseres Chefs. »Ihr Freund Jerry wird möglicherweise die Ergebnisse Ihrer Arbeit an Mr Tafurian verraten.«

Noch immer lag Mr Highs Hand auf dem Umschlag mit Liza Prashennys Geld.

»Es wurde inzwischen gezählt«, sagte er. »Liza Prashenny hinterließ 7.620 Dollar.«

Er schob den Umschlag über den Schreibtisch.

»Ihr Spielgeld, Jerry!«

Der Transporter passierte das Tor der ›Splendour Fireworks Company‹. Im matten Silbergrau seiner Verkleidung aus Metallplatten spiegelte sich die Morgensonne. Fluoreszierend leuchteten an den Flanken und der Rückseite die orangeroten Buchstaben der Warnung:

CAUTION!

EXPLOSIVE MATERIALS!

KEEP DISTANCE!

Auf dem Dach flackerte gelbes Warnlicht.

Für die Fahrt nach New York brauchte der Wagen eine Stunde. Über die Verrazano-Brücke erreichte er Brooklyn. Im Hafengebiet dieses Stadtteils steuerte er einen einstöckigen Betonbau hinter einer übermannshohen Mauer an, die zusätzlich durch Stacheldraht auf der Mauerkrone gesichert war. Das Stahltor reagierte auf ein Signal des Fahrers, rollte zur Seite und schloss sich, sobald der Wagen in den Hof eingefahren war.

Auch das Gebäudetor öffnete sich auf das Funksignal aus dem Fahrerhaus. Der Wagen verschwand im Bau.

Als er ihn eine halbe Stunde später verließ, hatte sich sein Aussehen drastisch verändert. Die Warnschrift und die gelben Lichter auf dem Dach fehlten. Dunkle Einsichtfolien vor den Fenstern schützten Fahrer und Beifahrer vor Beobachtung von außen. An beiden Türen stand in unauffälliger Schrift der Firmenname »Confidence Transports« und eine New Yorker Adresse mit Telefonnummer.

Hatte die Verkleidung mit Metallplatten vorher den Eindruck erweckt, sie solle die Folgen einer Explosion im Inneren des Transporters begrenzen, so schien sie in ihrer neuen Funktion dem Schutz gegen einen Angriff von außen zu dienen.

Benny Massud fuhr den Wagen. Leff Shaber saß auf dem Beifahrerplatz. Beide trugen schwarze Hemden und Schirmmützen mit einem Metallemblem, das eine gepanzerte Faust und das Wort »Confidence« zeigte.

Sie waren mit schweren Metropolitan-Colts bewaffnet. An Shabers Gürtel hing ein Walkie-Talkie. Ein Metallstreifen am Hemdkragen wies ihn als Ranghöheren aus.

Sobald der Transporter die Manhattan Bridge passiert hatte, wählte er über ein Handy die Nummer der Bank »Huntington Credits Ltd.«. Er ließ sich mit Mr Dunsay verbinden, und als der sich meldete, sagte er: »Confidence Transports, Sir! Wir sind unterwegs zu Ihnen und werden in einer Viertelstunde dort sein.«

Nach dem Anruf verließ Clarence Dunsay sein Büro.

Auf dem Flur begegnete er einem Kollegen, der kurz stehen blieb und fragte: »Bist du krank, Clarence? Du siehst erbärmlich aus.«

»Nein, mir geht es gut«, antwortete Dunsay und ging eilig weiter.

Der Lift brachte ihn in den Tresorkeller. Er informierte den Angestellten, der die Aufsicht hatte.

»Uns werden vier Millionen Dollar angeliefert.«

Er übergab ihm die Papiere.

»Confidence Transports?«, las der Angestellte den Namen. »Hatten wir bisher noch nie.«

Dunsay überging die Bemerkung.

Die üblichen Vorkehrungen wurden getroffen. Männer der Sicherheitsabteilung bezogen Posten an der Zufahrt. Ein Elektrokarren rollte heran.

Eine schmale Gasse an der Rückfront des Bankgebäudes führte zur elektronisch gesicherten und gepanzerten Eingangstür. Als der Transporter erschien, musste er rückwärts in die Gasse einfahren. Ein Wächter winkte den Fahrer ein, gab einen halben Yard vor der Panzertür das Stoppzeichen.

Leff Shaber stieg aus, ging zum Heck.

Er legte die Hand an den Mützenschirm und begrüßte Dunsay.

»Guten Morgen, Sir!«

Aus einer Mappe nahm er Formulare, reichte sie dem Bankdirektor.

»Bitte, quittieren Sie den Empfang, sobald Sie sich vom korrekten Zustand der Sendung überzeugt haben.«

Als Absender war eine Bank auf Long Island angegeben, die ebenso eine Rolle im undurchsichtigen Hinundhergeschiebe schmutziger Dollarmillionen spielte, wie Dunsays Firma sie von dem Augenblick an übernahm, in dem er seine Unterschrift auf das Formular setzte.

Für die Dauer einer halben Minute dachte er darüber nach, ob es sich um jene Bank handelte, an der der elegante Harvey beteiligt war, oder ob Jack I oder Jack II dort arbeiteten.

Ein Räuspern des Mannes vor ihm riss ihn aus seinen Gedanken.

»Öffnen Sie«, sagte er leise.

Shaber schob einen Schlüssel ins Sicherheitsschloss, drehte ihn und drückte die Ladeklappe hoch.

Acht der üblichen Metallbehälter, wie sie für den Transport von Wertpapieren und Banknoten von allen Kreditinstituten benutzt werden, standen im Laderaum. Aufgeklebte Begleitzettel nannten als Inhalt je 500.000 Dollar. Die Verschlüsse waren vorschriftsmäßig versiegelt.

Dunsay überprüfte die Siegel und befahl seinen Leuten: »Entladen!«

Der Elektrokarren rollte heran. Nur wenige Minuten dauerte das Umladen.

Clarence Dunsay unterschrieb das Formular. »Danke, Sir«, sagte Shaber, legte zum zweiten Mal die Hand an den Mützenschirm, ging nach vorn und stieg ein.

Der Transporter fuhr an. Erst als er die Gasse verlassen hatte, wurde die Panzertür geöffnet, und der Elektrokarren rollte auf die Plattform des Tresorliftes.

Dunsay und der Aufsichtsclerk fuhren mit in den Tresorkeller.

»Die Sendung ist vorsortiert«, sagte Dunsay. »Einen Teil werden wir zum Umtausch an die Federal weitergeben. Zusammen mit den unbrauchbaren Banknoten, die sich bei uns angesammelt haben. Sobald das Nachzählen beendet ist, informieren Sie mich über die Höhe der Summe.«

Zurück in seinem Büro ließ er sich in den Schreibtischsessel fallen. Kalter Schweiß stand ihm auf der Stirn. Seine Hände zitterten.

Als ihn das Telefon aus dem Chaos seiner Gedanken und Gefühle schreckte, wusste er nicht, wie lange er vor sich hingestarrt hatte.

Er nahm den Hörer ab, nannte seinen Namen.

»Hi, Clarie!«, sagte eine Frauenstimme.

»Glenda?«, fragte er unsicher.

Sie kicherte. »Wer sonst? Oder hältst du dir ein Harem, böser Junge?«

»Woher weißt du, wo ich arbeite? Von Arrow?«

»Das herauszufinden hat mich Zeit und Geld gekostet, Clarie, aber ich hoffe, es lohnt sich, dich wiederzusehen. Wann treffen wir uns?«

Diesmal kam ich allein und mit Voranmeldung zu Amos Tafurian, dem Chef der »Upgrade Investment Agency«.

Wie beim ersten Besuch herrschte hinter der schalldichten Glaswand des Aquarium-Office Hochbetrieb. In Hemdsärmeln hockten die Trader vor ihren Computern, schrien in die Mikrofone, bearbeiteten die Tastaturen der Bords. Pausenlos wechselten ihre Blicke zwischen den Bildschirmen, über die Zahlen und Symbole glitten wie eine schier endlose Kolonne von Wanderameisen. Manchmal riss die Erregung die Männer von den Sitzen.

Dann sprangen sie auf und brüllten in ein Telefon, als wäre die Verbindung miserabel, aber weil die Glaswand absolut schalldicht war, drang kein Laut durch, und die Jungs sahen aus wie große Fische, die unter Wasser die Mäuler aufreißen.

Kaum hatte die Empfangslady mich angemeldet, stürzte Tafurian aus seinem Büro.

»Schön, Sie zu sehen, G-man. Kommen Sie herein. Kommen Sie!«

Er schob mich in den Raum, bugsierte mich in einen Sessel vor seinem Schreibtisch.

»Heute einen Drink?«

Ich verneinte.

»Was kann ich für Sie tun, G-man?«

»Sie boten an, für mich ein wenig Geld an der Börse zu machen. Ich will auf Ihren Vorschlag eingehen. Meine Kasse hat eine Auffrischung dringend nötig.«

»Wie groß ist Ihr Startkapital?«

Den Umschlag aus Liza Prashennys Tresor hatte ich mitgebracht. Ich leerte den Inhalt auf Tafurians Schreibtisch. »7.620 Dollar«, sagte ich lakonisch.

Einige Sekunden starrte er auf die schmutzigen, abgegriffenen, verknitterten Scheine, dann hob er den Kopf und sah mich aus schwarzen Knopfaugen durchdringend an.

»Woher stammt dieses Geld, G-man?«

Ich produzierte ein zynisches Grinsen, auf das Jack Nicholson stolz gewesen wäre.

»Einnahmen aus einem Nebenjob. Nehmen Sie an, ich bewachte in meiner Freizeit Parkplätze, und was auf dem Tisch liegt, wäre die Summe meiner Trinkgelder.«

Er grinste zurück. »Ich nehme an, Sie haben das Geld legal erworben. Eröffnen Sie ein Konto bei einer Bank und zahlen Sie es ein.«

»Ich will es nicht einzahlen«, antwortete ich. »Verwalten Sie es für mich treuhänderisch, oder wie immer so etwas in Ihrer Branche genannt wird.«

Er wiegte den Kopf, legte die Stirn in Sorgenfalten.

»Danke für Ihr Vertrauen, aber ich verstoße damit gegen gewisse Regeln«, erklärte er bekümmert. Gleich darauf ließ er die Sonne in seinem Gesicht aufgehen und verfiel in einen geradezu väterlichen Tonfall. »Für Sie mache ich's, Jerry. Ich darf Sie doch Jerry nennen, oder?«

»Selbstverständlich.«

Er zog eine Schublade des Schreibtisches auf und fegte die Prashenny-Dollars mit ein paar Handbewegungen hinein.

»Welchem Trader soll ich Ihr Konto anvertrauen?«, fragte er. »Wollen Sie William Reeson, den Sie schon kennen? Er ist sehr erfolgreich.«

»Nicht Reeson. Nehmen Sie einen anderen.«

»Sie haben die Wahl, Jerry. Alle meine Jungs sind gut.«

»Geben Sie mir den Besten!«

»Okay, dann übernimmt Kenneth Arrow Ihr Konto.« Er beugte sich über die Sprechanlage. »Ken, komm in mein Büro!«

Der Mann, der kurz nach der Aufforderung Tafurians Office betrat, war mittelgroß, schwarzhaarig, hatte ein scharf geschnittenes, gleichmäßig gebräuntes Gesicht, blaugraue Augen und einen schmallippigen Mund.

»Das ist Mr Jerry Cotton, Ken«, stellte Tafurian mich vor. »Er eröffnet ein Konto bei uns und möchte, dass du die Betreuung übernimmst.«

Arrow streckte mir die Hand hin und lächelte.

»Willkommen bei ›Upgrade‹!«

Um sechs Uhr abends rief Clarence Dunsay seine Frau an und erklärte ihr, wegen einer überraschend einberufenen Konferenz könne er nicht zur gewohnten Zeit nach Hause kommen. Wie lange die Besprechung dauern würde, wisse er nicht.

Er ließ seinen Wagen in der Tiefgarage des Bankgebäudes, fuhr mit einem Taxi zum verabredeten Treffpunkt. Er erwartete, dass auch Glenda mit einem Taxi kommen würde, aber sie rief ihn aus einem roten Sportwagen an, der auf der anderen Straßenseite parkte.

»Komm rüber und steig ein!«

Dunsay überquerte die Fahrbahn, öffnete den Beifahrerschlag und ließ sich in den Sitz fallen. Als ersten Eindruck registrierte er den Duft von Glendas Parfum, und die Erinnerung an die Nächte auf der »Venice« beschleunigte seinen Pulsschlag.

»Hi, Clarie!« Glenda umarmte ihn, küsste ihn wild. Ihre Zungenspitze schob sich zwischen seine Lippen.

»Verdammt, Junge, ich habe dich vermisst!«, keuchte sie Mund zu Mund.

In Dunsays Kopf wirbelten Gedanken und Gefühle durcheinander. Alles, wovon er auf der Yacht geträumt hatte, schien ihm von Neuem erreichbar. Hatte er sich vor wenigen Stunden, als er seine Unterschrift unter die Begleitpapiere der Geldsendung gesetzt hatte, noch früher oder später hinter Gittern gesehen, schmolzen in Glendas Gegenwart alle düsteren Zukunftsvisionen dahin.

Sie löste sich aus der Umarmung.

»Wir können es nicht fortsetzen, Clarie«, sagte sie lachend. »Ich stehe im Parkverbot.«

Sie startete den Wagen, schleuste ihn in den Verkehrsstrom ein.

»Wohin fährst du?«, fragte Dunsay.

»Zu mir, Clarie. Weißt du, dass wir zuletzt vor drei Wochen miteinander im Bett waren? Ich kann nicht vorher eine lange Ouvertüre mit Diner und Drinks abwarten, und ich hoffe, das gilt auch für dich.«

Er starrte sie an. Sie sah so überwältigend aus wie an Bord der »Venice«. Das üppige rote Haar trug sie aufgesteckt. Die grünen Augen leuchteten unter dichten, getuschten Wimpern. Der heftige Kuss hatte die Konturen ihres Lippenstifts verwischt, und Dunsay spürte den leichten Pfirsichgeschmack auf seiner Zunge.

»Hat Arrow dir gesagt, wo ich zu erreichen bin?«, wiederholte er die Frage, die er schon am Telefon gestellt hatte.

»Pah, Arrow!« Ein verächtliches Fingerschnippen, ein Schulterzucken waren die ganze Antwort.

Sie fuhr weit nach Norden. Auf der 155th Street West steuerte sie eine Tiefgarageneinfahrt eines neuen Apartmenthauses an. Mit einer Codekarte setzte sie das Einfahrtgitter in Bewegung, und die Sekunden, bis das Gitter zurückgerollt war, nutzte sie für einen kurzen, aber heftigen Kuss.

Sie küsste Dunsay auch in der Liftkabine, die beide nach dem Abstellen des Wagens zur 62. Etage hochschoss. Arm in Arm dirigierte sie ihn durch den Flur vor die Tür des Apartments mit der Nummer 19. Unter der Klingel erspähte er ein Namensschild: Gwendolyn Finch.

Sie öffnete die Tür, drängte ihn in die Wohnung, umarmte ihn und warf die Tür mit einem Fußtritt ins Schloss.

»Oh, Hölle, ich kann's kaum glauben, dass ich dich endlich wieder spüre!«, keuchte sie.

Ohne die Umarmung zu lösen, schob sie Dunsay in den großen Wohnraum und weiter, bis beide gegen eine breite Couch stießen und darauf niederfielen.

Ihre Sinnlichkeit sprang auf Dunsay über. Was immer er beabsichtigt hatte, er vergaß es. Seine Hände tasteten nach ihren Brüsten, kneteten die festen Wölbungen. Mit hastigen Fingern versuchte er, die Knöpfe der Bluse zu lösen, und als ihm das nicht gelang, weil die Jacke ihres Kostüms im Weg war, ergriff er den Saum des Rocks, zog ihn hoch und massierte ihre Schenkel.

Sie ließ ihn gewähren, ja, sie, die oben lag, bewegte sich auf ihm. Sie küsste sein Gesicht ab, biss ihn in die Halsbeuge, aber als er ihren Slip herunterzerren wollte, löste sie sich geschickt und stand auf.

»Willst du, dass ich verrückt werde?«, stöhnte Dunsay. »Komm sofort zurück!«

Sie ignorierte den Befehl, ging zu einem kleinen Barschrank, den sie öffnete, und hantierte mit Gläsern und einer Flasche. Mit zwei gefüllten Whiskygläsern kam sie zurück.

»Ein wenig Treibstoff«, sagte sie, reichte Dunsay ein Glas, nahm selbst einen Schluck, stellte das Glas ab.

»Erinnerst du dich an die Strips auf der ›Venice‹?«, fragte sie dann. »Sag mir, ob ich besser bin als Suzoka oder Angie!«

Sie schaltete eine Hi-Fi-Anlage ein, dämpfte die Beleuchtung. Mit der Jacke hielt sie sich nicht lange auf, sondern schleuderte sie weg. Die Knöpfe der Bluse nestelte sie langsam und einen nach dem anderen auf, und als sie die Bluse über die Schultern gleiten ließ, erlebte Clarence Dunsay den Anblick ihrer Brüste wie eine Offenbarung.

Er wollte aufspringen, den Tisch wegschieben, Glenda an sich reißen.

Sie bremste ihn mit ausgestreckten Armen und gespreizten Fingern als Stoppsignal.

»Warte!«, befahl sie. »Warte!«

Sie öffnete den Verschluss ihres Rocks und ließ ihn fallen. Nackt bis auf die Ringe an ihren Händen, den Slip, die hochhackigen Schuhe und eine Goldkette um die Hüften, nickte sie Dunsay zu.

»Komm!«

Auf Mr Highs Wunsch trafen wir den FBI-Agenten Frank Bowers am La Guardia Airport. Bowers kam mit einer Abendmaschine aus Detroit. Er sah nicht aus, wie G-men in TV-Serien aussehen, sondern war ein hagerer, strenggesichtiger Mann mit Goldrandbrille und dicht vor der Pensionsgrenze. Auch FBI-Agenten altern.

Wir führten ihn in einen Raum der Flughafenpolizei, der normalerweise für die Leibesvisitation von Passagieren benutzt wird, bei denen der Verdacht besteht, sie transportieren Rauschgift.

Bowers kam rasch zur Sache, weil er das nächste Rückflugzeug benutzen wollte.

Er nahm ein Foto aus der Aktentasche.

»So sieht der Boss aus, der uns in Michigan die größten Sorgen bereitet: Jack Laccone.«

Das Bild zeigte einen breitköpfigen Mann mit engen Augen und schwerem Ambosskinn.

»Er beherrscht sechzig Prozent des Rauschgiftmarktes in Michigan. Seit zehn Jahren versuche ich, ihm ein Bein zu stellen. Vor einigen Monaten gelang es in Zusammenarbeit mit den kanadischen Kollegen, eine Organisation zu sprengen, die amerikanische Rauschgiftgelder in Kanada wusch. Laccone war Kunde dieser Firma. Ich schätze, dass er durch unsere Aktion ein bis zwei Millionen Dollar verloren hat. Das kann er verschmerzen. Schätzungsweise liegen seine Gewinne zwischen zehn und fünfzehn Millionen im Monat. Leider fanden wir keine Beweise, um ihn mit den Geldwäschern lahmzulegen, aber er musste sich nach einer anderen Möglichkeit umsehen, seine schmutzigen Dollar, in legales Geld zu verwandeln. Ich glaube, er ist in New York fündig geworden.«

Bowers legte einen schmalen Aktenordner zum Foto.

»Wir haben festgestellt, dass Laccone vor einiger Zeit in New York war. Mit wem er gesprochen oder verhandelt hat, wissen wir nicht. In Michigan existiert eine Firma, die sich ›Italian Food Import Ltd.‹ nennt. Wir glauben, dass Laccone der wahre Besitzer des Ladens ist und fanden heraus, dass sich die Firma mit 100.000 Dollar an den Börsenspekulationen einer New Yorker Broker Agency beteiligt, die sich ›Upgrade‹ nennt.«

Phil und ich wechselten einen Blick.

»John High sagte mir, dass der FBI New York im Zusammenhang mit einem Mord auf ›Upgrade‹ aufmerksam geworden ist«, fuhr Bowers fort. »Ich habe keine Vorstellung, auf welche Weise sich Drogengeld über die Börse waschen lässt, aber wenn die ›Upgrade‹-Leute eine Methode gefunden haben, kann es richtig gefährlich werden. Dann strömen schmutzige Dollar wie ein reißender Strom in die Wirtschaft.« Er lachte. »Eines Morgens wachen wir auf und stellen fest, dass General Motors oder IBM den Drogensyndikaten gehört.«

Er holte einen zweiten Aktenordner aus dem Koffer.

»Darin findet ihr alles, was wir über die Laccone-Gang wissen. Wenn es euch gelingt, in der ›Upgrade‹-Sache hieb- und stichfeste Beweise zu beschaffen, sodass wir Jack Laccone vor Gericht bringen können, gebe ich eine Runde Bier aus.«

Mit einem Blick auf die Armbanduhr stand er auf.

»Zeit für mich, wieder an Bord zu gehen.«

Clarence Dunsay erwachte, weil er wieder und wieder angestoßen wurde. Er riss die Augen auf.

Glenda stand neben dem Bett, eingehüllt in einen weißen Bademantel, der auseinanderklaffte, denn sie streckte das rechte Bein aus und stieß Dunsay den nackten Fuß in die Rippen.

»Steh auf, Clarie!«, sagte sie. »Auf dich wartet ein doppelter Espresso. Du wirst ihn brauchen, damit du den Heimweg schaffst. Du hast dich ziemlich verausgabt, Junge.«

Dunsay wurde bewusst, dass er auf dem Bett lag wie auf einem Präsentierteller, nackt von den Haarspitzen bis zu den Fußsohlen. Er griff nach der Decke, zog sie über sich.

Glenda lachte.

»Warum schämst du dich, Clarie? Alle Männer glauben doch, sie hätten einen Körperbau wie Schwarzenegger. Vielleicht solltest du öfter in ein Bodystudio gehen. Es gibt einiges an dir, das wegtrainiert werden müsste.«

Sie verließ das kleine Schlafzimmer und ging in den Wohnraum.

Dunsay wälzte sich aus dem Bett, sammelte seine Kleider auf, die verstreut auf dem Boden lagen. Er hätte gern geduscht, hatte aber das Gefühl, damit zu viel Zeit zu verlieren.

Ohne Jacke, die er schon vor dem Schlafzimmer ausgezogen hatte, mit ungebundenem Schlips um den Hals, die Schuhe in der Hand, schlich er Glenda nach.

Kaffeemaschine und Tassen standen auf dem Couchtisch, und Glenda saß davor.

»Setz dich zu mir!«

Er gehorchte, setzte sich und zog mit ungeschickten Bewegungen die Schuhe an.

Sie füllte tiefschwarzen Espresso in die kleinen Tassen.

Er nahm hastig einen Schluck, verbrannte sich die Zunge an der heißen Flüssigkeit, stieß einen halblauten Fluch aus.

»Du bist nervös, Clarie«, spottete Glenda. »Habe ich dich nicht genug beruhigt? Wir können es gern noch einmal versuchen.«

Ihr Lachen, ihre spöttischen Worte machten ihn wütend. Er wusste, dass sie keinen guten Sex miteinander gehabt hatten und er daran Schuld gewesen war. Als hätte er die Angst, die Enttäuschung und den ohnmächtigen Zorn in der Umarmung mit einer Frau abreagieren müssen, war er rücksichtslos und heftig über Glenda hergefallen, hatte ihre Wünsche ignoriert und sie brutal genommen wie bei einer Vergewaltigung.

Danach hatte er eine Art Zusammenbruch erlitten und war erschöpft eingeschlafen.

»Wie komme ich weg?«, fragte er.

»Du kannst ein Taxi nehmen«, antwortete sie. »Allerdings wird dich dann der Hauswächter sehen, dich wahrscheinlich fragen, in welchem Apartment du warst, und vorsorglich deinen Namen und deine Adresse notieren.«

Sie lehnte sich an ihn.

»Wenn du nett zu mir bist, ziehe ich mich an und fahre dich, wohin du möchtest. Wer eine Codekarte besitzt und die Tiefgarage im Wagen verlässt, wird nicht kontrolliert.« Übergangslos setzte sie hinzu: »Ich brauche 20.000 Dollar, Clarie, und ich erwarte, dass du sie mir gibst.«

Er starrte sie an.

»Woher soll ich 20.000 Dollar nehmen?«

Sie löste sich von seiner Schulter. Ihr Gesicht veränderte sich, verriet Härte und Kampfbereitschaft.

»Du bis ein Bankdirektor. Du machst riesige Geschäfte mit Ken Arrow und der Agency, für die er arbeitet. Ich weiß nicht, wie diese Geschäfte aussehen, aber man braucht nicht viel Verstand, um zu erkennen, dass es verdammt krumme Geschäfte sein müssen, sonst würden die nicht so viel Geld in die Show mit der Yacht und dem Trip nach Atlantic City stecken. Ken hat mich auf dich angesetzt, wie er mich vorher auf drei, vier Typen deines Schlages angesetzt hat.«

Dunsays Gesicht verzerrte sich zur Fratze. Er knirschte mit den Zähnen.

»Du Nutte! Du verdammte, miese …«

Völlig ungerührt von der Beschimpfung leerte Glenda ihre Tasse.

»Die Masche ist immer dieselbe«, sagte sie. »Nur Vornamen, keine Gespräche über Beruf und Arbeitsplatz. Mach dem Typ schöne Augen, verlangt Ken. Wenn er mit dir schlafen will, schlaf mit ihm, aber stell ihm keine Fragen. Am Morgen bekommt unsereiner 500 Dollar in die Hand gedrückt, geht nach Hause und wartet auf den Telefonanruf, der ihn zum nächsten 500-Dollar-Job bestellt.«

Sie stellte die Tasse so heftig ab, dass es klirrte. »Davon habe ich die Nase voll, Mr Bankdirektor. Als du auf der ›Venice‹ eingeschlafen warst, habe ich deine Sachen durchsucht. Ich fand deinen Führerschein, Clarence Dunsay. Das genügte. Herauszufinden, welchen Job du hast und wo du arbeitest, das war eine Kleinigkeit.«

»Ich habe kein Geld«, stöhnte Dunsay. »Ich werde erpresst.«

»Erzähl mir keine Märchen! Arrow und die anderen Jungs werfen wie verrückt mit Geld um sich. Alle fahren 100.000-Dollar-Autos, wohnen in Millionen-Dollar-Lofts, kaufen ihr Outfit auf der Fifth Avenue, düsen für ein Wochenende nach Europa, und du, Partner bei ihren Geschäften, behauptest, nicht mal lumpige zwanzigtausend Dollar zu haben? Clarence, du bist ein ebenso lausiger Lügner, wie du ein lausiger Liebhaber bist.«

Eine Welle roter Wut überschwemmte den Mann, und eine Sturmflut wilder Gedanken brandete durch seinen Kopf. Hatte nicht diese rothaarige Hexe, die nun auch noch Geld verlangte und ihn obendrein verhöhnte, mitgeholfen, ihn in die ausweglose Falle zu locken, in der er jetzt saß? Liebe hatte sie ihm vorgespielt, ihn mit Kosenamen genannt, beim Sex gestöhnt, als triebe sie es mit Superman persönlich. Du bist der tollste Mann meines Lebens, hatte sie ihm gesagt.

Alles Schauspielerei! Alles Berechnung!

Sie hatte gewusst, dass die Kameras klickten, die MAZ-Bänder liefen, während sie mit ihm duschte, mit ihm schlief.

»Miststück!«, schrie er. »Verdammtes Miststück!«

Mit beiden Fäusten schlug er auf sie ein, traf ihre Nase so heftig, dass Blut wie ein Sturzbach hervorschoss.

Glenda stieß ihn zurück, sprang auf.

»Ich kann dich hinter Gitter bringen, Bastard!«, schrie sie. »Ja, verdammt, genau das werde ich tun!«

Sie warf sich herum, rannte zur Tür.

Dunsay stürzte ihr nach.

Wie in einer Großaufnahme sah er den roten Knopf neben dem Hörer der Haussprechanlage. Mit instinktiver Sicherheit wusste er, dass er dazu diente, Alarm auszulösen, wenn ein Bewohner sich bedroht fühlte oder Feuer ausgebrochen war.

Wenn es ihr gelang, den Knopf zu erreichen, würden Männer kommen, würden ihn sehen, Fragen stellen, die Polizei rufen.

»Bleib stehen!«, brüllte er, packte im Vorbeirennen eine Kristallvase.

Als Glenda die Hand nach dem roten Knopf ausstreckte, schlug er zu.

Die Vase traf Glendas Kopf. Ihre Hand, nur wenig vom roten Knopf entfernt, fiel zurück.

»Da ist er«, sagte Phil.

Mr Kassem Ossaneiry verließ die Luxus-Boutique ›Versace‹ auf der Fifth Avenue. In der Hand trug er ein kleines Paket, und sein Gesichtsausdruck verriet, dass er es außerordentlich lästig fand, das Paket selbst tragen zu müssen.

Sein Chauffeur sprang aus dem Wagen, nahm ihm das Paket ab, riss den Wagenschlag auf. Der Wagen stand in einer Halteverbotszone mit Abschleppzwang. Vor solchen Problemen des New Yorker

Straßenverkehrs schützte das CD-Schild, denn Kassem Ossaneiry war UN-Botschafter seines Landes und genoss diplomatische Immunität.

Er ließ sich in die Polster sinken. Der Chauffeur eilte zurück hinters Steuer, startete und schleuste den Cadillac Seville so rücksichtslos in den rollenden Verkehr ein, als führe er einen Panzer.

Ich hatte Mühe, für den angejahrten Mercury aus dem Wagenpark des FBI, in dem wir saßen, rasch genug eine Lücke zu finden, damit uns Mr Ossaneiry nicht verloren ging.

Grundlage unseres Interesses am UN-Botschafter eines Landes, das ich nicht nennen werde, weil daraus Ärger bis in die höchsten Etagen unserer Regierung entstehen könnte, war ein Geheimfax aus Washington, das mit vier Sternen gekennzeichnet war und das Arbeitsprogramm des Hauptquartiers aus den Fugen brachte.

Der Text lautete:

Nach vorliegenden Erkenntnissen besteht die dringende Gefahr eines Terroranschlages gegen die UN-Botschaft des Staates – und seine Exzellenz, Botschafter Kassem Ossaneiry, persönlich. Der FBI New York übernimmt bis auf Widerruf die geheime Überwachung des Botschafters und beobachtet das Umfeld auf Anzeichen terroristischer Aktivitäten.

He, so sehen die Jobs aus, die jedem engagierten FBI-Agenten sauer aufstoßen. Man fährt oder läuft einem Mann nach, von dem man nichts weiß, steht in zugigen Türnischen herum, während er zwei Stunden lang im warmen Restaurant diniert, und wenn er dann, statt zu Frau und Kindern nach Hause zu fahren, mit einer hochblonden Lady in einem Stundenhotel verschwindet, fühlt man sich herabgewürdigt zum Privatdetektiv auf Schnüffeltour nach Beweisen für eine Ehescheidung.

Am Morgen hatte Steve Dillaggio uns das Fax gezeigt und mit bedauerndem Achselzucken verkündet: »Ich muss euch einplanen.«

»Steve, wir haben die Finger in einer verdammt heißen Geldwäschesache«, hatte Phil protestiert.

Steve, der als Highs Stellvertreter die Einsätze koordiniert und über jeden Vorgang Bescheid weiß, war hart geblieben.

»Du übertreibst, Phil. Ein totes Mädchen und eine Tüte voll schmutziger Geldscheine, an denen ein paar Kristalle Schnee haften, beweisen gar nichts. Wartet ab, wie die Burschen auf Jerrys angebliche Parkplatztrinkgelder reagieren. Bis dahin kümmert euch um Mr

Ossaneiry. Ich hörte, er sei wichtig für die nächste Ölkonzession, die sein Land vergeben wird.«

Den Lunch nahm der Botschafter im Edelrestaurant »Bellini's« zusammen mit drei anderen UN-Diplomaten, die leicht an den Luxuskarossen mit CD-Schildern im Parkverbot zu identifizieren waren. Ich holte aus einem nahen McDonald's Hamburger und Coke für Phil und mich.

Auf dem Rückweg zum Wagen schrillte mein Handy. Ich meldete mich.

»Hi, Jerry«, sagte eine fröhlich klingende Männerstimme. »Störe ich Sie beim Verbrecherfangen?«

»Wer sind Sie?«

»Kenneth Arrow, Ihr Trader. Haben Sie vergessen, dass Mr Tafurian mich beauftragt hat, Ihre Dollars zu vermehren? Wir lernten uns gestern im ›Upgrade‹-Office kennen.«

»Ich hab Ihre Stimme nicht erkannt. Wir haben noch nicht miteinander telefoniert.«

»Wann kann ich Sie sprechen?«

»Nicht vor acht Uhr abends.«

»Gute Zeit auch für mich. Kennen Sie ›Brokers Hell‹ in der William Street, Ecke Wall Street?«

»Nein, aber ich werde hinfinden.«

»Zeit, dass Sie es kennen lernen. Nirgendwo in New York können Sie so vielen Halsabschneidern auf einmal begegnen. Übrigens, Jerry, ich habe gute Nachrichten für Sie.«

Er trennte die Verbindung. Ich trug die Hamburger und die Coke-Dosen zum Auto.

»Du bist eingeladen«, sagte ich zu Phil. »Mein Börsenagent hat angerufen. Ich treffe ihn heute Abend und vermute, er will mir sagen, dass ich ein reicher Mann bin.«

»Warum warst du dann zu geizig für Ketchup?« Phil biss in den Hamburger, und kauend setzte er hinzu: »Pass auf, dass dir nicht das Fell über die Ohren gezogen wird!«

Um drei Uhr nachmittags verließ Mr Ossaneiry endlich das Restaurant. Der Cadillac brachte ihn zur Madison Avenue, wo der UN-Botschafter ausstieg, den Cadillac fortschickte und in einem Hochhaus verschwand, dessen Apartments von Mitarbeitern vieler UN-Botschaften bewohnt wurden.

Phil kippte die Rückenlehne in Ruhelage.

»Ich vermute, er diktiert seiner Sekretärin wichtige Briefe«, sagte er, »oder so etwas Ähnliches …«

Die Cops Jo Fragan und Loretta Jung kamen kurz vor sieben Uhr abends in die Eingangshalle des Storeman Towers. Der Hauswächter in der Portierloge hieß Lenny Riger.

»In diesem Haus wohnt Miss Gwendolyn Finch?«, fragte Senior Officer Jung, eine farbige Polizistin. Den Namen las sie aus ihrem Notizbuch ab.

»62. Etage, Apartment Nummer 19«, antwortete der Portier.

»Das wissen Sie auswendig, ohne im Verzeichnis der Bewohner nachsehen zu müssen?«, wunderte sich Officer Jung. »Was ist Besonderes an Miss Finch?«

Riger grinste. »Sie gibt gute Trinkgelder.«

»Ist sie in ihrer Wohnung?«

»Keine Ahnung! Soll ich anrufen?«

Zweimal wählte er das Apartment über den Hausanschluss an. Niemand hob ab.

»Fährt sie einen roten Mitsubishi-Sportwagen?«, erkundigte sich die Polizistin.

»Ja, das ist ihr Auto.«

»Der Wagen steht auf der Westend Avenue, mindestens seit heute Morgen acht Uhr. Um diese Zeit fiel er Kollegen auf. Sie haben ein Strafmandat unter den Scheibenwischer geklemmt, aber niemand kam und kümmerte sich um das Fahrzeug. Wissen Sie, ob Miss Finch ohne Wagen nach Hause kam?«

»Mein Dienst läuft erst seit Mittag. Seitdem ist sie nicht gekommen. Wenn Sie es verlangen, kann ich meinen Kollegen vom Nachtdienst anrufen.«

»Warum sehen wir nicht einfach nach, ob sie zu Hause ist?«, schlug Jo Fragan, der jüngere Cop, vor.

»Haben Sie einen Generalschlüssel?«, fragte Loretta Jung.

Riger wies auf einen kleinen verglasten Kasten an der Wand seiner Portierloge. Im Kasten hing ein flacher Schlüssel.

»Er darf nur im Katastrophenfall benutzt werden. Ich müsste das Glas zerschlagen.«

Die Polizisten sahen sich an.

»Frag den Lieutenant, was wir tun sollen«, entschied Jung.

Fragan löste das Walkie-Talkie vom Gürtel, stellte die Verbindung zum Revier her. Nach kurzem Gespräch informierte er: »Der Lieutenant sagt, wir sollen reingehen. Falls sie betrunken im Bett liegt, werde ich draußen warten, bis du sie angezogen hast.«

»Holen Sie den Schlüssel und kommen Sie mit!«, befahl die Polizistin.

Mit einem Hammer, der neben dem Kasten hing, zerschlug Riger das Glas, nahm den Schlüssel heraus und übergab ihn den Cops. Er führte sie zum Lift und fuhr mit ihnen zur 62. Etage hoch.

Senior Officer Jung öffnete die Tür des Apartments Nummer 19.

»Miss Finch!«, rief Jung. »Die Polizei!«

Die Polizistin betrat das Apartment und sah die Frau.

Sie lag auf dem Gesicht, die Arme nach vorn ausgestreckt, die Beine leicht gespreizt, bekleidet mit einem weißen Bademantel, der im Bereich der Schulter großflächig von Blutspritzern befleckt war. Unterm Kopf hatte Blut den hellen Teppich getränkt.

Senior Officer Jung berührte die Tote, spürte Kälte und Erstarrung. Sie berührte mit zwei Fingerspitzen auch die Blutlache und stellte fest, dass sich eine trockene Verkrustung gebildet hatte.

»Ruf die Mordabteilung!«, befahl sie Fragan.

Der Eingang bestand aus einer simplen Drehtür, und die Einrichtung unterschied sich nicht von einem gewöhnlichen Schnellimbiss. Die Gäste drängten sich längs der Theke, sammelten sich um runde Stehbords oder hockten dicht an dicht auf harten Bänken an einem Dutzend Tische.

Aber alles, was in »Brokers Hell« serviert wurde, hatte nicht die leiseste Ähnlichkeit mit dem Programm eines Quick-Restaurants. Austern auf Eis, Hummer in allen Varianten, Gänseleber mit Trüffeln und eine Menge Zeugs, dessen Namen ich nicht mal kannte. Aus Batterien von Kühlern ragten die Hälse der Champagnerflaschen, und wer Champagner nicht mochte, hatte die Wahl zwischen fünfzigjährigem französischem Kognak oder ebenso altem schottischem Whisky.

Von den Jungs, die »Brokers Hell« bevölkerten, schien niemand über dreißig zu sein, und sie gingen mit ihren Drinks und ihren Gerichten um, als bekämen sie es umsonst aus der Armenspeisung. Sie schlürften Austern und rauchten gleichzeitig dicke Kuba-Zigarren, warfen mit Hummerschalen um sich und machten sich nichts daraus, wenn die Champagnergläser beim Nachfüllen überliefen.

Kenneth Arrow löste sich aus einer Gruppe und kam zu mir.

»Hi, Jerry! Freue mich, Sie zu sehen! Kommen Sie! Ich versuche, einen Tisch für uns freizumachen.«

Er wählte einen Tisch am Ende des schlauchähnlichen Raums, redete auf die Leute ein, die daran saßen, und erreichte, dass sie aufstanden und den Tisch räumten. Auf Arrows Winks schafften mexikanische Kellner die zurückgelassenen Flaschen und Teller weg und legten ein frisches Tuch auf.

»Sie behandeln mich, als wäre ich Bill Gates«, sagte ich.

»Sie sind ein außergewöhnlicher Kunde, Jerry. Ich habe noch nie für einen G-man gearbeitet. Was wollen Sie trinken?«

Er wartete meine Antwort nicht ab, sondern orderte eine Flasche Champagner.

»Sie haben Grund zu feiern, Jerry!«

Mir gefiel nicht, dass er mich wie selbstverständlich beim Vornamen nannte, aber wenn ich den Eindruck aufrecht halten wollte, ich wäre ein korrupter Polizist, musste ich seine anbiedernde Vertraulichkeit hinnehmen.

»Verdammt laut in Ihrem Lieblingsschuppen«, stellte ich fest.

»Das ist heute ein ruhiger Abend«, antwortete er und lachte. »Sie ahnen nicht, welcher Tornado hier losbricht, wenn eine Agentur einen richtig großen Coup gelandet hat, so etwa von einer Million an aufwärts.« Mit einer Handbewegung umfasste er das ganze »Brokers Hell«. »Die Jungs, die Sie sehen, bewegen jeden Tag Hunderte Milliarden.«

»Ich sehe nur Männer. Gibt es keine Frauen in Ihrem Job?«

»Kaum ein Dutzend, aber wenn Sie Mädchen begegnen wollen, ist ›Brokers Hell‹ ein erstklassiger Ort. Gewöhnlich kommen die Schätzchen nach zehn Uhr, weil sie wissen, dass Leute, die an der Börse jobben, zwei oder drei Stunden brauchen, um den Stress wegzuspülen. Erst dann sind sie für andere Reize empfänglich als die Kurszahlen auf dem Monitor.«

Er zog ein Papier aus der Tasche und gab es mir. Ich faltete das Blatt auseinander.

Es war ein Kontoauszug mit einer Menge roter und schwarzer Zahlen. Der Name des Inhabers stand rechts oben: Jake Cooper.

»Wer ist Jake Cooper?«, fragte ich.

»Das sind Sie, Jerry.« Arrow grinste. »Mr Tafurian nahm an, es wäre Ihnen lieber, wenn Ihr Name nicht in unserer Datenbank gespeichert würde. Also lassen wir das Konto unter Jake Cooper laufen. Aber jeder Dollar, der dort verbucht steht, ist Ihr Eigentum.«

Meine Bank schickt mir jede Woche einen Auszug meines Gehaltskontos. Ich kann den Wisch lesen, weiß, was die Zahlen bedeuten und wie dicht ich ständig am finanziellen Absturz lebe, aber auf dem Cooper-Konto waren Geldtransaktionen verbucht, die ich nicht begriff.

Die Kolonne begann zwar mit den 7.620 Dollar aus Liza Prashennys Safe, aber dann kamen 92.380 Dollar, ausgedruckt in Rot, dazu, verschmolzen mit dem Prashenny-Geld zu 100.000 Dollar, verschwanden vollständig, kamen als rote 1 Million Dollar zurück, gebaren eine fünfstellige, krumme Ziffer, verschwanden wieder und so weiter und so fort.

Der mexikanische Kellner brachte die Champagnerflasche im Kühler, füllte die Gläser.

Arrow hob sein Glas. »Nur die letzte Ziffer ist interessant für Sie, Jerry. Cheerio!«

Am Ende aller Kolonnen stand die Zahl 52.486, ausgedruckt in Schwarz und versehen mit dem Dollarzeichen $.

»In vierundzwanzig Stunden haben wir aus Ihrem Häuflein Scheinen einen netten, kleinen Hügel gemacht«, prahlte Arrow. »Verdammt, warum freuen Sie sich nicht?«

»Weil ich's nicht glauben kann. Wieso stehen plötzlich 100.000 und danach sogar eine Million Dollar auf dem Konto?«

Er lachte und füllte sein Glas nach.

»Sie verstehen nicht, wie Geschäfte an den Börsen dieser Welt laufen. Mit Ihren kläglichen Siebentausend hätte ich nicht viel anfangen können. Also hat Mr Tafurian Ihnen einen Kredit bis Einhunderttausend eingeräumt. Mit der Summe konnte ich eine Bank dazu bewegen, Mr Jake Coopers Kreditlinie auf eine Million Dollar heraufzusetzen. Vergangene Nacht habe ich für Sie durchgezockt, zuerst in japanischer Währung, später in Deutschland und London, und als heute Morgen die Börsen in den Staaten öffneten, habe ich mir eine Literkanne Kaffee verpasst und für Sie auf heimischem Parkett weitergedealt.«

»Wären Ihre Deals schiefgegangen, mit wie viel Dollars stünde ich dann bei ›Upgrade‹ in den Miesen?«

»Sie sind nicht schiefgegangen.« Er zog ein schmales Papier aus der Brusttasche. »Hier ist Ihr Scheck. Heben Sie das Geld ab und bezahlen Sie Ihr feines Auto!«

Verdammt, ich saß in der Falle.

Den Scheck anzunehmen ging weit über die genehmigten Grenzen meines Rollenspiels hinaus. Es hätte eine vollendete Bestechung bedeutet. Niemand hatte erwartet, dass die »Upgrade«-Leute so schnell mit einem dicken Dollarpaket locken würden, ohne über eine Gegenleistung zu sprechen.

Andererseits platzte die Aktion schon im Anfangsstadium, wenn ich Geld ablehnte, das angeblich aus legalen Börsengeschäften stammte.

Ich versuchte, mich rauszuwinden.

»Lassen Sie mich mal daran riechen, Ken«, sagte ich und pflückte ihm den Scheck aus den Fingern, »aber dann nehmen Sie ihn wieder in Verwahrung.«

Ich roch tatsächlich an dem Scheck, blickte lächelnd auf die Zahl, hielt ihn Arrow zur Rücknahme hin.

»Warum?«, fragte er.

»Ein FBI-Agent, der zu plötzlichem Reichtum kommt, erregt sofort das Interesse der Innenkontrolle. Das ist eine Meute extrascharfer Schnüffler, die wissen wollen, aus welcher Quelle jeder Cent stammt, der ihnen ungewöhnlich vorkommt. Ich glaube nicht, dass es Ihrem Boss Tafurian gefallen würde, wenn die Jungs in sein Aquarium-Office einfielen und mit ihrer Neugier die Agentur zum Stillstand brächten. Würde ihn das nicht eine Menge Geld kosten?«

»Millionen«, antwortete Arrow, nahm den Scheck, ließ ihn in der Brusttasche verschwinden. »Und wie wollen Sie in den Genuss Ihres Geldes gelangen?«

»Oh, ich finde einen Weg. Vielleicht kann ich eine Erbtante auftreiben.« Ich sah ihm in die Augen. »Oder Sie erklären mir, wie man amerikanische Dollars im Ausland vor zu viel Neugier in Sicherheit bringen kann.«

»›Upgrade‹ wird Ihnen nicht bei einem Verstoß gegen die Gesetze helfen, Jerry«, antwortete er in einem Tonfall, als würde er behaupten, niemals in einer Verbotszone zu parken.

Ich leerte mein Glas, hielt es zum Nachfüllen hin.

»Wann kommen die Mädchen?«

»Vielleicht kann ich nachhelfen.«

Er nahm sein Handy, tippte eine Nummer ein, hob den Apparat ans Ohr.

Von einer Sekunde auf die andere veränderte sich sein Gesichtsausdruck.

Sein Dauerlächeln verschwand wie ausgeknipst. Besorgnis, mehr noch – Erschrecken zeigte sich stattdessen in seinem Gesicht.

Hastig trennte er die Verbindung.

»Leider meldet sich niemand«, sagte er, verstaute das Handy, griff nach dem Glas.

Ich war sicher, dass er log.

»Wer sind Sie?«, wiederholte Detective Dirk Trevor, wartete einige Sekunden, meldete dann Lieutenant Brigg von der Mordabteilung des zuständigen Reviers: »Aufgelegt, Sir. Kein Wort gesprochen. Im Hintergrund viele Stimmen. Hörte sich nach einem Anruf aus einer Kneipe an.«

Trevor hielt das Handy, das der Toten gehörte, hatte sich aber Latexhandschuhe übergestreift, um keine Fingerabdrücke zu verwischen. Er legte es vorsichtig zurück. Lieutenant Brigg wandte sich an den Arzt, der neben dem reglosen Körper der Frau kniete.

»Was können Sie sagen, Doc?«

»Sie ist seit vielen Stunden tot, schätzungsweise mehr als zwölf, aber unter vierundzwanzig.«

»Woran starb sie?«

»Schädelbruch. Er hat mit der Kristallvase zugeschlagen. Einige Splitter stecken in ihrem Haar.«

»Gibt es Material für einen genetischen Fingerabdruck?«

»Nicht an ihr.«

»Doc, der Kerl, der sie umbrachte, hat es vorher mit ihr getrieben.«

»Richtig, aber es war keine Vergewaltigung, und nachher ließ er ihr Zeit zu duschen und so weiter. Material für eine Genuntersuchung findet sich wahrscheinlich an der Vase, mit der er sie umgebracht hat.«

»Können Sie einen Grund nennen, warum er sie getötet hat?«

»Ich?« Der Arzt zog verwundert die Augenbrauen hoch. »Halten Sie mich für Sherlock Holmes, Lieutenant? Ich denke, sie hat sich einfach den falschen Kerl mitgebracht.«

»Streit um die Bezahlung? Wäre das ein Motiv?«

»Wenn sie ein Callgirl war, dann eines von der edlen Sorte. Sie ist hübsch, gepflegt, gesund ...« Er unterbrach sich. »Ach, verdammt, das alles war sie. Kann sie endlich zugedeckt werden, Lieutenant?«

»Deckt sie zu!«, befahl Brigg.

Zwei Leute seiner Truppe breiteten eine Plastikdecke über Gwendolyn Finchs leblosen Körper.

Der Lieutenant ließ den Hauswächter Lenny Riger hereinrufen. »Erzählen Sie, was Sie über Miss Finch wissen. Hatte sie einen Job?«

»Vermutlich nicht, Sir. Sie verließ das Haus nicht regelmäßig zu einer bestimmten Zeit wie jemand, der zur Arbeit geht. Sie kam auch nie zu einer bestimmten Stunde zurück.«

»Brachte sie Männer mit?«

»Ja, das geschah hin und wieder.«

»Wie oft?«

»Ich sah es nur drei- oder viermal, aber sie hatte ja eine Codekarte für die Tiefgarage. Wenn sie und ein Mann auf diesem Weg ins Haus gelangten, konnten sie mit dem Lift zur 62. Etage hochfahren, ohne von der Hauswache gesehen zu werden.«

»Erinnern Sie sich, wie die Männer aussahen?«

»Nicht so, dass ich einen beschreiben könnte, Sir, aber es waren immer Typen, die nach Geld rochen.«

»Okay, Riger. Nennen Sie Detective Trevor Ihre private Adresse. Sie und Ihre Kollegen werden von uns noch ausführlich vernommen.«

Der Lieutenant ging zu einem seiner Leute, der vorsichtig eine Handtasche aus Krokodilleder untersuchte.

»Irgendwas von Bedeutung?«, fragte er.

»Nein, Lieutenant. Parfum, Lippenstift, 400 Dollar, der Führerschein.«

»Zeigen Sie mir den Führerschein!«

Eine halbe Minute lang starrte Brigg auf das Foto der lächelnden, rothaarigen jungen Frau, die jetzt wenige Schritte entfernt als Mordopfer unter grauem Plastik lag.

»Lassen Sie das Foto kopieren und geben Sie es an die Medien«, entschied er. »Vielleicht meldet sich irgendwer.«

Der Fernseher lief, aber Amos Tafurian schenkte dem Bildschirm kaum Beachtung. Er frühstückte.

»Nach den Wirtschaftsnachrichten nun Meldungen aus New York«, sagte der Nachrichtensprecher. Er begann mit den spektakulärsten Unfällen der letzten 24 Stunden, darunter ein Beinahe-Crash zweier Maschinen auf dem J.F. Kennedy Airport, ging über zu gesellschaftlichen und kulturellen Ereignissen und kam schließlich zum täglichen Kriminalreport.

»Ein Sonderkommando der New York City Police stürmte dieses Crackhaus in Harlem. Achtzehn Süchtige, darunter fünf minderjährige Mädchen, konnten festgenommen werden.«

Das wird Big Black Williams ärgern, dachte Tafurian und köpfte ein Ei. Jedes Harlemer Crackhaus bringt ihm mindestens 10.000 Dollar Reingewinn die Woche.

Es folgten Berichte über Raubüberfälle, einen misslungenen Bankeinbruch, eine Schießerei zwischen verfeindeten Jugendgangs, eine Polizeiaktion gegen Subway-Räuber.

Tafurian aß sein Ei und schlürfte Kaffee, aber er erstarrte, als das Bild einer lächelnden, rothaarigen jungen Frau erschien.

»Die 28-jährige Gwendolyn Finch wurde gestern Abend erschlagen in ihrem Apartment im Storeman Tower aufgefunden. Nach Auskunft des NYPD war Miss Finch bei der Entdeckung seit ungefähr fünfzehn Stunden tot. Der Mord war bereits in der vergangenen Nacht verübt worden. Die Tatsache, dass das Opfer kaum bekleidet war, und andere deutliche Hinweise geben Anlass zu der Vermutung, dass Miss Finch von einem Mann ermordet wurde, zu dem sie intime Beziehungen unterhielt. Personen, die Hinweise geben können, werden gebeten …«

Tafurian setzte die Tasse so heftig ab, dass der Rest Kaffee überschwappte. Er stand auf, lief zum Schreibtisch, holte aus einer Schublade, die er aufschließen musste, einen Kasten mit Silberbeschlägen und öffnete ihn.

Die Fotos, die auf der Fahrt der »Venice« nach Atlantic City entstanden waren, lagen oben auf dem Stapel Bilder, die alle ähnliche Szenen mit unterschiedlichen Beteiligten zeigten.

Kein Zweifel! Die Frau, die mit Dunsay unter der Dusche stand, ihn oral bediente und es auf dem Bett mit ihm trieb, war identisch mit der Toten.

Glenda war Gwendolyn Finch!

Tafurian grapschte nach dem Handy, rief das »Upgrade«-Office an.

»Gib mir Arrow!«, bellte er.

Arrow meldete sich, und Tafurian fauchte ihn an: »Weißt du, was deiner Schickse zugestoßen ist?«

»Ja, Amos. Ich wollte mit Ihnen darüber sprechen, sobald Sie …«

»Warst du es?«

»O Gott, was bringt Sie auf diesen Gedanken? Nein, ich war's nicht!«

»Wer dann?«

»Ich fürchte, es könnte er gewesen sein.« Arrow nannte den Namen nicht. Selbstverständlich wusste Tafurian, wen er meinte.

»Das kann uns alle Kopf und Kragen kosten«, wütete er. »Ich komme!«

Auf der Fahrt zur Wall Street fluchte er in seiner arabischen Muttersprache über jeden Stau, durch den er aufgehalten wurde, aber als er die »Upgrade«-Räume betrat, hatte er seine Nerven wieder unter Kontrolle.

Er begrüßte seine Sekretärin mit ein paar freundlichen Worten, ging im Aquarium-Office wie gewohnt von einem Arbeitsplatz zum anderen, erkundigte sich bei jedem Trader nach dem Gang der Geschäfte. Abgesehen von Kenneth Arrow, William Reeson und den drei Männern, die mit ihnen am »Venice«-Trip teilgenommen hatten, wussten die anderen nichts von dunklen Geschäften mit schmutzigem Geld. Sie hielten »Upgrade« für eine normale Börsenagentur, und die Deals, die sie über ihre Computer abwickelten, galten den Investments einer Hundertschaft ehrlicher Kunden.

Arrow folgte Tafurian ins Chefbüro.

Trotz der Sonnenstudiobräune sah er bleich und beunruhigt aus.

»Seit wann weißt du, dass sie tot ist?«, fragte Tafurian.

»Gestern hab ich den ganzen Tag über versucht, sie anzurufen. Ich wollte, dass sie wie zufällig in ›Brokers Hell‹ auftaucht, während ich mit dem G-man zusammensitze. Ich hab gehofft, er würde auf sie anspringen. Sie verstand es, einen Mann scharf zu machen. Es wäre eine Chance gewesen, den Schnüffler sicher in den Griff zu bekommen, durch Fotos oder Tonbänder.«

»Das ist vorbei. Sie liegt im Leichenschauhaus.«

»Ich rief sie noch einmal an, als ich schon mit dem G-man in ›Brokers Hell‹ saß. Es hat sich ein Mann gemeldet, und ich hab gleich geahnt, dass es ein Polizist war, und trennte die Verbindung, ohne ein Wort zu sagen.«

»Du glaubst, dass Clarence Dunsay sie getötet hat?« Hinter der gepolsterten, abhörsicheren Tür des Raumes scheute sich Tafurian nicht, den Namen auszusprechen.

Arrow nickte.

»Von wem hat er ihren vollständigen Namen und die Adresse erhalten? Von dir?«

»Selbstverständlich nicht von mir, Amos. Er hat immer wieder danach gefragt, aber ich hab ihn vertröstet. Ich denke, dass er mächtig verrückt nach ihr war, und es kann sein, dass er aus Wut und Enttäuschung zuschlug, als er erkennen musste, dass er für sie nur ein Kerl war, den sie ausnehmen wollte.«

»Das würde bedeuten, sie hätte sich an ihn herangemacht, oder?« Tafurian dachte laut nach. »Also wusste sie über ihn Bescheid, kannte seinen Job, reimte sich zusammen, dass zwischen einem Bankdirektor und einer Broker Agency eine ganze Menge Geld unterwegs sein muss, und verlangte einen fetten Anteil, nachdem sie ihm vorher noch einmal bewiesen hatte, wie gut sie im Bett war und dass es sich lohnen würde, sie bei Laune zu halten.« Er polierte das goldene Armband, schnaufte asthmatisch, sagte düster: »Oder sie hat ihm gedroht. Das macht alles noch schlimmer.«

Minutenlang hing Schweigen zwischen beiden, bis Arrow vorsichtig einen Vorschlag machte.

»Bill Reesons Problem mit Liza Prashenny konnten Sie lösen, Amos. Vielleicht wäre es möglich, diese Panne auf ähnliche Weise zu bereinigen.«

»Du meinst, ich soll Clarence Dunsay umbringen lassen?«, fragte Tafurian laut und brutal. »Du bist ein Narr, Ken! Nichts brächte die Schnüffler noch mehr in Fahrt, und wenn sie herausfinden, dass zwischen beiden Toten ein Zusammenhang besteht, können wir nur noch versuchen, aus den USA herauszukommen, bevor sie unsere Türen eintreten. Nein, wir müssen einen ganz anderen Weg beschreiten. Wie weit bist du mit dem G-man?«

»Ich hab ihn gestern getroffen und hielt ihm den Scheck hin. Er nahm ihn nicht, aber er nannte einen glaubwürdigen Grund. Er sagte, plötzlicher Reichtum würde ihn bei der Innenkontrolle verdächtig machen. Er hat gefragt, ob wir ihm helfen könnten, das Geld ins Ausland zu schaffen.«

Tafurian bearbeitete das Armband, starrte vor sich hin.

Zum zweiten Mal wagte Arrow nicht, das Schweigen seines Bosses zu unterbrechen.

Schließlich brach Tafurian selbst das Schweigen.

»Ich wünschte, ich wüsste, ob FBI-Agent Cotton tatsächlich auf eine satte Handvoll Dollars scharf ist oder nur blufft. Er könnte Dunsay aus der Sache heraushalten, egal, ob er sie umgebracht hat oder nicht, denn für uns wird es gefährlich, sobald die Schnüffler auf Dunsay stoßen, weil deine Glenda seinen Namen oder seine Telefonnummer notiert hat. Dunsay ist nicht der Typ, der ein hartes Verhör durchsteht. Er würde einknicken, und falls er es war, brächten sie ihn mit einem Gentest zur Strecke. Das alles könnte Jerry Cotton verhindern, vorausgesetzt er steht wirklich auf unserer Seite.«

»Ich werde ihn dazu bringen, das Geld zu kassieren und …«, versicherte Arrows eifrig, doch Tafurian brachte ihn mit einer Handbewegung zum Schweigen.

»Auch das gäbe keine hundertprozentige Sicherheit. Dazu müssen wir höher pokern.«

Er hörte auf, sein Armband zu polieren.

»Kümmere dich um Clarence Dunsay! Fang ihn am Abend ab und ruf mich an, sobald er in deinem Wagen sitzt!«

»Ein vertracktes Problem, Jerry«, bestätigte Mr High, dem Phil und ich an diesem Vormittag gegenübersaßen. »Wenn Sie den ›Upgrade‹-Scheck annähmen, müsste ich eine interne Untersuchung wegen Bestechlichkeit gegen Sie eröffnen, und erst bei begründetem Verdacht, dass Tafurian von Ihnen Gegenleistungen für seine vierzig Tausender erwartet, könnten wir gegen ihn vorgehen. Das gäbe ihm

Zeit, alle Spuren zu verwischen, falls es solche Spuren überhaupt gibt. Versuchen Sie dranzubleiben, und wenn irgendwie möglich, legen Sie ein paar zusätzliche Köder aus!«

Phil meldete sich zu Wort.

»Sir, ich kann die Ermittlungen gegen ›Upgrade‹ nicht führen, um Jerry mit Material zu versorgen, mit dem er sich bei Tafurian beliebt machen kann. Der Ossaneiry-Einsatz blockiert mich.«

»Das weiß ich, Phil, und ich habe in Washington protestiert. Sie haben versprochen, zehn Agenten als Verstärkung nach New York zu schicken. Wie üblich dauert es vier, fünf Tage, bis sie die Männer an anderer Stelle losgeeist haben.«

Zurück in unserem Büro fanden wir den 24-Stunden-Report der City Police auf dem Schreibtisch. Die Cops teilen uns täglich mit, welchen Ärger ihnen New Yorks Kriminelle bereitet haben.

Ein knappes Dutzend Raubüberfälle in der Subway, doppelt so viel auf den Straßen, rund fünfzig geklaute Autos, drei gelungene und vier gescheiterte Bankeinbrüche und einiges mehr.

Die schweren Fälle standen am Ende: Schießereien, Vergewaltigungen, Morde.

An vorletzter Stelle las ich:

Gwendolyn Finch, 28 Jahre, tot aufgefunden in ihrem Apartment Nummer 62/19 Storeman Tower. Tod durch Schädelbruch. Tatwaffe: schwere Kristallvase. Tatzeit: zwischen neun und elf Uhr abends des Vortages. Fingerabdrücke des Täters gesichert, aber nicht registriert. Finch soll als Callgirl gearbeitet haben. Täter ist vermutlich im Kreis ihrer Freier zu suchen. Anfragen unter M/V 91/99 Lieutenant Mark Brigg. Sachbearbeiter Detective Dirk Trevor.

»Höchste Zeit, June und Annie abzulösen«, sagte Phil.

Ich rollte die Faxblätter des Reports zusammen, steckte sie in die Tasche. Während des langweiligen Aufpassens auf Kassem Ossaneiry gab es Zeit genug, ihn genauer zu lesen.

Phil rief die Kolleginnen an. June Clark meldete sich.

»Wo seid ihr?«

»Fifth Avenue, Ecke 37th Street.«

»Wir kommen zur Ablösung.«

Seit unserer gemeinsamen Aktion im »Hot Spot« und nach unserem Einsatz in Seattle waren wir June und Annie nur hin und wieder auf den Fluren des FBI-Hauptquartiers begegnet. Für den Schutz des UN-Botschafters setzte Steve sie ebenso ein wie alle anderen Agenten.

Wir benutzten den Mercury des Vortages, fuhren zur Fifth Avenue. June saß in einem Taxi aus dem Wagenpark des FBI, trug Jeans, eine abgewetzte Lederjacke und die Mütze eines New Yorker Taxidienstes. Ossaneirys Diplomaten-Cadillac parkte auf der anderen Straßenseite. Der Chauffeur langweilte sich am Steuer.

»Annie nutzt die Gelegenheit zu einem Schaufensterbummel und sieht sich satt an all den schönen Dingen, die sie sich nicht leisten kann«, sagte sie.

»Wo ist unser Objekt?«

»Er nimmt ein spätes Frühstück im ›Top of Sixes‹.«

June startete das Taxi, las ihre Kollegin Annie Geraldo auf.

Wir richteten uns im Mercury auf einige öde Stunden ein.

Ich holte den Police-Report aus der Tasche, las die letzte Seite noch einmal.

Warum der Mord an Gwendolyn Finch mich besonders interessierte, hätte ich nicht begründen können. Okay, sie hatte wie Liza Prashenny als Callgirl gearbeitet, aber in New York gibt es Hunderte, vielleicht Tausende junger Frauen, die glauben, auf diese Weise ließe sich leicht und schnell viel Geld verdienen. Andere Gemeinsamkeiten waren nicht zu erkennen, außer dass beide tot waren, aber die eine hatte ein Sexgangster im Central Park ermordet, die andere war vermutlich Opfer eines brutalen Liebhabers geworden. Trotzdem – ich rief im zuständigen Revier an und ließ mich mit Detective Dirk Trevor verbinden.

»Cotton vom FBI«, sagte ich, als er sich meldete. »Ich brauche einige Auskünfte im Mordfall Gwendolyn Finch.«

»Hi, G-man! Ich kenne Sie«, antwortete er. »Ich gehörte zum Team von Lieutenant O'Meary, als Sie mit ihm zusammengearbeitet haben. Was wollen Sie wissen?«

»Alles, was Sie bis jetzt in Erfahrung bringen konnten. Wer war Gwendolyn Finch?«

»Eine attraktive Rothaarige. Sie stammte aus Utah, kam vor drei Jahren nach New York. Auf das Bild und die Berichte in den Medien haben sich einige Leute gemeldet, die sie gekannt haben.« Er lachte kurz. »Sogar zwei Männer, denen ›Glenda‹ irgendwann als Callgirl ein Wochenende versüßt hatte, brachten den Mut auf, sich zu melden.«

»Glenda?«
»So nannte sie sich.«
»Irgendwelche Erkenntnisse über den Täter?«
»Wir haben seine Fingerabdrücke und vermutlich auch Material für einen Gentest. Sonst wissen wir nichts über ihn. Er stahl nichts außer der Chipkarte für das Garagentor. Den Storeman Tower verließ er in Glendas Wagen, aber er benutzte ihn nur für eine kurze Fahrt bis zur Westend Avenue. Dort muss er in ein Taxi gewechselt oder die Subway genommen haben. Es war kein geplanter Mord, G-man, sondern eine Affekthandlung. Glenda und der Mann müssen in Streit geraten sein, vielleicht über die Höhe der Bezahlung.«
»Wie viel Geld fanden Sie in der Wohnung?«
Die Frage überraschte Detective Trevor.
»Knapp 300 Dollar.«
»Besaß sie ein Konto oder ein Safe?«
»Ein Konto, auf dem sie mit rund 1.000 Dollar im Minus stand, aber kein Safe.«
»Hatte Glenda Finch in letzter Zeit besonders viele und teure Anschaffungen gemacht? Haben Sie Rechnungen gefunden?«
»Ja, einige Rechnungen und alle unbezahlt. Na ja, in ihrem Kleiderschrank hingen eine Menge Klamotten, auch zwei Pelzmäntel, aber so etwas gehört zur Ausrüstung eines Callgirls der gehobenen Preisklasse. Wir haben auch eine Schmuckkassette gefunden, aber die meisten Klunker waren Talmi.«
»Wann kamen Sie gestern Abend in die Wohnung?«
»Die Cops eines Streifenwagens gingen gegen sieben Uhr ins Storeman-Haus, weil sich niemand um das Auto gekümmert hatte. Sie ließen das Finch-Apartment öffnen und fanden die Tote. Unsere Truppe nahm die Arbeit um halb acht auf, und wir blieben bis lange nach Mitternacht.«
»Gab es einen Anruf auf Glenda Finchs Telefon, etwa um neun Uhr?«
Die Frage verschlug ihm für ein paar Sekunden die Sprache.
»Woher wissen Sie das, G-man? Ja, es gab einen Anruf auf ihrem Handy. Ich selbst hab mich gemeldet, forderte den Anrufer auf, seinen Namen zu nennen, aber ich hörte nur sein Atmen und Hintergrundgeräusche, die auf eine Kneipe oder ein Restaurant schließen ließen: Die Verbindung wurde sofort wieder getrennt. Kennen Sie den Anrufer, Cotton?«

»Vielleicht.«

Phil stieß mich an. »Mach Schluss, Jerry! Sieht aus, als bekämen wir Arbeit!«

»Sie hören wieder von mir, Trevor«, sagte ich, schaltete das Handy ab und fragte Phil: »Was ist los?«

»Achte auf die beiden Typen vor den Schaufenstern von Neshfield. Einer trägt einen schwarzen Anzug, der andere eine Lederjacke.«

»Okay, ich sehe sie.«

Die beiden waren schwarzhaarige, kompakte Typen.

»Sie gingen gerade zum zweiten Mal am Cadillac vorbei. Die Neugier, mit der sie in den Wagen geblickt haben, fiel mir auf. Außerdem sehen sie wie Landsleute von Ossaneiry aus.«

Wir behielten die Männer im Auge.

Nach ein paar Minuten hob der Bursche im schwarzen Anzug ein Handy ans Ohr, lauschte kurz, steckte das Handy zurück ins Futteral und nickte seinem Partner zu.

Lederjacke setzte sich in Bewegung, schlenderte am Cadillac vorbei und bezog Posten vor den Schaufenstern eines Buchladens.

Phil stieß die Wagentür auf.

»Sie haben einen dritten Mann im Gebäude. Ich fürchte, er hat ihnen gesagt, dass Ossaneiry kommt.«

Ich drückte den Knopf für die Direktverbindung zur Einsatzzentrale der City Police, nannte das Stichwort. »Schickt zwei Wagen zur Fifth Avenue, 37th Street! Unterstützung einer FBI-Aktion!«

Phil arbeitete sich schon durch den Wagenstrom zur anderen Straßenseite. Ich stürzte mich zwischen die Autos, die dicht gedrängt wie eine Rinderherde die Fahrbahn bevölkerten, schlängelte mich zwischen Stoßstangen und Hecks vorwärts, und genau wie Phil hatte ich es verdammt eilig.

Wenn die beiden Typen, die ihm aufgefallen waren, tatsächlich die Absicht hatten, den UN-Botschafter aufs Korn zu nehmen, musste daraus eine Katastrophe entstehen. Die Fifth Avenue wimmelte vor Menschen. Gleichgültig, welche Sorte Feuerwerk die Jungs bei sich hatten, sie durften keine Chance bekommen, es anzuwenden.

Ich erkannte, dass Phil auf den Mann in der Lederjacke zusteuerte, und wählte den anderen.

Ich passierte den Cadillac. Der Fahrer saß hinterm Steuer und rauchte. Nach jedem Zug blies er den Rauch durchs offene Fenster ins Freie.

Den Mann im schwarzen Anzug sah ich im Gewühl der Passanten nur für wenige Augenblicke, wenn eine Lücke entstand, aber ich erkannte, dass er sich umgedreht hatte, nicht länger die Auslage betrachtete, sondern in Richtung des Cadillac blickte. Sobald Ossaneiry die Passage verließ, in dem das Restaurant lag, und den Bürgersteig auf dem Weg zum Cadillac überquerte, hatten sie ihn in der Zange.

Es war ein höllischer Zufall, dass der UN-Botschafter in dem Augenblick im Ausgang auftauchte, als ich mich auf gleicher Höhe befand und der Abstand zu dem Mann im schwarzen Anzug noch ein Dutzend Schritte betrug.

Ich schlug einen scharfen Haken, stürmte fünf Stufen hinauf und rammte Mr Ossaneiry so wuchtig, dass er zurücktaumelte und gegen eine ziemlich dicke Lady prallte, die ihrerseits strauchelte und außerdem durchdringend aufkreischte.

Mit einem weiten Satz sprang ich zurück auf die Straße.

Klar, dass die Aktion ein mittleres Chaos anrichtete. Sie fand schließlich nicht auf freiem Feld statt, sondern mitten in der Menschenmenge, und ich rempelte zwangsläufig ein Dutzend Leute an, von denen mich die meisten vermutlich für einen Kerl hielten, der mit einer geklauten Brieftasche abhaute.

Vielleicht dachte der Mann im schwarzen Anzug etwas Ähnliches, als ich plötzlich vor ihm stand.

Eine Hand hatte er unter sein Jackett geschoben, und er drehte sich ein wenig zur Seite, als wolle er mir Platz machen zum Weiterlaufen, aber ich lief nicht weiter, sondern stoppte so knapp vor ihm, dass kein Handbreit Abstand blieb.

Eine endlose halbe Sekunde starrten wir uns in die Augen.

»FBI!«, sagte ich. »Zieh die Hand leer aus dem Jackett!«

Er verzog den Mund zu einem verunglückten Grinsen.

»Versteh nix, Mister!«, stotterte er in hilflosem Englisch. »Nix Amerikaner!«

Beim letzten Wort versuchte er sein Glück, riss den Arm hoch und die Hand aus dem Jackett.

Ich traf ihn auf den Punkt, hart und so genau, dass er runterging, als hätte ihm eine unsichtbare Gewalt die Füße weggerissen.

Er krachte auf den Rücken. Seine Finger sprangen auf. Die Waffe, eine riesige Pistole, polterte aufs Pflaster.

Passanten, völlig überrascht vom Ereignis, drängten weg aus der Nähe des umgefallenen Mannes.

Ich hob die Kanone auf. Sie war ein exotisches Modell. Den Mann drehte ich auf den Rücken, bog seine Arme nach hinten und fesselte die Hände mit meinen Handschellen.

Sirenengeheul näherte sich. Die Cops kamen.

Wenn Cops auftauchen, glauben die meisten Leute, die Gefahr sei vorbei. Dann bleiben sie stehen und wollen zusehen. Ein Kreis von Neugierigen bildete sich.

Ich durchsuchte die Taschen des schwarzen Anzugs, fand einen Pass des Landes, das Mr Ossaneiry bei der UN vertrat, eine Handvoll Dollars und einen Gegenstand, bei dem mein Atem stockte.

Eine Handgranate.

Die Cops durchbrachen den Ring der Gaffer.

Ich zog den FBI-Ausweis, erklärte dem Senior Officer kurz, was sich abgespielt hatte.

Die Besatzung des zweiten Streifenwagens kümmerte sich um Phil und Lederjacke, der ebenso mit dem Gesicht nach unten und mit Handschellen gefesselt auf dem Pflaster lag wie sein Komplize. Phil sicherte eine kurzläufige Maschinenpistole.

»Die Kugelspritze trug er in einem Spezialholster«, sagte er und setzte kopfschüttelnd hinzu: »Ich habe nicht geglaubt, dass etwas passieren würde. Ich hielt den Job für Zeitverschwendung.«

Mr Kassem Ossaneiry stand neben seinem Cadillac. Der Chauffeur tanzte um ihn herum, und die Cops des dritten Streifenwagens bemühten sich, seine Exzellenz, den Herrn Botschafter, zu beruhigen.

Er sah mich, riss die Augen auf, stieß den Arm vor und schrie: »Dieser Mann hat mich angegriffen! Verhaften Sie ihn!«

Er hatte nichts kapiert.

Während der Fahrt zur »Splendour Company« wurde Amos Tafurian von Jack Laccone angerufen.

Die Stimme des Michigan-Gangsters verriet beste Laune.

»Du leistest gute Arbeit, mein Freund«, lobte er. »Plötzlich finde ich auf meinem Konto vier Millionen Dollar und erfahre, dass ich den Zaster mit einem Hedge-Fond verdient habe. Was ist ein Hedge-Fond?« Er lachte dröhnend. »Erklär's mir, Rockefeller!«

»Dazu habe ich keine Zeit, Jack!«, antwortete Tafurian ungeduldig. »Ruf mich vorläufig nicht an!«

Sofort schlug Laccones Stimmung um.

»Gibt es Ärger?«

»Nichts von Bedeutung.«

»Vergiss nie, dass du noch acht Millionen von mir hast! Ich will nicht einen Cent davon verlieren.«

»Dein Geld ist in Sicherheit«, erklärte Tafurian barsch und trennte die Verbindung.

Wenig später passierte er das Tor zum Gelände der »Splendour Company«.

Vor Bunker Nummer 3 stand mit offenen Türen der Transporter. Fünf Mexikanerinnen entluden Kartons und trugen sie in den Bau. Leff Shaber überwachte die Arbeit. Tafurian stieg aus dem Rolls.

»Von wem?«, fragte er Shaber.

»Achtzehn Millionen vom Cessano-Syndikat und zehn Millionen aus Harlem.«

Shaber verhakte seine Zeigefinger, eine orientalische Geste, die ausdrückt, dass eine Sache kompliziert ist.

»Wir brauchen schnelleren Abfluss.«

»Das weiß ich. Komm am Abend nach New York. Arrow wird einen Mann aufs Boot bringen, mit dem wir uns nachdrücklich beschäftigen müssen.«

»Um wie viel Uhr?«

»Acht Uhr abends.«

»Soll der Mann das Boot nicht wieder verlassen?«, fragte Shaber.

»Darüber habe ich noch nicht entschieden. Es hängt von seinem Verhalten ab.«

Die Mexikanerinnen trugen die letzten Kartons hinter die dicken Bunkermauern. Tafurian bemerkte, dass zwei junge Mädchen darunter waren, gut gewachsen und einen halben Kopf größer als die anderen.

In seinem Kopf keimte eine Idee, noch nicht präzise und scharf umrissen, sondern nur als Einfall, über den sich nachzudenken lohnte.

»Hat noch nie eine der Chicanas gesagt, dass sie nach Hause will?«, fragte er.

Die Frage überraschte Shaber. Er schüttelte den Kopf.

»Nein, Amos, aber wenn eine den Wunsch hätte, darf sie dann gehen?«

»Ihr ein Ticket zu kaufen und sie in eine Maschine zu setzen ist unmöglich.« Tafurian blies ein unsichtbares Stäubchen vom Jackenärmel. »Wir müssten sie auf dem gleichen illegalen Weg nach Mexiko zurückbringen, auf dem wir sie in die Staaten geholt haben.«

»Das ist umständlich, schwierig und teuer. Zu viel Aufwand für eine einzelne Muchacha.«

»Ja, das stimmt, Leff. Hast du vorgesorgt, dass alle Frauen weggeschafft werden können, falls eine Razzia droht?«

»Hinter Bunker 2 steht ein Truck mit leerem Auflieger. Darin können wir sie verladen und wegkarren. Wird der G-man dich rechtzeitig vor einer Aktion seines Vereins warnen?«

Tafurian hob die Arme, drehte die Handflächen nach außen, zog die Schultern hoch als Ausdruck seines Zweifels.

»Das weiß ich nicht. Der Mann hat noch nicht angebissen. Vielleicht war ihm der Köder nicht üppig genug, oder er spielt falsch. Man müsste ihn auf die Probe stellen.«

Er ging zum Rolls. Shaber begleitete ihn.

Bei offener Tür wandte sich Tafurian noch einmal um.

»Wie verständigst du dich mit den Chicanas? Kannst du Spanisch?«

»Nur ein paar Brocken.«

»Kannst du die Mädchen fragen, wer von ihnen nach Hause möchte?«

»Dazu wird mein Spanisch reichen, aber …«

»Frag sie!«, entschied Tafurian. »Vielleicht melden sich vier oder fünf.«

Nichts freut einen G-man mehr als eine gelungene Aktion ohne Munitionsverschwendung, ohne zu Schrott gefahrene Autos, ohne Verletzte. Einzig meine Knöchel schmerzten leicht.

Die Attentäter aus Mr Ossaneirys Heimatstaat, deren Namen noch schwieriger auszusprechen waren als seiner, saßen hinter Gitter.

Steve Dillaggio erklärte den Sondereinsatz für beendet. Alle Agenten des Hauptquartiers konnten sich wieder um ihre eigentlichen Aufgaben kümmern.

Wie üblich knobelten Phil und ich darum, wer den Bericht schreiben musste. Er verlor.

Ich rief Detective Dirk Trevor an und verabredete mich mit ihm im Storeman Tower.

Wir trafen uns in der Halle, schüttelten uns kurz die Hände und fuhren hoch zur 62. Etage.

Trevor entfernte das Siegel an der Tür von Apartment 19 und schloss auf.

Beim ersten Schritt über die Schwelle fiel mir die Ähnlichkeit des Apartments mit der Wohnung von Liza Prashenny auf. Zwar unterschied sich die Einrichtung, aber die Atmosphäre war identisch. Man spürte, dass auch in diesen Räumen eine junge Frau gewohnt hatte. Die Untersuchung hatte Spuren hinterlassen. Auf dem Boden zeichneten Kreidestriche die Umrisse der Leiche nach. Das eingetrocknete Blut hatte eine bräunliche Farbe angenommen.

»Steht fest, dass Gwendolyn Finch als Callgirl gearbeitet hat?«, fragte ich den Police Detective.

»Zweifelsfrei. Die beiden Männer, die sich gemeldet haben, weil sie mit ihr ein Wochenende verbracht hatten, erinnerten sich an den Preis. Gwendolyn war teuer.«

»Wer sind die Männer?«

Er nannte Namen. »Keiner kommt als Täter infrage. Das haben wir sorgfältig überprüft.«

»Vor einigen Wochen wurde das Callgirl Liza Prashenny ermordet und …«

Er unterbrach mich.

»Ich kenne den Fall, G-man. Er wurde von Frank Drew bearbeitet. Der Mörder war ein Sex-Maniac, der bei einem weiteren Angriff auf eine Frau unter ein Auto geriet und zu Tode geschleift wurde.«

»Ich wüsste gern, ob sich Prashenny und Finch kannten.«

»Darauf habe ich keinen Hinweis. Selbstverständlich kümmerten wir uns um die Leute, deren Telefonnummern wir in ihrem Handyspeicher gefunden haben. Alle gehörten unverdächtigen Personen, zum Beispiel ihrem Arzt oder solchen Einrichtungen wie einem Beauty-Studio und einer Taxizentrale. Außer dem Handy besaß sie ein normales Telefon mit Anrufbeantworter. Kommen Sie!«

Er führte mich zu dem Apparat, der neben der Couch auf dem Tisch stand.

»Ich glaube nicht, dass Gwendolyn Finch noch oft über diesen Anschluss angerufen wurde«, sagte er. »Die meisten Leute, die mit ihr sprechen wollten, wussten, dass sie ein Handy besaß, über das sie immer und überall erreichbar war.«

Er wies auf das Zählwerk des Anrufbeantworters. »Trotzdem liefen zuletzt sechs Telefonate auf dem Anschluss ein. Das Gerät hält weder Datum noch Uhrzeit fest, und es löscht automatisch die notierten Anrufe, wenn sie abgehört worden sind. Die Zahl im Display beweist, dass Miss Finch die Anrufe nicht abgehört hat.« Er verbesserte sich. »Nicht mehr abhören konnte, weil sie schon tot war, als sie angerufen wurde, mindestens zweimal von demselben Mann.«

»Sie haben das Band abgehört, ohne es dabei zu löschen?«

Er tippte einen kleinen Hebel. »Der Löschschalter. Wenn man eine Nachricht mehrmals abhören will, weil sie Zahlen oder Namen enthält, die man notieren muss, lässt sich die automatische Löschung abschalten.« Er lächelte. »Zum Glück waren wir nicht voreilig, sondern haben uns das Gerät genau angesehen, bevor wir die Anrufe abhörten.« Er drückte auf einen Knopf. »Erster Anruf.«

Im Lautsprecher knackte es, und eine Männerstimme, die Ungeduld verriet, sagte: »He, wenn du zu Hause bist, nimm den Hörer ab! Es ist wichtig.« Eine kleine Pause folgte, in der nur das Atmen des Mannes zu hören war. Dann ein »O verdammt«, gefolgt vom Geräusch des Auflegens.

»Beim zweiten, dritten und vierten Anruf sagte der Mann nichts«, erläuterte Trevor, »aber man vernimmt Stimmengewirr aus dem Hintergrund. Hier ist der fünfte Anruf.«

Es war unverkennbar dieselbe Männerstimme, und sie klang noch ungeduldiger und verärgerter als zuvor.

»Zum Teufel, warum meldest du dich nicht? Was ist mit deinen Telefonen los? Mindestens zehnmal habe ich deine Handynummer gewählt! Hast du das Ding verloren? Ruf mich an! Verdammt, ruf mich sofort an!«

Trevor setzte das Band still.

»Bis jetzt konnten wir den Mann nicht identifizieren. Da er offensichtlich nicht wusste, dass Gwendolyn Finch längst tot war, kann er nicht der Mörder sein. Ich vermute in ihm eine Art Zuhälter, und wenn wir ihn fänden, könnten wir von ihm vielleicht erfahren, wer Gwendolyns letzter Bettpartner war.«

»Ich kenne den Mann, Dirk«, sagte ich. »Beim Anruf über das Handy, auf den Sie reagierten, saß ich neben ihm.«

Trevor zog sein Notizbuch.

»Wo finde ich ihn?«

Ich blickte auf die Kreideumrisse und den eingetrockneten braunen Blutfleck.

»Sorry«, sagte ich. »Der FBI muss Ihnen den Fall abnehmen, Dirk.«

Als Clarence Dunsay die Einfahrt zum Parkhaus in der 62nd Street passierte, dachte er an die erste Verabredung an gleicher Stelle vor dem Weekend-Trip nach Atlantic City.

Er erinnerte sich an seine Vorfreude, an das Glücksgefühl, als Arrow ihm bestätigte, er könne über 80.000 Dollar verfügen, an den Drink aus der Bordbar des BMW auf der Fahrt zum Battery-Park-Hafen, und er sah vor sich die blaue Stretchlimousine, aus der die Mädchen stiegen, als letzte Glenda.

Dann drängte sich eine andere Erinnerung an Glenda in seine Gedanken, an ihre ausgestreckte, reglose Gestalt im weißen, verrutschten Bademantel voll Blutspritzer; an die schwere Kristallvase in der eigenen Hand und wie ihm, Clarence Dunsay, bewusst geworden war, einen Menschen getötet zu haben.

Seitdem war er durch die Hölle gegangen. Bei jedem Klopfen an die Tür seines Büros hatte er mit Polizisten gerechnet. Bei jedem Klingeln des Telefons war er zusammengezuckt, und Arrows Anruf hatte ihn in einen Abgrund der Verzweiflung gestürzt.

Wie damals lehnte Arrow an der Karosserie des BMW.

Dunsay zitterten beim Aussteigen die Knie. Seine rechte Hand umklammerte den Griff des Revolvers in seiner Jackentasche. Seit gestern trug er die Waffe bei sich, die er normalerweise in einer Schublade verwahrte. Außer einem vagen Gefühl von Bedrohung hätte er keinen Grund dafür nennen können.

»Hi, Clarence«, grüßte Arrow. »Nett dich zu sehen. Was hast du Allyson erzählt, warum du wieder nicht zur gewohnten Zeit nach Hause kommst? Wird deine Frau nicht allmählich misstrauisch?«

»Sie ist zu Verwandten nach Illinois geflogen«, antwortete Dunsay. Er verschwieg, dass er seine Frau zu diesem Besuch gedrängt hatte. Und auch dazu, seinen Sohn Jimmy mitzunehmen.

Sie stiegen in den BMW. Noch auf der Ausfahrtspirale übergab Arrow ihm ein Papier.

»Dein neuer Kontostand, mein Freund. Wir haben dir 200.000 Dollar als Provision für die erste Sendung gutgeschrieben. Außerdem klappten drei Spekulationen in russischen Anleihen, die ich auf deine Rechnung durchgezogen habe.« Er lachte. »Ich fand einen Idioten, der sie gekauft hat. Ebenso gut hätte er sein Geld in alte Zeitungen anlegen können. Jedenfalls verhalf dir seine Dummheit zu einem kleinen Plus.«

Dunsay sah, dass sein Konto ein Guthaben von rund 18.000 Dollar aufwies.

»Wir erwarten, dass du in der nächsten Woche noch einmal fünf Millionen Dollar Bargeld für uns einschleust«, fuhr Arrow fort. »Die Provision würde dir kräftig auf die Beine helfen. Dann hättest du genug Kapital, um bei einem Deal mitzumachen, den ›Upgrade‹ in Brasilien plant und bei dem 200 Prozent Gewinn drin sind.«

Warum spricht er nicht von Glenda?, dachte Dunsay. Es ist undenkbar, dass er nichts von ihrem Tod weiß. In TV und Zeitungen haben sie ihr Bild gezeigt. Oder bringt er mich nicht mit ihrem Tod in Verbindung, weil …

»Ich warte auf eine Antwort, Clarence«, unterbrach Arrow Dunsays Gedanken. »Fünf Millionen bringen dir noch einmal 250.000 Dollar.«

»Ich muss Vorbereitungen treffen«, sagte Dunsay.

»Wir geben dir Zeit bis Dienstag oder Mittwoch. Nimm dir einen Drink!«

Dunsay nahm eine Flasche Whisky aus der Bordbar, verzichtete auf ein Glas.

»Wohin fahren wir?«, fragte er.

»Wir treffen Freunde auf einem Boot.«

»Wieder eine Party auf der ›Venice‹? Ich will nicht mitmachen, Ken. Bin nicht in Stimmung.«

»Keine Party und nicht die ›Venice‹«, antwortete Arrow.

Der Rest der Fahrt verlief schweigend und endete auf einem Kai am Hudson, an dem nur ein Schiff lag, ein unansehnliches Mittelding zwischen Kleinfrachter und Motoryacht. Abgesehen vom Steuerstand am Heck fehlten Aufbauten. Vom Rumpf blätterte die Farbe. Die Reling war an vielen Stellen verbogen und angerostet. Hinter zwei Bullaugen brannte gelbliches Licht.

Sie stiegen aus.

An der Planke zwischen Schiff und Kai wartete ein Mann, den Dunsay noch nie gesehen hatte. Er war stark knochig, groß, trug einen buschigen Schnurrbart im scharf geschnittenen Gesicht. Mit einer Kopfbewegung machte er Dunsay klar, dass er an Bord kommen sollte.

Die Planke bebte unter den Schritten. Dunsay wurde zum Heck dirigiert, wo ein Niedergang ins Schiffsinnere führte.

»Warte!«, befahl der Mann.

Er stieß Dunsay gegen die Wand, tastete ihn ab, zog ihm den Revolver aus der Tasche.

»He, warum schleppst du eine Kanone mit dir rum?«, rief Arrow.

Dunsay blieb die Antwort schuldig. Er stolperte die steile Treppe des Niedergangs hinunter, die in einen engen Flur zu den Kabinen mündete.

Der Mann schob Dunsay zur zweiten Tür, öffnete sie und stieß ihn in den Raum, der kaum größer war als eine Abstellkammer. Der einzige Einrichtungsgegenstand war ein Stuhl.

»Setz dich!«

Er reagierte nicht sofort und wurde grob niedergedrückt. Der Mann trat hinter ihn. Er stülpte Dunsay eine schwarze Kapuze aus dichtem Stoff über.

In Panik hob Dunsay die Hände, um sich das Ding vom Kopf zu reißen, wollte aufspringen. Der harte Druck von Stahl ließ ihn erstarren.

»Das ist deine eigene Kanone«, sagte der Mann. »Du wirst wissen, ob sie funktioniert.«

Minuten vergingen, die Dunsay wie eine Ewigkeit vorkamen. Unter dem dichten Stoff rang er nach Luft.

Geräusche verrieten, dass irgendwer in die Kabine kam. Dunsay hörte Gemurmel in einer fremden Sprache, spürte dann die Nähe eines Menschen, der sich dicht vor ihn stellte.

»Hi, Dunsay!«, sagte der Unbekannte. »Ich halte es für besser, dir mein Gesicht nicht zu zeigen. Nimm meine Vorsicht als gutes Zeichen für dich. Wir wollen dich nicht umbringen. Wir wollen nur wissen, ob du Gwendolyn Finch getötet hast. Ihre Freunde und Liebhaber nannten sie Glenda.«

Die Frage traf Dunsay wie ein Keulenschlag. Obwohl er seit vielen Stunden damit gerechnet hatte, von der Polizei aufgestöbert und vernommen zu werden, war da doch in seinem tiefsten Inneren die Hoffnung gewesen, unentdeckt zu bleiben.

Angst lähmte seine Zunge. Keine Silbe brachte er über die Lippen.

»Wir sind nicht die Polizei, Clarence. Wir wollen dich nicht überführen, damit du am Ende auf dem elektrischen Stuhl landest.«

Zigarrenrauch drang Dunsay in die Nase. Der Unbekannte rauchte.

»Wir sind nicht die Polizei«, wiederholte er. »Also müssen wir uns nicht nach Dienstvorschriften richten. Wir können die Wahrheit aus dir herausprügeln. Das werden wir tun, wenn du nicht redest.« Er brüllte unvermittelt: »Hast du Glenda umgebracht?«

»Ja«, keuchte Dunsay. »Ja, aber ich wollte sie nicht töten. Sie machte mich wütend, weil sie – Geld …«

»Der Reihe nach, mein Freund! Auf welche Weise habt ihr euch wiedergefunden?«

»Sie rief mich an.«

»Woher hatte sie deinen vollständigen Namen und deine Telefonnummer?«

»Sie hat auf der Yacht meine Sachen durchsucht, während ich schlief. Sie hat meinen Führerschein gefunden.«

»Ihr habt euch getroffen und sie nahm dich mit in ihre Wohnung. Natürlich habt ihr es miteinander getrieben, oder?«

Dunsay nickte. Trotz der Kapuze genügte die Kopfbewegung.

»Weiter!«

»Später verlangte sie Geld, 20.000 Dollar. Sie sagte, sie wüsste, dass zwischen mir und Arrow illegale Geschäfte liefen. Sie hätte es satt, auf Arrows Befehl mit irgendwelchen Typen wie mir zu schlafen und dafür mit 500 Dollar abgespeist zu werden. Ich geriet in Wut. Ich schlug sie. Sie rannte zur Tür und streckte die Hand zum Notschalter aus. Da packte ich die Vase …«

Dunsay hatte immer erregter und schneller gesprochen. Beim letzten Satz brach er ab und sackte in sich zusammen.

»Wie hast du die Wohnung anschließend verlassen?«

»Ich hab nach dem Schlüssel ihres Wagens gesucht und nach der Codekarte für das Garagentor.«

»Ganz schön kaltblütig. Hast du in der Wohnung Spuren hinterlassen?«

»Ja, Fingerabdrücke.«

»Wer außer Ken Arrow weiß von deiner Beziehung zu Glenda?«
»Niemand.«
»Clarence, früher oder später werden die Schnüffler bei der Untersuchung von Glendas Tod auf dich stoßen. Wirst du dann gestehen und ihnen alles erzählen? Wirst du die vier Millionen Straßendollar erwähnen, die du in die Tresore deiner Bank geschleust hast?«
»Nein, ich werde schweigen«, versicherte Dunsay angstvoll. »Vom Geld werde ich nicht sprechen.«
»Unsinn, mein Freund! Wenn die Schnüffler dich erst mal in den Fingern haben, werden sie dir die Zunge lösen, und du wirst alles auspacken.«
Der Mann beugte sich so nahe zu seinem Gefangenen, dass Dunsay die Wärme des fremden Körpers spürte und den Zigarrenrauch in seinem Atem roch.
»Um sicherzugehen, müsste ich dir zehn Kilo Eisen an die Füße binden und dich über Bord werfen lassen. Aber du bist zu nützlich für mich, Dunsay. Ich brauche dich. In den USA und der Welt geistern Milliarden an schmutzigem Geld umher. Gewinne aus Drogenhandel, Waffengeschäften, Bestechung, Betrug, Prostitution – die Liste ist endlos. Wer Wege weiß, auf denen sich solches Geld legalisieren lässt, kann seine Hände bis zu den Ellbogen vergolden. Ich kenne Methoden, wie Millionen Dollar gewaschen werden können, aber ich brauche dazu die Unterstützung von Leuten deines Schlages, Clarence. Natürlich lasse ich sie kräftig mitverdienen. Du hast die Wahl zwischen vergoldeten Händen oder …«
»Ich mache alles, was Sie sagen, Sir!«, rief Dunsay mit sich überschlagender Stimme.
»Geh einfach deinem Job nach, als wäre nichts geschehen! Noch in dieser Woche wird deine Bank eine Anforderung über dreißig Millionen Dollar in Bargeld aus dem Libanon erhalten – als Begründung für dich, die Bestände im Tresor aufzustocken.«
»Und wenn die Polizei mich …?«, stammelte Dunsay.
Er spürte eine Hand auf der Schulter.
»Ich werde dafür sorgen, dass der Mord an Glenda Finch unaufgeklärt bleibt.«
Dunsay hörte Schritte, die sich entfernten.
Wenig später zog ihm der Mann mit dem Schnurrbart die Kapuze vom Kopf und führte ihn wieder an Deck.

Ken Arrow wartete am BMW. Er öffnete für Dunsay die Beifahrertür.

»Falls dir ein Schreck in die Glieder gefahren ist, bedien dich an der Bar!«

Er setzte sich hinters Steuer, fuhr vom Kai auf den Riverside Drive.

»Lass uns essen gehen«, schlug er vor.

Dunsay schüttelte den Kopf.

»Bring mich zu meinem Wagen!«

»Kommt nicht infrage, Clarie. Verdammt, du hast keinen Grund, dir Sorgen zu machen! Du bist groß im Geschäft!«

»Woher willst du das wissen?«

Arrow grinste ihn an.

»Weil ich jetzt sonst allein zurückführe.«

In diesem Augenblick fiel Dunsay ein, dass der Mann mit dem Schnauzbart seinen Revolver behalten hatte.

»Zum Teufel, warum meldest du dich nicht? Was ist mit deinen Telefonen los? Mindestens zehnmal habe ich deine Handynummer gewählt! Hast du das Ding verloren? Ruf mich an! Verdammt, ruf mich sofort an!«

Ich schaltete das Tonband ab. Es war ein Mitschnitt von Gwendolyn Finchs Anrufbeantworter.

»Es ist die Stimme von Kenneth Arrow, einem Trader von ›Upgrade Agency‹, den Amos Tafurian mit der Betreuung meines Kontos beauftragt hat«, sagte ich. »Der Mann, der mir einen dicken Scheck über einen angeblichen Gewinn in die Hand drücken wollte.«

Die Unterredung fand in Mr Highs Office am Morgen nach der Festnahme der Ossaneiry-Attentäter statt. Phil und Steve Dillaggio waren mit mir beim Chef.

»Was schlagen Sie vor, Jerry?«, fragte High.

»Eine Möglichkeit wäre, Arrow zu verhören. Er kann nicht leugnen, Gwendolyn Finch gekannt zu haben. Ihr Mörder ist er nicht. Das beweisen seine Anrufe, als sie längst tot war.«

»Die gleiche Situation wie im Falle Liza Prashenny«, warf Phil ein.

»Noch ungünstiger. Weder besaß Gwendolyn Finch Dollarnoten,

noch gab sie in den letzten Wochen auffällig große Summen aus. Irgendeine Verwicklung in Geldwäschegeschäfte – außer dass sie ebenso wie Liza Prashenny einen Trader derselben Broker Agency kannte – ist nicht erkennbar.«

»Was würden wir von Arrow im Falle einer Verhaftung erfahren?«, überlegte Mr High laut. »Er müsste zugeben, dass er sie kannte, weil sie an von ›Upgrade‹ organisierten Partys für gute Kunden teilgenommen hat. Wir würden wahrscheinlich von ihm die Namen einiger Leute erfahren, die Gäste solcher Partys waren. Unter diesen Leuten könnte Gwendolyns Mörder sein. Oder auch nicht. Für unsere Ermittlungen, ob über ›Upgrade‹ Drogengelder gewaschen werden, brächte das Verhör wahrscheinlich gar nichts. Sehen Sie eine bessere Möglichkeit, Jerry?«

»Sir, ich könnte die Rolle des zwielichtigen Agenten mit einer Vorliebe für dicke Schecks weiterspielen. Ich würde Arrow sagen, dass ich seine Stimme auf Gwendolyn Finchs Anrufbeantworter erkannt, aber den Ermittlern vom NYPD nichts davon gesagt habe. Auf irgendeine Weise wird er darauf reagieren. Aus seiner Reaktion ließe sich schließen, ob mehr hinter dem Mord steckt als die Affekttat eines wütenden Liebhabers.«

High blickte Phil und Steve an.

»Einwände gegen Jerrys Vorschlag?«

»Falls Arrow weiß oder vermutet, wer das Mädchen umgebracht hat, wird er ihn warnen«, gab Steve Dillaggio zu bedenken.

»Nein Steve, er hätte ihn längst gewarnt«, widersprach der Chef. »Wenn Jerrys Versuch zu keinem Erfolg führt, werden wir ihn abbrechen und Ken Arrow zu einem offiziellen Verhör holen.« Er nickte mir zu. »Einverstanden, Jerry.«

Noch aus Mr Highs Büro und über seinen Apparat rief ich bei »Upgrade« an. Der Mithörlautsprecher war eingeschaltet.

Die Empfangslady meldete sich. Ich verlangte Arrow. Sie leitete den Anruf weiter.

»Hi, was kann ich für Sie tun?«

»Jerry Cotton«, sagte ich. »Wann kann ich Sie sprechen, Ken?«

»Hi, Jerry!«, trompetete er. »Wissen Sie, dass Ihr Guthaben seit unserer Begegnung um achtzehn Prozent gewachsen ist? Heute Abend in ›Brokers Hell‹. Einverstanden?«

»Früher wäre besser.«

»Zwischen ein und zwei Uhr mittags lege ich eine kurze Lunchpause ein. Allerdings können wir dann höchstens zehn Minuten miteinander reden, und Sie müssen ertragen, dass ich gleichzeitig meinen Powerfraß hinunterschlinge. Das Geschäft erlaubt keine längere Pause.«

»Geht in Ordnung, Ken.«

Ich legte auf.

Mr High nickte.

»Identisch mit der Stimme auf dem Anrufbeantworter.«

Das »Brokers Hell« war am Mittag noch voller als am Abend.

Pünktlich um ein Uhr passierte ich die Drehtür, und der Lärm eines orientalischen Basars schlug mir entgegen.

Wie eine Herde Lemminge drängten sich die Börsenjungs in dem Laden. Ein einziger Stromschlag hätte genügt, sie alle flachzulegen. Sie schaufelten exotische Gerichte, gossen Kaffee und Powerdrinks in sich hinein und hörten nie auf zu reden. Sie brüllten sich Worte und halbe Sätze im Börsenjargon zu, als hätten sie den Handel und das Gefeilsche um Aktien, Kakaoernten, Tankerladungen und alle Schätze dieser Erde aus den Börsensälen in die Kneipe verlagert.

Ich suchte mir einen Platz an der Wand, von dem aus ich die Tür im Auge behalten konnte.

Arrow kam nach einer Viertelstunde, sah mich, winkte, belud ein Tablett mit einem Teller und einer halb vollen Champagnerflasche. Wir trafen uns an einem Stehtisch.

»Hi, Jerry!«, sagte er und machte sich über das Gericht her. »Essen Sie nichts? Das ist Sushi, roher Fisch nach japanischem Rezept. Soll gut sein fürs Funktionieren des Gehirns wegen seines Phosphorgehalts oder so!« Er lachte. »Müsste man als Standardessen bei der Polizei einführen, damit die Aufklärungsrate in die Höhe schnellt.«

Er drückte den Korken aus der Champagnerflasche, setzte die Flasche an und spülte einen großen Bissen hinunter.

»Wollen Sie den Scheck, Jerry?«, fragte er, kaum dass er die Flasche zurückgestellt hatte und wieder zur Gabel griff.

Ich legte ein Foto von Gwendolyn Finch zwischen Flasche und Teller aufs Tablett.

»Ist sie das Mädchen, das Sie an jenem Abend herlotsen wollten?«

Seine Hand mit der Gabel erstarrte auf halbem Weg zum schon geöffneten Mund. Es sah komisch aus. Langsam drehte er den Kopf und blickte mich an.

»He, Ken, reicht der Phosphorgehalt des Fisches nicht aus, dass Ihnen auf die Schnelle eine Ausrede einfällt?«, erkundigte ich mich spöttisch.

»Woher wissen Sie ...?«, stammelte er.

»Wenn Sie sich das nicht an den Fingern einer Hand ausrechnen können, müssen Sie Ihr Gehirn mit dem Phosphor eines ganzen Pottwals versorgen. Sie haben zwei Nachrichten auf Gwendolyn Finchs Anrufbeantworter hinterlassen. Selbstverständlich erkannte ich Ihre Stimme, mein Junge.«

Er legte die Gabel auf den Teller zurück, griff nach der Flasche, trank, bis ihm der Champagner aus den Mundwinkeln lief. Als er die Flasche absetzte, stellte er sie auf das Bild des toten Mädchens, wischte sich mit dem Handrücken über die Lippen und stieß zwischen zusammengebissenen Zähnen hervor: »Ich habe sie nicht umgebracht.«

Ruhig zog ich das Foto unter der Flasche weg.

»Normalerweise ist der FBI nicht zuständig für die Aufklärung eines Mordes an einem Callgirl, das wahrscheinlich von einem wütenden Liebhaber umgebracht wurde, aber das NYPD informiert uns über jeden Fall. Ich witterte gewisse Ähnlichkeit mit der Ermordung Liza Prashennys und bin mit dem zuständigen Detective in die Finch-Wohnung gegangen. Er spielte mir die Aufzeichnungen des Anrufbeantworters vor. Ihre Stimme, Ken, und es war nicht mal eine Überraschung.«

»Ich habe sie nicht getötet«, wiederholte er.

»Nein, Sie waren es nicht. Sie wussten nicht, dass sie tot war, sonst hätten Sie nicht angerufen und Ihre Stimme auf einem Tonband hinterlassen, das zwangsläufig der Polizei in die Hände fallen würde, sobald man die Tote fand. Aber Sie kannten Gwendolyn Finch oder waren sogar mit ihr befreundet, so wie Ihr Kollege William Reeson mit Liza Prashenny befreundet war.«

Ich nagelte seinen Blick fest.

»Zwei tote Callgirls, befreundet mit zwei Tradern der ›Upgrade Agency‹ – es lohnt, über die Parallele nachzudenken.«

Er entschloss sich zum Gegenangriff.

»Okay, ich kannte Gwendolyn – oder Glenda, wie sie sich nannte –, so wie ich auch Liza Prashenny kannte. Alle Trader kennen die Mädchen, die an den Partys für unsere Kunden teilnehmen. Sie werden engagiert, für ein paar Stunden oder eine Nacht bezahlt und verschwinden wieder. Wir behalten von ihnen nur die Telefonnummern, um sie anzurufen, wenn sie für die nächste Party gebraucht werden. Was sie zwischen zwei Partys tun, mit wem sie sich bei anderen Gelegenheiten ins Bett legen, das interessiert bei ›Upgrade‹ niemanden. Wir jobben an der Börse, nicht bei der Heilsarmee.«

»Trotzdem kann der Mann, der Glenda umgebracht hat, ein Kunde von ›Upgrade‹ sein. Er hat sie auf eurer Party kennen gelernt, und weil sie ihm gefiel, verabredete er sich mit ihr, gewissermaßen auf eigene Rechnung.«

Ich sah, dass sich Arrow auf die Lippen biss. Seine Augenlider flatterten. Für eine Sekunde verlor er die Kontrolle über sein Gesicht.

Hatte ich ins Schwarze getroffen?

»Wer an einer ›Upgrade‹-Party teilnimmt, erfährt nur einen Vornamen«, rang er sich als Antwort ab. »Keine Adresse. Keine Telefonnummer.«

Ich schüttelte lächelnd den Kopf.

»Die Agency hat keine Kontrolle über das, was hinter einer geschlossenen Tür passiert. Nach diesem Foto zu urteilen, war Glenda Finch ein höllisch attraktives Mädchen. Ich vermute, Sie haben erwartet, Glenda hätte auch mich begeistert. Vielleicht hätten Sie sogar recht behalten, Ken. Schade, dass das arme Mädchen schon tot war. Und nun will die Polizei unbedingt herauskriegen, wer sie umgebracht hat, denn Mord oder Totschlag werden in unserem Land verdammt hoch bestraft, Ken.«

Er griff wieder zur Flasche. Das Essen rührte er nicht mehr an.

Ich legte ihm eine Hand auf die Schulter. »Ich verstehe nichts von Börsenjobs«, sagte ich in einem Tonfall, von dem ich hoffte, dass er freundschaftlich klang. »Aber ich weiß, wie die Untersuchung eines Mordfalls abläuft. Sobald die Polizei erfährt, dass Ihre Stimme von Glendas Anrufbeantworter festgehalten wurde, wird man Ihnen eine Menge Fragen stellen, als Erstes die Frage, warum Sie sich nicht gemeldet haben und …«

»Weil ich den verdammten Ärger vermeiden wollte!«, fauchte er dazwischen. »Was geht es mich an, wenn sich 'ne Edelnutte, die ich zufällig auch gekannt hab, den falschen Kerl ins Bett holt?«

»Ich glaube nicht, dass eine solche Antwort die Detectives des NYPD zufrieden stellen wird. Sie dürfen die Jungs nicht unterschätzen. Als Nächstes werden sie von Ihnen wissen wollen, mit welchen Männern Sie Glenda Finch auf den Partys der ›Upgrade Agency‹ zusammengebracht haben, und Vornamen, das garantiere ich, genügen dann nicht. Mr Tafurians Unternehmen wird die Kundenkartei offen legen müssen.«

Zum zweiten Mal biss er sich auf die Lippen, dieses Mal so heftig, dass eine Spur Blut austrat.

Ich spürte, ich hatte einen Punkt berührt, an dem er verwundbar war.

»Das alles wird schnell und zügig geschehen, sobald Ihre Stimme identifiziert wurde«, schloss ich.

Der Satz riss ihm den Kopf herum. Er sah, nein, er starrte mich an.

Sehr langsam und so leise, dass die Worte im Lärm, der nach wie vor im »Brokers Hell« herrschte, kaum verständlich waren, sagte er: »Du hast meine Stimme erkannt.«

»Richtig!« Ich tat, als zöge ich es vor, seinem Blick auszuweichen. »Noch ist der Mord an Glenda kein FBI-Fall. Warum soll ich der Konkurrenz auf die Sprünge helfen? Es kann ja sein, dass so ein scheinbares Alltagsverbrechen der Schlüssel zu einer richtig großen Sache ist. Die NYPD-Jungs würden sich darauf stürzen und, wenn ein großer Erfolg daraus werden sollte, alle Lorbeeren für sich beanspruchen, ohne in unsere Richtung auch nur Danke zu sagen. Vermutlich in zwei, drei Tagen, wenn Detective Trevor mit seinen Nachforschungen stecken geblieben ist, wird er den FBI um Hilfe bitten. Dann werde ich mich daran erinnern müssen, die Tonbandstimme schon mal im wirklichen Leben gehört zu haben. Dir bleibt eine Frist von achtundvierzig Stunden für die Entscheidung, ob du es vorziehst, von den Cops oder von uns durch die Mangel gedreht zu werden. Das war's, Ken! Verschluck dich nicht an 'ner Fischgräte! Und schöne Grüße an Mr Tafurian.«

Ich kämpfte mich durch die Trader-Meute zur Tür und verließ das »Brokers Hell«, ohne mich umzusehen.

Vierundzwanzig Stunden später rief mich Kenneth Arrow an. Als Treffpunkt schlug er »Scandinavian's« vor, die Bar eines Golf-Hotels auf der New-Jersey-Seite.

Kein Wagen auf dem Parkplatz wäre unter 50.000 Dollar zu haben gewesen. Bei der Einfahrt glitt der Jaguar an amerikanischen Spitzenmodellen und den teuersten Exoten des Weltmarktes vorbei, und selbst die Uniform des Parkplatzwächters sah aus, als hätte sie so viel gekostet wie ein Maßanzug.

Obwohl es um sieben Uhr abends noch nicht dunkel war, schritt er mit einem Leuchtstab voraus und wies mir meinen Parkplatz an zwischen der Touring-Version eines Fleetwood-Cadillac und einem auf Hochglanz polierten Ford-Edsel-Oldtimer, der heute als letzter Schrei gilt, weil das Modell vor vierzig Jahren ein Flop war und schnell wieder vom Band genommen wurde.

Das Golf-Hotel bestand aus einem Komplex großer und kleiner Gebäude. Für die Bar des »Scandinavian's« hatte man eine schwedische Holzhütte nachgebaut und als Serviererinnen ausschließlich blonde und blauäugige Mädchen engagiert.

Drei Dutzend Frauen und Männer im Golfdress bevölkerten den kreisrunden Tresen, das sogenannte 19. Loch, an dem bei scharfen Drinks darüber palavert wurde, wie man den Ball in die achtzehn Löcher draußen auf dem Platz versenkt hatte.

Kenneth Arrow stand ein wenig abseits einer Gruppe lautstarker Senioren und hielt sich an einem bunten Cocktail fest. Als ich ihm die Hand auf die Schulter legte, zuckte er zusammen wie bei einem elektrischen Schlag.

»Hi, Kenneth«, sagte ich. »Kein Grund zur Panik. Das ist keine Verhaftung – noch nicht.«

Er hatte seine strahlende Selbstsicherheit verloren, machte einen bedrückten, nervösen Eindruck.

»Bist du allein gekommen?«, fragte er.

»Selbstverständlich.«

Natürlich verriet ich ihm nicht, dass Phil in zwei Meilen Entfernung am Straßenrand parkte und ich außerdem ein Handy in der Tasche trug. Funktelefone lassen sich schon im Normalzustand zur Anpeilung des Benutzerstandortes verwenden. FBI-Techniker hatten bei meinem Apparat diese Funktion verstärkt und dafür gesorgt, dass der simple Druck auf eine Taste den Sender aktivierte, ohne das Einschaltsignal aufleuchten zu lassen.

Arrow legte einen Zwanziger neben sein Glas.

»Gehen wir.«

»Wohin?«

»Amos Tafurian will dich sprechen.«

Wir verließen die Bar. Vor der Tür fragte der Portier, ob die Carboys unsere Wagen holen und vorfahren sollten. Wenn Golfer eine Platzrunde absolviert und außerdem ein paar Drinks gehoben hatten, wollte man ihnen die zwanzig Schritte zum eigenen Auto ersparen.

»Warte an der Ausfahrt auf mich«, sagte Arrow. »Ich werde vorausfahren.«

Sein Wagen stand offenbar in einem anderen Bereich des Parkplatzes als mein Jaguar, denn er ging nach links.

Ich fand den Jaguar, fuhr zur Ausfahrt und stoppte vor der Einmündung in die Straße.

In den nächsten Minuten verließen ein halbes Dutzend Fahrzeuge den Platz. Arrows BMW war nicht darunter.

Nach zehn Minuten kam Arrow zu Fuß.

»Die verdammte Karre springt nicht an«, fluchte er. »Können wir mit deinem Wagen fahren?«

»Einverstanden – vorausgesetzt du rauchst nicht.«

Er stieg ein.

»Zum Highway 9! Richte dich nach den Hinweisschildern!«

Ich schob die Hand in die Tasche, drückte den bewussten Knopf am Handy.

Während der Fahrt sah sich Arrow im Jaguar um wie in einer unbekannten Wohnung.

»Schöner Wagen«, lobte er. »Wenn mich mein Schlitten noch einmal im Stich lässt, werde ich die Marke wechseln.«

Wir erreichten Highway 9.

»Richtung Freehold!«

Ich fuhr auf den Highway auf, war ungefähr zwei Meilen gefahren, als ein Lieferwagen so abrupt aus einer Raststättenausfahrt schoss, dass ich kräftig auf die Bremse steigen musste. Es war ein Schnelltransporter mit geschlossenem Laderaum. Auf dem Dach blinkte ein gelbes Warnlicht, und vom Heck, das mit Metallplatten verkleidet war, warnten orangefarbene, fluoreszierende Buchstaben: »CAUTION! EXPLOSIVE MATERIALS! KEEP DISTANCE!«

»Überhol ihn nicht!«, sagte neben mir Arrow mit veränderter Stimme. Ich wandte den Kopf und sah, dass er eine Pistole in der

Hand hielt, ein Anblick, der keinen Zweifel daran ließ, dass es ernst wurde. Und trotzdem musste ich lächeln, weil die Waffe ebenso perfekt zu Arrow passte wie seine goldenen Manschettenknöpfe, die brillantenverzierte Uhr, die italienischen Anzüge und die Designerkrawatten. Ihm war ein gewöhnliches, brüniertes Schießeisen aus der Massenproduktion nicht gut genug. Seine Pistole hatte einen Lauf aus poliertem Edelstahl, einen Griff mit eingelegten Perlmuttintarsien, und die Kimme war vergoldet, obwohl eine Kimme an einer Handfeuerwaffe nahezu wertlos ist.

»Was soll daraus werden, Ken?«, fragte ich ruhig. »Ich glaube nicht, dass du der Typ bist, der den Finger tatsächlich krümmt.«

»Überhol ihn nicht!«, wiederholte er, und jetzt klang der Satz fast wie eine flehentliche Bitte. »Wir wären beide verloren.«

Als hätte er ein Stichwort gegeben, wurde die hintere Ladeklappe des Transporters geöffnet.

Zwei Männer standen in der Öffnung. In den Händen hielten sie Maschinenpistolen, die sie in einer Drohgeste anhoben, dann aber senkten, damit andere Fahrer sie nicht sahen.

»Wenn du versuchst zu überholen, werden sie sofort schießen«, sagte Arrow. »Sie werden dich und auch mich töten.«

»Tafurians Befehl?«

»Er nennt es eine Vorsichtsmaßnahme.«

Auf dem Highway herrschte einiger Verkehr. Immer wieder rasten Autos am Jaguar und dem seltsamen Lieferwagen vorbei.

»Tafurian will mit dir reden, Jerry!«, versicherte Arrow eindringlich.

»Im Augenblick sieht es mehr danach aus, als sollte ich beseitigt werden.«

»Nein, er fürchtet, du könntest ihn reinlegen. Er will sicher sein, dass du es ernst meinst.«

»Was verlangt er von mir?«

»Das wird er dir selbst sagen. Du hast eine Waffe, Jerry?«

»Selbstverständlich.«

»Gib sie mir!«

Ich lachte ihm ins Gesicht.

»O nein, Ken! Für die Begegnung mit Mr Tafurian brauche ich eine kleine Lebensversicherung.«

Natürlich dachte ich darüber nach, ob der Zeitpunkt gekommen sei, aus dem Spiel auszusteigen. Auch wenn ich den Lieferwagen nicht überholen konnte, ohne Kugelserien aus zwei Maschinenpistolen zu riskieren, so konnte ich die Typen im Transporter doch auf andere Weise loswerden. Ein scharfes Herumreißen des Lenkrads, der Wechsel auf die Gegenfahrbahn und ein kräftiger Tritt aufs Gaspedal hätten genügt, so viel Distanz zwischen uns und ihre Kugelspritzen zu bringen, dass meine und Arrows Aussichten, die Garben zu überleben, in die Höhe geschossen wären wie die Aktien jener Pharmafirma, deren Pillen aus Greisen unermüdliche Casanovas machen.

Das Risiko lag im relativ dichten Verkehr. Kugeln, die uns verfehlten, konnten arglose Fahrer am Steuer ihrer Wagen, die zufällig im unglücklichsten Moment die Schussbahn kreuzten, tödlich treffen.

Okay, bleib im Spiel, Jerry, dachte ich. So ersparst du dem Jaguar hässliche Löcher in der Karosserie.

Knapp eine halbe Stunde befuhren wir Highway 9 im mäßigen Tempo, das der Lieferwagen vorgab. Es begann bereits zu dämmern, als Arrow sagte: »Nächste Abfahrt!«

Der Mann am Steuer des Lieferwagens verzögerte die Geschwindigkeit so stark, dass ich mit dem Jaguar auf kaum zwei Yards Abstand heranfahren musste. Auf diese Weise verhinderte er, dass ich geradeaus davonpreschte, wenn er schon in die Ausfahrtkurve eingebogen wäre.

Dem Highway folgten zwei Meilen Landstraße und schließlich eine Stichstraße, an deren Beginn ein verrottetes Schild verkündete: »Eigentum der U.S. Army! Benutzung nur mit besonderer Erlaubnis!«

Die Fahrbahn bestand aus einer dichten Folge von Schlaglöchern. Vor mir schaukelte der Lieferwagen.

»Wo endet diese Spazierfahrt?«, fragte ich Arrow.

»Du wirst sehen«, antwortete er wortkarg.

Ich spürte, dass er sich vor der Begegnung mit Tafurian bis zum Knieschlottern fürchtete.

Hinter Drahtzäunen von doppelter Mannshöhe zeichneten sich niedrige Gebäude ab. Am Zaun hingen in Abständen orangerote Warnschilder: »Nicht berühren! Lebensgefahr!«

Flatternde Stoffstreifen sollten verhindern, dass sich Vögel auf dem Draht niederließen.

Die Stichstraße führte auf das Gittertor zu, an dem Messingbuchstaben die Worte »Splendour Fireworks Trade Company« bildeten.

Vor dem Lieferwagen glitt das Tor zur Seite. Im Schritttempo rollte er durch die Öffnung. Die Typen auf der Ladefläche fuchtelten mit den Maschinenpistolen als Drohung, dass sie schießen würden, falls ich nicht folgte.

Hinter dem Jaguar schloss sich das Gittertor.

Der Lieferwagen stoppte vor einem der flachen Bauten. Die MPi-Jungs sprangen herunter und gingen links und rechts vom Jaguar in Stellung. Zwei Männer stiegen aus dem Fahrerhaus, kamen mit großen Schritten zum Jaguar. Dichtes schwarzes Haar und starke, ebenso schwarze Schnurrbärte bewirkten, dass sie sich ähnelten wie Verwandte, obwohl der Ältere einen halben Kopf größer war.

Arrow stieß die Tür auf, schob sich ins Freie.

»Hi, Leff! Ist glatt abgelaufen, oder?«

Der Ältere, der also Leff hieß, befahl: »Gib mir seine Waffe!«

Arrow geriet ins Stottern.

»Er – er hat sich geweigert – und ich ...«

Der jüngere Mann neben Leff zerrte einen schweren Revolver aus einem Gürtelholster und bellte ein Kommando in fremder Sprache, auf das die Männer mit den Maschinenpistolen näher an den Jaguar heranrückten.

Ich stieg aus.

»Danke für den Empfang«, sagte ich und grinste. »Ihr steht zu dicht bei mir. Wenn eure Jungs die Stecher durchziehen, erwischen sie euch auch.«

»Nimm die Arme hoch!«, fauchte Leff.

Eine der Grundregeln, die uns auf der FBI-Akademie in Quantico eingehämmert werden, lautet: Schätz deine Chancen richtig ein! Ich schätzte, dass Tafurian mich nicht hergelotst hatte, um mich kurzerhand umlegen zu lassen. Das hätte er billiger und ohne persönliche Beteiligung haben können.

Ich schlug die Jacke auseinander, damit das Holster und der Griff der SIG zu sehen waren.

»Bedien dich!«

Leff nahm die SIG, wog sie in der Hand.

»Nimm sie, Ben!«, sagte er und warf sie dem jüngeren Mann zu, der sie geschickt mit der freien Hand auffing.

»Arme hoch!«, wiederholte Leff seine Begrüßungsworte, stieß mich gegen die Karosserie des Jaguar und tastete mich gründlich ab. Mein Handy behielt er.

»Knöpf dein Hemd auf!«, knurrte er.

»Ah, du denkst, ich käme mit Mikrofonen gespickt und verkabelt angefahren?« Ich knöpfte mein Hemd auf und spottete: »Der Strip wird dich enttäuschen.«

Er stieß einen scharfen Pfiff aus, und während ich noch mein Hemd wieder zuknöpfte, kam Amos Tafurian aus dem Gebäude, vor dem wir standen.

Er streckte seine Hand aus.

»Hi, Mr Cotton«, sagte er und lächelte ölig. »Ich freue mich, Sie zu sehen.«

Sein Händedruck war glitschig wie ein nasses Stück Seife.

»Ist er sauber?«, fragte er Leff.

»Kein Mikrofon am Körper. Ben hat seine Pistole. Hier ist sein Handy.«

Leff hielt ihm mein Funktelefon hin.

Tafurians Gesicht verfärbte sich. Er warf den Kopf herum und brüllte Arrow an: »Warum hast du sein Handy nicht aus dem Wagen geworfen?«

»Ich – wusste nicht – wie ich es ihm abnehmen sollte«, stammelte Arrow.

Tafurian riss Leff das Funktelefon aus der Hand, drehte es zwischen den Fingern, erkannte, dass es nicht eingeschaltet war. Dann ließ er es fallen, trampelte mit dem Absatz darauf herum, bis es nur noch ein kleiner Haufen Plastik und Metall war.

»Zur Vorsicht«, sagte er. »Ihren Wagen haben wir untersucht, während Sie in der Bar waren. Jetzt wird ihn Chalid«, er zeigte auf einen der MPi-Jungs, »in unsere Garage fahren, damit er nicht von einem Hubschrauber aus entdeckt werden kann.«

»Lassen Sie mich fahren«, widersprach ich. »Oder ich hätte das Gefühl, ihn hinterher desinfizieren zu müssen.«

Anscheinend gefiel ihm die Antwort, denn er lachte.

Ich setzte mich hinters Steuer.

Auf Tafurians Wink warf sich Leff auf den Beifahrersitz.

»Braucht der Sitz auch nach meinem Hintern eine Desinfektion?«, fragte er grimmig.

»Hängt davon ab, wie ich von euch behandelt werde. Freunde sind stets in meinem Wagen willkommen.«

Er dirigierte mich in eine Behelfsgarage, in der ein zweites Exemplar des metallverkleideten Lieferwagens stand. Auf dem Rückweg hielt er sich einen halben Schritt hinter mir und die Hand unter der Jacke.

Tafurian stand am Eingang des grauen Flachbaus.

»Hier können wir in Ruhe miteinander reden«, sagte er.

Als der rote Punkt vom Display im Armaturenbrett verschwand, fuhr Phil noch über den Highway 9. Schon während der ganzen Verfolgung hatte die Peilsendung nicht zuverlässig funktioniert. Immer wieder war das Signal so schwach geworden, dass die Standortkennzeichnung verlöschte. Außerdem schien das Kartenmaterial, das dem Straßendisplay zugrunde lag, nicht vollständig zu sein. Kurz vorm endgültigen Verschwinden hatte Phil den roten Punkt in einem Gebiet herumgeistern sehen, für das die CD-ROM keine Straßen aufwies.

Er stoppte am Fahrbahnrand, rief das Hauptquartier an und ließ sich mit Steve Dillaggio verbinden.

»Der Kontakt ist abgerissen, Steve«, sagte er. »Vor zwanzig Minuten verließ Jerrys Jaguar den Highway. Danach gab es Ausfälle in der Peilung. Später kam das Signal aus einem Gebiet, das laut CD-ROM ohne Straßen ist. Seit fünf Minuten empfange ich nichts mehr.«

»Ich informiere den Chef«, antwortete Dillaggio. »Nötigenfalls schicken wir einen Hubschrauber. Wo stehst du?«

»Eine Meile vor der Ausfahrt Freehold.«

Die Tür war aus zollstarkem Panzerstahl, und die Mauern bestanden aus mächtigem Beton.

»Ehemalige Munitionsbunker der Army«, erklärte Tafurian, der vorausging. »Von der ›Splendour Fireworks Company‹ für zwei Jahre gepachtet.«

Explosionsgeschützte Leuchtstoffröhren erhellten den Raum.

Die Regale längst der Wände waren vollgestapelt mit bunten Kartons und runden Behältern, auf denen Bilder vielfarbiges Feuerwerk vor nächtlichem Himmel zeigten.

Tafurian nahm einen Karton von einem Stapel, hielt ihn mir hin. In geschwungenen, roten Buchstaben standen auf dem Deckel die Worte »Fire Flower«, und die Abbildung der prächtigen Explosion eines Feuerwerkskörpers war darunter zu sehen.

»Chinesische Ware«, sagte Tafurian, stellte den Karton zurück.

Er wies auf einen von zwei Stühlen an einem Tisch in der Nähe eines Regals, setzte sich.

Leff, der als Einziger in den ehemaligen Bunker mitgekommen war, blieb neben seinem Boss stehen.

»Warum haben Sie einen 40.000-Dollar-Scheck nicht angenommen?«, fragte Tafurian.

»Weil es keinen Sinn macht, einige Tausend Dollars zu kassieren, drei Wochen lang damit herumzuwerfen und anschließend zehn Jahre wegen Annahme einer Bestechung zu sitzen, abgesehen vom Rauswurf aus dem Verein und dem Verlust der Pension. Ein Seitenwechsel muss sich lohnen.«

»Wann würde sich nach Ihrer Meinung ein solcher Wechsel lohnen, Mr Cotton?«

»Wenn man sicher sein kann, dass beim Absprung ein fettes Konto in einem schönen Land mit angenehmem Klima und hübschen Mädchen zur Verfügung steht.«

Er lachte. »Sie gefallen mir, Cotton. Ich würde gern mit Ihnen zusammenarbeiten. Leider weiß ich nicht, ob Sie nicht doch ein verdammter heuchlerischer Bastard sind!«

»Probieren Sie's aus!«, antwortete ich mit dem schönsten Grinsen, das ich zustande brachte.

»Das werde ich, und ich schenke Ihnen reinen Wein ein, G-man. Mit Ihrer Vermutung, dass Ken Arrow den Mann kennt, der das Callgirl Glenda Finch umgebracht hat, liegen Sie richtig. Der Mann ist mit einigen 100.000 Dollars bei ›Upgrade‹ verschuldet, aber sehr nützlich für gewisse Bereiche meines Geschäfts. Aus diesem Grund möchte ich verhindern, dass er von der Polizei gefunden wird. Es wäre gut, wenn der Fall Finch als ungelöst zu den Akten gelegt würde wie so viele New Yorker Verbrechen. Übrigens war die Tat kein kaltblütiger Mord, sondern eine spontane, unüberlegte Handlung in verständlicher Erregung. Die Schickse hat ihn gereizt, und er ist ausgerastet.«

»Sie wissen so gut Bescheid, als wären Sie bis über beide Ohren in die Sache verstrickt, Mr Tafurian.«

Seine braunen, leicht vorquellenden Augen wichen meinem Blick nicht aus.

»Ja, das bin ich. Trotzdem brauche ich Ihre Hilfe nicht unbedingt, G-man. Es gibt andere Lösungsmöglichkeiten. Zeig ihm den Revolver, Leff!«

Leff zog einen kurzläufigen Revolver aus der Tasche, hielt ihn am Lauf hoch.

»Diese Waffe ist auf den Namen des Mannes registriert, der Glenda Finch erschlagen hat«, erklärte Tafurian. »Es wäre nicht schwierig, ihn damit Selbstmord begehen zu lasen, und um zu verhindern, dass die Polizei Ken Arrow bohrende Fragen stellen kann, ließe sich der Ablauf so arrangieren, dass der Mann vor seinem Selbstmord mit derselben Waffe Arrow erschießt, weil der ihn mit gewagten Börsenspekulationen in die Verschuldung geritten hat – ein einleuchtendes Motiv.«

»Welche Rolle haben Sie dabei mir zugedacht?«

»Keine, Mr Cotton. Sie würden bedauerlicherweise mit Ihrem schönen Auto auf der Rückfahrt von der Begegnung mit Arrow einen tödlichen Verkehrsunfall erleiden.«

»Ihre Inszenierung erinnert mich an die Ermordung von Liza Prashenny durch einen Sex-Maniac und den Tod des Mörders unter einem gestohlenen Lastwagen.«

»Man darf sich nicht wiederholen. Natürlich würde ich eine unblutige Lösung, die mit Ihrer Hilfe möglich wäre, bei Weitem vorziehen. Der Mann und Ken Arrow müssten nicht sterben – und Sie auch nicht, Jerry. Dann würden auch die Schnüffelaktivitäten der Polizei nicht weiter angeheizt. Ich könnte ungestört meinen Geschäften nachgehen.«

»Dem Handel mit Feuerwerkskörpern? Oder dem Jobben an der Börse? Oder gibt es noch ein anderes Geschäft, das das richtige, das dicke Geld bringt?«

Am Handgelenk trug Tafurian ein schweres Goldarmband, das er mechanisch mit dem heruntergezogenen Jackenärmel zu polieren begann.

Eine Minute oder länger herrschte Schweigen zwischen uns, bis Tafurian mit einem Ruck aufstand.

»Okay, Sie sollen alles erfahren! Das wird Ihnen beweisen, wie ernst ich es meine, im Guten wie im Bösen.«

Leff sagte einige Sätze in einer Sprache, von der ich nicht eine Silbe verstand. Tafurian antwortete im selben Idiom, wandte sich wieder an mich.

»Leff warnt mich. Er hält Sie für gefährlich wie eine giftgeschwollene Natter. So nannte er Sie, G-man. Arabisch ist eine Sprache, die blumige Vergleiche liebt. Kommen Sie!«

Ich folgte ihm zu einem Wandregal. Er schob einen Kartonstapel zur Seite, drückte auf einen dahinter verborgenen Knopf. Das Regal setzte sich in Bewegung, gab eine Stahltür frei, die Leff entriegelte und öffnete.

Eine Treppe führte hinab, und von unten, aus irgendeinem Raum, drang der Gesang von Frauenstimmen.

Die Sprache, in der sie sangen, war Spanisch, und wenn ich auch nur einzelne Wörter verstand, so hörte ich Sehnsucht und Trauer aus ihrem Gesang.

Als Tafurian, ich und hinter mir Leff die Treppe herunterkamen, brach der Gesang ab.

Im kalten Licht von Neonröhren saßen zehn Frauen um einen großen rechteckigen Tisch, in dessen Mitte ein mächtiger Hügel Dollarnoten lag, aus dem sie kleinere Hügel von Geldscheinen vor sich aufhäuften. Die wiederum wurden mit flinken Fingern sortiert, zu Päckchen gebündelt und in metallene Transportkisten gelegt.

Tafurian beobachtete mich von der Seite, um zu sehen, welchen Eindruck der Anblick auf mich machte.

»So etwas habe ich erwartet«, sagte ich. »Nicht ganz so groß und durchorganisiert. Wie viele Millionen liegen hier unten herum?«

»Ungefähr fünfzig Millionen.«

»Hochachtung, Mr Tafurian, Sir. Als Geldwäscher nehmen Sie mit solchen Summen einen Spitzenplatz ein.«

Was ich sah, genügte dreimal, um Amos Tafurian die Hand auf die Schulter zu legen und ihn für verhaftet zu erklären.

Das Problem war, mit oder ohne ihn aus dem Keller wieder hinauszukommen.

»Wenn Sie die Fronten wechseln, Jerry, und zunächst mal dafür sorgen, dass der Fall Glenda Finch im Archiv verschwindet, biete ich Ihnen eine Million Dollar auf einem Konto außerhalb der USA«, sagte Tafurian. »Das Land können Sie sich aussuchen. Ich empfehle Cayman Islands. Für jedes Jahr, das Sie für mich arbeiten, zahle ich zusätzlich hunderttausend Dollar. Falls Sie gute Arbeit leisten oder einen besonderen Job ausführen, erhalten Sie Prämien.«

Der Sheriff von Freehold County kratzte sich den Hinterkopf und blickte angestrengt auf das Display des GPS-Gerätes in der Konsole über dem Schalthebel.

Er war ein älterer Mann, zum vierten Mal wiedergewählt und nicht besonders vertraut mit neuer Technik.

Phil erklärte die Straßenlinien.

»Das ist Highway 9, und diese Linie bedeutet die Landstraße, aber hier, wo das Signal verschwand, sind keine Routen eingezeichnet.«

»Welches Signal?«, fragte der Sheriff.

Verzweifelt verdrehte Phil die Augen.

»Das Signal, das vom verfolgten Fahrzeug ausging, Sheriff. Was, zum Teufel, befindet sich in diesem Gebiet?«

»Wenn Ihr Gerät keine Straßen anzeigt, wird das Gebiet schon zum Monmouth State Park gehören«, vermutete der lokale Ordnungshüter. »Dort gibt es nach den Parkplätzen nur Wanderwege und die Kontrollrouten für die Park-Ranger, aber die sind für den allgemeinen Verkehr gesperrt.«

Phil resignierte.

»Danke, Sheriff. Bitte halten Sie sich zu unserer Verfügung. Durchaus möglich, dass wir Ihre Hilfe brauchen.«

Er rief das Hauptquartier in New York an.

Steve Dillaggio meldete sich.

»Schickt den Hubschrauber! Schickt ihn schnell!«, sagte Phil. »Wir müssen das Gebiet überfliegen.«

»Es wird dunkel, Phil. Wir bringen Nachtsichtgeräte mit«, antwortete Steve.

»Okay«, sagte ich.

Tafurian starrte mir in die Pupillen, als könnte er darin lesen, ob ich es ehrlich meinte.

»Hol die Mädchen rein!«, befahl er über die Schulter.

Leff ging zu einer Tür in der Stirnwand des großen Kellerraums und öffnete sie.

»Adelante!«, rief er.

Fünf Frauen drängten durch die Türöffnung. Sie trugen Koffer oder Bündel, waren reisefertig angezogen. Wie die Frauen am Tisch waren sie klein, schwarzhaarig, mit dunkler Haut.

»Du siehst, dass wir mit Mexikanerinnen arbeiten«, sagte Tafurian. »Natürlich sind sie illegal in den Staaten. Die fünf Chicanas möchten zurück zu ihren Familien. Ich habe für heute Nacht einen Transport organisiert. Wir werden die Mädchen an Bord eines Frachters bringen. Dazu benutzen wir die ›Splendour‹. Sie ist ein umgebautes Küstenschiff, das im Normalfall als Abschussplattform für große Feuerwerkskompositionen dient. Wir bestücken sie nach den Wünschen der Kunden. Zurzeit ist sie voll bestückt für ein 20.000-Dollar-Feuerwerk vor der Strandpromenade von Long Branch. Ich möchte, dass du mit an Bord gehst, Jerry. Falls die Küstenwache aufkreuzt, kann dein FBI-Ausweis eine Durchsuchung verhindern.«

Er lächelte mich an.

»Außerdem möchte ich, dass du dich an einem Verstoß gegen das Gesetz beteiligst. Einem FBI-Agenten mit ein paar Spritzern auf der Weste vertraue ich leichter als einem Mann, der Schecks nicht annimmt.«

Menschen illegal in die Staaten zu schmuggeln ist verboten und wird bestraft, und vermutlich ist es ebenso verboten, sie wieder hinauszuschmuggeln, was ich nicht mit Sicherheit wusste. Gemessen an der Chance, einem Geldwäscher von Tafurians Größenordnung das Handwerk zu legen, wog solcher Verstoß nicht schwer.

»Einverstanden.« Ich nickte. »Wann?«

Er blickte auf seine Armbanduhr.

»Höchste Zeit, sich auf den Weg zu machen. Bring die Muchachas auf Trab, Leff.«

»Vamos!«, befahl Leff den fünf Mädchen, aber sie gehorchten nicht sofort. Zwischen ihnen und den zurückbleibenden Frauen brach eine Abschiedsorgie aus. Jede tauschte mit jeder Wangenküsse, Tränen flossen, Umarmungen wurden endlos wiederholt – bis Leff spanische Brocken zu brüllen begann und die fünf abreisewilligen Chicanas die Treppe hinauf und ins Freie trieb.

Der Lieferwagen mit der Metallverkleidung und der Warnung vor seiner angeblich explosiven Ladung stand mit geöffneter seitlicher Ladetür vor dem Bunker, bewacht von den MPi-Gorillas.

Die Frauen kletterten in den Laderaum, die Männer senkten ihre Maschinenpistolen und folgten ihnen. Leff verschloss die Tür, befahl mich mit einer Kopfbewegung ins Fahrerhaus, in dem sein jüngerer Partner hinterm Steuer wartete. Als Letzter stieg er ein.

»Hör zu, G-man«, knurrte er. »Kann sein, uns begegnen irgendwelche Typen deiner Sorte und zeigen Neugier. Gib keine falschen Antworten, oder ich leg dich mit deiner eigenen Kanone um!«

»He, ich dachte, er gehört jetzt zum Team«, sagte der Mann am Steuer und startete den Motor.

»Vertrau ihm nicht, Ben!« Leff zog die Tür ins Schloss. »Fahr los!«

Das Gittertor glitt zur Seite. Im Scheinwerferlicht sah ich zwei Männer. Es gab also eine ganze Mannschaft auf dem Gelände.

Der Lieferwagen quälte sich schaukelnd über die Schlaglochpiste, erreichte die Landstraße und nach zwanzig Minuten eine kleine Hafenanlage an der Küste bei Red Bank.

Zwischen Segelbooten und Motoryachten lag ein größeres Schiff von den Ausmaßen eines kleinen Küstenfrachters. Mit Ausnahme des Steuerstandes und der Überdachung des Kajütenniedergangs am Heck fehlten Aufbauten. Eine breite Planke verband als Gangway Schiff und Kai.

Neben der Planke stand ein Mann in einer Wetterjacke und rauchte.

Ben stoppte den Lieferwagen an der primitiven Gangway.

»Aussteigen, G-man!«, befahl Leff, stieg selbst aus und begrüßte den wartenden Mann auf befremdliche Weise. Er umarmte ihn, küsste ihn auf beide Wangen. Dann wies er mit dem Daumen auf mich. »Er ist ein G-man, Abdul!«

Der Mann musterte mich. Es war zu dunkel, um sein Gesicht in allen Einzelheiten zu erkennen. Als er lächelte, sah ich das Aufblitzen seiner Zähne.

»Willkommen an Bord, G-man«, sagte er. Sein Englisch hatte einen rauen Akzent.

Er wandte sich zum Schiff, pfiff auf zwei Fingern.

Die Tür zum Kajütenniedergang wurde geöffnet. Ein breiter Lichtstreifen fiel aufs Deck. Zwei Männer in Pullovern und Wollmützen tauchten auf.

»Schafft die Chicanas an Bord!«

Auch Ben hatte inzwischen das Steuer verlassen. Er schob die Ladetür zur Seite.

»Adelante, muchachas! Rapido!«, rief er.

Die Mädchen kletterten aus dem Wagen, rafften ihr Gepäck zusammen. Die Pullovermänner, offenbar Matrosen, halfen ihnen, trieben zur Eile an. In wenigen Minuten waren die Mexikanerinnen im Schiffsinneren verschwunden.

Ihre Bewacher blieben an Deck, hängten sich die Maschinenpistolen um und zündeten Zigaretten an.

Abdul, der offensichtlich der Kapitän war, stieg die kurze Leiter zum Steuerhaus hoch. Kurz darauf sprangen mit rauem Rumpeln die Schiffsdiesel an.

Ben fuhr den Lieferwagen gut zwanzig Yards vom Kairand weg und kam zurück. Mit ihm und Leff ging ich an Bord, während die Matrosen die Vertäuung lösten, bevor sie die Gangway-Planke einzogen.

Unter dem Druck der Schiffsschrauben löste sich das Schiff vom Kai, drehte den Bug seewärts.

Um ehrlich zu sein, es war der Augenblick, in dem mir richtig bewusst wurde, welches Risiko es bedeutet, allein und waffenlos zusammen mit sieben Gangstern – Kapitän und Matrosen mitgerechnet – eine Schiffstour zu machen.

Die Scheinwerfer von Phils Wagen und dem des Sheriffs beleuchteten den Parkplatz an Highway 9. Das machte für den Helikopter die Landung problemlos. Sanft wie eine riesige Libelle setzte die Maschine, geflogen von John F. Harper, auf.

Steve Dillaggio schob die Kanzeltür zur Seite.

»Ich habe Zeerookah und June mitgebracht«, sagte er. »Mehr Platz ist leider nicht in der Maschine. Mr High macht sich große Sorgen um Jerry.«

Steve wechselte auf die Rücksitze des Helikopters, zwängte sich zwischen Zeerookah und June Clark, die dort saßen. Phil schwang sich auf den Platz neben dem Piloten. Die Begrüßung beschränkte sich auf ein kurzes »Hi«. Zeerookah, June, Steve und John Harper trugen Overalls und Helme mit integriertem Mikrofon für die Verständigung an Bord. Nachtsichtgeräte waren nur drei Exemplare vorhanden.

Phil informierte den FBI-Piloten John Harper.

»Der Sheriff vermutet, dass das letzte Peilsignal aus dem Monmouth State Park kam. Die Wanderwege und die fahrbaren Routen der Park-Ranger sind auf den gewöhnlichen Karten nicht verzeichnet. Wir müssen versuchen, aus der Luft etwas zu entdecken, das uns auf Jerrys Fährte bringt.«

»Geht in Ordnung!«, sagte Harper. »Schnall dich an! Ich zieh die Mühle hoch.«

Das Stampfen des Diesels rüttelte den Rumpf des Schiffes so rau, als sollten die Nieten herausgesprengt werden. Ohne gesetzte Positionslampen furchte der Kahn seewärts durch die wolkenlose, von einer dünnen Mondsichel kaum erhellte Nacht. Noch waren die Lichter an Land gut zu sehen. Die »Splendour« machte geringe Fahrt.

Leff hinderte mich nicht daran, auf dem Schiff herumzugehen. Auf dem Vorderdeck und mittschiffs bis an das Steuerhaus heran waren zahlreiche kuriose Eisengestänge fest verankert, die offene runde Stahlbehälter unterschiedlicher Größe trugen. Alle Behälter waren miteinander verdrahtet. Ein Sammelkabel führte zum Steuerhaus.

Ben, der den Lieferwagen gefahren hatte, kam zu mir.

»Spiel nicht mit Feuer herum, G-man«, sagte er. »Wir zünden die Raketen zwar elektrisch, aber sie zischen auch los, wenn eine offene Flamme an die richtige Stelle gehalten wird.«

Ich zog mich an die Reling zurück. Ben folgte mir, bot eine Zigarette an. Ich lehnte ab.

»In welcher Sprache redet ihr miteinander?«, fragte ich.

»Arabisch, aber ein besonderer Dialekt«, antwortete er bereitwillig. »Leff Shaber und ich sind schon in den Staaten aufgewachsen, und wir beherrschen die Sprache nur noch begrenzt. Assur, Chalid, die Jungs mit den Maschinenpistolen und drei andere Leute hat Amos Tafurian illegal importiert. Sie gehören ebenso zu seiner Großfamilie wie Abdul Tessam, der Kapitän, und die Matrosen Omar und Efram. Offiziell ist Tessam Kapitän auf der ›Venice‹. So heißt die Yacht, die die ›Upgrade Agency‹ für Vergnügungstrips chartert. In Wahrheit ist Tafurian der Eigentümer.«

Er schnippte den Zigarettenrest über Bord.

»Die Partys auf der ›Venice‹ sollen einfach der Gipfel sein. Es heißt, die rasantesten Callgirls Manhattans nähmen teil. Leider durfte ich noch nie mitmachen.«

Das Stampfen des Diesels ging in asthmatisches Leerlauftuckern über. Die »Splendour« verlor an Fahrt. Das Rauschen der Bugwelle verebbte.

»Zeit für die erste Muchacha«, sagte Ben.

Das Nachtsichtgerät verwandelte alle Farben in Nuancen von Grün. Die Wege im Park zeichneten sich als hellgrüne Linien ab, die Schutzhütten und Gerätehäuser als dunkle, scharf umrissene Flächen.

Zu Beginn des Fluges erspähte Phil zwei Fahrzeuge. John Harper drückte die Maschine hinunter, schaltete den Suchscheinwerfer ein, in dessen Lichtkegel sich die Wagen als abgestellte Geländeautos der Park-Ranger entpuppten.

Eine halbe Stunde kreuzte der Hubschrauber über dem Gebiet des State Park. Immer, wenn Phil oder Steve Dillaggio glaubten, Auffälliges entdeckt zu haben, senkte Harper die Flughöhe, und die G-men verschafften sich mithilfe des Scheinwerfers Gewissheit, aber alle Beobachtungen erwiesen sich als Flop.

»Versuchen wir es weiter westlich«, schlug Phil vor.

Harper wechselte den Kartenausschnitt im erleuchteten Positionsdisplay.

»Westlich schließt sich eine No-Flight-Area an«, sagte er und wies auf rote Sperrkreuze. »Überfliegen nur mit besonderer Erlaubnis gestattet.«

»Ich fürchte, die Typen, mit denen sich Jerry herumschlagen muss, kümmern sich einen Dreck um irgendwelche Erlaubnisse. Geh rein, John!«

Aber John F. Harper hatte schon eine Verbindung zur Flugkontrolle in Trenton hergestellt.

»FBI-Flug BX 68 braucht Überflugerlaubnis für Sektor A 33-G-442.«

Phil konnte die Antwort aus Trenton im Lautsprecher seines Helms mithören.

»Warten Sie eine Sekunde! Sagten Sie A 33-G-442? Ihr Material ist überholt, Pilot. Das Überflugverbot für den Sektor bestand, solange die Army ein Munitionsdepot in dem Gebiet unterhielt und wurde aufgehoben, als sie das Depot aufgab.«

»Frag ihn, ob die Gebäude noch existieren und ob es eine Zufahrtsstraße gibt.«

John Harper übermittelte die Frage an den Mann in Trenton.

»Ja, die alten Bunker sind noch vorhanden, und ich hörte, sie würden von einer Firma genutzt, die mit Feuerwerk handelt.« Er lachte. »Passen Sie auf, dass Sie nicht von einer Sternschnuppen-Rakete oder einem Goldregen-Schwärmer getroffen werden!«

»Danke!«, sagte Harper, legte den Helikopter in einen scharfen Linksschwenk und beschleunigte.

»Zeit für die erste Muchacha!«, sagte Ben.

Ich stieß mich von der Reling ab.

»Was bedeutet das?«, fragte ich.

Verdammt, warum war meine Kehle wie zugeschnürt?

»Kannst du dir das nicht denken, schlauer G-man?«, höhnte er, wandte sich ab und schlenderte zum Heck.

Ich folgte ihm. In der Dunkelheit waren alle Gestalten nur schemenhaft zu erkennen. Die beiden Matrosen hievten aus einer Luke irgendwelche Gegenstände und schleppten sie an die Reling, wo sie sie fallen ließen. Ich hörte das Klirren von Metall.

Das Schiff hatte den letzten Rest Fahrt verloren und lag still.

Leff Shaber, Ben und ihre MPi-Jungs standen in der Nähe des Niedergangs.

Leff rief zum Steuerhaus hinauf: »Wie ist die Tiefe?«

Der Kapitän antwortete: »Über 200 Fuß.«

»Bist du sicher, dass keine Fischer herkommen?«

»In diesem Bereich wird nicht gefischt, weil es sich nicht lohnt.«

Ich schob Ben zur Seite, ging dicht an Shaber heran.

»Warum hat der Kahn gestoppt? Erwartet ihr etwa den Frachter, der die Mädchen übernimmt, so nahe vor der Küste?«

Er stieß ein kurzes, hartes Lachen aus.

»Ein Frachter? Nein, die Schiffsroute verläuft viel weiter draußen. Wir werden nicht zwanzig Seemeilen rausfahren, um fünf mexikanische Weiber loszuwerden und 'nem Kapitän dafür einen Haufen Dollar zahlen. Das Problem lässt sich einfacher lösen. Hier, wo die ›Splendour‹ liegt, ist das Wasser tief genug.«

Mir lief ein Schauer eiskalt über den Rücken.

»Ihr wollt die Mädchen über Bord werfen?«

»Ja, und mit reichlich Eisen an den Füßen, damit sie nicht wieder auftauchen.«

Ich möchte, dass du dich an einem Gesetzesverstoß beteiligst, G-man, hatte Tafurian gesagt und vorgetäuscht, es ginge darum, fünf illegal in die Staaten geholte Arbeiterinnen in ihr Heimatland zurückzuschmuggeln. In Wahrheit war von Anfang an die Ermordung der Mexikanerinnen geplant.

Geldwäsche! Dollarmillionen aus Drogengeschäften! Die Chance, der Mafia einen schweren Schlag zu versetzen!

Das alles wurde bedeutungslos, denn jetzt ging es um die Verhinderung eines fünffachen Mordes.

Okay, Amos Tafurian hatte mich hereingelegt, hatte sich als der bessere Bluffer erwiesen. Er zwang mich, die Rolle des bestechlichen Agenten aufzugeben, die Karten auf den Tisch zu legen, und – siehe da! – ich hatte nur Luschen in der Hand gehalten.

Nein, ich geriet nicht in Panik.

Ganz im Gegenteil wuchs in mir eiskalte Entschlossenheit, diese brutalen Morde zu verhindern. Keinen Gedanken verschwendete ich daran, dass ich waffenlos war. Oder anders ausgedrückt, ich erlaubte mir keinen Zweifel, dass ich es trotz der Maschinenpistolen und der Kanonen, die Shaber und Ben trugen, schaffen würde.

Ein Ausbildungskurs in der FBI-Akademie in Quantico läuft unter der Überschrift: Verhalten in extrem schwierigen Situationen.

Der Ausbilder, ein gestandener Agent mit Vergangenheit bei den U.S. Marines, hämmerte uns als Einleitung, bevor er in die Details ging, den Satz ein: »Wenn die Lage richtig beschissen ist, denkt nicht über die Höhe der Scheiße nach! Ignoriert sie einfach!«

»Das war nicht abgesprochen«, sagte ich.

»Oh, hat Amos sich nicht deutlich genug ausgedrückt?«, höhnte Leff Shaber. »Mir sagte er, es wäre gut, wenn du dich aktiv beteiligen würdest. Welchem Mädchen willst du das Eisen anbinden? Gleich dem ersten? Oder erst dem zweiten, damit du vorher siehst, wie es gemacht wird? Du, G-man, Ben, Assur, Chalid und ich, wir sind fünf, und wir haben fünf Chicanas, die entsorgt werden müssen. Wenn jeder eine mit Eisen beschwert und über Bord wirft, haben wir alle den gleichen Anteil an der Sache. Keiner würde den anderen verpfeifen, und du, G-man, wärst von dem Augenblick, in dem du dein Mädchen über die Reling hebst und loslässt, ein zuverlässiger Partner. Nun, was sagst du?«

»Macht, was ihr wollt!«, fauchte ich, wandte mich halb ab.

»Holt die Erste rauf!«, befahl Shaber.

Die ganze Gruppe stand nur vier, fünf Schritte vom Niedergang zu den Kojen entfernt.

Als Niedergang werden die meist ziemlich steilen Treppen bezeichnet, die ins Schiffsinnere zu den Unterkünften der Matrosen führen. Zum Schutz gegen Regen oder überkommendes Seewasser sind sie mit einem Verschlag überbaut, der etwa der Hütte für einen ungewöhnlich großen Hund ähnelt. Die Zugangstür an der Frontseite ist schmal und niedrig. Wer unter Deck will, muss am Treppeneinstieg den Kopf einziehen. Außerdem haben Niedergangstüren immer einen Federzug, der sie automatisch schließt, damit sie nicht aus Versehen offen bleiben und Wasser ins Schiff eindringen kann.

Die MPi-Jungs setzten sich in Bewegung.

Einer von beiden zog die Tür des Niedergangs auf. Wieder fiel ein breiter Lichtstreifen aufs Deck, und der zweite Mann schickte sich an hinunterzugehen.

Ich war blitzschnell am Niedergang. Niemandem blieb Zeit für eine Reaktion.

Ich rammte den Mann noch auf der obersten Treppenstufe. Die Maschinenpistole trug er lässig am Riemen über der Schulter. Er stürzte nach vorn und fiel kopfüber hinunter. Ohne die leiseste Gegenbewegung schlug er mit Gesicht und Oberkörper auf.

Ich brauchte nur einen Satz, um bei ihm zu sein und landete mit voller Wucht auf ihm. Die MPi war ihm von der Schulter gerutscht und hing am linken Arm in Höhe des Ellbogens.

Ich riss sie an mich, schnellte herum, entsicherte, zog durch und jagte eine kurze Serie den Treppenschacht hoch.

Der Mann an Deck ließ die Tür los, vor Schreck oder weil er nach seiner MPi greifen wollte.

Der Effekt war derselbe. Der Federzug wirkte. Die Tür fiel ins Schloss. Ich packte den Gangster, schleifte ihn in die erste Kabine auf der rechten Gangseite.

Oben an Deck hatte der andere offenbar seine MPi in den Griff bekommen, denn eine wilde Serie hämmerte ins Türblatt, dessen Holz so stark war, dass die Kugeln nicht durchschlugen, sondern nur ein paar Splitter absprengten.

In der Kabine drängten sich die Mexikanerinnen aneinander. Fünf Augenpaare starrten mich erschrocken an.

»Calma!«, sagte ich. »Nada peligro!« (Ruhe! Keine Gefahr!)

»Nada peligro« war Unsinn in Reinkultur.

Der Bursche vor meinen Füßen blutete aus der Nase und stöhnte, aber er war nicht ernsthaft verletzt und voll aktionsfähig.

Ich konnte mir kein Zusatzrisiko erlauben. Mit einem Schlag schaltete ich ihn aus, durchsuchte ihn.

Er trug einen Revolver in einem Gürtelholster, ausgerechnet einen 38er von Smith & Wesson, wie wir ihn vor Einführung der SIG benutzt hatten. Ich schob die Waffe hinter den Gürtel und fühlte mich irgendwie viel besser. Leider fand ich keine Zusatzmunition und kein Reservemagazin für die Uzi-MPi.

Oben auf Deck rannten Tafurians Leute hin und her. Die Holzplanken übertrugen das Getrampel.

Eine Mexikanerin wagte sich einen halben Schritt vor, fragte leise in Spanisch, was los sei.

Ich verzichtete darauf, meine wenigen spanischen Sprachbrocken für eine Erklärung zusammenzusuchen, die die Frauen nur in Angst und Schrecken versetzt hätte. Stattdessen lächelte ich sie beruhigend an und ging mit schussbereiter MPi zwischen Kabine und Gang in Stellung.

Wer immer versuchen würde, oben die Tür aufzureißen, zu schießen oder gar hinunterzustürmen, er hatte die schlechteren Chancen.

Das sahen sie genauso. Nach dem aufgeregten Gerenne kehrte Ruhe ein, und Leff Shaber rief mich an.

»Hörst du mich, G-man? Verdammt, aus welchem Grund ziehst du diese beschissene Show ab? Was steckt dahinter?«

»Das Leben von fünf jungen Frauen, die gerne nach Hause wollen.«

»Du musst verrückt geworden sein!«, brüllte er. »Mit eigenen Ohren habe ich gehört, wie Amos dir eine Million versprochen hat. Kannst du nicht rechnen, Mann? Fünf mexikanische Weiber sind keine Million Dollar wert!«

Sollte ich ihm sagen, dass das Leben eines jeden Menschen unbezahlbar ist?

Solche Mathematik hätte er nicht begriffen. Sie war ihm fremd, wie sie so vielen mächtigen Männern, die nur an sich und ihre Macht denken, fremd ist.

»Ich mache dir einen Vorschlag, Leff!«, rief ich. »Werft eure Waffen über Bord und kommt einzeln mit erhobenen Händen runter!«

Er stieß ein Wutgeheul aus, schrie irgendwas auf Arabisch und ballerte fünfmal auf die Tür. Die Kugeln produzierten noch ein paar Absplitterungen. Mehr geschah nicht.

Minuten später setzte das Stampfen der Maschine ein. Die »Splendour« nahm Fahrt auf.

Ich verließ meinen Posten im Gang, machte den Frauen klar, dass sie mich ans Bullauge lassen sollten, und versuchte herauszufinden, welche Richtung das Schiff nahm. An der scheinbaren Bewegung der Lichter an Land, die noch immer zu sehen waren, erkannte ich, dass der Kapitän weiter seewärts steuerte.

Mir war klar, dass die Situation nur nach einem Patt aussah, aber nicht wirklich pari stand. Zweifellos hatte Leff die größeren Möglichkeiten. Er konnte versuchen, uns mit Feuer auszuräuchern. Allerdings würde er damit riskieren, dass dabei das ganze Schiff in Flammen aufging und er mit seinen Leuten unser Schicksal teilte, denn Rettungsboote hatte ich an Bord der »Splendour« nicht gesehen.

Die Mexikanerinnen redeten leise und erregt miteinander. Die Frau, die mich vorhin gefragt hatte, berührte zaghaft meinen Arm.

»Policia?«, fragte sie flüsternd.

Mit dem Zeigefinger wies sie gegen die Decke. Offenbar meinte sie, die Polizei hätte das Schiff geentert.

»Schön wär's«, sagte ich. Sie verstand nicht, was ich meinte.

Ich kehrte an den Platz im Gang zurück, dachte nach, was ich tun konnte. Mir war klar, dass ich den anderen nicht die Initiative überlassen und abwarten durfte, welche Teufelei sie ausheckten.

»He, G-man!«

Zum zweiten Mal rief Shaber mich an.

»Ich höre dich!«, rief ich zurück.

»Schönen Gruß von Tafurian! Er kommt mit einem Motorboot, und er bringt etwas mit, das dir und deinen kostbaren Weibern die Hölle heiß machen wird. Hast du gemerkt, dass der Kahn fährt? Wir legen ein paar Meilen mehr zwischen Ufer und Schiff zurück, damit wir garantiert ungestört sind, wenn wir euch aus euren Löchern holen.«

Er lachte. An dem Geräusch seiner Schritte erkannte ich, dass er wegging.

Wenn Tafurian ein schnelles Motorboot benutzte, würde er die »Splendour« in weniger als einer halben Stunde erreichen.

Was immer er mitbrachte, gegen nahezu alles war ich chancenlos.

Zwar hatte ich Waffen, um jeden Mann abzuschießen, der oben die Tür aufriss und ein Ziel bot, aber gegen ein halbes Dutzend durch einen Spalt geworfene Tränengasgranaten ließ sich nichts tun. In der Enge des Gangs und der vier schmalen Kajüten würde das Gas schnell und gründlich wirken. Die Bullaugen waren verschraubt. Auch wenn ich das Glas zertrümmerte, wären die vier Öffnungen zu klein, um genug frische Luft eindringen zu lassen.

Niemand kann kämpfen, wenn er nicht atmen kann.

Nein, ich durfte nicht abwarten, bis Tafurian kam.

Einmal war es gelungen, Shaber und seine Bande zu überraschen. Ich musste es einfach noch mal versuchen. Vielleicht würde es schwieriger sein, weil sie durch die erste Aktion gewarnt waren. Andererseits hatte ich jetzt eine Uzi mit einem noch halb vollen Magazin und einen 38er.

Jedes Schiff hat eine Sprechfunkeinrichtung im Steuerhaus.

Wenn ich das Mikro in die Hand bekäme, könnte ich die Küstenwache alarmieren, und die Uzi würde vielleicht genügen, Shaber und seine Leute in Schach zu halten, bis ein Boot oder besser noch ein Hubschrauber der Küstenpolizei eintraf.

Dass ich die Frauen schutzlos zurücklassen musste, war das größte Problem, und ich überlegte, wie ich dieses Problem lösen konnte.

Die Tür am Deckeinstieg des Niedergangs hatte nicht nur den Federzug für die Selbstschließung, sondern auch zwei massive Riegel auf der Innenseite. Wenn ich einer der Mexikanerinnen beibrachte, dass sie die Riegel vorschieben musste, sobald ich rausgestürmt war, würde es lange dauern, bis es den Gangstern gelang, die Tür aufzubrechen, abgesehen davon, dass ich sie mithilfe der Uzi vom Niedergang fernhalten konnte.

Das alles funktionierte nur unter der Voraussetzung, dass ich bei der Aktion nicht abgeschossen wurde.

Glauben Sie nicht, ich würde mich für unverwundbar halten!

Was im Kino wie eine Heldentat aussehen mag, war hier das Ergebnis einer nüchternen Rechnung. Blieb ich mit den Frauen unter Deck, waren sie und ich auf jeden Fall verloren.

Ich wählte unter den Mexikanerinnen die Frau, die mich zweimal gefragt hatte.

Sie war jung, etwas größer als die anderen. Ich bedeutete ihr, mir zu folgen und leise zu sein.

Wir schlichen zur Treppe.

Ich zeigte auf ihre Schuhe. Sie begriff, dass sie sie ausziehen sollte.

Stufe für Stufe stiegen wir die Treppe hoch. Auf jeder Stufe blieb ich kurz stehen und lauschte. Aus den Geräuschen ließ sich nicht schließen, ob irgendwer sich nahe beim Niedergang aufhielt.

Die Treppe war schmal. Die Mexikanerin hielt sich dicht hinter mir, aber vor der Tür zog ich sie auf meine Stufe hoch. Wir mussten uns aneinander pressen. Sie roch nach einem schweren, zu süßen Parfum, untermischt mit dem strengen Geruch ihrer zu lange getragenen Kleider.

Ich zeigte ihr die Riegel, wies auf mich, berührte die Uzi, machte ihr durch Gesten klar, dass ich rausstürmen und mit der MPi feuern würde. Dann nahm ich ihre Hand, legte sie auf einen Riegel.

»Comprendo«, hauchte sie.

Ich lächelte sie an, stieß den Daumen in die Luft.

Plötzlich umarmte sie mich, küsste mich auf die Wangen und flüsterte: »Vaya con Dios!«

Ich schob sie zwei Stufen tiefer, überprüfte den Halt der MPi, die ich mit dem Riemen am Gürtel befestigt hatte, weil ich für die Leiter zum Steuerhaus freie Hände brauchte.

Dann stieß ich die Tür auf.

»Da sind sie«, sagte John F. Harper.

Die ehemaligen Munitionsbunker zeichneten sich im Nachtsichtgerät als dunkelgrüne Quadrate ab. Die hellere Farbe anderer Gebäude ließ darauf schließen, dass sie aus Holz errichtet waren. Aus spärlicher Beleuchtung machte das Gerät grelle Helligkeit.

»Landen?«, fragte der Pilot.

»Was denkst du?«, erkundigte sich Phil bei Steve Dillaggio.

Bevor Steve antworten konnte, legte June Clark, die hinter Phil saß und kein Nachtsichtgerät trug, die Hand auf seine Schulter.

»Ich sehe zwei Lichtflecke, die sich bewegen, vermutlich die Scheinwerfer eines Autos.«

Harper schwenkte die Maschine.

Auf der Stichstraße zwischen dem ehemaligen Munitionslager und den öffentlichen Verkehrsadern fuhr ein Wagen. June hatte richtig beobachtet.

»Geh näher ran!«, bat Phil.

Er nahm das Nachtsichtgerät ab, weil auf der Staatsstraße Trucks rollten, deren Scheinwerfer genug Licht brachten. Als der Wagen die Stichstraße verließ und einbog, wurde er von dem Lichtkegel des Gegenverkehrs erfasst.

»Eine schwere Limousine«, stellte Steve Dillaggio fest.

»Ein Rolls-Royce«, korrigierte Phil. »Der Wagentyp, den Tafurian fährt.«

Er nickte Harper zu.

»Folg ihm!«

Die Tür flog auf.

Der Mann stand in fünf Schritten Abstand an der Heckreling.

Das Licht aus der Türöffnung erfasste ihn.

Er stieß einen Schrei aus, hob die rechte Hand.

Ich sah die Waffe.

Mir blieb keine Wahl.

Ich drückte den Abzug der Uzi.

Die Kugeln fegten ihn von den Füßen, aber ich wusste, dass er nicht tot war, denn ich hatte so tief gezielt, dass die Serie nur seine Beine erfasst haben konnte.

Hinter mir fiel die Tür zu. Das Licht verschwand.

Ich wechselte auf die andere Seite, duckte mich.

Gebrüll! Rufe! Getrampel vieler Schritte!

Die Dunkelheit war mein bester Schutz. Ein Mann rannte an mir vorbei, ohne mich zu sehen.

Gegen den Nachthimmel zeichnete sich der Aufbau des Steuerhauses ab. Hinter der Verglasung schimmerte der Widerschein beleuchteter Instrumente.

Der Mann, den ich angeschossen hatte, schrie.

Sein Geschrei bewirkte, dass alle nach achtern rannten.

Schon hoffte ich, auch der Kapitän könnte den Steuerstand verlassen haben.

Ich erreichte die Leiter, fasste den Handlauf und versuchte, das Dutzend Sprossen im Höchsttempo zu überwinden.

Auf halber Höhe, als Kopf und Oberkörper schon das Leiterende überragten, traf ein wuchtiger Fußtritt meine linke Schulter.

Als schwarzen, übermächtigen Schatten sah ich die Gestalt des Kapitäns.

Ich schnellte mich hoch. Klirrend schepperte die Uzi auf der metallenen Bodenfläche des Steuerstandes.

Der zweite Fußtritt streifte meinen Kopf. Für Sekundenbruchteile wurde mir schwarz vor Augen.

Der Kapitän brüllte, holte aus, schlug mit einem Knüppel zu.

Ich rollte mich zur Seite weg.

Die Wucht der eigenen Bewegung riss ihn nach vorn. Er strauchelte, kämpfte ums Gleichgewicht.

Ich nutzte den Augenblick, sprang auf.

Die Uzi hing griffbereit an meiner Hüfte. Ich hätte schießen können. Auf die kurze Distanz zwischen uns wäre er mit Sicherheit getötet worden, und das wollte ich nicht.

Ich riss den 38er aus dem Gürtel, wich dem niedersausenden Hieb aus und schlug mit dem Revolverlauf zu.

Sein Gebrüll erstickte in Gegurgel. Er machte eine halbe Umdrehung und stürzte rücklings aus dem Steuerhaus. Unter seinem Aufschlag dröhnten die Decksplanken.

Ich jagte einen kurzen Feuerstoß in die Nacht. Es war Verschwendung knapper Munition, aber Shaber und seine Jungs sollten begreifen, dass jetzt ich den verdammten Kahn kontrollierte.

Sie reagierten mit einem wüsten Kugelhagel aus allen Waffen.

Instrumente zersprangen. Im zolldicken Glas verursachten die Einschläge Spinnennetze von Haarrissen, ohne es zu durchschlagen.

Ich zog den 38er. Falls sie stürmten, genügte eine Kugel für denjenigen, der sich als Erster hier blicken ließ.

Shaber brüllte Befehle auf Arabisch.

Ich hörte das hastige Gerenne seiner Leute.

Die Finsternis, in der sie sich bewegten, war beim Angriff auf den Kapitän meine Verbündete gewesen, doch nun hatte sie sich in einen schweren Nachteil verwandelt.

Sie wussten, wo ich war, aber ich sah sie nicht.

Den einzigen Lichtschimmer verbreitete die Beleuchtung der Instrumente.

Ich suchte nach dem Schalter der Funksprechanlage und nach dem Mikrofon. Das Mikro entdeckte ich in einer Halterung oberhalb des Steuerrades. Auf einem großen Armaturenbrett ertastete ich einen Schalter, legte ihn um.

Eine Sirene heulte los. Eine rote Warnlampe leuchtete auf. Ein Display begann die Worte zu blinken: »Ignition ready!«

Ich brauchte einige Sekunden, bis ich erkannte, dass ich an die Zündapparatur für das installierte Feuerwerk geraten war, schaltete Sirene und Display ab, suchte auf der anderen Seite weiter, probierte mehrere Schalter und Knöpfe aus, bis ein anderes Display mit den Worten »Mayday! Mayday!« aufleuchtete.

Gleichzeitig knackte es in einem Deckenlautsprecher. Eine Männerstimme krächzte: »Küstenkontrollstation Highland Point! Wir empfangen Mayday. Identifizieren Sie sich!«

»FBI-Agent Jerry Cotton an Bord der ›Splendour‹! Bewaffnete Gangster an Bord! Schicken Sie Hubschrauber!«

Dem Coastguard Cop in der Kontrollstation verschlug es die Sprache. Wahrscheinlich glaubte er, irgendein besoffener Idiot versuche, ihn zum Narren zu halten.

»Das ist kein Spaß, Officer! Rufen Sie das FBI-Hauptquartier New York an! Nennen Sie meinen Namen! Aber vorher schicken Sie um Himmels willen Ihre Leute los!«

»Okay, geben Sie Ihre Position, aber falls Sie uns verarschen, werden Sie Jahre dafür brummen!«

»Ich kenne die Position dieses verdammten Kahns nicht! Ich habe den Kapitän von der Brücke geworfen und einen Mann angeschossen, aber drei Gangster sind noch in Aktion!«

»Wir werden Sie anpeilen! Sagten Sie, es handle sich um die ›Splendour‹?«

»Richtig!«

»Von dem Schiff sollte am Wochenende ein Feuerwerk vor Long Branch gezündet werden, und Sie behaupten, es wären Gangster?« Er stöhnte. »Ich begreife nichts, aber ich habe Alarm ausgelöst. Wenn Sie nicht zu weit von der Küste entfernt sind, kann der erste Hubschrauber in einer Viertelstunde bei Ihnen sein. Halten Sie die Verbindung!«

In diesem Augenblick brach das Gestampfe des Diesels ab. Nach wenigen Minuten lag das Schiff still und dümpelte auf der nahezu unbewegten Wasserfläche.

Durch die plötzliche Stille hallte Leff Shabers Stimme.

»He, G-man, du bist ein harter Hund, aber wir kriegen dich! Als Erstes holen wir die Weiber und machen genau das mit ihnen, das du verhindern wolltest. Ihr Geschrei wird dir in den Ohren gellen, wenn wir sie über Bord werfen – eine nach der anderen!«

»Die Coastguard ist unterwegs!«, rief ich. »Du hast verloren! Gib auf, oder du endest auf dem elektrischen Stuhl!«

Er brüllte ein Kommando.

Schwere Hammerschläge krachten gegen Holz.

Ich presste die Zähne aufeinander.

Es war klar, was die Schläge bedeuteten.

Sie hatten Werkzeug aus dem Maschinenraum geholt, den Diesel gestoppt, und jetzt waren sie dabei, die verriegelte Tür einzuschlagen. Ich hatte sechs Kugeln im 38er und ungefähr fünfzehn im Uzi-Magazin, genug um sie vom Niedergang fernzuhalten, aber dazu musste ich sie sehen können.

Mir fiel der Zündapparat fürs Feuerwerk ein.

Wenn anderes Licht nicht zu haben war, musste der Widerschein von am Himmel explodierendem Feuerwerk genügen.

Ich ertastete den Schalter, den ich vor ein paar Minuten auf Verdacht umgelegt hatte.

Die Sirene jaulte. Das rote Warnlicht glomm auf. Die Worte »Ignition ready« blinkten, und ein daumengroßer, dicker Knopf lud dazu ein, ihn nachhaltig zu drücken.

Zehn Sekunden lang geschah nichts.

Urplötzlich bleckte am Bug ein Feuerschein, und ein mächtiger Donnerschlag erschütterte das Schiff, rollte lang anhaltend übers Wasser. Noch bevor er gänzlich vergrollt war, fauchten unter Gezisch ein halbes Dutzend Raketen in die Nacht, zerplatzten hoch über dem Schiff zu einem riesigen Kometenschweif bunter Sterne.

Im vielfarbigen Licht sah ich den Mann am Niedergang, wie er wieder und wieder einen schweren Vorschlaghammer gegen die Tür wuchtete.

Ich schoss zweimal auf seine Beine und traf mit mindestens einer Kugel. Er schrie, ließ den Hammer fallen, brach in die Knie.

Shabers Wutgebrüll ging im Fauchen neuer Raketen unter. Das Rattern der MPi, das Krachen von Pistolenschüssen vermischte sich mit den Explosionen der Feuerwerksraketen am Himmel.

Wieder hämmerten Kugeln gegen die Verglasung, jaulten als Querschläge durchs Steuerhaus, schlugen Funken, wenn sie auf Stahl trafen.

Über dem Schiff erblühten riesige Lichtblumen. Kaskaden goldener Lava spiegelten sich im Wasser. Leuchtende Gitter überspannten den Himmel und große schimmernde Perlen sprühten Funken in alle Richtungen.

Es war ein prachtvolles Feuerwerk, und glauben Sie mir, ich genoss es, denn ich konnte den Vorschlaghammer auf dem Deck liegen sehen, und niemand wagte es, ihn aufzuheben.

Ich hoffte, der Feuerzauber würde andauern, bis die Cops kämen.

Unter ihnen verließ der Rolls die Staatsstraße.

»Sieht aus, als wolle er zum Hafen«, stellte Harper fest.

»Falls er aussteigt und auf ein Boot will, geh ich raus und fang ihn ab!«, sagte Phil.

June Clark stieß ihn an.

»Seht mal nach links, Leute! Da brennen sie ein Feuerwerk ab. Ist doch seltsam, oder? Der Bursche, den wir verfolgen, kommt aus einem Depot von Feuerwerkskörpern, und gleichzeitig gehen auf See Raketen hoch? Hängt da irgendwas zusammen?«

»Frag die Küstenwache, ob sie was wissen!«, schlug Steve Dillaggio vor.

Harper wechselte die Frequenz, rief die Coastguard-Kontrolle.

»FBI-Flug BX 68! Haben Sie Informationen über …«

Weiter kam er nicht. Der Cop im Kontrollposten unterbrach ihn.

»Können Sie bestätigen, dass ein FBI-Agent Cotton für Ihren Verein unterwegs ist?«

»Ja, das stimmt. Wo ist er?«

»An Bord der ›Splendour‹. Wusste die Position nicht. Ein Hubschrauber und ein Boot versuchen, das Schiff und ihn durch Peilung zu finden.«

»Hat die ›Splendour‹ Feuerwerkskörper an Bord?«

»So können Sie es nennen. Am Wochenende sollte vor der Strandpromenade von Long Branch ein Feuerwerk starten.«

Phil schlug Harper auf die Schulter.

»Vollgas, John!«

Noch einmal zischten ein Dutzend oder mehr Raketen gleichzeitig in den Himmel und explodierten zu einer Sinfonie aus Farbe und Licht. Für eine Handvoll Sekunden überschüttete bunte Helligkeit die »Splendour«. Dann fiel Dunkelheit wie ein schweres, schwarzes Tuch auf sie nieder.

Ich lauschte.

Würden sie den Versuch wieder aufnehmen, die Tür zu zertrümmern?

Ich hörte Stimmen. Shaber und ein anderer Mann redeten gleichzeitig und heftig. Es klang nach Streit, aber sie verstummten schlagartig, als ein anderes Geräusch plötzlich lauter wurde: das charakteristische raue Motorgeratter eines Hubschraubers, der sich rasch näherte.

Mit einem Mal fiel aus der Höhe ein starker Scheinwerferkegel aufs Wasser, geisterte wie eine wandernde Lichtsäule auf das Schiff zu und erfasste es. Ein heftiger Wind, verursacht durch das Schlagen der Rotoren, fegte übers Deck. Zwei Schüsse krachten, doch unbeirrt senkte sich die Maschine, als wollte der Pilot auf dem Deck landen.

Schemenhafte Gestalten, im Streulicht des Scheinwerfers für eine Sekunde erahnbar, sprangen aus der Maschine.

Der Helikopter schraubte sich in einer Parabelkurve wieder hoch. Den abschwellenden Motorenlärm überbrüllte eine Männerstimme.

»Das ist eine FBI-Aktion! Bei Widerstand wird geschossen!«

Phils Stimme!

Ich brach in Gelächter aus.

Nicht Leff Shaber, sondern Ben, sein jüngerer Partner, rief: »Wir leisten keinen Widerstand! Wir ergeben uns!«

Die Strahlen starker Handscheinwerfer flammten auf, erfassten die Gangster.

Nur drei Männer standen nebeneinander mit erhobenen Armen. Ich erkannte den Kapitän, einen Matrosen und Ben. Shaber fehlte.

Ich verließ das Steuerhaus. Sofort wurde ich aus der Dunkelheit angeschrien. »Arme hoch! Keine Bewegung oder …«

Junes Stimme!

Um Irrtümer zu vermeiden, hob ich die Hände.

»Falls Annie auch zum Team gehört, sind wir wieder vollzählig!«, rief ich.

Hinter dem Lichtkegel ihrer Lampe lachte June.

»Hi, Jerry! Bist du okay?«

Ich ließ die Arme sinken.

»Bin okay!«, bestätigte ich.

Für ausführliche Begrüßungszeremonien blieb keine Zeit.

Phil, Zeerookah und ich klatschten kurz die Hände aneinander. June verpasste mir einen Wangenkuss. Das war's.

Während Zeerookah den Gangstern die Hände mit Plastikschlaufen fesselte, fragte ich Ben: »Wo ist Shaber?«

Er wich meinem Blick aus.

»Sprang über Bord«, sagte er. »Es war Leff, der schuld an allem ist. Er hat uns zum Mitmachen gezwungen.«

Ich dachte an die zwei Schüsse, die gefallen waren, als der Hubschrauber schon das Schiff anflog. Hatte Ben den Streit zwischen ihm und Shaber auf diese Weise beendet?

Nun, das würden wir später herausfinden. Im Augenblick gab es Dringenderes zu tun.

Aber zunächst entstand Verwirrung, als der Hubschrauber der Coastguard heranrauschte und die Cops sich anschickten, eine Arbeit zu machen, die schon getan war.

Über Sprechfunk klärten wir die Kompetenzen. Sie schickten zwei Männer aufs Schiff, die June und Zeerookah unterstützen sollten, bis das Boot der Küstenwache eintraf.

Dann hängte John F. Harper den FBI-Helikopter über die »Splendour«, und Steve holte Phil und mich mit der Winde in die Maschine.

»Zum alten Munitionslager, John!«, sagte ich.

Er brachte die Mühle auf Höchstgeschwindigkeit.

Während des Flugs stellte Steve die Verbindung mit Mr High in New York her.

Ich berichtete in wenigen Sätzen.

»Gute Arbeit, Jerry!«, lobte der Chef. »Ich veranlasse alles, was notwendig ist.«

Als wir zwanzig Minuten später die Zufahrtsstraße zur »Splendour Company« überflogen, sahen wir unter uns Blau- und Rotlichtgefunkel von Polizeifahrzeugen, die zu den Bunkern unterwegs waren.

Nur ein paar Minuten vor den Cops landete John F. Harper die Maschine innerhalb des umzäunten Geländes.

Drei Männer, die sich noch dort aufhielten, ließen die Waffen fallen und hoben die Arme.

Wie alle Leute Tafurians stammten sie aus dem vorderen Orient.

Aus einer Baracke kam Kenneth Arrow. Ich ließ mir von Steve eine Plastikschlinge geben und verpasste sie ihm.

»Ich kenne mich in eurem Börsenjargon nicht gut aus«, sagte ich, »aber ich denke, man kann von deinem ganz persönlichen schwarzen Freitag sprechen.«

Ich ging zu der Behelfsgarage, in die sie mich gezwungen hatten, den Jaguar zu fahren.

Zugegeben, mein Puls ging ein paar Takte schneller, als ich den Torflügel öffnete.

Ich wäre verdammt sauer gewesen, wenn sie irgendeine Gemeinheit mit dem XKR angestellt hätten, und ich atmete erleichtert auf, als ich den Schlitten unangetastet vor mir sah.

Noch in der Nacht besetzten Cops und FBI-Agenten die Büros der »Upgrade Agency«, nahmen außer William Reeson auch die fünf Trader fest, die in die Geldwäschegeschäfte Tafurians eingeweiht und an den vorgetäuschten Börsenspekulationen beteiligt gewesen waren. Ihre Wohnungen wurden versiegelt.

Im Morgengrauen verhaftete Detective Dirk Trevor den Bankdirektor Clarence Dunsay unter dem Verdacht, Gwendolyn Finch ermordet zu haben. Den Namen hatte uns Arrow verraten.

Washington schickte eine Flugzeugladung Spezialisten, die sich in die Computerprogramme und Konten der »Upgrade«-Kunden vertieften. Als Folge ihrer Arbeit wurden nach und nach in acht Städten der USA Bankdirektoren, Inhaber von Wechselstuben und weitere Leute verhaftet. Eine halbe Milliarde Dollar, verbucht auf rund hundert Konten, wurde beschlagnahmt, und selbstverständlich auch die Dollarmillionen, die als Bargeld im Bunker gefunden worden waren.

Ich, der FBI-Agent Jerry Cotton, fand eine offizielle Mitteilung auf meinem Schreibtisch, die besagte, man habe 61.333 Dollar und 48 Cent, verbucht auf einem Konto, lautend auf den Namen Jake

Cooper, beschlagnahmt. Einspruch gegen die Beschlagnahme könne ich schriftlich einlegen.

Wieder einmal triumphierte die Bürokratie.

Amos Tafurian verfing sich nicht im Fahndungsnetz der Polizei.

Er musste für den schlimmsten Fall vorgesorgt haben, blieb drei Wochen verschwunden, und als er gefunden wurde, ergab sich, dass andere schneller und erfolgreicher gewesen waren als die Polizei.

Müllwerker entdeckten auf einer Halde einen Toten. Der Körper wies Spuren schwerer Misshandlungen auf.

Fünfhundert Millionen Dollar Verlust verzeiht die Mafia einem Geldwäscher nicht.

ENDE

WWW.LESEJURY.DE
WERDEN SIE LESEJURYMITGLIED!
Lesen Sie unter www.lesejury.de die exklusiven Leseproben ausgewählter Taschenbücher
Bewerten Sie die Bücher anhand der Leseproben
Gewinnen Sie tolle Überraschungen